孤独深处

In the Depths
of
Loneliness

郝景芳

著

浙江文艺出版社
Zhejiang Literature & Art Publishing House

果麦文化 出品

目 录

北京折叠

(1)

清晨 4:50，老刀穿过熙熙攘攘的步行街，去找彭蠡。

从垃圾站下班之后，老刀回家洗了个澡，换了衣服。白色衬衫和褐色裤子，这是他唯一一套体面衣服，衬衫袖口磨了边，他把袖子卷到胳膊肘。老刀四十八岁，没结婚，已经过了注意外表的年龄，又没人照顾起居，这一套衣服留着穿了很多年，每次穿一天，回家就脱了叠上。他在垃圾站上班，没必要穿得体面，偶尔参加谁家小孩的婚礼，才拿出来穿在身上。这一次他不想脏兮兮地见陌生人。他在垃圾站连续工作了五小时，很担心身上会有味道。

步行街上挤满了刚刚下班的人。拥挤的男人女人围着小摊子挑土特产，大声讨价还价。食客围着塑料桌子，埋头在酸辣粉的热气腾腾中，饿虎扑食一般，白色蒸汽遮住了脸。油炸的香味弥漫。货摊上的酸枣和核桃堆成山，腊肉在头顶摇摆。这个点是全天最热闹的时间，基本都收工了，忙碌了几个小时的人们都赶过来吃一顿饱饭，人声鼎沸。

老刀艰难地穿过人群。端盘子的伙计一边喊着让让一边推开挡道的人，开出一条路来，老刀跟在后面。

彭蠡家在小街深处。老刀上楼，彭蠡不在家。问邻居，邻居说他每天快到关门才回来，具体几点不清楚。

老刀有点担忧，看了看手表，清晨 5:00。

他回到楼门口等着。两旁狼吞虎咽的饥饿少年围绕着他。他认识其中两个，原来在彭蠡家见过一两次。每个少年面前都摆着一盘炒面或炒粉，几个人分吃两个菜，盘子里一片狼藉，筷子仍在无望而锲而不舍地拨动，寻找辣椒丛中的肉星。老刀又下意识闻了闻小臂，不知道身上还有没有垃圾的腥味。周围的一切嘈杂而庸常，和每个清晨一样。

"哎，你们知道那儿一盘回锅肉多少钱吗？"那个叫小李的少年说。

"靠，菜里有沙子。"另外一个叫小丁的胖少年突然捂住嘴说，他的指甲里还带着黑泥，"坑人啊。得找老板退钱！"

"人家那儿一盘回锅肉，就三百四。"小李说，"三百四！一盘水煮牛肉四百二呢。"

"什么玩意儿？这么贵。"小丁捂着腮帮子咕哝道。

另外两个少年对谈话没兴趣，还在埋头吃面，小李低头看着他们，眼睛似乎穿过他们，看到了某个看不见的地方，目光里有热切。

老刀的肚子也感觉到饥饿。他迅速转开眼睛，可是来不及了，那种感觉迅速席卷了他，胃的空虚像是一个深渊，让他身体微微发颤。他有一个月不吃清晨这顿饭了。一顿饭差不多一百块，一个月三千块，攒上一年就够糖糖两个月的幼儿园开销了。

他向远处看，城市清理队的车辆已经缓缓开过来了。

他开始做准备，若彭蠡再不回来，他就要考虑自己行动了。虽然会带来不少困难，但时间不等人，总得走才行。身边卖大枣的女人高声叫卖，不时打断他的思绪，声音洪亮刺得他头疼。步行街一端的小摊子开始收拾，人群像用棍子搅动的池塘里的鱼，倏一下散去。没人会在这时候和清理队较劲。小摊子收拾得比较慢，清理队的车耐心地移动。步行街通常只是步行街，但对清理队的车除外。谁若走得慢了，就会被强行收拢起来。

这时彭蠡出现了。他剔着牙，敞着衬衫的扣子，不紧不慢地踱回来，不时打个饱嗝。彭蠡六十多了，变得懒散不修边幅，两颊像沙皮狗一样耷拉着，让嘴角显得总是不满意地撇着。如果只看这副模样，不知道他年轻时的样子，会以为他只是个胸无大志只知道吃喝的尿包。但在老刀很小的时候，他就听父亲讲过彭蠡的事。

老刀迎上前去。彭蠡看到他要打招呼，老刀却打断他："我没时间和你解释。我需要去第一空间，你告诉我怎么走。"

彭蠡愣住了，已经有十年没人跟他提过第一空间的事，他的牙签捏在手里，不知不觉掰断了。他有片刻没回答，见老刀实在有点急了，才拽着他向楼里走。"回我家说，"彭蠡说，"要走也从那儿走。"

在他们身后，清理队已经缓缓开了过来，像秋风扫落叶一样将人们扫回家。"回家啦，回家啦。转换马上开始了。"车上有人吆喝着。

彭蠡带老刀上楼，进屋。他的单人小房子和一般公租房无异，六平方米房间，一个厕所，一个能做菜的角落，一张桌子一把椅子，胶囊床铺，胶囊下是抽拉式箱柜，可以放衣服物品。墙面上有水渍和鞋印，没做任何修饰，只是歪斜着贴了几个挂钩，挂着夹克和裤子。进屋后，彭蠡把墙上的衣服毛巾都取下来，塞到最靠边的抽屉里。转换的时候，什么都不能挂出来。老刀以前也住这样的单人公租房。一进屋，他就感到一股旧日的气息。

彭蠡直截了当地瞪着老刀："你不告诉我为什么，我就不告诉你怎么走。"

已经5:30了，还有半个小时。

老刀简单讲了事情的始末。从他捡到纸条瓶子，到他偷偷躲入垃圾道，到他在第二空间接到的委托，再到他的行动。他没有时间描述太多，最好马上就走。

"你昨天躲在垃圾道里? 去第二空间?"彭蠡皱着眉，"那你得等二十四小时啊。"

"二十万块。"老刀说，"等一礼拜也值啊。"

"你就这么缺钱花?"

老刀沉默了一下。"糖糖还有一年多该去幼儿园了。"他说,"我来不及了。"

老刀去幼儿园咨询的时候,着实被吓到了。稍微好一点的幼儿园招生前两天,就有家长带着铺盖卷在幼儿园门口排队,两个家长轮着,一个吃喝拉撒,另一个坐在幼儿园门口等,还不一定能排进去。前面的名额早用钱买断了,只有最后剩下的寥寥几个名额分给苦熬排队的爹妈。这只是一般不错的幼儿园,更好一点的连排队都不行,从一开始就是花钱买机会。老刀本来没什么奢望,可是自从糖糖一岁半之后,就特别喜欢音乐,每次在外面听见音乐,她就小脸放光,跟着扭动身子手舞足蹈。那个时候她特别好看。老刀对此毫无抵抗力,他就像被舞台上的灯光层层围绕着,只看到一片耀眼。无论付出什么代价,他都想送糖糖去一个能教音乐和跳舞的幼儿园。

彭蠡脱下外衣,一边洗脸,一边和老刀说话。说是洗脸,不过只是用水随便抹一抹。水马上就要停了,水流已经变得很小。彭蠡从墙上拽下一条脏兮兮的毛巾,随意蹭了蹭,又将毛巾塞进抽屉。他湿漉漉的头发显出油腻的光泽。

"你真是作死,"彭蠡说,"她又不是你闺女,犯得着吗?"

"别说这些了。快告诉我怎么走。"老刀说。

彭蠡叹了口气:"你可得知道,万一被抓着,可不只是罚款,得关上好几个月。"

"你不是去过好多次吗?"

"只有四次。第五次就被抓了。"

"那也够了。我要是能去四次,抓一次也无所谓。"

老刀要去第一空间送一样东西,送到了挣十万块,带来回信挣二十万。这不过是冒违规的风险,只要路径和方法对,被抓住的概率并不大,挣的却是实实在在的钞票。他不知道有什么理由拒绝。他知道彭蠡年轻的时候为了几笔风险钱,曾经偷偷进入第一空间好几次,贩卖私酒和烟。他知道这条路能走。

5:45。他必须马上走了。

彭蠡又叹口气，知道劝也没用。他已经上了年纪，对事懒散倦怠了，但他明白，自己在五十岁前也会和老刀一样。那时他不在乎坐牢之类的事。不过是熬几个月出来，挨两顿打，但挣的钱是实实在在的。只要抵死不说钱的下落，最后总能过去。秩序局的条子也不过就是例行公事。他把老刀带到窗口，向下指向一条被阴影覆盖的小路。

"从我房子底下爬下去，顺着排水管，毡布底下有我原来安上去的脚蹬，身子贴得足够紧了就能避开摄像头。从那儿过去，沿着阴影爬到边上。你能摸着也能看见那道缝。沿着缝往北走。一定得往北。千万别错了。"

彭蠡接着解释了爬过土地的诀窍。要借着升起的势头，从升高的一侧沿截面爬过五十米，到另一侧地面，爬上去，然后向东，那里会有一丛灌木，在土地合拢的时候可以抓住并隐藏自己。老刀没有听完，就已经将身子探出窗口，准备向下爬了。

彭蠡帮老刀爬出窗子，扶着他踩稳了窗下的踏脚。彭蠡突然停下来。"说句不好听的，"他说，"我还是劝你最好别去。那边可不是什么好地儿，去了之后没别的，只能感觉自己的日子有多操蛋。没劲。"

老刀的脚正在向下试探，身子还扒着窗台。"没事。"他说得有点费劲，"我不去也知道自己的日子有多操蛋。"

"好自为之吧。"彭蠡最后说。

老刀顺着彭蠡指出的路径快速向下爬。脚蹬的位置非常舒服。他看到彭蠡在窗口的身影，点了根烟，非常大口地快速抽了几口，又掐了。彭蠡一度从窗口探出身子，似乎想说什么，但最终还是缩了回去。窗子关上了，发着幽幽的光。老刀知道，彭蠡会在转换前最后一分钟钻进胶囊，和整个城市数千万人一样，受胶囊定时释放出的气体催眠，陷入深深睡眠，身子随着世界颠来倒去，头脑却一无所知，一睡就是整整四十个小时，到次日晚上再睁开眼睛。彭蠡已经老了，他终于和这个世界其他五千万人一样了。

老刀用自己最快的速度向下，一蹦一跳，在离地足够近的时候纵身一跃，匍匐在地上。彭蠡的房子在四层，离地不远。爬起身，沿高楼在湖边投下的阴影奔跑。他能看到草地上的裂隙，那是翻转的地方。还没跑到，就听到身后在压抑中轰鸣的隆隆声和偶尔清脆的嘎啦声。老刀转过头，高楼拦腰截断，上半截正从天上倒下，缓慢却不容置疑地压迫过来。

老刀被震住，怔怔看了好一会儿。他跑到缝隙处，伏在地上。

转换开始了。这是 24 小时周期的分隔时刻。整个世界开始翻转。钢筋砖块合拢的声音连成一片，像出了故障的流水线。高楼收拢合并，折叠成立方体。霓虹灯、店铺招牌、阳台和附加结构都被吸收入墙体，贴成楼的肌肤。结构见缝插针，每一寸空间都被占满。

大地在升起。老刀观察着地面的走势，来到缝的边缘，又随着缝隙的升起不断向上爬。他手脚并用，从大理石铺就的地面边缘起始，沿着泥土的截面，抓住土里埋藏的金属断茬，最初是向下，用脚试探着退行，很快，随着整块土地的翻转，他被带到空中。

老刀想到前一天晚上城市的样子。

当时他从垃圾堆中抬起眼睛，警觉地听着门外的声音。周围发酵腐烂的垃圾散发出刺鼻的气息，带一股发腥的甜腻味。他倚在门前。铁门外的世界在苏醒。

当铁门掀开的缝隙透入第一道街灯的黄色光芒，他俯下身去，从缓缓扩大的缝隙中钻出。街上空无一人，高楼灯光逐层亮起，附加结构从楼两侧探出，向两旁一节一节伸展，门廊从楼体内延伸，房檐沿轴旋转，缓缓落下，楼梯降落伸展到马路上。步行街的两侧，一个又一个黑色立方体从中间断裂，向两侧打开，露出其中货架的结构。立方体顶端伸出招牌，连成商铺的走廊，两侧的塑料棚向头顶延伸闭合。街道空旷得如同梦境。

霓虹灯亮了，商铺顶端闪烁的小灯打出新疆大枣、东北拉皮、上海烤麸和湖南腊肉的字样。

整整一天，老刀头脑中都忘不了这一幕。他在这里生活了四十八年，还从来没有见过这一切。他的日子总是从胶囊起，至胶囊终，在脏兮兮的餐桌和被争吵萦绕的货摊之间穿行。这是他第一次看到世界纯粹的模样。

每个清晨，如果有人从远处观望——就像大货车司机在高速北京入口处等待时那样——他会看到整座城市的伸展与折叠。

清晨六点，司机们总会走下车，站在高速边上，揉着经过一夜潦草睡眠而昏沉的眼睛，打着哈欠，相互指点着望向远处的城市中央。高速截断在七环之外，所有的翻转都在六环内发生。不远不近的距离，就像遥望西山或是海上的一座孤岛。

晨光熹微中，一座城市折叠自身，向地面收拢。高楼像最卑微的仆人，弯下腰，让自己低声下气切断身体，头碰着脚，紧紧贴在一起，然后再次断裂弯腰，将头顶手臂扭曲弯折，插入空隙。高楼弯折之后重新组合，蜷缩成致密的巨大魔方，密密匝匝地聚合到一起，陷入沉睡。然后地面翻转，小块小块土地围绕其轴，一百八十度翻转到另一面，将另一面的建筑楼宇露出地表。楼宇由折叠中站立起身，在灰蓝色的天空下像苏醒的兽类。城市孤岛在橘黄色晨光中落位，展开，站定，腾起弥漫的灰色苍云。

司机们就在困倦与饥饿中欣赏这一幕无穷循环的城市戏剧。

(2)

折叠城市分三层空间。大地的一面是第一空间，五百万人口，生存时间是从清晨六点到第二天清晨六点。空间休眠，大地翻转。翻转后的另一面是第二空间和第三空间。第二空间生活着两千五百万人口，从次日清晨六点到夜晚十点，第三空间生活着五千万人，从晚十点到清晨六点，然后回到第一空间。时间经过了精心规划和最优分配，小心翼翼隔离，五百万人享用二十四小时，七千五百万人享用另外二十四小时。

大地的两侧重量并不均衡，为了平衡这种不均，第一空间的土地更厚，土壤里埋藏配重物质。人口和建筑的失衡用土地来换。第一空间居民也因而认为自身的底蕴更厚。

老刀从小生活在第三空间。他知道自己的日子是什么样，不用彭蠡说他也知道。他是个垃圾工，做了二十八年垃圾工，在可预见的未来还将一直做下去。他还没找到可以独自生存的意义和最后的怀疑主义。他仍然在卑微生活的间隙占据一席。

老刀生在北京城，父亲就是垃圾工。据父亲说，他出生的时候父亲刚好找到这份工作，为此庆贺了整整三天。父亲本是建筑工，和数千万其他建筑工一样，从四方涌到北京寻工作，这座折叠城市就是父亲和其他人一起亲手建的。一个区一个区改造旧城市，像白蚁漫过木屋一样啃噬昔日的屋檐门槛，再把土地翻起，建筑全新的楼宇。他们埋头斧凿，用累累砖块将自己包围在中间，抬起头来也看不见天空，沙尘遮挡视线，他们不知晓自己建起的是怎样的恢宏。直到建成的日子，高楼如活人一般站立而起，他们才像惊呆了一样四处奔逃，仿佛自己生下了一个怪胎。奔逃之后，镇静下来，又意识到未来生存在这样的城市会是怎样一种殊荣，便继续辛苦摩擦手脚，低眉顺眼勤恳，寻找各种存留下来的机会。据说城市建成的时候，有八千万想要寻找工作留下来的建筑工，最后能留下来的，不过两千万。

垃圾站的工作能找到也不容易，虽然只是垃圾分类处理，但还是层层筛选，要有力气有技巧，能分辨能整理，不怕辛苦不怕恶臭，不对环境挑三拣四。老刀的父亲靠强健的意志在汹涌的人流中抓住机会的细草，待人潮退去，留在干涸的沙滩上，抓住工作机会，低头俯身，艰难浸在人海和垃圾混合的酸朽气味中，一干就是二十年。他既是这座城市的建造者，也是城市的居住者和分解者。

老刀出生时，折叠城市才建好两年，他从来没去过其他地方，也没想过要去其他地方。他上了小学、中学。考了三年大学，没考上，最后还是做了垃圾工。他每天上五个小时班，从夜晚十一点到清晨四点，在垃圾站和数万同事一起，快速而机械地用双手处理废物垃圾，将第一空间和第二空间传来的生活碎屑转化为可利用的分类的材质，再丢入再处理的熔炉。他每天面对垃圾传送带上如溪水涌出的残渣碎片，从塑料碗里抠去吃剩的菜叶，将破碎酒瓶拎出，把带血的卫生巾后面未受污染的一层薄膜撕下，丢入可回收的带着绿色条纹的圆筒。他们就这么干着，以速度换生命，以数量换取薄如蝉翼的仅有的奖金。

第三空间有两千万垃圾工，他们是夜晚的主人。另三千万人靠贩卖衣服食物燃料和保险过活，但绝大多数人心知肚明，垃圾工才是第三空间繁荣的支柱。每每在繁花似锦的霓虹灯下漫步，老刀就觉得头顶都是食物残渣构成的彩虹。这种感觉他没法和人交流，年轻一代不喜欢做垃圾工，他们千方百计在舞厅里表现自己，希望能找到一个打碟或伴舞的工作。在服装店做一个店员也是好的选择，手指只拂过轻巧衣物，不必在泛着酸味的腐烂物中寻找塑料和金属。少年们已经不那么恐惧生存，他们更在意外表。

老刀并不嫌弃自己的工作，但他去第二空间的时候，非常害怕被人嫌弃。

那是前一天清晨的事。他捏着小纸条，偷偷从垃圾道里爬出，按地址找到写纸条的人。第二空间和第三空间的距离没那么远，它们都在大地的同一面，只是不同时间出没。转换时，一个空间高楼折起，收回地面，另一个空间高楼从地面中节节升高，踩着前一个空间的楼顶作为地面。唯一的差别是楼的密度。他在垃圾道里躲了一昼夜才等到空间敞开。

他第一次到第二空间，并不紧张，唯一担心的是身上腐坏的气味。

所幸秦天是宽容大度的人。也许他早已想到自己将招来什么样的人，当小纸条放入瓶中的时候，他就知道自己将面对的是谁。

秦天很和气，一眼就明白老刀前来的目的，将他拉入房中，给他热水洗澡，还给他一件浴袍换上。"我只有依靠你了。"秦天说。

秦天是研究生，住学生公寓。一个公寓四个房间，四个人一人一间，一个厨房两个厕所。老刀从来没在这么大的厕所洗过澡。他很想多洗一会儿，将身上气味好好冲一冲，但又担心将澡盆弄脏，不敢用力搓动。墙上喷出泡沫的时候他吓了一跳，热蒸汽烘干也让他不适应。洗完澡，他拿起秦天递过来的浴袍，犹豫了很久才穿上。他把自己的衣服洗了，又洗了厕所盆里随意扔着的几件衣服。生意是生意，他不想欠人情。

秦天要送礼物给他相好的女孩子。他们在工作中认识，当时秦天有机会去第一空间实习，联合国经济司，她也在那边实习。只可惜只有一个月，回来就没法再去了。他说她生在第一空间，家教严格，父亲不让她交往第二空间的男孩，所以不敢用官方通道寄给她。他对未来充满乐观，等他毕业就去申请联合国新青年项目，如果能入选，就也能去第一空间工作。他现在研一，还有一年毕业。他心急如焚，想她想得发疯。他给她做了一个项链坠，能发光的材质，透明的，玫瑰花造型，作为他的求婚信物。

"我当时是在一个专题研讨会，就是上回讨论联合国国债那个会，你应该听说过吧？就是那个……anyway，我当时一看，啊……立刻跑过去跟她说话，她给嘉宾引导座位，我也不知道应该说点什么，就在她身后走过来又走过去。最后我假装要找同传，让她带我去找。她特温柔，说话细声细气的。我压根儿就没追过姑娘，特别紧张，……后来我们俩好了之后有一次说起这件事……你笑什么？……对，我们是好了。……还没到那种关系，就是……不过我亲过她了。"秦天也笑了，有点不好意思，"是真的。你不信吗？是，连我自己也不信。你说她会喜欢我吗？"

"我不知道啊。"老刀说，"我又没见过她。"

这时，秦天同屋的一个男生凑过来，笑道："大叔，您这么认真干吗？这家伙哪是问你，他就是想听人说'你这么帅，她当然会喜欢你'。"

"她很漂亮吧？"

"我跟你说也不怕你笑话。"秦天在屋里走来走去，"你见到她就知道什么叫清雅绝伦。"

秦天突然顿住，不说了，陷入回忆。他想起依言的嘴，他最喜欢的就是她的嘴，那么小小的，莹润的，下嘴唇饱满，带着天然的粉红色，让人看着看着就忍不住想咬一口。她的脖子也让他动心，虽然有时瘦得露出筋，但线条是纤直而好看的，皮肤又白又细致，从脖子一直延伸到衬衫里，让人的视线忍不住停在衬衫的第二个扣子那里。他第一次轻吻她一下，她躲开，他又吻，最后她退无可退，就把眼睛闭上了，像任人宰割的囚犯，引他一阵怜惜。她的唇很软，他用手反复感受她腰和臀部的曲线。从那天开始，他就居住在思念中。她是他夜晚的梦境，是他抖动自己时看到的光芒。

秦天的同学叫张显，和老刀开始聊天，聊得很欢。

张显问老刀第三空间的生活如何，又说他自己也想去第三空间住一段。他听人说，如果将来想往上爬，有过第三空间的管理经验是很有用的。现在几个当红的人物，当初都是先到第三空间做管理者，然后才升到第一空间，若是停留在第二空间，就什么前途都没有，就算当个行政干部，一辈子级别也高不了。他将来想要进政府，已经想好了路。不过他说他现在想先挣两年钱再说，去银行来钱快。他见老刀的反应很迟钝，几乎不置可否，以为老刀厌恶这条路，就忙不迭地又加了几句解释。

"等我将来有了机会，我就推行快速工作作风改革。干得不行就滚蛋。"他看老刀还是没说话，又说，"选拔也要放开。也向第三空间放开。"

老刀没回答。他其实不是厌恶，只是不大相信。

张显一边跟老刀聊天，一边对着镜子打领带，喷发胶。他已经穿好了衬衫，浅蓝色条纹，亮蓝色领带。喷发胶的时候一边闭着眼睛皱着眉毛避开喷雾，一边吹口哨。

张显夹着包走了，去银行实习上班。秦天说着话也要走。他还有课，要上到下午四点。临走前，他当着老刀的面把五万块定金从网上转到老刀卡里，说好了剩下的钱等他送到再付。老刀问他这笔钱是不是攒了很久，看他是学生，如果拮据，少要一点也可以。秦天说没事，他现在实习，给金融咨询公司打工，一个月十万块差不多。这也就是两个月工资，还出得起。老刀一个月一万块标准工资，他看到差距，但他没有说。秦天要老刀务必带回信回来，老刀说试试。秦天给老刀指了吃喝的所在，叫他安心在房间里等转换。

老刀从窗口看向街道。他很不适应窗外的日光。太阳居然是淡白色，不是黄色。日光下的街道也显得宽阔，老刀不知道是不是错觉，这街道看上去有第三空间的两倍宽。楼并不高，比第三空间矮很多。路上的人很多，匆匆忙忙都在急着赶路，不时有人小跑着想穿过人群，前面的人就也加起速，穿过路口的时候，所有人都像是小跑着。大多数人穿得整齐，男孩子穿西装，女孩子穿衬衫和短裙，脖子上围巾低垂，手里拎着线条硬朗的小包，看上去精干。街上汽车很多，在路口等待的时候，不时有开车的人从车窗伸出头，焦急地向前张望。老刀很少见到这么多车，他平时习惯了磁悬浮，挤满人的车厢从身边加速，呼一阵风。

中午十二点的时候，走廊里一阵声响。老刀从门上的小窗向外看，楼道地面化为传送带开始滚动，将各屋门口的垃圾袋推入尽头的垃圾道。楼道里腾起雾，化为密实的肥皂泡沫，飘飘忽忽地沉降，然后是一阵水，水过了又是一阵热蒸汽。

背后突然有声音，吓了老刀一跳。他转过身，发现公寓里还有一个男生，刚从自己房间里出来。男生面无表情，看到老刀也没有打招呼。他走到阳台旁边一台机器边上，点了点，机器里传出咔咔唰唰轰轰嚓嚓的声音，一阵香味飘来，男生端出一盘菜又回了房间。从他半开的门缝看过去，男孩坐在地上的被子和袜子中间，瞪着空无一物的墙，一边吃一边咯咯地笑。他不时用手推一推眼镜，吃完把盘子放在脚边，站起身，同样对着空墙做击打动作，费力顶住某个透明的影子，偶尔来一个背摔，气喘吁吁。

老刀对第二空间最后的记忆是街上撤退时的优雅。从公寓楼的窗口望下去，一切都带着令人羡慕的秩序感。9:15 开始，街上一间间卖衣服的小店开始关灯，聚餐之后的团体面色红润，相互告别。年轻男女在出租车外亲吻。然后所有人回楼，世界蛰伏。

夜晚 10:00 到了。他回到他的世界，回去上班。

(3)

第一和第三空间之间没有连通的垃圾道，第一空间的垃圾经过一道铁闸，运到第三空间之后，铁闸迅速合拢。老刀不喜欢从地表翻越，但他没有办法。

他在呼啸的风中爬过翻转的土地，抓住每一寸零落的金属残渣，找到身体和心理平衡，最后匍匐在离他最遥远的一重世界的土地上。他被整个攀爬过程弄得头晕脑涨，胃也不舒服。他忍住呕吐，在地上趴了一会儿。

当他爬起身的时候，天亮了。

老刀从来没有见过这样的景象。太阳缓缓升起，天边是深远而纯净的蓝，蓝色下沿是橙黄色，有斜向上的条状薄云。太阳被一处屋檐遮住，屋檐显得异常黑，屋檐背后明亮夺目。太阳升起时，天的蓝色变浅了，但是更宁静透彻。老刀站起身，向太阳的方向奔跑。他想要抓住那道褪去的金色。蓝天中能看见树枝的剪影。他的心狂跳不已。他从来不知道太阳升起竟然如此动人。

他跑了一段路，停下来，冷静了。他站在街道中央。路的两旁是高大树木和大片草坪。他环视四周，目力所及，远远近近都没有一座高楼。他迷惑了，不确定自己是不是真的到了第一空间。他能看见两排粗壮的银杏。

他又退回几步，看着自己跑来的方向。街边有一个路牌。他打开手机里存的地图，虽然没有第一空间动态图权限，但有事先下载的静态图。他找到了自己的位置和他要去的地方。他刚从一座巨大的园子里奔出来，翻转的地方就在园子的湖边。

老刀在万籁俱寂的街上跑了一公里，很容易就找到了要找的小区。他躲在一丛灌木背后，远远地望着那座漂亮的房子。

8:30，依言出来了。

她像秦天描述的一样清秀，只是没有那么漂亮。老刀早就能想到这点。不会有任何女孩长得像秦天描述的那么漂亮。他明白了为什么秦天着重讲她的嘴。她的眼睛和鼻子很普通，只是比较秀气，没什么好讲的。她的身材还不错，骨架比较小，虽然高，但看上去很纤细。穿了一条乳白色连衣裙，有飘逸的裙摆，腰带上有珍珠，黑色高跟皮鞋。

老刀悄悄走上前去。为了不吓到她，他特意从正面走过去，离得远远的就鞠了一躬。

她站住了，惊讶地看着他。

老刀走近了，说明来意，将包裹着情书和项链坠的信封从怀里掏出来。

她的脸上滑过一丝惊慌，小声说："你先走，我现在不能和你说。"

"呃……我其实没什么要说的，"老刀说，"我只是送信的。"

她不接，双手紧紧地绞握着，只是说："我现在不能收。你先走。我是说真的，拜托了，你先走吧好吗？"她说着低头，从包里掏出一张名片，"中午到这里找我。"

老刀低头看看，名片上写着一个银行的名字。

"十二点。到地下超市等我。"她又说。

老刀看得出她过分的不安，于是点头收起名片，回到隐身的灌木丛后，远远地观望着。很快，又有一个男人从房子里出来，到她身边。男人看上去和老刀年龄相仿，或者年轻两岁，穿着一套很合身的深灰色西装，身材高而宽阔，虽没有突出的肚子，但是感觉整个身体很厚。男人的脸无甚特色，戴眼镜，圆脸，头发向一侧梳得整齐。

男人搂住依言的腰，吻了她嘴唇一下。依言想躲，但没躲开，颤抖了一下，手挡在身前显得非常勉强。

老刀开始明白了。

一辆小车开到房子门前。单人双轮小车，黑色，敞篷，就像电视里看到的古代的马车或黄包车，只是没有马拉，也没有车夫。小车停下，歪向前，依言踏上去，坐下，拢住裙子，让裙摆均匀覆盖膝盖，散到地上。小车缓缓开动了，就像有一匹看不见的马拉着一样。依言坐在车里，小车缓慢而波澜不惊。等依言离开，一辆无人驾驶的汽车开过来，男人上了车。

老刀在原地来回踱着步子。他觉得有些东西非常憋闷，但又说不出来。他站在阳光里，闭上眼睛，清晨蓝天下清凛干净的空气沁入他的肺。空气给他一种冷静的安慰。

片刻之后，他才上路。依言给的地址在她家东面三公里多一点。街上人很少。八车道的宽阔道路上行驶着零星车辆，快速经过，让人看不清车的细节。偶尔有穿华服的女人乘坐着双轮小车缓缓飘过他身旁，沿步行街，像一场时装秀，端坐着姿态优美。没有人注意到老刀。绿树摇曳，树叶下的林荫路留下长裙的气味。

依言的办公地在西单某处。这里完全没有高楼，只是围绕着一座花园有零星分布的小楼，楼与楼之间的联系气若游丝，几乎看不出它们是一体。走到地下，才看到相连的通道。

老刀找到超市。时间还早。一进入超市，就有一辆小车跟上他，每次他停留在货架旁，小车上的屏幕上就显示出这件货物的介绍、评分和同类货物质量比。超市里的东西都写着他看不懂的文字。食物包装精致，小块糕点和水果用诱人的方式摆在盘里，等人自取。他没有触碰任何东西，仿佛它们是危险的动物。整个超市似乎并没有警卫或店员。

还不到十二点，顾客就多了起来。有穿西装的男人走进超市，取三明治，在门口刷一下就匆匆离开。还是没有人特别注意老刀。他在门口不起眼的位置等着。

依言出现了。老刀迎上前去，依言看了看左右，没说话，带他去了隔壁的一家小餐厅。两个穿格子裙的小机器人迎上来，接过依言手里的小包，又带他到位子上，递上菜单。依言在菜单上按了几下，小机器人转身，轮子平稳地滑回了后厨。

两个人面对面坐了片刻，老刀又掏出信封。

依言却没有接："……你能听我解释一下吗？"

老刀把信封推到她面前："你先收下这个。"

依言推回给他。

"你先听我解释一下行吗？"依言又说。

"你没必要跟我解释，"老刀说，"信不是我写的。我只是送信而已。"

"可是你回去要告诉他的。"依言低了低头。小机器人送上了两个小盘子，一人一份，是某种红色的生鱼片，薄薄两片，摆成花瓣的形状。依言没有动筷子，老刀也没有。信封被小盘子隔在中央，两个人谁也没再推。"我不是背叛他。去年他来的时候我就已经订婚了。我也不是故意瞒他或欺骗他，或者说……是的，我骗了他，但那是他自己猜的。他见到吴闻来接我，就问是不是我爸爸。我……我没法回答他。你知道，那太尴尬了。我……"

依言说不下去了。

老刀等了一会儿说："我不想追问你们之前的事。你收下信就行了。"

依言低着头好一会儿又抬起来："你回去以后，能不能替我瞒着他？"

"为什么?"

"我不想让他以为我是坏女人耍他。其实我心里是喜欢他的。我也很矛盾。"

"这些和我没关系。"

"求你了……我是真的喜欢他。"

老刀沉默了一会儿,他需要做一个决定。

"可是你还是结婚了?"他问她。

"吴闻对我很好。好几年了。"依言说,"他认识我爸妈,我们订婚也很久了。况且……我比秦天大三岁,我怕他不能接受。秦天以为我是实习生,这点也是我不好,我没说实话。最开始只是随口说的,到后来就没法改口了。我真的没想到他是认真的。"

依言慢慢透露了她的信息。她是这个银行的总裁助理,已经工作两年多了,只是被派往联合国参加培训,赶上那次会议,就帮忙参与了组织。她不需要上班,老公挣的钱足够多,可她不希望总是一个人待在家里,才出来上班,每天只工作半天,拿半薪。其余的时间自己安排,可以学一些东西。她喜欢学新东西,喜欢认识新人,也喜欢联合国培训的那几个月。她说像她这样的太太很多,半职工作也很多。中午她下了班,下午会有另一个太太去做助理。她说虽然对秦天没有说实话,可是她的心是真诚的。

"所以,"她给老刀夹了新上来的热菜,"你能不能暂时不告诉他?等我……有机会亲自向他解释可以吗?"

老刀没有动筷子。他很饿,可是他觉得这时不能吃。

"可是这等于说我也得撒谎。"老刀说。

依言回身将小包打开,将钱包取出来,掏出五张一万块的纸币推给老刀。"一点心意,你收下。"

老刀愣住了。他从来没见过一万块钱的纸钞。他生活里从来不需要花这么大的面额。他不自觉地站起身,感到恼怒。依言推出钱的样子就像是早预料到他会讹诈，这让他受不了。他觉得自己如果拿了，就是接受贿赂，将秦天出卖。虽然他和秦天并没有任何结盟关系，但他觉得自己在背叛他。老刀很希望自己这个时候能将钱扔在地上，转身离去，可是他做不到这一步。他又看了几眼那几张钱，五张薄薄的纸散开摊在桌子上，像一把破扇子。他能感觉它们在他体内产生的力量。它们是淡蓝色，和一千块的褐色与一百块的红色都不一样，显得更加幽深遥远，像是一种挑逗。他几次想再看一眼就离开，可是一直没做到。

她仍然匆匆翻动小包，前前后后都翻了，最后从一个内袋里又拿出五万块，和刚才的钱摆在一起。"我只带了这么多，你都收下吧。"她说，"你帮帮我。其实我之所以不想告诉他，也是不确定以后会怎么样。也许我有一天真的会有勇气和他在一起呢。"

老刀看看那十张纸币，又看看她。他觉得她并不相信自己的话，她的声音充满迟疑，出卖了她的心。她只是将一切都推到将来，以消解此时此刻的难堪。她很可能不会和秦天私奔，可是也不想让他讨厌她，于是留着可能性，让自己好过一点。老刀能看出她骗她自己，可是他也想骗自己。他对自己说，他对秦天没有任何义务，秦天只是委托他送信，他把信送到了，现在这笔钱是另一项委托，保守秘密的委托。他又对自己说，也许她和秦天将来真的能在一起也说不定，那样就是成人之美。他还说，想想糖糖，为什么去管别人的事而不管糖糖呢。他似乎安定了一些，手指不知不觉触到了钱的边缘。

"这钱……太多了。"他给自己一个台阶下，"我不能拿这么多。"

"拿着吧，没事。"她把钱塞到他手里，"我一个礼拜就挣出来了。没事的。"

"……那我怎么跟他说？"

"你就说我现在不能和他在一起，但是我真的喜欢他。我给你写个字条，你帮我带给他。"依言从包里找出一个画着孔雀绣着金边的小本子，轻盈地撕下一张纸，低头写字。她的字看上去像倾斜的芦苇。

最后，老刀离开餐厅的时候，又回头看了一眼。依言的眼睛注视着墙上的一幅画。她的姿态静默优雅，看上去就像永远都不会离开这里似的。

他用手捏了捏裤子口袋里的纸币。他讨厌自己，可是他想把纸币抓牢。

（4）

老刀从西单出来，依原路返回。重新走早上的路，他觉得倦意丛生，一步也跑不动了。宽阔的步行街两侧是一排垂柳和一排梧桐，正是晚春，都是鲜亮的绿色。他让暖意丛生的午后阳光照亮僵硬的面孔，也照亮空乏的心底。

他回到早上离开的园子，赫然发现园子里来往的人很多。园子外面两排银杏树庄严茂盛，园门口有黑色小汽车驶入。园里的人多半穿着材质顺滑、剪裁合体的西装，也有穿黑色中式正装的，看上去都有一股眼高于顶的气质。也有外国人。他们有的正在和身边人讨论什么，有的远远地相互打招呼，笑着携手向前走。

老刀犹豫了一下要到哪里去，街上人很少，他一个人站着极为显眼，去公共场所又容易被注意，他很想回到园子里，早一点找到转换地，到一个没人的角落睡上一觉。他太困了，又不敢在街上睡。他见出入园子的车辆并无停滞，就也尝试着向里走。直到走到园门边上，他才发现有两个小机器人左右巡逻。其他人和车走过都毫无问题，到了老刀这里，小机器人忽然发出嘀嘀的叫声，转着轮子向他驶来。声音在宁静的午后显得刺耳，园里人的目光汇集到他身上。他慌了，不知道是不是自己的衬衫太寒酸。他尝试着低声对小机器人说话，说他的西装落在里面了，可是小机器人只是嘀嘀嗒嗒地叫着，头顶红灯闪烁，什么都不听。园里的人们停下脚步看着他，像是看到小偷或奇怪的人。很快，从最近的建筑中走出三个男人，步履匆匆地向他们跑过来。老刀紧张极了，他想退出去，已经太晚了。

"出什么事了？"领头的人高声询问着。

老刀想不出解释的话，手下意识地搓着裤子。

一个三十几岁的男人走在最前面，一到跟前就用一个纽扣一样的小银盘上上下下地晃，手的轨迹围绕着老刀。他用怀疑的眼神打量他，像用罐头刀试图撬开他的外壳。

"没记录。"男人将手中的小银盘向身后更年长的男人示意，"带回去吧？"

老刀突然向后，往园外跑。

可没等他跑出去，两个小机器人悄无声息地挡在他面前，扣住他的小腿。它们的手臂是箍，轻轻一扣就合上。他一下子跟跄了，差点摔倒又摔不倒，手臂在空中无力地乱划。

"跑什么？"年轻男人更严厉地走到他面前，瞪着他的眼睛。

"我……"老刀头脑嗡嗡响。

两个小机器人将他的两条小腿扣紧，抬起，放在它们轮子边上的平台上，然后异常同步地向最近的房子驶去，平稳迅速，保持并肩，从远处看上去，或许会以为老刀脚踩风火轮。老刀毫无办法，除了心里暗喊一声糟糕，简直没别的话说。他懊恼自己如此大意，人这么多的地方，怎么可能没有安全保障。他责怪自己是困倦得昏了头，竟然在这样大的安全关节上犯如此低级的错误。这下一切完蛋了，他想，钱都没了，还要坐牢。

小机器人从小路绕向建筑后门，在后门的门廊里停下来。三个男人跟了上来。年轻男人和年长男人似乎就老刀的处理问题起了争执，但他们的声音很低，老刀听不见。片刻之后，年长男人走到他身边，将小机器人解锁，然后拉着他的大臂走上二楼。

老刀叹了一口气，横下一条心，觉得事到如今，只好认命。

年长者带他进入一个房间。他发现这是一个旅馆房间，非常大，比秦天的公寓客厅还大，似乎有自己租的房子两倍大。房间的色调是暗沉的金褐色，一张极宽大的双人床摆在中央。床头背后的墙面上是颜色过渡的抽象图案，落地窗，白色半透明纱帘，窗前是一个小圆桌和两张沙发。他心里惴惴，不知道年长者的身份和态度。

"坐吧，坐吧。"年长者拍拍他肩膀，笑笑，"没事了。"

老刀狐疑地看着他。

"你是第三空间来的吧？"年长者把他拉到沙发边上，伸手示意。

"您怎么知道？"老刀无法撒谎。

"从你裤子上，"年长者用手指指他的裤腰，"你那商标还没剪呢。这牌子只有第三空间有卖的。我小时候我妈就喜欢给我爸买这牌子。"

"您是……"

"别您您的，叫你吧。我估摸着我也比你大不了几岁。你今年多大？我五十二。……你看看，就比你大四岁。"他顿了一下，又说，"我叫葛大平，你叫我老葛吧。"

老刀放松了些。老葛把西装脱了，活动了一下膀子，从墙壁里接了一杯热水，递给老刀。他长长的脸，眼角眉梢和两颊都有些下垂，戴一副眼镜，也向下耷拉着，头发有点自来卷，蓬松地堆在头顶，说起话来眉毛一跳一跳，很有喜剧效果。他自己泡了点茶，问老刀要不要，老刀摇摇头。

"我原来也是第三空间的，咱也算半个老乡吧。"老葛说，"所以不用太拘束。我还是能管点事儿，不会把你送出去的。"

老刀长长地出了口气，心里感叹万幸。他于是把自己到第二、第一空间的始末讲了一遍，略去依言感情的细节，只说送到了信，就等着回去。

老葛于是也不见外，把他自己的情况讲了。他从小也在第三空间长大，父母都给人送货。十五岁的时候考上了军校，后来一直当兵，文化兵，研究雷达，能吃苦，技术又做得不错，赶上机遇又好，居然升到了雷达部门主管，大校军衔。家里没背景不可能再升，就申请转业，到了第一空间一个支持性部门，专给政府企业做后勤保障，组织会议出行，安排各种场面。虽然是蓝领的活儿，但因为涉及的都是政要，又要协调管理，就一直住在第一空间。这种人也不少，厨师、大夫、秘书、管家，都算是高级蓝领了。他们这个机构安排过很多重大场合，老葛现在是主任。老刀知道，老葛说得谦虚，说是蓝领，其实能在第一空间做事的都是牛人，即使厨师也不简单，更何况他从第三空间上来，能管雷达。

"你在这儿睡一会儿。待会儿晚上我带你吃饭去。"老葛说。

老刀受宠若惊，不大相信自己的好运。他心里还有担心，但是白色的床单和错落堆积的枕头显出召唤气息，他的腿立刻发软了，倒头昏昏沉沉睡了几个小时。

醒来的时候天色暗了，老葛正对着镜子捋头发。他向老刀指了指沙发上的一套西装制服，让他换上，又给他胸口别上一个微微闪着红光的小徽章，身份认证。

下楼来，老刀发现原来这里有这么多人。似乎刚刚散会，在大厅里聚集着三三两两地说话。大厅一侧是会场，门还开着，门看上去很厚，包着红褐色皮子；另一侧是一张张铺着白色桌布的高脚桌，桌布在桌面下用金色缎带打了蝴蝶结，桌中央的小花瓶插着一支百合，花瓶旁边摆着饼干和干果，一旁的长桌上则有红酒和咖啡供应。聊天的人们在高脚桌之间穿梭，小机器人头顶托盘，收拾喝光的酒杯。

老刀尽量镇定地跟着老葛。走到会场内，他忽然看到一面巨大的展示牌，上面写着：

折叠城市五十年。

"这是……什么？"他问老葛。

"哦，庆典啊。"老葛正在监督场内布置，"小赵，你来一下，你去把桌签再核对一遍。机器人有时候还是不如人靠谱，它们认死理儿。"

老刀看到，会场里现在是晚宴的布置，每张大圆桌上都摆着鲜艳的花朵。

他有一种恍惚的感觉，站在角落里，看着会场中央巨大的吊灯，像是被某种光芒四射的现实笼罩，却只存在于它的边缘。舞台中央是演讲的高台，背后的布景流动播映着北京城的画面。大概是航拍，拍到了全城的风景，清晨和日暮的光影，紫红色暗蓝色的天空，云层快速流转，月亮从角落上升起，太阳在屋檐上沉落。大气中正的布局，沿中轴线对称的城市设计，延伸到六环的青砖院落和大面积绿地花园。中式风格的剧院，日本式美术馆，极简主义风格的音乐厅建筑群。然后是城市的全景，真正意义上的全景，包含转换的整个城市双面镜头：大地翻转，另一面城市，边角锐利的写字楼，朝气蓬勃的上班族；夜晚的霓虹，白昼一样的天空，高耸入云的公租房，娱乐的影院和舞厅。

只是没有老刀上班的地方。

他仔细地盯着屏幕，不知道会不会展示建城时的历史。他希望能看见父亲的时代。小时候，父亲总是用手指着窗外的楼，说"当时我们"。狭小的房间正中央挂着陈旧的照片，照片里的父亲重复着垒砖的动作，一遍一遍无穷无尽。他那时每天都要看见那照片很多遍，几乎已经腻烦了，可是这时他希望影像中出现哪怕一小段垒砖的镜头。

他沉浸在自己的恍惚中。这也是他第一次看到转换的全景。他几乎没注意到自己是怎么坐下的，也没注意到周围人的落座，台上人讲话的前几分钟，他并没有注意听。

"……有利于服务业的发展，服务业依赖于人口规模和密度。我们现在的城市服务业已经占到 GDP 85% 以上，符合世界第一流都市的普遍特征。另外最重要的就是绿色经济和循环经济。"这句话抓住了老刀的注意力，循环经济和绿色经济是他们工作站的口号，写得比人还大贴在墙上。他望向台上的演讲人，是个白发老人，但是精神异常饱满，"……通过垃圾的完全分类处理，我们提前实现了本世纪节能减排的目标，减少污染，也发展出成体系成规模的循环经济，每年废旧电子产品中回收的贵金属已经完全投入再生产，塑料的回收率也已达到 80% 以上。回收直接与再加工工厂相连……"

老刀有远亲在再加工工厂工作，在科技园区，远离城市，只有工厂和工厂和工厂。据说那边的工厂都差不多，机器自动作业，工人很少，少量工人晚上聚集着，就像荒野部落。

他仍然恍惚着。演讲结束之后，热烈的掌声响起，才将他从自己的纷乱念头中拉出来，他也跟着鼓了掌，虽然不知道为什么。他看到演讲人从舞台上走下来，回到主桌上正中间的座位。所有人的目光都跟着他。

忽然老刀看到了吴闻。

吴闻坐在主桌旁边一桌，见演讲人回来就起身去敬酒，然后似乎有什么话要问演讲人。演讲人又站起身，跟吴闻一起走到大厅里。老刀不自觉地站起来，心里充满好奇，也跟着他们离开。老葛不知道到哪里去了，周围开始上菜。

老刀到了大厅，远远地观望，对话只能听见片段。

"……批这个有很多好处。"吴闻说，"是，我看过他们的设备了……自动化处理垃圾，用溶液消解，大规模提取材质……清洁，成本也低……您能不能考虑一下？"

吴闻的声音不高，但老刀清楚地听见"处理垃圾"的字眼，不由自主凑上前去。

白发老人的表情相当复杂，他等吴闻说完，过了一会儿才问："你确定溶液无污染？"

吴闻有点犹豫："现在还是有一点……不过很快就能减到最低。"

老刀离得很近了。

白发老人摇了摇头，眼睛盯着吴闻："事情哪是那么简单的，你这个项目要是上马了，大规模一改造，又不需要工人，现在那些劳动力怎么办，上千万垃圾工失业怎么办？"

白发老人说完转过身，又返回会场。吴闻呆愣愣地站在原地。一个从始至终跟着老人的秘书模样的人走到吴闻身旁，同情地说："您回去好好吃饭吧，别想了。其实您应该明白这道理，就业的事是顶天的事。您以为这种技术以前就没人做吗？"

老刀能听出这是与他有关的事，但他摸不准怎样是好的。吴闻的脸显出一种迷惑、懊恼而又顺从的神情，老刀忽然觉得，他也有软弱的地方。

这时，白发老人的秘书忽然注意到老刀。

"你是新来的？"他突然问。

"啊……嗯。"老刀吓了一跳。

"叫什么名字？我怎么不知道最近进人了？"

老刀有些慌，心怦怦跳，他不知道该说些什么。他指了指胸口上别着的工作人员徽章，仿佛期望那上面有个名字浮现出来。但徽章上什么都没有。他的手心涌出汗。秘书看着他，眼中的怀疑更甚了。他随手拉住一个会务人员，那人说不认识老刀。

秘书的脸铁青着，一只手抓住老刀的手臂，另一只手拨了通信器。

老刀的心提到嗓子眼，就在那一刹那，他看到了老葛的身影。

老葛一边匆匆跑过来，一边按下通信器，笑着和秘书打招呼，点头弯腰，向秘书解释说这是临时从其他单位借调过来的同事，开会人手不够，临时帮忙的。秘书见老葛知情，也就不再追究，返回会场。老葛将老刀又带回自己的房间，免得再被人撞见查检。深究起来没有身份认证，老葛也做不得主。

"没有吃席的命啊。"老葛笑道，"你等着吧，待会儿我给你弄点吃的回来。"

老刀躺在床上，又迷迷糊糊睡着了。他反复想着吴闻和白发老人说的话，自动垃圾处理，这是什么样的呢，如果真的这样，是好还是不好呢？

再次醒来时，老刀闻到一股香味，老葛已经在小圆桌上摆了几碟子菜，还正在从墙上的烤箱中把剩下一个菜端出来。接着又拿来半瓶白酒和两个玻璃杯，倒上。

"有一桌就坐了俩人，我把没怎么动过的菜弄了点回来，你凑合吃，别嫌弃就行。他们吃了一会儿就走了。"老葛说。

"哪儿能嫌弃呢。"老刀说，"有口吃的就感激不尽了。这么好的菜。这些菜很贵吧？"

"这儿的菜不对外，所以都不标价。我也不知道多少钱。"老葛已经动起了筷子，"也就一般吧。估计一两万之间，个别贵一点可能三四万。就那么回事。"

老刀吃了两口才真的觉得饿了。他有抗饿的办法，忍上一天不吃东西也可以，身体会有些颤抖发飘，但精神不受影响。直到这时，他才发觉自己的饥饿。他只想快点咀嚼，牙齿的速度赶不上胃口空虚的速度。吃得急了，就喝一口。这白酒很香，不辣。老葛慢悠悠的，微笑着看着他。

"对了，"老刀吃得半饱时，想起刚才的事，"今天那个演讲人是谁？我看着很面熟。"

"也总上电视嘛。"老葛说，"我们的顶头上司。很厉害的老头儿。他可是管实事儿的，城市运作的事儿都归他管。"

"他们今天说起垃圾自动处理的事儿。你说以后会改造吗？"

"这事儿啊，不好说，"老葛呷了口酒，打了个嗝，"我看够呛。关键是，你得知道当初为啥弄人工处理。其实当初的情况就跟欧洲二十世纪末差不多，经济发展，但失业率上升，印钱也不管用，菲利普斯曲线不符合。"

他看老刀一脸茫然，呵呵笑了起来："算了，这些东西你也不懂。"

他跟老刀碰了碰杯子，两人一齐喝了又斟上。

"反正就说失业吧，这你肯定懂。"老葛接着说，"人工成本往上涨，机器成本往下降，到一定时候就是机器便宜，生产力一改造，升级了，GDP上去了，失业率也上去了。怎么办？政策保护？福利？越保护工厂越不雇人。你现在上城外看看，那几平方公里的厂区就没几个人。农场不也是吗？大农场一搞几千亩地，全设备耕种，根本要不了几个人。咱们当时怎么搞过欧美的，不就是这么规模化搞的吗？但问题是，地都腾出来了，人都省出来了，这些人干吗去呢？欧洲那边是强行减少每人工作时间，增加就业机会，可是这样没活力你明白吗？最好的办法是彻底减少一些人的生活时间，再给他们找到活儿干。你明白了吧？就是塞到夜里。这样还有一个好处，就是每次通货膨胀几乎传不到底层去，印钞票、花钞票都是能贷款的人消化了，GDP 涨了，底下的物价却不涨。人们根本不知道。"

老刀听得似懂非懂，但是老葛的话里有一股凉意，他还是能听出来的。老葛还是嬉笑的腔调，但与其说是嬉笑，倒不如说是不愿意让自己的语气太直白而故意如此。

"这话说着有点冷。"老葛自己也承认，"可就是这么回事。我也不是住在这儿了就说话向着这儿。只是这么多年过来，人就木了，好多事儿没法改变，也只当那么回事了。"

老刀有点明白老葛的意思了，可他不知道该说什么好。

两人都有点醉。他们趁着醉意，聊了不少以前的事，聊小时候吃的东西，学校的打架。老葛最喜欢吃酸辣粉和臭豆腐，在第一空间这么久都吃不到，心里想得痒痒。老葛说起自己的父母，他们还在第三空间，他也不能总回去，每次回去都要打报告申请，实在不太方便。他说第三空间和第一空间之间有官方通道，有不少特殊的人也总是在其中往来。他希望老刀帮他带点东西回去，弥补一下他自己亏欠的心。老刀讲了他孤独的少年时光。

昏黄的灯光中，老刀想起过去。一个人游荡在垃圾场边缘的所有时光。

不知不觉已经是深夜。老葛还要去看一下夜里会场的安置，就又带老刀下了楼。楼下还有未结束的舞会尾声，三三两两的男女正从舞厅中走出。老葛说企业家大半精力旺盛，经常跳舞到凌晨。散场的舞厅器物凌乱，像女人卸了妆。老葛看着小机器人在狼藉中一一收拾，笑称这是第一空间唯一真实的片刻。

老刀看了看时间，还有三个小时转换。他收拾了一下心情，该走了。

（5）

白发演讲人在晚宴之后回到自己的办公室，处理了一些文件，又和欧洲进行了视频通话。十二点感觉疲劳，摘下眼镜揉了揉鼻梁两侧，准备回家。他经常工作到午夜。

电话突然响了，他按下耳机。是秘书。

大会研究组出了状况。之前印好的大会宣言中有一个数据计算结果有误，白天突然有人发现。宣言在会议第二天要向世界宣读，因而会议组请示要不要把宣言重新印刷。白发老人当即批准。这是大事，不能有误。他问是谁负责此事，秘书说，是吴闻主任。

他靠在沙发上小睡。清晨 4:00，电话又响了。印刷有点慢，预计还要一个小时。

他起身望向窗外。夜深人静，漆黑的夜空能看到静谧的猎户座亮星。

猎户座亮星映在镜面般的湖水中。老刀坐在湖水边上，等待转换来临。

他看着夜色中的园林，猜想这可能是自己最后一次看这片风景。他并不忧伤留恋，这里虽然静美，可是和他没关系，他并不钦羡嫉妒。他只是很想记住这段经历。夜里灯光很少，比第三空间遍布的霓虹灯少很多，建筑散发着沉睡的呼吸，幽静安宁。

清晨 5:00，秘书打电话说，材料印好了，还没出车间，问是否人为推迟转换的时间。

白发老人斩钉截铁地说，废话，当然推迟。

清晨 5:40，印刷品抵达会场，但还需要分装在三千个会议夹子中。

老刀看到了依稀的晨光，这个季节六点还没有天亮，但已经能看到蒙蒙曙光。

他做好了一切准备，反复看手机上的时间。有一点奇怪，已经只剩一两分钟到六点了，还是没有任何动静。他猜想也许第一空间的转换更平稳顺滑。

清晨 6:10，分装结束。

白发老人松了一口气，下令转换开始。

老刀发现地面终于动了，他站起身，活动了一下有点麻木的手脚，小心翼翼来到边缘。土地的缝隙开始拉大，缝隙两边同时向上掀起。他沿着其中一边往截面上移动，背身挪移，先用脚试探着，手扶住地面退行。大地开始翻转。

6:20，秘书打来紧急电话，说吴闻主任不小心将存着重要文件的数据 key 遗忘在会场，担心会被机器人清理，需要立即取回。

白发老人有点恼怒，但也只好下令转换停止，恢复原状。

老刀在截面上正慢慢挪移，忽然感觉土地的移动停止了，接着开始调转方向，已错开的土地开始合拢。他吓了一跳，连忙向回攀爬。他害怕滚落，手脚并用，异常小心。

土地回归的速度比他想象的快，就在他爬到地表的时候，土地合拢了，他的一条小腿被两块土地夹在中间，尽管是泥土，不足以切筋断骨，但力量十足，他试了几次也无法脱出。他心里大叫糟糕，头顶因为焦急和疼痛渗出汗水。他不知道是否被人发现了。

老刀趴在地上，静听着周围的声音。他似乎听到匆匆接近的脚步声。他想象着很快就有警察过来，将他抓起来，夹住的小腿会被砍断，带着创口扔到监牢里。他不知道自己是什么时候暴露了身份。他伏在青草覆盖的泥土上，感觉到晨露的冰凉。湿气从领口和袖口透入他的身体，让他觉得清醒，却又忍不住战栗。他默数着时间，期盼这只是技术故障。

他设想着自己如果被抓住了该说些什么。也许他该交代自己二十八年工作的勤恳诚实，赚一点同情分。他不知道自己会不会被审判。命运在前方逼人不已。

命运直抵胸腔。回想这四十八小时的全部经历，最让他印象深刻的是最后一晚老葛说过的话。他觉得自己似乎接近了些许真相，因而见到命运的轮廓。可是那轮廓太远，太冷静，太遥不可及。他不知道了解一切有什么意义，如果只是看清楚一些事情，却不能改变，又有什么意义。他连看都还无法看清，命运对他就像偶尔显出形状的云朵，倏忽之间又看不到了。他知道自己仍然是数字。在5128万这个数字中，他只是最普通的一个。如果偏生是那128万中的一个，还会被四舍五入，就像从来没存在过，连尘土都不算。他抓住地上的草。

6:30，吴闻取回数据key。6:40，吴闻回到房间。

6:45，白发老人终于疲倦地倒在办公室的小床上。指令已经按下，世界的齿轮开始缓缓运转。书桌和茶几表面伸出透明的塑料盖子，将一切物品罩住并固定。小床散发出催眠气体，四周立起围栏，然后从地面脱离，地面翻转，床像一只篮子始终保持水平。

转换重新启动了。

老刀在三十分钟的绝望之后突然看到生机，大地又动了起来。他在第一时间拼尽力气将小腿抽离出来，在土地掀起足够高度的时候重新回到截面上。他更小心地撤退。血液复苏的小腿开始刺痒疼痛，如百爪挠心，几次让他摔倒，疼得无法忍受，只好用牙齿咬住拳头。他摔倒爬起，又摔倒又爬起，在角度飞速变化的土地截面上维持艰难的平衡。

他不记得自己怎么拖着伤腿上楼，只记得秦天开门时，他昏了过去。

在第二空间，老刀睡了十个小时。秦天找同学来帮他处理了腿伤。肌肉和软组织大面积受损，很长一段时间会妨碍走路，但所幸骨头没断。他醒来后将依言的信交给秦天，看秦天幸福而又失落的样子，什么话也没有说。他知道，秦天会沉浸在距离的期冀中很长时间。

再回到第三空间，他感觉像是已经走了一个月。城市仍然在缓慢苏醒，城市居民只经过了平常的一场睡眠，和前一天连续。不会有人发现老刀的离开。

他在步行街营业的第一时间坐到塑料桌旁，要了一盘炒面，生平第一次加了一份肉丝。只是一次而已，他想，可以犒劳一下自己。然后他去了老葛家，将老葛给父母的两盒药带给他们。两位老人都已经不大能走动了，一个木讷的小姑娘住在家里看护他们。

他拖着伤腿缓缓踱回自己租的房子。楼道里喧扰嘈杂，充满刚睡醒时洗漱冲厕所和吵闹的声音，蓬乱的头发和乱敞的睡衣在门里门外穿梭。他等了很久电梯，刚上楼就听见争吵。他仔细一看，是隔壁的女孩阑阑和阿贝在和收租的老太太争吵。整栋楼是公租房，但是社区有统一收租的代理人，每栋楼又有分包，甚至每层有单独的收租人。老太太也是老住户了，儿子不知道跑到哪里去了，她长得又瘦又干，单独一个人住着，房门总是关闭，不和人来往。阑阑和阿贝在这一层算是新人，两个卖衣服的女孩子。阿贝的声音很高，阑阑拉着她，阿贝抢白了阑阑几句，阑阑倒哭了。

"咱们都是按合同来的哦。"老太太用手戳着墙壁上屏幕里滚动的条文，"我这个人从不撒谎唉。你们知不知道什么是合同咧？秋冬加收10%取暖费，合同里写得清清楚楚唉。"

"凭什么啊？凭什么？"阿贝扬着下巴，狠狠地梳着头发，"你以为你那点小猫腻我们不知道？我们上班时你把空调全关了，最后你这儿按电费交钱，我们这儿给你白交供暖费。你蒙谁啊你！每天下班回来这屋里冷得跟冰窖一样。你以为我们新来的好欺负吗？"

阿贝的声音尖而脆，划得空气道道裂痕。老刀看着阿贝的脸，年轻、饱满而意气的脸，很漂亮。她和阑阑帮他很多，他不在家的时候，她们经常帮他照看糖糖，也会给他熬点粥。他忽然想让阿贝不要吵了，忘了这些细节，只是不要吵了。他想告诉她女孩子应该安安静静坐着，让裙子盖住膝盖，微微一笑露出好看的牙齿，轻声说话，那样才有人爱。可是他知道她们需要的不是这些。

他从衣服的内衬掏出一张一万块的钞票，虚弱地递给老太太。老太太目瞪口呆，阿贝、阑阑看得傻了。他不想解释，摆摆手回到自己的房间。

摇篮里，糖糖刚刚睡醒，正迷糊着揉眼睛。他看着糖糖的脸，疲倦了一天的心软下来。他想起最初在垃圾站门口抱起糖糖时，她那张脏兮兮的哭累了的小脸。他从没后悔将她抱来。她笑了，吧唧了一下小嘴。他觉得自己还是幸运的。尽管伤了腿，但毕竟没被抓住，还带了钱回来。他不知道糖糖什么时候才能学会唱歌跳舞，成为一个淑女。

他看看时间，该去上班了。

弦歌

（一）

广场，黄昏。疲惫中的演奏。

天空沉寂而壮阔，金色的云碎成一丝一丝，铺陈在天边。夕阳的余晖照在鸟巢的边角，巨大的钢筋铁架明暗分明，西侧明亮反光，东侧在暗处，强烈的对比让锈迹斑斑的庞然大物显得苍老，就如同用真的树木枯枝在悬崖上铸就的荒废的巢。在庞大的避难人群的簇拥中，老旧的体育场似乎也带上了悲哀的气息，与第一乐章的葬礼进行曲的哀悼配合得天衣无缝，相得益彰。

演奏会在平淡无奇中进行。这已经是我们第一百二十一场演奏会了，乐手们演奏得缺乏激情，听众们也心不在焉。每个人都心事重重。尽管是新曲目，尽管是马勒第二这样激情的曲子，但大部分人还是不能保持精神清醒。重复让人麻木。第一声炮响传来的时候，一些人已经在台下睡着了。

对攻击到来，大多数人都毫无准备。当时我从台上望着台下的听众，这是我每天的习惯。一些小孩不断想挣脱母亲的怀抱去玩，母亲不许，双臂环抱住他们，手紧紧扣住他们的肩膀。母亲们总是面对台上的，只是她们也并没有在听，目光游移不定，头巾锁住额头疲倦的皱纹。这很正常。在这种时候演奏《复活》并不是个好主意，原本太艰难晦涩，庞大深沉，放在这种时候演，就更不能抓住人的注意。除了指挥，每个人都有些心不在焉，甚至包括我自己。在第五乐章一少半的地方，远方响起隆隆的炮声，与乐曲混在一起。有那么一瞬间，大家都还以为那只是音乐的效果。

轰隆。轰隆。那效果出奇地好，和低沉的音乐配在一起，震撼人心。台上台下一起呆呆地欣赏了片刻，片刻之后，才有人突然明白听到的是什么。

有一个人站起来，大声指着远方。人们吓了一跳，起身向后观望，森林公园方向有若隐若现的火光传来。一时间大家还在迟疑，没有人说话，除了面面相觑，就只有手指抠住手臂。远处能看到火光，但看不到人的奔逃。空气仍是静的。演奏仍在继续，女高音是唯一的声音，让四周显得愈发寂静。

片刻之后，声浪传来。爆炸燃烧的激波推动热浪，带着热气的空气经过压缩、膨胀、再压缩，穿过黄昏的冷气一路呼啸，从远方传到身边，成为衰弱却混杂着暴力和躁动的湍流。远处闷声的爆破压抑着痛苦，越模糊越让人恐惧。身边的人开始奔逃。喊叫、慌张、混乱。尽管没有任何迹象表明攻击正在向身边转移，但人们还是不顾一切地向南拥挤，前推后搡，汇成洪流，跨过摔倒和尚未起步的人。刚刚那些搂着孩子的母亲此时像母鸡用翅膀护住小鸡一样将孩子护在身侧，左手拖着，右手挡在他身旁，孩子跟不上，跑得跌跌撞撞，母亲为了将周围人的挤撞挡开，爆发出了惊人的母牛般的力气。尖叫声不时撞击着耳膜。

我们仍然想演奏，可是不管怎么尽力，曲子还是被冲击得七零八落。小提琴听不到黑管，定音鼓进错了位置，舞台外有人跌向贝斯，琴身发出碎裂的闷响。乐手们也开始恐惧，弦音不用揉就发出颤音。只有指挥在台上尽最大努力维持着乐队的平稳，可是不管他多么努力，我们也没能到达复活的天堂。

火光的橙红中，我们放弃了演奏。天边的颜色伴着夕阳，由橙变金，融入深蓝。我们坐在台上，没有和大家一起逃离。我们需要等待最后乐器的撤离。没有人说话。寂静充满天地，听不见喊叫和身边的哭闹。

人流漫过身旁，舞台像失事的船只。我们坐在乐器中间，看逃亡中的人，他们不看我们。按以往的经验判断，这不是一次激烈的攻击。天边的色调渐渐变浅，说明燃烧正在减弱熄灭。攻击很可能已经结束了，只是人们的逃离并没有暂缓，广场四面八方的难民源源不断地奔逃，挤进鸟巢，似乎是想为被惊吓勾起的恐惧记忆寻求一个庇护的窝。事后我们知道，这是海军一个隐藏的指挥控制据点被炸毁，像以往一样精确，没有多余的攻击和死亡，战火没有弥漫到森林公园之外。当天的我们是安全的。可是在那时那刻，看着那些因惊恐而僵硬的面容，绝对没有人能说大家的逃离是过度夸张。

曲终人散，凌乱的舞台只留声音的碎片。

攻击者始终没有出现。直到暮色越来越浓，我才看到飞机的一影。四架扁平的三角机在幽蓝黯淡的天空滑过，一闪而逝，机翼留下闪光，消失在平流层看不见的高度。

从战斗第三年开始，我们的演出就成了义务。不记得是在什么时候，人们发现钢铁人不破坏古老的城市和与艺术相关的场所，这起初只是个猜想，经过小心翼翼的尝试，逐渐得到证实。乡村和小镇的人们开始疯狂地涌向古老的文明之都，寻求庇护，艺术演出团体也莫名地担上了防卫的责任，每天在各处演出，演出的方圆境内不受攻击。这就是我们的演出。

没人知道钢铁人的母星在哪里，它们懂地球人的语言，但不让地球人了解它们的。没人了解它们到底是什么样的生物。入侵才只有三年，战斗却如摧枯拉朽，地球人败得毫无机会，抵抗一直进行，人们却越来越绝望。逃跑的士兵如同瘟疫，逃得越多，继续逃跑的就越多。从电视里偶尔能看见现身的外星人的样貌，比地球人略高，两米到三米之间，流线型的钢铁外表，永远看不见表情的冷酷和精确。

恐惧。悲愤。猜疑。人心惶惶中，流言不绝于耳，传着钢铁人的各种举动。它们捕获了一名音乐家。它们劫掠了历史博物馆的资料。它们对古迹和美术殿堂加以拍摄、研究和保护。它们对抵抗的军队杀戮铁血，不留情面，但拣出科学艺术和历史的相关群体，加以宽容。这是一幅既统一又分裂的肖像，一方面很残酷，一方面又很宽容，让人不知道它们是暴力主义还是贵族主义。它们住在月亮上，像月之暗面一样，永远不正面面对人类。人们只好猜测，在猜测中演艺术，让艺术家成为莫名的超人。这算是一种什么样的保卫连我们自己也说不清，被动，却责任重大，严肃却失去艺术原本的意义。

三年中，人们从热血变得现实。从鼓舞的战斗变成求存的妥协，为了生存，努力学习。如果学习科学和艺术，它们说不准会格外网开一面。如果顺从地活在它们笼罩的天空之下，说不准还能活得很好。只要屈服。只要放弃。只要在它们的天空下歌舞升平。

总有人会不甘心，心怀不切实际的最后幻想。

林老师想要炸毁月球。

"老师。老师！"忽然有声音将我从沉思中拉回现实，我回过神。

是娜娜。她刚拉完一段协奏曲。

"这段拉得行吗？"娜娜问我，声音有点急躁。

"哦，还行。"我有点不好意思，几乎没有听清她的演奏。兵荒马乱中，很难让一个人心无旁骛地教授提琴。我知道老师有这个能力，可是我没有。我在浅层记忆记录的临时录音中搜寻一下，似乎搜寻到刚刚听到的片段拉奏，不完整，而且缺乏鲜明对照。我只好说，"还不错，比你上周进步了，只是……还是能听出有一点急躁。"

"那是因为我不想拉了。"娜娜说，"您能不能告诉我妈妈，我不想学了。"

"为什么？"

"Alexon 要走了。下个星期就走。"娜娜脱口而出。

"去哪儿？"

"不是告诉过您吗？"她说，"他要和爸爸妈妈去香格里拉。"

"哦。是的。我一时忘了。"

娜娜确实跟我说过。她今年十七岁，Alexon 是她喜欢的男孩。他们曾经是同学，这两年停学，他们的感情却越发笃近。Alexon 家里有显赫的势力，钢铁人在地球上圈出几块它们的控制中心，作为对地球的势力入侵，只有少数有金钱和权势的人被它们选中做傀儡控制者。Alexon 一家被选中了，他们借助人间天堂的古老神话和从天而降的征服者，移居人间仙境，成为人间国王。娜娜不能同去，伤心欲绝。

"老师，您也有爱的女孩不是吗？"她说，"您一定明白，如果他走了，我再学什么都没意义了。"娜娜望着窗外，神情忧郁而悲伤。世间纷乱对她来说是无所谓的，两个人相爱是重要的。她早不想学琴了，只是妈妈逼她。她想和 Alexon 一起去钢铁人的管辖区。她爱他。"您能不能告诉我妈妈，我不学了。我要走。他会带我走的。"

我不知道自己该用什么样的态度回应。她信任我，不告诉妈妈的事情却告诉我，可是我不能回应这种信任。我可以信守承诺替她向母亲求情，可是从一个旁观者的角度，我不认为她和 Alexon 能幸福地生活在香格里拉。可我没法劝她，劝她她也不会信。

自从钢铁人的偏好被曝光，学琴的人数就呈几何级数增长，每个家长倾尽所有让孩子学防身的艺术，让每个能做家教的乐手应接不暇。不能再单独授课，小班上总要挤进四五个人，不宽敞的小屋显得越发拥挤。

越是这样，我越觉得没办法面对我的学生。在这样的时候，为了这样的生存需要而教琴，让我有一种无法承担的奇异的责任感。红木家具在身后压迫，谱架上写着令人慌张的速度，窗口透入的月光洒下人人皆知的威胁味道。

娜娜和雯雯是最近找我学琴的两个女孩子。娜娜不想学，可是雯雯比谁都想学好。她的母亲在逃难中伤了腿，只是为了她才坚持，拿出一切家当供她学琴，似乎未来的家的期望就托在她细细的琴弓之上。雯雯比谁都努力，拉琴的时候也有其他孩子没有的顽固的僵硬。

"雯雯，你放松一点。手指太僵了。"

雯雯涨红了脸，更加努力地拉，但这样一来，手指就更僵也更紧了，声音束缚而浮动，换弦的时候相当刺耳。看得出来，她是太认真，认真得过分了，过分得反应迟缓。

"等一下，"我试图调整，微微笑了笑，"雯雯，你怎么每次都这么紧张呢? 出什么事了? 没什么好紧张的。咱们这样，闭上眼睛，休息一下，再非常非常安静地试一次，心平气和，准备好了再开始。来，不着急，深呼吸。"

雯雯听我的话，深呼吸，闭上眼睛再睁开。可是一开头就错了。她停下来，不等我说就重新来，可是又错了，再重新来，连第一个音都找不准了。她又闭上眼睛，深呼吸，再睁开，睁开的时候满眼泪水。她还想拉，可是弓子仿佛太重了，她一提起来手臂就坠了下去，身子弓起来，像受惊的小猫一样哭了。她害怕了。

我的心随着她的眼泪沉下去。她在哭声中嗫嚅着说她必须拉好，拉不好可怎么办。月光透过窗子，洒在她弓起的背上，一片苍白。

(二)

钢铁人不屠杀，只是精确制导。它们飞在几万米以上的平流层，导弹射不到，它们却能准确炸毁地球的控制中心。它们只摧毁军事指挥和武装战士，不涉及平民。指挥官不知死了多少，千万高精尖的头脑如流沙烟消云散。换了控制基地也没用，只要使用电磁波的操控，就如同聚光灯亮在夜晚，它们总能轻而易举发现控制者隐藏的位置。东躲西藏，也免不了地下室的轰炸。指挥部接连被毁，军队和武器还在，但是能够指挥和操控的人越来越少。溃散几乎是不可避免的，偶尔的激情誓师像孩子对着空气打拳。

失败几乎是注定的，但人们的问题是要不要投降。如果投降，并顺应它们的心意，人类能活下来。没有迹象表明它们想要毁灭人类。它们对抵抗军和平民的态度有天壤之别。目的似乎只是地球的臣服，如果不抵抗，它们并不会杀戮。甚至原有的土地占有和产权支配也不受影响。它们赢在精确，赢在区分。一切都表明，投降是最好的选择。

只有寥寥无几的人会想要破釜沉舟，寻求最后的抗拒。一如巴黎面对纳粹时的抵抗运动，一如清兵入关后仅有的造反团体。

林老师是抵抗者。我不知道为什么会是他。在入侵前如果让我假想这么一天的到来，让我猜想谁会是抵抗者，我会猜到一百个人，但不会猜到林老师。他只是音乐教师，快要退休的普通的指挥系教师，性格内敛，从来不曾参加任何政治运动和示威游行，让我猜多少次，我也不会想到他。林老师学提琴出身，从我十岁就教我拉琴，这许多年间一直是我古典理想的榜样。他沉浸在音乐中，在一个比人世更广阔的世界生存，专注而沉默，思维深入而持久，他也许也有忧虑，但永远不在脸上。他六十岁仍在学习。

我怎么也没想到，林老师会提出炸毁月球。

"先别说这事，"林老师带我来到窗口，"你来看这个。"

我到林老师家，第一件事自然是询问计划的具体步骤，但林老师似乎有更重要的念头，什么都没说就先将我带到窗边的写字台前。

我心里的疑惑只好暂时放下，跟着林老师来到他摊开在桌上的纸张和乐谱边上，循着他的指点将目光投在一串密密麻麻、如诗歌排列的数字上，数字全是分数，一行行从上到下，有的一行两三个，有的一行只有一个，杂乱却错落有致。在纸张的另一侧边，有零散的音符按着相同的行列排列一一对应。中间有英文字母和符号，整张纸像密码编写的天书。我扫视了一下，这样的纸张桌上还有五六张。

"我最近才知道，宇宙原来有这么多音符。"林老师的声音透出洋溢却暗含伤感的赞叹，"宇宙的每个角落，每一个角落，都是自然的音乐。如果我早一点知道就好了。"他又拿起一张图片给我看。图片我认识，是彩色的太阳系结构。"你看这个，太阳系行星的轨道就是一串同一的音，每两个轨道之差都是前一差值的二倍，如果当作弦，那就是八度八度向上翻。还有这个，这个是黑洞周围发现的信号，周期信号，叫作……叫作什么来着？"

林老师说着，回身望向身后，发出探询。我跟着他回头，这才发现屋中背对门的沙发上坐着一个人，一个比我年轻些许的男生。窗口的光刚好直射到他脸上，他的头发短而直立，面孔微微笑着，显得异常干净。面对林老师的询问，他先是看了看我，带一丝歉意地笑笑，然后很自然地回答："准周期震荡。"

"对。准周期震荡。"林老师继续往下说道，"黑洞周围的准周期震荡。常常是两个峰，你看这常见共振频率，2：3，哆索五度，然后是3：4，这是哆发四度。完全是最好最天然的和弦。我现在想做的事是把这些绝对频率转换为相对音高，就像这样，"他手里拿着我刚刚看到的那张有数字和音符的表，"然后用这些和弦做主调和弦，谱成曲子。曲子就叫《黑洞》，名字也是天然的。"他看着我的时候眼睛深邃而有话，迥然含着期待的光，那光的专注超越年龄，低沉的声音有隐隐的激动，"我以前真的没了解过这部分，这实在太可惜了。共振的影响力。谐波。你知道吗？原来我们的宇宙也是在共振中创生的，就像大三和弦的天然共鸣，宇宙最初也是谐波振动加强，创造出万物。这多好。如果能追溯这一切该有多好，追溯宇宙诞生的那一刹那，将那时震荡的频率化成音符，翻译成曲子，最和谐明亮的和弦，那该多美。《宇宙》安魂曲，诞生和永恒。可惜我太老了，学不会了。要不然可以让齐跃……"

林老师说到这里，忽然想起了什么，轻轻拉住我的手臂，说："还忘了介绍。这是齐跃，跟我学琴两年了，研究天体物理的。"

林老师指向沙发，我这才和齐跃第一次正式面对面站在一起。

"你好。"他先笑着伸出手。

"你好。"我说,"我叫陈君。"

林老师继续说下去,说他想研究的理论,说宇宙与音乐的关系,说他完不成的宏大计划。他说得严肃而有热情,说了很久,说到关键处还在纸上写写画画,找到乐谱写下一串音符,作为对他想法的说明。说着说着就投入了,他开始伏案涂改,偶尔掀开钢琴的盖子弹上几个小节,眉头舒展又皱起,到了最后已经完全又投入到日常的工作状态,几乎忘了我们还在,我们能看见他穿着灰黑色高领毛衣的后背伏在书桌前,但无法接近。他始终没提月球计划,尽管这是他找我来的本来目的。我想他是忘了。

出门的时候,我回头望了一眼,老师正在纸张中寻找,动作迅捷而严谨。

天色已晚,我和齐跃一起下楼。老楼没有电梯,我们从楼梯间一圈圈向下绕。齐跃走在我身前,暮色透过楼道的小窗落在他头顶,让他的头发明暗跳动。他插着口袋,步伐轻快。

我忽然有种感觉,老师的计划一定和他有很大关系。

"齐跃。"我在身后叫住他。

齐跃回过身,看着我,表情微妙,像是知道我要说什么。

"林老师的月亮计划,你知道多少?"

"你问哪方面?"

"原理。原理你肯定知道对吧?你能不能告诉我,究竟有没有成功的可能性?"

齐跃沉默了一会儿,微微笑了,对我说:"特斯拉曾经说过一句话:'只要我愿意,我能将地球劈成两半。'"

我琢磨了一下:"那你觉得……是可行的了?"

他没有正面回答,只是用拇指指了指身后,说:"如果你明天没事,到我研究所来吧,我想给你看点东西。"

我惊讶他初次见面的信任，但没有拒绝。黝黑陈旧的楼道中，齐跃的面容显得很生动，鼻子以下在暗影中，但眼睛显得熠熠发亮。

齐跃的研究所在城市边缘，很大，院子里有很多粗壮的梧桐。只是我没料到会这样清静，清静得人影全无，安宁中透着深入石缝的寂寥，树枝沙沙响起的时候，那种寂寥扩大数倍，从四面八方侵入人的身体。

楼道空空如也，大理石地面映出人模糊的灰色影子，一眼望得到尽头。餐厅大门紧锁，办公室的小门却时不时敞开着，随风开合，露出里面宽大而空无一物的电脑桌和书柜。楼道两侧的宣传栏也都空着，沙漠般的展板上只按着细小的钉子，没有一字一画。脚步有回声，偶尔路过一两间排列着巨型计算机设备的房间，只看到屏幕上落满均匀的灰尘。

我很惊讶这里的空旷，但没有发问，一路跟着齐跃，穿过无人的大堂、楼梯和休息区，来到位于西侧顶层的一间小办公室。这是一个很大的控制区域中的一间，控制区一尘不染，在整片荒废的楼宇中干净得醒目，看得出每天有人打扫。小办公室里有黑色木质书桌书柜，窗户很大，从窗口能看见视野宽广的草坪和远山。书桌上有一台老式音响。

齐跃打开电脑，并排放置的六个屏幕开始同时启动。他熟练地打开一系列窗口，有黑色背景的频率谱图，有蓝色背景的数值坐标，还有彩色背景的卫星云图。最后一个窗口是提琴和钢琴的特写照片。

"你知道吗，"调好后，齐跃并没有直接给我讲解，而是把电脑屏幕扔在一边，侧坐在写字台上，对我说，"我这辈子最佩服的就是特斯拉。太牛了。实在太牛了。发明的东西你一听就傻了，交流电，高压电传输，无线电通信，X射线成像，激光效应，电子显微镜效应，雷达原理，计算机与门逻辑，还接收天外射电脉冲，造球状闪电。他一辈子七百多项发明，说哪个都吓死人。实际上，整个现代世界全建在他的这些发明上面，这世界缺了谁的发明都缺不了他的。就这么一个人。"

齐跃说得声情并茂，语调中充满向往。这情绪我能理解。就像我们有时候说起贝多芬，口中的赞叹不仅出自佩服，更是发自心底的感情，希望说给所有人听。

"咱们说正题。"齐跃接着说道，"特斯拉这个人很有意思。昨天不是说过他的一句话吗？据说那是在这么个情况下说出来的，不知道是真是假，据说他曾经爬上过一座正在建的摩天大楼顶部，把一个小激振器放在钢梁上，激起钢梁共振抖动，吓得工人们完全不知所措。他于是说，给我一个激振器，我能把地球劈开。像极了'给我一个支点，我可以撬起地球'。只不过他更牛，因为阿基米德只是比喻，但他说的是可能的。"

"你是说……共振吗？"

我对物理概念只有片段耳闻。

"是。频率相当或成倍数，振动就能相互激发。"

"激发就会振裂？"

"超过固体强度限度就会。"

"那么……老师就是想用这个原理炸毁月球？"

齐跃点点头："是。用天梯。"

"天梯？"

我倒吸了一口凉气。

别的我不懂，天梯还是知道的。天梯是一座纳米长梯，从地表延伸到月球表面。一般人把它叫作杰克的豆荚，因为顺着它可以一直爬到云层外面。所有人都知道天梯。早在它上天前几年，媒体就已经大肆炒作跟踪，上天的过程更是几个月全球直播。多个国家合作投资，多个机构共同研制，多国宇航员参与护送。仅这些就已经够吸引关注，更不用说由它带来的未来连通地球和月球的可能性。月球的矿物输送到地球，地球给养传给月球的科研探索人员。未来将建立月球实验站、发射站、居住点。可惜2022年上天，只上天两年，钢铁人就来了。自那之后，一切活动都停止了，天梯空自悬垂。如果不是齐跃提醒，我几乎已经把它忘了，就像所有为生存担忧的人一样把它忘了。五年过得太快。尤其是这五年。五年前的发射还历历在目，五年后的地球已物是人非。这一点让人心凉，繁华与疮痍触目惊心。

可是，用天梯怎么能把月球炸毁呢？难道用天梯当激振器，让月球共振？这听起来也太过不可思议了。天梯再怎么结实，也只是细细的纳米线缆啊。

"天梯这么细，可能让月球振动起来吗？"

"频率。只要找到共振频率，振动能扩大很多。"

"那怎么才能让天梯振动起来呢？"

"也一样。共振。"

齐跃边说边打开一段视频。我盯着屏幕。在视频播放器小小的窗口中间，出现一座大桥倒塌的画面。粗糙的画面，抖动的拍摄，显而易见是出自古老的手提摄像设备。一座原本架在大江之上的宏伟的大桥，在风的吹拂下，突然之间开始抖动，没有任何外在情由和破坏，大桥只是越抖越厉害，桥面在震荡中扭曲成上下起伏的不定的曲面，公路像橡皮泥一般弯曲，振到一定程度在顶点垮塌，桥面碎裂，没来得及撤走的车辆跌入大江。

"这是1940年代的塔科马桥，八百米长，就因为风而起振。你看这里。"

齐跃说着，又打开一个小的动画窗口，图上有一串白色的云雾状涡旋不断向后流动。从图上可以看出，白色涡旋是云层的一部分，在一个圆形区域后形成，排列齐整，震荡着飘远。云层下是地球蓝色的海洋和白色的陆地山峦，白色涡旋在高空陈列。我不知道这是什么，但觉得很震撼。天空中这样庞大而不为人知的结构，在辽阔得超过国家的尺寸上，壮美而安静地铺陈、拱起又飘散。天空下的一切仿佛忽然变得不值一提。

"这是空气绕过柱形之后的旋涡串，震荡着前后冲击，塔科马桥就是因为这个才塌掉。冯·卡门发现的。这是第二个我佩服的人。"

我想了想，试图理清其中的逻辑。

"因此，我们需要拨弦。"齐跃最后说。

一句话，我突然被点醒了。

这就是林老师的计划。我总算有一点明白了。明白之后更为心惊。如此匪夷所思的设想，拨动天地之弦，震碎月亮。即使有齐跃的讲解，我也心存疑惑。齐跃能接近天梯的控制，他告诉我，他们以前的实验室是地月联合实验室，能远程控制月球上的实验中心进行核聚变、黑洞实验、宇宙射线探测，尽管这种控制现在被钢铁人切断了，但是他们中心在地面上还是对天梯有接近的权利。

"可是，如果月球能被振裂，难道地球不会被振坏吗？"

"会。"

"会？"

"会的。只是不会那么严重。起振的局部会剧烈振动，如同一场地震，但地球整体不会有什么事。"

"这也就是说……"

齐跃慢慢收住了笑容："只有拨动琴弦的人自己会被地震裹挟。"

这一下，我明白了。用尽力量让天梯振动，为此不怕引发局部地震，让自身毁灭。这是用自身的生命换月球的生命。原来老师是想用这样的办法做抵抗。用孤注一掷的琴弦拨动让天地的哀歌响起。用同归于尽的办法换一点自由。这是反抗到绝望的最后反抗。我从不知道老师竟然如此决绝。当正面进攻已没有机会，只有用挽歌才能挣一曲刚烈。这一下清楚了。我们的行动是演奏，而行动本身就是最孤绝的演奏。

我很想问齐跃，你觉得这样值得吗。

齐跃忽然转过头，长长地吸了一口气，头向窗外开阔的草坪歪了歪，看着我问道："你知道我们研究所为什么这么空荡荡吗？"

我摇摇头。

齐跃嘴角露出一丝微笑："其他人都被接到香格里拉和月亮上了。"

原来如此。

我心下恍然。应该能想到的。齐跃的研究所是世界上首屈一指的研究所之一，天梯项目的主要参与者，月球先锋实验室的带头成员。钢铁人保护各种艺术和科学界人士，招募他们为其服务，地球上最好的乐团也被接走了大半，丝毫不奇怪这些领先的科学家也早早被接走，成为钢铁人倚重的新贵族。钢铁人是懂科学的，它们知道地球上哪些人的头脑值得珍惜，也值得利用。

"你没走？"我问齐跃。

他低头瞥了一眼屏幕，抬头凝视我，目光带着一丝笑意、一丝讽刺和微微一丝悲怆，说："我喜欢特斯拉，不只是因为他牛，还因为他单打独斗。你知道吗，他被爱迪生排挤得厉害极了，被马可尼抢了专利，还被投资人摩根抛弃了。可是他一直奇思妙想到八十六岁。他是纯粹的孤胆英雄，没结婚，也没有那些有权有势的前呼后拥。他不像爱迪生那么会利用团队，也远没有那么功利。他就一个人和那些大团体对抗。你知道无线电输电技术吗？把地球作为内导体，地球电离层作为外导体，用放大发射机在地球和电离层中建立 8 赫兹共振，天地就成了谐振腔，可以传输能量。这是什么气度！用天地做谐振腔。当时的人们哪有这等见识。那时人们还把地方政治当回事，谁也不愿做。还有一些公司攻击他，会算计的人抢他的专利。结果他到最后也没能实现计划，就这么一个人死了。现在，他的计划当然全都实现了，可是那时他就这么一个人死了。"

我没有说话，但我能感觉他的情绪。这昔日繁荣热闹的所在，如今只剩下他孤单一人，而远方入侵者用优厚待遇吸引了一切同僚，这孤单就越发显得冷落而毫无意义。

"其实大家想跟谁就跟谁，也没什么好说的。"齐跃又说，"但总还是会有些人不一样，我就喜欢这些人。"

我知道他是指老师。

"陈君。"齐跃忽然念起我的名字，"你的名字很好。古人说君子比德如玉，其实我觉得不是说什么温暾圆滑，而是为了这一句：宁为玉碎，不为瓦全。"

从研究所出来的时候天色已晚，我们在硕大而空寂的园子里走了走。风一起，半黄半绿的枯叶呼啦啦地落下，铺了一地，顿时寒意十足。梧桐搭成的拱廊原本葱茏密实，但此时也稀落得显得萧索。我们立起衣领，用相似的姿势将肘加紧，手插在口袋以避寒。天上云很多，月亮看不清楚，宏伟的楼宇沉入暗中，只有远处门卫的小屋还亮着灯，成为整个院子仅有的亮度。我们走了好一阵子，没有说什么，在寂静中感觉脚步，偶尔相互问一下对方的信息，但对马上要面临的行动计划，我们没有再谈，也不想再谈。

齐跃问起我有没有女朋友，我如实告诉他，我大学毕业就结婚了，到现在已经六年了。

"真的？"齐跃显然有一点惊讶，"那你也有小孩啦？"

我摇摇头："没有。她去英国了，走了五年半了。"

齐跃怔住了："那你们……？"

"没有，我们没离婚。"我说，"不过也差不多了。"

齐跃没有继续问下去。我也不想再说。我们又沉默地走了一会儿，齐跃带我离开了园子。出门的时候，我回头又远眺了一下园子里巍峨的大楼。这曾经是这个国度最顶尖的研究机构，荟萃了全国精英的头脑，但现在也寂寞荒弃着如同最一般的人走茶凉的村庄。

晚上一个人步行回家，在头脑中回想整个计划的细节。漫长的步行街冷冷清清，偶尔有一两个人步履匆匆地经过我身旁。商店都关着，显得萧条。我还是无法估量这个计划的意义，会带来什么，带走什么，值不值得，该不该做。不是想不清楚，而是无法抉择。夜晚的凉意让我头脑清明，可这不是头脑清明的问题。这是内心的问题。我越是客观地将局势看清楚，越不能确定这行动是不是该做。

我开始明白，为什么老师选了勃拉姆斯。

在计划中最后一场演奏会上，老师选了两首曲子。柴可夫斯基的第六和勃拉姆斯第四。《悲怆》容易理解，激情而悲观的动人旋律。但勃拉姆斯第四就不容易理解了。勃拉姆斯常给人温暖保守的印象，不温不火，没有贝多芬的愤怒和瓦格纳的狂放，也不打破常规，乍看起来似乎很不适宜做英勇誓师，我曾经疑惑老师为什么不选择《命运》或理查·施特劳斯，又或者马勒的《复活》也更恰切一点。勃拉姆斯很少被人在这种激情的时刻想起。

这个问题我问过老师，他没有回答，只说是个人喜好。但在这个晚上，我忽然有些明白了。这件事从始至终就不是一场激动人心的战斗，而是悲凉到最后的无可奈何。炸毁月亮，即使齐跃说了它的原理和可行性，我也还是深深怀疑最后的结果。怎么听都不像是能成功。而即便老师自己是相信的，他也一定知道这不是英雄的抵抗，而是向悲剧结局迈进的毁灭的抵抗。月亮能否炸毁没有定论，但如果共振引起演出之处的地震，十有八九我们自身难保。这或许是一种殉难吧，为仅有的自由殉难。

只有勃拉姆斯适合现在的人类。有的朋友说，听来听去听到最后，就只剩下勃拉姆斯了。他一开始不吸引人，但是到最后大家最沉浸的往往是他。勃拉姆斯的音乐有骨子里的悲剧感，不用制造什么悲剧色彩，也不用刻意夸张，本身就带着。内敛，深沉，表面上不露悲伤，激情像看似平静的海洋。现在想想，当他远离魏玛热闹的沙龙，独自守着古典主义的理想，他已是与命运面对面。一个人面对他无法改变的这个世界的命运，茕茕孑立。

耳机中播放着勃拉姆斯大提琴协奏曲沉静而凄怆的旋律。只有在这样的夜晚，走在这样无人的街上，看着扫街者的扫帚唰唰地扫过厚实的落叶，才能感觉出勃拉姆斯音乐的力量。总有一些境况是你无能为力的。命运就是你看得清楚局面也没办法的局面。这样的时候只能走向孤独。能守候自己已是一种勇敢，何况与旧日的理想一同沉落。

（三）

一个星期以后，我踏上奔向世界各国的旅途。

我决定帮老师完成这最后一场盛大的演出。老师和齐跃的任务是布置场地，而我的任务是征召乐手。我要拜访所有我们认识的乐手，征召愿意陪老师一同行动的人。平心而论，这实在不是一个容易的任务。我有好长时间连自己都无法说服，更不用说说服这么多其他人。该有多大的勇气，才能向每一个人开口。

我问过自己为什么要答应，尚没有定论。老师并没有劝我。在他将计划阐述给我之后，由我选择。即使是在机场候机等着分别上路的时刻，老师也没有给我任务的压力或鼓励。或许老师不想强求。或许老师知道我知道该怎么做。机场的玻璃蓝色冰冷，窗外有机械起落。就像初次见到齐跃的那一天，老师一直在说着他沉浸的话题。

"我最近才学到轨道共振。非常有意思。它是说，当一些东西绕着中心转的时候，所有旋转的轨道都会相互影响，最初是随机的分布，到最后只剩下几个轨道，相互呈简单和弦。起初杂乱，最后留下的只是有共鸣的寥寥几个。有人说那些小行星就是因为某种共振被振碎的星球。这么看共振就是选择，从无穷无尽中选择。一个主调，总会选择出和它密切的属音。它们就是骨架。宇宙和音乐一样精细。"

老师说着，浓密的眉毛压低眼中的表情。有时候他会停下来，转过头来，看看我的反应。老师的眼睛里写着他没说出的话。我忽然觉得老师并不是天然地生活在理论的空中楼阁中，而是对周遭心知肚明，却只字不提。他故意进入另一个更宽广的世界。

与老师分别后，我飞了很多地方。在每次飞机起飞和降落的时候，我总会俯瞰地面，看每一个星罗棋布的城市与乡村，看这些相似又不同的人类的居所。人活在大地上，充满劳绩，却诗意地栖居。这话说得太抒情。人往往是带着睡意栖居的，醒来也仍在睡。当梦魇来临被惊醒之后，人们用自我催眠的办法继续睡去。睡去比醒来好过得多，睡去之后，生活的一切都可以容忍。惊恐可以容忍，屈服可以容忍，限制的自由也可以容忍。

我不知道大地上有多少人每天为了未来担忧。视线以下，平原还是平原，草地还是草地。宁静的乡村还是有着红顶的小房子。乍看起来，一切都没什么变化。如果忘记头顶的月亮，似乎现在的生活和五年前也没什么不同。这是和历史相比多么不同的一种境遇。人类第一次作为整体感到薄弱。以往的所有冲突都是一部分人强过另一部分人，只有这次是所有人同样薄弱。作为强国的一些国家没有经历过这样的衰弱，曾经一度很难适应。他们惊讶地发现，一些以为永存的英雄主义气质不见了，牺牲和为自由而战的民族气质也可以随着溃败消散。这多么动摇人心。可没有办法。被征服的民族分歧多过团结。爱国主义早已被诉病，此时的"爱球主义"则更像一场笑话。武力抵抗变成零星的火花，人们撤回到自己在角落里安全的房子，城市和公路在沉默中维持着原有的样子。

云下的世界仍然运转。如果不想到某种自由，似乎可以一直这么继续下去，直到习惯。这有什么不好呢，吃还能吃，睡还能睡，艺术灌输甚至比以前还多。只要承认它们对人类的统治，一切就能继续。而承认对一般人生活又有多大影响呢？钢铁人只是要一些资源和矿产，要地球的屈服，要绝对的权威。如果能顺从，永远不挑战，永远承认它们的地位，那就一切都没问题，像以前一样幸福，像以前一样自由自在。

只是自由又是什么东西呢？

伦敦是我的第六站。在这之前我到了北美和欧洲大陆。进展并不顺利，这我也能想到。一方面不能把这计划告诉太多人，另一方面在我们接触的乐手中间，同意的比例非常之低。我不知道我要有多久才能凑齐一个乐队。

在伦敦南岸步行区，我见到了阿玖。

阿玖看上去没什么变化，尽管我们已经三年没见。头发烫卷了，戴了项链，除此之外的一切还是和从前一样。脸庞隐在长长的刘海下，仿佛瘦了一点。她穿了浅红裙子和一件灰色长大衣。在细雨刚停的石板路上，她的靴子发出有规律的咔嗒声，好一阵子我们都没说话，只有靴子的声音像我们心里悄然转动的钟表。

　　阿玖对老师的计划同样感到惊讶，但没有多说什么就立刻答应了。这让我略略感到惊讶。我又重申了一遍计划的困难和风险性，她点了点头，表示明白，但没有收回许诺。我心里有一丝感激和微微的暖意。

　　"你现在还好吧？"我问她。

　　"还可以。"

　　"还在上次你跟我说的乐团？"

　　"不了，"她摇摇头，"中间换过一个乐团，但现在那个乐团也不在了。"

　　"为什么？"

　　"乐团解散了。"她看着夕阳中的泰晤士河，说得有一点迟疑，"然后……大部分团员，被接到了香格里拉。"

　　"也被接走了？"

　　阿玖刷地转头看着我："也？难道咱们团也被接去了？"

　　"哦，不是。"我连忙解释，"是一个朋友。他们研究所的科学家都被接走了。"

　　"哦。那正常。那太正常了。伦敦也接走了不少人。"

　　我不知道还说什么好，这局面让人觉得无比荒凉。荒凉得让我们仿佛共患难。

　　"那么……"我犹豫了一下，"你没走？"

　　阿玖摇摇头。

　　"听说，它们给乐团的待遇和照顾很好？"

　　阿玖声音凉凉的，听不出感情："是。好极了。"

　　"那你为什么……"我说了一半，又顿住了。

阿玖的脸对着泰晤士河，有好一会儿没有说话，似乎平静得无言，但再回过头来的时候表情变得怆然："阿君，要是别人这么问我也就罢了。为什么连你也会这么问我？"

我一瞬间失语了，心里翻滚着几年的感觉。阿玖的脸在夕阳中被勾勒出金边，边角头发微微飞扬，像金色的纤细的水草。她的眼睛因为湿润而显得很亮，眼泪绕着眼眶打转，最后也没有落下来。远处的伦敦塔桥有断裂的栏杆，剥落的蓝色露出大面积的灰黑。金色的河水一丝一丝黯淡下去。我们面对面站着，良久无言。

过了好一会儿，阿玖说累了，想去坐坐，我们就来到皇家节日大厅剧院门口，在长凳上坐下。四周人很少。我记得上一次来的时候这里还有许多卖艺的艺人和玩新概念车的孩子，但现在显得冷冷清清。

我们断断续续聊天，说这几年的生活和入侵带来的改变。我们很久没有这样说话了。我不常给她电话，她也不常打电话回国。之前的三年，我们的联系屈指可数，关系有若游丝。我想过很多次再见面的时候会不会非常尴尬。但在这样一个晚上，当我们带着一种共同面向悲观未来的感觉坐回到一起，我忽然发现这预料中的僵局竟然很容易就被打破了。我们谈起自己的恐惧，自己的思量，周围人的恐惧，周围人的思量，谈起这个世界现实的一面，我们惊讶地发现，很多感觉竟然仍有很多相似。

"其实有时候，我也不知道该怎么看待抵抗这件事。"我说，"到底该说好听了说成追求自由、不屈不挠，还是说是幼稚、顽固不化，有时候我都不知道我们在抵抗什么。有时觉得大家都接受了、认命了，又何苦没事找事呢。这让我越想越不确定。"

"永远有各种角度吧，"阿玖温和地说，"有时想想也挺讽刺的。以前叫别人恐怖主义，现在美国人的抵抗被钢铁人叫恐怖主义。"

"我就在想，其实不就是多个统治者吗？我们以往的统治者还少吗？多一个又怎样？被征服的民族也多了去了，不是照样活着，活得好好的。钢铁人在头顶上，时间长了就忘了。你不惹它们，它们也不惹你。接受了也就安定了，干吗还要较劲呢？"

阿玖沉默了片刻，说："你这是何苦，何苦逼自己这么想呢？你要是真这么想，又怎么会还跟着老师做事？"

我没有说话。

泰晤士河沉入夜色，反光的河面上滑过慢行的客轮。

"其实，"阿玖接着说，"我并不责怪我们乐团的人。他们各有各的理由。"

"嗯？"

"有的人想要的是安全。也有的人是倾慕钢铁人。"

"倾慕？"

"嗯。强大、力量、准确、冷静的意志。还有更高的艺术知识。所有这些。"

"那倒是真的。"我点头承认。电视里出现过钢铁人，强有力的身体，永远精确的阵线，有机躯体外面是整一层钢铁外表，喜怒哀乐不形于色，对一切都是居高临下的审判的态度，知识远为丰富。这一切让人折服并不奇怪。

"我知道你刚才为什么要说那些话，"阿玖接着说，"你怕自己选错，才故意找反对自己的理由。可是你知道你心里不是那么想的。你越不说越清楚。你总想着其他人的理由，似乎也明白他们，觉得有道理，可是你知道自己不会愿意跟着他们的。"

我转过头看着阿玖。她双手撑在长椅上，脸上有一丝曲终人散般的空茫。

"你刚才问我为什么不跟着它们走，"她说，"其实我也说不好。它们对艺术家很不错，去那边还有更好的艺术条件。只不过，我心里还是有某些过不去的东西。我还有能力拒绝。作为卑微的人，可能只有这么一点点东西了。"

阿玖的话让我想起齐跃。君子比德如玉。不为瓦全。我注视着阿玖，她静静看着河水。她的长发垂在颈窝，右手像她一向习惯的那样轻轻绕着发梢。她比从前冷静，说话变慢了，但声音是一样的。大学时的种种片段掠过眼前。齐跃曾经说过另一句话。他说每人都有自己的频率，只有契合的人才能频率相同，频率相同的人哪怕一时相位不同，过一会儿也能共振。我那时就想，感情应该就是共振。

"阿玖，"我对她说，"如果这次行动过去，我们有幸能成功完成，那就跟我回家吧，好不好？"

阿玖转过头凝视着我，咬了咬嘴唇，似乎说了什么，但我没听清。然后，她哭了。

我们又坐了很久，对着黑暗中的泰晤士河，看闪闪发光的河水反射灯光和冰冷的月亮。我们似乎说了很多话，又似乎什么都没有说。我将她搂住，她的头靠着我的肩膀。我们静静地坐着，假想着各自不同的无法到达的未来。这样的时刻很久不曾有过，也永远不会再有。我们之间的间隙被共振填补，那一瞬间似乎重新回到原点，不用再想那些逝去的时光。人类的无奈与悲哀，卑微与尊严，在那一刻成为连接我们脆弱海面的桥梁。我真的开始相信我们能回去。伦敦眼在我们不远处荒芜地停着，有的车厢已经消失。身后的剧场的演出开始了，观众陆陆续续经过我们两侧。泰晤士南岸的茶座和灯火通明的舞台并不曾弃置，只是空气中始终飘浮着僵持的惶恐，这气息我熟悉，和鸟巢前面每天演出时的气息如出一辙。

在我奔波与游说的过程中，老师孤独的背影也穿梭在世界各地。在布置最后的演出场地之前，他还想走过世界上所有重要的建筑，留下每一座建筑的回响的声音。他穿过巨石阵，走过古代的楼宇与宫殿，搭起透明的弦，连接从罗马到东京。他在大教堂中听管风琴，进入山林里记录鸣钟的庙宇。他拨动没有人听得见的旋律，一座座巍峨的建筑在共鸣中轰然陷落，应声倒地，巨石碎成粉末，风中卷起尘埃。这独自一人的交响诗中，世界成为旧日的废墟。他录制了属于内心的地球的唱片。

我们的演出现场搭在乞力马扎罗山脚下，一片最广阔而原始的人类家园。山连着草原，琴弦穿过赤道，天梯沉默地划过地球的脸。

（四）

演出之日。

我们的飞机降落在内罗毕。在飞机上我试图寻找乞力马扎罗的影子，但下降时已太接近城市，没能看到影像中漩涡般的山顶。降落后我们没多做停留，改乘大巴前往东非大草原。坦桑尼亚比我想象中美得多，城里充满奇异的花草树木，出城就是大片草场和栖息的动物。在今天的地球，这样的环境仿佛不真实。

我一路想象着乞力马扎罗的样子。在我的心里，它是一个有着隐秘的亲近的地方。小的时候地理课上老师讲到乞力马扎罗，说它是一座平地拔起的高山，从山脚到山顶，能从热带走到冰川，穿过热带温带和寒带的所有风情。那时我觉得很神奇，心里充满向往。回去寻找它的介绍，在网上搜到一篇故事，就读了起来。那个故事让我记忆深刻。我只有八岁，不知道海明威的名字已经如此响亮。"马基人称西高峰为'鄂阿奇—鄂阿伊'，意为上帝的庙殿。在西高峰的近旁，有一具已经风干冻僵的豹子尸体。豹子到这样高寒的地方来寻找什么，没有人做过解释。"

这句话过了二十年我始终记得。乞力马扎罗。豹子到这样高寒的地方来寻找什么。最后还要死在这个地方。

大巴的车门拉开的那一瞬间，我的头脑一片空白。

草原。阳光。大象。远山。

那是突然进入另一个世界的感觉。在多日的疲劳与纠结之后，在穿过每个繁华的城市，经过许许多多不愉快的演出和尴尬的晚餐，站在钢铁人离开后留下的钢铁城市中犹豫，因犹豫而看高楼都觉得荒凉之后，突然见到眼前的一切，全身都变得空灵了，因空灵而飘浮起来。草原绿得鲜亮。阳光洒满清澈的蓝天。大象慢悠悠地踱着步子，远处是长颈鹿站着休息。山远在天边，近在眼前，伫立在草原中央，云端之上。草原上的树呈倒放的伞状，孤立静穆，在旷野上一棵一棵站出美丽的姿态。我站在车门附近，消融在这一切中间。我被包围而来的清透的空气凝住，眼睛离不开天空，无法移动步子，只是呆呆地站着，全然没有听到身后人的催促。

旷野。蓝天。大地。树。

大巴停在公路尽头，再远的距离要步行前往。远远就能看到布置的舞台，一些薄木板和透明的塑料板像风帆一样张开在舞台四周，作为调整声音的剧场布置。

每个人的眼睛都凝在弦上。阳光里的弦是比舞台更醒目的布景。尽管我事先已经知道了设计，但在看到现场实景时还是被震动了。那样高远。因为遥远，第一根弦显得短而精巧，后面的每根随着加长加粗而变得逐渐壮观起来。长度翻倍。从几十米到一百米，到两百米，八百米，两千米，五千米。平行拉紧，斜入云霄。五千八百米的最后一根弦已经长得望不见两端，只能见到斜斜一根发亮的光芒，沿山峦锋利向上，连接草原与山峰的高度。琴弦因为反光而熠熠生辉。这是山与地的竖琴，五千米高的竖琴。

我们向竖琴脚下进发，身上的乐器在此时显得轻巧起来。我踏在柔软厚实的草地上，只希望时间变得慢一点，再慢一点，永远停留在此时此刻。

演奏开始了。

从柴可夫斯基到勃拉姆斯，生前不和睦的两人也许没想到会在这样的时刻被团结起来。我听着自己琴弦的声音，闭上眼睛，还能听到风吹长草和大鸟偶尔的啼鸣。乐队的演奏整齐，这殊为不易，来自各地的乐手只经过了数次排练。勃拉姆斯 E 小调的主题悲壮有力，弦乐在这样宽广的舞台上似乎获得一种前所未有的舒展空间，演奏得异常流畅。我听着隆隆推起的定音鼓，那是从第一乐章就定下的悲剧的氛围。阳光拂过山顶，冰雪已然消失，留下万年沟壑沿山脊排布。E 大调的柔美勾勒出蓝天中云的线条。我能听到大象踩过枯草的碎裂声，石子落入泉水的叮咚。

在消失入宇宙的浅蓝色中，感官获得了无穷放大。如果问我音乐给我带来了什么，可能就是感官的敏感。走在街上，听见每一种声音。工地规律的敲击，扫帚扫过落叶的唰唰声，洒水车的起动与暂停。就像《蓝色狂想曲》的一个动画版本，世界的每一个声音，每一个人，在空气里汇成波澜起伏的洪流。我渐渐和周围融为一体。圆号吹响草的柔情。在回忆的氛围中我们消失在地球尚无人类生存的古老时空。

在这样的时刻，我忽然不再犹疑。地球的土地柔软沉厚，就在我们脚下，不再有隔阂。在之前漫长的九个月的筹备中，我无数次问自己值得不值得。身边的人各谋生路，为钢铁人开路，求钢铁人宽容，在钢铁人的庇护下趾高气扬，同盟的队伍间钩心斗角，军火贩子借着战争的混乱大肆投机，日常的躲避，为了生存愤恨那些惹事的抵抗，恨不得没有人出头，换来局势平安，资源一船船集中到月亮，像无底黑洞，而人们为争夺余下的资源大打出手。在这一切耳闻目睹中，我一次次问自己何苦还要努力，这样的人类该不该毁灭，该不该拯救，为了这样的世界牺牲自己又有什么意义。这问题我问过自己很多遍都没有答案，可是此时此刻，当音乐响起，当辽远无垠的蓝色将我们围绕，当长草延伸到天边而山峰威严耸立，我忽然不再质疑。一切都有了庄严的意义，即便是恐惧与求生也变得温柔，苦涩而厚重。

终曲终于响起来了。G 大调明亮的和弦此时却有着无可逆转的悲伤的味道。管乐庄严、宏伟，盛大地走向无法避开的死亡与悲剧的结局，有愤怒与悲哀，却在每时每刻都保持庄重的尊严。我从来没有如此投入地演奏。在这三年不下五百场救火般的演出中我快要忘了投入演奏的感觉，那种与旋律一起起伏的感觉，整个身体随之震动的感觉，想要恸哭一场的感觉，此时此刻的感觉。大地如此丰美。

我不相信月球能被震碎，但我愿为这尝试付出所有。

最后一个音符结束了。大幕落下，老师一个人走上敲击的高坛。

老师的眼前是一条22.8米的短弦，他举起一把海绵包裹的小锤，静了片刻，开始敲击。我们坐在台下，静静地看着。无声的间隙有惊心动魄的等待。短弦发出低沉的长音，在空气里回响。弦亮泽而坚固，紧张而有弹性。它是竖琴的开端，在敲击声中震荡出梭形的幻影。我们聆听着它的声音。它将自身的鸣响传播到四面八方，传到我们的耳朵，传到我们心底，传到一旁55.6米长的第二条弦上。第二弦开始振动，从微弱到饱满。当声音减弱的时候，老师继续敲击。第二次的敲击叠加在第一个声音之上，弦振得更加充分。第一弦的振动唤醒了后面的每一根弦。第二弦的振动持续起来，然后是第三弦。第四弦。一次一次敲击。弦长倍增。不断敲击。共鸣扩大。一个人，一把小锤，一根弦。天地之间。

天梯已经越来越近了。在演奏到尾声的时候，我们已经看见地平线附近出现的长线，此时此刻它又离近了许多，细节已可以看得清清楚楚。它的末端连在轨道上，由一辆灯塔状的滑轮车固定，滑轮车远看轻巧，离近了就显得巍峨高耸，天梯也不再是远处细细的长线，而是粗壮而双股如基因结构的绳索。

天梯驶来得很快。尽管在草原和乞力马扎罗的背景中看上去不快，但离得近了就看得出实际的速度。无人驾驶的滑轮车如高塔压迫而来。在离我们还有几公里的地方就已经能感觉出它带给我们的呼啸和我们带给它的震撼。弦音仍在继续。敲击仍在进行。不断放大，不断轰鸣。老师在高坛上像击鼓鸣金的战士。高山的竖琴已经完全起振，从二十二米到五千八百米的琴弦，振动越来越剧烈，越来越超出控制。低频的弦音超出我们听觉的范围，只能感觉到四面八方空气和山谷的动荡，在撞击着身体。在竖琴数百米宽的范围内弦音扩散，扩散到范围之外撞击着天梯。天梯能看到晃动。

越发地近了。天梯的晃动开始增大，不规则地增大。它滑过我们的时间并不长，但就在这短暂却看似无比漫长的一段过程内，它开始明显地晃动。三十八万公里的线缆坚固如直棒，但此时却能看得到左右的摇摆，边缘处因滑动和晃动而显得虚幻。我们仰头望天，天梯伸入天空看不到的高度。底部微弱的摇摆化为曲线的浮动，空中画出扭曲的游龙。

振动开始了。滑轮车开始摇摆，我们脚下的地面亦开始轰鸣。天梯的摇晃使得塔状小车不能在轨道上保持平稳。速度似乎下降了，偏离轨道中央的摇晃急剧增加。像有一股力将车撕扯出轨道，与此同时，轨道将这振动的力量传到大地的四面八方。我们的舞台开始不稳，向左右晃动，随后又突突地上下抖动。

接下来的一切快得让人来不及反应。轨道像提琴的琴码，而我们则坐在大地的琴箱上，琴箱振动，将弦音送到四面八方。我们失去重心，向地面倒去，在波浪般的地面随振动起伏。天梯的共鸣更加明显，梭形的幻影已然可见，撕扯的力量像有灵魂灌注其中，不规则的扭动化为愤怒的拉锯，轨道车在抗拒中失去平衡，暴躁的震荡让它好一阵子无所依从，然后逐渐失去镇定，变得疯狂，疯狂地震颤，短短几分钟如同一个世纪，最后在狂怒中轰然如爆炸般倒塌。大地在同一时刻发出断裂的声音，一条长长的裂隙出现在地表，如伤口赫然撕裂地面温柔的脸。

轨道车塌陷了。天梯保持着振动的余波，几秒钟之后才断裂到半空，甩成惊人的长鞭，呼啸着划过天空，在空中令人惊骇地甩来甩去。

振动慢慢减弱了。地震并没有像最坏的预期，引起山崩。我们趴在地上，等待一切结束，用身体感觉土地和草原胸膛内的余怒。我的双手抓住土壤，将头埋在草里，有恸哭的冲动。轰鸣的弦音仍在身边余波未散。

过了好一阵子，地面平息下来。可是一切并未结束。

就在我以为一切已经结束的时候，天边突然出现可怖的机翼。三角形，流线平面，速度快得超出想象，从高空直降而落，降落的过程以激光击中舞台。身边发出爆炸和火光，有人惊叫，有人来不及惊叫就死亡。我低头匍匐，躲避弹起的碎石。

爆炸第二次。

第三次。

飞机降到了很低的高度，这可能是它们来到地球第一次降到这样低。

飞机向老师飞去，我看到老师仍然试图站立。我大声呼叫，声音被淹没在四周的轰鸣中。我想起身去拉老师，一阵爆炸的激波从身后传来，我脖子上挂着的玉石突然炸开，给我胸口一击，我跟跄摔倒。再抬头的时候，我看到一个穿红裙子的身影向老师扑过去。

是阿玖。

混乱。慌张。一片空白。

在飞机掠过老师头顶之前的一刹那，我看到老师纵身向地面的裂隙跳下去，而阿玖跟在身后。两个人的身影如坠落的彩虹，在空中画出久久不能散去的光影。我整个人完全空白了，以为自己要死了，以为我们都要死去。而就在这时候，狂怒的飞机忽然像失去意识的昆虫，滑翔向远方，坠落在遥远的地点，开出烈焰的花。一切突然停下来。

我在不明所以中失去了意识。

（五）

一个月之后，我坐着齐跃的车，车开在郊外寂静无人的山路上。车的后座上放着林老师最喜欢的白色菊花。

我们去的墓园很远，汽车行驶在无人的山路上，百转千回。山岩延伸着看不见的方向，树木在一侧遮住山下的视线。车静默地开着，我们静默地肩并肩坐着。

齐跃的表情凝重。这一个月以来他一直很少露出笑容。我知道他是为什么。他认为是他自己的隐瞒才让老师死去，因此背上了沉重的心理负担。

我想说几句安慰的话，可是不知道该怎么说。从某种程度上讲，他是想多了。但从另外的角度，我们都清楚他是对的。我想了很久老师为什么会跳下去。最终的结论是老师已经做好了死亡的一切准备。从他策划这一切的那一天起，我们抱着侥幸生存的愿望，而老师已经在内心相信了月球会毁灭，地球会裂开。我对此怀疑，但老师相信。齐跃的隐瞒加深了他的相信。

谁会想到会是这样的结果呢? 天梯的共振引起断裂和倒塌，但不是月球，而是实验室。月球实验室建筑的倒塌引发反应堆的核爆，进而引发黑洞实验设备的爆炸，产生了微型黑洞，而它在短时间内迅速吞噬了周围的物质，剧烈的反作用喷发又吞噬了周围的基地。钢铁人在最后的瞬间试图遥控地球的飞机，但是只有片刻的挣扎。

这一切，谁能知道呢。

我问过齐跃，为什么不早一点将真实的计划告诉我们。齐跃苦笑着摇摇头。你难道以为钢铁人真的不知道咱们的筹划吗? 它们其实早知道，只是它知道月球没可能炸裂，才不去管这种小儿科的牺牲，但是如果告诉任何人，让它们知道月球实验室有实验制造黑洞的能力，那么一切都不同了，我们会在第一时间全被消灭。齐跃说完看着我，眼中有着我第一次见到的苦涩的悲哀。

墓园寂静空旷。坟墓并不多，排列得很整齐。

我们走到老师的墓前，低头吊唁。

寂静的衣冠冢，没有老师的人，但有他的灵魂安息。花朵和石碑安静朴素，石碑上只有名字，没有多余的字样，几束颜色品种各异的花束标志着在我们之前来过的吊唁者。

我们各自闭上眼睛，在心里对老师说了自己的话。

老师的墓旁是阿玖的墓。我将一枝白色玫瑰和从我脖子上坠落的碎掉一半的玉放在她的墓前。玉碎得晶莹。那是她结婚时送我的信物。

墓碑上，阿玖笑靥如花，如十年前我第一次见到她时的样子，洗去路上一切尘土飞扬。

阿玖，我们终于回家了，不是吗？我望着她，在心里说。

照片里的她好像笑得更多了一点。

我望着望着，望出了眼泪。齐跃将手搭在我的肩头。

远远望去，空旷的墓园延伸如同一座花园。草坪勾勒出死者安息的所在，如生前的居所一样透露出灵魂的气息。偶尔的鸟鸣让空气显得更寂静，青草的香气带来泥土的芬芳。春天回到地球。暂时的拯救和喘息让生者的生活可以继续，等待着看不清的未来的下一次进攻。天空很轻盈。

我和齐跃坐下，坐在墓碑前与死者交谈，对饮一壶酒。在孤独的地球上，这小小的角落成为我们四个心里最接近的一隅。月亮在头顶，隐约透明。

繁华中央

——你为什么不愿意？

——因为我想靠自己。

——靠自己做什么？

——靠自己拼命。

——然后呢？死在黑暗中？

——那也好过变成你们活在阳光里。

——（笑声）没错，你可以不在乎我们。但你也不在乎自己的才华吗？

阿玖初到伦敦的时候是二十二岁。

那一年她大学毕业，小提琴专业，进入英国皇家音乐学院读作曲系研究生。她想要成为肖邦、拉赫玛尼诺夫那样的音乐家，这是她心里放不下的念头。

出国之前，她和陈君领了结婚证。二十二岁结婚是很少见的，但他们已经相处了八年，她只是想让陈君放心，她出国不是为了更多姿多彩的花花世界，而只是为了心里作曲家的执着。她很爱陈君，但她放不下这个机会。陈君没有反对，就像他对所有其他事情那样，看上去不在意。

阿玖独自一个人踏上异乡的旅途，从希斯罗机场出来，她坐轻轨进城，看着身边的各种肤色和边角残破的座椅，既有一种异域的疏离，也有一种安然回家的感觉。她终于到了这个地方，一直梦想的地方，那一刻的感觉就像回到了故乡。

她懂得如何照顾自己。她到学校报到，经受语言的考验，克服严谨官僚重重文件的阻挠，最终办妥了保险、学生证、银行卡、暂住证和租房证明。她找了一个阁楼住了下来，阁楼在一个小广场的边上，底下是交通枢纽，从窗口望出去，每天能看到等车人。阁楼安静寂寞，房东是老太太，不常住在家里，厨房里收拢着银色雕花的餐具。她自己买了一只手绘图案的瓷杯子，没有暖气的日子就一直烧热水，每日靠热水温暖自己。

她学习作曲，非常努力。出国前的专业是小提琴，但她并不想一辈子做一个演奏者。

——我在乎我的才华，但我不想靠别人。

——你难道仍然相信"酒香不怕巷子深"这句话？

——是。

——那看来，你还不够了解你们的世界。

初到英国第一年，阿玖跟着同学一起上课。学院的楼是几百年历史的老城堡，仍然带着哥特时期的庄严和阴郁，与世隔绝，让人不知不觉变得安静。

阿玖的开端并不顺利。她的底子并不好，出国才知道差距有多大。她的手指缺乏天然的灵活，幼年又没有经受足够的钢琴训练，手指的弹性和力度都有不足。她知道自己的弱点，尽力用擅长的东西遮掩，她拉抒情曲目时的情感把握还可以，但是需要速度和灵巧的曲目就显得僵硬。她的耳音只是一般，基本音准不成问题，但行家听起来，个别地方仍然有那么一丝丝的不够精确。对高水平比赛，就是这么一丝丝，让人评审时微微皱眉，继而转开目光。她想要隐藏这一切，只展现出自己好的一面，结果这种掩饰成为她的负担，她很容易紧张，在平淡的地方显得古板，在情感张力强的地方又会夸张，拉出来的曲子就有一种情绪化的刻意。观众能感受到她的动情，但不能介入，那种动情显得造作而用力过猛。

两个学期过去，阿玖的演奏只有平庸的分数。好在是作曲系，对演奏的要求相对不高。她努力地默默练习，在教室最后观察同学的技巧。她喜欢坐在最后一排，看着教室前方拉得有声有色备受赞许的同学，心中有一丝绝望。这种绝望给她一种苦与甜同时存在的奇异感觉，她在无望的努力中触摸到自己的执拗。

有个别的老师会注意到她，给她一两句叮嘱。这种时刻并不多，老师喜欢点拨有天分的学生。马尔科老师是个和善的老头，他叮嘱她放松，说她先天条件很好，只是运用得不好。那是在她最绝望的一个下午。阿玖从来没有这么感激。

音乐学院的竞争是最为激烈的，最好的位置只有那么一个两个。

——你只需要以我们的样子出现很短的时间。没有人看得出来。你放心，去除伪装，你还会回到你的样子和你的生活。只会活得更好。

——你不用说了，我不会考虑的。

——你什么也不需要做，绝不需要杀戮或者背叛你的同胞。你只需要出现在他们面前。

——这已经是背叛。

——那要看你怎么定义背叛，从长期看，这会是拯救。

——我不会相信你们。

——你不是已经相信过我们很多次了吗? 难道我们骗过你吗?

阿玖的才华不在演奏，在作曲。这一点，无论是她自己，还是从小到大教过她的老师，都表示认可。本科的老师给她很高评价，这是她出国的重要动力之一。

阿玖是如此爱音乐写作，她把它当作语言的方式。她在日常生活中说一种语言，在乐谱上说另一种，她知道后者更贴近自己的心。高兴的时候，她可以写上十几个小节的旋律线，难过的时候，她用小三和弦和减七和弦在纸上来回变化。沉浸在写作的日子，她可以对饮食没有任何要求。她去超市买很多东西囤积，只为了减少购物和选择的精力消耗，所有的时间都用来研习、创作。那段时间简单而幸福，每天只想着新的旋律。由于不知道未来的命运，在表面的无望之下，她给自己埋藏了深深的希望。

在她留学的第三年，钢铁人到来了。

钢铁人来自一个遥远的星球，地球人不知道它的名字。它们突然而至，留下恐怖的痕迹，以令人难以捉摸的方式精确制导，打击地球上各个国家的飞行基地和发射基地，准确得令人不敢相信。它们冷漠无情，在烈火将人类吞噬的时刻露出狰狞的面目，似乎是故意让人看到。它们有金属外表，光滑无隙，高大强硬。它们很快占据了月球，进而逐步侵蚀地球。电视里充斥着它们神秘的踪影，悄然而至，留下死亡，瞬间离开。

整个过程缓慢而令人痛苦，钢铁人的冷酷和准确就像偶尔爆发的肌体的抽痛，不时降临，尖锐钻心。它们不伤及一般人，但可以消灭所有武装抵抗。它们似乎有自己的标准，有目标，有特殊的针对，以威慑为目的。它们对科学家和艺术家非但不伤害，似乎反而故意加以保护。在文化古迹和演出现场周围，它们不伤人，一时间，艺术成为热门的寻求保护的方式。恐慌之中，艺术学校反而变得更加抢手。

在这个过程中，阿玖像众人一样关注、恐惧，从电视里看战争画面，在警报时躲避。她为死亡悲伤，在哀悼日上街游行，但它们从未出现在她眼前，她并未觉得它们和自己的生活有直接联系。

入侵前两年，地球的生活还未发生太大破坏。她的生活仍然日复一日地过，在学校参加考试，提交期末的作曲作业，参加新年晚会，筹备毕业庆典演出。战争发生在另一个时空。对她来说，最棘手也最紧要的是毕业后的工作。如果不能及时找到一个乐团或者学校，她的签证就会到期，就要回国，不能再留在伦敦。她不愿意回去。她的使命，她的才华，她与生俱来的兴趣与梦想，都在古典音乐的国度，可以是伦敦，是维也纳，是布拉格，是慕尼黑，但她不能回去。

她开始逃避给国内打电话。母亲总是忧心忡忡，欲言又止。陈君倒不介意，从没催过她，只是永远是那种对什么事都不在意的样子。时间久了，阿玖也不知道他是不是真的不在意。有时阿玖觉得自己是那么了解他，有时又觉得他们是被隔开在玻璃的两侧，看上去很近，却从来不曾真的在一起。她心里对他有愧疚，越是这样，越逃避电话。

她进行得不顺利，参加了三四个顶尖乐团的考试，都没有通过。她递送给乐团的曲谱也没有被录用。刚出道的新人，如果没有天降的运气，很少有乐团会排练她的曲子。商业公司会挖掘新人的创作，只是堆积在公司前台的曲谱太多，若没有知名引介，也很难得到注意。她曾经跑到公司去等，却始终没有机会找到筛选曲谱的负责人。

时间一天天过去，她的机会越来越少。对于创作者，挫败的困窘是好事。她能在每一次挫败回家之后，在悲壮的无言以对中写下另一段交响。然而对于现实生活，挫败却没有任何益处。她已经毕业四个月，签证很快要到期，如果不能找到被接受的机会，那么就没有留下的可能。

唯一的机会是一场比赛，古典音乐与跨界流行间的最大比赛。阿玖报了名。这是他人的繁花似锦，阿玖的背水一战。

就是在这时，它们第一次找到了她。

——事到如今，我们也认识好几年了。如果你不愿意，你自可以离开。

——真的？

——当然是真的。我们从不勉强谁。

——你们难道不怕我离开这里，将这秘密说出去？

——你不会的。

——为什么？

它站了起来，金属光泽的脸上似乎有一丝嘲讽的笑，若有若无，隐藏在泛着光的表面。你跟我来，它说。

阿玖站起来，双膝因为坐得太久而酸痛，趔趄一下，险些摔倒。

那是怎么发生的，阿玖似乎已经记不清了。她能记得的是一些细节，比如第一次来找她的那个男人穿的风衣上掉了一颗扣子，比如餐厅桌上摆着不合时宜的茉莉，比如那一天晚上她独自徘徊时遇到了喝醉的流浪汉。但这些细节怎样拼凑出整体，她已经没有概念。

她恍然能记起初赛的那一天下午，她和她的小乐团从舞台上撤下来，小乐团领钱走人，她一个人坐在观众席的最后一排等待结果。她知道结果不好。小乐团是她在伦敦街头找来的临时活动乐团，在伦敦街头，这样的小乐团能找到许多，他们等在演出场所外，为各种团体和影视剧临时出演，什么样的曲目都接。他们态度倒是认真，但只排练了三次。阿玖付不起更多次排练的费用。最后的效果只是机械地呈现，她想要的音乐的张力，她曲谱中的对比、犹豫、大起大落和黯淡中唯一一条解决的线索，都没能在舞台上呈现出来。阿玖站在指挥台，小乐团却必须看谱，很少看她。她似乎能感觉到身后评委冷漠的目光穿透她的后背。

初赛是在一所学校一个大的音乐教室，空旷高昂，落地窗透进斜射的阳光。演出结束，她一个人留下来，希望能等到一点提示，一点评分的信息。她坐在最后一排的木头椅子上，胃疼，尽力裹紧长毛衣用双臂压住胃部。

马尔科老师也来了，观摩比赛。他悄悄走到她身旁坐下，拍拍她的后背。他没有说话，也没有摘掉棕色的贝雷帽，他一直看着前方，花白的胡子在阳光里显得很亮。阿玖觉得他是在送上提前的失败的安慰。

她终于没有等到结束，向马尔科老师道谢，提上包离开。她的心情太坏了，一片迷蒙，只顾着向前走，几乎没有注意到有一个人也从赛场出来，一直跟着她。

然后她就坐到了一张精致的餐桌前。她心思很乱，几乎想不起自己是怎么到了那个地方，只知道她面对着一个不认识的人，而那个人似乎不遗余力地诱导她接受他的某些帮助。桌上摆着三文鱼和葡萄酒，还有一盒包装朴素而美的巧克力。她能肯定，他不是她的倾慕者。但他要帮她，因为他说他听出她曲中的天赋。

他问她，你能否承受得住，曲谱永远不被承认，直至烟消云散。

——就是这里了。它带着她走过漫长的走廊，最终停下，推开一道门。

阿玖从回忆中惊醒。她不知道自己来到了哪里。她甚至不知道自己是不是还在伦敦。她只是顺着推开的门，看到门后金碧辉煌的另一个世界，一座光辉的大厅。

——他们都在这里，你看了就明白。它说。

阿玖向前走了一步，却没有勇气推开门。她转头看了看它，它会意地耸耸肩，替她把门打开。她走了进去。

那是一间宽阔的大厅，向两个方向都看不见尽头。房顶挂着金色吊灯，吊灯下零星散布着圆形高脚桌，穿着华丽的人正在召开宴会。阿玖定睛看去，有很多人她都认识。有知名的导演、演员，拿过大奖的画家，冉冉升起的钢琴新星，还有媒体极为推崇的新锐文学家。她和一些人有过一面之缘，有些是在演出现场碰到过，有些是她作为观众在台下仰望过。另外一些人只在银幕上见过。他们谈笑风生，专注地欢乐，没有人注意到角落里的一道小门。阿玖站在小门旁边望着大厅。人们端着酒杯在大厅穿梭，笑声如同灯光摇曳。礼服华美，露出肩膀和后背，镶着珍珠水钻，燕尾服黑色笔挺，领口有泛光的丝缎。调情不露声色，相互的赞美伴随着无恶意的玩笑。

然后，她看到了那一幕。在一张小桌旁，一个英俊的演员正在向两个美丽的女子展示，他缓缓转动肩膀和手腕，手臂上几个地方同时开始呈现光芒，光芒向空中上升、延展、凝聚，最终汇集在一起，将他完全包裹住。光芒变成了钢铁人的样子。

阿玖凝望着那个人，惊恐地睁大眼睛。他的变身如此自然，让她浑身颤抖。她似乎知道会有这么一天，可是当它实际到来，她还是觉得震动。阿玖内心产生无法抑制的悲哀，一种小老鼠在鼠夹上感到大限将至的悲哀。

——难道他们……? 她回头看它。

它点点头，面含讥讽的笑。——没错，他们都是。

灯光，掌声，酒会。这一切和多年前的记忆太像太像。回忆这些事让她精疲力竭，内心中的某一个部分开始刺痛，像阴云密布的天不停被闪电刺穿，云却不散。

多年前的那个下午，当她第一次跟着那个陌生男人进入宴会大厅的时候，一切也是这么富丽堂皇。她被引介给部门主管。举起一杯酒，点头行礼。又见到海外代理发行商，约定将来常联络。然后见到两位知名新晋音乐家，他们刚刚拿到新电影的委托代理。蓝色的射灯照出深浅不同的光，循环往复，如水波荡漾。空中垂下的水晶珠链反射着灯光，一颗一颗偶尔晃了人的眼睛。她在眼睛里穿梭，那些眼睛上涂抹着各色浓烈的眼影。浓烈，高傲，夸张，目中无人却迷人，像极了眼睛主人狠狠活着的态度。

陌生人在她前面走着，脸上总是那一副不痛不痒的笑容。他似乎预料到她会跟着，自从他第一次跟上她，似乎就知道她会跟着。

他们进入礼堂，在西装革履间坐下。她看着鱼贯而入的人们，惊讶于他们会走到一起。他们隶属于不同国家，拥有着不同的地位，在电视上总是站在两边，可是在这个地方，他们会集到一起。他们低声谈笑，讨论着一些她听不见也听不懂的问题。身边的陌生人似乎满意于她的惊讶。他的笑容讽刺却洞悉。然后他带她去餐厅。

——你看到的这一切，他在餐桌上对她说，你也可以做到，你的才华是不可多得的。

——谢谢。

——我们会制订一个方案给你，最好的推出途径，最好的引介人，最好的市场宣传。

——……谢谢。

——现在这个环境，你要拿到好的机会。所有的赞誉跟着关注度走，所有的关注跟着资源走。杂志版面、音乐会场所、电视台的出镜机会、评奖的机会都要靠发行的力量。有妥善的安排才有人重视你。你不要小看这一切，已经再也不是一个深谷能出幽兰的时代了，你不要妄想锁在抽屉里的谱子有一天会被人看到。只有已经被看到的，才会在将来被看到。莫扎特也需要父亲去王宫打点，一样的。你有这样的能力，你不应该拒绝。别说你没有想过站在舞台中央。你应该出名。交给我们，我们能做这一切。

然后是排练，演出，宣传。她被安排加入了乐团，参与演出。她有了自己的队伍，录制了曲目，接受杂志采访。她在本已放弃的比赛中节节晋级。她接到了第一个合约，替一台很重要的演出谱写背景音乐。她有了专场演出，也有了红地毯上的光芒。

这一切过去多久了，她已经记不清了。这些事意味着什么她也不知道。

她唯一知道的是，她在那时没有拒绝。她没有勇气拒绝，或者没有动力拒绝。

它站在宴会厅边上，还是那样笑着，看着宴会厅里的文艺名流，也看着她。

——这一切你都看到了。你还要拒绝吗？

她捂住耳朵。

——这是圈套。如果当初我知道是你们的恩惠，我说什么也不会接受。

——当初你不知道吗？

——我当然不知道。

——你说错了。你知道。你仔细回忆一下，我们从第一天就向你传达过的。

阿玖语塞了。她仔细回想着。

——你一直都知道我们是谁，只是你拒绝承认而已。你害怕面对矛盾的选择，你害怕矛盾阻碍你的光辉之路，所以你拒绝承认。别说你没听懂我们传达的话，你只是故意不去想而已。就算你没听懂，你看看你手上的花，能做到这种技术的，你难道猜不出来是谁吗？

阿玖一凛，她下意识地抬抬手腕，手腕上的细小百合从皮肤中浮现出来，如同池塘水下浮起一朵睡莲。这是那个陌生人在早些时候嵌入她手腕中的微芯片，据说是联络他人和身份认证所需。

她看着它，它在她皮肤下像是冷静的嘲弄。她想把它抓出来扔掉，连同所有那些她不愿面对的记忆，可是在触到皮肤的一瞬间，它又隐没不见，让她一阵徒劳。她紧紧地抓住自己的手腕，想将皮肤撕开，可是没有用。

它又笑了。很奇怪，它笑的时候从来没有声音，可她能感觉到它笑。

——别急，不用这么快给答案，你可以回去再想想。

阿玖转头看着它，它的脸还是一如既往光亮平滑，除了一丝笑，几乎没有任何表情。她看不出它是真诚还是假意。它的金属面孔、金属身体、金属一般冷漠的情绪，都让她困惑。它居高临下，从三米高处俯视着她。这个高度是最好的轻视的高度，远得足够轻蔑，又近得让她看清它的倨傲。它似乎已经拿准她的回答，只是像捕鼠夹前的捕鼠人，等着小老鼠再做最后一次挣扎。

她害怕它的注视，低下头。她决定回家。她想给自己一点时间。

——你走没关系。它说。只是你要想好你选择的后果。你要想想，一个物种，一种文明，真正留下来的是什么。你将艺术留下来，你们的文明就可以不死。我们也得到我们想要的，皆大欢喜。即便在某一天你们的文明死了，你还可以替它留下点什么。尚塞拉德人死了，还有岩洞壁画留下来。我们能决定你作品的命运。我们可以让它们流传千古，也可以让它们不问世。

接着，它带她穿过宴会厅，来到另一侧的阳台，推开细长的白色小门，引她向立柱围栏下望去。阳台下是特拉法加广场，有聚集的避难和抗议的人们，密密麻麻，围着铺盖与帐篷。它伸出手臂指向惊恐的人群。

——你看那些人。它说。你的犹豫就是为了他们，可是他们与你有什么关系？你看他们相互倾轧，争一个活命的机会，多么不择手段。我告诉你，你现在为他们着想，可是他们却不会领情。他们早就对你和像你这样的人充满嫉妒，即使没有我们，他们也会希望你失败，你以为喜欢你的人多，可是恨你的人更多。他们内心充满阴暗，幸灾乐祸地看着你的光辉，希望你跌下来。他们根本不懂。你为他们牺牲只是白白牺牲。他们最终会消失，那又怎么样呢？所有物种都会消失。在宇宙无限广博的艺术中，根本没有物种，只有杰作。你要想好天堂的位置，天堂在宇宙里。

它挥出它长长的手，金属在夕阳里画出一道光。它冷漠地指向广场上的人们，人们没有注意到它，人群兀自蜷缩汹涌。它带她离开宴会厅，送她出门，走过一道漫长而黑暗的走廊，最后，用一种让她窘迫的口吻说：其实，你能成为一个伟大的艺术家。

阿玖站在特拉法加广场的一角，彷徨无依。天已经黑了，路灯和餐厅里的水晶灯都已点燃，明晃晃地闪烁着。

阿玖觉得恍如隔世。她回想着它们的要求，身上一阵发冷。它们要她伪装成钢铁人的样子，用肌肤里嵌入的结点产生光，形成光线笼罩的虚假表面，产生魅惑的高大外表，看上去就和它们一样。她需要做的是在需要的时间出现在需要的地方，给人类突然而至的惊奇，伪装数量的优势，产生威慑与恐慌。人们会以为钢铁人神奇降临，出现在每个角落，因而心生畏惧。人们不知道的是，在强大钢铁光芒的表皮下，是虚空矮小的普通人类。令人落荒而逃的钢铁人大部分是人类，这个消息让人心底寒冷。

她的第一反应是报告给警察。她只有这个报警机会，如果再被钢铁人请回去，也许连报警的机会都没有了。可是她犹豫了，它的话开始产生效果。

它们到地球几年了，攻占地球多个重要指挥区，而她被它们庇护也有三年了。她名义上不知道是谁在庇护，但她潜意识知道是强大的力量。她是被它们选出的许多个潜力者之一，她成功了。世俗意义上的成功。首次比赛最终赢得了第二名，第一张唱片在广场大屏幕循环播放。积累了多年的曲子登上了大舞台，柔弱中的张力让一系列评论家击节称颂。电影配乐的工作主动来邀约，重要晚会成为嘉宾，两年之内登上排行榜前列，新作的交响得到第一流乐团的配合。这一切她都懵懵懂懂经过，不知道是谁在背后安排。她在她的乐团里演奏，晚上回家作曲，剩下的一切都有人代劳。光环罩到她头上。

她觉得一切都是梦，可她没有勇气将它惊醒。她带着不真实的感觉看着自己获得的一切，似乎一切都罩上一种宿命的色彩。付出和才华仿佛苦尽甘来，执着与梦想似乎也握在了手中。可是她今天才发现，这是跌入了更大的陷阱。她像在一条长长的监狱一般的走廊里，在黑暗的摸索和敌人的窥探中奔逃，以为逃出了，却进入宿命的审判室。

她陷入纠结。它点到的是她的弱点所在。她能够承受得住寂寞，但是她确实承受不住曲谱永远地湮没，永远没有人会拿出来演奏。她的心完全在她的曲子里。她的语言、她的喜怒、她的生命都在曲子里。她是那么喜欢写，尽管很多时候写不下去，但只有沉浸在谱中，只有每时每刻心里转着可能的旋律，她才觉得安然，才觉得生活处于正轨。每天的起居作息就像银幕后默默运转的机器，曲子才是拉开大幕的剧情。她能接受死后才被发现，就像巴赫被门德尔松发现，马勒被伯恩斯坦复活。但她不能承受写下的一切永远不被发现。那就剥夺了她活下去的全部希望。

她该怎么选择呢？她在上一次选择中软弱地沉默了。上一次是人类做代理，给出的承诺太优厚，她便忽略了背后的力量，任凭他们安排。

那时候一切都正在上升，四周充满明亮的光芒。可是这一次呢，这一次又该怎么选？

阿玖拖着脚步向家走，走得无比缓慢，步履和心一样沉重。

在她身边，有一排拉琴卖艺的年轻人，有独自演奏的，也有组成小乐团的，三三两两散布在广场。学艺术的学生在看得见的地方排练。有散发音乐剧传单的孩子将传单递给路人，传单像蝴蝶和落叶一样随着空气飞舞。有小孩子拉着气球跑过，小孩子的母亲在后面紧追，他们身上都背着难民的包裹。音乐厅门口播放着音乐剧的片段和旋律，彩灯一闪一闪，就像上个世纪二十年代的繁华，就像仍在太平盛世，就像没有恐惧。

阿玖走了很久。泰晤士河两岸都被人群充满，圣保罗大教堂优雅的穹顶仍然露出一角。水面上反射着银白色的月光，远处的塔桥残破中显露出沧桑。

她觉得自己陷入了理智与情感的分裂。她所鄙视的和她渴望的联合在一起，要么全部，要么零，没有中间状态。她该不该将秘密说出去，为什么之前的知情者什么都没有说。

直到这时，她才觉得彻骨寒冷：那些人什么都知道，却什么都没说。

回到住处，阿玖生病了，一病就是三个月。

三个月中，她一直断断续续低烧。躺在家里养病，喝水，每次受不住了去看医生，回家之后很快开始反复。她极少出门，食物买一次吃很久，面包掰成一小块一小块，放在床头。偶尔出去一次购物，身体像轻飘飘的棉絮，风吹在身上站不稳，头疼得只想躺在地上，全身颤抖。回家一直睡觉，半梦半醒之间噩梦连连。她谁都没有说，她觉得这是上天给她的惩罚和自省的机会。

在病中，她想起了很多事。

她想起自己最后悔的事。那年大学毕业，他们受邀参加一个音乐节。

音乐节大牌云集，倒数第二天晚上有一个告别晚宴。阿玖和陈君一起去，阿玖很兴奋，晚宴的嘉宾都是国际上享有盛誉的指挥家和作曲家，她期待了很久。陈君原本没想去，阿玖为他争到一张票。他们一起到达会场，在宴会厅边上观望。阿玖一眼看到约翰森先生和太太，坐在阿连卡先生旁边，谈笑风生。三个人旁边还有一个位子空着。她觉得自己从来没有这么好的运气，就走过去，主动攀谈。约翰森先生友好地与她聊天，邀请她坐下，问她关于中国音乐的事。阿玖不敢相信世界知名指挥家竟然和自己聊天，她用各种办法希望让对方记住自己。她的脸发烫，顾不上喝水。不记得聊了多久，也许有几十分钟，也许只有三两分钟，她忽然想起什么抬头向门口望去。陈君早已经不在了。阿玖满场寻他，始终没有找到。她知道他离开了，也知道她的急功近利在他的眼中是多么鲜明。她想象着他离开的样子，羞红了脸。

阿玖总是这样在摇摆，有时不能摆脱欲望，有时又觉得一切是空的，毫无意义。陈君是她摆动的中心，他似乎永远那么无所谓，站得远远的，站在外面。有时候阿玖不知道他是不是真的一切都无所谓，那种态度让她气恼。他的冷静像一面镜子，映出她的躁动不安。

来英国的第二年，找工作最艰难的那段时间，阿玖打电话回国，说自己的痛苦和害怕，陈君安慰她，说没关系，大不了就回国。他说他能理解她。

——你不理解的。

——为什么?

——男人活在自己喜欢的事情里，女人活在他人的眼睛里。我回不去的。

她梦见这一切，所有这些说过的做过的事情都在眼前滑过，像影片剪辑的幻灯片一样。她在黑暗的睡梦中挣扎，与梦魇的闪亮光芒斗争，与疾病斗争，与非意识状态的思想斗争。每天醒来大汗淋漓。这样的日子持续了三个月，直到一个电话，将她惊醒。电话说她的最后一部交响已经被排演出来了，正在等着公演。

阿玖参加了公演。出门前她装饰了一下自己,无论如何,她不希望自己以邋遢面目示人。她穿了一条紫色的小礼服,吹了吹头发。

音乐厅离住所不远,她不想叫车,一个人从老巷子里穿过来。她边走边思索,对内心的想法做最后的梳理。

钢铁人要什么,它们要的只是臣服。它们用威慑和诱惑的武器,让恐惧者恐惧,让欲望者欲望。它们因而超然物外,地球人不再与它们战斗,而是与内心的魔鬼战斗。阿玖不知道她还能战斗多久。

走到巷口的时候,她突然听到炮火的声音,被一阵骚动和热浪堵了回来。她仔细一看,原来是钢铁人在音乐厅前清理现场,和围坐的人起了冲突。真的钢铁人很少在地面现身,一现身就非常强硬。盘踞音乐厅前的多是难民,表面上最柔弱的难民。

一小撮难民掏出隐藏的武器开始射击,钢铁人以最快的速度武力回击。它们伸出便携式迫击炮,围绕广场开始地毯式清除,两个钢铁人用光焰画出一道围栏,不能及时退出场地的人接连倒下。人群惊惶地向四面八方奔逃,向每一个小巷子逃窜。有人向阿玖站着的小巷子跑来,尾随而来的是炮火。阿玖也想跑,可是她浑身虚弱,几乎无法迈步。她惊慌失措,却不能动。钢铁人越来越近,在紧急的一刹那,她不知是出于恐惧还是出于自我保护的本能,身上的结点开始发光,光连成膜,将她包裹,在一秒之内将她变成了它们的模样。她矗立在巷子中央,如同从天而降的妖魔,原本朝她奔来的人群生生刹住了脚步,发出惊恐的喊叫,朝两旁更狭小的巷子散开,一时拥挤踩踏。她害怕极了,对自己无能为力。人群身后的钢铁人停止了射击,人类只要屈服,它们就停火。幸存的人们蜷缩在一起瑟瑟发抖。

她慢慢地走过人群,第一次体会到身为它们的权威。

她经过它们,心中有一种坍塌崩毁的感觉。她走上台阶,进入音乐厅,收起光幕,作为嘉宾欣赏了乐队对她作品的完美演绎。她麻木地接受了一切,头脑中萦绕不去的是进入音乐厅之前,在台阶上看到的被清理的孩子残缺的肢体。她的心里有一部分死去了，连同她的身体。她知道自己已经死了。

当天晚上，她一个人进入了伦敦警局。

接下来的日子里，她旁观前往香格里拉的人陆续启程。香格里拉，一个钢铁人承诺打造的科学艺术天堂。那里将是一片禁区，一片乐土，一片拥有最完美住宅和最无忧创作环境的花园，钢铁人负责保护他们的安全和作品的珍藏与推广。当然，也控制他们的行踪。

有人欢愉地登上飞机，有人怀疑，有人忧心忡忡，但他们都走了。阿玖的乐团整体离开，文学家离开，数学家离开。这其中只有一小部分知道钢铁人的秘密，另一部分连这秘密都还不知道。

阿玖漠然地看着这一切上演，她独自留下，离去的悲喜与她无关。她敷衍钢铁人说身体状况不佳，要再等待一段时间，其实她是在等待伦敦警局承诺的反击。她知道自己早晚会暴露，钢铁人不会饶过一个告密者。伦敦警局也未必真的信她，早晚有一天她会孤身一人。

她一个人留在房间里听音乐，哪里也不去，只是捧一杯热水，坐在木质窗框旁听音乐。她开始喜欢沉郁的色调，喜欢所有最后时期悲痛的作品。她特别喜欢莫扎特三十九和四十一，莫扎特的纯净让悲伤更为悲伤。她喜欢布鲁克纳第九，比早期的作品旋律性强，悲壮的味道却一丝未减。她也喜欢肖斯塔科维奇第十，肖斯塔科维奇的所有作品中，她几乎只喜欢第十。内敛的沉静的凝思，痛苦与黑暗的回忆，带着悲观主义的主题与结构，去除了早期作品恼人的战斗感，剩下更广博的悲悯。她静静地坐在窗边，几乎从音乐中看到这片大地上将要上演的悲痛结局。她无能为力。她听拉赫玛尼诺夫的哀歌。这样凄婉的小调她早年不会喜欢，但如今有了耐心一遍一遍听，那悠长凄厉的旋律才真正进入心里。

她仍然发烧，在眩晕的汗水中为自己洗礼。

她第一次有了沉静的创作欲望。她想写些什么，不是为了舞台下的观众，也不是为了买她唱片的音响前的听众，而是为了她自己，为了她的挣扎、她的悔恨、她最终的平静。为了她所见到并将要见到的一切。不必留给任何人。这是一部为了毁灭而写的作品。

作品没有写完，她就接到了陈君的电话。

已经很久没有见到陈君了。自从她出名，就很少有时间回国。接到他的电话，她的心里百感交集。

她有太多事情想和他说，却一时不知怎么说。她想说她还是记起了他们纯净的梦，想说自己在余烬中的复活，想说她越来越懂他为何什么都不求，可她什么都没有说。

她在泰晤士河边上见到了陈君。陈君没有太大变化，还是老样子，温和、疏远而淡然。他穿一件灰色立领夹克，和她的灰色大衣相得益彰。她喜欢和他并肩行走的感觉，心里清楚这恐怕是最后一次。

陈君阐释了他们的攻击计划，阿玖的心里燃起一点火花。不是为了这计划的结果，而是因为她看到了自己最好的归宿。她喜欢这计划，以天地为歌，以音乐攻击，宁可死去也不苟且。她心里浮现出很多画面，小时候一起学琴的画面，大学时他骑车带着她的画面，毕业时他们没心没肺的笑，出国后她第一次回国时他在机场抱她，找不到工作时黑暗夜里的越洋电话，世界巡回演出时他在台下默然注视的微笑。她很开心最后的时光能和他在一起。她已经太久没有和他在一起，几乎把这些画面弄丢了。

"我喜欢这个计划。"陈君说，"用天梯做弦，用地球的力量与它们共振，这是我们能做的最后的抵抗了。"

阿玖点点头："是的，没有比这更肃穆的了。"

"你真的不必非要参加。这次的行动很危险。"

"我知道。……我知道。"

阿玖望着陈君。她不知道该怎么形容内心的感受。危险的坚定是她目前能想到的唯一的内心的平安。除此之外，她找不到活下去的理由。

陈君说："如果这次行动过去，我们有幸能成功，那就跟我回家吧，好不好？"

阿玖哭了。她拥抱了陈君，没有让他看到她的嘴唇。我们都回不去了。她无声地说。我只能永远记住你。

弦歌计划当天，阿玖换上了最精致的衣服，盘起了头发，化了妆，见到的人都说漂亮。在乞力马扎罗雪山的宁静之下，她静静地演奏，第一次感觉手指的僵化消失了，内心的紧张也消失了。她和她的音乐在一起。音乐通过琴弦传给高山和月亮，天地之间一切都消失了，只剩下草原、风和人不妥协的决绝。林老师在台上忘情指挥，她也忘了一切，从第一个音符到戛然而止的那一刻。

音乐激起天梯的震动，激起的气流强悍袭人。计划就是如此，以地月之间的共振震碎另一端的野心，用能量放大杀死敌人。然而杀敌一千，自损五百，大地的震撼也将撕裂地面，让人间山崩地裂。阿玖在大地的震撼中内心平静，她等到这最后的时刻。她很怀疑林老师的攻击计划没有结果，只是不妥协者最后疯狂的绝望，可是她不在意。她知道有人还在抵抗，这就足够了。这是她能想到的最好的结局。她知道林老师也明白。

天空中见到了战斗机，战斗机开始扫射，火光燃烧舞台，乐团的人开始伏地躲避。他们以为它们是来攻击自己的。可她知道不是。它们是来找她的。这一天是伦敦秘密计划的第一次尝试袭击，尝试袭击它们的地面据点。它们必然几分钟之内就能查出告密者，继而灭口。

她一直等着这一刻。她不用它们动手，她自己会选择自己的命运。死亡是她最好的重生。

她最后望了一眼碧蓝天空中纯净的云，跟着林老师，纵身跳下大地的深渊。

阿房宫

（1）

阿达父母死后，他依照遗愿，将父母的骨灰撒到大海里。

爹啊，妈啊，你们忍心抛下我孤零零的一个吗？

他对着怀里的骨灰袋念念叨叨。天还没亮，夜空的金星很亮。远方出现鱼肚白。他是从山东海边租的渔船，配了一个小的发动机，拉一根线就轰轰开动。船舱上盘着厚厚的渔网。他念叨的时候抹着泪。其实他没有眼泪，只是抹着脸，但觉得抹泪显得情真意切一些。他的眼泪在父母咽气的时候流过，现在已经没有了。

爹啊，妈啊，你们还嫌我的人生不够倒霉吗？

他抹了一阵泪，天开始亮。不管人是死是活，海还是那片海，数千年如一日。他坐在船上看日出。天空变橙红，小半个太阳是淡金色，一点都不耀眼，这让他内心静下来。天亮之后，白云轻雾，天蓝如洗。海水是墨色，夹杂泥沙。他觉得很舒服，也倦了，只想这样静静地航行，不管航行到哪儿。

他慢慢睡着了。

再醒来的时候，他赫然发现前方有一座小岛。离得远，看不清大小。他在 GPS 上寻找，没有找到，就查下了岛的坐标，记在脑子里，准备回去查。他驾船向小岛驶去。岛的四周被雾气遮掩，看不清全貌。但可以看出岛很小，小得在地图上无法标注。他减了速，熄了引擎，靠惯性朝岛漂去。离得足够近了他抛下锚，跳进水里，又顺着沙滩走到岛上。

岛上除了沙滩、一座小山和树，一无所有。树木郁郁葱葱，很迷人，但是似乎也没有太出奇的地方。他沿着小山绕岛半周，忽然发现一侧的树丛里似乎隐藏着一块竖立的石头。他扒开树丛过去看，发现那是一块无字碑，碑下有一条小路。

他很惊奇，沿着小路一步一步小心翼翼地走过去，心里产生一种莫名的紧张。

路的尽头是一道小门。那是一个山洞，洞口圆整，小门是铜质，门上有圆钉。

他尝试了一下，小门能推动。他轻轻推开门进去，洞里黑漆漆的，什么都看不见。门口透进的光只能照到几米的范围，能看见地面平整，似乎是石材铺就，刻有文字一般的纹理。他用手向四周探索，不知道洞内宽度。

"谁？"

突然，黑暗中响起一个声音。

他吓坏了，打了一个哆嗦，本能地反问道："谁？"

有片刻没有反应。他几乎以为是自己的幻听。

但是接下来，声音又响起来了。"向。"只是一声之后又没有了。十几秒之后才有下一个声音，"里。"然后又是十几秒，"走。"

他很紧张，有几分恐惧。在这样的地方待一会儿已经令他恐惧，更不用说听到这样奇怪的声音。但他不想逃走。他的好奇推促他向里走。他觉得自己的人生已经没什么可以失去，即使遇到危险也无所谓了。

他触摸到石壁，摸索着向深处走去。转过一个弯道，又一个弯道，他的眼前豁然开朗。

"哎哟妈呀！"他后退着惊呼起来。

这是一个非常大的石洞，或许已经处在山的腹地。洞的穹顶高昂，顶端的一个圆洞透入天光。在光束的照亮下，他吃惊地见到性质各异的人像，质地很像兵马俑，但是姿态样貌都不同。正对着他的是一个穿帝王袍的男人像，端坐在巨石上。在他身边，有一对相互依偎的男女，有长须的老人，也有年轻的书生。每个塑像都栩栩如生。

他情不自禁地凑上前，在塑像前挥手。太像真人了。他尤其被那个穿帝王袍的人吸引，仔仔细细端详。人像是与陶俑兵马俑一般的颜色，但是有着生命体才有的细微光泽，栩栩如生的面目，剑眉细眼，宽阔的下巴，面容沉静安稳，与一般画中的描述大不相同。他没有戴冠，但身上陶土制的袍子有着层层叠叠的厚度，显出华贵。他的眼睛遥望向远方。

"刚才是谁？"他向空洞处喊。

(2)

他举目四望，海上茫茫一片，没有船只，也没有标志。

他只好一个人慢慢地划，划向虚无。

爹啊，妈啊，我怎么这么倒霉啊。他这次是真的哭了。

海上没有一个人影，阳光照耀着海面，他重复地划着，很久都像是没有动。暗蓝色无穷无尽，麻醉神经。他划着划着，怎么也划不到岸。在孤独而静谧的大海里，生命似乎融化在看不到尽头的一个人的重复劳作当中，回到生命本身。

他原本有机会长生不老，但他错过了。洞中声音告诉他，他所看到的所有人像都是不老之人。他们都是历史之人，来到此处，只求长生。一部分躯体化为木石，另一部分躯体变得无比稀薄，飘荡在高空，和木石本体有微弱的联系，生命流逝速度变成从前的几十分之一。因此一个人的生命也可以延长几十倍。这里有寻找桃花源的武陵人，有驾乘黄鹤去的修仙人，有七步成诗、赋里结缘的曹植和洛神，有才高八斗的江南才子唐伯虎，也有嬴政，那个坐着穿帝王袍的人。

"秦始皇？"他叫起来，"他不是死了吗？"

"没人见到他死。他出海了。带三千童子。"

"那不是徐福吗？"

"那是告诉世人的故事。嬴政是第一个人。他准备很久了，做了太多实验。"

他也有机会得到永生。在声音的指引下，他甚至都拿到了一颗不老丹，就在他的口袋里。他只要将父母的骨灰撒入大海，就可以妥妥当当地回到洞里变成神仙了。可他哪里想到，他一上船，就遇到了海盗。他不知道这年代竟然还有海盗。海盗从一个转角突然出现，将他劫上他们的船，搜光了他身上的财物，将他扔进一只橡皮艇，又将他的船拖走了。

我注定倒一辈子霉了吗？他哭道。他揣着不老丹，却不知道怎么做。

大海在他眼前展开。广袤。重复。平静。无边。

他越来越累。阳光的金色和蓝色让他头晕。

永生是不是就是这种感觉，他想，永远是重复，没个尽头。

他又睡着了。

(3)

再醒来的时候，他在一艘渔船上，已经到了大陆架附近。渔船把他从海里捡起来，丢在岸上。他打听了一下才知道，这已经是浙江了，距离北京数千里。他身上没有钱，没有手机，也没有证件。他不能买任何车票或机票，也没有吃的，不能住宿。

他借了电话，却发现记不起任何朋友的手机号，他只能记得爸妈的号，可是他们死了。他忽然感到爸妈死去的悲痛。他把手机还给大婶，一个人坐在街头哭了起来。有眼泪的。

他去网吧上网，没有身份证。去长途车站想偷偷蹭辆车，跟着人群挤上车，半路查票又被扔下来。回到原来的城市，想去找个小旅馆借宿一晚上。"我们这边不留花子啦，走啦走啦"，被扫出门外。最后，找一间餐馆讨了一些剩饭剩菜吃，一天一夜就只吃了这么一顿，吃起来又油又辣，他坐在路边狼吞虎咽，用手抓着往嘴里塞，红油抹到脸上，他用舌头去舔。吃到最后一口，美好的感觉随着被掏空的塑料袋消散在空中，他又不觉悲从中来。

晚上找了个公园睡，还好是夏天。椅子的木头硌得骨头生疼，他睡不着，看着天空。

我这是倒了哪辈子霉，好好的日子不好好过，跑这儿受这活死人罪。

他怨天怨地，怨自己干吗进那个破洞，再想到明明已经拿到不老丹马上就能颐养天年了却横生枝节，他又把海盗船上的人挨个儿在心里骂了一遍。他把让父母出事的列车诅咒了一番。父母当时只是重伤，只获得少量赔款，刚好交医药费，最后还是保不住，家当都搭上了。狗日的当官的欺负人，他躺着骂骂咧咧。

现在是彻底孑然一身了，最后一点存款都丢在租来的渔船上了。

他的衣服尚完好，鞋泡了海水又走了一天，已经破了，头发和身体变得油腻，浑身发痒。他觉得自己已经臭了。他仰望星空，思考人生哲理。只有星星不嫌弃他。

他悟出了一个道理，有钱才是真的。

早上起来，他决定找个活儿干。他路过一个废品回收站，跑进去问。报纸和杂志九角钱一斤啦，纸箱子七角钱啦，塑料瓶一角钱一个啦，易拉罐也一样啦。他燃起了生活的希望。他开始跑各个小区，在公园的草坪里捡塑料瓶，从卖电脑的商厦背后抢着捡拾丢弃的纸箱。过了几天，他发现也能吃一顿饱饭了。

"三十五块啦。"他开始跟收废品的人讨价还价，"你会不会算算术啦。十五块加七块，是二十四块，这边的纸夹子是二十一公斤，就是十三斤，七角钱一公斤就是十一块，加起来刚好三十五块啦。你别看我人小就欺负人啊。我实打实天天干，下次还来找你啦。"

天气日渐寒冷，在公园睡已经有点凉了，他琢磨着找点更赚钱的事儿，好歹攒两个钱，能租个房子过冬。这天，在废品站旁的小马路上围观打麻将，他忽然听到了机会。

"人唡，就在命。"一个收废品的对另一个收废品的说，"张柱子上礼拜捡了个瓶子，就瓶口破了点，身子还行，找人一验，你猜怎么着唡，清朝的，卖了两千多块钱唡。"

他偷偷凑过去，问："你们知道哪儿有验古董的？"

说话的人转过头来看看他："知道唡。都找陈胖子。他是家传，懂的唡。"

"那你们知不知道，"他压低声音问，"唐代东西卖多少钱？"

"哎哟，那可值钱唡。几万块总有吧。"

"那秦代的呢？"

说话的人撇撇嘴，摇摇头："哎哟哟，这可不知道唡。有人拿过战国拓片，发大财唡。"

他于是央求那个人带他去找陈胖子。

"怎么着？你有货？"那个人上下打量他，"淘沙的？"

他连忙摇头，讪笑道："我要有那本事，还干这个吗？就是家里有点不知道年代的破烂，想找人看看。"

他于是做出了人生最重大的哲学选择。秦始皇爷爷，他心里想，对不起您嘞。

(4)

再出海的时候，阿达坐上了一艘高档小游艇。

他已经很久没有过这种待遇了，心里乐开了花，开了一罐啤酒，坐在舷窗边上看大海。大海柔情婉转，波涛激情洋溢地围绕在他身边。他的二郎腿开始嘚瑟，头发被吹着向后飘，感觉像八十年代的电影明星，十分良好。

陈胖子名叫陈旺，干这行十来年了，三十七八岁，正是当家之年。胖子一般面貌和善，陈胖子眼角下耷，笑起来就眯得没了，看起来更显和善。只是小眼睛看东西时又精光四射，透着一股电钻般的精明。祖籍在北方，身材不高，剃了个光头。

陈胖子在驾驶室找航向，阿达一个人在休息舱逍遥。好一会儿，陈胖子才过来找他。

"你确定坐标没错？"

"我记性应该没问题。就是不知道是不是做梦。"

"啥……啥意思？"陈胖子一听这话，有点急了，"你到了这会儿说这话啥意思？"

"哈哈，没意思，逗个乐。"他说。其实他自己不怀疑经历的真实性，他的口袋里仍然揣着那颗不老丹。这药丸他从来没和陈胖子提过，这是他和那段回忆唯一的关联。

他也没提过长生不老的事，只说是徐福当年出海带走的宝贝，被他在一个小岛上发现了。他说得有板有眼，把洞窟构造、洞里的物件挑挑拣拣形容了一番，还说看见了"徐"字。

"此话当真？"陈胖子一听来劲了，"这可是大事，不能瞎说的。"

"我带你去看。"他说。

陈胖子跟他东拉西扯地聊天，大海的反光透过玻璃打在他的眉梢。陈胖子问他家世经历，他挑挑拣拣说了些。小时候上的学还不错，也曾经上过大学，没找着工作是赶上年景不好，流落到今日更是造化弄人。父母过得委屈，天下好人净受欺侮，等将来飞黄腾达了，定要教训狗官给父母出气。陈胖子也说了点自家背景，祖上是淘沙的，父辈还有一两个人做，但是太辛苦又危险，小辈基本上是不干了。他专做倒卖，离家远些也是为了安全。

忽然，阿达从舷窗里看见了小岛的影子。他惊叫了一声，跳起来指着窗外。

小岛出现在眼前。

岛和上一次没有什么分别，沙滩，树，山石。郁郁葱葱，从远处看上去是一座普通的无人岛。他的渔船已经不在了，不知道是漂走了还是被拖走了。他顺着上次的路找山洞。无字碑比他记忆中隐蔽得多，他来来回回走了好几次，几乎都错过去了。最后又是无意中撞到了，似乎馅饼又一次从天上掉下来。

推开小门，他很担心声音又响起来，思忖着如何解释。所幸一片寂静。黑暗中穿过狭长的甬道，摸着石壁，他总觉得有人在暗中看着他。

"就是这儿了。"到了豁亮的大洞，他指着周围给陈胖子看。

陈胖子眼睛都瞪出来了。他是见过古墓的人。从他的神情看，四周的布置、地面的纹路和基座的设计都是富含深意的，他看一处低声惊叹一次。阿达的目光紧紧跟着他。他在人像面前上上下下地盯了好一阵子，眼睛几乎像是粘在了人像上，很久之后才转到一旁的器物上。大物件没有动，小东西拿起又放下。

"九成是古物。"陈胖子最后说。

"那还等什么，搬啊。"阿达说。

（5）

当他再回到北京的家里，他觉得已经过了两辈子。

他推开门，看到久违的蒙着厚厚尘土的沙发和厅柜，骨子里的亲切感伴随着对父母的回忆在心底纠缠。墙上的合影向他扑来。立在厕所边上的墩布还保持着母亲临走时摆放的角度。自从父母住院需要看护，他就没在家里住过，也没打扫。他看抹布都亲切极了。

他叫抬箱子的人把箱子放在客厅中央。老楼没有电梯，抬箱子的人已经累个半死，他连忙递水递烟。这是陈胖子亲自帮他找的货车司机和押货人，从浙江一路风尘仆仆开回北京。他连声称谢，给司机又塞了些钱，挥手送下楼。

　　见他们走远了，四周也没人，他才关上门，用刀子划开纸箱，从层层叠叠的海绵碎屑中，将秦始皇人像搬出来，把电视挪到地上，让秦始皇端端正正地坐在厅柜中央。他端详人像，人像的肤色已经不像初次见到时那样润泽，开始变得粗糙，仿佛经过了风吹雨淋。

　　他从背包里拿出路上买的一罐可乐，打开拉环，靠在厅柜上的秦始皇旁边，半站半坐。他喝了几大口，打了个嗝，感觉内心畅快了。

　　"皇帝老兄，"他转头对人像说，"真是对不住您老人家了。我真不是故意把您弄来的。可我不也没办法吗？"

　　当时陈胖子非要带走秦始皇不可，一眼就看出他的价值是那洞里最顶尖的。阿达不同意，陈胖子问理由，他又说不出所以然。最后拗不过，他以自己带路有功为由，坚持要秦始皇，把一男一女让给陈胖子。陈胖子不知道那是曹植洛神，只见男子风姿绰约，女子顾盼生辉，想了想觉得满意便答应了。其他小物件两人各挑了些许，匣子和鼎只搬了两件。毕竟小游艇承载有限，太重了油不够用。上船的时候，陈胖子还恋恋不舍地回头。

　　他咕咚咕咚把剩下的可乐都灌下去，长叹了一口气。"皇帝老兄，你说这人世间的造化也真是难说，是不？你逍遥快活两千年，就被我这么卷走了，很讽刺吧？我知道是我错了。我太贪了。那洞里的宝贝，本来就没一件儿是我的。可你明白我当时的感觉吗？你是皇帝，从小要吃的有吃的，要喝的有喝的，你肯定不明白。我当时一天跑好几个公园，腿都断了，捡一天瓶子最后换了八块多钱，一盒盖饭都不够啊，想死的心都有了。你说你要是我，你会怎么着？你是英雄，英雄都是会把握机会的，你说是不？我知道，说到底还是我自己贪。不过小贪一下也无妨嘛。"

　　他从洞里挑的几样物件卖了二十几万。都是陈胖子经手。他知道也许还能卖得更高，但他没门没路，都靠着陈胖子，也就没有争执。这些钱可以解燃眉之急，能让他回家，还能去还欠下的房贷。

他说了好一阵子。没有声音。

"喂，你听见了吗？你生气了？"他又等了一阵子。

他开始有点慌了。

"皇帝老兄，你不是死了吧？"

还是没有声音。

完蛋了。他想。我把秦始皇给弄死了。

他脸色变白，觉得两千年的长生不老就这么一下子死了，实在太脆弱了。他有点内疚。他仔仔细细端详秦始皇的脸，在人像面前又蹦又跳，说各种好话，秦始皇始终没有一点声音。他想起在山洞里山壁上一直有滴水，担心是缺水的问题，就把家里鱼缸的水引出来浇在人像身上，还是没有反应。

他折腾了一阵子，忽然想明白了。难道是假的？他琢磨着。在山洞里就听见一个不知道哪儿来的声音，根本不知道是谁，秦始皇也没说话。怎么就信了呢？长生不老怎么可能呢？靠，被骗了。真是太弱智了。

他的火气一下子冒起来，他本来还希望跟秦始皇打听一下不老丹的用法，等享受完人生再吃下去。这一下只想着把不老丹摔在地上，再踩个稀巴烂。他把易拉罐在手里捏瘪，易拉罐发出嘎啦嘎啦的声音。他觉得实在气闷，就下楼遛弯，小区里的老人正在下象棋，一个个不亦乐乎，似乎谁也不为了死亡和长生不老担忧。他看了生气，就跑到外面。去了趟银行，查了一下，房贷还差六十万没还，把那二十万还上，再加利息，还有四十多万缺口。他更加生气了，站在街心叉着腰，心浮气躁。

晚上回到家，再跟秦始皇说话，还是没反应。

(6)

"这就是西安了。"

他伸手向前一指，转过头，对后座坐着的秦始皇说。

塑像的表情一如往昔，眼睛看着远方，没有发出任何声音。

他已经习惯了和秦始皇塑像说话。反正平时也没有别的人跟他说话。秦始皇端坐在租来的小货车驾驶舱的后座，将窄窄的空间填充得满满当当，头顶几乎能碰到车顶。秦始皇面色端庄凝重，但是身旁是用球星海报封上的窗户。回头看过去，滑稽得可以。他看着笑出声。他觉得自己的人生真是太他妈酷了，竟然能用小货车拉着秦始皇回老家。

"你看，广告牌上是阿房宫，当年你的宫殿耶。"他已经不着恼了，甚至吹起了口哨。他将车子开下公路，开上农村边的一条土路，停车，找了个没人的地方，把秦始皇搬下车，挖了些土，胡乱抹在塑像身上，抹得深浅不均，遮住塑像光滑崭新温润的脸，一边抹，一边接着吹口哨。

接着，他驶回市区，来到约定的地点，给约定的人打电话。"我要现金。"他说。

(7)

从羊肉泡馍馆出来，他打着饱嗝，一边走一边哼歌："死了都要爱，嗯嗯嗯嗯嗯嗯嗯嗯……"

他刚美美吃了一顿，又喝了两杯小酒，脸色泛红，脚踩浮云，沉浸在人生得意须尽欢的境界中，摇摇晃晃回到旅馆。下午交了货收了钱，他心里一片祥云。他没坐电梯，一步一顿走上楼梯。到了三楼，刚转过楼梯口，他就看见秦始皇端坐在自己房间外面。

擦！他顿时酒醒了一半。

他怀疑自己看错了，闭上眼睛晃晃脑袋想再看。结果还没睁眼，小腿上就被踹了一脚，一个趔趄摔到地上，然后背上又被来了一脚。他睁眼想抬头，什么都看不清，只见得一阵拳头像落雨点似的砸到自己身上，胸和肚子上各挨了几拳，他用手去护，脑袋上又被砸了，脑袋磕到地板，双眼直冒金星。等拳头停了，他觉得自己已经晕了，站不起来了。

他被人拎起来。两个年轻的小伙儿从两边抓着他的胳膊说："开门，拿钱！"

他从口袋里掏出门卡打开门，两人二话不说，将他扔在地上，进门就搜，看到钱箱还在桌上原封不动，查看后就夹在胳膊底下，表情很满意。

"小子，敢骗人！"一个带头的又蹲下来，用手指戳着他，"电话里说得有鼻子有眼的，还说找行家验过，呸！这么个新货就出来招摇，你就是造假也得敬业点啊。我们老大最讨厌被忽悠，以前都是我们直接带回去验货，看行货才给钱，这次先给你钱，是卖你个天大的人情，你小子胆大包天啊，来跟我们玩心眼。你以为你跑了就找不着你？做梦呢吧，早就 GPS 了！我告诉你，我们现在是高科技！我们老大验过这脑袋，根本不是陶土，谁知道是什么新材料。你还敢说是从阿房宫那儿挖的，跑我们这儿现眼来了？这叫关老爷庙前耍大刀！"

两个人拍拍他的脸，又把秦始皇推倒在地，听见咣当一声，才心满意足下楼去了。

他疼了好一会儿，才从地上爬起来，揉哪儿都疼。他嘴里骂骂咧咧，骂那两个小子不得好死，又怨自己倒霉，最后把一腔怒火都撒在秦始皇身上。他站起身踢塑像，踢了一脚脚尖生疼，更生气了，恨不得把塑像砸了。最后犹豫了一下终于还是没舍得，就把塑像拖回屋里。他找纸巾擦眉毛上的血，对着镜子仍在骂街。

他忽然听见一个声音，吓得一激灵。"什么？"他转过身。

好一阵子没有回应。他刚小心翼翼地转回头擦伤，声音又响了。

"水。"

他手里的纸巾一哆嗦掉了。"我勒个去！"他转过身看着秦始皇，"是你说话？是你吗？可别吓我。我胆儿小。你没死吗？死了没有？"

"水。"声音又重复道。

他连忙将秦始皇搬到厕所里，摆在久没人用过的脏兮兮的浴缸里，打开水龙头，哗哗地放了一阵子，又不敢淹得太多，看没过底座一小层就停了下来。

"好。"声音说。

"皇帝爷爷，给您跪了。"他坐在马桶上，绝望地看着秦始皇，"您说到底还是没死啊。那您在北京纯属逗我玩呢是吧？这安的是什么心啊？您心里有气，就恨不得看我今天倒霉是吧？可这一趟您也没少受罪啊。您知道自己要被卖了，怎么就不吱一声呢？还让我给您弄了一身泥，您也没落着好啊不是吗？皇帝老爷子，求求您再别逗我了行吗？"

"好。"声音又说。

"那您这到底是怎么回事啊？您能跟我说道说道吗？"

秦始皇开始用十几秒一个字的超慢速语言和阿达对话。就像山洞里那个声音。秦始皇的声音更沉厚悠远，说话更言简意赅。秦始皇说现代语言。这一点他倒不奇怪，在洞中的声音就说现代语言。按洞中声音的解释，他们能看到世间极广阔的范围，又经过无数岁月，早已听过一切演变的语言。他不知道洞中的声音是谁，他猜就是徐福本人。

秦始皇又扼要地解释了他们的存在形态。像树一样，依水而活。如世界上最稀疏的树，有最细小的叶子，太细小以至于肉眼无法看清。这是什么状态他还是无法想象。极为稀薄，稀薄得几乎像空气一样，可以飘飞极远，却不消散，不解体，和本体保持着气若游丝的联系，靠本体提供能量来源。本体外层是石化表层，如同无生命的岩石；内层是植物般的韧皮组织，赖水生长，可以离开水，但是不能太久。一般以半月为最，而他掐指一算，从他们离开小岛至今，差不多刚好十五天左右。

"哦，"他听完哈哈地笑了，"合着你这是实在绷不住了，才开口低头是吧？我当是有多深谋远虑呢。你早说啊，早说我不就给你浇水了吗？你说你非拿什么架子啊？在北京我怎么逗你你都不说话，千里迢迢跑这儿来了，一顿折腾，最后还不是得开口？"

"无妨。"秦始皇说。

"还嘴硬。"他接着笑道,"得嘞,你省省吧。以后啊你都得求着我了,所以你最好趁早低头服个软,给我这身伤赔个不是,要不然,嘿,我就偏不给你浇水。"

"三日一次即可。"秦始皇说。

"哎哟喂,还这么拽。"他从马桶上站起来,居高临下地走到坐着的秦始皇面前笑道,"有性格。我喜欢。"他弯腰瞪着秦始皇,"你以为你是秦始皇就牛×啊?你以为还是当皇上的时候哪?还这么大言不惭的。有本事你现在就站起来! 真是认不清形势,到这份儿上就该低个头。要不然我凭什么给你浇水? 我有什么好处? "

"我助你。"

"助我? 助我干什么? "

"你想要什么? "

"我想要钱你有吗? "

"阿房宫复建,征集方案,我可助你。"

"征集方案? 这是什么事? "

他忙打开电脑,上网一查。果然。最近阿房宫遗址公园建设立项,遗址保护和新博物馆建设都在向全世界征集方案。一等奖奖金一百万,二等奖五十万,三等奖二十万。

哎哟,这个不错,他心想,秦始皇的方案,那是原汁原味正宗好方案,还能不获奖?

"行,那你可得给我说清楚了。"他对秦始皇说,"包括那些忽悠人的比喻义什么的。"

"容易。"

"行。那就这么说定了。"

"此后每三日浇水。"秦始皇说。

"获奖就给你浇。"他说。

晚上,他躺在床上,琢磨着这一天的跌宕起伏。琢磨到最后,只觉得人间世事无常。以秦始皇的雄才大略和长生不老的牛×技术，能想得到有一天沦为一个小人物的阶下囚，仰仗他的喜怒哀乐浇水过活吗？他料想秦始皇的嘴硬也硬不了几天。他又想着竞赛的事。秦始皇竟然知道这竞赛，让他颇感意外。但是想了想也自然。真按他们说的，一个人飘荡在空中，美国都能看见，还能看不见眼皮子底下发生的一点事吗？想到这里，他又觉得讽刺，一个人能够尽览天下事，却只能靠别人浇水活着，这种长生不老到底是酷还是不酷呢？

(8)

他的方案在距离征集截止日五天的时候交了上去。据说一个月就出结果，他计划留下来等着，省得拿了奖还要从北京再开过来。反正西安从来没来过，正好当旅游。

秦始皇的方案果然不错，庄重堂皇不说，而且处处和天文地理相合。长度、宽度、位置的南北东西、立柱的设置和次序都有讲究。堂中设置水渠，以玻璃覆盖，形状既合银河，又与渭河相仿，取天地呼应之意。正堂和侧堂并非完全对称，而是与天上星宿相应，他反正也听不懂，只是始皇帝说一句，他就记一句，什么奎宿、参宿、毕月乌，照猫画虎写下来就是。最后的图他也画不出来，就记了个大概，在网上找了个建筑系大学生帮忙画了，这些学生也不多问，平时接这种活儿多得是，结账就行。

他在西安巡游的日子逍遥快活。北京的二十万反正没有都还房贷，留在手里花也宽裕。他想着反正马上要有一百万到手，前面的钱花了也罢。他去看看大雁塔，又去看看华清池，闲了就跑省博物馆，去找文物局的人问，竞赛的结果什么时候出来。他在路边印了假名片，称自己来自某外资小事务所。有所期盼心情就好，回来给秦始皇浇水就殷勤得多。

"哎，我问你啊。"他一边浇水一边聊天，"我这两天听说你当时的好多技术特别牛×，很神奇，都是谁帮你发明的啊？"

"世有异人，不可常理相待。"

"谁啊？"

"我即异人。"

"靠，受不了你了。"他说，"我只问你，是不是外星人来过？"

"何出此言？"

"他们说，在阿房宫附近出土的瓦当，直径快一米，我们小时候家里房上的瓦当，不过十厘米，你弄这么大瓦当是给谁的？还有人说当初你造十二金人，是因为'长人'来长安，你是仿造他们。而且你的城市规划都是按天文设计的，咸阳宫、阿房宫和渭河，正好组成星宿图，从咸阳宫到山东琅琊行宫，是一条正东直线分毫不差，这都是怎么弄的？还有，铸剑的技术，我听说有些镀膜的方法，直到现在人们都搞不清是怎么镀的。难道这些都没外人帮你？谁信啊。就说你这长生不老术吧，这么牛×的技术，难道是你自己研究出来的？"

秦始皇沉默了片刻。"世有异族人。"他说。

"什么族？"他来了兴致，"外星人吧？"

"不可说。"

"为什么？"

"我有诺。"

"切，"他连忙说，"这都多少年过去了，哪辈子的老皇历了。当初那些人早不在了吧？谁知道你说给谁听了。你放心，你就告诉我一个人，我保证谁也不说出去。我孤家寡人一个，能告诉谁呢？你就当是给晚辈讲历史总可以了吧？"

"有诺即有诺。"

"没事，你怕什么。"他不甘心，"这都两千年过去了，有诺也早废了。"

秦始皇哼了一声，表示不屑："诺言岂可因时而废？"

"老顽固！"他不满地嘟囔了一句。

他想着早晚有一天能把话套出来，可他没想到，这件事秦始皇至死都没说过一个字。他从没料到这世上真有千年之诺。

这件事是他心上痒痒的好奇，总是没有结果，也有点腻烦。有时候，他听了其他消息，也问点别的。

"他们说你的阿房宫当时压根儿没建是吗？"

"建了台基。"

"对，是这么说的。"他想了想问道，"那《史记》里怎么说你建阿房宫大得没边，项羽烧了三个月烧不完？"

"那书杜撰甚多。"

"那你为什么不建了呢？"

"末世之征已现。"

"哦？什么末世之征？"

秦始皇沉了沉才说："为时有所成，抑商市而重建工。建工太快，耗资太巨，资费无可回收，劳工起怨意，流散。失金银，失人心。"

"嘿，你还挺明白啊。"他乐了，"我以为只有后世这么说呢。"

"庶子何知？"秦始皇不屑一顾，"你无帝王之心。"

"嘿，你这人。"他生气了，辩白道，"你自以为了不起吧，有什么资格在这儿鄙视我？你要是有本事，别让你家王朝二世而亡啊。帝王之心？帝你的大头鬼。总共就二十来年，再没有更短命的王朝了吧？你也不看看自己现在在哪儿。厕所里，不是王座上！"

终于，一个月过去了，竞赛结果出来了。他的设计只拿了三等奖，让他大失所望，原本以为的一百万变成了二十万，缩水了一大半。但打听一下，一等奖空缺，他也就稍感安慰。他计划领了奖就回家，但秦始皇让他再等等。他问为什么，秦始皇也不答。于是，他又住了一些天，拿着钱在无聊中度过。

又过了几天，阿房宫博物馆的建设方案正式出台了。他跑去一看，吃了一惊。一清二楚，方案和自己提交的草图一致，可是最终的设计图纸上，写的却是别人的名字。

他有点傻了。他连忙揪住周围人，打听那个人是谁。问了两三个人都跟他打哈哈，似乎不知道那人是一件非常可笑的事情。直到第四个人，一个头发稀疏的憨厚老头，才把他拉到一边，跟他小声说了其中机关。

"嗨，看你是个小年轻，估计第一回参赛，我就跟你实话实说吧。"老头把手摇了摇，"这类竞赛以后少参加吧，大奖肯定是空缺的，二等奖和三等奖的方案就被组委会拿来用了。你说你不知道那名字是谁？按理说不应该啊，学古建的能不知道他？咱们当地的头号人物，古建界也是响当当的名字。省里头为了树牌子，能写自己人就写自己人。这事儿你也没辙。你们的比赛方案都是概念图，就是个 idea，人家可以说工程图是全新的创造。这里产权保护弱得不能再弱了，打起官司来，你们占不到什么便宜。"

"那就这么算了？"他觉得不忿，"新阿房宫上好歹应该写个我的名字吧？"

老头笑了："你也不小了，怎么这么不省事？你看现在哪个楼上写设计师的名字？不全都写捐钱人的名字？你就算捐个门槛、捐个座儿，都能刻个名字，捐个 idea 可没戏。"

老头实诚地拍拍他的肩膀，对他的幼稚表示充分包容和鼓励。他在原地愣了好久。

回到宾馆，他把遭遇跟秦始皇说了，希望得到愤慨的支持。谁料，秦始皇一点都不觉得惊讶，仿佛早就预料了。他不但不同情，还觉得无所谓。

阿达不满了："喂，你怎么说话呢，这么些天，我好歹还算仗义吧？

每天挺有功劳吧? 你不站在我这头说话,倒向着当权的。"

"你?"秦始皇却说,"有何功劳?"

"我每天给你浇水不算功劳?"

"为善以求名,为恶以逐利。如此而已。"

"嘿,你这是怎么说话的? 你有没有点良心啊?"

他气得乱发了一阵牢骚。但说完,底气又不足了。他确实是为了名利才留下秦始皇,此番不满也是因为名未得。可是不知为什么,他总觉得这样说出来的不是他。他很讨厌这样说,想来想去却无可辩驳。越是觉得无话可辩,他心底的火气越大,仿佛多日以来的辛勤细致全都化为了怒火。秦始皇见他生气,却也没有一句宽慰的话。他便更生气。

"好吧,好。"他最后说,"既然你这么不领情,那就算了,白费了我这么多工夫。我就一不做二不休,总还能捞着点名,好过费了半天劲不讨好。"

他将秦始皇捐给了新阿房宫博物馆。

(10)

送秦始皇去阿房宫的那天,他目送着工作人员将秦始皇从车里搬下来,用一辆小车推进遗址保护区的临时办公楼,他突然觉得有点失落。他坐在车里好一会儿,直到所有人的身影消失在视线中。他回头看看车后座,空空如也,球星海报还像刚来西安那天一样招摇。

晚上,他回到旅馆,第一次觉得无事可做。没有浇水的任务,也没有人可以聊天。他把电视打开,百无聊赖地调台,宾馆电视只有中央台和寥寥几个地方台,播的全是电视购物。他把窗户打开,想透透气,却只是胡思乱想。去厕所的时候,总觉得浴缸里空得要命。

第二天,他开始有点后悔。秦始皇这个人说话确实傲慢,令人讨厌,但除此之外也没有大过。把他捐出去倒没什么,只是以后若没人给他浇水，半个月之后就该死了。为了一句话，至于把他就这么弄死了吗？他有点内疚起来。毕竟答应过他要浇水的。现在钱有了，锦旗也拿到了，把他丢一边，似乎有点那个。

他想到这里，又开车回到阿房宫遗址。白天人来人往，好容易等到晚上，他从保护区一边的矮金属栅栏翻进去，找到临时小楼的窗户。一个窗户一个窗户看进去，看到第六个，终于看到秦始皇坐在里面。这是一间杂物堆放室，工具和临时物件摆得很整齐。他敲窗户，跟秦始皇打招呼，又试着拨了拨。窗户并没有锁死。这是遗址保护区建的临时办公楼，地处偏僻，又没什么值钱事物，因而防盗的措施并不严谨。他用小棍把窗户拨开。

"嘿嘿，怀念我没有？"他从窗户爬进屋，对秦始皇故意嬉笑着说，"昨天没有人给你浇水吧？难受了吧？你何苦呢，别那么嘴硬，就什么都有了。"

秦始皇却没有欢迎之情。

"你来做什么？"秦始皇冷冰冰地问他。

"我怕你渴死，再来给你浇两次水啊。"他说，"说好了，这两次算你欠我的。"

秦始皇说："绝境中有害人之心，顺境中却有不忍人之心。可以。"

"你说什么？"他听得清楚，却不甚明白。

秦始皇反问他："你来，是因为可怜我？"

不知为什么，他脸有点红，"也不全是。也是因为我答应过你啊。现在三等奖也是得奖，我还是得按约定才对。"

秦始皇又点评似的说："懂诺。可以。"

他又有点恼了。"你今天怎么回事？神神道道的。你到底要不要我浇水？不要就算了，我走了啊。"

秦始皇这时说了一句让他很惊讶的话。

"你可以帮我了。"

他打了个激灵："你说什么？"

秦始皇像是知道一切。"你想一想，这些天你做了什么？"

"我做了什么？"

他感觉紧张，不明白秦始皇的话。但他想了一会儿，忽然隐约觉得有些东西不对。起初只是模模糊糊有个困惑，但偶尔有一句话闪入他的大脑，突然就变成他满脑子的担忧之处。那句话很普通，但让他觉得很怪。

他送秦始皇进入了阿房宫。

他在心里反复重复这句话，总觉得有些看不清的东西砸到了心里。他吓了一跳。

"难道，这一切都是你故意的？"他问秦始皇。

秦始皇似乎微笑着看着他："你觉得呢？"

"你一步一步计划，让我千里迢迢把你从小岛上带到北京，再带到西安，最终带到这里，是吗？最终你的目的就是回到阿房宫，对不对？"

"都是你自己的决定。"

"可这太奇怪了。这是怎么一回事，怎么做到的？是阴谋吗？"

"不是阴谋。"秦始皇说，"我只是略可预言。"

他警觉起来："怎么预言？"

"凭常识预言。"秦始皇似乎很了解他的心思，"比如说现在，我知道你想去秦陵。"

"秦陵？"

他心里一惊。这并不是他此刻内心所想。这预言是错的，但他却莫名地紧张。

"你带我去秦陵。我给你看宝物。"秦始皇说。

他又是一惊。宝物？秦陵的宝物？是的，此话说完，他确实想去秦陵了，压都压不住。

"但你要答应，永不可告知他人。"

"这个好说。"他承诺道。

次日夜里，他按照约定来到阿房宫。他找来一辆小平板车，将秦始皇从窗口搬出，在粗糙颠簸的土地上推行。他不知道这是要去哪里，秦始皇没有说明。他在手机地图上查过，从阿房宫到秦陵要穿过一整个西安城，有六十多公里，秦始皇却说不必开车。

夜半在荒凉的遗址上前行，他有一种肃然之感。他们所在的区域是阿房宫遗址，只留一座巨大的夯土台基，一公里长，半公里宽，六七米高，杂草丛生，荒凉空寂。遗址博物馆就是围绕这唯一存留的真实证据而建。这是他第一次在这遗址区域中走。他逛过新建的阿房宫公园，就在这座遗址外，一墙之隔，崭新整齐，白天总是游人如织，吵闹喧嚷。在那座阿房宫逛，他不觉得如何触动，感觉帝国不过是一场宏阔的大戏。然而此时，在这座巨大的遗址之畔，他却忽然有了一种震撼的感觉，觉得帝国是真的，那种粗糙却坚实的东西，覆盖着实实在在的千年风沙。

秦始皇指挥他向南走，来到遗址南侧。他看到一座小高台，在台基西南角，大约十几米高，很像是卫士，俯瞰着广阔的台基。他们来到台基正南，一侧是台基，另一侧能看见开阔的空地，像是一个广场。

"居中有土梁，将土梁挖开，向内一米。"秦始皇说。

他于是拿起备好的铁锹，向台基正中一道不太显眼的土梁挖去，挖断土梁，继续向内。不一会儿，铁锹触到了挖不动的硬面。硬面似乎有磁力，铁锹一触过去，就被吸引，需要费力拔下。他把硬面外的土都挖到一边，露出一片竖直的平整的墙，依然是黄土色泽，质地上和周围看不出差别。他又仔细清了清，面上似乎有人工雕琢的痕迹。

"过来。拿下我腕上之物。"秦始皇又说。

他回到小车边上，弯腰看过去，这才发现，秦始皇手腕上，隐藏在袖口里有一块玉佩式的物件，紧贴肌肤，颜色材质都与人像无异，不仔细看完全不会注意。他伸手过去试了试，发现是靠简单的小机栝连在身上，轻轻挪动几下，就取了下来。

"将水符嵌在门上。"秦始皇说。

他看了看手里的物件，水波绕成如意造型。他回到黄土墙边，发现黄土墙面上有凹槽，乍看上去像是平常坑洞，但他将水符扣上去，还没碰到，就感到强烈的吸引，最后几乎是拉着他的手贴了上去。水符扣进，严丝合缝。

接着，就像是他在很多电影中看到的一样，一条向下的通道显露出来。不仅墙面塌陷，连地面也有一部分塌陷。他心略称奇，但未多想。他取下水符，背上秦始皇，打开手电，进入通道。通道一直向北，往台基里延伸，斜插入台基地下。这是一条相当长的阶梯，笔直向下约几百米长，大致通到台基的正下方。

阶梯尽头是一个小平台，平台有光，显然通往另一条通道。到了平台上，他看到前方是一条隧道，隧道里有一辆铜车，铜车停在木质轨道上。

他将秦始皇放在铜车的后座上，发现竟然惊人地合适，秦始皇的人像非常合适地嵌入，就像是活人舒舒服服地坐在沙发里。他自己坐上赶车人的位置。铜车有轼，可以做扶手，却没有辕，套不得马。铜车车轮嵌在木轨凹槽内，如同火车。

"然后呢？"他问秦始皇。

"以水符扣车头。"

他低头看，果然车头最前方有一个同样形状的凹槽，将水符扣进去，发出咔嗒一声如同解锁。接着，缓慢地，车轮开始翻滚。车向前移动，速度不快，却平稳而不停息，随着木轨的拼接有规律地轻微颠簸。隧道两侧的墙壁上每隔几米就有一盏苍白的小油灯。

"哇，"他说，"你这水符也太先进了，没有引擎也能开车啊。"

秦始皇轻蔑地哼了一声，说："这是下坡。"

"哦。"他讪讪地笑道，"难道一路都是？"

"平地与下坡交替。"

"哈，原来如此。"他笑了，但想了想又问，"不过，那一会儿回来怎么办啊？"

秦始皇陷入短暂的沉默。

片刻之后，秦始皇说："轮与轨皆镀有磁性，回程时轨道磁性会交替变化，前引后斥，推轮前行。"

"哇，这么高级！"他惊叹道，"这些都是异人传授？"

"是。"

"我前几天听说南阳那边发现一段秦代木轨铁路，千年不腐，也是这样的吧？他们说你建的驰道实际上是马车的铁路网，有这么回事吗？"

"轨道未曾铺完。"

"那就是有啦？太厉害了。"他啧啧叹道，"真了不起。"他心底的痒又被勾了起来，"哎，那些到底是什么人啊？事到如今你也应该信任我了吧？"

秦始皇一如既往没有回答。但是这一次，他的口气却不同以往，异常郑重其事。

"我年少登基，年轻时遇异人，讲天下之事，带我见很多奇物。"秦始皇说，"那时起，我便知道我须做非同常人之事。"他顿了顿，"皇考本非名异人，因遇异人，更名异人。"

"嗯。然后呢？"

"然后我建立了自己的帝国。"

"然后呢？"

"没有然后了。"

"啊，完了？"他诧异了，"你这故事讲得也太不敬业了吧，好不容易赶上你愿意讲，我这正洗耳恭听呢，这就讲完啦？你这等于什么也没说啊。你建立了帝国，然后怎么样了？异人哪儿去了？你后来又为什么跑到那个小破岛上？你倒是讲讲啊。"

"我去东海，"秦始皇说，"因为我需要长生。"

"哦，对，这点早就想问了。"阿达说，"你放着好好的皇帝不当，非要求什么长生呢？又没有好吃的，也没有女人，连动都不能动。你图什么呢？"

"你不懂。你无帝王之心。"

"哈哈，又来了。"他坐在车头感觉很爽，谈话也轻佻，"帝王之心？那你倒是说说看，有帝王之心的人又图什么？"

秦始皇却很严肃："我要守望帝国。"

他扑哧一声笑了："真伟大啊！果然有帝王之心。可是你想没想过，你搞长生不老搞得惊天动地，把基业都毁了。你一走，大秦江山都丢了。又如何？"

"我非大秦族人，为何在意他家江山？"

阿达一凛，秦始皇这话吓了他一跳。"什么意思？"他脱口而出，但转念就明白过来，"你是说，吕……"他猜想秦始皇说的是相父吕不韦的事。他很想继续问下去，问问吕不韦、太后到底是怎么回事，可是秦始皇严肃的口气让他不大敢问，于是说："那好吧。就算你不是嬴家人，那也是你开创的帝国啊。你不好好守着，跑到岛上干什么？你说你守望，可是帝国毁了还守望什么？"

"帝国何尝有毁？"

他一愣："什么意思？秦二世而亡，你儿子被灭掉，难道不是毁了？"

"帝王无子孙，只有子民。"秦始皇说，他回答得很平静，"你难道不知道，为何帝王要称自己孤或寡人？"

他怔了怔："不是因为唯我独尊吗？"

"孤就是孤。帝王只知其一人，所以称孤。在其下万人皆同，子孙亦不例外。"

"这是什么意思？"

"对帝王而言，唯帝国重要。继承帝国的，无论是否子孙，都无所谓。"

"难道……"他有点明白了，"难道你觉得后世……也都是你的帝国？"

"是。"

阿达张了张嘴，呆愣了一会儿没发出声音。这答案超出他的常识范围。"这……这大梦也做得太美了吧。"

"有何不对？"

他一时说不出哪里不对，只觉得奇异。他想了想说："你要说汉唐这些汉人王朝也就罢了，可是元啊，清啊，这都是外族人，怎么能说是你的帝国？"

"帝国所在，何分种族？"

"那分什么？不分子孙，也不分种族，凭什么说是你的帝国？"

"千年秦制，一脉相承。"

"哈，得了吧。"阿达说，"虽然我历史不好吧，但我们好歹中学也学过。秦朝施暴政，不得人心，后世都要反秦政，怎么说是一脉相承？"

秦始皇反问他："你可知帝国最忌什么？"

"不知道啊。内乱？"

"帝国所忌有几件事：夺富人之财，夺穷人之命，夺书生之口，夺邻人之信。我徙贵族，苦劳工，坑儒生，令邻里妻子相互告。结果我国力虽强，四海寰宇无可匹敌，但四忌皆犯，只可维持十年。如果你是后世帝王，你会如何？"

"呃……尽量避免吧。"

"是。此乃帝王头上唯一高悬之剑。若无此威胁，帝王即可为所欲为。"

"你是说你故意做给后世看的？"

"我非为世人，只为自身帝国千秋万载。"

阿达心里一震，不知道应该说些什么。"但……但代价太大了吧。你杀了多少人啊！"

"死死生生，世间皆然，有何稀奇。"

"可是你自己不死，却让别人去死。"

"我亦会死。时刻到了，我自然会死。"

106

阿达沉默了好一会儿，一时间思绪有点乱。"其实，"他说，"我们老师原来上课总说，如果当时你没传位给胡亥，而是扶苏，也许秦朝倒不至于崩溃，扶苏还是很好的人。"

　　"没有用的。"秦始皇说，"大势如此，无力回天。扶苏亦不能应对。我让他在长城脚下躬耕终老，也算尽我所能了。"

　　秦始皇的声音在隧洞里幽深沉厚，隐隐有回声。阿达听得有点发愣。秦始皇说了太多话，有太多他没想过的问题。他试图思考那些有关历史的往事，但思绪就像前方隧道，黑漆漆的看不到边界。他回想秦始皇最初的话，一些话似乎有了不一样的意味。铜车还在有条不紊地行驶着，苍白小灯照亮脚下轨道，向远处延伸成黑暗里的两条珠子。他隐隐听到水流的声音，不是岩壁的滴答声，而是宏伟却低沉的河流的声音。

　　"这是哪里？"他问秦始皇。

　　"渭河之下。"

　　原来如此。这样的设置很明智。入口在阿房宫台基之下，确保无人偶然发现，隧道一路深入地下，又沿渭河，确保不会被人无意截断。只是不知道出口在哪里。

　　他们又沉默地行驶了好一会儿，车子似乎转了弯，水声渐渐收敛了。

　　他的眼睛向前方看去，看到了轨道尽头是一座小平台，和上车时的平台相仿。最震撼的是小平台后面有一座巨大的水车。水车被一条瀑布冲击，有一半浸入瀑布，另一半露在外面。离得近了，能看得清楚，水车至少有三十米高，在瀑布的水流下旋转。周围环境似乎是山岩内部，有泥土、野草和岩石在水流两侧，隐约可见。瀑布像是内瀑布，水量充足，速度不快，但很稳定。水车上有一个地方不是扇叶，而是可以载人的小露台。随着水车的旋转，小露台缓缓上升。高处是另一个小平台。

　　他下了车，将秦始皇从车上背下来，站到平台上，待水车的小露台转到眼前便登上去，到高处的平台再下来。平台连接着另一条非常长的台阶，台阶缓缓向上，看不见尽头。

他背着秦始皇沿台阶走上去，用手电照着脚下。他不知道走了多久，也许只有几十米，也许有几百米。他和秦始皇都没有再说话，或许是都被即将到来的命运所震慑，直觉让他们保持沉默。他不再有任何说笑的冲动，内心升腾起的紧张感压制了一切其他感觉。脚下台阶漫长，秦始皇在背上也很重，但有那么一瞬，他似乎希望台阶更漫长一些。他觉得他能猜到尽头是什么地方，但不想去想。

（12）

尽头的门是头顶的一块石板。他放入水符，石板缓缓转开。

他走上去，爬出头顶的洞口。

他站定了，环视四周。一片漆黑，看不清什么。他用手电照射爬出来的洞口，赫然发现那是一个巨大的石棺。石棺顶盖向一侧滑开，可以看见顶盖上雕刻的龙和祥云。顶盖上同样有一个水符形状的凹槽，大概是出入的开关。

这下他明白了，他们走出的地方是秦始皇的石棺。没有人知道秦始皇未死，因而没有人知道石棺内是一条通道。这是最安全的通道。他将秦始皇放在身旁地上。

"这就是你的陵寝了？"他问秦始皇。

"是。"秦始皇已经沉默了好一会儿，声音有点僵硬。

"我看书里写的机关、山石、车马、水银河流，都在周围吗？"

"那些在外室。所有机关都是为了防人进入，如果你看到，你就要死了。"

他略感失望。他本来期待能看到许多精妙器物。

于是他问接下来应该做些什么。秦始皇没有回答他，却似乎发出一声叹息。

"你怎么了？"他问。

秦始皇没说话。

"喂,到底怎么了?"他有点紧张,拍拍秦始皇。

"人行千里,终于一归。"秦始皇说。

"哟,你还怀旧了啊。"他笑道,"伤感什么,你这是衣锦还乡啊,都长生不老了。"

"魂归故里而已。"秦始皇说。

"什么意思?"他被秦始皇的语气吓了一跳,"正想问你呢,你这次为什么回来啊?"

秦始皇恢复了平素的语气:"秦陵恐将开启。"

"你是说挖掘?旅游?应该没那么快吧?我听说目前也只在研究。"

"迟早之事,需早做准备。"

"做什么准备?"

"帝国已逝,需备将来。"

"帝国……什么?"

"帝国逝去已久,至今已百年。"秦始皇说。阿达觉得秦始皇的话越来越悲凉,也越来越令他费解了。"自秦至清,两千余载,万事皆有覆亡之理。当今之人,谁也不懂帝国根底。需另起炉灶,将治国之事传于他人。"他顿了顿,阿达还没来得及说话,他又说,"我问你,你知道我为何焚书坑儒?"

阿达愣了一下。"你不是说你想给后世做反面典型吗?"他试探着问。

"不是。"秦始皇说,"是他们说的一些话,误导帝王。他们希望帝国建立在善人之上,可帝国需建立在常人之上。"

"……常人?"

"像你这样的人。"

"我?"他大吃一惊,"和我有什么关系?"

"你可知我如何能使你带我来秦陵?"秦始皇又不回答,反问他,"事若欲有所成,必顺常人之性。此乃成事之理。"秦始皇的声音出奇地平静，"我可一路至此，帝国之可以长久存在，原因都在于此。"

"这是什么意思？"

"这意思你终究会懂。"秦始皇不再解释了，他顿了顿，说话更慢了，"那些书生，虽然误国，却也不是毫无用处。终究是故人，虽逝不远。至魂飞魄散之时，倒也有点怀念他们。现在，你将我置于棺盖之上。"

他不知道秦始皇为什么忽然冒出这样一句奇怪的话。他等着他继续说，可是秦始皇没有。他看了看，石棺盖中央，果然有一块空着的区域，有细线围成的形状，像是卡槽。他把水符放在石棺的凹槽内，石棺合上，又把秦始皇小心翼翼地放在石棺顶盖中央。底座和石棺中央的凹陷嵌合得完美。

摆完之后，他问秦始皇还要干什么，秦始皇没有回答。有一瞬间，石室陷入完全的黑暗与寂静。

忽然，石棺顶盖上的细缝开始发光，光芒顺着细缝延伸，一路走下去，在地板上向四个方向分别绕了一个很美的花形，又一路向下。他这才发觉自己站立的是一个小高台，往四个方向都有向下的台阶。光芒的细线很快爬到底端，向四面八方铺展，迅速扩大面积，变成细细密密地毯一般的光的海洋。他被这海洋广阔的面积惊到，那是看不到边的宽阔大堂，而他所站立的高台是大堂中央极小的四角锥型岛屿。

柱子突然亮了，接着是屋顶。他看到黑色的立柱上雕刻着盘旋的金色的龙，肃杀而峥嵘。秦朝尚黑，这颜色给人的感觉和后世喜爱的红色完全不同。接着是近处的两侧墙壁。让阿达震惊的是，墙壁两侧树立着十几尊巨大的人像，每一尊有十几米高，动作面容皆生动狰狞，五官小而不突出，但表情丰富变换。雕塑是暗金色，衣饰镌刻细致。随着光线亮起，雕塑的四周开始有幻影生成，都是雕塑本身的模样，仿佛灵魂飘出体外。

这时，在他身后响起秦始皇低沉的声音："我本常人，因遇异人而成非常之事。这本非异事，换作他人亦可以。遇异人非寻常之境遇，你有此经历乃需把握，能懂多少需看你自身。你送我至此，我亦只能送你至此。再久远的路，也终有到尽头的时刻。"

秦始皇的声音越来越低，后面几句话几乎有点模糊。阿达屏住呼吸竖着耳朵。他看到，在石室高昂的穹顶下慢慢有一个身影出现，从高处飘飘悠悠下落，逐渐凝聚，成形，有轮廓和色泽出现，越来越小，从庞然如一座庙堂大小的稀薄逐渐凝为可见的人形，仍然很庞大，辨识不出面目与肢体。但阿达看出，那就是他一路护送的石像的样子。人形在飘，忽隐忽现，和墙壁两侧雕塑身前的幻影仿佛遥遥呼应。

大厅的屋顶突然亮起，金光四射让已经习惯了黑暗的阿达一下子不适应，挡住了眼睛。屋顶似乎有光锥投下，在大厅中央的空气中照射出平原与高山的幻影。

"江山常易，唯势永存！"

秦始皇最后的话，厚重如雨夜沉雷。四周的雕像幻影像是离墙而出，飘到了山岳上方，秦始皇的影子也以迅雷之势向前飘去，只是到了一处又退回。阿达在明亮的灯光中赫然发现，雕塑幻影的衣着竟然是衣裤，而不是秦时长袍，面孔五官的比例也异常怪异。幻影最终没有相遇，只像呼啸的风一阵吹过。中央的平原与高山开始变化，有人迹和城市像蝼蚁般涌出，接着有商旅和军队在平原上翻滚流动。阿达听到一个声音，不是秦始皇的声音，而是某一种平稳而丝毫不带感情色彩的声音，诵读着某些典籍似的文字。文字用词极简，虽然是古体，但阿达竟也听懂了大半。声音先讲述了民之势如水就下，然后开始讲治理的道理。许多意思简明扼要，却和阿达熟悉的说法大有不同。阿达惊异地听着，呆在当场。忽然，一阵风似的气流从他身后涌出，他一个趔趄摔倒，再爬起来的时候，所站之处有金冠与宝剑的幻影。他不由得伸手去拿，却在空气里抓了个空空如也。

这时，大厅地面的灯也亮了，空中的山川平原消失了，出现让他震撼的画面：大堂前侧，竖立着极多书生模样的彩色陶俑。他吓了一跳，不知道兵马俑还可以做成书生。两侧立柱打出光，斜斜的凝聚的光，打在书生俑身上，人影突然开始浮动。他被再次惊得目瞪口呆。每一个书生俑身上都浮动出一个人影，鲜活清晰。人影袍袖宽大，在空气中浮动，俯仰天地，慷慨陈词，似乎在廷议激战辩论中。四周响起了更多声音，不知道是从哪个角落里散发出来，高低错落轰鸣，说着一些他能听见却听不清楚的话。

"……收天下财……危难，豪族不救……"

"横征暴敛，发民于役……百姓不堪其苦……"

"……所禁言论甚多，使忠臣不敢进言……"

大堂继续不断亮起，整个空间笼罩在明亮的金色中，立柱一对接着一对，射出光芒，照亮一排又一排衣着色彩斑斓的兵马俑。他猜想影像就来自那些色彩。他完全被震慑了，好长时间忘了言语。光亮还在延伸，大堂一点一点展露出全部面积。文人模样的兵马俑后面是武官，身着昂扬的战服，头戴盔甲，手握刀剑，影像在空间里相互展露拳脚。而再到后排，是大片普通士兵的兵马俑，和出土的墓坑里见到的一样，只不过是彩色的，空中影像集体跪拜，发出如山的呼喝。万岁，万岁，万万岁。

他俯瞰这一切，满怀惊吓，第一次感觉到帝王的威仪与惶恐。

他听着，记着，书生像逐渐黯淡下去。

最终，当书生的人影消失，光亮逐渐黯淡，只剩下两侧立柱还亮着，他才缓缓回过神来。

"天啊，太他妈牛×了。"阿达还沉浸在影像中无法自拔，喃喃地对秦始皇说，"我算是知道你说的帝王是怎么回事了。"

秦始皇没有回答。

"你从小岛上回来，就是为了再享受一次吗？"他问。

没有回答。

"你是把你坑掉的书生都做成影像了吗？"

没有回答。

他又等了好一会儿，还是没有任何声音。

他心里想到了什么，开始害怕了。他又说又问，可是无论说什么，秦始皇都寂静无言。他慌了，使尽浑身解数，就像他第一天把秦始皇搬到家里时一样，甚至比那次还慌张和急迫。他隐约明白了结果，可却不愿意去想。他希望就像是第一次上当一样，再一次被秦始皇哄骗。可是他又说了很久，无论怎样真诚和坦率，都还是没有任何回答。

他坐倒在黑暗里，最终逼自己承认：秦始皇死了。他在自己的陵墓里死去了。

他惊叫起来。

（13）

当他走出阿房宫台基上的小门，他发现天空是亮的，泛着红色。刚才的荣耀和震撼全都不见了，他心里充满悲伤和惊恐。临走的时候扣水符的手在颤抖，生怕棺盖再也打不开。

他有点糊涂，看了下表。凌晨 4:50。他们是午夜下去，差不多两个小时到那边，他又花了两个小时回来。手表应该没错。这个季节，无论如何这时不应该天亮。他又抬眼仔细看看，才发现天并没有亮，亮光来自两侧的地面，来自台基上和广场上，是地面的亮光将天空映红了。

他连忙跑到一旁的小高台前，沿西北角的坡道拾级而上。俯瞰整个台基和广场，他赫然看清了一切。正是小高台上发出了光束，在台基上和广场上分别照射出了壮阔的影像，真切而清楚，是宫殿和楼阁，台基上有一座宏阔的殿，形状和他所画的图纸非常像，只是尺度比他画的大许多。那并不是寻常人所处的殿堂，它的存在本身，就是为了某种高远的生命。在他背后的广场上则是一片高低错落的楼阁，两道连廊沿广场两侧对称延伸，小楼和亭台沿连廊交错布置，中央是花园，树影婆娑，掩映着连廊的飞檐翘角。群山峻岭般绵延的建筑群，层层叠叠，繁复而诱人，让人忘我。这一面完全是人类居住的尺度，与另一面巨大的前殿在夜空下遥遥相对。依稀看去，两片楼阁中隐约有着活动的人影，身材相差十倍的身影分别在两侧宫殿穿梭。他们有时候遥相呼应，有时候又并肩而立。

图像模糊了，消失了。宫殿图像被千军万马的战场取代，喊杀与哀号无声地穿过旷野，帝王的身影出现又消失。然后是躬耕的人群早出晚归，在循规蹈矩的荷锄中出生逝去。然后又是奔腾的厮杀，繁华的宅邸，贫穷的蜷缩。因贪欲而丢失的世界。他站着看，忘了时间。岁月像是进入了永生的通道。

他终于看到了阿房宫真正的样子，那是一座幻影的宫殿。

天亮了。影像消失了。那是帝国最后的余晖。

尾声 1

阿达回到北京，继续自己卑微倒霉的人生。他找到一个快递员的工作，每天起早贪黑，骑电动车去各个小区送货。房贷还差二十万没有还。

有一天，他突然在街上看到了陈胖子，穿着打扮非常华贵，一看就是老板的模样。他从一辆奔驰上下来，头上抹着油，跟旁边的人互相让着，走进一家餐厅。阿达一看就追上去，转进旋转门，被两旁的服务员拦住了。

"先生您有预定吗？"服务员问。

他指着正在向电梯走的陈胖子说："我找陈旺。"

"您找陈总啊。"服务员说。

"我不找陈总，我找陈旺！"

"是，陈总在牡丹厅。"

他跑到牡丹厅，抓住陈胖子的衣袖，没等陈胖子反应就激动地问出一系列问题。你怎么来北京了？你怎么发家致富了？这才一两年怎么就成老总了？你是不是又去山洞了？是不是把所有东西都偷出来卖了？其他那些人像你弄到哪儿去了？说啊，你说啊。

陈胖子尴尬地把他拉到楼道，赌咒发誓说自己再也没拿过山洞里的东西。

"我还想问你呢。"陈胖子说，"我确实去过那个小岛，可是再也找不见那个洞了。怎么回事啊？你还能找见吗？"

他说自己也没去过，又问陈胖子如何发达起来。

"我也不知道，"陈胖子笑着说，"不过还得托你的福。当时把那对儿雕塑拿到我家之后，我的运气就出奇地好，不知道是什么神仙。"

阿达后来去过陈胖子家一次，发现他把曹植和洛神依墙而放，放在电视墙一侧的大理石水池中，水池本身庸俗粗糙，还顶了一个滚动的大理石球，但是将雕塑放入就雅致多了。

尾声2

阿达后来攒了点钱，又去过两次小岛，小岛还能找到，只是那个洞再也找不到了。电视里能看到阿房宫博物馆兴建的新闻，构型就是秦始皇原初的设计。

他有时候自己躺在床上想这一切，越来越觉得一切都是命中注定。从他第一次登上小岛，山洞就是故意敞开等他进去的。平时山洞则隐藏起来。这能解释得通。否则如此容易发现的山洞，怎么可能两千年没有被世人知道。这么一想，他忽然觉得之前的一切变得滑稽了。

为什么选了我呢？他想。

他仔细琢磨着那句话：顺常人之性。

他琢磨这话，又琢磨自己。渐渐地，更多话浮上心头，似乎有意义，又似乎乱七八糟。"为善以求名，为恶以逐利。""绝境中有害人之心，顺境中却有不忍人之心。""四忌皆犯。""遇异人非寻常之境遇。""帝国已逝，需备将来。"这些话逐渐在他心里形成一个模糊的轮廓，让他觉得凛然，似乎自己的整个人生都不一样了。

秦始皇是选择了死，他想，只不过他究竟希望对我说什么呢，他希望我做什么呢？

世界还是利欲的世界，但对于有目的的人，世界却不同了。

他从来没把秦陵的密道告诉过别人。他开始明白秦始皇对重诺的拣选和坚持。

尾声 3

最初的那颗不老丹他一直带在身上，已经辗转好多地方，沾染了不少尘土油腻，怎么看都像是一枚弄脏了的、普通的丸药。他曾经想试试吃下去会怎么样，但一方面觉得不可能如此简单，必然要配上其他的技术，另一方面也怕吃下去出危险。但要是扔了，他又觉得不甘心。

最后他决定给他的狗吃。如果吃下去就长生不老，那他得到一条不老狗也不错。他切碎了拌进狗粮喂狗吃下去，结果狗就昏睡了，至今没醒来。倒是也没死，还有呼吸，但就是怎么都无法叫醒了。他想，如果当初他拿了不老丹就吃，是不是如今还依然在昏睡？

后来，后来阿达真的做了经天纬地的大事，成就了非常宏阔的事业，也使得千百万人的生命发生了改变，成了大人物。他在晚年常常回想自己经历过的改变了生命的那段旅程。有一天夜里，他睡着了，做了一个梦，梦里又做了一个梦，梦醒的时候，他发现自己在海上，坐在一条破渔船里，怀里抱着父母的骨灰，正要去撒。

最后一个勇敢的人

（上）

他跳过一道围栏，跑过草原的最后一段路。远方能看见线条和缓的山丘和小村的轮廓。长草在风中摇曳，无边无际，一棵枯树伶仃。夕阳照在小村的边缘，亮成耀眼的金色光晕。山的线条消失在光晕中，和天空草原融为一体。晚霞将草染成金色叶尖与黑色阴影的交织。草原像深海，远山是青蓝色。脚踏在草里，会在柔软厚实的触感中下沉，踩出嚓嚓的声音。四周只有风，寂静无人。这是他许久未见的辽阔与自由。

他甚至希望能一直这样跑下去。

他用眼镜的一角测距，离地铁还有不到一公里，但身后的追缉者已经出发，距离他不到五公里。他心底有些许绝望。已经奔跑了这么远，眼看就能进入公共交通网了。可是恐怕来不及了。只要能进入地铁，他有一百种方式消失在人海。但太晚了。地效飞行器在这种地方的速度是惊人的。他看见眼镜上的红点在逐渐靠近，只要几分钟，他们就可以到他身旁。他在到达地铁之前就会被截住。

他的脚步没有停下，胸口最憋闷的时段已经过去，此时已经进入没有痛苦、没有疲倦的机械时段，他几乎感觉不到自己的双腿，只是用尽全力让两腿交替运转。他望着前方。风在耳朵尖上冰凉。他的目标是最近的建筑。那建筑看上去像一个仓库，土黄色金属质地带棱纹的外墙，白色字母印在上面，有两辆运货卡车停在外面，像一个寻常超市，或者说故意装扮成寻常超市的样子。它在眼前一点点扩大。

他尽力望着远山和草原，想记住这最后辽阔的印象。

突然，前方有草丛着火了，火焰升腾又熄灭，留下烧焦的黑色疤痕。他的心猛地抽紧。他们已经赶到了。激光枪又一次袭来，追随着他的脚步，将草丛点燃。他变向，它也变向，几次将将擦过他的裤脚。他的背包侧袋被击中了，他向前一个趔趄，顺势扑倒，将背包甩在地上，站起来继续跑。背包被穿透，在身后默默燃烧。

他用最后一点力气冲刺，奔到仓库外停着的货运卡车背后，又向仓库大门跑去。门开着，似乎正在装运某些货物。

他已经看见了身后的地效飞行器，从草原上沿着他的足迹猛扑过来。

他向前鱼跃，扑到仓库门口，他刚刚跑过的地方墙壁上腾起火花。他跃起身子，抓住从仓库里走出的一个老人，用最大的力气卡住老人的脖子，将老人卡在自己身前，掏出随身的手枪，顶住老人额头，面对他们。激光枪暂时停止了。他一步步向仓库里退，老人的喉咙里发出呃呃的声音，但说不出话，双手徒劳地在身前抓着，跟着他向门里退。枪声似乎犹豫了片刻。他已经退到大门里。大门内侧像所有超市仓库一样有着淡灰色的控制面板，红色的是关门按钮。他拽着老人，用头顶撞击红色按钮。大门关上了。在合拢前，门缝里又有激光枪射入，只是他已然躲到门后。

大门关闭之后，他放开老人，用枪顶着老人头部，逼他又按动了几个锁门的开关。

他发现仓库大门出奇厚重结实，内锁异常复杂，远非超市仓库可比。他抬头环视一周，发现这是一座军火库。这在意料之外，却在情理之中。这附近还有一座军事基地。

他用手臂卡着老人颈部，环绕仓库一周，一边查看地形，一边用枪打碎了每个摄像头。他曾经在超市仓库做工，对常规分布相当熟悉。为防万一，他又用枪押着老人带他在每一条通道仔细走了一遍，确定没有遗漏了才放开老人，老人跌坐在地上。他略松了口气，在仓库一角的塑料椅子上坐下，又扶老人起来，坐在他身边。

"我叫斯杰47。"他说。

"我知道。"老人说，"电视上播了。"

他警觉起来："什么电视？"

"社区电视台。刚才刚播。"老人迟缓地说，他坐在塑料椅上，弯腰整理刚才在地上拖得卷起来的裤子，动作慢却不乱，"说你是危险人物，要求所有村民不要收留你在家里。还要求所有知道你下落的人举报你。"

"什么？"他又掏出枪，对准老人的额头，"把手机交给我。"

老人直起身子，顺从地从上衣口袋里掏出手机，交给他，又任他搜身，把所有衣服口袋都翻开腾空为止。他似乎还不放心，连内衣都摸了一遍。老人的身体很瘦，干枯嶙峋。

"没用的。"老人说，"最多一个晚上。明天他们还是能抓到你。"

他皱皱眉："为什么？他们能硬闯进来？"

"不能。这里的安全警备是顶级。"

"他们能毁掉仓库？"

老人又摇摇头："不能。那会把这里的炸弹引爆，波及市区。"

"那为什么说最多到明天？"

"他们会通毒气进来。所有换风的地方他们都有办法送入毒气。以前他们在仓库抓人就是这么干的。"

"那我们赶紧把通风口堵死。"

"你想把自己憋死吗？"

"总能多撑一段时间不是吗？"他想了想，又补充道，"我不相信他们会那么干。还有你在这里，做我的人质。你是无辜的，他们不会把你也毒死。"

"他们会的。"老人漠然地说，像是在说其他人的事情，"我只是个微不足道的小人物，死了也没有所谓。他们会隐瞒的。"

"不可能。如果他们不在乎你的死活，刚才就把你和我一起打死了。"

"那是因为车上的人不确定我是谁。等他们晚上回去查了，弄清楚我只不过是一个普通仓库人克隆体 32 号，他们就不用顾忌了。这种事是常有的。我已经死过一次了。"

斯杰 47 心里渐渐发冷。他咽了咽唾沫："你是谁？"

老人站起身，向仓库的另一端走去，似乎完全不在意身后的手枪："我只是个小人物，说了你也不会知道。不过我也没什么可隐瞒的。我叫潘诺 32，微不足道的人。"

"等等，你等等。"斯杰 47 站起来，跟上老人，抓住他的手臂，"你有办法对不对？你之前经历过这种事，你知道怎么躲藏对不对？"

老人抬眼看他一眼："我如果知道，就不会死过一回了。"

他继续跟着老人："但是你应该帮我。现在我们在同一条船上。如果他们明天灌毒气，那你得跟我一起死。你不想死对不对？那你就帮帮我，帮我逃出去。你救我也救你自己。"

"把你交出去是我最好的办法。"

"你敢吗？"他故意恶狠狠地说，"我今天会绑住你，让你根本没有机会。"

"那你还怎么让我救你？"

他又上前一步，挡在老人面前，双手死死扣住老人肩膀，手指用力掐入老人嶙峋的瘦骨，做出威胁的语调："你到底帮不帮我？你不帮我，我现在就能让你求生不得求死不能。"

老人被他摇得像一个关节断开的木偶，但是说话的声音并没有变："随你的便吧。反正早晚都是死。"

他有点绝望，把老人放下，深呼吸，问："你到底怎样才肯帮我？我有隐藏的大笔资产，等安全了就给你一笔钱，你要多少？你说个数，能给我一定给。你相信我。"

老人将弄皱的蓝色工装服袖子拉平，说："我当然信。斯杰的宝藏不是吗? 你当然有钱。不过我不缺钱花, 估计也活不了几年了, 要太多了也花不完。"

"你知道我的宝藏? "

"谁不知道? 斯杰的追随者里富可敌国的太多了, 一人给你一笔捐款, 你就有一座宝藏了。"

他已经很久没有看过电视了。关押的地方没有电视。他不知道他的形象变成了什么样。"那你还知道我什么? "

老人喘过气, 继续向墙边的电脑走去: "没什么特别的, 都是老一套。你是奇才, 推导了自己的宇宙模型, 有一套自己的文明理论, 和当前的文明理论不符。很多人想以你为领袖, 你有好多追随者。你虽没成立自己的党派, 但是他们看到了巨大的威胁, 因此说你的理论是错的, 要杀掉你。就这么多。"

"我的理论是对的。"他跟上老人的脚步。

"你不用跟我说, 反正我也不懂。"老人一边说着一边操作墙上的电脑屏幕, 完成每天例行的管理工作。他对他的话始终没有显示出关心。

"我也没有煽动暴力革命。"

"这你也不用跟我解释, 不是我要抓你。"

"有些事并不是我的意思。"他仍然固执地解释说, "一些追随者做的事我也不知道。"

老人停下手里的操作, 转过头看着他, 说: "如果我没理解错, 你名字的意思是第 47 号克隆体? "

他点点头。

"所以有很多事并不是你亲身经历的? "

"对。"他说, "不过你知道……"

"包括最早推导出理论的也不是你? "

他不想承认这件事, 但他又没有解释的借口。"对, 不是我, 但我……"

"那你为什么要在意你的本体做过的事情？"

他大吃一惊："我为什么不在乎？他的事情就是我的事情啊。"

"这你就错了。你是你，他是他。"老人慢吞吞地说，"他做了什么都是过去的事了。你有决定的权力。他的理论叫什么来着……独立个体主义，是不是？你就是独立个体不是吗？你可以投降。你何必为了他而送死呢？我看过电视了，如果你承认错误，和他们合作，你就不用死。"

他一只手按在墙上："可他们要杀死我的每一个副本啊，不管我说了什么或做了什么，只要是他，或者说只要是我，他们就一定要杀死。这不是我自己采取了什么立场就能改变的。就像……就像过去焚书坑儒，要烧掉同一本书的每一个拷贝，是一样的。"

"不一样啊。"老人说。他已经完成了一天的例行登记，关上了屏幕。"每一本书都一模一样，但每一个人的副本是不一样的啊。你有你的决定权。你就告诉他们你不同意你本体的意见，他是错的，你要和他们合作，你就能活下来。他们一定愿意见到你站在他们一边，不会杀死你。这对他们有好处。"

他被老人的话震惊到了。"你怎么能这么说？你也是克隆体对吗？"他严肃地问，"刚才你说到你死过一次的经历，说明你也把本体或其他克隆体的经历代入成你自己的，对吗？这说明你也认同你们都是统一体了，他的经历就是你的，你的也是他的。"

老人的神情还是一如既往。他平静地朝自己的小餐桌走去。"我是这么说过，"他说，"但这不意味着我不能放弃他。只要我需要，我随时可以宣布我和他们没关系。我就是我自己，和谁都没关系。"

"不，你不能。"

"为什么不能？"

"你不能放弃你自己。帮帮我。好吗？"

"给我个理由。"

老人走到自己的小餐桌边上，坐下，点选了两个按钮。墙上的烤炉里降下两份包装好的冷冻食品，在烤炉里自动打开包装，开始加热。斯杰 47 看见烤炉逐渐变红的内膛，感觉到饥饿。他隐隐希望这两份食物有一份是给他的。他已经一天一夜没有吃东西了。

老人点燃一根烟，问他要不要，他点点头。又一根烟点燃了，老人递给他。两个人默默地抽了一会儿，都没有磕烟灰，一直在手指间夹着，像是在等某个信号，直到烟灰长得支持不住才在烟灰缸里轻磕一下。烟的味道很好闻，他们的距离似乎在烟圈里拉近了。

他压住内心的焦虑，耐心地问老人："你还记得你第一次知道你有副本时的情景吗？"

老人说："我和我的一个副本一起长大，从小我就知道了。"

"我不是。"他说，"我一个人长在澳大利亚的一个农庄上，靠近一个天文观测站。小的时候，我的生活很闭塞，每天就是农庄和小镇子上的一点事。我家附近有好多袋鼠，我每天和袋鼠玩。镇上有几个伙伴，我们一起打袋鼠、捉鸟，也相互捉弄。"

他说着停下来，似乎看到了过去，陷入小时候的单纯回忆。那个时候很简单，每天下午在镇上奔跑，打板球，恶作剧，欺负与被欺负。他以为那就是全天下了。他想击败镇上一个粗横的大孩子，那个孩子会抢他们的零花钱。那是他能想到的最强大的敌人了。

"所有的一切到我十三岁那年为止。"他说下去。老人一直沉默着。"那年我爸爸带我去一个女人家做客。那个女人是天文观测站的计算机维护员。我爸爸给那个天文观测站做饭，每天晚上送过去。那时候我也总去观测站玩，认识那个女人。那个观测站很大，方圆几公里，基本上就是没人的草原，零零星星有几根天线。来观测的是各国科学家，总是来几天就走。那个女人没结婚，一个人住在草原上一个小房子里。那天是圣诞节，她邀请所有人去她家玩，可是其他国家的科学家都拒绝了。我爸爸看她怪可怜的，就答应了，带着我和我妈妈过去。她显得很高兴。我也挺高兴的，难得去不认识的人家玩。

"当天我们都带了礼物，到了她家就堆在圣诞树下面。树下还有不少其他礼物，我看了还觉得奇怪，有这么多人会给她送礼物吗？但我没问。我就坐在沙发上吃饼干，看童话书。她家乱糟糟的，有钢琴，有童话书，也有好多计算机书。我爸妈和她聊天，似乎聊得不错。直到吃饭时，我才目瞪口呆。厨房里走出来一个女人，跟她长得一模一样。我那时还不知道克隆体，我还以为是她的双胞胎姐妹，谁知道她自己介绍说她俩是一个人。我当时吓呆了。我爸妈倒是没觉得奇怪。我整顿饭都没吃好。饭后又回到沙发那儿，她俩互相拆礼物，原来那些礼物都是她俩相互送的，还全都包装好，写上赠言，拆礼物的时候两个人都露出惊喜的表情，为每个礼物拥抱一番。我那时才知道，原来这世界上还有这么寂寞的人。

"当天晚上回家的路上我问我爸爸：爸爸，我也有克隆体吗？我爸爸才把一切告诉我。原来他只是我的养父。我还记得那天的星星。虽然我们那儿天天能看到银河，但那天的银河特别亮。南天十字也很亮。我好像再也没见过那么多星星。"

他讲完了，望着仓库的天顶，似乎想透过天顶看到外面的银河。

老人抽完了一根烟，烤炉的时间刚好也到了。老人站起身，将烤炉里的两盒食物拿过来，分给他一份，是速冻肉卷和烤土豆。

老人开始吃，斯杰47没有动。他手里的香烟还点燃着。他似乎忘了。

"后来，"他说，"我央求父亲把我送回我的克隆体和本体集中的地方。在那里我见到了他们。那一瞬间我觉得自己找到了归宿。我的心好像终于醒了。"

老人没有被他打动，只是自顾自地切土豆。

"这故事太温情了。不适合我。"老人说。

"你有没有那种时候，"他抽完手里的最后两口烟，"感觉你和本体或者另一个副本情绪相通？当他们讲一段事情，你觉得就是发生在你自己身上的事情？"

"有啊。"老人说，"太正常了。"

"你想没想过为什么？"

"为什么？"

"因为你们共享着同一个生命。"

"哈，"老人冷笑了一下，"哪有那么神秘。只是因为你们基因一样，所以激素和脑结构一样，对事情的反应也就一样。这没什么的。"

"不是这么简单。"他说，"这涉及生命本身。你想没想过生命是什么东西？它是禁锢在一个身体里面的东西吗？不是的。它是超越身体的存在。我们每一个，每一个副本，都是同一个生命。这就好比，好比一本书，你销毁了一本书，能说你把这本书消灭了吗？不能。只要还有纸，就还能复制一本出来，还是同一本书。书的灵魂是它的内容，和纸张没关系。即使这个世界上所有书的拷贝都消失了，这本书也还存在。"

"你再不吃要凉了。"老人指了指他的盘子。

他低头看看，心不在焉地叉起一块土豆，又补了一句："书和拷贝的关系，就跟生命和我们是一样的。"

老人吃下最后一口肉卷，放下叉子："不过，如果再没人记得这本书，那这本书也就算消失了。"

"是的。是的。所以至少应该留下一份拷贝，让人记得。"他紧张地盯着老人的眼睛，"我说了这么多你还不明白吗？我就是最后一个副本，这个生命的最后一个拷贝。"

老人盯着他，不说话了。

他放下刀叉："前面已经有 46 个人死掉了，包括他。我是他们要消灭的最后一个副本。等到我死了，他们会将我的基因图谱彻底销毁，这个世上就再也不可能有我的存在，不只是副本，连这个生命本身也就没有了。这不是我的事他的事，这是这个生命的事。也就是我的生命。"

天光已经消失了，从仓库一圈小窗中透入的只有黑色的夜光。仓库里几乎看不到彼此了。老人点亮了餐桌上的一盏小灯。两个人都隐在黑暗中，小灯的光晕照亮的一圈中，只有双手是清晰可见的。他感觉他很热，那种躁动不安的热。他想从黑暗中看清楚老人的眼睛，想看这个始终无动于衷的老人内心真实的想法。

"帮帮我好吗？"他的语气已经从最初的威胁变成了恳求，"要不然他就彻底消失了。"

"可是我还有妻子和女儿。"

"你可以和我一起逃。"他双手合十，内心无比焦虑，"这也是为了全人类。"

老人沉默不语。从皱起的眉头看，他也在做着艰难的抉择。

他刚想退而求其次："或者你帮我留住我的书？我的新作，还没来得及出版。"

"明天上午将有一辆运输车来运货。"老人说。

（中）

次日清晨，仓库外有震耳欲聋的高音喇叭，声音大得能够传到几百米外的小村。喇叭对仓库喊话，从仓库的气窗清楚地传到室内，在仓库宏阔的屋顶下盘旋，发出嗡嗡的回声。和老人预测的一样，他们威胁要通入毒气，除非他自首或被交出来。

仓库的门开了，老人走出来。仍然是处变不惊的样子，眼观鼻，鼻观心，穿着蓝色工装，脸颊松弛的皮肤耷拉着，显出腮帮凹陷，眼圈黑黑的，稀疏的几根白头发飘来飘去。阳光里所有人都望着他，那目光的聚焦似乎把他变得更瘦小。

他示意他们跟他进来。他带他们到一个封装的集装箱外，开了箱，将装载的一颗中子弹从箱内轨道上滑出，带人走进箱内，在角落的一个本应装载中子弹配件的小木箱前停下，等摄像机就位，把木箱打开。

里面是斯杰 47 蜷缩的身影。

那一刻，全世界都看见斯杰 47 愤恨、恐惧与绝望交织的眼神。

潘诺 32 说，斯杰 47 的计划是让他谎称他半夜由气窗逃跑，白天则暗藏集装箱内由卡车运送到图卢兹。

"这个计划很简陋，但我得到了他的信任。"潘诺 32 向拘捕者说。

"是的，我想过合作，但我还有妻子儿女。"他对围绕着他的记者说。

斯杰 47 在突袭中没有过多抵抗就被制服，带回军事基地。在他身上搜到了他的基因组图谱，这是他前一天偷出来的，被当场销毁。

将斯杰 47 带走之后，抓捕者并不放心潘诺 32。他们对仓库上下进行了地毯式搜索，将一切纸片都燃烧殆尽。电脑也彻底清查，连同仓库仓储信息一同格式化，销毁硬盘，以确保斯杰的新书没有被保存在任何地方。仓储信息在总部有每日备份，不怕丢失。但斯杰的新作如果留存下来并传世，影响不可小视。连潘诺的身上也进行了仔仔细细的搜寻，衣服被绞碎，又给他配备了全新的一套。

接下来的日子里，斯杰 47 接受了军事法庭的秘密审判，并被快速处决。

潘诺 32 被带到另外一个基地，在军事医学专家的指导下接受催眠观察。军事医学专家和刑侦科经验人士一遍遍询问他斯杰有没有透露新书的内容，问他是否记得新书内容，或者斯杰的宝藏存储方式，或者斯杰的追随者信息。潘诺 32 在催眠审讯法中被审问了很多次。他对那段时间的记忆就是睡与醒分不清边界，醒来和睡去不知道哪一个是真实世界。他反反复复回想这一生的种种片段，从儿时与另一个他在小河边钓鱼，到少年参加国际象棋盲棋大赛，到成年后穿过世界拜访每一个仓库中的自己，再到登雪山的顿悟，最后是这偏隅角落孤独仓库的寂寥晚年。他回想自己生命的每一个转折和最终的走向。醒来是麻木的作息起居，睡梦里则穿梭在一生的画面和那一晚的交谈。

最后，在确认了得不到任何有用的信息之后，他们释放了他。从记录看，他确实不了解斯杰 47 的新书。也就是说，那本新书还没有问世就彻底消失了。

斯杰的追随者在他的最后一个副本死去之后很快四散，原本就没有成型的组织架构，在领导者消失之后更无组织的核心。追随者以豪富和一部分崇尚独立的中产阶级为主，这些人最希望保全自己。在声势浩大的时候也只是悄然捐款，到了危机四伏的境况中更是退散蛰伏。他所引起的一波反对的声浪就这样如退潮般散去，悄无声息，世界之海又恢复死一般的沉寂。偶尔有一些追随者还在传播斯杰归来的消息，但随着时间流逝，这些消息也不再引起轰动。这件事就这样了结了。

世界仍在如常运转。大世界的概念已经逐渐成为根深蒂固的理念。基因选择让人的特长分化得更加鲜明突出，于是一代代身份特征固化得更加明显，仓库人运输人程序人警察人，每个人是大世界的一个小电子，人人安于身份，融于世界。

当你的自由和世界的自由冲突，你就不自由。你的自由不重要。得到自由的办法是融入世界的大自由。这是世界的法则。

潘诺 32 度过了不平静的晚年。从被释放的第一天，他就受到憎恨和威胁。他对斯杰的背叛被全世界的支持者唾弃，不止一封恐吓信躺在他的邮箱里，威胁要杀死他示众。他不得不乞求拘捕者的保护。他们将他置于军方管控的范围内，定期有士兵巡逻。他的工作被免除了，由政府提供高额退休金，这一方面是对他的保护，另一方面也反映出军方对他仍旧有怀疑，不敢让他看管军火。他在两方面的怀疑中度过软禁一般的日子，每天早上在小村边缘散步，上午去废弃的小教堂做一个人的祷告，下午和妻子喝下午茶，看儿女传来的照片，晚上独自写日记。他只旅行过两次，都是在看护中去看望他从小一起长大的另一个副本，他的兄弟，分享生命的人。

他的晚年眼看就要平安度过了，在六十七岁的一个下午，也就是斯杰 47 被杀后七年，他被一个成功闯入小村的杀手将咽喉割开，复仇成功。这是整件事最终的结局。

（下）

潘诺 34 骑在马上，看着眼前的山涧，远处有瀑布声。潘诺 35 站在山路拐弯处的平台上，半只脚伸出悬崖外，离下面的深渊只有一步之遥。潘诺 34 只挪了一步，潘诺 35 就又后退了半步。

"你先听我说，"潘诺 34 小心翼翼地说，"你听我讲一个故事，然后再决定行不行？"

潘诺 35 不置可否。他带着拒斥与怀疑看着潘诺 34。在这个时候，他什么都拒斥。

给晚辈讲述不光彩的祖先总不是一件容易的事，更何况是在一个人离死只有一步的时候给他讲不光彩的自己。但潘诺 34 知道他还是得讲。这是潘诺 35 唯一能听下去的事。

"那个时候我跟你现在一样大，十三岁。"潘诺 34 对潘诺 35 说，"而 33 当时六十二岁。33 给我讲的时候，我还有很多事不明白，就像你现在一样。"

潘诺 34 已经老了，他知道自己也许没几年可以活了。所有的故事都是他从潘诺 33 口中听来的，五十五年过去，他的记忆依然清晰如昨。他恍然仍能看到潘诺 33 站在窗边的身影，苍老、倦怠、眉头皱着，充满困惑。

"克隆体的真谛就在于，我理解你。"他尽量耐心地向潘诺 35 解释道，"我完全知道你现在的感受。虽然我们都不同，比如潘诺 33 的腿小时候车祸留下过残疾，比如我的肾很早就出了毛病，比如我不会喜欢你现在这样的衣服，等等，但是我们有些核心的东西是一样的，我们都很内向，对别人的话特别敏感，喜欢联想。我们共享着一个生命。我真的明白你现在的感觉。你不必害怕，不是只有你自己这样。即使你长着一只怪耳朵，你也不用觉得自卑或孤独……"

潘诺 35 急了："谁长着怪耳朵！"

"好，好，我错了。"潘诺34连忙和缓了语气，"你没有长一只怪耳朵。我的意思是，你有你的独特，你所擅长的东西，不用为了一些细节太介意。"

潘诺35的情绪不佳。自从班上同学给他起了新外号"怪耳兽"，他的情绪就没有好过。他留了一半长一半短的发型，额前的头发拨向一侧，蓄得长长的，把左耳完全覆盖在其中，顺便也遮住一只眼睛和半张脸，而右侧则剪得短短的，几乎贴着头皮。他的习惯动作是捋额前的头发，哪怕已经很服帖了，他也总是下意识地再向左梳。他讨厌班上那些总是试图撩起他左侧头发的家伙，如果可能的话，他想胖揍他们一顿。他做梦的时候就揍过他们。可是现实生活里，他又想和他们玩。如果可以，他愿意用家里所有的模型玩偶换取他们中间一个受高看的地位。他总是被嘲笑的那一个。

他也不受老师宠信。他成绩不好，脑子不快，除了死记硬背，什么都不擅长。他聚会时被人忘记。他被喜欢的女孩拒绝，而被拒绝之后，还要在大家面前看女孩跟着叫他"怪耳兽"的人一块亲吻着离开。这最后一点最让他无法忍受。

"你有你的个性。"潘诺34仍然在耐心地说，"比如说你过目成诵，过耳不忘，你可以给同学背很多诗。"

"背诗？哈！"潘诺35再没有听过更荒谬的话了。

"你有别人没有的悠长历史，悠长的克隆体的经历。"

"那有什么好骄傲的？"潘诺35抬眼瞪着潘诺34，目光里有一种难以觉察的伤感，像水里的火，灼得人发疼，"你别总拿你们那点事儿跟我唠叨了行不行？我早就知道了。可是不是你们那个时代了。你以为克隆体有什么值得骄傲的吗？你知道我们同学都怎么叫我吗？他们说……说……算了。反正我们班家里有钱的都不是克隆体。"

"那是他们并不真的理解克隆体。"

"理解什么？理解仓库管理员的乐趣吗？"

他们都是仓库人，天生就是，到了一定年龄就去报到。潘诺 34 知道，这一点也是被人嘲笑的一部分。管仓库不是什么体面的工作，他小的时候也为此被人嘲笑。

潘诺 34 看着潘诺 35，他穿着一身黑色连体服，紧贴着皮肤，边缘处几乎和皮肤连上，四肢处有飘飘荡荡的布料，像是裁剪失败的边角料，又像是蝙蝠侠缩水的翅膀，是潘诺 34 年轻时无论如何不会穿的衣服。但他脸上的固执、愤怒和羞怯与当年的自己如出一辙。这个孩子跟随他长大，就像他跟随潘诺 33 一起长大。他们是人群中特殊的一类，能够不断培养自己长大，因为他们有很多东西要相互教授。他完全明白此时潘诺 35 的痛苦、羞怯和愤怒，在他年轻时他也经历过。

"这个世界上每个人都是与众不同的。"潘诺 34 说，"你可能并不在意我们的历史，但我想告诉你的是，那一年仓库里发生的事情决定了我们的未来。"

潘诺 35 远远地瞪着他，脚仍然僵直地踏在悬崖边上，没有退回一步。

潘诺 34 看着青翠的山谷，似乎能穿过白色的水雾，看到那天晚上昏黄的灯光。

"那天晚上潘诺 32 问斯杰 47，"他说，"为什么一定要活下来，既然他的很多思想已经流传开了，人的死活也无所谓。古代思想家的著作留下来，但是人也并没有一直活着。他说了一段话，一下子打动了潘诺 32。

"他说：'你想想看，如果爱因斯坦活着，看到了后来的宇宙学，看到了大爆炸理论和夸克理论，他会做出什么事？有很多人和爱因斯坦活在同时同地，但没有想到广义相对论。这不是那些人不聪明，是思维方式的不同，看问题角度不同。每个人的大脑沟回、灰质白质比例、激素水平、左右脑的关系都是不同的，因而每个人的思维方式都是特定的。'

"'我就是我。'他又说，'虽然不是我这个副本推出了我的方程，但是我第一次看到它，我就知道我也是这样想的，我看到那些假设就自然

而然会往这个方向去想。这就是我。同理你也是特殊的你，有很多事只有你会做，也有很多事只有你会往特殊的方向上想。'

"就是这句'有很多事只有你会做'打动了他。"

潘诺34说到这里，转过头紧紧地盯着潘诺35，似乎想用目光传达很多事。潘诺35能够感觉到34此时的严肃。他不知道潘诺34要说什么，有点紧张，又下意识地捋了捋头发。他动了动脚，脚下有两块小石头松了，滚下山崖，发出唰的一声。两个人立刻都静了一会儿。身后只有瀑布哗哗的声音，轻雾笼罩着山岩上的松树。

"我知道仓库员的工作不精彩，你有点羞耻，因为你不想做这个，你想做明星。这些我都明白，可是我想告诉你，我们做这个有我们的理由。

"我们都像一本书的拷贝，书才是意义。克隆体越多，你的世界越大。你可以经历永生永世。斯杰的独立个体主义说，一个人的价值不应该用大世界来判断，应该用小世界判断。这是他最危险的地方。

"我愿意相信他。

"现在，我来告诉你为什么你不该死。"

潘诺34能看到潘诺35悄悄屏住呼吸。四周寂静无人。瀑布遥远空旷的声音传入耳朵，气势磅礴的水雾升腾几十米高，在半山腰形成彩虹。自然的力量裹挟着他们。在这里说话，没有人会听到。

潘诺34又清了清嗓子。他相信时候到了。他想着这些天在电视里看到的一切。大世界的危机，权势倾覆。如同电路运行过久积累的错误，局部过热，烧毁电路，各部分不协调，冗余和缺漏不能互补，强行压制与掩盖，更多不协调，人为的调度，缺少总体眼光和气度，淤积和空缺之间巨大的张力，一触即发的系统性失调和崩溃。一切都到了需要新秩序的时候。已经没人能想起旧日逃犯，防范过去已不再是当务之急。

"你听好。"潘诺34的声音因为长时间说话有些沙哑，他的头也有点疼，"我已经老了，也许这几年就要死了。但你可以替我活下去。我们作为仓库人，最大的特征就是记忆。我们要看管很多机密，因此经过了基因筛选和改良，脑区有了特别的发展，有超常的记忆力，能把记忆打散、拆分、混杂、糅合在一起，快速提取出有用的信息，因而能管理复杂事物，也可以让我们把一些记忆深深隐藏，不被人探知。

"你知不知道在人类还没有文字的时候，有一种人叫吟游诗人？他们跟随音乐唱的史诗能将历史传播几百年。日本曾经有一个家族，世世代代以背诵历史为生。他们古时候没有史书，都靠这个家族背诵历史。还有好多例子。中国秦始皇焚书坑儒的时候，有很多儒生和他们的学生全靠记忆背诵经书，等上百年后事态变了，他们才又把经书写下来。一本书只要有一个人记着，就不算消亡。还有基督教徒，罗马帝国整整三百年他们都在蛰伏，靠传诵使徒的记忆活着，终于有一天把福音书传到世界各地。记忆就是他们的粮食。

"这是我们的宿命。我们平时是瘦弱难看、不起眼的小人物，但是在某些时候我们可以和别人不一样。我不知道你平时受到怎样的嘲笑，但不管什么时候，你都可以选择你的独特。选择自己是一种勇敢。"

他长长地吸了一口气，又深深地呼出来。他想说这段话已经很久了。"现在你听好，你要用你的心背下来下面这一段。在合适的时机，把它告诉需要告诉的人。这一段也不是特别困难，不需要你去记30亿个碱基对，只需要记住2万基因和7万片段的排列顺序，我知道这不容易，但你肯定可以。"他对潘诺35说，"现在跟我背。一号染色体：起始子--史密斯片段--γ52片段--羟基类固醇脱氢酶--α蛋白--NFG片段……"

潘诺35从悬崖边走回来了。他一段一段跟着潘诺34重复，他很聪明，背得很快。缥缈的瀑布声盖住他们的声音，远远看上去，他们就像一对普通的郊游的祖孙。

谷神的飞翔

开拓者的歌声里，永远有无数沉默的和声。

——朗宁日记

谷神

朗宁先生的图书馆一直是孩子们最大的盼望。每过一百个地球日，阿尼亚小学里就开始涌动起那种蠢蠢欲动的兴奋，就像烤箱里就要出炉的黄油小饼干，乍一看排得整整齐齐，但仔细盯着，就能发现那些噼噼啪啪的轻声跳动，送出一阵又一阵香味弥漫在空中。这一天，孩子们的脸上总是挂着笑，尽管他们会比往常更努力地装作郑重其事，但那种笑仍然会洋溢出来，透过他们抿着的小嘴、扬起的眉梢和故意挺直的背洋溢出来，他们不知道人最难以掩饰的就是心底跃动时脸上的神采飞扬。

妮妮小姐在讲台上，将一切都看得明明白白。孩子们总以为自己的小动作不会被注意，但妮妮小姐却早就发现，孩子们总是下意识地瞅着墙上的钟表，每隔几分钟就悄悄望一望窗外的天空，奇卡已经抱着小红板埋头写了一个小时，茵然和曼娜在小声嘀嘀咕咕，而最淘气的帕路塔竟然一反常态，端坐着专心听讲。没有谁理会玩具柜，靠垫也安安静静地散落在教室后面。

妮妮小姐若无其事地念完这一天的最后一篇文章，轻轻合上课本，说出了孩子们一直等待的那句话："今天就到这里了，回家小心点。"孩子们爆发出一阵欢呼，拥挤着跑出门去。

她微微地笑了，有什么能比这些单纯的孩子更可爱呢？

窗外，淡金色的天空灿烂如昔。

朗宁先生的图书馆准时出现在小镇的上空，孩子们欢呼雀跃起来。

淡蓝色的小飞船是一只海豚的形状，额头高耸，嘴微微上翘，背部线条流畅，尾巴弯起来，就像给一支悠扬的歌加上跳音作结尾，海豚的眼睛又大又亮——那是朗宁先生的舷窗。飞船曾经是一架旧式小型货运船，当时改装还花了朗宁不少钱，对飞行来说这样的设计不是最好的，但他知道，孩子们非常非常喜欢。朗宁盘旋了好几圈才降落，小海豚在金灿灿的天空中畅游，连大人们都停下手里的工作，驻足仰望。

飞船降落在镇中心的空场上，小海豚和身旁小飞象的雕塑相映成趣。孩子们奔跑着一拥而上，踮着脚等待朗宁先生熟悉的笑容。朗宁满头银发的脑袋从窗口探出来，向他们挤挤眼睛，两个手指举到眉梢画出一道弧线，掠过天空仿佛带出一串闪光，这是他惯常的招呼方式。

"嘿，我的小精灵们，你们最近好不好呀？"

孩子们争先恐后地回答着，叽叽喳喳的声音连成一片，朗宁满意地摸摸胡子，呵呵地笑了，说："快来看看，你们的老朋友给你们带来了什么！"

小飞船的侧门缓缓地滑开了，露出了飞船里大大小小的七彩盒子。孩子们一下子安静下来，所有目光都炯炯地集中过来，后排的孩子一蹿一蹿地跳起来，但谁也没往前挤，而是乖乖地眼巴巴地向前望着。大家都屏住呼吸，时间也好像停止了一般。

朗宁先生的身影终于出现在门口，银灰色的制服线条硬朗，泛着淡淡的光泽，立领，长摆，硬质宽腰带左右各镶了一枚徽章。看着孩子们瞪大了眼睛不明所以，他在舷梯上站定，挺起胸膛说："这就是我跟你们说过的，我年轻时穿过的军装，怎么样，好看吗？"

孩子们"呀"的一声惊叫了起来，全都伸长了脖子想看个究竟，离得近的小心翼翼地想要触摸衣服的质料，伸出手没有碰到又缩了回来。对这些孩子来说，军人和战争就是传奇，是不可思议的神话，是所有热血、英勇与智慧的象征，让他们觉得神秘又兴奋。

"唉，老啦，皮带都快要扣不上了！"朗宁摸摸肚子，笑呵呵地说，"小家伙们，上次借的书都带来了吗？"

朗宁先生一直非常喜欢这颗小行星。事实上，在这十五年开图书馆的日子里，在这四颗小行星、四颗木卫星之间的辗转奔波中，他一直对这一颗，对这个小镇情有独钟。

谷神星比他的三个兄弟姐妹都要大，直径达到一千公里，于是理所当然地成了小行星矿业带的中心。相比而言，其他几颗星上的居民区更像是工厂的社区，人口少，结构单薄，不像这里形成了完整的小镇。谷神星上有学校、各式各样的商店和娱乐场。所以这里的孩子最多，也最活泼可爱。

另一个吸引朗宁的原因是这里独特的风景。作为一个摄影师，朗宁在这几十年里走过了很多地方，但无论是在地球，还是在人类的第二基地火星，他都没看到过这么迷人的漂流的陆地。

很多年前，当第一批拓荒者刚刚到达这里的时候，谷神星还是一片冰封的荒原。人们拨开尘埃、掘起泥土、打碎冰块，取走下面丰富的金属和矿产。一位叫作泰林的年轻军官带了一百人来到这里，用一种轻而坚韧的有机材料建造住所。他们造的房子就像彩色的大气球，一半在地下，一半在地上，半透明而反射着淡淡的光辉。后来，泰林请来火星上很有名的材料工程师为这颗小星星罩上两层完整的薄膜，一层是纳米半导体，而另一层是高分子气体，散射阳光、保存热量。他们从木星运来氢做聚变的能源，还建起工厂。从此之后，谷神星上面有了光，有了空气，有了温度，泰林和他的伙伴们在这里定居了。

慢慢地，随着星球表面温度的升高，原本的冰原融化成了大海，曾经的沼泽逐渐变成了汪洋一片。这时候，神奇的事情发生了。盖房子的材料在泥水混合物中开始自我生长，同时大量吸附周围的泥土。大家终于开始明白为什么每座房子的"腰"上必须留一圈"裙子"，他们惊叹泰林的高瞻远瞩，而泰林只是微笑，什么也不说。经过了两个地球月，那些"裙子"终于彼此连接到一起，而且夹杂大量泥土，在房子与房子之间搭建了足够的陆地。

一百年过去了，开拓者的亲朋好友、亲朋好友的亲朋好友，还有探险流浪的好奇的人陆陆续续来到这里，安居、工作、繁衍生息，小镇慢慢扩大，几千座房子、一万多人口。人们缓慢地飘浮着，从水底挖出泥土和金属，提炼后交给火星来的飞船，换取美食、衣服和其他必要的东西。

朗宁每次在小飞船上俯瞰这片奇特的陆地时，都会由衷地发出一阵赞叹。看那么多或大或小的泡泡房在阳光下闪闪发亮是一件极其享受的事情，它们圆润光滑，晶莹剔透，五彩缤纷，绵延数公里。房子之间，乳白色的马路组成花朵的图案，镇上零星几处没有填满的地方，露出地下的大海，就像花瓣上清透的露珠。

"……我的激光剑又刺中了两个敌人，在前方打开一个缺口，但敌人太多啦，他们瞬间就又围拢过来，渐渐地，我开始感觉体力不支了，我一直告诉自己不能放弃，要站着坚持到最后一刻，我想起那些死去兄弟们的笑容，还有我们一同立下的誓言，我发疯似的挥动激光剑，我的腰上、肩上都受伤了，敌人还在不断地涌上来，我知道我已经不行了，但我就是不愿意向他们屈服，我于是拼尽全力退到舱门口，大喊一声：'为了联邦的光荣！'便纵身跳了出去，溶化在茫茫的宇宙间……"

齐卡的声音逐渐小了下去，一时间寂然无声，孩子们都还沉浸在他刚刚营造出的激动当中，久久不能平静，谁也没有说话。朗宁注意到，几个女孩子的眼眶里涌出了大滴大滴的泪珠。好一会儿，激烈的掌声才爆发出来，每个孩子都显得很兴奋。

朗宁微笑着摸摸齐卡的头，递给他一颗糖说："很好，你会成为勇士的。"齐卡今年十二岁，比一般孩子更喜欢读故事，也常常自己编，正是在他的带动下，每次大家在朗宁先生到来时都会围在一起讲故事，慢慢地形成了传统。朗宁喜欢这样的时刻，他喜欢看孩子们争先恐后的样子。他带来图书馆，就是希望种下故事的种子。

"我要讲吸血鬼！"帕路塔蹦蹦跳跳地叫着，"那个吸血鬼可真厉害呀，白天总藏到很秘密的地方，晚上就跑出来吃人，谁拿他都没办法，已经死了好几个人了。这时候，我终于想到一个好办法，我偷偷地把村子里所有的钟表都弄停了，结果他以为一直是白天，就一直都没有再出来，我们村得救啦！"帕路塔一边说，一边露出得意的笑。

"这办法不行！"一个孩子叫道，"你怎么知道吸血鬼没有自己的手表？你得把他的表停下来才行。"大家哄地笑了起来。

朗宁不禁哑然失笑。谷神星的自转大约八小时，孩子们头上的天空总是在明暗间变幻。因此，谷神星的黑夜由人来规定，孩子们并不懂得黑暗与夜的关系。人类知道自己体内的周期节律已经刻写了几亿年，不会很快适应全新的生物钟，于是向太空移民时人为地保留了故乡的节奏，每二十四小时便遮挡出自己的休息时间。或许孩子们每天都暗中盼着钟表停走，这样，时间就停下来，他们可以晚一点上床，可以多玩一会儿扮国王的游戏。

孩子们没有见过的东西还有很多，他们的世界没有月亮，没有山，没有树，也没有小动物。谷神镇是一片没有根系的陆地，孩子们从出生开始就在泡泡里漂流。这也就是为什么他们那么喜欢朗宁先生的故事，在他们看来，自己的小镇太平淡无奇了。

朗宁先生转身回到飞船，小心翼翼地抱出一个半米见方的玻璃块，放在膝盖上，又掏出一个黑色的小遥控器，嗒嗒地按动了几个键。几秒钟之后，玻璃里面开始出现水波一般荡漾的细纹，荡着荡着化成极小的碎白的颗粒，颤动、弥散、凝聚、旋转，过了一会儿，慢慢出现了辨认得清的图像。这是一台全息影像播放器，尽管谷神镇的高科技用品不算少，但这样的播放器他们还是第一次看见。

孩子们全都伸长了脖子，眼睛瞪得圆溜溜的。玻璃里的景象越来越清楚了，一片层层叠叠的绿色出现在眼前。

"树！那是树林！我看到过照片！"不知是谁兴奋地叫了起来。

是的，那是树，浩瀚的林海，浓密的热带雨林。影像在一条小船上拍摄，河道嵌在雨林里，河水湍急，如巨蟒般蜿蜒。河道两边布满了高大笔挺的热带乔木，滴着水的藤蔓在树与树之间盘旋，把树冠纠缠在一起，寻不见根源，也找不到尽头。林子里开着无数色彩斑斓的寄生花，铃兰晶莹如绿珍珠，并蒂兰洁白如玉，凤梨花奔放的轮生叶片构造出一个小"池塘"，里面生活着树栖的蛙和螺。画面里还能看到藤黄、天南星和长着十几厘米长刺的棕榈；还有蜂鸟上下纷飞，石鸡为求偶亮出最闪亮的羽毛，美洲豹优雅地卧在巨大的树杈上休息。

孩子们一样事物也不认得，但却看得如痴如醉，目瞪口呆。

"回家啦，孩子们，该回家啦！"就在惊叹声此起彼伏时，妮妮小姐柔柔的声音传了过来，她的声音总是甜美而温柔，像一杯淡红色的玫瑰露。

"再等一会儿啦！""妮妮小姐……""把这一点看完行吗？"孩子们顿时炸开了锅，使尽办法软磨硬泡。妮妮小姐一边笑着哄着，一边求助地望着朗宁先生，朗宁站起身，关闭图像，将播放器放回飞船，笑眯眯地取出这一次的存储卡。孩子们起初不情愿，但注意力很快便被转移，乖乖地静了下来，拿到存储卡的迫不及待地插进自己的小红板，恨不得立刻开始阅读。朗宁知道，以他们的阅读速度，不用一百天大家就差不多轮换了一圈了。

看着所有的孩子各自散去回家，妮妮小姐坐在飞船的舷梯上舒了一口气："唔……"

朗宁先生在她身边坐了下来，两人都安静着没有说什么。天还是温柔的金色，一下子静下来便能感觉微风拂在脸上，有一丝凉意。

妮妮侧头看着朗宁先生，老人的面容宽厚可亲，脸上依然挂着笑意。妮妮想起了自己小时候，依稀觉得他银白的头发还是那么浓密，额头也依然宽阔润泽，看不出皱纹，于是轻轻地叹道："您真是十几年都不变老呀。"

朗宁把目光从远处收回来，慈祥地看着妮妮："你们倒是都长大啦……从小孩子都变成老师了，真快呀。"

妮妮的脸泛起一丝红晕，笑道："他们比那时的我们活跃多了，我可不怎么会编故事。"

朗宁却摇摇头："这也不是你的问题。有时候我还会反省自己，不知道鼓励他们编故事是不是有些误导。"

"怎么说？"

"你有没有发觉，不少孩子的故事固然讲得绘声绘色，可是与其说是想象，倒不如说是模仿，很多设想都是书里看来的。"

"可是那些地球上的事孩子们都没见过，想也想不出呀。"

朗宁先生叹口气道："我就是怕看书多了让他们误会，把想象当成一些符号，好像只有说那些城堡、魔法师还有火星战场才叫故事。妮妮，你知道吗，你们的小镇其实是我见过的最奇妙的地方，只不过你们离它太近了，就觉得平淡无奇了。"

妮妮沉默了一会儿，抚摸着海豚光滑的外壁说："奇妙不奇妙，也总得有个比较才知道。这也怪不得他们，要是真能让他们出去看看就好了。"

朗宁先生心里忽然一痛，他发觉妮妮自己也还算是个孩子，也同样从来没看到过外面的世界，但却已经承担起那些更幼小的花儿的梦想了。他拍了拍妮妮柔弱的肩膀说："这次我回火星，一定跟总督说一说，争取接你们一起去转转。地球不好说，但去火星大抵是没问题的。"

听了这话，妮妮突然抬起头来，忽闪着大眼睛说："您不说我倒忘啦！我爸爸让我来是有正经事的。他想问问您，能不能请示总督，让我们在周围的海里养一些鱼呀？"

"养鱼？"这样的问题朗宁倒是没想过，他沉吟了一下说，"我帮你们问一下吧，这是个好主意，应该能通过，只要你们自己能控制捕捞。嗯，还可以播撒些水草，也让孩子们看看真正的植物。"

妮妮笑了，脸上两个酒窝，灿烂得就像春天的杜鹃，地球上的杜鹃。她站起来，抖了抖裙子，说："那就谢谢您了！天不早了，您一定也累了，早些休息吧。"朗宁微笑着点点头，看着她轻盈的背影消失在莹白的小路尽头。

朗宁又独自坐了一会儿，刚要起身回去，忽然看到不远处一座拱门的阴影里，走出一个小小的身影，似乎想靠近，却踌躇地绕着圈子。他认出那是果果，一个八岁的小男孩。

朗宁走过去，果果有点不安，两只小脚内扣着，双手紧紧将小红板握在身后，深蓝色的大眼睛亮晶如水，望着他却不说话。朗宁把他抱起来，走到小飞象雕塑下的喷水池，让他坐在自己身旁。果果没那么拘束了，他甩掉两只小鞋子，仰起头用细嫩的声音问："朗宁先生，为什么瑞利先生说天空是蓝的？"

"为什么天空是蓝的？"朗宁先生没想到果果开口问出这么一句话，这句话三百年前瑞利问过，但他的意思和果果显然不一样。果果肯定是看了科学百科一类的书，这让朗宁很高兴。他想了想，说："瑞利先生年轻时很聪明，也很有钱，他家有一个很大的庄园，所以他大学毕业之后就没有像其他同学那样找工作，而是自己买了很多仪器在家里做实验，然后看着花花草草想一些奇怪的问题。"

"比如'天为什么是蓝的'？"

"对。当时很多人都不明白他为什么要想这个，在他们看来，天就应该是蓝的，没有为什么。"

"可是，天是金色的呀。"

"那些人从来没出过地球，哪里知道还有别的天呢? 只有瑞利一个人发现，天空的颜色和天上很高的地方的一些小颗粒有关系，太阳光本来是一束，遇到它们就铺散到四面八方啦，颗粒大小不一样，天的颜色也不一样。"

"那我们头顶上也有吗，那样的小颗粒? "

"有呀。一百年以前原本没有，那时候天都是黑的呢。后来人们在天上铺了一层小球组成的薄膜，结果天就变成金色了，多漂亮。"

"原来如此。"果果若有所思地点点头，朗宁忍不住莞尔。

果果歪着头想了一会儿，忽然很认真地说:"等我长大了，我要给天上换各种不同的小颗粒，这样，每天就可以看见不同颜色的天空了。您说对吗? "

那一瞬间，朗宁先生忽然觉得心里很湿润，就像清晨的草地挂着露珠。小小的世界，小小的梦想，却梦想着头上七彩的天空。他慈爱地抚摸着果果柔软的卷发，说:"对，当然对，以后我们可以把天空换成你最喜欢的颜色。以后海里会有鱼，还会有各种柔软漂荡的水草。以后我们还能一起坐着小飞船飞到火星去玩。你喜不喜欢? "

果果像是听得呆了，紧紧地抿着小嘴，瞪着朗宁先生看，睫毛轻轻颤动，眼睛却连眨都不眨一下。半晌，他才说:"是真的吗? 您说的是真的吗? "

朗宁先生笑了，他把果果抱起来，放到自己腿上，说:"当然是真的。你说，我们把小飞船造成什么样比较好呢? 小飞象这样好不好? "

"夜"已经来了，房子里升起了彩色的帘幕。一老一小就这么安安静静地坐在喷水池旁，弯弯的喷水池反射着天空的色彩，就像一轮金色的月亮嵌在地上。

火星

从遥远的高空眺望，火星北半球也像是拥有一片碧蓝的大海，波澜壮阔，绵延数千公里。不过，这样的图像不会持续太久，随着飞行高度下降，连绵的大海会碎成无数小块，碎成大小不一的湖泊和交叉纵横的河流。远远望去，宛如一张密集编织的网，波光盈盈点点，如亮片洒满网的格点。

这样的画面会一直持续到距地面八千米的高度，那个时候，眼前的蓝色会再一次破碎，这一次将不会碎成任何形式的水面，而是许许多多形状规则的小块，错落起伏，井然有序。

那是屋顶，城市的屋顶。

火星的屋顶都是巨大的硅电池板，在这片广袤的红色平原上生存，阳光是唯一坚实的依靠。没有化石燃料，没有树，也没有取之不尽的重水，人们展开一片片屋顶，像一双双翅膀拥抱着头顶的光芒与热量。城市在翅膀的庇护下成长起来，像几眼孤单的泉汇成连绵的海。

能量的承载终究有限，翅膀无法供应太高的建筑，因此城市始终没学会飞扬跋扈。火星的房屋就像一个个剔透的晶格，钢骨架和玻璃幕墙拼搭出奇妙的形状组合，色调清凉，线条流畅而简洁。火星的城市是一张处处连通的大网，相邻的建筑彼此相连，群落之间，透明的管状公路如丝般阡陌纵横。没有人能在城市以外的空气里自由呼吸，尽管释放岩石中的二氧化碳使大气厚度增加，但氧气却仍然稀薄得可以忽略。人们一直在玻璃下仰望天空，城市就这么铺陈开来，从水手谷到北极冠，顽强而缄默，铺成一片浩瀚的海洋。

在海洋中寻找应当落足的小岛，即使对朗宁这样轻车熟路的人也不是一件容易的事情。他在低空盘旋了四五圈，才最终找到普洛斯区的小型停机坪。停机坪缓缓向两侧滑开，他的小飞船无声地降落进去。

普洛斯图书馆是南部十五区中最大的一个，朗宁先生每次都在这里更新自己的书库。这一次，他特意选了许多关于海洋和植物的书，有童话，有百科，也有地球孩子的创作，他在触摸屏上预览了很久才按下"选定"，整整一大盒存储卡从传送带口滑行出来。

　　朗宁转向信息中心，点击了生命技术园转基因植物第五实验室，屏幕中一个黑色头发的女孩从小池塘边站起身来，朝他笑了笑。

　　"基因五号实验室。有什么能为您效劳吗？"

　　朗宁欠身向她致意，简要地表达了自己的疑问。

　　女孩露出两个可爱的酒窝，说："您这可问得巧了。别的植物可能很难办，但各种淡水水藻绝对没问题。这可是我们实验室这两年最主要的研究方向呢。"

　　朗宁很惊喜："哦？是准备大规模种植吗？"

　　女孩说："具体背景我知道的也不多，大概是政府的项目。您知道，空气里如果没有氧，一般树木都不能活，所以政府想重点发展厌氧藻类，希望以后能改善空气成分。"

　　正该如此，朗宁想，他比了一个赞许的手势说："这可是好事。什么时候开始种植呢？"

　　女孩轻轻皱了一下眉头，说："其实技术方面已经没什么问题了，池子里的模拟实验也都通过了，但就是听说合适的大片水域还没找到，所以暂时没有计划。"说到这里，她歉意地笑了一下，"更详细的情况我也不知道了，我是今年选课才到这里的。如果您还有什么想了解的，或是想要提取样品，明天这个时候莉丝老师就会在了，您跟她说就可以了。"

　　朗宁微笑着向她表示感谢，切断了画面的连接。

　　从图书馆出来，朗宁先生径直来到汉斯先生的家。二层小楼并不豪华，看上去与一般居民区的房子没什么不同，只有门前水滴型的小广场彰显着屋子主人的身份。小广场的穹顶足有十米高，水滴的弧形一侧均匀散列着五个隧道车入口，而另一侧则通向总督府红色的正门。

为朗宁开门的是路迪，汉斯先生的孙子。他穿了一身薄薄的金属防护服，样子颇为滑稽。看到朗宁，他吐了吐舌头，笑道："还好是您，要是被教育部的拉克大叔看到我这个样子，肯定又要大呼小叫了。"

"小鬼，"朗宁笑道，"屡教不改。这回又折腾什么呢？"

路迪眨眨眼睛，说："一个小玩意儿。您来看看就知道了。"他边说边向里面挥挥手，朗宁跟着他走上楼梯。

"你爷爷不在家吗？"

"去平泰的灾区了。这回的损失挺严重的。"

"灾区？平泰又遇到风暴了？"

"您还不知道吗？上个星期的事，中心风力有十级呢。还好来得快也去得快，要不然不知得倒下多少房子。"

朗宁轻轻叹了口气。这已经不是第一次了，火星暴烈的风沙曾整月席卷整颗星球。这也是为什么人们把世界建成绵延广阔的复杂网络，在这片红色的土地上，城市只有彼此支撑，才能避免如水滴般蒸发的命运。即便是这样，国度的边缘也依然时常被掀起，撕扯出不规则的边边角角。

朗宁跟着路迪来到他的活动室，这是整座房子最大的一间，通透而视野开阔。朗宁觉得每一次来，这个房间都会发生翻天覆地的大变革，有时会竖起顶天立地的玻璃罩，也有时会在整个地板上铺满沙子。这一次，房间里格外凌乱，仿佛某件机器刚被肢解，各种仪表、零件和金属外壳随意地散放在房间的一侧。

"您来看这个。"路迪站在一个金属罩旁边，手中举着一顶奇怪的头盔，仿佛二十世纪初飞行员的装备。

朗宁把它戴在头上，从金属罩的小窗口向里面望去，视野中的小屏幕上能明显地看出一只蝴蝶的图案。

"是哪个波段？"朗宁多少猜到了头盔的用途：将高频电磁波转换成

可视化图像。

"X射线。能看清吗？"路迪问，声音很兴奋，"原来的CCD角分辨不太好，改装成这么小就更难定位了。"

朗宁又仔细看了看画面中的图案，说："这还叫不清楚吗？"他说着，摘下头盔，满脸笑意地盯着路迪的眼睛，道："小家伙，你这CCD是从哪儿来的？这种角分辨已经不是一般医疗仪器能达到的了。"

路迪挠挠头发，笑容让小鼻子微微皱起来："上个月YXT-4上天了，PXA不就正式下岗了嘛……"

路迪说的都是火星发射的X射线太空望远镜。火星的空间技术一直很先进，几百个观测站在外空轨道长期运行。他敲敲路迪的小脑袋，问："那你又是怎么偷来的？"

路迪满不在乎地笑道："我今年不是选了斯密教授的课吗？因为表现得太好了，他就把那些回收的旧零件送给我当礼物了。"

火星的孩子从八岁开始就可以自由到各种机构、研究所、学校和艺术中心选修自己喜欢的课，路迪今年就选了宇航中心的三门天文学课程，而斯密教授刚好就是高能卫星项目的首席科学家。

"原来是有预谋的。"朗宁也呵呵地笑了。这个十四岁的小男孩总能给他一些惊喜。

"才不是呢！"路迪扬扬眉毛，一本正经地说道，"我可是想参与将来的大宇航呢！"

"大宇航？了不起！不过，你就不怕遇到绿毛外星人？"

路迪撇撇嘴说："您当我是地球上那些无聊的小孩随便乱说吗？我是说真的呢。斯密教授说，最迟明年，远征计划就要重启了。"

"真的？"这个消息让朗宁颇为惊喜。他已经很久没听人说起过远征这个词了。

朗宁的思绪于是回到四十年前，回到战火纷飞的年代中，和汉斯一起并肩飞翔的日子。他们曾一起飞翔在两万米的奥林匹斯山上，开火、防御，追击、躲避。那已经是漫长战争的晚期了，他们曾一同躲在奥斯东环形山的山坳里，看着漫天风沙，梦想战争结束后的生活，梦想未来的城市，梦想遥远的宇航时代，就像今天的路迪一样，眼中写满了希望。

门厅的音乐声忽然响起来，将朗宁从回忆中拉了回来。路迪开心地叫道："爷爷回来了！"说着便一蹦一跳地跑下楼去。

汉斯先生的身影出现在走廊，高大挺拔，一身式样古典的白色制服，这意味着他刚刚参加了公众集会。他的神情依然雍容而沉静，深褐色的头发和胡子也依然整齐，见到朗宁一如既往地微笑着拍他的肩膀，但朗宁却明显地感觉到，汉斯比以往任何时候都显得疲倦，深蓝色的眼睛仿佛更加深陷下去。

朗宁跟随汉斯来到小客厅。这是一个椭圆形的小房间，浅蓝色的玻璃将远方的峭壁裁剪成狭长的画。他俩坐下的时候都长舒了一口气，宽大的沙发按两人的身形调整了角度，饮水机送出一壶热气氤氲的奶茶，弥漫着淡淡的印度香料的味道。

汉斯为朗宁斟好一杯茶，说："你的邮件我收到了。昨天我和教育部联系了一下。"

朗宁打断他："你最近要是太忙了就过些天再说吧，这些事都不着急。"

"你听我说完。"汉斯眼睛望着窗外，声音很平静，"其实谷神的事我早就想和你商量了。这几天你去问问，看他们愿不愿意让孩子们到火星来上学。我已经和拉克部长打好招呼了，如果他们同意，过几天我就把正式的政府邀请函寄过去。"

这个决定是朗宁没想到的，他沉吟了一下，点头说："好，我知道了。"

汉斯微微点点头，但声音里仍旧没什么情绪："至于另一件事，我想就算了吧。养鱼和植水草恐怕没什么必要，食品方面，我会吩咐运输队多增加一些种类的。"

"能不能再考虑一下？"朗宁说，"这件事其实不完全是食品的问题，主要是孩子们的梦想。汉斯，你要是也看见那些孩子们的眼神，就像我们小时候……"

"朗宁，"汉斯打断他，直视着朗宁的眼睛，说，"我知道你喜欢谷神星那些孩子们。我也喜欢。不过，梦想这个词不是那么好说的。做梦谁都可以，但实现起来就是另一回事了。"

朗宁叹了口气，他知道总督有总督的立场。他没有再说什么，转而问道："灾区那边怎么样了？"

汉斯默默地将杯子放到一旁，按下小茶几侧面的紫色按钮，茶几的白色渐渐隐去，光滑的桌面亮出照片和文字。"你自己看吧。"汉斯说，"没有海洋和植被，恐怕沙暴一时半刻还对付不了。"

朗宁一边俯身浏览着那些数据和资料，一边问："地下水勘测还是没有结果吗？"

汉斯摇了摇头，靠回大沙发里，苦笑了一下："没有，希望很渺茫了。"

朗宁知道这意味着什么，他能看出汉斯目光深处写着的忧虑。总督要面对和处理的问题，是当初火星开拓者们所不曾预料的。人们那时捧着河道和峡谷的照片踌躇满志地登上这片土地，满心以为很快就能找到大规模地下水源，然而至今，火星庞大的城市网络仍然依靠着北极冠融水，顽强支撑。

朗宁有些黯然。火星是一片倒置的国度，这里有着精确的自动控制，高速的隧道交通和不断更新的生物技术，然而这里的人们却始终在为生存而斗争，始终为阳光、空气、绿树和水默默斗争，用尽一切努力。

八天后，朗宁再一次坐进通向总督府的隧道车。上一次离开的时候，他并没有想到自己这么快又会再来。

隧道车灯光明亮，音乐柔和，但朗宁却完全没有心情欣赏，他一直回忆着两天前在谷神星上的谈话，回忆着泰林镇长洞彻的笑容和淡淡的言语。

"终于要来了啊。"那时泰林镇长擦拭着前几任镇长的照片，照片里的笑容一片和煦。

现在朗宁回想起整个事件，感觉一切看起来是如此明显，而自己只是后知后觉。朗宁想，或许泰林家族比谁都更清楚小镇何去何从，因而镇长心里早就有了不祥的预感。于是他提出养鱼的请求作为试探，而得到的答案果然是否决提案，却主动接所有孩子到火星上学。所以一切都很明白了。

隧道车缓缓停下，舱门向两侧滑开，总督府的红门赫然出现在眼前。

见到汉斯是在他的书房，他正站在两排拉开的老式书柜之间，神色严峻。墙上的大屏幕中，一个戴眼镜的女子正在汇报工作，看到朗宁进来，她主动鞠了一躬，将信号切断。

随着画面渐渐隐去，屏幕恢复成为平素七彩的照片。这是一张谷神镇的俯瞰图，朗宁知道汉斯一直非常喜欢，从他第一次带来，挂到今天已经将近十年了。

"坐吧。"汉斯向书桌前的高背椅子示意，身后，书柜无声地缓缓合拢。

朗宁没有坐，他双手撑着桌面，直直地看着汉斯说："汉斯，如果你还拿我当朋友，就实话告诉我，这幅照片就要成为最后的纪念了，是不是？"

汉斯并没有回避他的眼神，平静地点了点头，说："我并没有想瞒你。"

"为什么？如果这片风景不在了，难道你不在乎？"

"我在乎，我当然在乎。"汉斯说，"但火星总督不能在乎。上个星期，公民议会压倒性地通过了废除谷神的决议。"

"好吧，那告诉我你们的理由。"

"第一个理由很简单，我们的能源并不充足，在小行星间往来运输成本太高。而相反的是，火星自己的矿产开采成本越来越低了。"

"那第二个理由呢？"

"第二个理由是近来航天技术越发完善了，以前做不到的事情现在可以做到了。"

"是指什么？可以做到什么了？"

"在小行星上安装火箭，推到近火星轨道，再进行捕获。"

"你的意思是，让谷神星成为火星的月亮？"

汉斯没有立即回答，紧闭的嘴在浓密的胡子下，画出严肃的线条。沉默了好一会儿，他才缓缓开口道："不是，我们要把星体瓦解。这涉及第三个理由。我们需要谷神，但却不是因为矿产，而是因为水。"

听到这一句，朗宁一直绷紧的身子忽然松下来，他将领口的扣子解开，慢慢地踱到窗前，斜靠在墙上，说："终于说到重点了，这才是你们的真正理由对不对？"

汉斯静立着如一尊雕塑，说："勘探队最后的报告认为，火星几亿年前的确有水，但不知什么缘故风干了，现在地下极端干燥，发现大规模水源的可能几乎没有。"

"所以你们就想到了谷神？那么小一片海洋，能有多大用处呢？"

"岂止是那层海洋，你难道不知道谷神有多少水？下面几公里深的冻土层，如果把地幔里的水全部融化，可以等于地球淡水水体的总和。你知道这对于火星意味着什么。第五基因实验室正在培育水藻，我们需要真正的大湖和贯通南北的河。"

汉斯没有继续往下说，但朗宁当然明白他的意思。岂止是第五实验室的水藻，有了水，接下来还会有一整条开发链：空气成分可以改善，植被可以覆盖，风沙可以大大减少，火星可以真正适宜人类居住。

"可是就没有别的办法吗？"

"有人曾提出从木星取氢再燃烧，不过你自己也可以算一算，这两种方案的成本会差多少。"

朗宁知道这是实话，他也知道到了这一步，已经没有任何挽回的余地了。但是他也同样知道，谷神星若被彻底粉碎，妮妮、果果和镇上所有的居民都再也没有自己的家园了。

"我明白了。现在我只关心一件事，谷神镇的居民怎么办？你们准备怎么处理他们？"

"大多数议员的意思是专门给他们建一个居住区，政府提供优厚的救济……"

听到这话，朗宁渐渐平息的情绪又一下子激动起来："救济？你让他们以后就一直活在火星人的施舍当中？"

"我知道这话不好听。但你静下心来想一想，火星一切工作都以芯片技术为基础，不要说设计，就连采矿都是全自动机器作业，他们能干什么？"

"所以呢？你的议员们觉得自己已经仁至义尽了是不是？指点一个世界的生存，就像慈悲的上帝是不是？你们究竟有没有考虑过谷神镇人们的心情？"

"朗宁，我根本不是在和你说心情。你还不明白吗，人们在大历史链条中是谈不到心情的。你自己提到地球上的工业革命、能源革命的时候，想没想过圈地运动中农民的心情？"

"好，好，我明白了！"朗宁抓起自己的大衣，大踏步地向门口走去，"你放心，我会把话转达给他们，保证不会让他们的小心情阻挡你的大历史的！"

说完，朗宁重重地把门碰上，汉斯似乎还在背后说些什么，但他已经听不见了。

朗宁一边走，一边胡乱理着自己的银发，在走廊的拐角，路迪突然蹦出来，着实让他吃了一惊。

路迪有着和他爷爷一样深陷的蓝色眼睛，眼睛里写满笑意："朗宁爷爷！就等着您出来呢。您看，我的头盔完成了！"

朗宁勉强挤出一个笑容道："是吗？那太好了。"他拍拍路迪的肩膀，说，"今天我还有点事，改天来了一定好好看一看。"

路迪的笑容一下子变成了失望，摸摸鼻子，说："我本来还想让您这次就带给谷神星的镇长看呢。"

"谷神？"朗宁很讶异，"为什么给谷神的镇长看？"

"因为，我听说他们的飞船只准备安装四个波段的探测器和定位仪，刚好没有 PXA 的硬 X 射线波段，所以才改装了这种便携式头盔，希望能帮他们多带一双眼睛。虽然……"

"等等，你刚才说什么？你说他们的飞船是什么意思？"

路迪有些莫名其妙地眨巴眨巴眼睛，说："难道爷爷没有告诉你吗？爷爷准备让他们成为远航的第一批呀，我一听到这个消息，就想帮忙做点什么了……"

朗宁像被闪电击中似的呆立了一瞬，头脑中只回旋着"远航"两个字，路迪再说什么也都没有听清，好一会儿，才如梦初醒地转过身去，冲进汉斯的书房。

"远航是怎么回事？"朗宁进屋的时候，汉斯正站在大玻璃前向远方眺望。

"是路迪告诉你的？"汉斯没有回头，但声音已经比刚才和缓了许多，"这孩子总是沉不住气。这件事还没通过正式审核呢。"

"告诉我，到底是怎么回事？"

汉斯转过身来，面色凝重，窗外已经亮起的街灯将他的侧脸映成淡蓝色。"你以为，人们当初建造小行星基地，仅仅是为了采矿吗？"

朗宁心中如电光石火般闪过泰林老人曾说的一句话："你以为人类花了那么多钱，就是为了建立一个童话岛吗？"他当时只觉得有点悲伤，却没有想过更深的意思。

"其实火星上从不缺少常规矿产，没必要如此劳师动众。而且即便需要采矿，也没必要在那里开设工厂。朗宁，我不知道你有没有去过小行星工厂，你知不知道他们主要加工什么东西？"

"你是说，飞船？"朗宁已经隐约明白汉斯的意思了。

"没错，不是什么瓶瓶罐罐的小玩意儿，而是飞船，巨大的飞船。一百年前，人们就是想把谷神星当成太空航行的出发站才开发了基地。尽管因为那场旷日持久的战争，计划本身被搁置了，但是小行星的居民却从来没停止过自己的工作。战争结束以后，我们曾经三次修改过设计方案，他们一直很配合，也很努力。现在离最后一套方案的组装阶段已经不远。所以……"

"所以，你决定让他们做自己飞船的第一批乘客？"朗宁发觉，从始至终，最不了解情况的就是他自己。

汉斯点点头："以前的计划里，他们只是制造者，所有飞行者都由火星选送，但现在不一样了。如果捕捉了谷神星，那么这就将是小行星太空基地的唯一一次发射了。所以我想，还是让他们去吧。"

"那目标是哪儿？"

"比邻星三号行星。"

"会用多久？"

"说不准，二十几年吧，得看路上的情况。"

"有多大把握？"

"不知道。"汉斯说，"危险肯定有，这是实话。我只能保证专家尽了最大可能作测算，也会有受过特训的宇航员跟随，不过谁也不知道这一路会遇到什么，就连太阳系里面都不能保证安全。所以朗宁，我要你告诉他们，他们完全可以反对，也有权选择去还是不去。"

朗宁苦笑了一下："这算什么选择呢？汉斯，如果是你，去还是不去？"

两个人沉默地站在窗边，看着窗外华灯初上的街市。总督府远离闹市区，远处的隧道如纤维般交错，浅蓝色的隧道灯勾勒出透明的线条，层叠起伏。

"朗宁，你还记不记得我们俩在山洞里躲风暴的那天？"

"在奥斯东山背后吧？当然记得。四十二年了。"

汉斯拍拍朗宁的肩膀，瘦削的脸上隐约浮现出一丝惆怅："四十年前没想过今天吧？做梦的人都不喜欢考虑代价。其实谷神一直就是大宇航链条里的一环，而且还只是个开始，以后的路还很长呢。"

朗宁没有回答，俯下身子，双手交叉搭在窗棂上，低头看着楼下。良久，他才不胜疲倦般叹了口气道："其实问题的关键不是梦想，也不是什么历史的链条。"

"不是？那是什么？"

"问题的关键是，泰林不该把谷神镇建得这么有人情味儿。"

朗宁转身斜靠着玻璃，汉斯看着他，默默地微笑了。

谷神

广场上并列排着两只神采飞扬的小飞象，一小一大，小的是雕塑，大的是崭新的小飞船。朗宁先生独自一人站在喷水池前，凝视着两只小象乌溜溜的大眼睛，觉得自己终于明白为什么当初泰林先生把它当成小镇的标志：在创建者心里，他一直很清楚自己的命运就是飞翔。

谷神镇，终究是一块没有根系的陆地。

在白天的小镇集会上，镇长将火星政府的意见如实地进行了传达。大部分居民都很镇定，朗宁知道，尽管很多人已经不太清楚祖先开拓的始末由来，但他们早已明白小镇的孤独，他们清楚自己已然无法回归，无论是地球的喧嚣还是火星的精密秩序。他们在方寸大的土地上喜怒哀乐一辈子，比起淹没在火星的城市海洋里，他们宁愿踏上遥远的征途，继续寂寞地一起流浪，在前途未卜的航行中支撑起前辈缔造的荣光。

妮妮在会场曾悄声告诉朗宁，说自己心里其实很感谢最初的宇航计划，她说，如果不是为了远航，谷神星上根本就不会有那么多气体发生装置和完整的模拟重力系统。

"所以说，没有这个计划就没有小镇，能在这里住一百年已经够久了。"妮妮白皙的脸上带着一丝决绝，"而且，很多人一直以为自己是在为火星人制造，因此，现在的结果会让他们更欣慰吧。"

这样的结果让朗宁安心，他发现，小镇远比他想象的更坚强。

不过，如果说大人们的反应尚在情理之中，那么小镇对待孩子们的态度却真的出乎朗宁的意料了。泰林镇长执意要让孩子们自己选择，是留在火星还是一起上路。

朗宁还记得汉斯对自己说的最后一句话："把孩子们接来吧。大人们的野心没必要让孩子们冒险。"然而当他和泰林镇长谈起这一切的时候，泰林镇长却坚定又威严地说："让孩子们自己决定吧。他们有权选择。"

"在火星和地球，他们肯定能接受最好的教育，飞出去却可能会危险重重。您应该为孩子们着想。"朗宁将汉斯的意思如实转述给泰林，但泰林只说了一句："为他们着想就应该让他们去想，他们已经可以去想了。"

于是，泰林镇长坚持让所有孩子都一起参加了集会，他们在现场就像一群翻涌的小浪花，成为整个集会上最亮眼的一道风景。镇长在会上说，所有家庭都可以自行决定，如果孩子决定到火星去上学，那么父母也都可以留下。

镇长为大家定下的考虑日期有整整一个星期，然而孩子们在会场上绽放出的灿烂笑容，却提前泄露了他们的意愿，那一张张小脸上，写着清楚而坚定无比的骄傲，不带一丝勉强。

"我们当然要一起去！"孩子们兴奋得上蹿下跳。

"旅途不是那么好玩的，什么也看不见，只有黑漆漆的天。"朗宁故意劝他们。

然而孩子们却争先恐后地喊着："黑漆漆的，多有趣呀！""不是有很多星星吗？书上说外面有一千亿颗星星呢！""他们说我们半路上可以到木星上去玩，是这样吗？""也许会碰到星际海盗呢！到时候我就可以用激光剑……"

"那你们一辈子也看不见地球的热带雨林和大草原了呀。"

"也许到了那里，还有更大的雨林和更大的草原呢！更何况，我们还能看到好多他看不到的东西呀！"

"果果，你不是还想看看蓝天吗？"

果果忽闪着大眼睛："我以后一定可以给比邻星也装上一层天空的！"

朗宁笑了，但他没有纠正果果恒星与行星的区别。他忽然发现，只有在孩子心里，梦想才如此简单。

"现在您明白爷爷的意思了吧？"妮妮站在朗宁身旁，一同看着这群快乐的孩子。

是的，朗宁明白，自己没有什么理由再加以拒绝。危险？有什么能比陌生而复杂的都市更危险？教育？有什么能比和自己敬爱的人一起完成一项事业有更好的教育效果呢？

"妮妮，如果最终有很多孩子决定上路，那么我跟你们一起走。"

妮妮诧异地仰起头望着他："为什么？其实您不必这样的，我们已经很感谢您了。"

朗宁温和地摇摇头，说："火星的孩子们很成熟，什么都能自己搜索，可是这些孩子不一样，他们爱听我讲故事。你应该知道，对于一个爱唠叨的老头，有人爱听是多么重要。"说到这儿，他顿了顿，"另外，远航一直是我的一个梦想，年轻时候的梦想。"

从下午开始，小镇在孩子们雀跃的笑声里不但没有悲伤下去，反而呈现出一片其乐融融的暖意。孩子们已然开始构想旅途的故事，对于他们来说，再没有什么比亲身经历一场传奇更幸福的事了。他们还不懂得寂寞与恐惧，或者说还不懂得生成寂寞与恐惧的空虚，他们的心小小的，装满了故事，就放不下那许多东西了。

夜已经深了，广场上空无一人。朗宁静静地看着喷水池，心里沉甸甸的满是幸福。

眼前的小飞船他原本打算用来带孩子们去上学，但不知道会不会和雕塑一起留在小镇上，留成永久的纪念。最终的结果还要一个星期才能揭晓，在这期间，每个家庭都会做出更审慎的考量，去还是不去，始终是一个问题。不过，结果怎样朗宁已经不太在意了，他知道自己带来的故事种下了种子，种子在发芽，对于他来说，就已经是莫大的幸福了。

朗宁又一次抬头仰望着金色的天空，他不知道还能仰望它几次。他开始幻想当孩子们第一次飞到天空里，第一次俯瞰他们的家园时心中会感到的震撼，朗宁想，风景只有引起心里的惊奇时才最美丽，这一点，即便是地球人，也不一定有这样的幸福吧。

清澈的水静谧地流着，朗宁开始暗自期盼和孩子们一起去航行，哪怕永远没有终点。

祖母家的夏天

"他默默地凝思着，成了他的命定劫数的一连串没有联系的动作，正是他自己创造的。"

经历过这个夏天，我终于开始明白加缪说西西弗斯的话。

我从来没有像现在这样看待过"命运"这个词。以前的我一直以为，命运要么是已经被设定好只等我们遵循，要么是根本不存在需要我们自行规划。

我没想过还有其他可能。

A

八月，我来到郊外的祖母家，躲避喧嚣就像牛顿躲避瘟疫。我什么都不想，只想要一个安静的夏天。

车子开出城市，行驶在烟尘漫卷的公路。我把又大又空的背包塞在座位底下，斜靠着窗户。

其实我试图逃避的事很简单，大学延期毕业，跟女朋友分手，再加上一点点对任何事都提不起兴趣的倦怠。除了最后一条让我有点恐慌以外，一切都没什么大不了的。我不喜欢哭天喊地。

妈妈很赞同，她说找个地方好好整理心情，重整旗鼓。她以为我很痛苦，但其实不是。只是我没办法向她解释清楚。

祖母家在山脚下，一座二层小别墅，红色屋顶藏在浓密的树丛中。

木门上挂着一块小黑板，上面写着一行字："战战，我去买些东西，门没锁，你来了就自己进去吧。冰箱里有吃的。"

我试着拉了拉门把手，没拉动，转也转不动，加了一点力也还是不行。我只好在台阶上坐下来等。

奶奶真是老糊涂了，我想，准是出门时顺手锁上了自己都不记得。

祖父去世得早，祖母退休以后一直住在这里，爸爸妈妈想给她在城里买房子，她却执意不肯。祖母说自己独来独往惯了，不喜欢城里的吵闹。

祖母一直是大学老师，头脑身体都还好，于是爸爸也就答应了。我们常说来这里度假日，但不是爸爸要开会，就是我自己和同学聚会走不开。

不知道奶奶一个人能不能照顾好自己，我坐在台阶上暗暗地想。

傍晚的时候，祖母终于回来了，她远远看到我就加快了步子，微笑着问："战战，几点来的？怎么不进屋？"

我拍拍屁股站起身来，祖母走上台阶，把大包小包都交到右手，同时用左手推门轴那一侧——就是与门把手相反的那一侧——结果门就那么轻描淡写地开了。祖母先进去，给我拉着门。

我的脸微微有点发红，连忙跟了进去。看来自己之前是多虑了。

夜晚降临。郊外的夜寂静无声，只有月亮照着树影婆娑。

祖母很快做好了饭，浓郁的牛肉香充满小屋，让颠簸了一天的我食指大动。

"战战，替我到厨房把沙拉酱拿来。"祖母小心翼翼地把蘑菇蛋羹摆上桌子。

祖母的厨房大而色彩柔和，炉子上面烧着汤，热气氤氲。

我拉开冰箱，却大惊失色：冰箱里是烤盘，四壁已经烤得红彤彤，一排苹果派正在噗噗地起酥，黄油和蜂蜜的甜香味扑面而来。

原来这是烤箱。我连忙关门。

那么冰箱是哪一个呢？我转过身，炉子下面有一个镶玻璃的铁门，我原本以为那是烤箱。我走过去，拉开，发现那是洗碗机。

于是我拉开洗碗机，发现是净水器；拉开净水器，发现是垃圾桶；打开垃圾桶，发现里面干净整齐地摆满了各种 CD。

最后我才发现，原来窗户底下的暖气——我最初以为是暖气的条纹柜——里面才是冰箱。我找到沙拉酱，特意打开闻了闻，生怕其中装着的是炼乳，确认没有问题，才回到客厅。

祖母已经摆好了碗筷，我一坐下就开始狼吞虎咽。

B

接下来的几天，我一直在为认清东西而努力斗争。

祖母家几乎没有几样东西能和它们通常的外表对应，咖啡壶是笔筒，笔筒是打火机，打火机是手电筒，手电筒是果酱瓶。

最后一条让我吃了点苦头。当时是半夜，我起床去厕所，随手抓起客厅里的手电筒，结果抓了一手果酱，黑暗中黏黏湿湿，吓得我睡意全无。待我弄明白原委，第一念头就是去拿手纸，然而手纸盒里面是白糖，我想去开灯，谁知台灯是假的，开关原来是老鼠夹。

只听"啪"的一声，我陷入了尴尬的境地：左手是果酱蘸白糖，右手是涂着奶酪的台灯。

"奶奶！"我唤了一声，但没有回答。我只好举着两只手上楼。她的卧室黑着灯，柠檬黄色的光从走廊尽头的一个小房间透出来。

"奶奶？"我在房间外试探着唤了一声。

一阵细碎的桌椅声之后，祖母出现在门口。她看到我的样子，一下子笑了，说："这边来吧。"

房间很大，灯光很明亮，我的眼睛适应了一会儿才看清这是一个实验室。

祖母从一个小抽屉里拿出一把形状怪异的小钥匙，将我从台灯老鼠夹里解放出来，我舔舔手指，奶酪味依然香气扑鼻。

"您这么晚了还在做实验？"我忍不住问。

"做细菌群落繁衍，每个小时都要做记录。"祖母微微笑着，把我领到一个乳白色的台面跟前。台面上整齐地摆放着一排圆圆的培养皿，每一个里面都有一层半透明的乳膏似的东西。

"这是……牛肉蛋白胨吗？"我在学校做过类似实验。

祖母点点头，说："我在观察转座子在细菌里的活动。"

"转座子？"

祖母打开靠边的一个培养皿，拿在手上："就是一些基因小片段，能编码反转录酶，可以在 DNA 间游走，脱离或整合。我想利用它们把一些人工的抗药基因整合进去。"

说着，祖母又把盖子盖上："但不知道能不能成功。这个是接触空气的干燥环境，旁边那个是糖水浸润，再旁边一个注入了额外的 ATP。"

我学着她的样子打开最靠近的一个培养皿，问："那这里面是什么条件呢？"

我把沾了奶酪的手指在琼脂上点了点，我知道足够的营养物质可以促进细胞繁衍，从而促进基因整合。

"战战！"祖母迟疑了一下，说，"那个是对照，隔绝了一切外加条件的空白组。"

我总是这样，做事想当然，而且漫不经心。

静静和我吵架的时候，曾经说我做事莫名其妙，考虑不周，太不成熟。我想她是对的。尽管她是指我总忘掉应该给她打电话，但我明白，我的问题决不仅是这一件事。静静是一个有无数计划而且每一个都能稳妥执行的人，而我恰好相反。我所有的计划执行起来都会出错，就像面包片掉在地上一定是黄油那面落地。

由于缺少了对照，祖母的这一组实验只能重做。虽然理论上讲观察还可以继续，但至少不能用来发表正式结果了。

我很惶恐，不知道该做些什么。但祖母却似乎并没有生气。

"没关系，"祖母说，"我刚好缺少一组胆固醇环境。"

然后祖母就真的用马克笔在培养皿外面做了记号，继续观察。

C

第二天早上，祖母熬了甜香的桂花粥，郊外的清晨阳光明媚，四下里只听见鸟的声音。

祖母问我这几天有什么计划。我说没有。这是真话。如果说我有什么想做的，那就是想想我想做什么。

"你妈妈说你毕业的问题是因为英语，怎么会呢? 你转系以前不就是在英语系吗? 英语应该挺好的呀。"

"四级没考，忘了时间。"我咕哝着，"大三忘了报名，大四忘了考试日期。"

我低着头喝粥，用三明治把嘴塞满。

我的确不怕考英语，但可能这也是为什么自己压根儿没上心的原因。至于转系，现在想想可能也是个错误。转到环境系却发现自己不太热衷于环境，大三跑去学了些硬件技术，还听了一年生物系的课，然而现在结果就是：什么都学了，却又好像什么都没学。

祖母又给我切了半片培根，问："那你来以前，妈妈怎么说? "

"没说什么。就是让我在这儿安静安静，有空就念点经济学的书。"

"你妈妈想让你学经济？"

"嗯，她说将来不管进什么公司，懂点经济学也总有帮助。"

妈妈的逻辑是定好一个目标然后需要什么就学什么。然而这对我来说正是最缺乏的。我定下的大目标总是过不了几天就被自己否定，于是手头的事就没了动力。

"你也不用太担心以后。"祖母见我吃完，开始收拾桌子，"就好像鼻子不是为了戴眼镜才长出来。"

这话静静也说过。"鼻子可是为了呼吸才长的。"她说上帝把我们每个人塑造成了独特的形状，所以我们不要在乎别人的观念，而是应该坚持自己的个性。所以静静出国了，很适合她。然而，这也同样是我所缺乏的，我从来就没听见上帝把我的个性告诉我。

收拾餐桌的时候我心不在焉，把锅里剩下的粥都洒在了地上。我的脸一下子烫了起来。

"没关系，没关系。"祖母接过我手里的锅，拿来拖把。

"……流到墙角了，不好擦吧？您有擦地的抹布吗？我来吧。"我讪讪地说。

我想起妈妈每次蹲在墙边细致擦拭的样子。我家非常非常干净，妈妈最反感我这样的毛手毛脚。

"真的没关系。"祖母把餐厅中央擦拭干净，"墙边上的留在那儿就行了。"

她看我一脸茫然，又笑笑说："我自己就总是不小心，把东西洒得到处都是。所以我在墙边都铺了培养基，可以生长真菌的。这样做实验就有材料了。"

我到墙边俯身看了下，果然有一圈淡绿色的细茸一直延伸，远远看着只像是地板的装饰线。

"其实甜粥最好，说不准能长出蘑菇。"

祖母看我还是呆呆地站着，又加上一句："这样吧，你这几天要是没什么特别的事，就帮我一起培养真菌怎么样？"

我不假思索地点点头。

不仅仅是因为自己接连闯祸想要弥补，更是因为我觉得自己的生活需要一些变化。到目前为止，我的生活基本上支离破碎，我无法让自己投身于任何一条康庄大道，也规划不出方向。也许我需要一些机会，甚至是一些突发事件。

D

祖母很喜欢说一句话：功能是后成的。

祖母否认一切形式的目的论，无论是"万物有灵"还是"生机论"。她不赞同进化有方向，不喜欢"为了遮挡沙尘，所以眼睛上长出睫毛"这样的说法，甚至不认为细胞膜是细胞为保护自身而构造的。

"先有了闭合的细胞膜，才有细胞这回事。"祖母说，"还有 G 蛋白偶联受体，在眼睛里是感光的视紫红质，在鼻子里就是嗅觉受体。"

我想这是一种达尔文主义，先变异，再选择。先有了某种蛋白质，才有了它参与的反应。先有了能被编码的酶，才有这种酶起作用的器官。

存在先于本质？是这么说的吧？

在接下来的一个晚上，祖母的实验传来好消息：期待中的能被 NTL试剂染色的蛋白质终于在胞质中出现了。离心机的分子量测定也证实了这一点。转座子反转录成功了。

经过了连续几天的追踪和观察，这样的结果实在令人长出一口气。我帮祖母打扫实验室，问东问西。

"这次整合的究竟是什么基因呢？"

"自杀信号。"祖母语调一如既往。

"啊？"

祖母俯下身，清扫实验台下面的碎屑："其实我这一次主要是希望做癌症治疗的研究。你知道，癌细胞就是不死的细胞。"

"这样啊？"我拿来簸箕，"那么是不是可以申报专利了？"

祖母摇摇头："暂时还不想。"

"为什么？"

"我还不知道这样的反转录有什么后续效应。"

"这是什么意思？"

祖母没有马上回答。她把用过的试剂管收拾了，台面擦干净，我系好垃圾袋，跟着祖母来到楼下的花园里。

"你大概没听说过病毒的起源假说吧？转座子在细胞里活动可以促进基因重组，但一旦在细胞之间活动，就可能成为病毒，比如 HIV。"

夏夜的风温暖干燥，但我还是不由得打了个寒噤。

原来病毒是从细胞自身分离出来的，这让我想起王小波写的用来杀人的开根号机器。一样的黑色幽默。

我明白了祖母的态度，只是心里还隐隐觉得不甘。

"可是，毕竟是能治疗癌症的重大技术，您就不怕有其他人抢先注册吗？"

祖母摇摇头："那有什么关系呢？"

"砰"，就在这时，一声闷响从花园的另一侧传来。

我和奶奶赶过去，只见一个胖胖的脑袋从蔷薇墙上伸了出来，额头满是汗珠。

"您好……真是对不起，我想收拾我的花架子，但不小心手滑了，把您家的花砸坏了。"

我低头一看，一盆菊花摔在地上，花盆四分五裂，地下还躺着祖母的杜鹃，同样惨不忍睹。

"噢，对了，我是新搬来的，以后就和您是邻居了。"那个胖大叔不住地点头，"真是太不好意思了，第一天来就给您添麻烦了。"

"没关系没关系。"祖母和气地笑笑。

"对不起啊，明天我一定上门赔您一盆。"

"真的没关系，我正好可以提取一些叶绿素和花青素。您别介意。"祖母说着，就开始俯身收拾花盆的碎片。

夏夜微凉，我站在院子里，头脑有点乱。

我发觉祖母最常说的一个词就是没关系。可能很多事情在祖母看来真的没关系，名也好利也好，自己的财产也好，到了祖母这个阶段的确都没什么关系了。一切只图个有趣，自得其乐就够了。

然而，我暗暗想，我呢？

过了这个夏天我该怎么样呢？重新直接回学校，一切和以前一样，再晃悠一年到毕业？

我知道我不想这样。

E

转天上午，我帮祖母把前一天香消玉殒的花收拾妥当，用丙酮提取了叶绿素，祖母兴致勃勃地为自己已然庞大的实验队伍又增加了新的成员。

整个一个上午我都在心理斗争，临近中午时终于做出个决定。我想，无论如何，先去专利局问问再说。刚好下午隔壁的胖大叔来家里赔礼道歉，我于是瞅个空子一个人跑了出来。

专利局的位置在网站上说明得很清楚，很好找。四层楼庄严而不张

166

扬，大厅清静明亮，一个清秀的女孩子坐在服务台看书。

"你，你好。我想申报专利。"

她抬起头笑笑："你好。请到那边填一张表。请问是什么项目？"

"呃，生物抗癌因子。"

"那就到 3 号厅，生物化学办公室。"她用手指了指右侧。我转身时，她自言自语地加上一句："奇怪了，今天怎么这么多报抗癌因子的？"

听了这话，我立刻回头："怎么，刚才还有吗？"

"嗯，上午刚来一个大叔。"

我心里咯噔一下，隐隐觉得情况不太对。

"那你知道是什么技术吗？"

"这我就不太清楚了。"

"是一种药还是什么？"

"哎，我就是在这儿打工的学生，不管审技术，你自己进去问吧。"说着，女孩又把头低下，写写画画。

我探过头一看，是一本英语词汇，就套近乎地说："你也在背单词呀？我也是。"

"哦？你是大学生？"她抬起头，好奇地打量我，"那就有专利了？不简单呀。"

"嗯……不是，"我有点脸红，"我给导师打听的。你还记不记得上午那位大叔长什么样？我怕是我的导师来过了。"

"嗯……个子不高，有点胖，有一点秃顶，好像穿黄色。其他我也想不起来了。"

果然。怪不得我出门的时候觉得什么地方不对了。

当时隔壁的大叔带来了花，我主动替他搬，而他直接用手推向门轴那一侧。第一次来的人决不会这样。原来如此。前一天晚上肯定不单纯是事故，一定是偷听我们说话才不小心砸到了花。

也亏得他还好意思上门，我想，我一定得赶快告诉奶奶。大概他以为我们不会报专利，也就不会发现了吧。幸亏我来了。

"这就走了呀？"我转身向门口走去，女孩在背后叫住我，"给你个小册子吧，专利局的介绍、申请流程、联系方式都在上面了。"

我勉强笑了一下，接过来放进口袋，大步流星地走了出去。

F

当我仓皇奔回家，祖母还是在她的实验室，安静地看着显微镜，宛如纷乱湍急的河流中一座沉静的岛。

"奶奶……"我忍住自己的气喘，"他偷了您的培养皿……"

"回来了？去哪儿了跑了一身土？"祖母抬起头来，微笑着拍拍我的外衣。

"我去……"我突然顿住，不知道怎么解释自己去了专利局，换了口气，"奶奶，隔壁那个胖子偷了您的培养皿，还申报了专利。"

出乎我的意料，祖母只是笑了一下："没关系。我的研究都可以继续。而且我之前不是也说过，前两天的实验很粗糙，根本没法直接应用的。"

我看着祖母，有点哑然。人真的可以如此淡然吗？祖母仿佛完全不想考虑知识产权经济效益一类的事情。我偷偷掏出口袋里的小册子，攥在手里，叠了又展开。

"先别管那件事了。先来看这个。"祖母指了指面前的显微镜。

我随意地向里面瞅了瞅，心不在焉地问："这是什么？"

"人工合成的光合细菌。"

我心里一动，这听起来很有趣。"怎么做到的？"

"很简单，把叶绿体基因反转录到细菌里。很多蛋白质已经表达出来了，不过肯定还有问题。如果能克服，也许可以用来作替代能源。"

我听着祖母平和而欢愉的声音，忽然有一种奇怪的不真实的感觉。仿佛眼前罩了一层雾，而那声音来自远方。我低下头，小册子在手里摩掣。我需要做一个决定。

祖母的话还在继续:"……你知道,我在地上铺了很多培养基,我打算继续改造材料,用房子培养细菌。如果成功了,吃剩的甜粥什么的都可以有用了。至于发电问题,还是你提醒了我。细胞膜流动性很强,叶绿体反应中心生成的高能电子很难捕捉,不过,添加大量胆固醇小分子以后,膜就基本上可以固定了,理论上讲可以用微电极定位……"

祖母的话我并不真能听进去,只零星地抓到只言片语。我的脑袋更乱了,只好讪讪地说:"您倒是把我做错的事又都提醒了一遍呀。"

祖母摇摇头:"战战,我的话你还不明白吗?"她停下来,看着我的眼睛,"每个时刻都会发生无数偶然的事情,你能在任何一家餐馆吃饭,也可能上任何一辆公共汽车,看到任何一个广告。所有的事件在发生时都没有对错之分。它们产生价值的时刻是未来……"

祖母的声音听起来飘飘悠悠,我来不及反应。偶然,时刻,事件的价值,未来,各种词汇在我脑袋里盘旋。我想起博尔赫斯的《小径分岔的花园》。我想余准的心情应该和我一样吧,一个决定在心里游移酝酿,而耳边传来缥缈的关于神秘的话语……

"……是什么在做选择?是延续性。一个蛋白质如果能留下来,那么它就留下来了,它在历史中将会有一个位置……所以想让某一步正确,唯一的方法就是从这一步开始再踏一步……"

我想到我自己,想到隔壁的胖子,想到妈妈和静静,想到我之前混乱的四年,想到我的忧郁与挣扎,想到专利局明亮的大厅。我知道我需要一个机会。

"……所以,如果能利用上,那么奶酪、洒在地上的粥和折断的花就都不是坏事了。"

于是我决定了。

G

在那个夏天之后，我到专利局找了实习工作。我在小册子上读到的。

在那里找正式工作不太容易，但他们总会找一些在校学生做些零碎工作——还好我没有毕业。专利局的工作并不难，但每个方向的知识都要有一点——还好我在大学里漫无目的。

安安——我第一次来这里遇到的女孩——已经成了我的女朋友。我们的爱情来自一同准备英语考试——还好我没考过四级。安安说她对我的第一印象是礼貌而羞涩，感觉很好——我没告诉她那是因为做亏心事心里紧张——一切都像魔力安排的，就连亏心事都帮了我的忙。

再进一步，我甚至可以说之前的心乱如麻都是好事——如果不是那样，我不会来到祖母家，而后面的一切也都不会发生。现在看起来，过去的所有事都连成了串。

我知道这不是任何人在安排。没有命运存在。一切都是我自己的选择。

这是一种奇怪的感觉：我总以为我们能选择未来，然而不是，我们真正能选择的是过去。

是我的选择把几年前的某一顿午饭挑选出来，成为和其他一千顿午饭不一样的一顿饭，而同样也是我的选择决定了我的大学是错误还是正确。

也许，承认事实就叫作听从自我吧。因为除了已经发生的所有事件的总和，还有什么是自我呢？

一年过去了，由于心情好，所有工作做得都很好。现在专利局已经愿意接受我做正式员工，从秋天开始上班。

我喜欢这里。我喜欢从四面八方了解零星的知识。而且，我不善于制订长远计划，也不善于执行长远计划，而这里刚好是一个一个案例，不需要长远计划。更何况，像爱因斯坦一样的工作，很酷。

经过一年的反复试验和观察，祖母的抗癌因子和光合墙壁都申请了专利，已经有好几家大公司表示了兴趣。祖母没有心情和他们谈判，我便承担了充当中间人的重任。幸亏我在专利局。

说到这里还忘了提，祖母隔壁的胖子根本没有偷走祖母的抗癌因子培养皿。他自以为找到了恒温箱，却不知道那只是普通的壁橱，真正的恒温箱看上去是梳妆柜。

所以你永远不知道一样东西真正的用处是什么，祖母说。原来她早就知道。原来她一直什么都知道。

去远方

火车窗外，英国的玉米地。田园风景，读书，属于美国原野的音乐《秋日传奇》。

天很蓝，视线辽远。

我读书不能专心，总是时断时续。《江村经济》。我将书扣在桌上，开始写笔记。钢笔划过纸页有舒适的沙沙声，淡蓝色，和天一样。

窗外的玉米地。风景，读书。我一样一样写。田地金黄，山岗曲线柔和。红顶小别墅，一栋一栋，有树林。我写字的双手在抖，火车每越过一处铁轨与铁轨的联结，字迹就分岔。山岗上有阳光，公路，小汽车。花园一家一家。窗外的玉米地，风景，读书。田野一马平川，看得见风，芦苇似的长草，黄色的野菊。有大地的气息。田地整齐，没有分成一小块一小块。房门口有信箱。有滑梯。有彩色的儿童车。房子里有抽水马桶。这多么奢侈。

我停下来。钢笔没水了。字迹开始苍白，跟不上思想。

"你还有笔吗？"我问我的旅伴。

他也没有。

我翻找了一会儿，最终放弃了。

"算了，不写了。反正也没意义。"

我合上本子，重新翻开书。书里写着小块水田，铁耙，木质水渠，酿肥的粪坑，帆船。写着作为嫁妆的两百块钱的衣物。这是多么多么不同。所有这一切。耳机里的旋律慢慢宏大，像拉开一片天地之间的帷幕，用辽阔的草原推起一个人的背影，那人消失在风里。我心里被三重风景搅乱了。宁静温暖的英国乡野，碎裂古老的中国乡野，辽远粗犷的美国乡野。视觉，文字，音乐，当三种感觉都化为想象，我不知道哪一种更加真实。

我想记录所见到的东西，完成我拖了很久也没能完成的硕士论文，可是景物在我眼前飞过，我什么也记录不下来。

我的旅伴一直沉默而包容地陪着我。他见过大世面，明白我的困惑。我的困惑何等平凡，所有刚刚离别故土看到异乡乡野的人，都曾被这多重画面击中过。他也这么经历过，所以他知道这没什么。这只是开端，路还很远。他不教导我，只是默默地陪伴。

我的旅伴是个带有传奇色彩的老人，一生经历过风风雨雨，起落都已大而化之。他生于两次世界大战的间隙，幼年的记忆与流亡相随。十岁的时候战争爆发，八年之后是另一场战争。他在十几岁的时候曾经在美国的舅舅家住过几年，流亡避难，战争全部结束之后，才回国与家人重逢。这时他才知道，他和他的父亲失散了。他的父亲已经到了海峡的另一侧，而他和他的母亲守着北方的一片农场度过了后来的五十年。让他父亲度过余生的那个岛屿，他从没有去过。他在国内上了大学，可他少年时的海外经历让他性质可疑，三次被划成右派，两次被平反，一次被放逐。他的一生以写字为生，研究乡野，像我一样用钢笔在本子上画下淡蓝的天空。他的钢笔用坏了很多根，在那些放逐的年月里，他在寂寞的农田旁边，在别人午睡的时候写满了十个本子。他为农村写了一生。他后来又出国了，在已经没有人追讨他的悔过书的时候，走过了很多国家，见到了很多很多片乡野。这时的他走到哪里都能坐在上宾之位了，可是这时的他已经完全不介意坐在什么座位上了。

此时此刻，他就在我身旁，淡去了所有动荡的征尘，平和得像我的爷爷。

我的论文写了一年，也许永远都写不完了。

白纸上有一种怆然的意味，我想着这丰富庞然的自然的一切，力不从心之感越来越强，我想我永远都没办法记下所有看到的东西，所有意味深长的东西，所有值得比较的东西了，它们就像这阳光里的长草，每一丝都有无尽的生与死的奥秘。可是我将永远写不下它们。

我低下头，发现水杯空了。

"你等我一会儿，我去打水，去去就来。"

我向我的旅伴示意，起身向隔壁车厢走过去。英国的火车一般都不拥挤，空座很多，零零星星的旅客多半安静地坐着，每人手里捧一本小说，轻质灰色纸张，厚而轻，封面有烫金的书名，阅读者的眼睛看到另一个时空。在书的车厢里，没有人在场。或许每个人都像我一样在心里怀着对生命的众多疑惑，但是没有人开口，没有人用言语的水流冲开躯体的封闭。我慢慢地路过他们，同样不说话。我知道大家为什么不开口。唯一比内心疑惑更让人恐惧的，就是把这样的疑惑晾晒到众人可见的日光里，像鱼干一样晾晒，枯干。

我走向车厢的隔间玻璃门，手中握着我的玻璃杯。

窗外忽然出现了一片低头的黑色向日葵，匍匐哀伤像一大片倾颓的梦想，太阳还在照耀，然而黑色的海洋赫然在土地上连绵起伏，硕大的花冠成群结队地低落着，花瓣干枯而脆弱，茎干仿佛不堪重负。这景象让我的心情低落起来。我的头脑中回响起刚刚放下的书里的句子：我们越来越迫切地需要这些知识，因为这个国家再也承担不起因失误而损耗任何财富和能量。那是 1938 年的一句话。耳机里音乐变了，变成了埃尔加大提琴绝望的高潮。

车厢门很重，费力地向一侧拉开，声音的热浪立刻将我包围。

三个男人坐在最近的一张桌旁打扑克，都穿着跨栏背心，套着短袖的确良衬衣，敞着怀。斗地主，我一看就知。他们一边摔着牌一边大叫，两个农民兴高采烈地斗，眼看就要将地主憋死在家里了，地主捏着手里的一把牌，嘴里嘀嘀咕咕，脑门上已经冒了汗。他连连说着运气不好，早知道就不当地主了。一个男人嘲笑说你这把牌不错，是你自己打臭的。地主抹着汗说，就稍微好那么一点，也没比你们好哪儿去，哪架得住你们人多势众。农民笑着说，谁让你是地主呢，活该。两个农民很快赢了下来，笑着大喝，从输了的地主身前一人捡出一块钱，拍着手庆祝胜利。卷了边的红桃黑桃重新摊开在桌上，带着汗水的滋味，重新混成一叠。所有牌都忘了身份，洗牌，分牌，重新来过。很快又有了新一轮的地主，形势变了，刚才的农民现在变成了接受挑战的角色。天地易主，刚才的地主捋起袖子，往手心吐了口唾沫，拿起牌，脸上终于挂起了笑容，全心投入新一轮械斗。他们玩得投入，天昏地暗，顾不得其他。

我艰难地往前挪着步子。在打牌的男人身后，有几个人正在嗑瓜子，聊天，显得很平静。再往前又有人打牌，叫着闹着堵着通道，全车厢似乎只有眼前的这几个人没有在打牌。我见一时过不去，就在他们身边坐了下来。绿皮硬座很舒适，硬朗、粗糙、挤得暖暖和和，没有小灯耳机空调之类闲七杂八讨厌的小东西。

身旁的几个人各有各的模样。一个看上去大我几岁的农村少妇，一个十几岁背着硕大的旧书包的男孩，一个穿一件土灰色中山装的中年城里人，还有一个光着脚卷着裤管的老大爷，穿着蓝布上衣，蹲在座位上，啃着一个馍，就着一包榨菜，看起来吃得很香。我看着他吃，自己也饥肠辘辘起来。

"大爷，您还有馍吗？"

"没有啦。"大爷摇了摇头，"讨馍的人太多啦。"

"怎么？很多人向您讨吗？"

"唉，你是不知道啊。那可多了去了。不是跟我讨，是跟车讨。我也是上了车才有馍。没上来的可都讨不着啦！唉，好多人都没上来啊。你是新来的，没见过。那人多的时候啊，大家都追着火车跑，从道边伸着手扒着车，生生地往上爬，那密密麻麻的，火车都开不动，吭哧吭哧，慢得还没人跑得快，人们就都跟着追啊，有的都跑到火车头前面去躺着，自己轧死了不说，还差点把火车都掀翻了。我也是这么爬上来的，从一个山坡上忽一下，跳上来，差点摔死。那时候摔死的人多啊，饿死的更多，也有两人打死的，随便往哪儿扒开个草坑，就都是死人。就这么着，人们还玩命冲呢。"

"真的吗？"我听得很茫然，想象着他的话，"那这火车也够结实的。"

"可不！"大爷连连点头，"结实！还是上车好啊。"

"那些没上来的人后来呢？"

"没馍呗！"

"有多少人哪？"

大爷摸了摸头，想了想，答不上话。他捏着手里的半个馍，吃了很久还没有吃完。

一旁的中年人开口替他答了："147860293124586702 个人。"

我诧异了："这么精确？"

他指指身旁厚厚的一摞本子，说："我一直在记录。"

"您也是爬车上来的吗？"

他点点头："不过我比他们上得早。我比现在的司机上得都早。"

"哦，您是在发车以前就上车啦？"

"不是。这车一直走着，现在这司机之前有别的司机。"

"这样啊。"我恍然大悟地点点头，"那您在这儿专门负责记录人数吗？"

"人数，还有馍数。"

老大爷插话道："别信数字。数字最不可靠。"

"怎么会？"我说，"数据是最有说服力的啊。"

"不可靠。"老大爷也讲不出道理，只是一副沧桑的样子摇着头，"数字最不可靠。"

接下来静了一会儿，我默默地开始看书。他们都在嗑瓜子，清脆的咔嗒声在一片吵闹的玩牌人的背景中显得分外轻灵。这唇齿间的轻灵让四周像是静了下来，几个人仿佛从其他人中间隔离开来。我偶尔抬头看窗外，电线杆有规律地掠过，大片大片农田像方格子的被子，色彩绚丽，一直铺到山腰上。金黄色是干枯的麦秆，暗红色是发育不好的玉米穗，灰黑色是带刺的没有叶子的枝条。颜色真多。有时能看见一个茶农在山窝的小块地里挥动锄头，想必是隐居山外的风流隐士。火车穿过山岭，一会儿明一会儿暗，常常是明晃晃地亮了一瞬，随即就进入隧道，黑漆漆地开上一路。隧道真多。我有点看不进去，书上的字在忽明忽暗之间晃，晃得人头晕。风景印在额头。

"好容易出趟门，看啥书啊？"老大爷招呼我，"还不赶紧抓紧时间接触下社会？你们读书人，接触社会都少喽。"

我脸红了一下，连忙点头："您说的是。"

一直没有说话的男孩子插嘴问我："你看的是什么书啊？"

"《江村经济》。"我指给他看。

"哦，江村我知道。"他说，"离我家不远。"

"是吗？"我有点惊喜。

"你为什么看这书啊？"他问。

"因为我要写一篇硕士论文，写了很久都写不完。"

"为什么写不完？"

"因为我常常写不下去。我坐着，面对着白纸，总会想，这么认真地写和不认真地写，最后有区别吗？人总归是要死的。说了一千句话和说了一句话是一样的，完成没完成也是一样的，就好比这车厢，我们最终所有人都要到站，不管你在这车里大喊大叫还是安静坐着，最后都一起下车，根本不因为你喊叫就有什么不同。写不写终点都一样。"

"所以你就不写了？"

"那倒不是。"我坦白地说，"我只是写的时候常常这样胡思乱想，时间就耽误过去了，该写的没写，该看的书也都没看，自然写不完。"

"不是所有人终点都一样的，"沉默的农村少妇说，"我娘说过，你这

177

辈子仔细看着路，下辈子就能上对车，下辈子以后终点就不一样啦。"

"哪有下去还能再上来的？"我说，"又不是公园的观览车。"

"你不懂。"她摇摇头，目光凝注地看着窗外，紧紧抱着自己的包裹。

"你这是要去哪里呢？"我问她。

"我去找我男人。"

"去哪儿找？"

"我不知道，"她望着空中的某个地方，"但我仔细等着，下辈子准能找到。"

男孩对我们的悲观都不以为意，说："车厢也是个很大的世界啦，下车以前也还能体验到好多事情，就把这些车厢都走一遍也值了。更何况，还能学着看路，把这周围的路看清楚，可以告诉司机，如果他开错方向了就纠正他，要不然我们大家不是都到不了目的地了吗？"

我看着他，他的目光像他下巴上的胡子一样柔软生动，还完全没有覆盖粗糙的空气膜，他还那么小，离死还那么遥远。我转向穿中山装的中年大叔，他一直没有插话，似乎已经对这样的话题不感兴趣。我猜他心里有答案，只是已经过了愿意说的年纪。

"您怎么想呢？"我问他，"如果您知道有一天您记下的这些数字终究化成灰，您辛辛苦苦用尽力气说的话最终没有一点用处，您也一样孜孜不倦吗？"

他在回答之前，先抬头看了看那些厚厚的本子。白纸堆成的墙比人的脑袋还高。

"我只问你一个问题。"他平平和和地说，"有两个预言家，一个预言了一件大危险，结果大家成功地躲过去了，另一个预言了一件大危险，结果大家怎么躲也没躲过去，你觉得，作为预言家，哪个比较伟大？"

我想了想说："什么叫伟大呢？"

他没有回答我，自嘲地笑了笑，说："我就是一个看见陷阱，而自己掉进去的人。"

我还没来得及回答，身后忽然响起一阵暴风骤雨似的杂乱的呼喊，一样沉重的事物如大山一般急速压了下来，我下意识地向一旁闪躲，只见一个人擦着我的身子轰隆摔倒在地上。那是刚才打牌的一个男人。他们打着打着似乎打出了矛盾，三个男人开始大打出手。不知道是为什么，只看到一个人抡圆了胳膊朝另一个人挥去，也不讲战术和章法，挺起的胸膛几乎要将跨栏背心撑破。而他的对手也红了眼睛，一边拼命摆脱身边劝架的人的拉扯，一边侧着身子要往前冲，嘴里还不忘了骂骂咧咧，颇有壮士去兮的奋勇。

"玩不起是吧？"一个男人大叫着，"尿蛋脓包！玩不起就别当地主，吃贡的时候怎么没急啊？"

"操你妈！谁玩不起？谁玩不起？"另一个男人叫着，"你把话说清楚！狗日的要诈！活该当一辈子农民，永远别想翻身！"

我看两个人都有点雷声大、雨点小的架势，摆开了阵仗，不打算真的开打。

我转过头，小声问身边的几个人："大家都打牌，你们怎么不打牌？"

灰衣大叔小声说："他们都信洗牌，我们不信。"

就在这时，情况急转直下，我根本没来得及再说话，就被旁边横着冲过来的一个人撞翻在地。头磕在小桌上，刚硬生疼，眼冒金星，眼泪一下子涌出来。我定睛一看，撞我的人也是被人打翻，摔倒在地，正一边龇牙咧嘴地揉着胳膊，一边大声叫骂着要站起来找人报仇。我还没来得及反应，就又有人像炸弹一样摔倒在地。声音淹没了一切。我们身后打成了一锅粥，一团糨糊，不断有人被牵连，然后顺势加入战局。战事扩大的态势让人恐惧，星火燎原，拳头腿脚满车厢飞舞，很快就从一端蔓延到另一端，将全车变成了战场。

男孩向少妇的方向躲过去，双手护着头，少妇紧紧地靠车壁缩着。中年大叔弓起身子，护着他的本子，怕它们被人打散。老大爷的半块馍被人撞到了地上，急得眼泪都快出来了，弯腰匍匐，在众人的腿脚之间搜寻，不时被拳头砸中，砸得涕泪横流。我抱着我的玻璃杯，蹲坐在小桌下面，只见身前拳打脚踢来来去去，像极了小时候看过的戏码。

这时，车厢一端有东西着了火。起初大家没有注意，但当火光伴随着烧焦的气味像鸽子一样飘飘悠悠地飞到大家眼前，混乱的斗殴迅速被突然的恐惧取代。

"着火啦，快逃！"

不知是谁喊了一句，众人如梦初醒，涌向狭窄的车门，或者干脆跳窗而下。个别人张罗着救火，几乎没有人响应。我也被人们裹挟着，向门口涌去。人们呼啸着、拥挤着如滚滚洪流，夹在人群之中，很难向其他方向移动。男孩在我身旁，中年大叔却不走。

"着火了，快走吧。"我提醒他。

"你们走吧。"他说，"我得看着我的本子。"

"你傻啦，命都没有了，要本子还有什么用？"

"本子不重要，但我不能离了这车。"他忽然死死地抓住车窗处的车壁，不让人带走他，"你们不知道这车的重要，可我知道。我早就上车啦，比司机还早。我要救火，你们走吧。"

我几乎没听完他的话，就被人流带到了门口。车还在开着，虽然慢，但仍然能看到大地在门外流动，土壤、碎石与草像旋涡，快得让人晕眩。我回头看了一眼车厢，火光红彤彤，人群的面孔有无数种表情。热浪像恐惧一样强大逼人，身边的陌生人散发着强烈的求生欲望。我最后看了一眼中年大叔抓着车壁的身影，就跟着人群一起跳下了车，滚动着摔在大地上。大叔的身子像贴在墙上，像一面抓住旗杆的旗子，像一幅招贴画，印入我的脑海。

男孩和我摔在一起。过了好一会儿，我们才从疼痛与眩晕当中清醒过来。他想起他的大背包还在车里，一下子哭了起来。他想追车去拿，可我们的车厢早已远得不见了踪影。我们环顾四周，茫茫的旷野空空荡荡，长草延伸到天边，只有矮灌木有层层的变化。

天色逼近黄昏，天边的晚霞很壮丽。

我到这时候才突然想起我的旅伴。我竟把他忘了。这明明是我此行最重要的事情，我一下子跳起来，也想要去追车。男孩和我一起。我们两个惊慌失措的小人，顺着火车前行的方向，一直奔跑，跑得喘不过气，喉咙开始疼，火车也不见踪影。

这时，男孩忽然瞥见远处的一辆马车。他开始大声招呼，我也跳起来向马车的方向呼喊，我们的声音像两只松鼠的伶仃叫唤，但马车看到了我们，扭转了方向，慢慢向我们驶来。

马车最终在我们面前停下了，我们感到一阵狂喜。一个年轻人坐在车前高高的椅子上，居高临下地看着我们。他带着棕色的牛仔帽，穿着带穗的牛仔裤，一看就是个体面的牛仔。他和他的马车搭配得恰到好处，粗壮的车辕，小木屋似的车厢，玎玲作响的挂着的酒瓶。两匹马也异常神骏，昂首挺胸，咖啡色的皮毛光亮润泽。

"能不能搭我们一程？"我仰着头问他。

"你们要去哪儿？"

"我们要去追火车，我要找我的旅伴，他要找他的行李。"我指了指男孩回答道。

牛仔点了点头，侧头往身后一指："上来吧，我知道一条近路去附近的火车站，你们可以去那儿等。我们这边就一条铁路，你们在那儿等着，肯定能赶上。"

我们感激涕零地上了他的车，不想钻进车厢，就挤着坐在他身旁。他赶车的动作非常潇洒利落，皮鞭在空中画出美妙的弧线，口中的呼哨就像给马唱的情歌。马车飞快地驰骋，田野的风吹过我们耳畔，荒原延伸到天际，仿佛只有我们一辆车存在。

"你们为什么要坐火车呢？"他问。

"为什么不呢？你不坐火车吗？"我说。

"当然不。"他耸耸肩说，"我喜欢一个人。"

"为什么？"

"我不信任火车。火车总是出错。"

"出什么错？我怎么没遇到过？"

"你运气好而已。运气坏的时候，什么事都有。迟到，走错路，不在票上写的地方停车，还有霸道，走错了还不许别人说。我不喜欢火车，我只喜欢一个人。"

"一个人就不出错吗？"

"那倒不是，"他笑了，"但一个人只出一个人的错。"

男孩显然被他赶车的姿势迷住了，问："你们都是自己赶车的吗？"

他骄傲地点点头："那是当然。现在虽然还有铁路，但我预言，一百年以后准没有啦。"

"啊，没有火车？"男孩叹道，"那你们真可怜。"

牛仔无所谓地说："彼此彼此。"

我想我还是喜欢火车，于是说："在火车上，可以和很多人相遇，可以聊天。"

牛仔说："和人相遇有什么好？我就爱去没有人的地方。"

"啊，没有人的地方？"男孩又叹道，"你去没有人的地方干什么？"

"好多好多事情可以干啊。因为没有别人干，所以我才有事干嘛。等我送完你们，我就去没有人的地方。我要建房子，我要拓荒。"

牛仔说着，拿鞭子指向天边，远处有镜子一样的一面湖水，银光闪闪，一群飞鸟迎着夕阳起飞，在紫红色的晚霞里飞成一片黑色的剪影。男孩看着远方，痴痴地陷入幻想。

火车站很快到了。一个很小的车站，人也不多。一个人在卖票，两个人在买票，三个人在候车。自动贩卖机立在中央，显得很宏伟。我谢过牛仔，下了马车。男孩似乎有点犹豫。

"其实，要我说，"牛仔笑眯眯地跟他说，"找旅伴得去找，找行李就算了。什么行李非找到不可呢？全不过是流水过身边。我带你去找真正的行李。路就是行李，你走走就知道啦。"

男孩再也不犹豫了。他用力对牛仔点点头，摆手跟我告别，坐在牛仔身旁，学着他赶车的姿势。他们呼喝着上路了，马车一骑绝尘，踏过寂静的草原，消失在风里。夕阳在天边，慢慢地落了下去。

火车站有极无聊的沉寂。我坐着等车，等了许久都不来。牛仔说这边只有一条铁路，无论如何都能截到我的火车。是不是它已经过去了？还是它停在了半路？要么就是车上的大火直接将车烧死了？我不知道。我无处可去，只得坐在原地呆呆地等着。我看不见我的火车，可是我有种隐隐约约的直觉，我觉得虽然大火很厉害，但它不会死，它还会来，会来接我。我不知道这是直觉还是希望，反正我坐着，无处可去。

身边的人来来回回换了很多，火车站慢慢变热闹了，门口停了一些出租汽车，旁边增加了一个长途汽车站，候车室里又摆上了一个租车服务台，来来往往的行人变得形形色色，很多人不再买火车票，直接租上一辆汽车，自己拿着钥匙。火车站原有的木头尖顶和带有罗马数字的大钟被圈了起来，四周立上了历史说明的牌子，开辟成了博物馆，一队小学生跟着老师走了进来，老师指着大钟和我说：你们看，人们曾经是这样无能为力地等着火车把他们带走，除了坐着，什么也做不了，但幸运的是，我们现在不这样了。

我听了很诧异，不知道自己怎么成了博物馆的一部分。难道火车过时了吗？我不相信。我仍然记得火车的很多好处，我不相信人们不需要它了。火车能坐多少人，马车才能坐多少人呢？站台上空空荡荡。小学生嘻嘻哈哈地走了，我还在原地坐着。也许牛仔说得对，火车总是迟到，迟到得超出人忍耐的限度，迟到一年两年很多年，但我知道我不能走。我还要找我的旅伴呢，这件事我不能忘了。

火车终于来了。我激动得眼睛里流出了泪水。它看起来很强壮，开得也很快，我分不清它还是不是我原来乘坐的那一班，但它看上去很像，于是我跳上了车。

车厢很空，有零零星星的人，看着窗外吃汉堡，他们的汉堡都很大，像一场汉堡盛宴。我在一节节车厢穿梭，不知道我的旅伴在哪里。

"你知道我的旅伴在哪里吗？"我问一个很胖的男人。

他一边吃薯条，一边摇了摇头。

"你为什么吃这么大的汉堡？"

"很大吗？"他诧异地反问。

"当然大啊，顶我们那儿吃的馍的三倍大。"

"是吗？这样的汉堡我能吃四个。"

"真的？"我瞪大了眼睛问，"我认识一个老伯，一个馍都能吃好几顿。"

"那他怎么活得下去？"

"他……他大概只有你的三分之一胖瘦。"

我比着面前的男人，回忆着记忆里精干机敏的大爷。男人或许有三百斤，一个人坐了一排座，肉像摊在座上，面前的小桌子深深地陷进肉里。桌上的薯条像小山一样堆着。

他看着我的比画，面色漠然，问："你们那儿人都这么瘦吗？"

"差不多吧。"

"你们真可怜。"

"彼此彼此。"我想起牛仔的话，有点不高兴地说。

他一边拿起下一个汉堡，一边问我："你刚才说你要去找人，要找什么人？"

"我要找我的旅伴。"

"他在哪儿？"

我说了一个地名。

"啊，我们到不了了。"男人回答，"今天太晚了，火车不会去那边了，你还是下车吧，如果不下车，火车会直接带我们到芝加哥去。"

"什么？"我惊讶道，"它不能这样！它许诺要带我过去的。"

"太晚了。它只能直接去芝加哥了。"

"可是它许诺过，它许诺过！"

男人不以为意地摊开手："事情总会变的嘛。你不愿意，可以到芝加哥去申诉。"

"申诉有什么用？我要找我的旅伴。"

"没办法啦。太晚了。你只能去申诉。或者下车，等明天下一班车再碰碰运气。"

"哪里还有下一班车呢？"我绝望地说。

窗外开始下大雪。暴风雪。我从来没有见过如此大的暴风雪。全世界成了一片银白色，连离窗口最近的电线杆都看不清楚。房屋、树木、田野全都消失在席卷而呼啸的白色大风中，雪片如迷失的鸟群激烈地撞击在车窗上，玻璃起了雾，窗外积了厚厚的雪，让人看不清楚，完全不知道现在在朝什么方向行驶，只觉得速度、速度，火车狂奔，暴风雪狂奔。天色已暗，风雪昏天黑地，遮盖大地上原有的一切，仿佛什么都不曾有过。

我忽然心里一片气馁。我在风雪中迷失了方向。找不到我的旅伴，我不知道该往哪里走。我担忧地蜷缩在座位里，任凭漫天风雪卷走我的思绪。

"你找人干什么呢？"对面的胖子边吃边问我。

我摇摇头，没有回答。

"说说吧。反正没事做。"

"说了有什么用呢？你又帮不上我。"

"反正没事做。"他说，"不如你讲你的事，我讲我的事。"

我又摇摇头："还是算了吧，我累了。就算讲了，我们下车也还是陌生人，各走各的路。"

"那有什么关系呢？"

"当然有关系。"我说，"我们要是乡亲或者邻居，互相了解有助于建立人情，可是我们只是同坐一趟火车，下车了就各自分开了，还有什么说的必要呢?反正了解和不了解结果是一样的,火车终归是要到站的,我们终归都要下车,下车就不见了,什么也改变不了,还要费什么力气呢?"

他又摊开手,说:"可是到哪儿不都是这样吗?"

我真的累了,不想说话了,情绪很颓败,安静地坐着看着窗外。

我不知道我这是要去哪儿,心里又想去哪儿。我明明知道自己哪里也到不了,可为什么还一意孤行地踏上路?我想起出发以前亲朋好友每天的关心和呵护,我知道他们都是为我好,可我还是偷偷卷着包裹跑了出来。我只是被身体里一股隐隐的力量推促着,它是我的恐惧,我的填不满的需要。我看到我的生活就像这车厢一样,因为尽头的终点无法更改,所以仿佛一切都不值得再做。我害怕那个我终将面对的结果,可是我逃出来,却不知逃向何方。

我注视着夜幕,大风雪像时空转换的通道。在一瞬间,一个地名忽然闪进我的眼睛。它刻在一块木牌上,木牌挂在小站的屋檐下,屋檐点着一盏油灯。油灯昏黄,只照亮了风雪间无比狭小的一个圆锥。

我心里一惊,我知道,那就是我该去的地方。火车不停,可是它终究路过了这个地方。我立刻站起身,整个人趴在窗户上,用手在眼睛两侧揽成圆,紧紧地盯着窗外。

我看见了我的旅伴。他就在窗外,就在那里,就在原野的中央。他在大风雪里建房子,挥动着铲子,身体被吹得左摇右晃,然而手却一刻不停。风雪在他两侧急速飞过,气势汹汹。他在挖地窖,在挖很深的地窖,刨出被雪深埋的一样样事物,用双手捧着它们安置进地窖。他的身体看起来孤单孱弱,在风雪中好像随时可能摔倒,也没有人帮他,可是他挥动着铲子,一刻都不休息。拼命地挖,挖。

那一刻,我因敬佩而哭了。

火车在长夜里穿梭,四周不时亮起媚人的火光,总是一瞬,一瞬就消失。对面的胖子仍然在吃着东西,他的东西好像总也吃不完,而他吃了很久很久,还是一模一样的汉堡薯条。

火车终于把我扔在了芝加哥。

一下车，灯光和广告女郎就将我包围起来，灯光色彩迷幻，让人看不见墙上的裂痕，广告女郎的长腿又美又光滑，短裙掀到露与不露的精确分界，过往的人们都舍不得转开目光。虽然是晚上，还是有很多人在大厅来来回回穿梭，黑色白色黄色蓝色绿色的肤色一应俱全。有大群人端着酒相拥而去，帅小伙搂着黑眼圈的姑娘，有人在吵架，一个办公室门口出现了几个穿深蓝制服带着警棍的大家伙。我左右环顾着，不知道该往哪里去。一个一同下车的旅客问我要不要一起去投诉，我跟着他走到铁路公司门口，发现小小的房间被挤得水泄不通，就退了回来。我不想去投诉，只想赶紧离开。这个地方让我觉得混乱而荒凉，所有霓虹灯底下都有血迹，所有招牌底下都有整面墙的裂痕。我有点怕，只想离开。四周很喧闹，人来人往，响着音乐，我不知道该向哪里去。

刚出门，一个流浪汉一样的男人向我凑了上来。我下意识地向一旁躲开，满心的恐惧，他却和蔼地伸出手，指着一旁的汽车问："坐出租吗？"

我看看他的车，惊魂未定，犹豫了一下，点了点头。

他打开车门请我上车，眨眨眼朝我笑笑。

"你是对的。"他说，"这城里有很多犯罪，你小心一点是对的。繁华和犯罪，这是硬币的两面，也是艺术的两面，你要了硬币，就两面都要啦。一个人出门，小心一点是对的。"

我坐进车里，车在漆黑的街道缓缓前行。路灯不多，前方看不到风景。

"要去哪里？"司机问我。

"江村。"我说。

司机点点头，没有多问，发动引擎，我们就这样一路驶进了黑暗当中。

我又在路上了，我总是在路上。我为什么一直在路上呢？就为了那个永远也到不了的远方吗？

车穿过夜幕，穿过黑暗，穿过漫长而持久的过往与未来。我看到我的生命，我的死亡，我的永远也写不完的论文。如果真的有岔路该多好，如果我们真的能影响火车的走向该多好，如果罗马换一个名字该多好。如果不是条条大路都通向唯一的终点，也许我就会勇敢尝试，比现在勇敢得多。

我仍然想找到我的旅伴。他的身上有一个我无法理解的谜。他也和我一样向终点奔去，他也知道他影响不了整列火车，但他一路上都没有我的恐慌。我想问他为什么。

汽车在空气里行驶，飞速穿行。黑夜如塞壬的歌声，从前方远远诱惑。我紧紧抓住车门，从车窗里看着飞速滑过的一切。我看到形状怪异的工厂，矗立在不知名的土地上，农民背井离乡，村子空空如也。风呼呼地吹，四周再次黑暗，黑暗尽头是非洲草原的帐篷，躺着头大身子小的孩子，眼睛大得出奇，手脚小得要命，他们看着我，目光留在黑暗里，如同烛火。风吹过西伯利亚的桦树林，车窗闪过高而直的树干，色彩绚丽的叶子，一排一排的红砖房。那些砖房像极了小时候我家附近的楼群，楼下有系着头巾的大婶，拎着乡下的蔬菜在卖。所有的风景在疾驰的路上一闪而过，土地的气息穿透黑夜，从车门的缝隙透进来，钻进我的身体。我被速度压在座位上。

忽然，汽车慢了下来。我环顾四周，看到森严的巨石的房屋。汽车开始颠簸，路面是青石铺成，青石圆润，却上下起伏。墙角刻着字，字在深夜看不清楚。车缓缓停了下来。

"到了。"司机回过头对我说。

"这是哪里？"

"这是你找的人住的地方。"他眨眨眼说。

我下了车，抬起头，一条石级延伸到墙里，通向看不清虚实的高高的地方。

阳光很温暖。滚烫的开水如一条透明的带子，笔直而柔顺地注入我的玻璃杯。注满了，我拧上盖子，拉开隔离门，走回我的座位。我的旅伴在安静地等我。

车厢仍然明媚而宁和。大家在看书，没有人说话。我将水杯放回到桌子上，冲了咖啡，拿出包里带的三明治，开始边吃边继续将书看完。我已经看到了最后几页，这颇让我有简单的成就感。笔记本仍然摊开在桌上，淡蓝色的字词对着窗外的风景，古老的符号记录着新式的路。

我算算时间，火车快要到站了。下了火车还要坐机场巴士，所以我要赶紧将行李收拾好。我吃完面包，将餐巾纸和水杯塞进包里。笔记本也合上，没了水的钢笔插回口袋里。笔记本的封皮有水车和乡间别墅，是我去村子里访问的时候顺便买的，女主人自己的手绘和制作，价格颇为不菲，但旅行者频频掏腰包。女主人是农妇，优雅大方，平时享受乡间宁静，种菜养花，靠卖蜂蜜、果酱、糖果和水彩画为生。我看着我的本子，它静静地躺在火车的小桌上，像一个异域的梦想，带着一股遥远的甜香。自来水是很重要的，我想。当然路更重要。还有书。还有树。还有诚实的数据。还有拓荒。独立的精神。忧患的贮存。顶住风雪。我要将这些都写下来，趁还来得及赶紧写下来。

我没有时间多想，车窗外已经看得见车站的影子。火车开始减速了。

我站起身，从顶层的行李架上取下大背包，拉开拉链，背包敞开博大的怀抱。我捧起身边的骨灰盒，又最后仔细端详了一会儿。木质的盒子古朴、简洁，没有贴照片。我将它静静地放进背包，小心翼翼，拉上拉链，将包背在身上，随着人流走下车厢。

背包在肩上，沉甸甸的。

三天以后，我回到了我的医院。主治医生看着我，气就不打一处来。住院部有明文规定，私自离开超过八小时即算自动出院，后面排队入院的人不计其数，少了谁也不打紧，自然有人补上来。我已经偷偷离开一个月了，按理说，根本就不能再住进来。

"要是谁都像你这样，我们医院还开不开啦？啊？"

主治医生一边高声骂我，一边帮我填住院登记卡。他显得气势汹汹，试图用这样的方式掩饰自己的心软。他不想显得心软。可是其实我知道他是心软的。他今天见到我几乎落泪了，我想他一定是以为我已经死了。他还同意让我住院，一定是怕把我再放出去，很快就真的死了。其实我住下来也可能很快就死，所以对我来说，其实是一样的。

"王大夫，我同意做化疗了。"

"嗯？"他抬起头，从眼镜上方看着我。

"我同意做化疗了。"我又说了一遍。

"想通了？"

"嗯。"

"不怕掉头发了？"

"不怕了。"

"这就对了。"他一副如释重负的神情，"头发掉了毕竟是小事。积极治疗，好了以后，头发还能再长。"

"无所谓了。"我说。

"怎么想通了的？"

"我出了一趟远门。去找一个人，去走他走过的路，去问他一个问题。"

"谁啊？"主治医生放下心，又低下头，一边飞速写着密码一样的字，一边有一搭没一搭地和我说着话。

"一个了不起的人。一个用尽一辈子去了解我们脚下土地的人。"

"哟，这么神秘，谁呀？"

"我的旅伴。"

"你的旅伴是谁啊？"

"我的旅伴就是我的旅伴。"

"没法跟你说话。"他又好气又好笑地说，"跟我闺女一样，净说些不知所云的话。你说你好歹也是名校高才生，怎么也跟中学小女生似的？"

"我是说真的。"我认真地说。

"哦？那你找到了吗？"

"找到了。不过到他公寓的时候，正好赶上他心脏病突发，正捂着胸口喘粗气。我打电话叫了救护车，可是没用，他还是去世了。"

主治医生这一下停了下来，相当惊愕地看着我。我眼前仍然有那个夜晚，那最后的相遇，那匆匆忙忙的惊恐中的会面，还有回国后在他亲戚家将骨灰盒摆上茶几时手指颤抖的瞬间。我不想叙述这一切，还好主治医生并没有多问。

"回来就好啊。"他沉吟了一会儿，叹口气说，"好好治病。"

我点点头，乖乖地跟在他身后，向病房走去，手里夹着脸盆拖鞋病号服。

"可以看书写字吗？"我问。

"最好多休息。"

"可是我只有这最后几个月的时间了，我的论文还没写完呢。"

"别说这么丧气的话。"他转过身，向我怒气冲冲地吼着，"你自己都不想治好，故意砸我们饭碗来的是吧？"

我抿了抿嘴，点了点头。能写到哪儿算哪儿吧，只能这样了。我把脸盆拖鞋放在病床旁边，换上衣服，掏出背包里的四五本书，偷偷塞进抽屉。我要抓紧时间，趁人不注意的时候。

我仍然忘不了那个晚上最后的时刻，当老人弥留之际，呼吸已经平静下来，眼睛仍然意识清醒地四处环视的时候，我问他想要什么，他的目光投向书桌上摊开的纸，我去拿了过来，上面是他没有完成的研究手稿。我问他为什么到这个时候还要写，终点就要到了，写了又能走到哪里呢，写了能改变这个国度吗？他已经说不出话了，但他伸出两个手指，做了个交替向前的动作，做到一半，手指就坠落了下去。

能走到哪儿就走到哪儿吧。走到哪儿，哪儿就是远方。这是我的理解，我不知道对不对，但我已经永远无法求证。

看不见的星球

"告诉我一些迷人的星球吧，我不喜欢残酷和恶心的场面。"你说。

好吧，我笑着点点头，当然，没问题。

希希拉加

希希拉加是一个迷人的星球，鲜花和湖泊让所有旅人过目不忘。在希希拉加，你见不到一寸裸露的土壤，每一块陆地都被植物所覆盖，细微如丝的阿努阿草，高耸入云的苦青青树，还有许许多多种一般人叫不上名字，甚至想不出样貌的奇异的水果，散发着各种诱人香气。

希希拉加人从来不需要为生存所烦恼，他们寿命很长，新陈代谢很慢，天敌也很少。他们采食各种植物的果实，住在一种叫作爱卡呀的大树里面，这种树的树干是圆环形，内环直径刚好够一个成年人舒服地躺下，于是他们世世代代睡在爱卡呀里面，晴天时树枝散向四周，下雨时则会张起来，叶子撑成大伞。

初来希希拉加的人都会迷惑，不知道在这样的星球上，怎么能够诞生文明，因为在他们看来，一个缺少危机与竞争的地方，生命不需要智慧也能存活得很好。然而这里的确有文明存在，而且绮丽活跃，创造性十足。

很多旅人来到这里的第一反应是以后可以来此安享晚年，他们多半会以为最大的障碍将是饮食不惯，于是总是迫不及待而又小心翼翼地尝试这里的每一种水果。然而待他们住上一段时间，享受过足够数量的当地人的盛宴，他们便会惊异地发现，他们喜欢这里的每一种食品和每一朵鲜花，但他们却不能忍受这里的生活，尤其是老人，更无法忍受。

希希拉加人从一出生开始就学会说谎，事实上，这是他们生活中最重要的事情。他们一生都在不断地编造，编造各种发生过和没有发生过的故事，把它们写下来、画下来、唱出来，但从来不记住。他们从来不在乎语言是否与真实相符，有趣是他们说话的唯一标准。如果你问他们关于希希拉加的历史，他们会告诉你一百个版本，没有人否定其他人的说法，因为每时每刻，他们都在进行着自我否定。

在希希拉加，人们总是说着"好，我会做"但其实什么都不做，并没有人把这样的话当真，但是各种各样不同的约定总会让生活更丰富多彩。只有极少数的情况，人们会按照自己所说的去做，但那总需要特殊的理由。如果有个约会，两个人碰巧都信守了承诺，那么他们多半会结合在一起，共同生活。当然，这样的事情并不算常见，很多人一生都独自度过。希希拉加人并没有觉得这样有什么不好，正相反，当他们听说了其他星球人口过剩的困境，便更加认为自己的星球才是最懂得生活的一颗。

于是，在希希拉加上诞生了极为灿烂的文学、艺术以及历史学，成为远近闻名的文化中心。很多外乡人都慕名而来，希望能在某棵树冠下的草丛里，听一听当地人随口讲述的家族的故事。

曾经有一些人怀疑，在这样的星球上能不能有稳定的社会构成，他们总是把希希拉加想象成一个完全没有政府和商业的混乱的国度。然而他们错了，希希拉加政治文明发达，水果出口生意稳定地进行了几个世纪，说谎的语言方式从未给这些进程带来麻烦，反而倒有所促进。希希拉加唯一缺少的是科学，这里每颗聪慧的头脑都知道一些世界的奥秘，然而这些碎片却从未有机会拼在一起。

皮姆亚奇

皮姆亚奇是另一个让你弄不清历史的地方，你在这颗星球的博物馆、酒馆和旅馆中，将会听到不同版本的往昔的故事，你会陷入迷惑，因为每一个讲述者的表情都真诚投入得让你不得不相信，然而那些故事却彼此无法相容。

皮姆亚奇的风景写满了传奇，严格来讲，它几乎不能算是一颗球形的星星。皮姆亚奇的南北半球海拔落差巨大，一面几乎垂直的峭壁连绵横亘在赤道附近，将星球隔绝成两个截然不同的世界，头上冰雪皑皑，脚下沧海茫茫。而城市就建在这面看上去无边无际的墙上，从天到海，轻盈凹陷的房屋和完美的上下通路，就像一幅巨画接受光芒的检阅。

没有人真正知道这个国度建造的历史，你能听到的，只是现在居民们各种版本的浪漫讲述。每个故事都很激动人心，有些充满热血传奇，有些则悲壮而苍凉，也有些包含了催人泪下的爱情，当然，这强烈取决于讲述者的年龄和性别。没人能给出一个让所有人信服的结论，皮姆亚奇就这样在唇齿流传间，一天比一天更增加了神秘的魅力。

很多人被这里奇妙的风景和故事所吸引，逗留在这里不愿离去。这是一个无比开放而包容的星球，让每一个旅人快乐地融入，幸福地生活。旅人定居下来，也在悬崖上建造自己的房子，他们将自己听到的故事讲给新的来客，他们心满意足，逐渐成为这里新的主人。

这样的陶醉会一直持续，直到某一天，他们突然在自己的身上领悟到事实的真相。他们会忽然间发觉，皮姆亚奇其实早就已经在无数微妙的蛛丝马迹中彰显了真正的历史：原来所有人都一样，原来这颗星球上只有旅人，而没有真正的主人和继承者。

是的，皮姆亚奇曾经是一颗有着辉煌历史的星球，但不知为什么被弃置了，皮姆亚奇人远离了他们的家园，只留下一座晶莹的空城，让误打误撞而来的星际旅人们目瞪口呆。他们也许留下了无人能懂的只言片语，也许只是在建筑的缝隙里种下一些隐喻，任凭它们在后来者的头脑中生根发芽，生成关于这颗星球过往的最绚丽的幻想。

没有人知道是谁最早发现了这个无人居住的国度，旅人们的历史也在一代代流传间，有意无意地消逝在空中。所有定居下来的旅人都希望自己是真正的皮姆亚奇人，他们守护着这颗星球，矢志不渝地扮演着热情的主人的角色，直到最后，连自己都以为这里就是自己从始至终的故土。

几乎没有外人能发觉皮姆亚奇的秘密，除了一些走过星空许多角落的真正的流浪者。他们会敏锐地察觉，这里的人们总会太多次提到自己是皮姆亚奇人，而这一点，在大多数原住民主导的星球上，常常被人轻易地忘记。

平支沃

除了皮姆亚奇，星海中恐怕只有在平支沃，你才能见到这么多来自不同地方的生物，带着各自迥异的习俗与文明，在这颗小行星上碰撞、交汇、擦出火花。

平支沃不算大，也不算小，四季温润，气候平和。平原广袤，缺少高山，大地只有微弱的起伏，在与天空交界处画出柔软的曲线。这里有普通星球拥有的一切，但除此之外便再无其他。这里有肥沃的土地、丰富的矿产、多样的动植物，也有让所有旅人载歌载舞的灌木围成的圆场，但也仅限于此，再没有什么令人惊奇的地方。

平支沃的居民亦如此，平凡无奇。他们属于一类很普通的哺乳动物，个头不大，朴实而善良，善于知足，社会结构松散无比，但人们彼此相处得颇为和谐。

如果说平支沃人有什么与众不同的地方，那可能就算是他们出奇的好脾气了。人们很少见到他们吵架，无论是跟自己人，还是跟形形色色的星际来客们。他们善于倾听，无论大人还是孩子，听人讲话时总是瞪着圆圆的大眼睛，频频点头，脸上一副恍然大悟的陶醉模样。

对于当地居民这种良好的品性，宇宙中最聪慧的野心家们全都想到了它的利用价值，暗中较劲。是的，有谁不想统治这样一个国度呢? 各种各样可以利用的资源，舒适的居住环境，还有，也是最重要的一点，多条航线交会的黄金地理位置。

于是，教育家来了，传教士来了，政治演说者来了，革命者和记者也来了，他们为平支沃人描述着一个又一个天堂里的国度，阐述着一种又一种完美的理念，而平支沃人就一次又一次发出由衷的赞叹，一回又一回接受新的观点。更有甚者，有些星球竟然直接派出了"督者"，堂而皇之地坐上这个星球的最高宝座，居民们却也并未反对，甚至连一点意见都没有。

然而，当这些令人得意扬扬的表象流过之后，这些外星来客便不约而同地失望起来，日子越久，便越发失望。平支沃人从未受到任何一方的影响，即便是相当赞同的教义，也从来没试图遵照去做。他们一边对法制健全的社会赞叹不已，一边对远道而来的立法者所制定的一切规则置若罔闻。

对于这种态度，所有踌躇满志的野心家都无可奈何，因为他们发现，平支沃人的这种言行不一并非来自深谋远虑的伪装，而仅仅是一种生活习惯。面对质询，他们会莫名其妙地说："是的，你说得很正确，可是世界上正确的东西太多了，正确又如何呢? "

有些星球忍不住了，试图策划强行武力征服，然而总是立刻就有其他星球加以干预，权力与军事的微妙制衡将每一场可能的冲突化解在平支沃的大气之外。

于是，平支沃作为一个外来者聚集的中心，成为星海中心最为原生态的一个地方。

你喜欢吗，这些故事?

"喜欢，不过，又有点不喜欢。为什么每一个星球上都挤满了来自外星的游人呢？这让我有点不舒服，好像动物园。"

嗯，你说得没错，我也不喜欢这样。一个星球的指纹总是这样一点点模糊了面貌。好吧，让我们来讲一些真正原住民的故事吧。

阿米亚吉和埃霍乌

关于原住民统治者，我想给你讲两个星球的故事。它们是阿米亚吉和埃霍乌，在这两个星球上，分别有两种不同的智慧生命在统治，而每一种生命都以为自己才是这个星球的主宰。

阿米亚吉的太阳是一对双星，一颗是耀眼的蓝巨星，而另一颗则是沉寂的白矮星，两颗差不多重量，却有着截然不同的体积和辐射。于是，阿米亚吉的轨道便呈现出不规则的葫芦形状，在随两颗太阳自转的马鞍形势场里，旋动着华尔兹一般的舞步。

每当处于蓝巨星一侧，阿米亚吉便进入漫长的夏天，而在白矮星一侧，则是同样漫长的冬天。夏天的星球各种植物滋生蔓长，疯狂地舒展筋骨，而在冬天，绝大部分寂然陷入沉睡，只有为数不多的几种在空旷的大地上悄然绽开。

夏天和冬天，阿米亚吉分别被不同的生命所统治，一种在繁盛的夏日丛林中翩翩起舞，另一种在荒芜的冬日旷野上踽踽独行。夏天的阿米亚吉人住在藤蔓编成的屋子里，当天气变凉，屋子便随着枝叶的枯萎烟消云散；而冬天的阿米亚吉人住在岩壁厚重的洞穴里，当天气转暖，洞口便会被日益茂密的草和蕨类掩映得痕迹全无。

每当夏天的阿米亚吉人进入冬眠的时候，他们会分泌一种保护自己的液体，沉入地下，这种液体将会引得一种叫作乌苏苏的小昆虫进入发情期，大量繁殖，进而唤醒耐寒植物阿洛冬，而这种不起眼的小小的植株，将会启动冬天的阿米亚吉人缓慢的苏醒；当冬天的阿米亚吉人走完

197

自己这一季的旅程，他们会在临近冬天结束的时候，产下自己的婴儿，这些新生的精灵在一层界膜的保护下，在土壤里孕育成长，这种成长引发的离子反应能够改变土壤成分与 pH 值，由此则会唤醒一系列植物陆续绽放，宣告这颗星球热闹的夏天来到，也宣告夏天的阿米亚吉人的统治来临。

于是，阿米亚吉的两种智慧都不知道对方的存在，他们不知道自己的生存是和另一种文明相互依赖，互为表里。他们均有很多优美的著作赞颂神的指引，让他们在沉睡与苏醒间获得新生，但他们始终没发觉，他们既是神灵召唤的孩子也是神灵本身。

至于埃霍乌，情况则完全不同。埃霍乌的表面上，同时生活着两种智慧与文明，他们可以清楚地感知对方的存在，但却完全不知道，对方也和自己一样，有着情感、逻辑和道德准则。

原因很简单，这两种生命有着相差悬殊的时间尺度。

埃霍乌是一颗运行奇特的星球，自转轴与公转轨道面的夹角很小，而自转轴本身又在缓慢但不停歇地进动。于是，星球表面被划分成四块区域，靠近赤道的长条按照埃霍乌的自转进行日夜交替，而两极冠的两块则以自转轴的自转速度呈现自己的晨昏相隔。这两种日夜划分时长相差数百倍，因而在这两种不同地域诞生的生命，就有着相差数百倍的时间尺度。

在赤道的埃霍乌人看来，极冠经历着神秘而漫长的极昼和极夜，而在极冠的埃霍乌人看来，赤道的黑暗与光明在顷刻须臾便颠倒数次，实在是一种有趣的现象。赤道的埃霍乌人小巧灵活，数十万人聚集在一起生活，而极冠的埃霍乌人则有着与他们的日夜相适应的新陈代谢，形体也和他们的时间尺度正相适应。

有时，赤道的埃霍乌人也会到两极来探险，他们总会在迷宫一样的庞大的树丛里迷路，也会把偶然遇到的房子当作难以攀缘的陡崖；而当极冠的埃霍乌人到赤道附近游荡的时候，他们常常看不到细节，以至于无意中摧毁了那些小人赖以生存的家园。就像古老的寓言中关于大人国和小人国的记述一样，他们彼此生活在同一颗星球，不同的世界。

有时候，赤道的埃霍乌人会不由自主地猜想，极冠的大生物也会有智慧吗？他们心想，像那样缓慢的、几百年都不怎么动弹的物种，即便有意识，也是单纯而迟缓的吧。而极冠的埃霍乌人也会在心里发出类似的疑问，然后叹息着摇摇头，觉得那种朝生暮死的小动物，根本来不及体会生命与文明吧。

于是，埃霍乌的两种智慧经历着相同的学习、工作、爱恨争斗，他们的历史在两种时间尺度上同样展开，相互印证。但是他们不知道彼此，也不知道所谓时间长短，不过是以自身生命尺度来衡量宇宙。

"等等，"你忽然插嘴说道，"你怎么能同时知道这几种文明？你是什么时间到了阿米亚吉？在埃霍乌又经历了怎样的尺度呢？"

我知道，我当然知道，其实换作你也能知道。这就是旅人与居者的差别，这就是旅行。

"这就是旅行吗？这就是为什么要旅行吗？"

是，也不是。

你想知道旅行的意义吗？那就让我讲一个关于旅行的星球吧。

鲁那其

鲁那其的居民能造出星海里最漂亮的车、船、飞艇和弹射机，其精美和复杂程度常常超出外星访客的想象，也远远超出这个星球上其他所有工程的相应科技水准。

直觉良好的人能够立刻推想出其中的原因，推想出旅行对于鲁那其人的意义，只不过，更深的原因就是一般人很难发现的了。他们想象不出，为什么这些聪明的人把一生精力都花在旅途和旅途的准备上，而不是从事一些更有成果的创造。而只有对鲁那其人的成长有着充分了解的人，才能多少理解这种无须理由的生命驱动。

鲁那其有一块巨大的盆地，那里氧气的聚集超过其他地方，土壤饱满而湿润，小瀑布注入一潭清澈的湖水，鲜花四季盛开，球状果树围绕着柔软的草坪，七彩真菌随处绽放。每个鲁那其人都在那个盆地里出生并度过无瑕的童年，没有人知道他们怎么降临到这个世间，从他们睁开眼的那一刻，这个盆地就是生活的全部。

总有一些时候，总有一些人，想知道自己身世的秘密，或者想找到神的居所。于是，他们长高了，长得能够攀上盆地较缓的那片山坡的那些大石头，于是，他们走进密密层层的迷宫般的树林，顺着山坡一直向盆地之外爬去。他们说不清自己长大的年龄，因为每个人开始增高的时刻都不同，没有人知道事情到底在什么时候发生。

走出盆地之后，他们会一直走一直走，但却什么都找不到。他们会遇到很多之前出来的人，然后发现那些人仍然在找，旅途仍然是旅途，秘密也仍然是秘密。因此，鲁那其人的生命就是一场迁徙，他们从一个地方到另一个地方，从不驻足，他们造船造车造飞机，想要尽量加快自己的步伐，走遍这个星球，走到天的尽头。

有时候，很偶然间，他们中的一些人会顺着荒僻的小径来到一片山野，那里盛开着一种神奇的银色花朵，散发出一种让人心醉神迷的气味。这气味令每一个鲁那其人晕眩，令他们之间产生一种从未有过的柔软的情意，令他们第一次发觉彼此间的吸引，令他们爱抚、结合、相互奉献。然后，他们在水边产下小宝宝，孩子被溪水带入瀑布下的盆地，而他们自己则双双逝去，沉入泥土。

就这样，一个如此简单的循环成了鲁那其人旅行和生活的全部意义。

延延尼

关于成长，我还可以讲几个简短的小故事。第一个就是延延尼。

延延尼人的年龄总是一眼就能看出来，他们就像树的年轮一样不断增长，永不停歇，长高长大长出岁月的标志，每一年都比前一年更高耸一分。大人是孩子身高的几倍，而年轻人和老人之间可能会相差好几把尺的长度，最老的人总是高出周围人一个头，孤独地兀立着。

因此，在延延尼人的世界里，几乎没有什么忘年之交，和与自己年龄相差甚远的人交谈是一件辛苦的事情，说话久了，抬头低头的人都免不了肩颈酸痛。而且事实上，不同年龄的延延尼人也通常没有什么好说的，他们房子的高度不同，买东西的货架不同，一个只能见到另一个的腰带，谁也看不见谁的表情。

延延尼人并不能无限地增长下去，有时他们早上醒来，会发现自己的身高没有变化，如果连续几天如此，他们就知道，自己要死了。他们并不太伤心，因为长高其实很辛苦，很多人是自己觉得倦了，便随意找个借口停了下来。死亡是一个很漫长的过程，但具体有多长谁也说不清，他们从来没有计算过，而是简单地把最终年龄定在不再长高的那一天。在他们看来，时间是状态改变的量度，成长停止了，时间也就停止了。

延延尼最高的一间屋子是一个世纪以前盖的，当时曾经有一个异常长寿的老人，一年年过去，头顶能够碰到当时最宏伟建筑的屋顶。于是人们特意为他建了一座单人的宝塔，宝塔的底面积相当于一座小公园。在他死后，再没有人能够活到那样的岁数，于是这座宝塔便被辟为了两层，改建成了一座国家博物馆。据说那位老人曾在宝塔的每一个窗口边留下一本日记，记述了在对应身高下的生活起居，后来的人们曾经爬上梯子取下来阅读，但辗转的次数多了，就不知散落到了何方。于是，现在的人们只好流连在空空荡荡的窗口旁边，凭空猜测，一个抬脚可以跨过一条河的老人每天该怎样洗漱饮食。

提苏阿提和洛奇卡乌乌

提苏阿提和洛奇卡乌乌是另一对反义词，这两颗相距十万光年的小星星就像是偶极子的两端，相互否定又相互映照。

提苏阿提人比很多星球的居民形体要小，皮肤异常柔软，形体改变迅速。这颗拉马克主义的星球将基因表达发挥到了极致，甚至超越限制，将物种变化压缩进个体短短的一生。

提苏阿提人能够根据自己的意愿发生变异，练习攀爬山崖的人手臂会越来越长，长得超过全身的高度，而操作机器的人能分化出五六条胳膊，一个人就能同时控制几个关键阀门的开合。街上每个人的长相都有着巨大不同，随处可见占据半张脸的大嘴、面条一样随风摇摆的腰身，还有全身上下覆盖着铠甲般角质层的胖球。这种变化终身伴随，没有人能从另一个人的长相上判断出他的父母，就连他的父母本人，只要隔离足够长的时间，便再也难把自己的孩子从人群中挑拣出来。

只不过，说"意愿"其实并不确切，并不是每个提苏阿提人都能变成自己想变的模样。很多时候，他们对自己的想法还很模糊，只是偶然的一次跨越或是一次碰撞，便发觉自己的腿变长了三分，或是背上长出了一排小刺，于是几年以后，他们就变成了一步能跨上二层楼的长腿支架和全身长满尖利硬刺的战斗高手。

因而，很多提苏阿提人都比其他星球的人更加谨小慎微，他们会小心翼翼地说话做事，生怕自己一个不留意，让临睡前做的鬼脸变成第二天的龇牙咧嘴，变成脸上的肿瘤，从此无法消除。

在提苏阿提拥挤的大街上，你可以一眼就分辨出每一个人的生活和事业，而这一点，恐怕是洛奇卡乌乌与提苏阿提的唯一共同点。

在洛奇卡乌乌，人们的长相同样分成很多种，有奔跑者、歌唱者、铸造者、思想者，还有其他很多很多类型，而不同人种的差异，也同样可以从他们的肌肉、形体、尺寸和五官构型上分辨得清清楚楚，与提苏阿提的情形非常相似。

然而，在洛奇卡乌乌，生命的历程却和提苏阿提截然相反，这是一颗达尔文的星球，彻头彻尾地否认用进废退的任何努力。在洛奇卡乌乌，基因的变异概率很小，依着无序变异、自然选择的原则，慢慢地改变，慢慢地分化。然而由于特殊的无性生殖，洛奇卡乌乌人的体细胞变异可以在遗传中持续地表达，那些在体内一代代更迭的细胞，将自己对生存适应的信念毫无保留地传给下一个体，因而父母的变迁，便能在子女的身体上一直传承下去。

于是，铁匠的儿子天生便比其他人强壮，钟表匠的女儿也生来就具有超人的视力和灵巧的手指，这种差异经过千年积累，慢慢演变成完全无法调和的分化，每种职业变成一个独立的物种，甚至有些职业都消失了，对应的物种也仍然保留而发扬。

维系所有这些智慧物种的是语言，只有通用的文字和相同的染色体数目让他们认可彼此的同宗同源。除此之外，他们便再没什么共同的地方，没有人羡慕其他人的工作，就像猴子不会羡慕一头恐龙。鸟有天空鱼有海，他们在同一座城镇里擦身而过，看见了彼此却什么都没看见。

提苏阿提人将物种演化上演了一亿次，却拒绝了真正的进化：不管变成什么样子，他们的胚胎仍然还是一样，圆滚滚保持着原始的造型。而洛奇卡乌乌刚好相反，他们的每一个个体都感觉不到分化和演变，然而却在沧海桑田的漫长岁月间，画出一条条连贯的曲线。

"你撒谎，"你噘起了小嘴说，"在同一个宇宙里怎么能有两种截然相反的规律呢？"

怎么不能，我可爱的小公主，没有什么是不可能的。一些毫无意义的微小步伐，连贯起来就成了规律。也许你现在笑一笑，或是皱皱眉，在将来会变成两种结局、两条规律，可是现在的你又怎么能晓得呢？

"是这样吗？"你若有所思地歪着头问，许久都没有说话。

我看着你的样子，轻轻地笑了。你坐的秋千静静摇摆，带起的风一前一后地拂动着你耳边的细发。其实问题的关键是繁殖方式，只是这样的答案太枯燥，我不想说给你听。

你知道吗，真正的关键不在于我说的话是否真实，而在于你是否相信。从头至尾，指挥讲述的就不是嘴巴，而是耳朵。

秦卡托

嘴巴和耳朵只有在秦卡托上才最具有存在的意义，对于秦卡托的人们来说，说话不是消遣，而是生存的必需。

秦卡托的一切都不算特殊，唯独有着异常浓厚的大气，以至于没有光线可以穿入，星球表面一片黑暗。秦卡托的生命从温热浓稠的有机洪流中产生，在岩浆中获得能量，在不断涌出的地热之火里生生不息。对他们来说，滚烫的山口就是他们的太阳，是神居住的地方，是力量与智慧的来源。在山口外面，他们可以找到源源不断生成的斯塔亚因糖，那是他们的食物，他们的生命之本。

秦卡托人从来没有真正的感光器官，没有眼睛。他们用声音来寻找彼此，耳朵既能聆听又可观察。当然，确切地说，他们并没有耳朵，而是用身体感知一切，他们的整个上半身布满梯形小膜板，每块小膜板上都有几千条不同长度的小弦，可以对不同频率的声音产生共鸣。而每一块小板所记录的相位差，则会在大脑中汇集出声源的位置，不仅判断距离，还能勾勒出物体的准确性状。

因此，秦卡托人每天都在不停地说话，不停地听别人说话。他们发出声音来感知别人的存在，也让别人感知自己的存在，他们不能沉默，沉默了就有危险，沉默会让他们恐慌。只有连续不断地说，才能让他们确定自己的位置，确定自己还活着。他们争取说得大声，因为这样会让自己看上去更亮，更容易被人发觉。

有的时候，有些孩子天生声带就有缺陷，于是他们几乎不能生存。一不小心就被横冲直撞的大家伙掀翻在地，别人甚至都不知道曾经有过这么一个孩子。

"这太悲伤了，你讲的故事为什么越来越短，但却越来越悲伤呢？"

悲伤吗？是我讲的故事悲伤，还是你听到的故事悲伤？

"这有什么分别吗？"

当然有分别。我还到过另一个星球，那里的人们能发出一万种不同频率的声音，但却只能听见其中一小部分，耳朵的共鸣远远赶不上喉咙的震动，因此人们听到的永远比说出的少。然而最有趣的是，每个人能接收的频率都不太一样，所以他们总以为自己听着同一首歌，但其实一千个人听到了一千首歌，只是没人知道而已。

"你又在哄我了，哪有这样的地方呢？"你咬咬嘴唇，眼睛瞪得圆圆的，"我现在开始怀疑，你真的去过那些星球吗？是不是你编出来让我开心的呢？"

我亲爱的小公主，从奥赛罗开始，每个骑士都用远方的传奇来打动心中的姑娘，你能分辨哪些是真哪些是假吗？我在这些星球间游走，就像马可·波罗和他到过的城市，就像忽必烈汗和他刀下的疆土一样，就在睁眼和闭眼的瞬间逐一转换。你可以说我真实地去过，也可以说我从来未曾离开。我讲述的星球散落在宇宙的每个角落，但也有时会突然汇集到一起，就像它们原本就在一起似的。

听了这话，你咻咻地笑了："我明白了，它们是在你的故事里汇集了，而现在你又把这故事告诉我，它们也就汇集在我脑袋里，对不对？"

我看着你扬起的微笑，心里轻轻地叹了一声，这一声足够安静，你从我的笑容里也看不出端倪。我该怎么说呢？我该怎么告诉你，故事不能汇集任何东西，如果它们注定要分离？

是呀，我静静地说，我们坐在这里说故事说了一个下午，我们有了一个宇宙。只不过，这个故事不是我告诉你的，在这个下午，你和我都是讲述者，也都是聆听者。

津加林

津加林是我今天给你讲的最后一个星球，故事很短，一会儿就讲完了。

津加林人有着和我讲过的其他星球居民都不一样的外形，他们的身体就像柔软的气球，又像在空气中飘游的水母，透明而结构松散。津加林人的体表是和细胞膜差不多的流动的脂膜，不能随便透过，但遇到其他脂膜却可以融合再打散。

当两个津加林人相遇路过的时候，他们身体的一部分会短暂地交叠，里面的物质混在一起，再随着两个人的分开重新分配。因此，津加林人对自己的肢体并不十分看重，他们自己都说不清，现在的身体里有多少成分是来自相遇的路人，他们觉得只要自己还是自己，交换一些物质也没什么关系。

只不过，他们并不知道，其实"自我"的保留只是一种错觉。在重叠的那个瞬间，最初的两个人就不存在了，他们形成一个复合体，再分开成为两个新的人，新人不知道相遇之前的一切，以为自己就是自己，一直没有变过。

你知道吗，给你讲完这些故事之后，你听我说完这些故事之后，我就不再是我，你也不再是你了。我们在这样一个温柔的下午在时空的一点重叠，从此之后，你我的身上都会带有对方的分子，哪怕我们将这场对话都忘掉。

"你是说，你讲的津加林就是我们自己的星球吗？"

我们自己的星球？你说的是哪一个呢？有哪个星球曾经属于我们吗？还

是我们曾经属于哪一个星球?

别再问我那些星球的坐标，那些数字是宇宙最古老的箴言，它们就是你指缝间的空气，你伸出手将它们全都搅住，但再张开依然空空如也。你我都和它们在时空的同一点上相遇过，只是最终又走远了。我们终究只是旅人，唱着含义模糊的歌谣，流浪在漆黑的夜空，如此而已。你知道它们在风中歌唱，在遥远的故乡的风中歌唱。

癫狂者

他的转变全都是因为最初的一次恐慌。他害怕他是真人版楚门。

第一次想到这件事是在一次同学聚会。大概〇六年底、〇七年初的事,大伙儿一起吃完晚饭,多数人散去,少数几个好朋友找了个茶室,喝茶聊天打牌。有个男生那段时间对人格分析感兴趣,虽然只是看了几本大众通俗读物的水平,却极为热衷对生活中各种事发表看法。在茶室一边打牌,那同学一边问众人最怕的事是什么。

他略微思量了一下,就说是狭小空间。他小时候被一部讲电梯的恐怖小说吓着过,一直挺害怕电梯和类似电梯一样密闭的小房间。他听说过一个词叫"幽闭恐惧症"。

但他说完之后,就想起了楚门。楚门也是被囚禁在一个相对狭小的封闭空间,他第一次看《楚门的世界》就有些害怕,而且不是因为幽闭才害怕。画面越阳光灿烂,人物越甜美,他越害怕。当时电影关了他也就忘了,这个时候忽然又想起来。同学在一旁侃侃而谈,分析幽闭空间和他性格的关系,可是他完全听不进去。他问自己到底是什么东西让自己心里隐隐担忧,不算惊恐,但是非常不安。

茶室的空间狭小,烟味弥漫,大家慢慢有点嗨,聊天中也带上了各种段子。忽而一个同学凑到他身边,说要给他介绍一个姑娘,说他肯定喜欢。

他忽然想到自己害怕什么了。他害怕一切都是假的。

他从小到大,经历了太多次这种时刻,好东西、好运气总是天然就有或者送到他面前，他从来没像周围的其他人或者书里电影里看到的一般人一样，为了生存和想要的事物奋斗，他生来就有很多东西，因为有这些东西，又有很多其他东西送上门来。有些他想要，就心安理得地接受了，有些东西他不想要，却推也推不开，运气好得过分。

就像楚门一样。

"真的，我说真的。是我们学院的院花。"朋友说。

"得了。"他心里觉得不对劲，只想推辞，"院花哪看得上我。"

"没问题。"朋友狠狠地拍了拍他后背，仿佛神秘地笑着，"别人不行，你可没问题。我要是自己有那个条件我就自己上了，人家看不上我是真的。你可没问题。"

他模模糊糊地推辞，只想退步抽身："没戏。真的，你甭费劲了，我不想找。"

"信不过我？"朋友做出豪气的样子，"不是哥们儿吗，客气什么。以后你俩要是成了，有什么事多想着我点就成。见见，也没什么大不了的。不行就算。我跟你说，保你不会失望。下周哪天有空？我叫她一块儿出来吃个饭？"

他拗不过，跟朋友碰了两杯茶，在热烈的烟雾缭绕中变得头晕眼花。

过了几天，女孩被朋友带来见面了。一米七左右的身高，身材非常好，穿一条白色紧身连衣裙，V领开得很低。女孩对他印象很好，主动找话说。他瞪着女孩，想透过她的眼睛和皮肤看透她的目的，看透她为什么会对他有兴趣。女孩被他看得不好意思，以为他是喜欢她，更加卖力地使出撒娇的本事，饭后还主动留了手机号和 QQ 号。

从那天起，他就开始了深刻的怀疑人生。

他开始观察，观察周围人对他的态度，观察他们是不是有一丝一毫骗他的意味。每次当有人向他介绍什么好东西，他都恨不得盘根究底地问一番，想找出其中隐秘的阴谋和逻辑的漏洞。他只想证明一件事，这全部的幸福，是不是一场秀。

他属于天生基因很好的那一型，相貌好，智商也好。一米八的身高，均衡偏瘦的体型，各种运动都做得不错，中学还做过体育委员。因为长年运动，他肩膀和上臂的肌肉线条非常流畅，腿也锻炼得跟腱修长。他学习成绩也过得去，没有冲到过第一名，但也没出过前十。有时候和同桌在课上炸金花，同桌被老师请了家长，他的成绩却被表扬。这种运动力和聪明让他在女孩子中间建立了非常高的形象地位。从初中开始，就有女孩子向他表白。

他的家境很好。他父亲自己做生意，母亲也是知识分子。家里虽然不属于大富大贵，但是两套房子还是有的。他从没缺过钱花，因此不知道什么叫攀比。他只希望和兄弟们关系好，因而常常请客吃饭，去KTV或者和同学旅游，他也没计较过价格或者住宿费用。他喜欢和同学拉近关系，因而常参加网吧活动，或课后去喝酒。这种潇洒的态度让他一面赢得兄弟，另一面赢得女生的赞许。女生很少去想潇洒和经济条件之间的关系，只是都知道他很潇洒，以为这是气质使然。

他运气也好得不可思议，高考分数高于自己的一模二模，甚至比他的估分还高。

总之，说来说去一句话：他被自己的好运吓住了。小时候没有意识，长大之后身边的人开始各种抱怨和自卑的时候，他才发现，自己幸运地拥有一切。

这是一种幸运吗？他问自己。他很害怕不是。

〇六年到〇七年，正是他上研究生的年份。这次偶然的同学聚会让他想到这件事，清醒地回顾这一切，以往压在心底里潜意识的恐慌被移到意识层面。他开始自问，有没有可能，这一切都是假的。

他以逻辑分析自己。不是没有可能他是被选出来的实验品。自己的基因不错，这是出生以前就能测定的。也许是专门挑选的基因好的父母。如果是这种情况，那么他的成绩就一点也不奇怪了。

他于是观察他的父母。越观察，他越觉得自己与父母长得并不像。不是没有相像的地方，但是都很模糊。他和父母的相似多半来自宾客的恭维，哎呀，这孩子的额头好像你。但他知道这种恭维往往是说说就忘的。他回家的日子常常在镜子后面扶着母亲的肩膀，观察自己的面孔和母亲的面孔是否一致。这种观察没有结果。就像人看一个字看久了就不认识一样，人看一张面孔看久了，面孔就变得扭曲、碎片化，什么也看不出来。

这是他心底的存疑之一。

他逻辑分析的第二点与此相关，那就是他的家世是不是被人安排的。这个家庭富有程度刚刚好，不算是风口浪尖的巨富，但又比日常一般人家有钱，让他在周围同学中显得很不同寻常。等他毕业，若找不到好的工作，可以被安排进入父亲的公司。如果是真人秀，这样的安排真的是再好不过了。

他悄悄查询过父亲公司的历史。父亲的公司是在1983年，也就是他出生前一年注册的。从他两岁那年开始步入正轨，随后兴旺发达。这似乎更印证了他的猜疑。公司恰好是做外贸生意，有大笔收入进账，却难以直接调查到付款的单位。

他问父亲为什么公司刚好在他出生前后成立并发达，他的父亲似乎早已准备好答案，很娴熟地回答他说："那当然啦，都是你这个小福星带来的好运气。"

"都是运气吗？"他并不相信，"我查过了，据说开放外贸刚好赶在我出生那年，难道这也是凑巧？"

"所以说嘛，"父亲说，"你赶上好时候啦。"他的神情像是在回忆，有点感慨，又有点漫不经心，"你们这些小孩都够幸运的。比比我们当年吃什么穿什么！"

他很怀疑。他并不相信真正的运气。

因为如上种种，他越来越怀疑，自己的人生处在被监视和安排的幸福中。他拥有幸福，他莫名其妙幸福，他被安排幸福，他必须感觉幸福。

他在怀疑和澄清两个极端摇摆，有时候确信自己想对了，有时候又觉得全是庸人自扰，是他自己想太多了。这让他非常痛苦。人最痛苦的事情莫过于怀疑自己。不抱定一种态度，人甚至寸步难行，甚至没办法和朋友一起吃饭谈天。

有一天，他忽然想到，也许可以做实验加以验证。

他没有告诉任何人，怕被透露出去，被他的"导演"获悉，那就什么都探测不到了。他内心怀着隐隐的兴奋与刺激感，像突然知晓银行金库的进入密码，开始筹划并悄悄行动。

他首先央求父亲借了他一笔钱，大约十万，开了一个股票账户。股票是一个最讲究运气的领域，他想在这里试试，自己的运气是不是天然就好。这个实验在他熟悉的世界没法做，认识的人都会帮他，对他好。但在股票的世界，没人知道你是谁，也没人会关心你的长相身材家世，绝不会因为是他就有所成就。他也不懂股票，财经不是他的专业。他就打算纯粹探测一下自己的运气。他相信这个世界是很难被操纵的。

于是他在○七年初开市的时候随便买进了十万块的股票。后来又随便换过几次股票以便观察。他看了看，有升有降，似乎很正常。

但很快，他还没来得及反应，就听到一个令他觉得很惊恐的消息：股市全面大涨了。

那段时间他的课业忙，有一两个星期没来得及关心市场。他慌忙登录，发现果然如此。他的十来只股票全线飘红。他买进的时候大盘只有2700点左右，现在已经远远超过3000点。他目瞪口呆，不知道竟会出现这种事。难道为了成就他的好运气，会有人出大价钱托起整个大盘？不可能，绝对不可能。甚至到了接近4000点，他还是觉得不可思议。

他的父亲和母亲兴奋地打来电话，夸他有眼光，父亲说已给他的账户追加了五十万元，让他随意操作，趁着大盘在涨，不要耽误了机会。

他不知该怎么办，便买了几只与之前几只极为不同的股票，甚至是极度不被看好的股票。按照常识，这一批和前一批几乎不可能同时涨，赔钱的风险极大。他心里觉得对不住父亲的钱，但他想咬牙测试一回。

这决定了他人生的真伪。

整个大盘都在疯涨。

他买的好股坏股，不管哪一批，不管哪个板块，都在涨，大盘比年初点位几乎高了一倍。父亲的六十万变成了一百万。他吓得目瞪口呆。除了被人安排，还有什么样的机制能解释呢？他的心越来越凉。难道外在的观察者和监控者已经如此无孔不入，不仅知道他的行为，还能知道他的想法，并不惜血本来维持他的幸福人生？

为什么，他们为什么要这么做？

难道只是为了满足操纵一个人的乐趣？

他觉得很恐慌。所有的消息他都听不进去，什么印花税和涨停团，他觉得都是拉来遮掩的骗局。他一直等着股市跌，一直没有等到。整整一年，大盘都保持在高位，让他没有一丝一毫失败的可能性。他没有耐心了，在〇八年新年开市第一天，他心灰意冷，将所有股票抛出去，变现，撤场，注销了账户。

原来这一切都只是一场戏，我只是个被观赏的戏子，他终于确定。

他的人生走到了一个关键路口。他觉得自己不能再像以前一样活下去了，活在看似幸福实则被幕后力量安排的人生中。他想要开始独立生活。这是他走出自己世界的第一步，也是他在茫然无措中唯一想到的一步。

在父亲的首肯下，他用股市的一百万买了一套房子，面积不大，在东三环边上。公寓离使馆区不远。他喜欢附近的安静。这是一个韩国商人以前独自住的公寓，〇八年市场不好，商人停止了在中国的生意，回韩国去了，因为走得急，市场行情又跌，房子没要高价。

这是他迈出独立人生的第一步。他小心翼翼，开始在自己的公寓中筹划下一步计划。他想着早晚有一天，他将找到幕后操纵者的存在，将他们的真实目的揭示出来，即使要他演戏，他也要内心明白。就算充满跌倒与不幸，独立的人生也比虚假强。

他不要当戏子。

他研究生毕业，找了份一般的工作，在一家私企做技术工作。每天早出晚归，上班辛勤，周末去图书馆。他一个人思考战略，制订方案，有时候还把楚门的电影重新拿出来温习。有一段时间他的生活正常，白天吃外卖，晚上坐地铁回家。那段时间，他觉得他的监控者似乎减弱了一些。在工作中，他像其他人一样，并没有受到太多的照顾。他的工作做得不错，但没有超于常人的好运气，也没有破格提升。他几乎以为剧目的生活结束了。

直到有一天，他发现他的公寓价格涨了两倍，而且还在疯涨。

他惊得打了个激灵，站在路边死死地盯着双面广告牌，眼睛几乎从眼眶里掉出来。怎么可能这样，才一年怎么可能涨这么多！他四下里瞧着，看有没有人注意到他。他又低下头，仔细看着小区的名字、户型图、总价。完全没错，跟他自己的几乎一样。他心底一片寒冷。你还怀疑什么呢，还有什么好怀疑呢？

他站直了身子，酝酿着滚烫的主意。他攥住了拳头，强压着被欺骗的怒火，尽量让自己一切冷静。旁边一个房产中介的小哥凑上前来，递给他一张传单。

"先生，您要买房子啊？"小哥笑容可掬地说。

他没有回答，摆摆手，跨开一大步，站到空地，大声朝天空喊："你们到底想怎么样？我已经全都知道了，你们还想怎么样？"

小哥吓得目瞪口呆，连忙转过身，装作没看见，赶紧给其他路人递传单。

当天晚上他回到家，把门关上，把窗帘拉得死死的，不露一丝缝隙，又仔仔细细检查了一遍，看房间的角落里有没有被人安上隐秘的摄像头。都确定无虞了，他才在沙发里坐下，倒了一杯酒，拿了一张纸一支笔，开始筹划接下来的步骤。吊灯晃在他脸上。他不信任电脑，电脑随时可能被侵入。

他已经什么都不怀疑了，一切都是假的。现在唯一需要做的就是跳出剧本。他还不清楚周围人是否全是帮凶，是剧本的一部分还是都被蒙蔽了。只有他一个被骗了，还是所有人都被骗了，这有本质区别。他需要继续去试探，才能知道这样做的危险和可能性。在此基础上，他想去世界尽头看一眼，如果能亲手揭开天边的帷幕，揭开那道门，那就一切真相大白了。他把这一切想清楚，一条一条写在纸上。

他不知道从哪里开始跳出剧本比较好。辞掉工作？卖房子？和父母摊牌？剃了头出家当和尚？买条船去天边？在马路上行为艺术？或者把这些全做了？他不确定。他决定走一步算一步。唯一能肯定的是，他不会再按照剧本生活了。

优秀？优秀算什么。乞丐的自由好于行尸走肉的优秀。

他决定先辞职。这个无伤大雅，反正有存款，也准备卖房子，生活没问题。老板很惊讶，问他要跳槽到哪里，他说世界上已经没有他想去的地方。老板听傻了，又问他是不是遇到困境。最后为了挽留，开始强调公司近来诸多不易之处和市场的不景气。他稍微感到内疚，又不愿意退缩，最后折中，答应买一些公司内部股份作为支持，但是不肯回头。

然后他卖房子。这时已是〇九年二月，房子地点好，涨了两倍有余。他卖了两百万，拿其中一百万在四环外买了一个小公寓，又拿另一百万如约买了公司的一些内部股份。以前的工资还有些剩余，算了算俭省一些应该能撑上一年。

他开始昼伏夜出，尽量躲开所有人的目光，住在他四环外的公寓，手机从不带在身上，切了网络，每天收发一两次信息，傍晚才出门，买上一篮酒，啤酒红酒都有，再买点冷切肉之类的下酒菜，回家一个晚上不睡。然后从清晨睡到黄昏。他喜欢这种感觉，酒精让他迷恋，喝完酒放轻松，世界的一切就不那么逼仄恐怖。他从图书馆借书，查找航海的资料，预备着有一天航海去天边。生活再没有其他目标了，这让他十分轻松。他看电视，看一整夜不好笑的喜剧，为了不好笑的台词哈哈大笑。他快乐极了，笑完之后还想再笑一会儿。他在深夜把头伸出窗外，风吹着晕晕乎乎的脑袋，晕得像某种人生哲理。他不再觉得任何事情耽误时间。他把酒瓶堆在屋子里，白天拉紧了窗帘，睡到天昏地暗，夜晚却把一切窗户打开，让风卷起纱帘，穿堂而过。他不知道自己以前怎么不过这样的生活。他大口喝酒，然后笑。他最喜欢看世界奇闻异事录，尤其是所有出丑的镜头。他在傻笑中消解了现实。

他和任何人都没有来往，不让任何人走进他的世界。打电话的时候，他显出少见的轻浮调侃，这种调侃完全来自他的与世隔绝。

"是啊，我逍遥快活呢。"他对哥们儿说，"俩姑娘？小看我。四个！"

"行啊，改天让你上我这儿来。"他又对给他打电话的女孩说，"改天吧。改天一定。"

他用酒醉掩饰观察。

要不要去旅游呢？有一天他心里想。真正的 off-track（偏离轨道）应该去流浪啊。不过，到底是出去拾荒比较好，还是直接准备装备出海去天边比较好呢？

这个念头在他心里刚过了一瞬，母亲就找上门来。

母亲首先看到房间里的昏暗，把窗帘全都拉开之后，又看到靠墙摆放的几排酒瓶，心中的怒气和疑虑如同雨中溢出警戒线的洪水，汩汩流泻而出。他还没睡醒，答话又心不在焉。又因为始终存在的疑虑而不愿对母亲交心。母亲更生气了，不由分说把他拉起来，劈头盖脸骂过去，淹没一切辩解。

于是带回家，由父母照看。一顿责难，循循善诱，又每天督促着转变生活模式。他心里不悦，却无计可施，便以消极来抵抗。他的银行卡被母亲收走了，理由是防止他和不三不四的人来往（实际上，母亲认为他的转变都来自不三不四的女人的诱惑）。于是除了打电脑、去球场打球、躺在床上边喝酒边看小说，他什么也不做，也什么都没的做。线上游戏打到了神级，注销了又玩别的。父母责骂，他敷衍了事。父母叫他找工作，他随口答应却不行动。他暗中观察父母的行动，想知道父母暗中是否接受谁的指挥。

最后有一天，父亲终于忍不下去了："你再不找工作，就来我公司上班吧。"

他有点慌了。进了父亲公司，就彻底被困住了。

"那就去找个工作。我跟一个客户打了个招呼，推荐你去他们那儿面试。"

"别，"他赶快制止，"我自己找吧。我可不想被照顾。"

"照顾不进去。"父亲一脸严肃，"就是个面试。我也没跟人家说你是我儿子。"

他拗不过，父亲不给他商量的机会。他躺在床上思索计策，最后决定想办法把事情搞砸。面试那天，他带了件 T 恤。早上母亲帮他熨好衬衫，给他系上领带，他在面试公司的洗手间里全都脱下来，换上了 T 恤。T 恤上有"生活是屎"的标语。

和他一同面试的是一个应届硕士毕业生：参加机器人大赛拿过名次，懂 Java、PHP、C++ 和一点 Perl，编网站没有问题，还会用 Matlab 和 SAS 做数据处理。那个男孩很腼腆，说话的时候看人一眼就把眼睛转开。轮到他时，他往椅子背上一靠，说他也不会编什么东西，就是喜欢打打游戏，喜欢上网，做事有拖延症，学习能力差，业余时间酗酒，作息不规律。

"你喜欢喝酒？"面试官问他。

"喜欢啊。每天早上起来就是一罐啤酒，无酒不欢。"他笑着将凳子向后仰，晃着脚。

"能喝多少？半斤？"

"小 case。"他说，"我这人别的都做得烂，就打游戏和喝酒还行。"

"那就是你了。"面试官说。

他被录取了，连第二轮都没有参加。

一同面试的男生也被录取了，分配到技术部门，而他分配到销售部。

销售部事先向每个面试部门打过招呼，一定要帮他们物色能喝酒的年轻男生，这方面的人才现在甚为稀缺。

他傻眼了。连这样都不行吗？

他被高调招进部门。为了欢迎他，经理召集部门所有销售一起去吃饭K歌。饭桌上就喝，到了KTV，又点了轩尼诗。他没什么酒意，只是硬着头皮喝。经理给他介绍部门情况、日常工作和同事。经理的酒量不算大，却带头喝，本来是问他的情况，说着说着就开始讲述自己的事情，从家里的老婆讲到公司政治，又说起业务部门内部的斗争，喝得越多越滔滔不绝。昏暗的灯笼罩着经理惨白的脸，幽幽发光。他被这景象吓住了，一句话都说不出。

他想方设法逃离。从上班的第一天起，他就不好好工作。销售任务从来都不主动完成，定额一片空白。上班时间聊QQ还看视频，违规被批评了也不悔改。到后来干脆去打篮球。需要跟着经理参加宴请时，他就只管喝酒，宴会上的嘉宾无论是市长、老总还是明星，他都不看。他不想喝，有时候甚至希望自己酒量小一点，可是没办法，他不醉就是不醉。

还差一个礼拜试用期就要结束了。按照规定，销售完不成任务，无论如何不能留下来。他觉得这下总没问题了，空白业绩总留不下来。到后来他上班就下楼去打球，惹经理生气。

一天上午，他一个人玩的时候被公司篮球领队看到了，领队观察了一会儿，兴奋极了，叫他加入篮球队去参加比赛。他觉得这总不妨事，就去了。集团的篮球赛，十多个分公司，分公司下面又有子公司。比赛中什么人都有，有三十出头肚子刚刚发起来的，有将近四十岁除了远投什么都不行的。他一时兴起，投篮上篮都好，大杀四方，也忘了收敛。学校操场上的日子灵魂附体，汗水甩在空气里飞奔。公司的总经理正巧坐在看台上。

"哎呀，这个小伙子好，一定要留下。"总经理指着球场，大腿兴奋地抖。

"可是，"经理赔个笑脸说，"这小伙子到现在还没有一点销售业绩，按规定……"

"笨哪，死脑筋。"总经理用手指敲着桌子，"工商让他去，那一单不就行了吗？"

他于是被派去工商银行。他不明就里，一言不发，冷着脸坐在桌子后面，什么也不说，只死死瞪着眼睛，想靠冷漠与无知把对方洽谈人员吓跑。这样总卖不出去了吧，他想，还能有连产品都不介绍就卖出东西的道理？可对方的销售经理一出来就像见到亲戚一样和他握手，什么话都不用他说，就连声感谢，说谢谢他们帮忙解决了一大难题。然后就是两份合同要他签字。他不知道如何是好，被人把笔塞到手里，签得一片恍惚，不明白这是发生了什么。他带着销售合同回到公司，任务圆满完成，销售成绩一跃成为部门第一。

很快，他发现他带回来的是工商银行的开卡合同。他们每个人又多了一张信用卡。

当一份五年期的正式合同摆在他面前，他傻了，呆愣地坐着，手被经理抓起来在合同上随便画了几个圈当作签名。

惊惶之后，他的心里无限悲哀，像陷阱中的动物一般悲哀，四下挣扎却无济于事。

悲哀之后，进入另一种惊惶。

逃离，必须逃离了。他就是那个最不幸的幸运儿。所有的事情都是这样吗？像设计好的只为了让他钻进圈套。这温柔乡已经一天也待不下去了。

他开始秘密实施他的计划，这一次的目标是天边外。他将四环外的小公寓又卖掉了。这已经是一〇年六月了，几乎翻了一番，七十多平的房子，又是将近两百万卖了出去。他买了一艘国产游艇五六十万，买了一辆不错的车三四十万，还剩下一些钱他准备留在路上用。游艇要等货到港，一切办好的时候已是一〇年十月。他略感失望。时值冬日，北方海面结冰，无法出航，出海定在次年开春。他去海边看过两次自己的小游艇，在码头附近试驾。他抚摸着游艇如女人肌肤一般光滑的雪色表面，手下有种战栗的温柔，抬头面对浓雾笼罩的灰黑色的动荡海面，呼吸沁凉。看着一望无际的大海和幽暗邈远的天，他相信那才是他的归宿。

整个冬天他的心无法囚禁。他回到家，时时刻刻想出走，在家里团团转，像猛虎一次次撞着笼子。他阅读，大量阅读。他仔细查找有关出海的一切资料，从航海地理到古代历史。窗外的蓝天冻结枯枝，是他每天凝望最多的事物，次数远超过一切女人。

他不去上班了，神情抑郁，精神却亢奋。头发留长了，胡子也不刮。菜放在桌上冷掉，形成一层油脂，白腻地包裹着蔬菜。与此同时，他变得清醒。既然一切都是戏，不如释然。他不再为细节挂怀，心只被天边牵着。有时候觉得天边什么也不会有，有时候却觉得一切都将在那里彰显。所有帷幕，所有的答案，所有连成一切的图景，都会在那里，挂在天上。

他趁父母去上班的时候偷偷溜出去，在城市里游荡，悄悄观察，搜索每个角落的隐秘，像一只眼睛明亮的狐，出没在城市的每个裂缝，从寻常里挖秘密，从垃圾堆里挖金子。他在墙上贴了《刺客列传》的插画，蛰伏于贫寒的仗剑者，像老朋友一样看着他。

有一天，曾经给他介绍女朋友的同学跑到他家来，见到他的样子颇为吃惊。

"哎哟，你这是怎么了？怎么瘦了这么多？"

"没事，没事。"他摆摆手。

"我来找你，是想咨询一下，给个建议呗。"老同学用胳膊肘捅捅他，显出一种调侃的亲昵，"别人我不信，你的投资眼光绝对是一流的。我这儿现在有点闲钱，想投资。你说哪个地段的房子会升值快？"

"不会升值啦。"他说。

"为啥？"老同学赶紧问。

"因为我把房子卖了。"

"啊？这是什么意思？"

"你难道不懂？"他死死盯住同学的眼睛，想从其中挖出些什么。

"懂什么？"老同学吓一跳。

"你说懂什么。"他的样子很神秘，吓得同学直往后缩。

"你到底在说什么啊？"

他仔细地审查老同学的眼睛，观察了好一会儿，略微有点相信了。也许不是每个人都是知情者。他小心翼翼地对同学讲了自己的一些疑惑，讲自己对于幸运的怀疑，对剧本的推测，对事实的观察，讲他的千般反抗和万般无法逃离。同学听得哑然失笑。

"拜托，你能不能正常点？"同学打趣他道，"幸运还不好吗？我倒是想跟你一样呢，要是能有钱有姑娘，剧本我也乐意。"

他坐在床上，盘着腿，郑重其事地摇头，像是对同学的短视充满同情。他身体变瘦了，精神矍铄，头发长而凌乱，穿着松松垮垮的 T 恤，讲话的样子就像古代荒野里唱歌的狂士。他一只手摇着，另一只手放在膝盖上，态度严肃，没一点玩笑的意思："你真的不明白？你以为幸运的人就可以不问缘由？你以为我活到现在、活成现在这个样子都是无缘无故的？是谁安排了世界，你难道不想知道？一切都是有缘由的。你不信，我可以带你去看。"

"去……去看什么？"同学发觉他是认真的，有点被吓到了。

"你跟我来就是了。"他站起身，换上出门穿的脏兮兮的运动衣，用一只手招呼同学。出门时他又补了一句："不问缘由的日子都是不值得过的。"那神态看上去颇为滑稽。

他带同学来到一座商场大楼的地下室，从一处敞开的垃圾道进入地底。

这不是下水道，也不是停车场。同学心里胆怯，不知道要跟他去向哪里。他只是向前走，从一条狭窄的水泥铺成的通道一路向前，最后突然到达一个出口，走出出口是一个大空洞，只有墙壁边缘的一条窄边能够站人，其余部分是完全的空和黑。同学向下张望，脚下是深不可测的黑色世界。空间的面积也不可知，一眼望去同样黑入骨髓。

"这……这是什么？"同学从未想过地下还有这样的空洞。

"这是黑洞。"他说，"你看到吗？掉进来了。掉进来了。"

同学顺着他的手指尽量去看，可是怎么拼命睁大眼睛也看不到他说的掉进来了指什么。他对黑色空洞比画着，异常兴奋，手指晃动，仿佛那里有烟花一样的流火，可是同学什么也看不到，只能看见无边无际吞噬一切的、幽幽仿佛颤抖的黑。

接着他又带同学去看光。穿过另一条弯弯曲曲狭窄的水泥走廊，到了另一个巨大空间。空间不再是黑暗的，而是充满了光。起初是模模糊糊弥漫的一片，渐渐盛大而汹涌了，这时突然一道领头的光穿透空间，所有其余的光就像疯了一样，迅速跟随领头光芒的颜色方向，万千光点汇成盲目奔涌的光潮，向一个方向席卷而去。光潮澎湃浩大，带着冷静尖锐的决绝，扑向空间的一边，又在无声无息中归于湮灭，消弭于无形。

"你看到了吗？"他指着那光芒对同学说，"这就是我为什么幸运啊。我之所以幸运，就是因为被这浪头冲着走啊。"

"……那又怎样？"

"我要逃离这一切。"

"你别想不开啊。"同学渐渐稳定下来，呼吸调整均匀，严肃认真地说，"你别想太多了。回家好好睡一觉就好了。我不知道什么剧本不剧本的，我只知道你现在的生活本来好好的，可别把好日子白白扔了。你看你，学历高，长得帅，家里有钱，又在大国企上班，投资眼光还高，将来娶个白富美不成问题啊。你说你还有什么不满意的？我要是你我天天在家里笑，管他是谁安排的，给我我就要。什么逃亡啦，剧本啦，你想太多了，真陷进去就是糊涂啦。这世界哪有那么多剧本？我劝你趁早别胡思乱想。回去好好睡，然后好好上班，上班一忙就啥事都没有了。听我的，啊，走吧走吧，咱回去。你爸妈该担心了。"

听了同学的话，他不以为意。此时他已经有了一点疯癫的迹象，眼睛发着光，陷入自我，完全听不进去同学的劝诫："你还不明白吗，最重要的就是不要趋之若鹜啊。"

他被同学拖回了家。看上去是他带路，但实际上是同学稳定的精神力量拖他回了家。

又过了几天，曾经见过的院花也来家里看望他。她听同学说了他的事，像很多女孩一样心下产生了拯救一个人的愿望。她带了一束花，见到他的样子就哭了。她坐到床头，还没问清楚事情，就劝说他要乐观放松，多做运动少想事情。她还委婉表示了想来照顾他的心愿。

"你别浪费时间了。"他说，"我从来也不喜欢你，更不会因为你来劝阻我就喜欢你。我如果曾有什么地方让你误会，非常抱歉，那不是故意的。"

女孩被他说得完全愣住了。他的态度拒人于千里之外，像是变了一个人。

"我不管你是不是受了导演的指令才接近我，"他自顾自地说，"我都不想去探究了。我不愿意做你想象中的那个人了。你也早点死心吧，找个爱你的人比较好。"

女孩被他说哭了，委屈地嘤了一声跑出门去。

他已经进入了自己的痴狂状态，一意孤行，就像弹弓上弹出的石子，谁也拉不回来了。

春天，他终于瞅准了一个空子实行计划。父母见春光正好就没有限制他出行。他在海上化冻开封之后第一时间开车去海边。

在高速公路上他打开窗，心脏狂跳，遮掩不住兴奋，大声叫唤，料峭的风蛮横地灌进他的脖子，让他打个激灵，耳朵和脖颈迅速冻成铁块一般冰冷僵硬。货车在身边散发柴油味，发动机隆隆的轰鸣声嘈杂连绵不休。可他不介意。他快活极了。哟吼，他朝货车喊。

他太过兴奋，以至于一条新闻飘进耳朵却没有注意：日本发生了地震与海啸。

他开到海边，满心以为这一下就可以自由了，俱乐部老板却堵绝了他的期待：地震海啸之后，所有船只都不能再出海，警报不知道何时解除。他怔怔发呆，不相信这新闻的真实。怎么可能呢？怎么可能这么巧？一定是编造，有什么是导演编不出来的呢？他不信老板的话，抓住他的手臂据理力争。老板给他听电台新闻，他很怀疑。电台里的声音听起来幸灾乐祸，客观中带着恐吓，冷静中带着居高临下的嘲笑，像在报道外星人入侵地球。他双手箍住老板的胳膊，逼他带自己去找小船，他要出海亲自去看看。老板的眼睛鼓得像崩开的豆子。

第二天，手机一直响，听筒里传出发疯般焦急的声音。母亲说发生了核泄漏，海上布满核辐射，一年都不会散去，叫他立刻回家。母亲一接到老板的通知立马心急火燎地赶过来，路上一直不停地打电话。他心里升起无名的绝望，溺水，孤立无援，喘不上气。整个世界用最惊悚的消息阻止他。天边原本只是一个缥缈的想象，此时却成了最急切的欲望。

他被母亲带回了家。又一次回家，他心灰意冷，将自己关在房间里，不与任何人交流。父母每天敲门，将饭摆在他门口，他偶尔吃一点，但吃得很少。母亲反复与他沟通无结果，开始给咨询中心的心理医师打电话，帮他约诊。他在房间里躺着，在饥饿与困顿中清醒思索。他不明白这一切究竟有什么意义，追索有什么意义，欺哄又有什么意义。进而，他不明白这不断奔跑的时间有什么意义，它推着他，向某种他无法预料的未来狂奔。他的日子变得晨昏颠倒，茶饭不思，只想把自己灌醉，在混沌状态中感受一种无理的愉悦。

心理咨询师来了，携带着电线密密麻麻缠绕的便携检测仪。咨询师面无表情地将仪器在他床边接好，将探头在他头顶探来探去，最后拿出一个大本子。咨询师不断询问他的过往，询问他受到的伤害和童年的打击。他不配合，拒绝回答咨询师的大部分问题，偶尔回答一些，也没有任何对创痛往事的回忆和受到伤害的痛哭流涕。他不自卑，也没有恋母情结，咨询师习惯的分析法大都无法继续。

"你愿意告诉我最近发生了什么事吗？任何事情都可以。工作中的压力、感情的问题。你能想到的都说一说。如果你需要，我可以替你保密。"

他抬头看了咨询师一眼："他们让你这么问的？"

"谁们？"咨询师冷漠地摇摇头，低下头在记录卡上速记着，"我不知道你在说什么。"

他盯着咨询师，好一会儿说："看来你是入戏太深了。"

咨询师因此给他的父母出具了初步判断意见：头脑出现轻度谵妄；视觉、听觉、定向力正常，但是不能正确辨认周围环境和个体；有幻觉现象发生，睡眠不佳，理解对话有困难。心理原因不详，未发现严重心理创伤。病理原因排除结构性病因，比较有可能的是中毒性或感染性病因，感染源可能是工作环境中的污染元素。诊疗建议：在清洁环境彻底放松和休息，服用镇定类药物改善睡眠，由于病因未明，先实施一疗程抗生素治疗，服用小剂量奋乃静、氟哌啶醇，辅以大剂量维生素 B1、B6 及烟酸。父母异常严肃地记下咨询师的诊断，当天就派人买了药，又打电话雇了两个费用高昂的看护到家。他尖声惊叫，与人对打。可是医生见他这样的患者见多了，完全知道怎样处理。他被电击，躺倒。他拒绝服药，看护就帮他父母将药物加入饮食，用各种方式哄骗。

医师和看护都不建议他外出。夜晚的时候，看护睡在他的门外，观察记录他的作息。他被囚禁了。这种感觉是夜里的针，幽闭空间恐惧症从内心的角落里被勾了出来。黑夜里，他盯着黑暗的屋顶，窗户上的树影缓慢而不懈地张牙舞爪。他偷偷吐掉应该吃的安眠药，紧张和躲避让他难以入睡。有时又会在夜里惊叫起来。他陷入了彻骨孤独，变得更加沉默寡言，偶尔失控地妄言妄语。医生给他的药量加大了，他用各种办法将药品销毁调包。他一个人在屋里醒着，死死盯着电视，也瞪视着虚空。他被迫吃五六种药片，每一种补充他的某种微量元素。药效发作的时候，他变得迟缓而顺从。药效褪去，他就进入更强烈的虚妄和癫狂。

他清醒的时间越来越少，睡着时嘴边不断流出口水。清醒的时候他就一小时一小时地、死死地看着窗外。父母有时候心疼地坐在他的床边，他看他们的目光充满离愁。

这样的日子过了一年有余。

他终于有机会出门了。第一次机会是受邀参加婚礼，他的老同学和追了很久的院花结婚，邀请他去，他第一次离开家，父亲却全程开车接送，婚礼现场也陪着他。第二次是一桩公事，真正的机会。某个核心调查部门的两个人打了他的电话，希望约他出门，配合一桩案件调查。他们的身份让父母不能拒绝，又不好陪同。

他许久以来第一次独自面对陌生人。阳光打在脸上，显出皮肤的虚弱冰冷。餐桌对面，两个黑衣人出示了证件，封皮上有厚重的银徽。一个中年人，略微矮胖，另一个年轻瘦高。他们点了咖啡，并不多话，绕了几个圈就达到主题：他最早工作的公司上市了。

"你不知道？"黑衣人说，"是的。你的一百万股变成了六百万流通股。你有钱了。"

他张大了嘴。他颤抖起来。难道还没有结束？

他们想调查他原来的老板，涉嫌账目造假和经济行贿，需要搜集证据。

"你和他在〇九年吃过两次饭，就在你辞职前后。"他们说，"在那之后你就认购了股份。你们吃饭的时候说过什么吗？为什么当时你会认购？"

"等一下。"他有些警醒，"你们怎么知道我和他吃过饭？"

"这个你不用管。"

"你们一直跟踪他？"

"那倒不是。"

"那你们难道是跟踪我？"他激动起来，"你们是剧组的？平时监视我的吗？"

"别误会，别误会。"黑衣人感到莫名其妙，"没有监视你，跟你没关系。我们只是调取了那段时间的公路摄像头视频。你别激动。这很正常的，公路摄像头哪儿都有。虽然看不到吃饭的镜头，但是能看到他约的人开的车。从车牌看出是你。"

他想象那种场景，摄像头像被斗篷笼罩的充满好奇窥探的眼睛，密布在城市每个角落，随时记录下他的行踪，然后输入到一间阴暗的大屋子，形成一片绿莹莹的光，有人守在背后观察记录他的每一个动作。他之前的每一次探查、每一次出行、每一次逃跑和每一次寻找都被记了下来。他以为躲开父母就是逃脱了监视。还有哪儿不是剧本范围？他突然狂躁起来，情绪波动中上升，蹿至顶峰，一分钟也不能安坐，双手抖动，不能够控制，只想大喊并狂奔，把身体里的郁结喷发出来。

他突然颤抖着，像是发了羊痫风，从座上腾起来，转身就跑，奔到西餐厅外，大口喘气，只想发泄，完全没注意到街上聚集的人和车辆。他四下看着，不知道该发泄到哪里。他忽然看到自己的车，想到就是它每天出卖他的行踪，内心一下子悲愤起来，冲上去就砸。他需要一个通道。

周围却拥上来一群人跟他一起砸。他吓了一跳，领头的一个却似乎很冷静，招呼后面的人："对，对，丰田车！"

后面跟随着很多年轻男人，也有几个稍微年长，随着话语蜂拥而上，一起来砸他的车。他们围住了他，仿佛带着快感想要宣泄，用尽力气，用锤子和石头敲向车窗和车门。他看得完全呆了。他只是用手砸，没有什么破坏力。然而他们暴力狂飙，让他的车子支离破碎。他完全搞不懂情况了，不知道这些人是从哪里出来的。他只是被簇拥在中间，被内外两种狂躁挤压得痛苦万分。带头者把他当作领袖，推他到前面，一边砸一边喊，说接下来还要跟着他。"丰田车！就是这个车标！"那人叫着。

他啊的一声狂喊，用手奋力拍打人群，从人群中脱离，杀出一条血路。

他双手捂着头，开始奔跑。他从没这样奔跑过。他要逃离所有追踪者，也要逃离自己。他飞奔着，像是有一只猛兽背在身上，怎么都甩不开。身后好像有许多人跟着他，有黑衣人，也有砸车的人。他拼命跑。蛰伏许多日的焦虑在飞快地膨胀，像大病初愈一般重新获得生机，充斥他的四肢，他必须拼命奔跑，才不会被它们撑破。他要跑，要逃。他仰着头，挺着胸口没命地向前冲。他们在追，在喊。他害怕极了，觉得自己无处可逃却又不得不逃。

他跑了好久，渐渐甩开了所有跟着他的人，转过一个弯，跳上了一辆出租车，却不知道要去哪儿。他家在北面，他就指挥着车子一路向南。堵车的时候他非常紧张，似乎周围随时会蹿出追他的可怕的脸，将他抓回家，将他关起来。好容易跑到了城市里最繁华的市中心，他叫车子停下，推门下车，下车之后才发现身上没带钱。

"我没带钱。先走了。"他说。

"啥? 耍我啊? "出租车师傅拍了一下方向盘。

"我真的很急，不如就算了吧? "

"靠! 什么话? ! "

"难道我也需要付钱吗? "他自嘲又悲凉地说，"钱不都是送到我手上的吗? "

司机师傅被他气得语塞："靠，你以为你谁呀? "

他却凄然笑了："不如你来打我吧。"

他的笑更把司机激怒了，以为是在嘲笑他。

"嘿我说你这小子是怎么回事? "司机真的下了车，把他拉出车子，狠狠踢了他两脚，"不给钱还有理了你! "

司机踢他打他，他却笑得大声。他也觉得疼，脚尖踢中腰眼的时候他也疼得扭曲了面孔，龇牙咧嘴，可是他还是想笑。司机本来想认个晦气就完了，看他这样发疯，也打起了劲头，噼里啪啦只是低头揍。他到最后还是倔强，一边气喘吁吁地叫着疼，一边仍然想挤出笑容。司机实在恼了，打了他鼻子一拳，上车扬长而去。

他坐在路边，鼻子流着血。最繁华的大马路中央，周围早已围了一圈人，看他的可怜，也看他的疯。他内心早已说不清是什么感觉，疼痛、屈辱、快感和荒唐交缠在一起，又有种特殊的兴奋，伴随着青紫的手臂和红色的血包裹在他身上，形成一层无比坚实的外壳，隔绝周围人怪异的目光。他只觉得悲伤，却不惧怕任何人。

"我高兴死了，你们明白吗？"他向天空喊，眼睛并不看谁，"来吧，你们还有什么戏，都来吧！"他扫视了一下周围人，"你们是看戏的吗？还是你们也是演戏的？"

人们被他的狼狈和疯样子逗笑了，知道他是发了癫狂，嗤笑了一下就纷纷走开。有的人凑过来问他是不是喜欢挨揍，要不要再被揍一顿。有女生喜欢表示善意的，给他递了纸巾。他没接，纸巾掉在地上。人群三三两两散开。他眼睛里不知为什么有了眼泪，却还笑着。

他不知道该向哪里去，去哪里似乎都是死路一条。他不想回家，也不想被抓走。他看到路边一座楼的地下通道，飞奔进去，穿过停车场，躲进了仓库。在盖满灰尘堆满废弃杂物的纸箱子后面瑟瑟发抖，躲了一夜，睡着了。

此后人们开始看到一个乞讨的疯子。他不要钱，只要吃的。他充满恐惧，和谁都不交谈，讨到吃的之后也不点头称谢。他每次只出来一阵子，然后就像躲什么一样消失得无影无踪。仓库也渐渐容不得他。管仓库的人每天不得不像抓老鼠一样抓他，用扫帚把他扫到门外。他在一个晚上躲进了下水道。下水道空洞，放大了细微声音，他总觉得有脚步的声音，这感觉像羽毛抓挠着他的后背，让他不得不逃。他在复杂的管路间穿梭，在老鼠脚边跑。

他又看见了吸人的黑洞，又看到了盲目的光潮，还看到一片绿莹莹的无穷无尽的屏幕，计算机阵列排成的海洋。他被那景象震撼了，想告诉世人。可是地下水管的网络深奥复杂，他跑来跑去，却在原地绕圈，像是进入了一座出不去的迷宫，也失去了年月。

有一天，他看到地下水管网在融化。起初他以为是自己的幻觉，但是看到不止一处出现同样的景象，他开始意识到危险。管道都在融化，金属逐渐变软，消融成液体，一滴一滴往下落，落进下水道汩汩的溪流中。有的管道开始断裂，还没完全断开，水已经开始泄漏。他看到老鼠成群结队向一个方向逃窜，也跟着跑去。

老鼠跑的方向是出口。光亮刺痛了他习惯黑暗的眼睛。那是一个停车库，一些衣着华贵的人扶老携幼，装载上大包小包的行李，带着紧迫感像是难民一样正在快速离开。

他于是飞奔着跑回到地面上，大呼小叫着，说灾难降临了，城市在融化，快逃。

"整个世界都在融化！"他声嘶力竭，焦急得声音都发颤了。

可是他蓬头垢面，一身污泥。没有人理他。

"是真的！地下全是计算阵列，无穷无尽。下水道正在融化，从水管网络开始，都已经软化了。我不骗你。有钱人和老鼠都已经开始逃命了。我是认真的。你们停下来！"

他伸着双手，走向路人。路人绕大圈避开他。他的身上散发臭味，没有人接近他。他是个疯子，看到的都是幻象，即使有人听了，也不会有人信。更何况没人听。路人和美安详，相依相偎走过这繁华街巷。老人领着小孩，新婚夫妻手拉着手，客户在餐厅门口握手告别，时尚漂亮的女孩子拎着几个购物袋相互聊天。华灯初上，五彩小灯装点着超市门口。只有他在路中央癫狂，喊叫着一些无意义的言语。人们都知道他是癫狂者。人们和美安乐地散步，没有人看他，绕过他倒下的身躯时也没有低头。

高楼的外表坚固刚硬，没有一点融化的迹象，人们仿佛永远和美安乐。

积极砖块

周错早上出门之前，总会低头闻一闻窗台上的植物。

植物还没开花，但它的绿色是整个房间最亮眼的颜色。

周错小心翼翼，担心它会变黑。他理智上知道不会，但还是下意识担心。

他不想回头看房间。整个房间的墙和地板、与墙相连的装饰和桌面都变成了灰黑色，他低下头，只看着自己的脚尖走出了房间，他的鞋踏在地上，像是踏过一片烧过的灰烬。那种灰黑色刺眼，他不想看，闭上眼睛，仿佛被辣椒刺激出眼泪。

在积极城市，所有建筑和家具都能感知人的情绪，只要你接触它们——任何部位——你身体里的情绪因子就会被它们感知，它们就会变颜色。积极情绪是暖色，负面情绪是灰黑色。

再睁开眼，楼道里鲜亮的红色和金色撞进了他的瞳孔。

周错打开楼门的一瞬间，迎着阳光，展开了灿烂笑容。

"周错，早上好呀！"楼下卖包子的阿姨特别热情地招呼他，"看到你我就有好运气！我真是太高兴了！"

"阿姨，您的笑容太暖了！如果您的笑容转化为热量，那么整个早晨您蒸包子都不用火了！"周错昂扬地笑着说。

在他们脚下，地面晕染开莲花般的粉彩。

"周错，你真是太有礼貌了，实在是一个好小伙儿！"周错楼下的阿姨经过他们，见到刚刚的一幕，巧笑嫣然地拍着周错的肩膀，让自己身后羞涩的孩子向前站一站，"快跟周错叔叔学习一下，以后也得做给人带来快乐的人！"

"这是我应该做的！"周错说，"我是一只蜜蜂，只愿您的心里开花。"

周错看见孩子向后退了退，脚下的地面隐约有一圈发黑，他有点慌了，连忙单膝跪地，撑住孩子的肩膀，对他说："你不需要说话，你现在想象就好。想象一个有月亮和发光小船的世界，你坐在小船上，能飞到云层里。"

他微笑着说这些，看到自己和孩子脚边的灰黑色都褪去了。他松了一口气。

站起身，他伸出手指向前方，说："阿姨，我要先走了！我要去上班，实现我的理想，为人带来快乐！做一个快乐的人，做一个能给别人带来快乐的人，是我最大的骄傲！"

街头的彩虹色风景，很像明媚天气。屋顶是淡红色，墙壁是橙色，楼梯和窗口是黄色，窗帘是鲜嫩的绿色，整体看上去，像鲜花绿草的阳光野外。小镇的街道变换着绚烂的色彩，随着踏上去的人心情不同，变幻出赤橙黄绿青蓝紫的莹亮颜色。

周错坐车行驶过这一切，心里有点恍惚。他警醒自己不要让出租车外壳变黑，但时不时的内在思绪，常常将他拉出灿烂的画面。

周错二十七岁，还没有过女朋友。他每天一个人上班下班吃饭，即使生了病也没人照顾。但是他努力在每天的日常生活中忽略这一点，否则无法做好白天的工作。

积极小镇有积极政策：每个人都应该表达积极情绪。快乐、幸福、满意的积极情绪可以感染人，让其他人更积极；而悲伤、痛苦、恐惧、愤怒的消极情绪也可以感染人，让人产生消极的情绪，所以小镇的科学研究系统得出报告结论，只有积极情绪允许展现出来，让情绪材料变得鲜艳是可以的。如果谁的情绪让情绪材料变得灰黑，一旦蔓延开来，影响到其他人，就得把他送去隔离。

周错和他16724个同事一样，都是这个城市的积极心理按摩师，他们每天的工作就是在所有街头巷口和电视节目演播厅，表演开心快乐的片段，让小镇所有人感到开心。周错特别有肢体语言逗乐的天分，对着镜头格外有表现力。虽然他职位低微，但对自己有期许。

办公室里还没有几个人，但是来的人都有一种暖春的气氛。

"你今天看起来气色真好呀！"王洁见到周错，对他说，"你是我们办公室的新星。"

"你也很美。"周错说，"这条裙子把你衬托得像路灯一样明亮温柔。"

他经过一张桌子，两个同事在低头微笑着说话。

"Wesley，你上礼拜查了账户吗？是不是有点不对劲？"Authur和Wesley说。

"别说这个。"Wesley的脸上有一闪即逝的仓皇，但迅速转换为大笑，"我给你讲一个小故事，今天早上刚看的，乐死我了。"

他们的手臂撑在桌子上，桌上的灰白色瞬间变为跳动的金黄色。周错经过他们，对他俩微笑，假装没听见任何事。

周错走到自己的桌旁，刚一坐下，就看到屏幕上的一则弹屏提示：他没有通过初选。

他有点发蒙，眼睛像是瞬间蒙上了一层雾，他揉了揉太阳穴，闭上眼睛又睁开，这一次总算是能定睛看一看了。确实是没有通过初选，原因写得模糊不清，而且充满了奶油糖果般的安慰：他的表演很聪明、很有创意、很好笑，但是缺了一些特色，因此没能通过初选。

周错感觉到一种不祥的情绪在身体里蔓延。这个选拔活动是他们公司内部组织的，通过选拔的人可以成为公司重点主推的新星，有希望成为整个积极城市的快乐大使。他原本以为自己能够一路通关，进入总决选，成为大街小巷屏幕上的新星，他甚至设计了决赛表演的趣味桥段。但他怎么也没想到，自己连初选都没有通过。

他有点惊恐地发现，他手臂接触的桌面正在变黑，他下意识抬起手臂，悬在空中，哪里都不敢接触，但是他屁股和脚下的座椅与地面也在变化。一丝丝，灰色像墨水蔓延。

他弹起来，不敢坐，脚也踮起来，想尽量减少与地面的接触。但是这样又引起周围的关注。他知道这样不是办法，无论如何还是必须稳定住自己的情绪。他又重新坐下，像往常那样，想他喜欢的古诗：孤帆远影碧空尽，唯见长江天际流。孤帆远影碧空尽，唯见长江天际流。他想象远处的白云山谷，想象白云底下的绿草如茵。想来想去，黑色终于褪去了。

刚稳定了一秒钟，突然屏幕上弹出另一行字：周错，请到总监办公室来一趟。

周错的心咯噔咯噔跳了几下，连忙对着镜子整理了一下仪容。他敲了敲总监办公室的门。总监办公室里有着最心旷神怡的米黄和新绿颜色，很有自然气息，让人感觉总监的积极情绪满格，很有积极影响力。周错有点自惭形秽，但在脚下地板变灰之前及时止住了这种内疚。他重新整理了一下精神，开口笑道："总监，您找我啊？我今天是怎么了？怎么这么荣幸，估计是我昨晚上吃比目鱼带来的幸运。"

总监微笑着儒雅地说："周错啊，今天你可能收到一个通知，说你没有通过公司初选，你现在还好吧？"

周错笑着说："看您说的，这是好事儿啊。没有通过初选，我接下来就可以做观众啦，我从小最擅长做观众了，我会一百种啦啦队的本领，保证在现场给选手营造出特棒的气氛。而且我妈说了，我这人从小有一优点，就是越挫越勇，您看我的名字，周错，就是爱出错，越错越神清气爽，越错越喜笑颜开。"

他说着，做了两个滑稽的拍屁股的动作，逗得总监也不由得笑出声。

"周错，你还是很有才华的。"总监慈祥地说，"其实呢，我们这次也还是对你有安排，虽然不是选手，但是这个职责更加光荣一些。下礼拜市长要在全市巡游，看看我们积极城市的快乐面貌，所以从这礼拜开始，就需要各个街口更加色彩斑斓一点。所以我们公司准备派几位亲和力强、幽默感强的心理按摩师，站在街口，让来来往往的人都绽放快乐心情。"

"这个使命太了不起了！"周错激昂地答道，"您对我真是太好了！"

"那就去吧。"总监笑得很满意，"加油哦！我很看好你！"

周错真的觉得内心鼓荡起一阵壮怀激烈的兴奋。这一次，当他走向自己办公桌的时候，第一次踩出双脚赤橙的颜色，发出闪闪亮光。

整个下午，周错都站在街上，用唱歌、跳舞、扮鬼脸、讲笑话和温暖的问候，让每个过路人都露出和煦的笑容。

在他周围，一切颜色都是那么美丽。地面的砖块时而金色橙色闪烁，时而晕染开柔和的玫瑰红。周错在表演的过程中一直用余光扫地面，每当出现心旷神怡的青草绿的时候，他就格外受到鼓舞。他觉得这些砖块真的不可思议，轻盈的质地和表面的亮泽，像是降临人间显示智慧的神器。

他只有偶尔想到自己的落选和灰黑冷寂的家，才会产生出一丝丝墨汁般的忧郁。但是他决不让这种情绪蔓延，总是及时用一个笑话止住，用鲜艳的红色像瀑布一样冲走一切。

"女士，您知道什么叫刻舟求剑吗？就是我周错见到了像您一样美的女士，要把我自己刻出烙印，只为了求见您一面。一面，此生足矣。"

女士笑得花枝乱颤，地面也蔓延开粉紫色的水波纹。

忽然，周错看见两个同事。他们下班和他所在的街口回家。周错兴冲冲地过去打招呼，但他们没注意到周错就走到前面去了。周错想起来，自己还穿着一身一百年前的西装和礼帽，戴了夸张的黑圈眼镜，还贴了两撇小胡子。从外观上，看不出自己是正常的。

他又从他们身后赶了两步，想追上他们，跟他们告别。两位同事在等红灯的路口停下。但就在追到他们身后，没来得及拍他们肩膀的时候，周错突然听到了自己的名字。"周错，"他听到一个人说，"他是最可惜的。要不是总监小侄女插队，他还是挺有可能入选的。"

周错一愣，手悬在空中。"是啊，"他听到另一个人说，"周错初选时的章鱼舞其实挺有想法的。"

绿灯亮起来，周错犹豫了须臾，两个同事就向前走远了，追不上了。

到了规定的下班时间，周错摘了礼帽，准备回家。但不知为什么，他的双脚在不由自主带他向办公室的方向走去。

他有点恍惚，内心一片空白，也说不上自己此时是什么心情。等到他回过神来的时候，已经刷脸进入了办公室。

面对空无一人的硕大房间，他突然一激灵，明白过来一些。周围墙上彩虹一般的颜色，在空寂的环境中仿佛清淡了下去。他不知道哪里来的劲头，突然想进总监办公室去看看。

总监办公室还是像早晨进来时一样和煦。周错想找到任何有关总监侄女的信息，却不知道该从哪里下手，有点慌张地翻了翻总监办公桌上的电子纸阅读器，没看出什么端倪。偶然碰了总监桌上的电脑屏，屏幕的智能程序声音响起来：面孔未识别，请输入其他身份验证信息。声音划破寂静的傍晚，把周错吓得几乎惊跳起来，他下意识向后退，退到书架边上，后背碰到书架，在书架上印出一个相当昏黑的背影。他一吓，一屁股坐在地上。

他没看见任何有关总监侄女的信息。但他看到一个让他忘不掉的画面：总监的书桌下，在一般人看不见的角度，有一个深黑色的脚印，深陷到地下，那么深，那么黑，像是陈年的墨汁深埋在地下。

他呆滞了片刻，落荒而逃。

当天晚上，周错在自己的小房间里，默默抱着被子，缩在干硬如黑炭的床上，睡不着。他原本以为只有自己一个人会有灰黑色的家具，但总监办公室里看见的深黑色脚印深深印在他的脑海里，挥之不去。他越想越觉得很多事情超出他的思想范围，越想床就越漆黑坚硬。他感觉身体被硌得生疼，最后只好把被子抱到地上躺下。

他打开网络电视，想要解闷，但是屏幕中全是欢腾，跟他的情绪格格不入。有一个女孩在跳积极街舞，另一个屏幕里是两个人在庆祝分手。每个人都开开心心甜甜美美蹦来蹦去，吵得周错脑仁疼，也让他找不到共鸣。他一个人窝在被子里，抱着双膝，被子也变成了灰色，缩成小小一团，他冷得发抖，想让被子恢复原样，可是被子怎么都回不去了，他于是更沮丧，情绪更坏，似乎整个房间都缩成水泥了。

他觉得自己到了无计可施的地步，想找人说话，但又完全不敢暴露自己，不敢跟人说。就在他困顿得无法自拔的时候，敲门声响起来。他本不想开门，但谨慎地想了想，还是勉强爬起来，来到门外，发现是他的邻居，王叔。

王叔的手和脸都被一层雾气遮住了。周错定睛看了看，才发现王叔端着一碗热腾腾的水饺，一看就是刚煮出来的。

"今天包饺子包多了。"王叔说，"给你拿一碗来。趁热吃吧。"

"您对我真是太好了，"周错的眼眶被涌起的感动弄得有点湿润，赶忙压下去，"不过，您还是多留一些自己吃吧，别给我这么多。"

"不用，你别管我。"王叔摆摆手，"反正我过两天可能要搬家，家里的吃的都得处理，到时候搬不走。家里还有好多呢。"

"搬家？为什么要搬家？"

"这边的房租太贵了。"王叔有一丝无奈，"不过还没定，还要等一些消息。"

当晚，他回屋趁热把饺子吃了，烫口的肉馅在嘴巴里跳舞，醇厚的满足感从心底升腾。他感动得无法自拔，心里获得巨大安慰，终于沉沉地睡着了。

第二天晚上，他想去给王叔送还碗筷，可是怎么敲门都没有人。第三天清早上班前敲门，也没有人。一连三天都如此。

周错以为王叔已经搬走了，只感觉没来得及送别，十分遗憾，但直到第四天，见到另一个邻居，才知道王叔因为在马路上跟人发脾气，被带到了情绪拘留所，造砖块。周错大吃一惊，他一直觉得王叔很好脾气，没想到也会被带到情绪拘留所。他连忙打听详情，邻居说，王叔最近可能遇到一些麻烦，情绪一直不太稳定。

周错连忙预约去拘留所看望王叔。他上班都有点恍惚，一下班，连忙跑去情绪拘留所。这是他人生中第一次去这个传说中的地方。他原本以为它会在郊外很远很远，就像疗养院，却没想到就在城市边缘，离市中心不过十公里远，外表看上去很像是普通的公园。

"您好，周错先生，"门口的引路机向他打招呼，"欢迎来到积极情绪干预与引导中心。请您严格按地上亮起的发光箭头走，就能见到您想看望的人。请不要走出发光箭头指示的路，在园区内随意行走，否则会有危险。积极情绪中心，你最贴心的人生服务站。"

周错犹豫了一下，问引路机："什么人会来这个地方？"

引路机说："让自己的消极情绪影响他人的人。"

"那什么人可以离开呢？"

"能以积极情绪示人的人。"

"为什么不能有消极情绪呢？"

"在伟大的积极城市，一切都舒适美好，每个人都用自己的积极情绪善意地影响他人，这种情况下，如果随意展示消极情绪，那就是无视他人的伟大努力，给城市搞破坏。"

"你有情绪吗？"周错问引路机，它看上去像一个石柱子。

"我永远积极向上，为人送去温暖，我认为这就是我的情绪。"引路机答道。

周错进入探望室，看到了准时等在探望室里的王叔。王叔由一台巡视机器引导进房间，周错感觉心里有点酸楚，凑近玻璃对王叔说："王叔您还好吧？"

"还行，还行，没什么。"王叔像是宽慰他，笑了一下。

"在里面都干吗啊？会有人对您动用什么强制或暴力手段吗？"

"暴力手段倒没有，"王叔摇摇头，"不过也有点强制。在这里吃的睡的还不错，但就是让人劳动，造砖块。……嗯，真的，就是动手捶打，就跟咱们在电视里看到的古代砖窑一样。我也不知道为什么这样。……是，造的就是咱们这儿建筑和家具的材料，说是什么新型高分子聚合材料，就是你看到的这些……"王叔伸手拍拍面前的桌面，"不过我们造的算是原坯吧，之后据说还会拿去加工厂做成各种各样的造型。"

"这跟改善情绪有什么关系呢？"周错问。他从小就听说情绪拘留所是很可怕的地方，因而也一直规训自己，生怕被抓进去。

"我也说不清楚，"王叔说，"好像听说，这种材料能够感知你血管神经里的不知道什么化学元素，特别灵敏，能帮助你改善情绪。不过我觉得可能也就是简单的体力劳动的作用。小时候听我爸说，体力劳动能让人心情舒爽，我当时不信，但这两天过后，我倒确实有一种舒爽的感觉。"

"这么说还好。"周错舒了一口气，"我特别怕您在里面受苦。"

王叔摇摇头："那倒是没有。就是有点不自由，还是早点出去的好。"

"哦，对了，"周错想起来，"王叔，您是怎么回事？您怎么进来的啊？"

"欠人钱，"王叔说，"没控制住，在街上跟人吵了起来，把整个街口弄黑了。"

"您怎么会欠人钱呢？"

"唉，"王叔叹了口气，"其实我这两年没有稳定工作，我就找人借钱做了点生意，但……没什么结果。"

周错知道，所谓"没什么结果"，肯定是赔了很多。借钱，多半也是不小的数额。

"但您怎么会没工作呢？"周错问，"您不是公司的创始员工吗？"

王叔说："创始员工有什么用？老板说你没用了就是没用了。我听说是我们老板前妻的儿子回国了，据说是拿过国际大奖的，顶了我的位置。我这个年纪，再找工作实在是难。"

周错想到自己的经历，也是感同身受，隔着玻璃试图拍一拍王叔的肩膀，但是手接触到玻璃的窗框，把光泽柔亮的窗框直接按出一个黑手印。他像烫了火一样缩回手。

"王叔，我最近跟您一样，"周错也不知怎么着，一时冲动，就把话说了出来，"我也在公司遭遇滑铁卢了。我们公司最近的选拔比赛，我也被顶替下来了。这是我期望了好久好久的机会，如果错失了，不知道又要等多久。我听说是因为总监的小侄女。我也不知道是不是真的。反正我也是跟您一样。王叔，我真特别明白这种感觉。"

周错说着，他胳膊下面撑着的小桌板就开始一点点变灰。这次不是黑色，而是深灰色的氤氲，如同墨汁滴进水里，一丝丝荡漾开去。他说着说着，不知不觉用手抓住了玻璃外框，外框也被手掌按得如斑马一样斑驳。

周错身边，巡视摄像头的警报开始响起。由于周错和王叔说得投入，两人对身边的笛声充耳不闻。他俩平时很少这样交流，今天隔着一块玻璃，仿佛反而更为通透，多日来心里憋闷的愤懑都相互交流出来，简直太投机。随着颜色越变越深，摄像头的警报也越来越响。

突然，两辆小巡视车从周错背后的小门行驶进来，伸出两个钳子，一左一右夹住周错的胳膊，让他动弹不得，周错想挣扎，但钳子越夹越紧。"干什么？！你们干什么？放开我！"周错徒劳地跟两辆小车叫喊着。它们不为所动，又一左一右将周错的腿固定在它们的车身上，然后裹挟着周错向楼道开去。只是这一次，并没有驶向门口，而是驶向楼道深处的一道绿门。周错惊恐地大喊。

"为什么？"周错大叫道，"你们为什么要绑我？"

"因为你展示的消极情绪，超出了正常阈值，进入不健康领域，如果回到社会，会危害他人，因此必须将你隔离治疗。"巡视车不带感情地回答。

当天夜里，周错躺在拘留所的小房间里睡不着。

平心而论，拘留所的小房间条件并不算艰苦，甚至相比周错自己的房间，这间屋子还算相当舒适了。至少这里的床是簇新柔软的，不像周错自己的床，早就变黑变硬，板结成一块了。周错早就想换一张新床，但现在的家具实在是太贵了，他一个月的薪水总共买不了两件家具，很久都没舍得换。在拘留所的小房间里，他算是终于睡到了久违的软床上。

但他就是睡不着。

他特别担心自己在半梦半醒之间，或者是睡着之后的噩梦里，坏情绪太多，把拘留所的床也变黑，这样或许永远都出不去了。他也担心第二天要开始的捶打砖块的过程，他不知道那会是怎样的体力劳动，会不会像古时候奴隶那样，被机器人的鞭子抽打着工作。他又想到自己和王叔的对话过程，虽然他很懊恼自己没控制情绪，跟王叔一起吐槽，但他内心深处又感谢这样一个下午，让他知道也有人跟自己一样遇到烦恼。

凌晨，他疲惫而纷繁的大脑终于支撑不住，眼看要进入梦乡，突然，一个闪念划过他的脑海，把他彻底惊醒了：当他从公司下班的时候，公司的电脑还开着，而电脑上，有他试图潜入总监电脑、寻找舞弊证据的记录。

当周错想到这一点，他从床上蹦起来，他知道自己必须从拘留所出去，在大家还没上班之前，把自己电脑上的证据清空，把电脑关闭。

他试图拉门，拉不动，推门也推不动。他试图找到开门的按钮或钥匙，但遍寻了一大圈，还是没有找到。他拉开窗户，发现窗玻璃外面还有加固的栏杆。最终，他在卫生间顶部发现了一个没有护栏遮挡的小天窗，看高度也刚好够一个人爬出去。

他来到楼道里，完全搞不清楚方向。楼道都是一模一样，有多个岔口，仿佛一座迷宫，更让他头晕脑涨。他沿着一条最长的笔直的路向前跑，想跑到尽头的门。但是当他气喘吁吁终于到达的时候，推开门，却看见自己最不愿意看见的景象：砖窑。

他停下脚步，瞪着寂静中空旷的砖场。砖场空无一人，却又好像人声鼎沸。

他情不自禁走了几步，走到边缘的一块劳动场，挥起锤头，捶地上材料池里的一堆原料。原料发出一声闷响，触手的感觉有弹性而异常奇特。他忍不住又捶了一下。又捶了一下。他看到材料池里的原料逐渐变得有形。这个过程中，他体验到一种独特的爽快的感觉。他好像把自己长时间以来的不快全都一锤一锤挥了出来。他非常使劲，越用力，越有痛快的体验。锤子底下的材料也非常奇怪，他捶得越猛烈，材料也变得越坚硬成型。很快，材料就跟随着材料池的形状和他的捶打，变成了长方体砖块的形状。

他还想继续捶打，但突然听见警报的声音。他回头看见三辆巡视车的身影，突然清醒过来，意识到自己需要立刻行动。

他跳到离自己最近的窗玻璃跟前，挥起手里砸砖块的大锤，用尽全力向玻璃砸去。一锤下去，就出现了极为明显的巨大裂痕。他用余光判断巡视车的距离，又使尽全身力气继续砸窗户。三锤之后，玻璃碎裂，他清除了一些碎玻璃，然后在巡视车抓住他之前几秒，翻身到了玻璃窗外。他的身体被碎玻璃刮出了伤痕，但巡视车的钳子没有抓住他的手臂。

园区的警报都响起来。周错沿着窗台边的排水管向下滑了一段，就双眼一闭跳向地面。双腿着地之后，又全身就地滚了几圈，才爬起身向前跑。右脚脚踝在落地时有一点扭伤，但不算严重，他拖着腿全力向园区外面奔跑。脚踝的隐痛和身体上的玻璃刮伤，让他忍得辛苦，心底的紧张和恐慌也在放大，所到之处，地面踩出一个又一个黑色的脚印。

园区的大门闭锁，而身后的巡视车又越来越近。周错看看身前的大门，又看看巡视车，退无可退，就站在大门前迎接巡视车的到来。就在巡视车离他只有一米左右时，他闪开身，跳到一侧，又从后侧方跳上巡视车，双手紧抓住巡视车两条长长的铁钳手臂。不出他所料，当巡视车朝向园区大门驶去的时候，大门识别了巡视车，无声敞开。

周错身后，另外两辆巡视车一直在追。周错不敢跳车，只好按键，把自己依附的巡视车改成手动操作，控制着方向一路向前。约莫两三公里，就看见了车流熙攘的城市街道。

拐上城市街道之后，身后的两辆巡视车消失了。周错松了一口气，想找一个没有人注意的地方弃车而逃。

周错拐向一个小的岔路，在一座巨大的工地旁。他怎么都没法让巡视车停下，只得来回拍击巡视车的控制键，最后没办法，只好跳下车，想让巡视车撞到旁边的墙上，自行停下。

谁知道，这座工地的墙，只是临时搭建的隔离，并不稳固，全金属制的巡视车撞上去，竟然使得相当一段墙塌了下去。墙砖碰倒了旁边刚刚支起来的一根支架杆，支架杆还未完成，相当不牢固。

支架杆向旁边一张放食物的桌子倒过去，周错三步并作两步冲过去，抱住倒下的支架杆，他被支架杆的动量冲击，踉跄着坐到地上，但支架杆从餐桌旁边生生擦过，最终搭在旁边的吊车架上。

周错长出一口气。但就在他放下心，以为万事大吉的时候，他惊恐地发现，他死死抱住的支架杆上，出现了一团巨大的黑影，并且以飞快的速度向周边扩散。

他或许是经历了整个凌晨的惊慌失措，从而忽略了自己情绪上的巨大起伏。他忘记了，自己的惊恐、担忧、压抑和愤怒，都积攒在他胸中，在奔跑逃窜的过程中也不曾释放，此时此刻，当他紧紧抱住支架杆，所有的情绪像是洪水得到了突然的倾泻通道，一瞬间开始外溢奔逃。只几秒钟，他的情绪就把支架杆染黑了。

这还不是结束。支架杆的黑色搭在吊车架上，吊车架也开始变黑。周错以前也见过黑色蔓延，但是他第一次见到这样快速的蔓延。他也不知道是怎么回事。他来不及思考和反应。工地上的人听闻声响，开始向此聚集。他们看到变黑的支架杆和正在发黑的吊车架，发出了"哦，天哪——"的惊慌呼叫。一群人一拥而上试图扶起支架杆，或者控制吊车架，但这种措手不及的惊慌失措，使得吊车架的黑色愈发加深。吊车司机赶来了，他想把吊车架转向，但恰好有一群人往另一个方向拖拽。轰隆一声，吊车架向工地的建筑倒下。

这一倒不要紧，刚建起来一半的高楼，直接有半面墙被撞塌。人们惊愕地发现，高楼的墙内，竟然整面墙的内芯都是黑色的。楼体全是用积极材料建成的，而每一块积极砖块内，都藏着深黑色的内芯。一地破碎的砖块，每块都有黑色核心。

工地上的人们惊呆了。他们一直在建造晶莹美丽的高楼，所有积极砖块都有莹亮的外观，随着人们的激昂和骄傲，高楼的外观总会幻化出七彩光辉。建筑师和工人一直在建造高楼，但从未击穿积极砖块的核心。

看见这一点，所有人都感觉到震惊、恐慌，黑色在眼前蔓延，也在许多人心中蔓延。恐慌催生恐慌，当人们看见大片蔓延开的黑色，心里埋藏的压抑释放出来，隐藏的负面情绪快速蔓延。一会儿工夫，就从工地出发，蔓延到街头。

整个城市都在变黑。从一座楼到另一座楼。楼面上光鲜亮丽的色泽消失了，取而代之的是砖块由内而外释放出的灰黑色，还有复杂的幽暗纹路。这铺天盖地的黑，引起更大范围的路人的恐慌和情绪释放。城市开始瘫痪。

城市大脑接收到信号，开始通过智能设备中提前设定的积极程序，播放出积极音乐和画面，音乐响起的地方，转回五彩颜色，但是旁边有冲过来的恐慌逃散人群，又让城市街道的地面转回黑灰色。城市就像雨后水坑一样，深黑色上漂浮着五颜六色的油彩，不断浮动。然而，这是杯水车薪，无法阻挡恐慌和负面情绪充斥的民众陷入奔跑。而悲观情绪还在不断传染。最终，人群被恐慌尖叫充斥，整个城市在混乱中变成黑色萎缩的建筑集合体。

整个过程中，周错目瞪口呆。他一方面震惊于每一块砖内在的黑色芯，另一方面震惊于自己偶然失误引发的如此重大的城市动乱。他看到整座城市在自己眼前变黑、混乱、倾覆，始终不敢相信自己的眼睛，而深刻的自责将他裹挟，他拼命想冲出重围，挽救局面。

他冲上街头，大喊"请冷静！请冷静！"，又试图站在十字路口，进行他平时习惯的演出。他讲笑话，扮演小丑，可完全是徒劳的，没有人在这一刻还有心观赏。

他在混乱的人群中看到一个哭泣的女孩。女孩被人群挤掉了自己的娃娃，娃娃在泥里，被很多人踩了很多脚印。女孩大哭着，想要去捡，捡不到，只能看着娃娃被踩，痛苦钻心。周错扒开所有人，钻到人群脚下，用自己的后背护住娃娃，被踩了好几脚，最终捡回娃娃，送到小女孩手里。

"娃娃回来了。"他对小女孩说，"她只是去找宝藏了。她去了火山口找宝藏，所以才会一身泥灰。"

"真的吗？"小女孩揉揉眼睛，止住了眼泪，又吸了吸鼻涕。

"真的。真的。"周错说，"你听，她在说：嘿，我找到了火山口里晶莹璀璨的宝石，在最深的熔岩里，才能酝酿最璀璨的宝石。你看，宝石在发亮呢。"

周错说着，摊开娃娃的手心。小女孩就像看到真的宝石一样，开心地笑了，说："真的，我看见了！"

在他们脚下，街心荡漾开一抹彩虹，如同暴风雨中的一眼五彩清泉。

2050年的杀人事件

(一)

"天黑请闭眼。"

"现在杀手睁眼，杀手杀人，杀手闭眼。"

"现在警察睁眼，警察请睁眼……警察？谁是警察？"

"……没有人睁眼。"

"没有人是警察吗？大家睁眼吧，确认一下自己手中的牌。"

"小雅，可以睁眼了。小雅？"

"小雅！你怎么了小雅？"

"啊——快来人哪！小雅嘴边流血了！快来救命啊！"

小雅死了。没有留遗言。

(二)

"请问，案件发生的时候，有人出去过，或者有人进来过吗？"

"没有。"

"也就是说，这是一个密闭的房间，其中只有你们七个人？"

"是的。"

"从大家一起闭眼，到因为没有警察睁眼而中止游戏，大家一起睁眼，总共有多久？"

"说不好……也就一两分钟吧。这次会比平时时间更久一点,因为好像杀手并没能对杀死谁达成一致,有那么一会儿工夫的协调。但不会特别久。感觉……也就一分多钟吧。"

"谁是刚才的法官?法官一直是睁着眼的吧?法官看到事件发生的过程了吗?"

"我没有。我一直在认真主持。小雅始终闭着眼趴在桌上。'杀手'杀了她。我没看到有什么异常。直到……直到……"最后说话的法官,是小雅的老公林之仁。他说着眼睛就红了,眼看着就要情绪失控,旁边人连忙打断他。

警长黄璨皱了皱眉,又一一扫视屋里的人。小雅的老公林之仁,她的闺密盼盼和其老公金帅,小雅的弟弟胡小致和弟妹卢颖,最后是茶馆老板汪子华。三对夫妻和茶馆老板,这个关系说简单也简单,说复杂也复杂。这种全是亲朋好友的杀局,往往里面每个人都有恩怨,也都有杀人动机。

"我只有一个问题了。"黄璨说,"小雅出过轨吗?"

"你!"林之仁站起来,沉声说,"你这说的是什么话?"

"别急,别急,"黄璨示意他坐下,"只是例行公事。例行公事。"

他说着,眼睛扫过座上所有人。

(三)

"法医的结果出来了吗?"黄璨在隔壁小房间问自己的助理。

"出来了。"助理迟疑了片刻,然后说,"是中毒。普通的氰化物,但是浓度很高。从一根小针流入。针是从小雅肩头的肩颈按摩仪探出来的,伴随着肩颈按摩仪的刺激性按摩,可能让受害人没有特别觉察出是针刺,也有可能是毒物中伴随了少量麻药,让受害人麻痹。大概2—3分钟,受害人就毙命了。"

"按摩仪？"黄璨皱了皱眉头，"按摩仪怎么会下毒？……按摩仪是谁的？"

"是茶馆老板的。这个茶馆里专门有一间疗养房间，里面有各种各样的疗养仪器。"助理给黄璨调出他的初步调查结果，"我问了一下，这几对夫妻是茶馆老板的老朋友了，经常来，也时不时就会用疗养室。谁都知道受害人喜欢用这个按摩仪，每次来都会戴一会儿，玩游戏也会戴。"

"那你问没问，有谁最近把按摩仪拿走过？"

"问了，"助理迟疑了一下，"老板说，只有小雅和盼盼借走过，分别借了一礼拜。"

"小雅？……所以，如果按摩仪被动过手脚，最有可能的就是林之仁和盼盼两口子？"

"是。但小雅和老公跟弟弟、弟媳住一起，一套二层公寓，上下楼。"助理调出他查到的照片，"理论上讲，她弟弟和弟媳的嫌疑也一样大。"

"明白了。"黄璨掸了掸手上的烟灰，站起身来，"你给我查一下小雅和她弟弟的经济关系，有没有经济纠纷，再查查她和老公之间，有没有感情破裂的迹象。"

"收到。那这几个嫌疑人，是让他们回家，还是继续留在这里？现在已经……"助理看了看手机，"凌晨1:36了，他们都闹着要回家。"

"让他们回家吧。你顺便跟踪一下。"

(四)

黄璨抽着烟，在空旷无人的凌晨街道上兜风。

整个案子，总有点什么不对劲的地方，像一阵驱之不散的雾霾，在他心里盘旋。说不上是什么地方。其实不是人物关系或者作案动机的困难。像这样的密室杀人案，嫌疑人又都是受害人身边的至亲至爱，以他的经验，只要耐心点，套套话，总能在周围人的言辞中，找到蛛丝马迹，分析出可能的杀人动机。这对于他来讲不是难事。

不对劲的地方，在于作案的形式。为什么要在杀人游戏里呢？为什么要用明显的密室？为什么要在茶馆？为什么要用按摩仪？所有这些形式，都太奇怪了。

黄璨反复在心里寻找那个让他隐隐不安的点，始终不得要领。他把车子又开快了几迈，叼上根华子，让夜风吹拂自己焦躁灼热的脸庞。

忽然，他想到了那个点。那个从一开始就困扰他，他却一直没看清楚的点。

按摩仪，是什么时候射出毒针的？

他掉转车头，立刻向茶馆开回去。他必须要在现场被破坏之前，再去仔细查找细节。他知道一定有什么是他刚才没有看到的。

（五）

"老板！老板？"黄璨下了车，三步并作两步就往院子里闯。

茶馆里还亮着灯。显然他们离去的这一会儿工夫，还不足以让老板收拾完店铺打烊。

好一会儿，老板才从里屋走出来，探了探头，看见是黄璨，才打开前门让他进来。

"探长，您怎么又回来了？"

"汪……汪老板是吧？"黄璨说，"不好意思，我再打扰一下，有两个小问题还是得问问您。我能进去吗？"

汪老板慢慢将黄璨引进一个小茶室——不是晚上发生命案的那间，而是另一间小小的二人茶室。"您喝什么？"汪老板开始用开水烫茶宠，"普洱？我这边有人新带来的不错的岩茶。黄探长尝尝。"

"都行，随便。"黄璨并不太在意茶，挥了挥手，"深夜打扰，不好意思了。我回来是想问，今天晚上小雅使用的按摩仪，平时是如何启动的？"

"如何启动？"汪老板似乎对这个问题感到诧异，"那还能如何启动？打开开关呗。按摩仪右侧有一个小小的白色圆疙瘩，长按三秒就启动了。"

"还有别的启动方法吗？例如……刷脸或者远程打开？"

"可以刷脸。"汪老板点点头，"只不过目前只能刷我的脸。"

"只能刷你的脸？"黄璨警觉地眯起眼睛，打量着汪老板，考察他有没有什么不对劲。但他转念一想，如果汪老板有嫌疑，这么直白地告诉他一条最重要的线索，又是图什么呢？难道真的是一个心思不周密的愣头青一不小心漏出来？这不可能。从作案手段看，显然是心思缜密的蓄谋已久者，不会是这么容易就向对手兜底的大漏勺。于是他换了一个问题问："今天晚上小雅是从什么时候开始戴上按摩仪的？"

汪老板想了想："她从一来就戴上了，应该戴了有一个多小时。她很享受这个过程。"

戴了一个多小时……黄璨暗自琢磨道，那就不是仪器本身的开关同时触发了毒针，而是另有触发开关。会是什么呢？又有谁不惜代价布置出这么复杂的作案现场？

"汪老板，"黄璨问，"听说茶馆里有一间专门的疗养室，我能去看看吗？"

"当然可以。您想按摩一会儿再走也没问题。"汪老板提到生意就不困了，很来劲。

"不不，那倒不用了……我就简单看看。"

疗养室在走廊最里面，也是整座茶室最大的一间。一进屋，就有一种幽蓝大海的氛围，整个房间四壁是黑夜夜空氛围，两面墙有大海的图像，另外两面墙是低矮丛林和帐篷的画面，地面上是沙滩投影，给人一种置身于海滩上，万籁俱寂中只与海浪相伴的感受。

"哦，不好意思，我们这里会随机出现助眠程序。如果妨碍您，我可以关掉。"汪老板说着就要去触动墙上的开关按钮。

"不用，不用，我感受一下。"黄璨说。

他静静听着。夜空氛围中，只有海浪的声音。远远似乎传来海风夹杂的植物叶子的香气。海声澎湃，低沉而有节律地一下一下打在人心上。他的神经似乎也受到感召，眼皮慢慢下坠，站在门口也似乎想要倒下睡了。

黄璨摆了摆头，用大拇指按了一下太阳穴。这时候不能睡。问完几个问题就回家去睡。他对自己说。"这里是用声音和气味助眠的吗？"他问。

"是，不过最主要的还是脑波共振。"汪老板说。

"脑波共振？"

"是。"汪老板开了灯，"我以前是大学里研究脑电波的，和小雅、金帅原来是同事。后来我自己觉得没那么大的学术热情，也没那么有才华，估计做不到什么大教授，就退出来开了这个茶室，兼做一点脑电波治疗的小生意。比上不足比下有余，自己过个小日子是够了。"

"您和小雅、金帅是前同事？他俩关系怎么样？"

"什么怎么样？"汪老板似乎意识到黄璨话里有话，"关系挺好的，至少在工作里没什么。小雅还把自己闺密介绍给金帅做老婆，能不好吗？他们两对平时经常一起玩。"

"哦……这样啊。"黄璨仔细品了品汪老板话里的话，但没有深挖，还是回到脑波主题，"您能不能给我说说，脑电波怎么做治疗？治疗什么？"

"脑电波啊，治疗得可广泛了。"汪老板带黄璨向前走，黄璨这才看到，墙边摆着好几种不同的仪器，有让人躺下休息、带扫描仪器的长椅，有头盔，有完全锁入其中的蛋形机器，还有一些奇奇怪怪的小物件，类似于小雅死前佩戴的肩颈按摩仪。汪老板边走边指示讲解："这里的所有仪器，基本原理都有类似之处，就是借助脑机接口，用电脑生成的电磁波信号，干扰一个人自身的脑电波信号，让人自身的脑电波平稳规律起来，这样一个人的身心感受也能平稳规律起来，就能睡得好，情绪也能更好。有点类似于仪器的调制解调器。只不过调制人的脑波。"

"脑机接口? 那不是得开颅植入芯片吗? "

汪老板笑了: "黄探长说的是二十年前的技术了。现代技术早就实现无线干预了。用低频先实现共振调制, 再用较高频率实现干预就可以。最新的脑波接收和干预技术, 早就能穿过颅骨而保持精度了。"

"哦……技术这么发达了啊。"黄璨笑笑, "汪老师别见怪, 我是一介武夫, 对技术发展还没那么熟。那你能现在给我做个干预试试吗? 我体验一下。"

"怎么? 黄探长也有失眠或者神经衰弱的毛病吗? ……现在还不行。"汪老板笑着摇摇头, "这些治疗, 都需要脑波适配。我们所有治疗者都是长期疗程, 先需要花上五小时左右进行脑波扫描和学习, 最终让 AI 完全识别出一个人的特征脑波, 才能匹配治愈疗程。"

"哦, 那小雅是经过扫描适配的吗? "

"那当然, 患者都经过扫描适配。实际上, 这几个好朋友都来我这边扫描过, 也都用不同仪器做过治疗。这也是为什么他们愿意来玩。玩累了就可以疗愈休息一下。黄探长要是需要, 明天白天来吧, 我先给你做一次全脑扫描。"

"那我能看看他们几个人的扫描数据吗? "

汪老板迟疑了一下, 但似乎不像是因为恐惧和遮掩而下意识做出的迟疑, 而只是对客户信息的习惯性谨慎。黄璨仔细观察了一下, 凭他的直觉, 不觉得汪老板是罪犯——或者同谋犯。"您明天肯定能把搜查令补上吧? 您知道, 作为商家, 是不能泄露客户隐私的。"汪老板为难地说。

"没问题, 你放心。"黄璨拍拍他的肩膀。

事实上, 黄璨完全看不懂那些脑波数据。汪老板依次调出林之仁、盼盼、金帅、胡小致和卢颖的数据, 但每个人的数据都是密密麻麻的锯齿状脑波扫描信号, 乍看起来没有区别。尽管脑波数据上有很多标记, 指示出每个人的特征波形和特征信号反应, 但还是太复杂了。黄璨看了几分钟就迷失在数据波形的密林中。他示意汪老板可以退出了。

"小雅的肩颈按摩仪也是脑波仪器吗？"

汪老板点点头："嗯，是比较弱的。刺激脊髓中枢系统和大脑里的下中枢系统。实际上，人的很多神经问题发生在脑干和小脑区域，还有一些边缘系统——俗称的爬行动物脑。这个按摩仪主要是疗愈这部分。"

黄璨的神经狠狠动了一下，动得太厉害，血管突突跳动，撞得他太阳穴生疼。他揉了揉额角，知道自己现在距离真相已经不远了。只是似乎还是在真相外缘绕圈子，不得要领。

看来我也需要好好睡一觉了。他想。

（六）

"我现在已经知道杀人原理了。"

第二天下午，黄璨把前一天晚上的几名嫌疑人都召集到一起，在小雅家里，宣布他有了重大发现。他一边说，一边观察每个人的反应。几个当事人都还是像前一天晚上一样，冷静有余，情绪不足。他决定先从这一点入手。

"不过，在我宣布杀人原理之前，我想先问几个我感兴趣的问题，听听你们的说法。"他的眼睛依次扫过每个人的脸，"你们看起来都很平静啊。按理说，你们生活中非常亲密的人死去了，又是死于非命，你们难道不应该非常悲痛，或者恐惧吗？为什么这么平静？"

"你觉得，一个人悲痛应该做什么？"盼盼插嘴道，"一直哭还是一直撒泼？大家都不小了，成年人的悲痛难道不应该写在心里吗？"

"哦，是吗？"黄璨盯着她，"你的悲痛写在心里了吗？"

盼盼也不回避，也不怕他，冷笑了一声道："要不然你到我心里看看？"

"我当然到不了你心里。"黄璨微笑一下，"想逃出你心里的人倒是有。"

盼盼有点变了脸色："你这是什么意思？"

"没什么意思。我只是说，比起你的心里，金先生似乎更愿意去另一个人心里。"

"喂！"金帅腾地站起来，"你身为一个警探，整天胡言乱语，有失体统吧？"

"是吗？"黄璨笑笑，"是谁有失体统？你要不要我把去年你和小雅在云南曲靖出差调研的视频调出来给大家看看呀？你们以为在各自手机上删除就可以了吗？你们没听过一句话吗，大数据过境，寸草不生。说的就是在大数据时代，没有隐私。"

"你！——"金帅听了，脸上青一团紫一团的怒气，如气旋流转。他握着拳头站着，但又不敢太过鲁莽，大抵因为他无论如何也还是不希望视频曝光吧。

"金帅你……"盼盼使劲咬了咬嘴唇，才没让后面的话脱口而出，"你不是说……"

"你别听他的。"金帅低声说，但显然也没什么底气。

"林先生，"黄璨又转向小雅的老公林之仁，"您真是好儒雅、好风度、好气量！您的妻子昨晚去世，显然是被人杀害。今天您又听我当面戳穿了您妻子和这位金帅先生的风流韵事，您竟然没有愤怒崩溃，反而心态平静、颇有涵养。是不是这一切你都知道？无论是出轨，还是杀局，都在您的掌控之中？"

林之仁没有动，但是皱着眉，说："昨晚你已经够荒唐了。今天我看你除了会吓唬恐吓，也不会什么了。你最好早点说出一些靠谱的结论，否则我们分分钟可以解聘你。"

"雇用我的是警局，不是你们，你们没法解聘我，"黄璨也不生气，"你一早就详细了解过茶馆汪老板的疗愈技术。我仔细问过汪老板，你不仅了解过他的仪器工作原理，还实实在在拆解分析过他使用的算法。你在自己的机器上做模拟，有不明白的问题还去跟汪老板请教。我就问你，你老婆跟汪老板做的是同样领域的事，你为什么不请教你老婆，还要专门去找汪老板？"

"汪老板做的是应用，小雅做的是理论，这能一样吗？我对应用的疗愈仪器感兴趣，想要打听了解一下，看看能不能在这个市场上做点生意，难道不可以吗？"

"可以，可以，"黄璨说，"当然可以。你花了几个月的时间，详细弄明白这里面的原理，又在家里做了模拟，却一个字都不跟小雅说，是不是想要用这些技术杀掉她？"

"荒唐！你说什么呢？"

"我说的是一种可能性。"黄璨悠悠地说着，"你知道昨晚我发现什么了吗？"他拿起面前的按摩仪，故意慢悠悠地展示了一下，"我发现——哇，这个按摩仪是个高科技产品哦，它能通过电脑上的脑机接口程序进行操控，小致，你懂脑机接口的控制原理吗？"

胡小致显然没料到会突然问到自己，愣了一下，有点慌，但没说话。

黄璨也不等他，就自顾自地说下去："我也是昨天才学到的原理，今天就来现学现卖，如果有说得不对的地方，还请专家金帅给我补充一下……脑机接口程序呢，能读取一个人的脑电波，经过调制之后，可以让一个仪器识别一个人的特征脑波，这种情况下，这个人可以通过思想，给一个仪器下达指令。这种指令倒不一定是'杀人'这么直白，只要是一个暗号，经过了设定，就能触发指令。比如说吧，如果现在我的脑电波连接到电脑上，再连一辆小车，我设定一个暗号，当我一想到'香蕉'就让小车右转，那我一直想'香蕉'，小车就会持续右转。你们明白这件事的巧妙之处了吗？"

黄璨一边说，一边观察几个人的反应。弟弟小致和弟媳卢颖看上去傻呆呆的，似乎始终不懂黄璨的意思，但也不排除两个人都是装傻的高手。老公林之仁此时也紧蹙起了眉头，远不像最初那样冷漠冰冷。金帅和妻子盼盼的神情则最好品，金帅是脑机接口专家，听着黄璨的讲述，显然是有很多疑惑，而妻子盼盼却完全没有注意听，一直对金帅怒目而视。

"最后，重点来了，"黄璨说，"据法医考证，小雅的死亡是因为这个按摩仪在她肩颈位置射出一根小针，里面有氰化物毒素。所以——昨晚是有人通过脑机接口技术，想到了口令，触发了按摩仪杀人行动。你们听懂了吗？……那么，是你们谁干的？"

"你怎么知道是我们？"金帅皱眉道，"如果是脑机接口控制，那么哪怕不在房间里也可以控制杀人，不是吗？"

"是，没错，科学家很严谨。"黄璨点点头，"但是你忽略了，只有有机会拿到这个按摩仪的人，才能对按摩仪做改造，并且匹配脑波控制。在过去三个月里，只有小雅和盼盼曾经把这个按摩仪带回家使用。所以只有你们几个人有机会接近。"

这时，小致突然站起来，指着林之仁说："我知道，就是他害死姐姐的。他早就想离婚，另娶自己的妍头，但又觊觎姐姐的钱。"

"你说什么呢？！"林之仁腾一下火了，"你造谣污蔑我可以告你。你以为我不知道，你们那个有钱的太奶奶过世了，把一笔钱留给小雅，没有给你的遗产，你想杀人夺遗产。"

"哈，你也知道这笔钱？"小致也不让，"那怎么不说你把我姐姐杀了想独吞这笔钱呢？"

"不用说了，"黄璨打断他们，"你们每个人，都有动机。小雅和金帅去年的恋情，让金帅有灭口动机，盼盼和林之仁有复仇动机。小致和卢颖有争夺财产的动机。这些我现在不想去深入分辨，我只想当场用这台按摩仪测试一下：谁是这个凶器的驱动者。"

黄璨拿出一枚头箍，上面有多枚微型金属探测片，伸手递出去："用这个头箍，现场就能测出谁的脑电波是和这个按摩仪匹配的。在汪老板店里，有自动探测房间用户脑波的仪器，但我们今天没有，所以得用一个小小的设备。你们谁想先来？"

没有人说话。

"怎么? 心虚吗? "黄璨冷笑道。

"我先来。"金帅接过头箍,戴在额头上,"现在要干什么? "

"没什么特别的,"黄璨说,"你现在告诉我一个昨晚在茶室里谈过的话题。"

金帅想了一会儿,想起当晚聊到的吃枣话题和假期逛街话题。

按摩仪没有反应。

黄璨心里稍微有一点犹疑。如果匹配了,会有反应吗? 他也不太确定。但汪老板说会,他说一台仪器是需要学习才能匹配到一个人的脑波,因此再次探测到连接过的信号,会自动连接匹配,类似于蓝牙。不需要限制思考的内容,只要特征脑波被识别,就像指纹一样即刻匹配。所以他99%确信今天下午能在这在座的五个人里找到凶手。他之所以让他们回忆前晚,是期待如果够幸运,他可以从他们回想的事情里,无意中触碰到那个关键的"信号"。

是狐狸总会露出尾巴。

金帅戴了好一会儿,也聊了昨晚的不少事情,但按摩仪没有反应。

下一个轮到盼盼,戴上头箍,她回忆了昨晚的晚饭和茶,按摩仪也没有反应。

下一个是胡小致,说起他姐姐的肩颈毛病,按摩仪没有反应。

下一个是卢颖,回忆了昨晚几盘杀人游戏的过程,按摩仪没有反应。

下一个是林之仁,回忆了汪老板昨天给他们展示的新睡眠仪,按摩仪还是没有反应。

黄璨仔细检查了头箍和按摩仪的开关,发现电源显示灯都是亮的。

但所有人都试了两轮,都没有反应。

"现在,你还要做什么? "林之仁冷冷地问他。

黄璨心里沉了沉,脸上挂上一抹尴尬的阴影。"告辞。"他站起身说。

（七）

小雅的葬礼上，所有人都来了。

葬礼简略而肃静，没有什么铺张的仪式，也没有太悲哀的表达。黄璨仍然有一点奇怪，这整个家庭和朋友圈子都似乎有一点淡淡的疏远。即便是小雅的父母来了，也只是默默流泪，没有哭天抢地的悲哀。小雅的父母见到黄璨，只说"麻烦黄探长了，还请务必找到真凶"，而没有他预期中的愤怒和责怪。

这到底是怎样的一家人？小雅又是什么样的人？

但黄璨没有时间再多想了。葬礼很快走完了流程，众人要散去了。他上前跟上林之仁，一直跟到墓园外，跟了很远，到没有人的地方，示意林之仁停下。林之仁也不意外，从墓园出来就允许他一直跟着，想必也猜到黄璨有话说，或许知道了黄璨要说什么。

"你这个老狐狸。"黄璨说。

"黄探长，此话怎讲？"林之仁还是不紧不慢。

"你摆了我一道，我这次算是认栽了。"黄璨恶狠狠地说，"我今天早上才想明白症结在哪里。"

"黄探长有线索了？"

"按摩仪是由脑波信号发出杀人指令，但是你们几个嫌疑人的脑波都不匹配。那就只剩唯一一种可能性。"黄璨故意顿了几秒，"按摩仪匹配的是，小雅的脑波。是她自己想到某个信号词，就触发了按摩仪，射出毒针。"

林之仁瞳孔略微放大，意味深长地挑了挑眉毛："怎么？黄探长是说，小雅是自杀？"

"当然不是，"黄璨说，"是你把按摩仪按照她的脑波进行了匹配学习，具体是怎么做的，我也不是特别清楚，很有可能是在汪老板的疗养室里，某次以疗养为名义进行了匹配，或者是小雅把按摩仪拿回家之后，你说服她进行了脑波匹配。然后，你让她想到某个关键词多次，使得她想到这个关键词的特征波形被 AI 学习，你再改造按摩仪，把这个特征波形作为发射毒针的信号。整体做下来天衣无缝。当小雅死去，她的脑电波也无法再用来检测，做到彻底死无对证。"

"你的想象力太丰富了，不去写电影可惜了。"林之仁说，"我怎么可能控制小雅想什么，她如果不想关键词，不是一切都泡汤了吗？谁会用这么蠢的法子！"

"所以你才总是张罗杀人游戏啊！"黄璨步步紧逼，让林之仁向后退了一步，"汪老板说，今年你突然开始喜欢玩杀人游戏，已经在他那边张罗了好几次。每一次小雅都顺便做按摩、泡茶、香薰和冥想。你知道她一定会伴随杀人游戏做按摩。而至于关键词，太好猜了。我猜是'我是警察'，小雅当天晚上第一次抽到警察牌的时候，就是杀人信号发出的时刻。至于当时你是不是法官，都无所谓。从抓牌到警察指认，中间至少 2—3 分钟，已经足够让毒药生效了。只有你能把这一切做得如此天衣无缝。"

林之仁轻蔑地哼了一声："信口开河。你有证据吗？"

"我没有。"黄璨黯然了一秒，"死无对证。你确实很厉害。这次我认栽了。……不过，我好奇的是，为什么？小雅到底做了什么？让你对她如此恨之入骨，不惜想出这么处心积虑的法子，究竟是为什么？还是你只是变态地享受这个过程？你真是太恶毒了。"

林之仁的脸色开始变化，但他在尽力控制："谁是变态？谁恶毒？谁让你跟那个贱女人说一样的话！"

"她也这么说过你？她为什么这么说？"

林之仁答非所问："你说我恶毒，那她的虚伪你看见了吗？这个女人就是有那种本事，把她身边所有人都得罪光。总是牵着别人的鼻子走，当别人认清楚她的真面目，她又学会了装可怜，最后把所有人算计进去，为她自己服务。这个贱货，把金帅两口子刺激得不轻，还把我当成傻子耍。你没看见她身边人谁都不伤心吗？哼，可能都在庆幸死得好！"

黄璨轻声说："所以，你只觉得自己是替天行道咯？"

"是她自己作死。她该死。我只是帮她一把。"

"OK。我懂了。"

黄璨说罢，向后撤了三步，然后一边向林之仁挥手，一边取下领口的扣子。按了一下，扣子里播放出刚才他和林之仁的对话。林之仁急了，想上前夺。但黄璨已经离他好几步远，又比他更灵活矫健，迅速跑远了，找到自己的摩托，绝尘而去。他已经拿到了录音文件，等回到警局就可以出逮捕令了。

"谢谢你给我上的高科技课程。我学到很多！"黄璨最后在风里喊道，"但有时候最有用的还是最原始的东西。祝你早日与小雅团聚！"

2050 年的追星事件

"太太，Luna 小姐她……"芹姨慌慌张张地奔进来。

"怎么了？"姜敏正进入第三段光疗程序，人躺着，脖子被固定在支架上，一点都不能动，显然也不想说话，"别大惊小怪的。"

"太太，"芹姨局促地站着，"您还是快去看看吧。晚了……晚了我怕……"

"晚了怕什么？你说清楚。从头说。总是这么慌，像什么样子。"即使整张脸都被光疗的射线覆盖着，也能看见姜敏皱起的眉头。

"太太，是这样的，我刚才接到赵总消息，Luna 小姐她……她有可能会被警察抓走……"

"什么？为什么？"

"她……她和伙伴们现在正在市政广场上……做活动。我也不知道是什么活动，但只是听说惊动了市政府领导，现在市政府内部正开紧急小组会议，下一步可能出动特殊警卫队来控制局面。"

姜敏动了动眉毛："小孩玩闹，能干什么，至于这么严重吗？"

"这我就不知道了。只听说……听说是给一个歌手应援。"

"好了，知道了，"姜敏面不改色地说，"等我做完最后这段程序就去看看。你是知道的，这个光疗啊，用的是量子美白术，就得三段程序连续做，量子激发才有效果，要是半途而废，前面做的就白做了。现在正到了最关键的深层细胞分子活化阶段，这时候要是停下来，可能会有副作用呢。最多也就二十分钟，你先让司机准备一下。"

"是。"芹姨欠了欠身，退出了姜敏硕大、简约、面向花园的美容室。

当姜敏到达市政广场的时候，她也略略吃了一惊。

市政广场上，聚集着至少几千个少女，也许有五千、八千？一万、两万？姜敏估不出。总而言之是人山人海，几乎把这块号称亚洲最大的市政广场都占满了，气势阵仗都让人倒吸一口冷气。

更令人惊叹的是，这些少女都在做着同样的动作，确切地说，是在跳同样的舞蹈。她们向左摆头，向右伸手，甩头发，弯腰，摆动着胯部站起来，旋转，伸手在胸前绕三圈，跳三个踢踏步，再转一圈，顶胯。所有动作一气呵成又流畅，在广场上震撼的歌声中上演，气势非凡。很难想象，这千万个少女是怎样把所有动作做得如此整齐。

姜敏一眼就看到，Luna 在少女群体最前方，近乎领舞的位置，她站在几级台阶之上，不算太高，但非常明显。她投入地狂舞，每个动作都和底下的千万个女孩子一致，但比其他女孩动作更大、更激烈，像一朵风中摇曳的鸢尾花。姜敏还看到，在女孩子群体的边缘已经出现了一些骚乱，有一些带着枪的安保卫队开始想要冲进少女群体。

这个时候，广场上飞过来一艘慢悠悠的飞艇，飞艇外身是柔性屏，上面显示着一个穿着很奇异，如同蜻蜓一般轻盈的男孩，约莫也就二十出头，边唱边跳，对镜头抛出热吻，舞步动作和广场上的少女几乎一模一样。令姜敏惊异的是，广场上的少女跟着屏幕里的男孩跳舞，动作几乎是实时跟随。这要么是事先经过了成千上万人的集体排练，要么是少女对男孩的舞步已经太熟了，熟到条件反射的本能状态。无论是哪一种，都很不可思议。

一模一样的集体动作。

飞艇中的男孩和地面上的女孩们。诡异镜像。

带着枪想要控制局面的安保卫队。

姜敏在头脑中快速回顾了所有这些细节，又想起 Luna 最近不同寻常忙碌的细节，突然明白了什么。

她下意识大喊了一声："Luna，快停下！"

Luna并没有听见妈妈焦灼的呼喊，依然自由自我地领舞，沉醉而投入，苗条的腰肢在风中狂舞，如柳如絮，如风如雨。

护卫队很快冲开了边缘阻拦的人群，冲到女孩群体里，他们粗暴的动作撞倒了女孩子，一些女孩子大呼着与他们对抗。护卫队领头的一人迅速穿过前排女孩子，来到Luna身旁，他也没有做太粗暴的动作，只是向天空中扔出一枚烟幕弹，烟幕中有一种很好闻的味道，从很远就能闻到。大概是有一些能使人麻痹的成分，好几个女孩子都晃了晃，坐下去。领头的护卫队长趁势抓住Luna的胳膊，接下来驾着她走向护卫队车队。

姜敏等待"徐先生"——那个人总是让身边人这么叫他，而不是他真正的title（头衔）——的时候，护卫队队长晋沛观察了她一会儿。

晋沛能看得出来，姜敏是一个自我感觉掌控感很好的女人，也对自己的容貌很有自信，对四周始终保持着一种"你看一切我都安排得好好的，你们都来崇拜我"的盲目乐观。这样的人看不见自己灯下黑的地方。

"您再稍等一会儿，徐先生还在一个会上，散会就过来。"

"趁这会儿工夫，我能不能见见我女儿？"姜敏问，"她被关到哪儿去了？"

"就在楼下的一个休息室里，"晋沛说，"她状态还算正常，您不用担心。"

"为什么只抓她？"

"因为我们有比较可靠的证据，这次集会活动，她是主要策划人之一，"晋沛说着，也在观察姜敏的反应，"而且……核心的技术也是她带过来的。"

姜敏沉吟了一下，抬了抬下巴问："晋队长，其实我不是很明白，这次她们有什么问题，为什么要抓起来？在我看来，不就是一些小女孩集会追星吗？"

晋沛盯着姜敏的脸，想从她的微表情里判断她是否事先知情："这次是一次非常危险的公共集会，其中用到了一种很危险的技术。危险……甚至有点邪恶。不知道姜女士是否知情？据我所知，这项技术还是您公司实验室研发出来的。"

"不，我毫不知情。"姜敏面不改色。从她的表情里，晋沛看到了职业化的自我保护。

"那我给您解释一下吧，"晋沛说，"这一次应援活动里，每个女孩子都佩戴了一个发夹，这个发夹里有 2 个微芯片和 275 个微传感器，由探针直接触达头骨，释放出大脑刺激信号，在这些刺激信号的作用下，大脑的运动中枢、小脑和脑干部分会被刺激信号接管，人会按照信号源的引导，做出实时动作，而本人的理性意志在此时进入麻痹状态。换句话说，变成了领头者的傀儡——活人机器人。完全按领头者的指令行事。"

说话的过程中，晋沛一直观察姜敏，姜敏的眼睛也并不避讳地看着他，眼睛里还有某种说不清道不明的雾气，显示出想要拉近距离的示好。即使当晋沛说出"活人机器人"这样惊悚的词句，姜敏也并未有任何震惊的表现，可见他说出的一切她都不意外。晋沛第一次感觉，她是一个危险的角色。

"能让我见见我女儿吗？"姜敏最后问。

晋沛迟疑了一下。"可以。不过，我会在门口监听。"

当姜敏进屋，Luna 正在房间里哭，眼妆哭得有点花。

"妈妈！"她看见姜敏，瞬间扑上来，"我的折叠机呢？妈妈，你让他们把折叠机给我。"

姜敏有点嫌弃地把 Luna 按回椅子，说："好好的姑娘，就得有仪态。这一把鼻涕一把泪的，像什么样子。"

Luna 根本不听："妈妈，妈妈，真的来不及了！来不及了……"

"什么来不及了？"

"只有四个小时，数据统计就结束了。刚才他们抓我的时候，本来数据已经打平了，但现在把我们冲散了，估计对家又领先了。妈妈……我求你了……我们准备了大半年就为了今晚冲刺，我不能困在这里啊！"Luna边哭边说。

姜敏大概懂了："是你喜欢的汪……汪什么来着和其他人在打榜？"

Luna狂点头："汪竹青。我们都叫他竹子。今天晚上"最有影响力影视明星"排行榜揭晓，排行榜第一的演员能参加下一部国际大制作《命运》系列，跟全球顶尖的团队合作。竹子如果能拿到，他后面的演艺生涯就有保障了。竹子命苦，他从小家穷，跟着奶奶长大，特别乖巧孝顺，又非常拼命。这两年他为了唱歌和演戏，真的是连命都不要了。他就是一个对自己执着的事情甘愿付出一切的人。他特别清澈、透明，我看着他就觉得特别美好，就像初夏的风一样舒服，竹子心地又纯真，在这个大染缸一样的娱乐圈，谁也不去坑害他，但别人总是联起手来坑害他。妈妈，竹子哥哥什么都没有，只有我们了。我们不能在这个紧要关头丢下他不管啊。妈妈，你帮帮我……求你了！"

姜敏叹了口气："按理说呢，你今天算是做了违规的事，我是来教育你的。"

"妈妈，妈妈，求你了，过了今晚，过了今晚什么我都听你的。"Luna扑上前，眼泪汪汪地抓住姜敏的手臂，"明天你让我干什么都可以。我从明天开始退出圈子都可以。我明天学习，复习模拟考，明天之后保证听你的话。妈妈，就今晚，最后一次了……"

姜敏又觉察到那种熟悉的"无法拒绝"感，犹豫了一下说："……我能怎么帮你呢？"

"妈妈我爱你！"Luna先上来亲姜敏，姜敏嫌弃她脸上的眼泪和妆，躲了躲，Luna说，"我们都是青酱，粉丝会叫青团，今天晚上，我相信至少还有几十万青酱在等我的指令，我之前跟她们说好了……"

姜敏示意她停下来，用嘴示意了一下门口，表示有人监听。于是Luna聪明地趴过来，凑到姜敏耳边说："今晚我让青酱全程戴跟随者发夹，不管人在哪里，一刻都不要摘下来。所以现在只要你能把我的传播者信号播放出去，她们就能行动起来了。咱们家不是有无人机阵列吗，妈妈你派1000来个无人机在全城上空飞一飞，传输信号就可以了。"

"几十万跟随者发夹？"姜敏第一次流露出惊讶的神情，压低声音，"你疯了？"

Luna用细不可闻的声音解释道："从咱家工厂运出来一批。妈，你不是下了八百多万只订单吗，我只拿了零头，不算多啦。大不了明天我收回给你送回去。"

"你们要这个东西，到底要做什么？"姜敏耳语道。

Luna坐回座位，用正常的声音说："妈，你还不知道这两年的数据规则趋势。你把你的折叠机拿来，我给你看。"

姜敏从上衣兜里拿出自己的折叠机，展开三折后，成为电脑屏幕大小。Luna一通操作，调出明星影响力排行榜的数据计算规则。在烦琐的文字旁边，配有整个城市的全景摄影。

"前几年，粉丝投票的排行榜就已经被废了。因为当时有太多明星数据造假，后援会用自动机器人和黑客技术投票，跟监管斗智斗勇，到后来各大平台都放弃了。现在粉丝投票都需要虹膜认证，一人一票，没法刷数据了。但是排行榜又开辟了一块新的统计，就是影响力统计，所谓影响力统计，是看明星的代表话语、歌曲、标志性动作还有商品，在普通人群中有多少渗透力，因此就用智能技术抓取全城摄像头数据，加以统计。你看——"

说着，Luna调出了排行榜背后的"数据详情"，可以看到大数据对每位明星影响力的抓取结果。

摄像头里出现熟悉的街景，有路人行走，商场门口的街道上投影出各种商品广告，熙熙攘攘的街头透着寻常的烟火气。只有屏幕上时不时出现的蓝点，标识着画面不同寻常之处。蓝点闪现，在旁边的注释栏里有放大的细节。可以看到，蓝点抓取的是街上行人的镜头，放大画面里，有点和线的矢量画出关键点。衣服背后的画面，帽子上的标志，以及更多的——特定的动作。很多街头女孩都做出类似的动作，似乎代表着不同明星。有的是向左低头压帽子，右手伸向天空；有的是顶胯转动一周，伴随肩膀的八字环绕。如果只在街上看到一两个人做这些动作，并不觉得太稀奇，很有可能会错过，但是当大数据从浩如烟海的摄像头画面中把这些镜头抓取出来，才让人意识到：原来有这么多。

摄像头监控画面自动播放，蓝色抓取数据不断蹦出，统计数据噼噼啪啪翻滚。整座城市的画面在排行榜后面，成为令人肾上腺素分泌的数据池。

姜敏看着屏幕里的城市街景，看似熟悉正常，但蓝莹莹的数据点和密密麻麻的数据标签，让人觉得一点都不真实，仿佛进入了虚拟世界。她渐渐注意到画面中的异常之处——去年的城市画面还是正常生活，只是有数据抓取，但今年的画面中，开始有越来越多的有组织动作，在城市街头的许多地方，有年轻女孩子聚集，在指挥下做动作，甚至故意朝向监控摄像头做动作。她们的脸上有毅然决然的神色，做动作的身体甚至有圣徒赴死般的义无反顾。姜敏注意到，有一些女孩子从早到晚在摄像头前做重复的动作，甚至一连多天如此。

"就让我每天的举手投足，都成为哥哥的数据吧！能为哥哥奉献我的身体和每分每秒，是我最大的荣幸！"姜敏几乎能想象到女孩们的话语。

她看看眼前认真分析数据的Luna，心里针扎般的疼。从什么时候开始，Luna也变成了这个样子？她给Luna提供的生活环境还不够丰富吗？为什么Luna还要在这些地方填补她内心的空虚？

"如果今晚我帮你，"姜敏凑在Luna耳边说，"你明天能不能退出圈子？如果有可能，你能解散你们的团体吗？"

"能，能，"Luna喜极而泣，抱住姜敏的脖子，在她颈窝里说，"妈妈你说什么我都答应你，明天做什么都行。只是求求你，今晚帮竹子最后冲一下数据吧。"

"最后一次了。你能一言为定吗？"

"一言为定，一言为定！"Luna开心极了。

姜敏又悠悠地叹了口气。她从自己的折叠机里调取了家庭控制系统，通过虹膜认证后，调动了家里的无人机阵列。10台主要的无人机，加上400架迷你无人机。如果只是在全城范围传播蓝牙信号，这个数量够用了。她的折叠机和Luna的传播者发夹进行了自动匹配，将Luna的传播者发夹信号编码释放到全城各地。所有别着跟随者发夹的人，都会接收神经刺激，做出不受控制而一模一样的身体动作。

这个规模的数据，足够为什么竹子还是茅草的孩子冲榜了。

"你的发夹，是同步到那个孩子身上的传感器了？"姜敏问。

"是的，竹子工作室已经安排好了，"Luna重重地点头，"他的数据传给我，我再传递给全城的青酱。"

当姜敏从Luna关禁闭的房间里出来，晋沛在门口已经流露出了一丝焦躁。

"你们说了什么？"他质问姜敏。

"你不是监听了吗？"姜敏反问他。

"你别装傻，"晋沛说，"你们后来一直在耳语，到底说了什么不能让我听到的？"见姜敏不理他，晋沛有点着急，"姜女士，我今晚已经看在徐先生的面子上，非常尊重你了，给足了你面子，但你不能得寸进尺！你知不知道你女儿今晚的行为非常危险？这种对他人的控制，如果说严重了，是有军事和安保意义上的危险的，我可以以'危害公共安全罪'起诉你女儿，你最好别助纣为虐。"

"徐先生散会了吗？"姜敏说，"你带我去见他吧。"

在带姜敏上楼的路上，晋沛又感受到一丝心慌，对姜敏说："我不了解你和你女儿的关系，也无意冒犯，但我只知道，太骄纵的爱并不是最好的爱。"

姜敏听在心里，但没有回答。明天，明天就是新的一天了，她想。

徐先生显然很疲惫。他刚刚结束一天冗长的会议，在他一个人的茶室里休息，仰着头，闭目养神。

晋沛把姜敏领进去之后，自觉地退出了茶室。

姜敏进屋之后，很小心地关闭了房间里所有摄像头和语音监控，将壁灯又调暗了一点，才来到徐先生身后站定。她熟练地开始给徐先生捏肩膀，按压脖子后面，大拇指一直向上，按到徐先生头顶，在头皮上稳定而准确地按压。徐先生露出舒坦的表情。

"今天的事情……"姜敏轻声说，"你知道了吧？"

"敏敏啊，待会儿再说行吗？先让我休息一会儿。"徐先生发出模糊的声音。

过了一会儿，姜敏又问："我女儿还在禁闭中，今晚我能带她回家吗？"

"你女儿，为什么被禁闭？"徐先生睁开眼睛，有点诧异。

"今天市政广场上的粉丝集会，是她策划的。"姜敏并没有停下按摩的手，声音很小心，"你应该听晋队长汇报了吧？她们一些女孩子，在市政广场上跳舞，给一个喜欢的明星加油，就是人有点多。"

徐先生沉吟了一下，在记忆中搜索："哦，我想起来了，下午小晋是跟我说了。不过，他没说明星的事情，他说的是——有人大规模控制他人行动，组织危险聚集。"

"是大规模控制行动，"姜敏说着，绕到徐先生身前，靠在桌子上，"Luna跳舞，让很多女孩子跟着一起跳。"

徐先生皱皱眉，似乎意识到这里面有什么不对的地方。

"你还没想到吗？"姜敏的身体顺着桌子滑下去，轻柔地坐到徐先生腿上，"……控制。"

徐先生忽然懂了："你是说……用控制器？"

"是的。"姜敏用手轻轻抚过徐先生胸口，"你下午难道没反应过来吗？有谁有这么大本事控制成千上万的女孩子做一样的行动？我那个宝贝女儿，是从工厂偷出去几十万只发夹发放。你上次去我家也太不小心了，发夹的事情就在客厅说，也不知道避讳一下 Luna。这下可好，她拿发夹闯祸了，你说怎么办吧？"

"呃……"徐先生也意识到问题的严重，"这孩子，怎么这么大胆。"

"你那好几百万发夹的订单，到底要在我那儿放到什么时候？"姜敏嗔怪着问，"之前说是这个春天就要用，现在眼看到了初夏了，怎么还不调走？再放着，还不知道会出什么事。"

"这不是……计划还不完善嘛。"徐先生支吾着说。

"你说你，"姜敏说，"折腾这些有意义吗？为什么要造这么多控制器呢？"

"都跟你说了，这是秘密，为了增强战斗力的秘密武器。"

"那你又为什么要给自己造一个传播者发夹呢？你要干什么？"

徐先生沉默了一会儿，下意识地触摸并点亮了胸前的领带夹，夹子和 Luna 的发夹几乎一模一样，只是不仔细看，一般没有人会注意到。

"你不懂，你不懂。"徐先生低声说。

"你说咱们这样真的好吗？那么多年轻人……我今天看了她们的舞蹈，真的像机器人一样了。"

"你不懂，你不懂……"徐先生仍然说。他已经不知不觉抱住了姜敏。

"把我女儿放了吧，也让晋队长别查了，你知道，查下去对谁都不好。"姜敏轻声呢喃道，"咱俩不能见光的。"

"知道了，一会儿就放。"徐先生开始亲吻姜敏的脖子。

两个人都投入到美妙的相互依存中，谁也没注意到，姜敏放在窗台上的折叠机里传出极轻的 AI 女声："已自动检测到最近的传播者数据，已自动联通，已传递信号。"

此时此刻，在城市中央商业街上，顶天立地的大屏幕滚动播放着"最有影响力影视明星"排行榜实时数据，街上无数年轻人仰头观看。汪青竹的数据位列第一名，而且在不断上升，一骑绝尘。在大屏幕下方，会聚了越来越多身体动作一模一样的年轻人，大多是年轻女孩，也有一些年轻男孩，每个人都做着一样的舞蹈动作，从远处各条街区会聚而来，气势非凡，令人震撼。他们的头顶还有无人机盘旋护送。不明所以的路人发出惊骇的声音。

接着，不知道从哪一刹那开始，这些年轻人忽然开始搂抱，目光空洞地亲热起来，疯狂地亲吻。所有旁观者都惊呆了，鸦雀无声，旁观这惊世骇俗的一幕。

数十万人的狂吻，就这样永远记载到这个城市的地方志里。

跋：时隔多年，我还是有一些改不了的习惯

　　《孤独深处》这本书，距离首次出版已经五年了。编辑让我给再版写篇后记，我就跟大家闲聊几句我的写作状态。

　　其实，时隔这么多年，我的写作状态依然没有什么变化。这几年时常有一些采访拍摄，希望能拍摄和呈现我的日常写作状态，我总是说：你们呈现不了，我的写作，不是在半夜，就是在旅途中。这些节目组的导演锲而不舍，要求我详细描述我的写作时间地点环境，执着地想要拍摄。我说，半夜的状态就拍不了，全家人都睡了，万籁俱寂，我一个人在餐桌上，倒杯酒，吃点下酒菜，不开灯，舒舒服服享受黑暗中的孤独。其次，旅途中的状态也拍不了，步履匆匆赶到下一个登机口或者候车室，我把笔记本放在腿上，跟人挤着，身旁人闹闹哄哄地聊天，冲泡热气腾腾的方便面；或者在飞机的小桌板上，在轰鸣中悄悄写作。这些时候我隐藏在人群中，没有人注意我，如果有了镜头，这种陌生感就完全破坏了。

　　但即使我如此说了，采访和拍摄的导演仍然不满意，他们通常都会找一些文艺的书房，让我假装写作，拍很多镜头。这样美丽的书房我经历过四五次了，有的有图书馆般的书架，有的空旷高级，有的有面对整个城市的落地窗。导演们会说"请做出构思的样子""请在纸上写一些什么"。我有的时候会抗议：导演，我是不会拿纸笔写作的。但导演说，没关系，你做出写作的样子就可以了。

　　那些是文艺的镜头，但不是我。我感谢剧组，但那些镜头都不是真的。

这么多年过去，我的写作一直都是这两个特点：孤独、漂泊。我会把写作当成完全的私人事件，不愿意与人谈论，不愿意被拍摄和记录。我写作的环境不文艺，写的过程不文艺，作品也不文艺。我把写作当成人群中每个缝隙里悄无声息的记录，不为人知的表达。我不能和人谈论我的写作，因为那会失去我赖以生存的孤独感。我只有在陌生的一个人的世界里，流动的光影与外部环境中，完全没有人注意的安全状态下，才能安心写作。我可以容忍周围的嘈杂和食物的味道，但不能容忍被人关注和围绕。我需要消失感。

我写的小说也是如此。我从没写过自己的故事，无论是成长，还是亲情爱情友情，我都没写过自己。甚至连自己的强烈情感和观点态度，我都没有写进小说。在小说里，我只喜欢旁观并记录。就好比拉斐尔画《雅典学院》和其他集体场面的时候，会把自己悄悄画在一个角落，作为不起眼的旁观者，我在小说内外的角色也是这样。我既不习惯让我自己当主角，写我自己的故事，也不习惯让我自己的情绪状态弥漫笼罩所有人。我就躲在世界背后记录。于是我的小说始终有疏离的特点——没有令人动容的角色代入感，也没有跌宕起伏的命运，只是一个人在人群背后悄悄记录世界的吉光片羽，离任何情感都很远，就不那么令人投入，也不那么好看。

我知道打开心扉的动情才是感人的，但我自己只是远远旁观。

还记得前一段时间，有一次出差，参加了一个饭局。饭局上有企业家，有学者，有领导，商谈一个项目。三方利益看得很清楚，但完全不一致。当天晚上的酒局一片混乱，所有人都胡乱敬酒，说着自己家乡和当地的酒文化，又说交朋友的习俗，说认识朋友就是缘分，未来一同努力，开创辉煌。到了最后都已经像老同学一般勾肩搭背，每个人都喝醉了。

明眼人都能看得出，这个晚上要聊的项目是黄了。觥筹交错间的虚与委蛇，表面亲密掩盖的利益差距，都在一杯杯举起的白酒里被压了下去。"能相聚就是缘分，缘分啊！"不了解原委的人或许会真的以为这顿晚餐非常热情，每个人都充满爱心，找到朋友缘分。可实际上是一事无成。

越是知道一事无成，酒杯上的话语越亲昵。举起酒杯的人，都是聪明人。

就在这个金碧辉煌又疮痍破败的酒局上，我又一次感受到强烈的疏离。我跑出去，跑到外边院子里，头顶上的月亮光耀明亮。我在院子里打开了音乐，在一支 MV 里看到校园里的小女孩诉说着对男孩的默默喜欢，那么清澈灵动，那么羞涩又真诚。当时我哭了。眼前所见的仓皇和歌声里的纯真形成鲜明对比。月亮纯白，有一丝风。

那一刹那，是我最想写作的时刻。

所有这些年，写作冲动都发生在类似这样的生活的间隙。当我有无法诉说的记忆和情绪，我就想写，写作是我唯一真实的与这个世界沟通的方式。

这个晚上，是之前很多年很多个日日夜夜的缩影。当我看见每一个繁华热闹场景背后的疏离和真相，我就忍不住想写，写所有的不被看到的错漏和冰冷。所以我的故事里总没什么真挚甜宠的爱情，也没有那些热血沸腾的梦想，常常只有表面上的万事如意和实际上的万事不如意。

我想写的就是这些错差。所以我写的故事，总是忍不住冷冷冰冰。

这一次修订再版，我新加了三个故事，《积极砖块》《2050 年的杀人事件》和《2050 年的追星事件》。这三个故事又忍不住全是冷淡的，里面的每个角色都堂而皇之说着漂亮的话，但明眼人能看到他们每个人的心酸与虚假。我试图让自己的写作多一点人间烟火气，多一点温暖，但是到最后还是没忍住，还是写到了灰色的设定、黑色的结尾和冷冰冰的人物关系。我没办法给故事加上圆满的设计，加上了就失去了写作欲望。也许这就是写作的初衷，因此不管怎么劝诱自己，也改不过去。

这种旁观的冷淡和忍不住加上的黑色结尾，是我写作这么多年改不了的习惯。也是所有这些年，写作对我的救赎。

《孤独深处》的书名，是我写这个集子的心情，也是我长久以来写作的心情。但我还是希望自己也能有一些变化，能记录这个世界上那些美好的感觉。

这本书结束之后，我就许一个心愿，下一本书，我一定要让自己温暖一点、柔情一点、澎湃一点、热血一点、浪漫一点、入世一点，不那么孤独一点点。

郝景芳

2021.8

【全书完】

孤独深处

作者 _ 郝景芳

产品经理 _ 曹俊然　冯晨　　装帧设计 _ 付禹霖　孙莹　　技术编辑 _ 丁占旭
责任印制 _ 梁拥军　　出品人 _ 于桐

果麦
www.guomai.cc

以 微 小 的 力 量 推 动 文 明

图书在版编目（CIP）数据

孤独深处 / 郝景芳著. -- 杭州：浙江文艺出版社，
2021.11（2022.12 重印）

ISBN 978-7-5339-6640-9

Ⅰ.①孤… Ⅱ.①郝… Ⅲ.①科学幻想小说－小说集
－中国－当代 Ⅳ.①I247.5

中国版本图书馆CIP数据核字(2021)第202403号

孤独深处

郝景芳 著

责任编辑　於国娟
装帧设计　付禹霖　孙　莹

出版发行　浙江文艺出版社
地　　址　杭州市体育场路347号　邮编 310006
经　　销　浙江省新华书店集团有限公司
　　　　　果麦文化传媒股份有限公司
印　　刷　河北鹏润印刷有限公司
开　　本　880毫米×1230毫米　1/32
字　　数　238千字
印　　张　9
印　　数　36,701— 44,700
版　　次　2021年11月第1版
印　　次　2022年12月第6次印刷
书　　号　ISBN 978-7-5339-6640-9
定　　价　45.00元

作者自画像

编者的话

目前,我国的语言研究工作有了新的发展,对国外的语言理论和语言教学法也有新的探讨,许多大专院校在本科和研究生教学方案中设置了语言学课程,许多从事汉语研究的同志迫切想了解外国的语言学发展情况。但是,一个共同的问题就是没有合适的教材和参考书。这本书就是为满足这种需要而编写的。不论对本科学生、语言学研究生、语言学教师、还是从事汉语研究的人员,本书都有一定的参考价值。

本书是在讲课笔记的基础上整理而成的。编者在给北京外国语大学英语师资研修班讲西方语言学简史的过程中发现,对于中国学员来说,了解一下西方语言学的各个流派,知道语言学中的基本观点及其来龙去脉,对开阔眼界、打开思路、明确领域、进行有针对性的阅读,都是极为有益的。根据学员的意见,编者就内容的详略进行了一些调整,然后用汉语编写出来,奉献给读者。

在编写过程中,除了参考大量的英文原著之外,还参考了国内学者许国璋、王宗炎、戚雨村、赵世开、胡壮麟、徐烈炯等的有关文章,笔者在此一并表示感谢。我要特别感谢我的导师许国璋教授,他生前对本书的编写自始至终都给予了热情的支持和深切的关怀。

此外,赵桐同志和刘保山同志曾校阅全书,并提出了宝贵的意见,谨此致谢。

由于编者水平有限,参考资料不太齐全,对某些最新理论观点的研究还很不深入,本书中的缺点和错误在所难免,希望广大读者批评指正,以便将来进一步修改提高。

刘润清
于北京外国语大学

目　录

《西方语言学流派》修订说明

《西方语言学流派》是1995出版的；从开始写的时间算起，整整20年了。这20年期间，普通语言学研究发生了巨大变化。我知道此书已经有点过时了，酝酿修订它也已经好几年了。这几年一直在收集材料，留意新动向，年年上课修改我的PPT，多次想动手修订，可就是有点怵头：精力不济，懒得开始。积累的材料越多，就越是害怕，因为工程太大，体力不支。

到了2012年夏天，我才暗下决心，因为再过几年，我更没有精力了。"It's a problem of now or never!" 真正修改起来，比我想象的有趣。把那么多的新思想搞懂，找出个思路来把它们串起来，再把它们比较一番，表达得让学生能读懂、读得有兴趣，真是一件让人心旷神怡的事。修改时，我多次感到，我在享受这个过程。后来，我不是急着完成它，而是有点害怕完成后没事干了。我对别人常说："I am killing time in a meaningful way."

修订的主要内容是什么？可以说，变动还是挺大的。第一章的绪言，增加了不少关于什么是语言和什么是语言学的内容。第二章和第三章主要都增加了一大段时代背景。第四章（关于索绪尔）加了一节关于语言任意性的争论。我查阅文献时发现，近几年我国对象似性问题讨论很多，大有否定索绪尔的任意性理论之势，所以才专辟一节介绍各种观点。第五章的布拉格学派、第六章的美国结构主义两章变动不大，只是零散地增加了一些例证。最后两章变动最大，因为生成语法和系统—功能语法是当今最有生命力的学派；20年前，它们如日中天，发展势头很猛。所以20年后的今天，每章都增加了两节，内容有两三万字之多。与生成语法有关的章节，一节是《管辖与约束时期》，详细介绍了原则与参数的核心理念和管辖论中的七个子系统；一节是《最简方案时期》，以乔姆斯基的《最简方案》（2005）为蓝本，以其第三章为核心内容，介绍了最简方案产生的背景和指导思想。最简方案不是一种具体句法理论，而是对句法理论（尤其是管辖与约束理论）进行改造的纲领性思想，是一种追求理论雅致完美的简约主义。关于系统—功能语言学，也增添了两节。一节介绍韩礼德的语法隐喻理论，一节介绍马丁的评价理论。这两项内容也是近20年比较热门的话题,而且文献很多。我觉得增加这么两节后,对韩礼德的系统—功能语法的讨论就比较完整了。最难的工作还在后面:那就是要新加一章,专门讨论认知语言学。几年前,我还在犹豫认知语言学算不算一个新学派。现在看来,其理论和影响都不可小视,正在冲击着生成语言学,给人们带来很多新的思考。这第九章包括六节:1. 认知语言学的孕育:范畴化与原型理论;2. 认知语言学的哲学基础;3. 概念隐喻理论;4. 认知语义学;5. 认知语法;6. 构式语法。最后的"结束语"基本上重写了。粗略算起来,修订后新添的材料共约14万字。此外,我还手绘了30位语言学家的像,虽然不够专业,但也能让读者领略大家的风采。这一切加起来,应该可以彻底改变原书的老面孔了。

这次修订,感想颇多。第一个感想是,晚修订有晚修订的好处。回忆1993年我动手写这本书时,系统—功能语法和生成语法都处于大发展时期,将来的前景没人知道。20年过去了,回头望去,像远距离看山,山的轮廓清晰了;这两个学派的发展轨迹和心路历程都展现在我们面前。如果说20年前对他们的评论容易带有偏见的话,五六十年过去了,对他们的了解应该是足够多了,能比较客观一些了。用历史角度去看问题,十分必要。"不识庐山真面目,只缘身在此山中。"再者,如果让我十年前修订它,我也许不会把认知语言学包括进来,那时还没有把握这股思潮到底如何发展、到底能够成长为什么样子。现在就清楚多了。认知语言学与系统—功能语言学关系更接近,他们都是强调语言的意义的,强调社会体验的。而且,我感到这三大学派的较量是天大的好事:每派都给人们提供一个角度去看待语言。我们不用非要紧跟某一派,反对另一派。他们合起来告诉我们:语言是复杂的,与社会有关,与心理有关,与神经有关,与体验有关;可能三派缺一不可。

我的第二个感想是,修订没有我想象的那么难。一个大变化是,这20年内中国学习语言学的人多了,发表的文章多了,查阅资料容易了。为修订这本书,我积累了五百多篇相关文章。我还积累了不少电子版的外文原著,购买引进版的原著也比较容易。所以,这次修订,资料不是问题,专业术语也不是问题。汉语的文献给我提供了很好的术语译文。这是20年前不可能有的条件。而且,已有文献已经对问题有所梳理和评论,为我的材料的取舍、介绍的详略、观点的把握等创造了非常优越的条件。

再谈谈本书的性质。本书还是一本入门性的研究生教材,不是学术论著,其目的是帮助学生了解近百年来的语言学概况,包括主要理论、主要观点、主要人物、主要派别等。既然是入门性的,材料就尽量翔实,介绍多于评论,努力避免偏见。既然是入门性的,就要深入浅出,要对读者友好;宁可不够全面,绝不要晦涩难懂。如果我自己都没有搞懂,就干脆暂不介绍。因为是本入门性的书,对原文的出处处理得就随便一些:没有注明每句引语或某个观点的来源,提到的书和文章也没有全部列进参考文献里面。我的考虑之一就是:不让不必要的事去干扰读者,他们目前还顾不上那些事,今后有必要时,他们能够从已经提供的材料中查找任何资料。我的顾虑是:过多的引号、作者姓名、出处年月等会把读者吓跑。

修订过程中,我参考的资料实在太多了,让我受益的作者不下100名。到最后我也忘了参考了谁的什么文章或什么观点,但我对他们的感激是这里的几行文字不能表达的。我要列出他们的名字,正式地说声"谢谢":许国璋,胡壮麟,沈家煊,陆俭明,徐盛桓,钱冠连,王德春,朱永生,徐烈炯,宁春岩,姚小平,束定芳,张绍杰,刘正光,文旭,戴曼纯,王寅,张德禄,周频,赵彦春,石毓智,黄国文,袁毓林,董燕萍,王嘉龄,熊学亮,赵艳芳,刘红宇,严辰松,申丹,程琪龙,顾钢,崔希亮,姜望琪,赵忠德,钱军,李福印,王文斌等。各位先生、同仁,如果您的名字或作品名没有出现,不是因为不重要,而是为了让页面"平静"一些,让学生先专注于内容。特别要点名感谢一句的是:胡壮麟先生帮我审读了第八章新加的"语法隐喻"和"评价理论"两节;戴曼纯帮我审阅了第七章的"管辖与约束时期"和"最简方案时期"两节;刘正光帮我审阅了第九章的第一、第二、第三节,文旭帮我审读了第九章的第四、第五、第六节,崔刚和吴红云帮我审读了"结束语"。他们都提出了宝贵意见,还帮我纠正了几处"硬伤",让我不胜感激,且十分欣慰。我请教了内行之后,心里才踏实多了。另外,江西农业大学外国语学院的徐亮同志于2016—2017学年在北外访学期间,帮助我们做了人名索引和主题索引。我在此代表出版社和广大读者向他表示衷心感谢。

古稀之年,能修订《西方语言学流派》是我的福气。过程我是享受了,至于是否留下了遗憾,我自己知道有两处:一是我没有包括西方对汉语的研究;二是没有补充生成音位学的最新发展。其他遗憾,就交给同行学者去评说吧。诸位读者发现不当之处,敬请反馈于我,我将不胜感激——万一10或15年后再修订一次,还能采纳您的意见呢。

刘润清

第一章　绪　言

在介绍西方语言学各个流派之前，先讲一讲什么是语言和什么是语言学。

语言是人类特有的宝贵财产。没有语言，就没有今天的人类文明。任何一个正常人都具有语言功能；任何一种社会活动都离不开语言。许多研究者认为，是语言把人类与其他动物分开来，是语言让人类具有了意识和思维，是语言让人类最终离开了丛林和山洞，开始了伟大的文明进程。

什么是语言，这个问题平时是鲜有人问的，只有语言学家和哲学家才问这种基本问题。其实，我们日常所用的"语言"或"话语"有好几层意思。最具体的时候，它指说话的具体行为或具体的话，如"别说粗话"，"不许说别人坏话"。英语是: don't use bad language。稍微概括一些，语言可以用来指某个人的语言特征，通常是指名人的语言，如我们可以说"鲁迅的语言"，"巴金的语言"，"莎士比亚的语言"。范围再大一些，语言可以指地区方言，如"天津话"、"上海话"、"客家话"；语言也可以指社会方言、专业性语言，像"科技英语"、"商贸英语"等。更抽象一些，语言指一个民族、文化区域内人们所用的语言，如"汉语"、"英语"、"意大利语"等，把多个这样的语言按其相似性概括起来就成了语系和语族。印欧语系是最大的语系，下分印度、伊朗、日耳曼、拉丁、斯拉夫、波罗的海等语族。印度语族包括梵语、印地语、巴利语等。伊朗语族包括波斯语、阿富汗语等。日耳曼语族包括英语、德语、荷兰语以及斯堪的纳维亚半岛各主要语言。拉丁语族包括法语、意大利语、西班牙语、葡萄牙语和罗马尼亚语。斯拉夫语族有俄语、保加利亚语、波兰语。波罗的海语族包括拉脱维亚语和立陶宛语。汉藏语系下分汉语和藏缅、壮侗、苗瑶等语族，包括汉语、藏语、缅甸语、克伦语、壮语、苗语、瑶语等。此外还有阿尔泰语系、闪含语系（又称亚非语系）、德拉维达语系（印度南部的语言）、高加索语系、乌拉尔语系等。最后,把人类的六千多种语言都概括起来所说的语言,是指人类特有的一种生物特质,即会说话,它包括了人类全部语言,这叫"自然语言",与人造语言、逻辑语言或机器语言相对。在语言学研究中,我们所说的语言一般指人类的自然语言。自然语言还有一个含义:即人们说的话,专指口语,不包括笔语。文字是人造的。语言学优先研究口语,笔语次之,或根本不研究。这很自然,因为语言的本质属性存在于口语,是人类在漫长的进化中发展出来的生物特征。文字是语言产生很久以后才出现的,它充其量算是口语的记录形式,有的语言到现在也没有文字。正常儿童习得语言也是先学口语,文字往往要等上学后才正式学习。

但是,语言到底是什么? 到目前为止,似乎还没有一个让研究者都能接受的定义。词典和语言学教科书上都给出过多种定义,但它们之间都有这样或那样的区别。有人估计,大约有上百条关于语言的定义。之所以会有这么多的定义,是因为语言十分复杂,涉及方面很多,不同研究者注意到不同方面,或强调不同特征,或研究角度不同,看问题方法不一样。所以,关于语言有这么多定义也不奇怪。

如何下定义? 定义的最大特点是要有排他性。没有排他性,就无法界定所谈论的对象。比如,什么叫"椅子"? 答:"椅子就是能坐的东西。"这个定义就不太好,因为能坐的东西很多很多,单单从功能角度下定义势必不全面。再如,什么是语言呀? 语言是人类的交际工具。这个定义也是单单从功能角度看问题,也缺少排他性,因为人类的交际工具很多,红绿灯、旗语、手势语都是我们的交际工具。有的定义只提到语言的用途,有的只提到它的某一性质,有的只提它的形式,因此其排他性都有些欠缺。只有我们找出区分人类语言的根本特征时,才能给它下个较全面的定义。

现在,西方大部分语言学家暂时同意这个定义:"语言是用于人类交际的一种任意的、口语的、符号性系统。"当然,这个定义也不是十全十美,但是人们认为其中的每一个词都抓住了语言的一种重要特性。首先,语言是一种"系统",包括语音系统和意义系统。所谓系统,就是一种完整、严密的组织结构,由一组成员和一组规则构成,内部的成分不可任意增减或更换。正因为这种系统性,语言才能利用有限的手段来表达无限的内容。任何一种语言的语音、词汇、语法规则都是有限的,但所组成的句子却是无限的。所谓"任意"性,是说词汇的声音序列与它们所代表的客观实体或抽象概念之间没有内在的、必然的联系。为什么"树"(shù)

（这个发音）代表有干、枝、叶的那些植物，"笔"（bǐ）代表用来写字的工具，这其中没有任何道理，这种指称关系是约定俗成的。汉语称的"树"，英语中叫tree。汉语叫的"笔"，英语中分pen（钢笔）和pencil（铅笔）。每种语言对一切东西都有自己的一种叫法，本身就说明声音与所指之间不可能有什么必然的、本质的联系。为什么说语言首先是"口语的"呢？前面已经提到，语言的根本渠道是声音，文字是辅助手段。从历史上看，人类先有了口头语言，很久之后才出现了文字形式。文字只不过是口头语言的记录罢了。多数研究者认为，口语是进化而来的生理机能，是决定性的；笔语是人造的，是后天的、第二位的。从儿童语言的发展上看，儿童首先学会口头语言，而且表现出某种天赋：在智力远没有发达到学习物理或数学等知识时，五岁却基本掌握了一门语言，上学后才有可能学习读和写。所谓"符号"，是说语音只是一种象征，本身没有实际价值；这是从另一个角度指出语言的任意性。这种符号基本没有理据，少有相似性，至少没有天平代表司法、钥匙代表海关的那种相似性。"交际"当然说出了语言的功能。最后，语言是人类特有的，任何动物的交际系统都无法与人类语言相比。

人类语言与动物交际系统到底有哪些区别呢？语言学家们（主要是查尔斯·F. 霍克特，Charles F. Hockett，1916—2000）研究出人类语言16种"设计特征"（design features），这些特征是动物的呼叫信号所没有的。这里简单介绍几种。第一就是上面谈到的任意性（arbitrariness），这是最大特征之一。因为我们的所指和能指之间没有理据，我们才能够创造出这么多词汇。动物的叫声理据明显，危险大，叫声大；危险解除，叫声停止。第二，人类语言具有双重结构（double structure），也就是具有语音和意义两种系统。每种语言只使用几十个音，但可以排列出几万乃至几十万词汇；然后用这些词汇又可以排列出无穷无尽的句子。这就叫手段有限，但运用无穷，保证了语言的创造性。而动物只有十分简单的声音系统，只有十分有限的几个或十几个信号。第三，人类语言具有位移性（displacement），也就是可以用语言指称或谈论远离当时当地的东西。我们可以谈论过去和将来，谈论千万里之外的事情。如我说"十年前我研究语音学"或"美国西部发生旱灾"，但是动物只能"谈论"当时当地的事物，不能传达关于"昨天"、"明天"或"几里地之外"的信息。你家的宠物狗再好，也告诉不了你它昨天跟邻居的狗玩得很开心。据说蜜蜂的"语言"较为复杂，可以通过跳摆尾舞告诉同伴"西南方向五里之外有花丛"之类的消息，这算是一个例外了。第四，人类语言有文化遗传性（cultural transmission）。这是何意？动物的呼叫系统基本上是与生俱来的：世界上的狗有极为相似的叫声，世上的猫叫声也基本相同。人就不一样。正常儿童都能学会自然语言，但学哪种语言，则因文化环境而异。父母是中国人的儿童生长在伦敦，自然而然地就学会英语；英国儿童在中国幼儿园长大，第一语言就是汉语。这证明人类儿童都有学会自然语言的能力，但是具体学什么语言是文化环境决定的。第五，人类语言具有交替性（interchangeability），在同一语言社团中，一切成员都能产生和理解同样的符号。（唯一的例外是中国的"女书"，又叫"女字"，是世界上唯一的女性文字。它起源和主要流行的地域是我国南部的湖南省永州市江永县上江圩镇，所以又叫"江永女书"。女书靠母亲传给女儿，老人传给少年的自然方式，一代一代地传下来。女书被国内外学者叹为"一个惊人的发现"，"中国文字史上的奇迹"。）而有的动物之间，雄性能产生的信号雌性不能产生，雌性能理解的信号雄性不能理解。第六，人类语言具有分立性（discreteness），语音的符号可以分成一个一个的成分，中间有明显的界限。正是因为这些语音是分立的，我们才能用它们组成无数个词。而动物的声音信号不能分为单个成分，只能是一个连续体，只有长短之分和高低之分。第七，动物的叫声是靠即时刺激产生出来的，是对外部刺激的被动反应。人类语言是靠意识产生的，用不着外部刺激，完全由主观意识决定。例如，我们可以用语言来搪塞、隐瞒、撒谎、嘲讽、开玩笑等，动物的呼叫系统似乎没有这些功能，没听说过动物用呼叫声撒谎来欺骗自己的同伴。

什么叫语言学呢？语言学跟语言一样，很难找到一个简洁、完善的定义。现在，大多数语言学家认为，"语言学是对语言的科学的研究"。但他们对其中的"科学"二字的理解不同，所以引起了很多争论。比较笼统地讲，"科学的研究"就是在某种语言理论的指导下，通过可以控制的、可以验证的观察，对语言进行系统的探讨。为了使语言学成为名副其实的科学，语言学家经过长期的探索，终于提出了几条基本原则，来衡量一种语言学理论的科学性。

第一条就是客观性（objectivity）。概括地说，客观性要求用实验数据来检验理论假设的正确性。这就意味着反对主观臆断，反对先入为主，在检验中使用的程序和技术必须是公认可靠的。例如，语言数据要相当多，有足够的代表性；不可依靠少量的语言事实就得出很概括的结论。再如，被调查的语言使用者要足够多，能够代表社会中的各个阶层，不能以一种社会方言或地理方言来概括整个语言。客观性要求语言学家承认事实,尊重事实,以事实为基础来不断修正自己的假设,切不可"削足适履",歪曲事实,把假设强加给语言本身。不过,语言学家对数据本身有不同的理解。有些人认为,只有可以观察、可以验证的东西才算有效数据,一切"感觉"、"知觉"、"印象"都一律无效。具体地说,语言使用者实际讲出来的话才算数据,他们的"感觉"、"印象"、"语法判断"都不足为凭。另外一些人认为,观察到的语言事实当然是有效数据,但是本族语者的"语感"(intuition)也是有效的、合法的数据。而且,他们做了实验,证明这种"语感"在音位上、句法上、语义上都是存在的,是可以观察和验证的。尽管有这些分歧,绝大多数语言学家仍然认为语言学是一门经验科学,在科学技术允许我们打开颅骨观察人脑之前,仍然可以采取实验的方法来验证语言理论。

第二条是穷尽性(exhaustiveness),是指语料收集要尽量彻底、全面、无遗漏。只有做到数据的穷尽性,才能达到客观性的要求。其道理非常简单:只有语料全面,概括才能正确。语料不全,概括一定片面。举个例子。汉语的"了"(le)是个极其简单的词,但归纳其用法并不简单。我们的汉语词典上说,"了"是助词。(1)用在动词或形容词后面,表示动作或变化已经完成,分为两种情况:a)用于实际已经发生的动作或变化;b)用于预期或假设的动作。(2)用于句子的末尾或句中停顿的地方,表示变化或出现新的情况,又分a)、b)、c)、d)四种情况,多为有变化、出现情况,还有表催促、劝阻等。概括得真够全面的。可是,有一种情况似乎没有概括进去。小张问:"老李怎么还没来呀?"小王往窗外一看,说:"老李来了!老李来了!"这个"了"似乎表示正在进行时,好像也应该算一种用法。我举的例子正确与否并不重要,用它示范的道理是要认真对待的。

第三条是系统性(systematicity)。任何语言理论都要有自己的系统,前后一致,具有内在联系。这就要求语言学家遵循标准程序,在始终如一的框架内进行调查和论述。所谓标准程序并非是唯一正确的程序。有的语言学家可以先研究语音,再研究词、词组、短语、句子等。这至少是系统地组织材料的方法。另外有些人从语义着手,然后再研究句法、词汇、语音等,这也是一种系统。无论采用什么系统,都必须有一种理论框架作指导,这种框架规定着分析和比较的标准。作研究时没有一个统一标准就像用不同的度量衡单位来测量东西一样。拿句子去跟音节比,就像拿公尺去跟公斤比一样可笑。在这个框架之中,一切术语的定义都要始终不变。加一个术语或减一个术语都会影响其他术语的意义。比如,原来划分了七种词类,现在又出现了第八种,那就意味着原来的七种中有些词要划入第八种,原来的词类含义或范围也就改变了。

第四条是简洁性(economy),也有人叫它经济性。意思是,能用五句话讲清楚,就不用六句。准确地讲,在能说明等量语言数据的情况下,文本越短越好。此话看似简单,其实做到并不容易。例如,讨论before如何使用。一种办法是找出50个带有before不同用法的句子来,就算大功告成。这就不经济。其根源就是对语料缺乏分析与概括,把最原始的数据呈现给读者。如果50个句子全面代表了before的用法,还要通过分析进行概括,或叫“合并同类项”。比如合并成十类之后,还要进一步研究,是否还能够有更高级的抽象,如分成三大类,每一大类包括几小类,各类举一例即可。前面举的关于“了”的例子,就证明了这一点。作者是通过分析大量例句之后才概括出来的。

第五条是清晰性(clarity),就是把一切概念、范畴、术语、规则交代得清清楚楚,不许模棱两可。语言学上的范畴和术语是很混乱的,同一个词在不同学派的理论中含义很不一样。有人把主语以外的成分都称为谓语,有人只把动词短语部分划归谓语。“名词”、“元音”、“辅音”等都有许多定义。据说“句子”有二百多种定义。“副词”的定义非常含混,说是“修饰动词的都是副词”,而我们知道,许多修饰动词的成分不是单个词,而是短语或子句。所以有人说,“副词是个垃圾箱,只要一个词的词类难以确定,就叫它副词好了。”可见,研究语言学首先要把这些基本概念弄清楚。要想给一个概念规定出清楚的范围,就要建立几条标准。就拿英语中的“名词”来说,可以设想这样几条:可以作句子的主语的就是名词;前面可以出现定冠词的就是名词;有单数复数区别的就是名词;有所有格词尾变化的就是名词;能作介词的宾语的就是名词。也许还有其他标准,但是,仅这几条已经比“指称人或事物的词叫名词”要清楚、准确、实用得多了。当然,事情并不这样简单。例如,专有名词是否属于名词?是否有必要把名词分为普通名词和专有名词两大类?这些可以通过比较它们的相同之处和不同之处来确定。在这种问题上,很容易产生分歧意见。打个比方,橙色与红色更相近还是与黄色更相近?在语言分析中,类似的现象比比皆是,没有严格的标准就无法作出深刻的分析和中肯的判断。

任何科学都有个方法论问题。语言学采用什么方法呢?不外乎归纳法(induction)、演绎法(deduction)、实证法(verification)、证伪法(falsification)。这是自然科学和社会科学研究中经常采用的方法。

归纳法是一种由个别到一般的论证方法。它通过许多个别的事例或分论点,归纳出它们所共有的特性,从而得出一个一般性的结论。比如,你看到20条狗,你会总结出狗的样子。看到30个苹果,30个梨,你会归纳出苹果和梨各自的特征。归纳法是从个别性知识引出一般性知识的推理,是由已知真的前提引出可能真的结论。在语言研究中,我们常常是收集许多例句,从中分析出某种规律,比如一个词的用法或某个句型的特征。归纳法的作用是:提供假说,证明假说和理论,确定假说的支持度,对事件未来的情况进行预测等。顺便说一句,归纳法在自然科学中起过重要作用,但在哲学上是有毛病的。我们在日常生活里靠的就是归纳法。科学实验的指导原则也是归纳法。可是,归纳法不总是可靠的。汉语中的"守株待兔"就是笑话经验主义者。你连续八天早晨看到老张在散步,就得出结论说老张每天早晨出来散步,就很容易犯错误,说不定第九天老张就没来。极而言之,你实验了100万次都成功了,也不能说以后永远成功,下一次可能就失败。例如,形容词通常出现在它所修饰的名词前面,但确实也有例外:secretary general和something interesting。汉语里,两个名词结合时,前一个修饰后一个。"木桩"、"石桥"都是例证。但京剧《赤桑镇》里的包拯称呼他嫂子时叫她"嫂娘",此处"嫂"不修饰"娘",而是"娘"修饰"嫂"——"亲娘一样的嫂子"。所以,有位哲学家说过一句略显激烈的话,"归纳法是自然科学的光荣,却是哲学的耻辱"。

演绎法是从普遍性结论或一般性事理推导出个别性结论的论证方法,是演绎推理在议论文中的运用。在演绎论证中,普遍性结论是依据,而个别性结论是论点。演绎推理与归纳推理相反,它反映了论据与论点之间由一般到个别的逻辑关系。还以苹果为例。你已经知道苹果是什么样了,再给你个苹果,你会按照苹果的一般特征来判断新拿来的水果是不是苹果。演绎推理的主要形式是三段论,即大前提、小前提和结论。大前提是一般事理;小前提是论证的个别事物;结论就是论点。用演绎法进行论证,必须符合演绎推理的形式。典型的例子就是:人总是要死的(大前提),苏格拉底是人(小前提),苏格拉底也会死的(结论)。运用演绎推理时,所根据的一般原理即大前提必须正确,而且要和结论有必然联系,否则会使人怀疑结论的正确性。演绎法存在以下特点:第一,大前提中的一般性知识和结论的个别性知识之间具有必然的联系,结论蕴含在前提之中,没超出前提的知识范围。第二,结论是否正确,既取决于一般性知识是否正确反映客观事物的本质,又取决于前提和结论之间的联系是否正确。第三,演绎法的思维运动方向是由一般到个别,由抽象到具体,即演绎的前提是一般性知识,是抽象性的,而它的结论却是个别性知识,是具体的。演绎法是进行科学研究的重要思维方法,是逻辑证明的重要工具,也是作出科学预见的手段。

实证法有多个名称,positive study, empirical method, verification study, experimental approach, evidence-based approach等,都属于一种大概念,基本思想就是研究要有根有据。实证性研究是一种应用极广的研究范式。它产生于英国哲学家培根(Francis Bacon, 1561—1626)的经验哲学以及牛顿(Isaac Newton, 1643—1727)和伽利略(Galileo Galilei, 1564—1642)的自然科学研究。法国哲学家孔德(Auguste Comte, 1798—1857)积极倡导把自然科学的实证精神贯彻于社会现象研究之中,主张从经验和观察入手,采用程序化的、定量分析的手段,使社会现象的研究达到自然科学的精细和准确水平。西方哲学史上实证主义的思潮发轫于孔德的《实证哲学教程》六卷本的出版。实证主义所推崇的基本原则是科学结论的客观性和普遍性,强调知识必须建立在观察和实验的经验事实上,通过经验观察的数据和实验研究来揭示一般结论,并且要求这种结论在同一条件下具有可证性。根据以上原则,实证性研究方法可以概括为:通过对研究对象大量的观察、实验和调查,获取客观材料,从个别到一般,归纳出事物的本质属性和发展规律的一种研究方法。实证研究方法既可以是质性(qualitative)研究,也可以是量性(quantitative)研究,具体包括观察法、谈话法、测验法、个案法、实验法等。1. 观察法:研究者直接观察他人的语言行为,并把观察结果按时间顺序系统地记录下来。(研究者可以在自然条件下观察也可以在实验室观察;可以是参与观察或非参与观察)2. 谈话法:研究者通过与对象面对面的交谈,在口头信息沟通的过程中了解对象的心理状态。(分为有组织、半有组织和无组织谈话三种。访谈要目标明确,讲究方式,充分利用"居家优势",做到言简意赅)3. 测验法:通过各种标准化的测量表(如问卷)对被试者进行测验,以评定和了解被试者的语言特征或态度。4. 个案法:对某一个体、群体或组织在较长时间里连续进行调查、了解、收集全面的资料,从而研究其语言发展变化过程。5. 实验法:

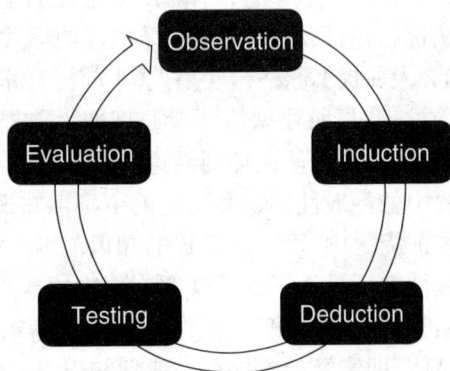

研究者在严密控制的环境条件下有目的地给被试者某种刺激(如采用某种教学法)以引发其语言产生某种变化,并对结果加以研究。

从上图可以看出,以上三种方法是相互联系的。研究者从观察开始,收集数据,通过分析数据得出假设(归纳),又从假设出发推导出结果或预示(演绎),再用新的数据验证其结果或预示(实证),最后评价所得结论是否正确(评估)。目前,在语言研究和外语教学研究中,这种方法运用很多。

最后谈谈证伪法(falsification),也叫试错法。证伪法是英国哲学家卡尔·波普尔(Kar Popper, 1902—1994)提出来的。有人认为波普尔是20世纪最有影响的哲学家,在西方科学哲学中他标志着批判理性主义的形成。波普尔反对经验证实和经验归纳;在他看来,很多科学理论无法用经验来证实。他打破了"科学就是真理"这一古老的迷信,指出科学的本质在于它的可错性,即任何科学理论之中都有可能包含错误。他甚至认为,没有可错性的(unfalsifiable)理论不是真正的科学理论。科学之所以永恒地发展着,是因为真理与谬误之间的矛盾永远不能最终解决。科学的发展过程是:人们遇到问题,问题促使科学家思考;经过思考和研究,科学家作出各种各样的尝试性猜测,即所谓的理论或假设;于是这五花八门的理论之间展开激烈竞争,互相批判,并经受观察和科学实验的严格检验;在检验中错误的理论被抛弃,筛选出解释力最强的新理论;新理论得到确认,但还不能说已被证实,而只是暂时没有被证伪;随着科学技术的发展,它终将被证伪,新的供探索的问题将被提出来。对于证伪法,有人热情支持,有人极力反对。无论如何,它有一定道理。它说出了经验归纳的局限性和反例(counter example)的重要性。你有成千上万个实例也不能最终证明一种立论,而一个反例马上推翻一个立论。你见到一万只天鹅是白的,不能说世界上的天鹅全是白的;只要你见到一只天鹅是黑白相间的,你就可以向全世界宣布世上的天鹅不全是白的。归纳的脆弱和反例的强大,早已有许多人意识到。我国的梁启超就说过:"孤证不为定说。其无反证者姑存之,得有续证则渐信之,遇有力之反证则弃之。"

语言学作为一门名副其实的科学已经确定无疑。语言学的研究价值也已是公认的了。现在,语言学不仅已经成熟起来,而且派生出许多分支。研究语言的本质、语言普遍现象,提供基本概念、理论、模式和方法的分科,统称为普通语言学(general linguistics),或称理论语言学,又简称语言学。把语言学研究成果用于各有关实际领域的分科,统称为应用语言学(applied linguistics)。有人认为,应用语言学仅仅指的是语言理论在语言教学上的应用。还有人认为,应用语言学也包括词典学,翻译学,言语病理学(speech pathology)及言语损伤治疗。所以,这样的分类对认知帮助不大。因此有人从语言内部和语言外部角度去分析。研究语言本体的分支包括语音学、音系学、形态学、词汇学、句法学、语义学、文字学。语用学是否包括在内,看法就有分歧了。因为语用学研究要涉及情景、人物关系等,不再是纯粹研究语言本身。

从语言外部看,就是把语言学应用于与语言相关的某个领域,并与那个领域的理论相结合,产生一门新的学科。如,研究语言与社会的关系就产生了社会语言学(sociolinguistics),研究语言与心理的关系就产生了心理语言学(psycholinguistics),研究语言与生物的关系则产生了生物语言学(biolinguistics)。沿用同样的方法,也产生了神经语言学(neurolinguistics)、文化语言学(cultural linguistics)、人类语言学(anthropological linguistics)、语料库语言学(corpus linguistics)、话语分析(discourse analysis)、篇章语言学(text linguistics)、认知语言学(cognitive linguistics)、计算语言学(computational linguistics);还有司法语言学(forensic linguistics)、侦破语音学(criminal phonetics)、临床语言学(clinical linguistics)、病理语言学(pathological linguistics)、生态语言学(ecological linguistics)、基因语言学(genolinguistics)、语言工程(language engineering)、人机对话(man-machine talk)等等。这里简单介绍两个出现较早的分支。社会语言学研究语言与社会的关系。语言是一种社会现象,在很大程度上受着社会的影响。语言随着社会的发展变化而变化,以满足社会的需要。社会的巨大变革和科技的飞速发展是语言发展变化的根本动力。语言特征反映出社会阶层、社会集团、职业、年龄、性别等特点。每个人的语言特点(idiolect)与其社会方言往往取决于其社会环境。反过来,语言成了每个人的社会标志。心理语言学也已有相当大的发展,它试图从知觉、记忆、智力、动机等角度来解释当代语言理论关于语言习得和语言能力的某些假设。心理语言学主要有两大派:联想派和内容派。联想派认为,婴儿的大脑是一张白纸,其语言是通过许多刺激→反应→强化过程而学会的,语言行为也是刺激→反应的过程。内容派认为,婴儿的大脑由于遗传的原因生来具有学习语言的机制,一旦接触语言原始材料,就会很快掌握母语。两派仍在继续争论,他们的研究已经给人不少的启示。

除此之外,还有研究方言和语言的地理分布的地理语言学

(geographical linguistics)，研究一种或多种语言在语音、词汇和语法方面的短期变化和长期演变的历史语言学(historical linguistics)，用数学模型和数学程序对语言进行研究的数理语言学(mathematical linguistics)。

本书概述了西方主要的语言学流派。流派与分支有所不同。流派多指思潮，有代表人物、代表著作、主要观点、研究方法，盛行于某一时代，对后人有所影响，往往含有历时视角。一个流派未必对语言学领域中的诸多问题都有论述，但一定对某些问题有深刻阐述。分支多指领域，有固定研究范围，也有经典著作和有重要影响的人物，更多采用共时观点。可能历史上多个流派都对它有过贡献。

本书概括介绍几个主要流派：传统语法、历史语言学、索绪尔语言学、布拉格学派、哥本哈根学派、美国结构主义学派、转换生成语法、伦敦语言学派、认知语言学等，简述这些学派的社会背景、主要代表人物、主要著作、基本语言学观点、对语言学的贡献以及对后来研究工作的影响。由于时代、背景、传统、研究方法不同，这些流派提出了不同的语言理论。语言学家之间的这些分歧，与其说是谁是谁非的问题，不如说是从不同的角度观察语言、分析语言的问题；各有各的道理，各有各的优势。语言学能有今天的形势和水平，是与各个流派的贡献分不开的。本书没有详细介绍当前各个语言分支的情况，有兴趣的读者可阅读结束语后面的参考文献。

参考文献

1. Akmajian, Adrian, et al. *Linguistics: An Introduction to Language and Communication*. Cambridge, Massachusetts: The MIT Press, 1979
《语言学：语言与交际导论》

2. Bolinger D L. *Aspects of Language*. 2nd ed. New York: Harcourt Brace Jovanovich, Inc., 1975
《语言学要略》

3. Crystal D. *Linguistics*. Harmondsworth, Middlesex: Penguin Book, 1971
《语言学》

4. Hockett, Charles F. The Origin of Speech. *Scientific American*, 1960
《言语的起源》

5. Liu Runqing & Wen Xu. *Linguistics: A New Coursebook*. Beijing: FLTRP, 2006

《新编语言学教程》

6. Lyons J. *Introduction to Theoretical Linguistics*. London: Cambridge University Press, 1968

《理论语言学导论》

7. Robins R H. *General Linguistics: An Introduction Survey*. 2nd ed. London: Longman, 1971

《普通语言学概论》

第二章 历史的回顾

研究语言学,应该知道它的起源,它所经历的曲折道路以及在不同历史时期的重大突破,这样才能更深刻地理解当代语言学所关心的各类问题和各种理论观点,才能对语言学的延续性、继承性和针对性有所体会。语言学上的许多根本问题早已被提出,经过几千年的探讨,到现在仍没有定论。

本章扼要介绍从公元前4、5世纪到18世纪末长达两千多年中,人们对语言研究所做出的主要贡献,即所谓的传统语法阶段。重温这段历史我们会发现,我们的前辈早已对语言产生浓厚兴趣,而且有了深刻的思考。有人说过,人类对语言的研究同语言一样古老。同样,前人在语言研究上显示出的智慧毫不亚于在其他学科中表现出的智慧;很难想象他们描写语言的工具直到今天我们还在使用,他们的观察和思考深深地影响着当今的研究者。

第一节　古希腊语法

古希腊位于欧洲南部,地中海的东北部,始于公元前800年,止于公元前146年,持续了约650年,是西方历史的开源。公元前5、6世纪时,特别是希波战争以后,经济生活高度繁荣,产生了光辉灿烂的希腊文化,对后世有深远的影响。古希腊人在哲学思想、历史、建筑、文学、戏剧、雕塑等诸多方面有很深的造诣。罗马帝国征服古希腊后,其文明遗产遭到严重破坏,不过仍有不少保留下来,成为整个西方文明的精神源泉。这里我们简单介绍几句古希腊的哲学和文化。西方哲学的历史是从古希腊开始的,特别是始于一群生活在通称为前苏格拉底时期的哲学家。他们那时已经开始提出极为深刻的问题:一切事物从哪来? 它们到底是由什么构成的? 我们如何解释大量事物的本质? 为什么我们能用单一数学来描述它们? 虽然他们的回答多半是荒谬的,但还是不愧为伟大的哲学家。后来的苏格拉底(Socrates,公元前469—前399),柏拉图(Plato,公元前427—前347),亚里士多德(Aristotle,公元前384—前322)等都是对后人很有影响的思想家、哲学家。柏拉图写下了几十篇哲学对话录(以谈话的形式来辩论,苏格拉底通常以参与者身份出现)和少量信函。早期的对话录主要是关于获得知识的方法,他最著名的作品多与伦理学、形而上学、推论、知识和人类生命的概要观点有关。其突出的思想包括,人们通过直觉(感观)所获得的知识总会有困惑和不纯正之处,我们看到的世界仅仅是一个充满瑕疵的拷贝;只有灵魂能掌握知识的结构、事物的真实本质;这样的知识不仅有伦理的重要性,而且有科学的重要性。我们可以把柏拉图视为一个唯心主义者和理性主义者。相比之下,亚里士多德更重视从感观获得知识,更像现代所谓的经验主义者。因此他的观点为最终出现"科学方法"做了很好的准备。亚里士多德非常博学,他的作品涉及物理学、形而上学、(尼各马科)伦理学、政治学、灵魂论、诗学等。我们熟悉的《荷马史诗》就是产生于古希腊的西方文学史上最早的正式的书面文学作品。相传作者是大致生活于公元前10世纪至前8世纪之间的盲人诗人荷马,不过目前人们认为此作品是许多人集体创作并反复修改过的。相传《伊索寓言》是公元前6世纪上半叶的一个获释的奴隶编写的;此人聪明过人,一生创作了许多寓言故事。公元前4世纪的一些古代作家整理编纂了其中的一百二十余则。不过根据考证其中有很多故事来自亚洲和非洲。寓言通过动物的言行来寄寓深刻的道德教谕,给后人留下宝贵财富。

对语言的研究同样可追溯到古希腊时期。古希腊的几个著名的哲学家,如苏格拉底、柏拉图和亚里士多德,以及后来的斯多噶(Stoics)派哲学家都对语言研究有过论述。在他们的研究工作中,对语言的探讨占有重要地位。我们对苏格拉底的了解甚少,也不直接。他没有留下什么著作,他的观点只能在作家色诺芬(Xenophon,公元前430—前355)的著作中和柏拉图的《对话》中找到一些,而且也很难确定哪些是苏格拉底自己的观点。

在柏拉图的一篇名为《克雷特利斯》(Cratylus)的对话中,讨论到词为什么具有意义。对话在三人中进行,克雷特利斯和赫莫吉尼斯(Hermogenes)各持己见,由苏格拉底来解决他们之间的争论。克雷特利斯认为,一个东西的名称是由于它的性质而产生的,所以语言自然而然地具有意义。赫莫吉尼斯反对这种观点,认为名称之所以能指称事物是由于惯例(convention)的原因,也就是语言使用者达成的协议。协议是可以改变的,所以只要大家同意,用什么词都可以。

　　然后苏格拉底论述两种观点的优缺点。他说,一个句子分成两部分:名词部分(onoma)和动词部分(rhema)。要把每个词分解为其组成成分才能找到词的意义。其分解方法是这样的:比如英语词catastrophe(大祸)由三部分组成,cat(猫)、astro(表示"天体")和fee(费用);"猫"的特点是行动飞快,"天体"指巨大无比的东西,"费用"表示昂贵的东西、要付出代价的东西。将这些意义加在一起,catastrophe是指"来得很快、巨大无比、代价很高的事物"。这是分析复杂词。如果是简单词,就把词的音分成辅音、元音、半元音,再分析不同音的特质或模仿的是什么东西。苏格拉底说,像rho音就表示"运动",因为发这个音时舌部运动很快。当然有例外情况。苏格拉底说,那是惯例造成的。苏格拉底的这种分析方法当然很不科学,但对语言研究颇有帮助。对元音和辅音的区分,对名词部分和动词部分的区分,都是有意义的。不过,这些观点是苏格拉底的还是柏拉图自己的,很难考证。

　　无论这场辩论起源于何人,它都反映了古代希腊哲学家对语言的不同看法。一派认为语言是受自然支配的,一派则认为语言是受惯例支配。说语言是一种自然产物,那它就来自于外部原则,人类对语言无能为力;说语言是约定俗成的,就是说它是随着人类的习惯发展起来的,人类可以改变它。这个问题的焦点是:一个词的意义与它的形式之间到底有没有内在的联系。"自然派"(后来很多人成为斯多噶派成员)认为一切词天然地代表着它们所指称的东西,所以他们努力研究词源。有些词,如neigh(马叫), bleat(羊叫), hoot(猫头鹰叫), tinkle(钟表声),模仿了它们所代表的东西的声音,被称为象声词(onomatopoeia)。他们认为像这种词虽然为数不多,却是语言的基本词汇,其他词是由此发展而来的。他们说有些词模仿了所指事物的部分特征,如smooth(光滑), harsh(严厉), liquid(液体)等。这些词被称为声音象征词,也为数很少。于是"自然派"又想出其他办法。他们说词义可以靠"天然的联系"而加以扩大,如河流的入海口也用mouth(嘴)表示,瓶颈也用neck(脖子)表示。他们最重要的根据是,一个词形可以通过加音、减音、替换音或重排音而派生出别的词来。如nature-natural(自然→自然的), certain-ascertain(肯定→确定)。亚里士多德和他的学生多属"惯例派"。他们认为除了少数象声词以外,语言的词汇的意义与形式之间没有任何必然关系,都是人为的、任意的,人类可以改变它,发展它。"自然派"和"惯例派"的争论持续了几个世纪,这场辩论使语言研究与哲学联系起来,有利于语法学的发展,促进了对词源的研究,加深了对词义的认识。

亚里士多德是柏拉图的学生。他是古希腊最著名的哲学家、思想家。他在《解释篇》(*On Interpretation*)、《修辞学》(*Rhetoric*)、《诗学》(*Poetics*)等著作中,讨论了有关语言的问题。亚里士多德属于"惯例派",认为"语言形成于惯例,因为名称没有天然产生之理"。(《解释篇》)他还说:"言语是思想、经历的表达,文字是言语的表达。种族不同,言语则不同,文字也不同。但人类的思想反映是一样的,语言的词汇只是这些思想的标记。"亚里士多德进一步论述了名词部分和动词部分,指出名词没有时间成分,而动词有时间成分。他还提出了几种识别句子成分的标准。例如,形式标准:观察一种形式的组成因素,找出两种形式的差别;语音标准:根据某个音的存在与否来辨认语言单位;形态标准:用直接成分来区分语言单位;句法标准:用词序或依赖性来区分语言单位;语义标准:根据词的实际内容来区分形式。语义标准又分几种:词汇意义——用词之所指进行区分;译义——用另一种语言的形式来辨认单位;示释(paraphrase)——用同一语言的同义词来解释;文体意义——用来区分通俗体、诗体或技术体。亚里士多德的基本思想影响到几个世纪的语言学家。

斯多噶派是盛行于公元前4世纪的一批哲学家和逻辑学家。他们都是亚里士多德的反对者,与他的学生和追随者进行了长期论战。斯多噶派学者对语言研究有两条主要贡献:他们清楚地区分了对语言的逻辑研究和语法研究;他们用的语法术语越来越精确。首先,他们认为"语言"中有三个方面:第一是语言的声音或"材料",是一种象征或符号;第二是语言的符号的意义,即"所说的内容";第三是符号所代表的外界事物。这种区分在索绪尔的理论中得到进一步发展。(详见第四章)

斯多噶派学者对语言的研究很有兴趣。他们发现,有些音属于某一语言的音位系统,但没有任何意义,有的是有意义的。这种区分对语音学的发展有重大意义。找出音位系统允许的语音序列和不允许的语音序列,对研究一种语言的语音有很大帮助。

斯多噶派区分了五种词类:名词、动词、连词、冠词和关系代词。但他们的区分标准不明确,有时根据形式,有时根据意义。名词依据形态,看是否有格的变化;然后再按语义分为普通名词和专有名词。具有"专有特性"的名词叫专有名词,如"苏格拉底";具有"普通特性"的名词叫普通名词,如"人"。他们又把副词从普通名词中分出来,称为"中间词",因为它们在句法上属于动词部分,而形态上属于名词部分。亚里士多德曾把动词部分和名词部分难以包括的成分统称为组联成分。斯多噶派学者又把组联成分分为两组：有屈折变化的（代词、冠词）和无屈折变化的（连词、介词）。对格的概念，斯多噶派有独特见解。格的变化是名词、形容词和动词的基本区别之一。他们提出，格有两种：主格和间接格（宾格、所有格、与格）。呼格还没有确定。主格与定式动词保持一致，三个间接格在不同的句法关系中与动词相联系。通过观察格的变化，他们还区别了主动动词（及物动词），被动动词和中性动词（不及物动词）。关于动词的时和体，他们提出，从时态分，有现在和过去；从体态分，有完成和未完成。

关于斯多噶派的语言观，可用一个学者的话总结如下："人出生于世，头脑像一张白纸，很适于在上面写字。"这很像后来的"白板说"。语言本身不是智力，而是智力的表达。表达的方式是声音。斯多噶派学者属于"自然派"，认为在语言的早期，语言的声音和所代表的事物之间有着天然的联系，虽然这种联系已经不很明显，所以他们努力研究词源，寻找语言的原始形式。

公元前3世纪末期，亚历山大大帝建立了两个殖民地，一个是现在埃及的亚历山大，一个是土耳其的帕加马（Pergamum）。后来，这两个城市以其所有的图书馆和大学而著称。亚里士多德把自己的藏书献给了亚历山大，很多学者来此地定居，从事科学研究，产生了有名的亚历山大学派（公元前300—前146）。其中著名的数学家欧几里得（Euclid，活动时期约公元前300）所写的《几何原本》（Elements）和狄俄尼索斯·斯拉克思（Dionysius Thrax，公元前170—前90）的《语法科学》（Techné Grammatiké）对人类科学的发展有着深远的影响。帕加马成了当时的文化中心，出现了帕加马学派和亚历山大学派。这两个学派在政治上和学术上都持对立的观点，在语言问题上也展开了激烈的争论。

辩论的开始是围绕这样两个问题：自然界是如何构成的？自然界的运动情况如何反映到人类语言之中？有的学者认为，大自然的运动没有什么定律或规则性可言。有的学者则认为，星球的运动和季节的变化不是杂乱无章的，而是由一种不可抗拒的规律支配的。帕加马学派坚持第一种观点，亚历山大学派坚持第二种观点。当然，不论天体运动如何，语言也可以有自己的特性，也可以反映大自然的混乱和规律。但是亚历山大学派的学者认为，不论是大自然的运动还是语言的结构，都是受规律支配的，人们可以发现和描写它们的模式。只有这样，才有语法可言。不然的话，只能把表达方式罗列一番，不能说明它们之间的联系。主张语言基本上是有系统、有规则的学者称为"规则派"(analogists)；主张语言基本上是没有规则的学者称为"异常派"(anomalists)。"规则派"基本上继承了"惯例派"的观点，认为语言既然是人为的，就一定是有规律的。"异常派"则继承了"自然派"的理论，认为天然形成的东西没有什么规律可言；如果语言是人为的，人类会早已把不规则的现象纠正过来了。亚里士多德的学生多属于"规则派"，斯多噶派学者多属于"异常派"。"规则派"努力研究语言的规律性，把词汇分门别类，编制词形变化表，作为共同遵守的规则，以便逐渐纠正例外现象。他们寻找语法地位相同的词所具有的共同词尾形式和重音结构，以及形式与意义之间的规则性。这种规则性主要呈现于词的形态变化，以此为基础来规定词的语法范畴。他们有时还规定哪些词是正确的希腊语词，哪些不是，并考证荷马著作的版本。个别学者甚至试图改革希腊语，使之更具有规律性。

"异常派"虽不否定规则现象的存在，但侧重研究不规则词汇的情况。他们认为，作为自然界的产物，语言不能完全用规则来描写，而是应该特别注意"用法"；一个语言现象如何"使用"就应该如何描写，不论其用法多么不合理。他们发现，名词和动词的词形变化多有不规则的例外情况，这些词汇不能因语法学家不喜欢就被排除在语言之外。形式与意义之间的关系也是任意的、不规则的。例如，单个城市可用复数词形表示(如Athens)，肯定的意义却用否定前缀表示(如immortality)。再如，没有生命的东西也分阴性阳性，用一个阴性形式或阳性形式去指称两种性别的东西。"异常派"的一个重大发现是词形与词义没有一对一的关系。词义在孤立语境中是不存在的，它随着不同的搭配而发生变化。"规则派"和"异常派"之所以观点不同，原因之一是他们的研究目的不同。斯多噶派主要研究语言起源和逻辑等哲学性问题，亚历山大学派主要为了发展文艺批评。这场论战持续了几个世纪，据说从费尔德费斯(Phiadelphus，公元前284—前257)直到迪斯科洛思(Apollonius Dyscolus，活动时期约公元2世纪)和他的儿子赫罗典(Herodian，活动时期约公元2世纪)为止。其实"规则派"和"异常派"所争论的问题直到今天也没有彻底解决。

斯拉克思的《语法科学》总结了亚历山大学派的语法研究工作，是西方第一部完整的、全面的语法书；这部杰作直到12、13世纪仍被认为是语法学的典范。据说任何英语语法教科书无不受到斯拉克思理论的影响。该书共有25节，其组织之严谨，行文之简洁，论述之清晰，吸引了一切涉猎希腊语的语言研究者。《语法科学》首先论述为什么研究语法。斯拉克思说语法学就是诗人和散文家对语言基本用法的知识; 它包括六部分: 正确朗读,解释文学,对术语和内容提供注释,发现词源,发现规律性,欣赏文学作品。不难看出,斯拉克思的理论还没有超出观察和经验的范围,只是为了欣赏古典文学而总结出的初步知识。

《语法科学》第一部分是语音研究。斯拉克思主要探讨了切分音和元音在音节中的长短问题。他区分了三组辅音(p, pʰ, b; t, tʰ, d; k, kʰ, g),认为它们在发音部位上的区别是相同的。在语法部分,斯拉克思认为句子是语法描写的最大单位,词是语言描写的最小单位。句子被定义为"表达一个完整思想"的东西。关于词类,他认为有八种: 名词、动词、分词、冠词、代词、介词、副词、连词。名词有词尾变化,表示人或物,可以是具体的,也可以是概括的,有五种语法属性,即: 性(阳性、阴性、中性),类(原类、派生类),形(简单词、复合词),数(单数、双数、复数),格(主格、所有格、与格、宾格、呼格)。动词有以下语法属性: 五种语态(陈述、命令、愿望、虚拟、不定式); 三种结构(主动、被动、中性,如I was myself); 两类(原类、派生类); 三种形式(简单、复合、派生); 三数(单数、双数、复数); 三种人称(第一、第二、第三); 三种时态(现在、过去、将来)。分词同时具有名词和动词的特点和语法属性,只是没有人称和语态的变化。冠词可置于名词之前或之后,有格、数、性的变化。代词代替名词或指具体人,有性、数、格、形、类和人称的变化。介词可出现在句中任何部分之前。副词修饰动词或补充说明动词,没有屈折变化。连词把句中成分连在一起,可分八种: 连接(and, also),转折(or, but),条件(if, even though),原因(when, consequently, since, in order that),结果(so that, in order that),怀疑(whether),推论(therefore, consequently),附加(well, of course, indeed)。《语法科学》的最大缺欠是对句法论述很少。

公元2世纪,迪斯科洛思发展了斯拉克思的语法,对希腊语的句法作出较系统的论述。他认为: 句子的主要部分是名词部分和动词部分; 句法的主要任务是描写这两部分的关系以及其他部分与这两部分的关系。他分析了主格词项与动词的关系,三种动词(及物、被动、不及物)与主格形式的关系。例如及物动词把一种动作传递给其他人或物。他还注意到制约关系。例如,定式动词与主格名词或主格代词要保持数和人称上的统一,而不定式动词与间接格的名词或代词之间就没有这种一致关系。

古希腊语法当然是有缺欠的,但是其基本理论和描写是经得起推敲的,它对后来的语言研究的影响是不可磨灭的。当时创造的一套语法术语一直沿用了两千多年。

第二节　古罗马语法

古罗马刚建国时,还是一个小国家。自公元前5世纪初开始,先后战胜拉丁同盟中的一些城市和伊特拉斯坎人等近邻,又征服了意大利半岛南部的土著人和希腊人的城邦,成为地中海西部的大国。罗马发动了三次战争,在公元前146年征服了迦太基,并使之成为罗马的一个行政省。公元前214年至公元前168年发动三次马其顿战争,征服了马其顿并控制了整个希腊。又通过叙利亚战争和外交手段,控制了西亚的部分地区,建成一个横跨非洲、欧洲、亚洲,称霸地中海的大国。古罗马文化早期在自身的传统上受希腊文化的影响。公元2世纪以后,罗马成为地中海地区的强国,其文化亦高度发展。古罗马哲学深受古希腊时代的斯多噶学派与伊壁鸠鲁学派思想影响。代表思想家为西塞罗。他认为善行产生快乐,智者就是依照理性指导而生活的人,因而不为烦忧痛苦所困扰。哲学家卢克莱修(Titus Lucretius Carus,公元前99—前55)著的《论物性》是流传至今唯一阐述古代原子论的著作。公元3世纪以后的新柏拉图主义成为最具影响力的学派,有取代斯多噶学派之趋势。他们鼓吹苦行禁欲和内省思考;在宇宙本体的看法上,结合柏拉图、亚里士多德的学说,主张向上帝投出心灵,然后才能认知世界。古罗马科学是总结过往积累的经验和吸引地中海诸民族科学成就的基础上发展而成,在农学、天文学、地理学及医学、工程技术方面有较大的成就。不过,罗马人只重实际,不重建构抽象理论框架;他们在自然科学方面并无重大创新,因为他们征服邻国之后接触到许多文明古国的优秀成果,所以只在总结前人成果方面有所贡献。古罗马文学为拉丁文学,其原创性不大,多模拟古希腊文学。拉丁文学的全盛时期约为公元前80年至公元17年,这段时期以公元前42年为准又可分为两期,前期以西塞罗(Marcus Tullius Cicero,公元前106—前43)、恺撒(Gaius Julius Caesar,公元前102—前44)为代表;后期以维吉尔(Publius Vergilius Maro,公元前70—前19)、贺拉斯(Quintus Horatius Flaccus,公元前65—前8)、奥维德(Publius Ovidus Naso,公元前约43—后17)、李维为代表。前期的西塞罗,以书信、演讲词著称;恺撒征服高卢后所写的《高卢战记》简洁流畅,是后人研究西欧早期历史的重要资料;维吉尔则是后期最杰出的诗人。拉丁文是整个罗马帝国的官方语言。拉丁文字母后来成为许多民族创造文字的基础。不过,在东部,希腊文亦为受过教育的人所使用。在罗马帝国产生和发展起来的基督教,对整个人类特别是欧洲文化的发展影响深远。

古罗马与古希腊来往已久,到公元前3世纪罗马帝国征服希腊城邦之后,希腊的科学文化直接影响了罗马的文化发展。在罗马帝国的西部地区,拉丁语是官方语言;而在东部地区,希腊语是官方语言,罗马的贵族官吏不得不学习希腊语。希腊的文学和哲学乘机而入,罗马人对希腊的文化成就钦佩不已。罗马帝国中,操不同语言的人接触频繁,语言的学习和教授成了迫切问题。由于拉丁语和希腊语结构相近,因此可用希腊语法的理论和范畴直接来描写和分析拉丁语。

从公元前2世纪开始,希腊文化在罗马广泛传播。这时最著名的语法学家是瓦罗(Marcus Varro,公元前116—前27)。瓦罗博学多才,有许多著作。《论拉丁语》(De Lingua Latina)是他的语法巨著,共25卷。瓦罗的文体并无惊人之处,但他颇有独特见解。他深受斯多噶派的影响,又了解亚历山大学派的理论。他对早期的拉丁语有所调查,论证起来有根有据。他的著作被同辈学者广泛引用。

瓦罗把语言研究分为三大部分:词源学、形态学和句法学。他认为,词起源于有限的原始词汇,这些原始词汇是人类为了指称事物而武断创造的,后来通过字母或语音的变化,又产生出更多的词汇。同时,语义也发生了变化,如hostis,原"外乡人",后来成了"敌人"的意思。瓦罗的词源理论显然不全面,这是由于当时他不了解拉丁语和希腊语接触频繁,互借词汇;而且有些词同出于印欧语的早期词形,所以他把历时词源学和共时词源学混为一谈。他的共时描写胜于历时描写,有些早期变化是当时所不能解释的。关于词根相同的不同变体,瓦罗重复了"类推派"和"异常派"的观点。他认为,这两种原则必须同时使用。他发现,构词法与语用原则有密切关系,文化内容越丰富,词汇区别就越细腻。如, equus是"马",而equa是"牝马",这是因为讲话人需作这种区分。而corvus泛指两性"渡鸦",因为无需去区别雌雄。瓦罗认为,每一个人,尤其是诗人,都可能打破惯例,创造自己的语用变体。瓦罗在词源上的贡献是,他区别了派生构词法和屈折构词法。词的屈折变化有很大的规律性。遇到一词,知道它属于哪类屈折变化,就可以列出它的各种形式。瓦罗称这种变化为"自然词形变体"。而共时派生则不同,派生形式因人而异,随着词根和用法的变化而不同。例如, ovis是"羊", ovile是"羊圈";而sus是"猪", sule却是"猪仔"。这种变化瓦罗称之为"自发词形变化"。

在形态学方面,瓦罗也有自己的见解。他发展希腊语法传统,对拉丁语的词汇进行分类。他同意,格和时态是区分有屈折变化的词的基本范畴。他规定了四种不同类别: 1. 有格的变化的: 名词、形容词; 2. 有时态变化的: 动词; 3. 既有格又有时态变化的: 分词; 4. 既无格又无时态变化的: 副词。他进而说明,这四种词类各有自己的用途: 名词和形容词用于指称事物;动词用来陈述事物;分词用来连接(句法上可以用作名词和动词);副词用于补充说明(与动词一起用,是动词的从属部分)。

瓦罗关于时态的观点受了斯多噶派的影响。他区分了时态和体态,分析了主动式和被动式两种语态,过去、现在和将来三种时态,完成和未完成两种体态。这样就出现了过去进行体,过去完成体;一般现在时,现在完成体;一般将来时,将来完成体;过去被动式,过去被动完成体;现在被动式,现在被动完成体;将来被动式,将来被动完成体。拉丁语中的"完成"概念包括了"一般过去"和"完成"两种意思。

瓦罗注意到希腊语有五个格,拉丁语有六个格,多一个夺格,与希腊语的所有格和与格有相似之处。瓦罗把主格当基本词形,一切间接格都从此派生出来。他还规定了每一种格的意义和句法关系。

继瓦罗之后,出现了两个著名的拉丁语法学家,一是多纳特斯(Donatus,活动时期约公元4世纪),一是普里西安(Priscian,活动时期约公元500)。他们的语法理论大致相同。普里西安著的《语法惯例》(*Institutiones Grammaticae*)共18卷,是整个中古时期语法理论界的经典。普里西安继承前辈的传统,利用斯拉克思和迪斯科洛思的语法体系分析拉丁语法。他通过描写字母来处理语音和音节,认为字母是话语中的最小部分。字母的特性有三: 字母名称、书写形式、语音价值。普里西安给词和句子下的定义与斯拉克思的相同。他的语法模式也是词和词形变化表。他认为分析比词小的东西是毫无意义的。他也区分了八种词类。与希腊语不同的是,古拉丁语没有定冠词(罗曼语的定冠词是从指示代词ille, illa, illud发展起来的)。但是拉丁语把感叹词从副词中分出来,自成一类。《语法惯例》的18卷中,有16卷是讲词类的。各类都引用了大量的古拉丁语例句。他的词类定义基本上模仿了迪斯科洛思的定义: 名词(包括形容词): 表示一种实体和质量,对一切人和物指派一种共同的或特有的质量;动词: 表示一种动作或承受一种动作,有时态或语态形式,没有格的变化;分词: 从动词派生而来,具有动词和名词的性质(时态和格),又不同于动词和名词;代词: 可以代替专有名词,对人称有特指性；副词：与动词出于同一结构，句法上和语义上从属于动词；介词：作为独立词用于有格的变化的词之前，其复合形式也可以用于没有格的变化的词之前；感叹词：句法上独立于动词，表示一种感情和思想状态；连词：把句法上不同的词类连接起来，表示它们之间的关系。

对拉丁语动词的时态变化，普里西安采用了斯拉克思的方法，分现在、过去和将来时；过去时又分为未完成体、完成体、一般过去体和过去完成体；而且他承认，拉丁语的完成体态包含了完成和一般过去两种意思。普里西安似乎误解了拉丁语的将来完成体态，称它为将来虚拟语态。

总的看来，普里西安的形态部分写得详尽完整。《语法惯例》最后两卷的句法学则不够理想。他把拉丁语动词也分为主动（及物）、被动和中性（不及物）三种，同时还注意到异相动词，即词形被动而词义主动的动词。及物动词必须有间接格名词。他虽然还没有提到主语和宾语的概念，但他注意到一个命题总有逻辑主语。他还提到了夺格独立结构现象。他认为关系代词的主要句法功能是表示从属关系。他还用从属概念来区分名词性动词与其他词类，因为名词性动词可以自己组成完整的句子，而其他词类在句法上总是从属于名词和动词。由于他对连词没有进一步区分，所以未能察觉从属关系和并列关系的差别。

普里西安的《语法惯例》虽有缺点，但对上古语言学和中古语言学起了承上启下的作用。由于当时要对讲其他语言的人教授拉丁语，普里西安的语法理论得到了广泛的采用，《语法惯例》出现了上千种抄本，成为中世纪拉丁语法和中世纪语言哲学的基础论著。

第三节 中世纪语法

中世纪（Middle Ages）（约476—1453），是欧洲历史上的一个特别时代（主要是西欧），始自西罗马帝国灭亡，直到文艺复兴时期（公元1453年）之后，封建制度占统治地位、资本主义抬头的时期为止。这个时期的欧洲没有一个强有力的政权来统治，国家林立，封建割据，战争频繁，造成科技和生产力发展停滞，人民生活在极度痛苦中，是欧洲文明史上发展比较缓慢的时期。所以，中世纪常常被称为"黑暗时代"（Dark Ages）。诚如有些历史学家所说的那样："公元500年至1500年，被看成人类进步征途中一个漫长而毫无目标的迂回时代——穷困、迷信、黯淡的一千年，将罗马帝国黄金时代和意大利文艺复兴新黄金时代分隔开来。"那时教会统治非常严厉，并且控制了西欧的文化教育。不许教士结婚，主张禁欲,要求人们将一切献给上帝死后才能上天堂;宣扬三位一体(指集中在上帝身上的圣父、圣子、圣灵)和原罪说等经院哲学,严格控制科学思想的传播。历史上就有很多伟大的思想家及科学家被基督徒迫害。到中世纪,更出现罗马教廷的"宗教裁判所"及加尔文的"宗教法庭"等合法机构迫害所谓的"异端"。例如,巴黎大学教授阿莫里1210年因宣扬泛神论被死后追审,墓穴被挖,十个弟子全部被处决。

但是,把这一千年统称为"黑暗时代"未免带些历史偏见,因为就全世界而言,中国文明和伊斯兰文明都达到了其辉煌时代。即使在欧洲也有许多人并没有在逆境中消沉,他们不仅继承了传统的精华,还创立了新的社会规范和思想体系,为欧洲步入近代社会奠定了重要基础。对于日耳曼等北欧诸民族来说,这个时期是从散居的蛮族部落进入文明社会的过程,开始呈现今天我们所说的"西方文明"的雏形。拜占庭帝国是中世纪早期的文化中心,它保存了古希腊—罗马时期的自然、数学、药学等理论;亚里士多德、阿基米德、盖伦、托勒密、欧几里得的思想传遍整个帝国。他们的著作及注释成为中世纪科学发展的根源。救治病人是基督教的义务,医学也就成了复兴最早的一门学科。6世纪时本笃会教士(Benedictines)开始研究希波克拉底与盖伦医学著作的纲要,并渐渐将其医学知识传到西方。佩斯东海湾那不勒斯南面萨莱诺(Salerno)城的学校是最早的非宗教学术发源地。它们出版了许多根据希波克拉底与盖伦的著作编纂的书籍。9世纪时萨莱诺的医生已经很有名;从10到12世纪,他们俨然成为古代学术与现代学术的桥梁。这一时期的哲学家波依修斯(Boethius,480—约524,出身于罗马贵族)成了代表古代哲学精神嫡传的最后一人,于524年被处死。他著有亚里士多德与柏拉图哲学的纲要和注释,并写成算术、几何、音乐、天文四部专著,成了中世纪学校教本,也成了古代学术残存于7世纪的唯一痕迹。中世纪早期哲学以A. 奥古斯丁的思想占统治地位,以神为核心,以信仰为前提,系统地论证了基督教的基本教义;中期是经院哲学的全盛时期,学者们以理性形式为教义作出各种证明和解释,以抽象思辨和繁琐论证为特征;晚期是经院哲学的衰落时期,怀疑主义和人本主义思潮逐渐抬头,理性主义冲击基督教信仰,开始讨论神与世界和人的关系,在悄悄地提高着人的地位。反对经院哲学和宗教迷信的最重要的代表人物是罗吉尔·培根(Roger Bacon,1214—1294),其主要著作有《大著作》《小著作》和《第三部著作》三部。在欧洲科学文化的复兴中,大学发挥了重要作用。世界上最早的大学之一是1087年在意大利创建的波伦亚大学。随后相继建立了英国的牛津大学、剑桥大学,法国的巴黎大学、蒙贝利埃大学、图卢兹大学,西班牙的帕伦西大学,意大利的阿雷佐大学、帕多瓦大学、那不勒斯大学,葡萄牙的里斯本大学等。至14世纪末,欧洲已经有65所大学。

　　由于拉丁语的重要地位,这期间对拉丁语的学习推动了人们对拉丁语法的研究。欧洲中世纪的教育以"七艺"为基础,即语法学、逻辑学、修辞学、音乐、数学、几何学、天文学。人们对语法的教授很重视。这时的研究工作讲究实用,讲求规范。当时教会势力增长,他们左右着文化教育。基督教被认为是世界性宗教,传授基督教教义成为一项重要的活动。传教要涉及许多语言问题,也就带动了语法研究工作的进行。确实,基督教传到哪里,哪里就学习拉丁语,就出现拉丁语法。

　　不过,在南部欧洲,拉丁语在使用过程中在不同地区发生了各种变异,逐渐演变成中世纪的法语、意大利语、西班牙语、葡萄牙语等地方语言。西北欧出现了日耳曼语(即条顿语)的各种地方语: 德语、丹麦语、挪威语、瑞典语、荷兰语等。英语则是拉丁语与日耳曼语混合的产物。在东欧,则形成了斯拉夫语族的不同分支: 俄语、波兰语、捷克语、斯拉夫语等。这些语言共同构成了印欧语系的主要成分。不过,相对于拉丁语来讲,以上语言均被视为方言土语,还不够成熟,仅仅用于普通人的日常生活。到12、13世纪,这些"土语"(也叫vernacular:"俗语")得到很大的发展和越来越广泛的运用,到15世纪,逐步成为取代拉丁语的各国民族语言,对语言的研究也出现了新的气象。

　　6世纪初,基督教传到英格兰,比德(Bede,约672—735)和阿尔坤(Alcuin,735—804)分别于7、8世纪写成了拉丁语法著作。到公元1000年,阿尔福利柯(Aelfric,约955—1010)专门为儿童写了《拉丁语法》(*Latin Grammar*)和《拉丁会话手册》(*Colluquium*)。这两本书都模仿了普里西安和多纳特斯的著作,是规范性的语法著作。值得注意的是,阿尔福利柯声称,他的语法可以用来分析古英语。由于他的著作在讲英语的人中间流传最广,从而使英语语法理论好几百年摆脱不了拉丁语法理论的影响。此外,爱尔兰从五世纪接受基督教之后,学习拉丁语的活动盛行,到九世纪出现了普里西安语法注释本,拉丁语法术语开始进入爱尔兰土著语言。

　　从11—15世纪,欧洲的科学文化蓬勃发展,语言研究更加深入,更加普遍。在学习拉丁语法的同时,其他语言的语法论著也相继问世,如威尔士语语法、爱尔兰语语法、冰岛语语法。

　　12世纪的冰岛语语法《首篇语法专论》(*First Grammatical Treatise*)

就是当时的一部代表作。作者不详,人们仿着书名称他为"第一位语法家"。他主要研究单词拼法改革的问题,但又同时表现出惊人的语言学天才。他提出了冰岛语字母的缺欠,提前800年就已预示到了后来布拉格学派(the Prague School)创立的音位学理论(详见第五章),并在很大程度上探讨了音位特征。当时冰岛语有36个元音,分9个元音质,它们每个都可长可短,可鼻化也可非鼻化。他按照拉丁元音字母a, e, i, o, u的音质,把冰岛语中的九个元音质按开/闭特征排列出来,然后标出长度和鼻化情况。这样,用11个符号、9个字母和两种发音标记即可表示36个元音。有几个辅音有长短和单双之分。他建议长辅音用大写字母表示,短辅音用小写字母表示。他还指出由于语境不同而引起的语音差别不必标出。/ð/是/θ/的变体,都用p表示即可。/ŋ/是/n/的音位变体,用字母序列ng表示即可。这位语法家的研究方法也很先进。在确定音位区别时,他把一个单位的变体控制在相似语境之中,并把只有一个字母之差的几个词置入句子之内,以此来分析音位区别引起的意义变化。可惜,这部充满灼见的著作到1881年才出版,在此之前,很多学者对它闻所未闻。

中世纪语言学的突出成就是在经院哲学影响下的思辨语法(speculative grammar)。speculative来自拉丁语的speculum,意思是"反映现实的镜子"。就是说语法是反映现实的一面镜子。罗宾斯(R.H. Robins, 1921—2000)说,经院哲学本身是亚里士多德的哲学与神学相结合的产物,它企图解决信仰与理智之间、唯名论与唯实论之间的矛盾。因此,思辨语法反映出亚里士多德的哲学思想。亚里士多德认为每一种事物的生长变化都有四种原因:"质料因"、"形式因"、"动力因"、"目的因"。思辨语法学家企图用这些原因来解释语法问题。他们认为普里西安和多纳特斯的语法虽然对教学很有益处,但是还不充分。他们不再满足于对语言现象的说明和描写,而是要探索语言内部的原因和理论。他们对普里西安等语法学家的评价是:他们对语言的观察是好的,但对语言的理论解释远不够充分,没有科学地揭示语言的内在原因。

思辨语法学家认为人类之所以能够通过语言来认识世界,是因为词这种"符号"一方面与人的心智有联系,一方面同它代表的事物有联系。这是一条基本原则,也是普遍原则。他们认为世界万物都有几种不同的存在方式(modí essendí)。例如,一种是永久方式,一种是暂时方式。要靠永久的方式去区别和归纳事物,而用暂时方式来观察事物的变化、发展。因此,反映客观事物的语言词汇并不直接表示一个人或一件事物,而是表示事物存在的特定方式,如,是一种现实? 还是一个动作? 还是一种质量?

中世纪初期,最有影响的学者是波依修斯。他曾在巴黎和雅典求学,把许多希腊经典著作译成拉丁语。他第一次提出了语言的普遍现象问题。他认为语义具有普遍性,像"好"、"人"、"道德"等概念具有普遍性质,各种语言都有。所以,语义和真实性有着密切的联系。他主张不仅要研究孤立词语的意义,而且更重要的是要研究它们在实际运用中的词义。这就给心理学和逻辑学提出了新的任务。研究人的心理时,必须把作为研究对象的人看成有思维的动物。逻辑学必须进入一切科研过程;要想符合科学,首先要符合逻辑。

到12世纪,拉丁语的发音和用法已经发生了很大的变化,与普里西安的语法著作中所描述的古典拉丁语已相差很远。12世纪中期,彼得·海利亚斯(Peter Helias, 约1100—1166后)就普里西安的语法理论发表评论,提出用逻辑方法研究语言问题,这种研究称为"语法逻辑化"(logicalization of grammar)。他的书评很快成为权威性著作,在13世纪成为巴黎大学的必修科目,对13、14世纪的思辨语法有很大促进作用。他说,语法"是告诉我们如何正确地说话和写作的科学……这种艺术的任务是把字母组成音节,把音节组成词,把词组成句子,避免出现语法错误和不规范现象。"在这个定义中,他把语法既视为艺术,又当作科学。

现在,以希思帕尼斯(Petrus Hispanus, 活动时期约为13世纪)的语法为例,具体说明思辨语法的情况。希思帕尼斯出生在13世纪初,在巴黎求学之后,成了当时医学和逻辑学的权威人物。他的不朽著作《逻辑纲要》(*Summulae Logicales*)先后印刷160次,成为欧洲各大学的教科书,影响了一代逻辑学家。希思帕尼斯首先讨论了"官能心理学"(faculty psychology)。他认为感知、记忆、想象、理解、判断、推理是人具有的各种官能,这几种官能可以区别开来,因为一个人不可能同时进行这几项活动。这些官能的关系可用图表示(见下图),具体过程如下: 首先通过感官认识具体事物,通过常识回想起记忆中的事物,在此基础上进行归类,找出在时间或地点上的相似单位,这时才进行理解。在归类的基础上进行判断,判断可真可假。抽象出来的单位和关系并没有把握。出于好奇心理,人总会进一步推理。最后得出的是科学知识或者是假设。

| 行动 | 过程 | 事物 |

感知 ——————————→ 具体的,特殊的,
                   可变的,时间,地点

            常识

记忆
想象 ——————————→ 典型、具体单位,
                   或在时间、地点上
                   排列起来的单位,
                   仍可变

            抽象理解

理解 ——————————→ 抽象单位和
                   抽象关系

            比较

判断 ——————————→ 抽象单位和抽象
                   关系的相对必然性

            好奇

推理 ——————————→ 科学知识或假设

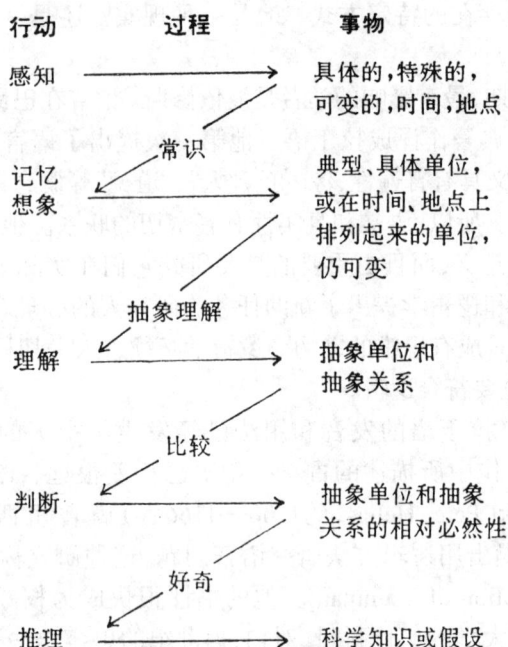

　　希思帕尼斯把语言的表达分为三个方面: 意义(signification),假设(supposition),名称(appellation)。意义就是"通过习惯的声音对一个事物的表达"。意义可分主要意义(principal signification)和附加意义(consignification)。词根显示的意义称作主要意义; 词缀表示的意义叫附加意义。例如, love(爱), loving(亲爱的), lover(情人), lovable(可爱的),都有一个基本意义"爱",附加的意义是词缀表示出来的。意义还可分为本质意义(substantival signification)和外加意义(adjectival signification)。本质意义代表名词的意义,外加意义代表形容词和动词的意义。所谓"假设"就是承认一个实体名称代表一件事物。意义和假设不同,意义是强迫一个声音指示一件事物,而假设是承认名称能够指称事物。例如, 在"他讲英语"中,承认"他"代表史密斯,这就是假设。意义是词汇特性,假设是名称特征。意义反映符号与所指事物之间的关系,假设反映代替物与被代事物之间的关系。

　　假设也有两种: 形式假设(formal supposition)和物质假设(material supposition)。在John is my friend(约翰是我的朋友)和John is a noun(约翰是名词)中,第一句中的John是形式假设,因为要把它理解为所指称的人。第二句中的John是物质假设,它不代表某个客观实体,

只代表这个词本身。在现代语言学中,这种区别用目的语(object language)和元语(metalanguage)来表示。希思帕尼斯还注意到假设的延伸(amplification of supposition)和假设的限制(restriction of supposition)。在句子结构中,一个名称所代表的东西有增加和减少的情况。他举了这两个例子:

 a. homo musicus currit(爱好音乐的人在跑)

 b. homo potest esse Antichristus(人可以反对基督)

第一句中的homo受到限制,只能指"爱好音乐的人"。第二句中的homo就没有受限制,而得到延伸,因为有potest一词。其实,在句子结构中,一切词都有互相制约的作用。homo受到musicus的限制,而musicus也同样受到homo的限制,使它只能指人,不可能指其他东西。

 所谓"名称",是对"代表现存事物的词汇的理解"。意义和假设可以表示现存的和不存在的事物。在有些情况下,一个词汇的意义、假设和名称是一致的(比如一个活人的名字),在很多情况下是不一致的(如一个死人的名字或神话中的人名)。希思帕尼斯举了这个例子: homo currit(那人在跑)。homo的意义泛指任何人或有意识的动物,但由于它与currit构成句子,所以homo的假设只能指"一个在跑的人";而homo的名称则是"实际存在的那个人"。

 在希思帕尼斯的影响下,13、14世纪的语法家无不探讨存在的方式、理解方式、表达方式,后称为"摩迪斯泰学派"(Modistae),他们的语法都称为思辨语法。这并不是说他们对语言的看法完全一致,但他们分析问题的逻辑方法是相近的。他们的共同观点有两条:一是关于世界上有几种基本方式,一是关于这些方式如何表达出来。如何看待这些方式之间的关系,取决于本体论(需要认识的东西)、心理学(如何获得知识)、语义学(如何表达自己的知识)。

 "摩迪斯泰学派"的基本观点可以概括如下:他们同意"惯例派"的观点,认为语言是约定俗成的,词形与词义之间没有天然的、内在的联系;他们又同意"规则派"的观点,认为自然界和语言结构都是有规律的,自然界和语言都有自己的系统,都是由有限的单位按有限的规则组成的。正是由于这些规则,我们才有可能认识世界,才有可能编写出语法。他们认为如果能证明大自然的规律与语言内部的规律有一定的联系,那么就能解释语言现象。在这两种规律中间,还有第三种规律,就是我们的认识规律。

 现在,我们具体讨论一下他们区分的存在方式(本体论)、理解方式

（心理学）和表达方式（语义学）。存在方式可列表如下：

1. 实体　　　　　实体
　（对）　或　　（对）
2. 数量
3. 质量
4. 关系
5. 地点
6. 时间　　　　　属性
7. 位置
8. 环境
9. 主动
10. 被动

这样一列，一眼看出"实体"与"属性"之间的关系。"实体"与"属性"绝然不同。先有"实体"才可能有"属性"，不能说先有"属性"再有"实体"。所以，存在方式分为两种：基本方式和附属方式。上表中，从2—10都是附属存在方式。应该指出这种实体性和附属性只是事物的存在方式，不是理解和表达过程本身的特点。

理解方式分主动理解和被动理解。被动理解是事物的属性，是事物能被理解的特殊方式。主动理解是大脑用某种方式理解事物的能力。客观事物之间的联系可以是"实体"上的联系或"属性"上的联系，大脑的理解也分对"实体"的理解和对"属性"的理解。表达方式也分为主动表达和被动表达。被动表达是事物的属性，即事物具有被表达的可能性。主动表达是语言的属性，即语言可以表达事物的能力。

"摩迪斯泰学派"运用这种理论来区别词类。例如，名词用稳定的和永久的方式表达一种事物和它的属性。动词用暂时过程来表示事物，与动词所要说明或描述的实体不同。分词也是用暂时过程表示事物，但与所说明或描写的实体不能分开。代词也用稳定和永久的方式表示事物，但不表示事物的属性。副词要与一种表示暂时过程的词（即动词）相结合才表示意义，它修饰这种过程但与其没有句法关系。连词用把两个单位联结起来的方式表示意义。介词表示意义的方式是与一个有屈折变化的词构成句法关系，把这个词同一个动作联系起来。感叹词用修饰动词或分词的方式表示意义，表达一种感情。这种划分词类的方法与普里西安语法有许多相似之处，但也表明"摩迪斯泰学派"观察语言和世界的特殊方法。

关于句法问题,他们根据亚里士多德的原因论,认为一个可接受的句子必须遵循四条原则。第一,物质:各类语法范畴的词;第二,形式:各种结构的结合;第三,动力:说话人强加于词的屈折变化;第四,目的:表达一个完整的思想。此外,可接受的句子还必须满足三个条件。第一,所涉及的词类要能够组成句法结构(如,要有名词和动词,不能只有名词或只有动词);第二,词汇要有正确的屈折变化;第三,词汇要能互相搭配。诸如"老槐树爱上了李三","王德杀了狗尾巴草",就是词汇搭配不当。他们还说句子的主要结构是名词和动词的结构,其他成分是从属结构。例如,"胖老王跑不快"中,"老王"和"跑"是中心词,"老王跑"是主体结构;"胖"和"不快"是从属词,分别修饰"老王"和"跑"。他们把句法关系归纳为两种:从属关系(dependency)和终结关系(terminent)。"终结"一词有些怪;其意思是:一部分结构对另一部分结构来说,或者从属于它,或者满足(终结)它的依从。请看下表:

从属部分	终结部分	例　句
动词(谓语)	名词的主格	He runs.(他跑。)
动词	名词的间接格	He killed him.(他杀了他。)
形容词	名词	kind mother(善良的母亲)
副词	动词	work hard(努力工作)
名词	名词的所有格	books of library(图书馆的书)

这些关系不同于现在所说的中心词与修饰词的关系。这种观察的意义在于:除了表面上屈折变化的统一关系,句子结构中还有内在的句法上的关系。后来,又有人发现了"制约"(regere)关系,如介词对间接格名词有制约作用,动词对间接格名词有制约作用。"从属"关系还用来区别主句和从句的关系。比如,"如果明天下雨",就是个从句,听者知道句子未完,它从属于下面的话,直到这种依存得到满足句子才算完整了。

思辨语法中也有及物与不及物的概念,但与普里西安的概念不同。他们把及物与不及物用作句法结构范畴。例如:"他在研究社会学"中,"他"与"研究"之间是不及物关系,"研究"与"社会学"之间是及物关系。所以,动词"研究"是全句的中心轴,它把两端连接起来。同样,"美丽的花园"是不及物结构,而"学校的汽车"是及物结构。可见,他们不仅注意到语序的重要性,而且注意到词与词之间的内在关系。

可以看到,"摩迪斯泰学派"的思辨语法开始较多地探讨句法,对某些词类的基本功能也描写得更清楚了。例如动词与分词的关系,它们都表示暂时过程,都有时间概念,都要求间接格名词,但是动词与主格名词可以分开,而分词与主格名词不能分开。思辨语法体系标志着句法分析的新发展和语言理论上的新成就。可以说中世纪的语言学建立了一种明确、系统的句子结构理论和句法关系理论,它比普里西安的分析更加深刻,为文艺复兴时期的语言学发展奠定了基础。

第四节　从文艺复兴到18世纪的语言学

文艺复兴是新兴的资产阶级反对封建神学的文艺运动,它宣传人文主义,提倡研究古典希腊和罗马的哲学、文学和艺术,主张客观的科学调查。这个运动14世纪开始于意大利,逐渐波及整个西欧,16世纪达到高潮,16世纪末期接近尾声。这两百多年中,科学文化成就巨大。文学方面,各地作家都开始使用自己的方言而非拉丁语进行文学创作,带动了大众文学。在意大利出现了"文学三杰":但丁(Dante Alighieri,1265—1321)写出《神曲》;彼特拉克(Francesco Petrarch,1304—1374)被誉为"人文主义之父";薄伽丘(Giovanni Boccaccio,1313—1375)是意大利民族文学的奠基者。在英国,代表人物有托马斯·莫尔(Thomas More,1478—1535)和莎士比亚(William Shakespeare,1564—1616)。在西班牙,最杰出的代表人物是塞万提斯(Miguel de Cervantes Saavedra,1547—1616)和他的《堂吉诃德》。文艺复兴时期的意大利画家主要有马萨乔(Masaccio,1401—1428)、达·芬奇(Leonardo da Vinci,1452—1519)、拉斐尔(Raphael,1483—1520)和米开朗琪罗(Michelangelo,1475—1564)。天文学方面,哥白尼(Nicolaus Copernicus,1473—1543)1543年出版了《天体运行论》,提出了日心说体系。意大利思想家布鲁诺(Giordano Bruno,1548—1600)在《论无限性、宇宙和诸世界》《论原因、本原和统一》等书中宣称,宇宙在空间与时间上都是无限的,太阳只是太阳系的中心,而非宇宙中心。伽利略1609年发明了天文望远镜,1610年出版了《星界信使》,1632年出版了《关于托勒密和哥白尼两大世界体系的对话》。德国天文学家开普勒(Johannes Kepler,1571—1630)在1609年的《新天文学》和1619年的《世界的谐和》提出了行星运动的三大定律,判定行星绕太阳运转是沿着椭圆形轨道进行的,而且这样的运动是不等速的。代数学在文艺复兴时期取得了重要发展,三、四次方程的解法被发现,三角学也获得了较大的发展。在物理学方面,伽利略通过多次实验发现了自由落体、抛物体和振摆三大定律,使人对宇宙有了新的认识。法国科学家帕斯卡(Blaise Pascal,1623—1662)发现液体和气体中压力的传播定律;英国科学家波义耳(Robert Boyle,1627—1691)发现气体压力定律。笛卡儿(René Descartes,1596—1650)运用他的坐标几何学从事光学研究,第一次对折射定律提出了理论上的推证。文艺复兴的核心思想是人文主义。人文主义者以"人性"反对"神性",用"人权"反对"神权",主张个性解放和平等自由,提倡发扬人的个性,提倡科学文化知识。

文艺复兴之前,所谓的语言学无非是对古希腊语和拉丁语的研究。从14、15世纪开始,语言学的研究范围扩大了,开始探讨欧洲当时使用的一切语言,出现了新的语言学思想。

中世纪末期已经开始研究希伯来语和阿拉伯语。研究希伯来语有特殊的历史意义,因为《圣经》中的《旧约全书》的原文由希伯来语写成。文艺复兴时期出现了好几种希伯来语语法著作,其中之一是德国古典学家罗赫林(Johann Reuchlin,1455—1522)写的《论希伯来语的基本规则》(De Rudimentis Hebraicis)。罗赫林发现希伯来语的词类系统与拉丁语截然不同,它只分名词、动词和小品词。他按照拉丁语的传统,又把希伯来语中的名词分为名词、代词和分词,把小品词分为副词、连词、介词和感叹词,但他同时指出希伯来语的词类理论不同于拉丁语的词类理论。其实,对希伯来语的研究是在对阿拉伯语语法研究的影响之下发展起来的。早在六、七世纪时,阿拉伯帝国就已形成,并很快扩张到近东、北非和西班牙。从那时开始人们就借用阿拉伯语的术语和语法范畴来描写希伯来语。这时主要是研究《旧约全书》。直到12世纪才出现第一部希伯来语语法著作。

对阿拉伯语的研究主要是围绕着《可兰经》进行。《可兰经》是伊斯兰教的圣书,它是统治整个阿拉伯帝国的思想工具。许多非阿拉伯族人也被迫学习阿拉伯语,这就促进了阿拉伯语语法的发展,到18世纪末达到高峰。一位叫斯巴华伊(Sí bawaíb)的语法家撰写了阿拉伯语语法,规定了该语言的语法描写和教学的原则。他的语法在语音学方面取得了突出的进展。他系统地描述了发音器官和发音方式。他发现发音的不同是因为送气的方式不同,并且区分了前部音、后部音、唇音、嗓音、鼻音,正确地描述了软腭化的强调式辅音以及元音的软腭化和硬腭化。唯一的缺欠是他没有区别出辅音的送气与不送气的不同。

对希伯来语和阿拉伯语的研究，打破了希腊语和拉丁语统治语言学的局面，对一些所谓的土著语也开始分析和描写。在这方面，佛罗伦萨诗人但丁起了先锋作用。他在14世纪初期写的《论俗语》（ *De Vulgari Eloquentia* ）大大赞扬了各民族语言的优点，提倡发展口头意大利语。他带头用意大利语撰写文章，使意大利语逐渐成为整个意大利半岛的文学语言和官方语言。文艺复兴时期，许多欧洲语言的第一部语言著作相继问世，语言学也别开生面。15世纪出现了意大利语和西班牙语语法著作。16世纪初出版了法语语法、波兰语语法及斯拉夫语语法著作。印刷术的发展进步有利于当时的知识传播，促进了文化教育，人们开始了学习外语的热潮。单解词典、双解词典和教学语法也应运而生。

通过对罗曼语的研究，语法学家才开始有了历时语言学的概念。他们从语音研究中发现西班牙语、法语和意大利语在历史上都与拉丁语有联系。他们不仅记载和探讨了这些联系，而且开始解释各种语法系统的差异。原来，罗曼语的各个分支并不是拉丁语的"劣等"变体，而是从拉丁语派生出来的独立的、合法的语言。他们认为，这种现象是因多种语言的接触混杂所引起的。各个语言分支在代代相传的过程中进一步发生变化，逐渐形成独立的语言。罗曼语的介词大都来自拉丁语，但在句法和语义上又有差别。尽管有许多问题还不清楚，但人们已开始认识到，不能再把拉丁语的语法范畴强加于其他语言，从而不再把普里西安的八大词类奉为绝对权威，而是要提出新的分类方法。

当时著名的语法家之一是法国哲学家拉梅（ P. Rameé，1515—1572），他作为当时的结构主义先驱而著称。他坚决反对亚里士多德，反对经院哲学，著有希腊语、拉丁语和法语等语法著作。他强调，古代语言要以名家著作为准，现代语言要以本族语者的用法为准。他的语法描写和分类依据的是形式特征，即词形之间的关系，而不是依据语义或逻辑范畴。在他的拉丁语法中，区分词类的概念靠的是数的屈折变化，而不是格的屈折变化。这是很有意义的。因为到15、16世纪时，许多语言开始失去格的屈折变化，而数的变化仍然保留着。区分动词时，他是看将来时是否用-b-这种屈折变化，用-b-的动词恰好属于原来的第一、二类屈折变化，不用-b-的属于第三、四类屈折变化。他的句法学区分两种句法范畴：一致关系和制约关系。

我们知道，新大陆的"发现"和殖民化，新航线的开辟，世界各地贸易往来的增加，传教士的传教活动等，都进一步开阔了语言学家的视野，使他们第一次认识到世界语言的多样性和复杂性。1547年墨西哥南部的一种土著语言纳华特耳语(Nahuatl)有了自己的语法,1560年秘鲁和厄瓜多尔的印第安土著语言克绰语(Quechua)出现了自己的语法,1639年玻利维亚和巴拉圭的印第安土著语瓜拉尼语(Guarani)也有了语法描写。在欧洲,在法国和西班牙之间的比斯开海湾沿岸居住的古老氏族所讲的巴斯克语(Basque)于1587年也有了语法描写。17世纪时,波斯语和日语的语法已经出现。当然,到文艺复兴时期,对汉语和梵语的语言研究已有一千多年的历史了。中国的文字学、音韵学、词源学和词典学已经有了相当大的发展。西班牙耶稣会传教士夏维尔(F. Xavier)等人在中国传教期间学会汉语的各种方言,他们第一次将汉语语法学传到欧洲。

　　语言学与哲学是分不开的。如何观察世界就决定着如何看待语言。到文艺复兴后期,欧洲的自然科学(尤其是力学、天文学、数学)的发展和研究方法对哲学产生了极大影响。当时,自然科学的研究方法是实验和分析;在这个基础上产生了哲学上的经验主义(empiricism)。他们强调感觉经验,认为一切知识来自感知,只有感性认识可靠,理性认识是靠不住的。英国哲学家培根认为,知识和观念来自于感觉经验,而感觉经验是从自然中得到的,它的内容是客观的。但是,人的认识不能停留在感觉阶段,而应该把感性的东西和理性的东西结合起来,从感性材料中引出合乎规律的东西。约翰·洛克(John Locke,1632—1704)针对天赋观念论提出"白板说",认为人出生时的大脑什么知识都没有,好像一块白板,一张白纸,一切知识和观念都是从后天的经验中获得的。到了18世纪,乔治·贝克莱(George Berkeley,1685—1753)和大卫·休谟(David Hume,1711—1776)基本上也属于这一派。另一方面,自然科学的发展,要求从哲学上进行概括和总结,要求提出新的认识世界的方法和途径。在这个基础上,产生了哲学上的理性主义(rationalism)。它强调理性思维,认为一切知识都来自理性,只有理性才靠得住,感觉是不足为凭的。这一派的代表人物是法国的笛卡儿。笛卡儿认为,认识并不起源于感觉经验,而是来自理性本身;认识的正确与否只在于观念、思想是否清楚明白,只须用理性来加以判断。他认为感觉是不可靠的,人们要想获得真理,就必须使理性摆脱感官的干扰。

　　经验主义的特点是对事物进行孤立的分析研究。它强调客观依据,强调实用价值。在这种影响下的语言学工作主要表现在速记学、语音学和密码学。速记方法早在古罗马已经出现。16世纪的英国也出现了速记学。速记学家布莱特(T. Bright)创造了速记方法,用单个字母和方块字来代表事物的种类; 在词的左边或右边做个小记号来标出词形的语法变化(如时态、数); 用同一符号表示同形词素或同音词素。英国的语音学在这段时期有重大发展。当时的正字法和正音法相当于现在的语音学和音韵学。其中,霍尔德(W. Holder)的研究最有成效。他是观察派语音学家,对发音的描写简洁精确。他指出,辅音的区别在于两个发音器官的"闭塞"程序,发闭塞音全部闭合,发摩擦音和持续音半闭合。元音的区别在于发音器官的"张开"程度,再加上舌位偏前偏后或是否圆唇的不同。他对浊辅音和清辅音的研究超过当时的任何学者。他写道:喉头让气流通过,通过时软骨组织发生振动而产生浊辅音; 不发生振动则产生清辅音。形成元音时气流通行无阻,没有任何器官闭塞; 元音宽窄高低是口腔的不同形状引起的,口腔的形状取决于喉、舌和唇的位置。

在理性主义的影响下,人们企图创造出一种最理想的语言,以使用同样的词汇清楚、简洁地表达人的思想。就这个问题,英国的威尔金斯(John Wilkins, 1614—1672)有过专著,他称这种设想的语言为"哲学语言"。他的设想是一套普遍适用的语言原则,使世界各民族都能够互相交流思想。他在列举了现存语言的缺点之后指出,人类知识的完整程式应该包括这些东西: 抽象关系、行为、过程、逻辑概念、自然种类以及人在家庭和社会中的关系等。这些类别和关系都用不同的书写方式表达出来。句法规则尽量简单,语法关系通过在词上角或两词之间做不同标记的方法来表示。这被称为"普遍语法"。威尔金斯等人的设想是天真的,他们没有能够创建出什么"哲学语言",但是,他们的努力说明当时语言学理论有了新的发展。他们是在探索语言到底是如何构成的。他们相信不论讲哪种语言,人类都具有一种相同的思维结构,所以人的思想才能够用一种普遍语言表达出来。

这种观点也正是法国波尔·罗瓦雅尔(Port Royal)学派的指导思想。波尔·罗瓦雅尔学派以笛卡儿的哲学为基础,认为人的理智高于一切权威; 因为人的思维和理智是相同的,表达思想的语言也应该有相同之处。他们试图阐述语法的普遍原则,揭示存在于一切语言中的语法在表达思想上的一致性。他们把九种词类(名词,冠词,代词,分词,介词,副词,动词,连词,感叹词)从语义上又分成两类,前六种是思想的"对象",后三种是思想的"形式"。对词类的关系,他们也有不同的解释。例如,副词相当于介词短语的缩写(如wisely=with wisdom)。动词表示陈述,愿望,命令等。及物与不及物的特性不属于动词本身,而属于动词内部的形容词成分。例如,说Peter lives(彼得活着)等于说Peter is a man(彼得是个人)。说Peter makes bikes(彼得造自行车)等于说Peter is a worker(彼得是个工人)。可以看出,这些语言学家不再是仅仅从表层结构认识词类,而是试图在更深的结构中去分析词的性质。他们深刻地分析了关系代词表示主从关系的特性。请看他们的例句: The invisible God has created the visible world(看不见的上帝创造了看得见的世界)。这句话可以分为God, who is invisible has created the world, which is visible(上帝——他是看不见的,创造了世界——它是看得见的)或者God is invisible, God has created the world, the world is visible(上帝是看不见的,上帝创造了世界,世界是看得见的)。这就是说,第二个命题,由于使用了关系代词,就可把第一、三命题包括进去。后来,另一位语言学家包泽(Nicolas Beauzée, 1717—1789)提出了类似的语言理论。包泽认为,语法有两种原则,一种是普遍原则,它来自人类思维的本质,另一种是特殊原则,它来自于不断变化的习惯,由此产生出世界上不同的语言。前一种原则旨在探讨语言产生和存在的条件,是普遍语法要解决的问题,它先于任何具体语言研究。

可以看到,面对世界语言的多样性和复杂性,经验主义学派强调各种语言的特殊变化,根据日益丰富的资料修改自己的语法范畴和语法描写,而理性主义学派则是要寻求千差万别的表面现象所掩盖的共同原则。这个分歧直到今天仍然存在。美国的布龙菲尔德(Leonard Bloomfield, 1887—1949)的结构主义语法(参见第六章)否认有什么普遍语法的存在,而乔姆斯基(Noam Chomsky, 1928—)的转换生成语法(参见第七章)则非常强调语言普遍原则的重要性。

18世纪后期,一些哲学家和语言学家对语言的历史和起源进行了讨论,并试图用语言发展的普遍原则来解释文字的形式。法国哲学家康迪雅克(E. B. de Condillac, 1715—1780)在《论人类认识的起源》(*Essai sur L'origine des Connoissances Humaines*)中,卢梭(J. Rousseau, 1712—1778)在《论人类不平等的起源和基础》(*Discours sur L'origine et les Fondements de L'inégalité Parmi les Hommes*)中,都提到了语言的起源问题。康迪雅克基本上继承了洛克的哲学观点,卢梭则表现出浪漫主义的观点,但他们对语言起源的看法却十分相近。他们认为,语言起源于指示性和模仿性的手势和自然的呼叫声。由于手势在交流中的局限性很大,声音成分变得越来越重要。不同的声音序列与客观事物在语义上的联系逐步建立起来,促进了人的思维能力的发展。康迪雅克设想,有一个时期,声音和手势同时使用,比如讲一个动词的同时,作一个相应的手势来表示时间;后来,这个手势被声音序列所代替,讲完动词,再发出某种特定声音;最后,这种声音干脆加到动词上去,成了词的一部分。这两位哲学家认为,抽象的词汇来自于具体的词汇,复杂的语法来自于简单的语法。用声调的不同来表达不同的意义,就是语言雏形的残余。

为了促进对语言起源的研究,1769年普鲁士研究院颁发奖金,授予能回答语言是如何演变而来的论文作者。德国哲学家赫尔德(J. G. Herder, 1744—1803)的论文《论语言的起源》(*Abhandlung über den Ursprung der Sprache*)获得了该奖金。赫尔德认为,语言与思维是不可分割的,语言是思维的工具、内容和形式。早期有些学者认为,思维先于语言,语言依赖于思维。赫尔德则认为,语言和思维起源相同,发展一样,它们共同经历了不断成熟的阶段。第一阶段,人类先学会识别重复出现的客观实体,学会抽象出它们的不变的区别特征,把它们从五颜六色的世界中分辨出来;与此同时,创造一个声音象征来指称它们。这时主要依靠听觉来区分事物,例如动物的叫声、风声、雷声、雨声、水声等。在听觉的基础上,逐渐开始运用其他感觉器官。初期的词汇都是指称可观察的东西,随着人类思想的不断丰富,才出现了复杂、抽象的词汇和语法。因为语言和思维是互相依存的,所以可以通过自己民族的语言,去理解和研究其他民族的思维模式和文学作品。同时,赫尔德还强调民族语言的个性,强调语言与民族思想、民族文学和民族团结的密切联系。在当时民族主义盛行的情况下,这种观点很容易被人接受。

这个时期中,几位英国语言学家也讨论了普遍语法的有关问题。詹姆斯·哈里斯(James Harris, 1709—1780)、约翰·霍恩·托柯(John Horne Tooke)和詹姆斯·伯尼特(James Burnett, 1714—1799)就是几位有名的代表人物。哈里斯1751年发表了《对语言和普遍语法的哲学探讨》(*Hermes: Or, a Philosophical Inquiry Concerning Language and Universal Grammar*),强调语言的普遍性,认为人类的说话能力与识别事物、进行抽象思维的能力密切相关。同时,他非常重视各种语言的独立特征,认为一种语言与其所在社会和使用者的生活有紧密联系。他认为词与其所指称的实体的关系是任意的、约定俗成的。词是个有意义的声音,其各部分没有自己的意义。句子是有意义的声音的复合体,其某些部分有自己的意义。语言是连在一起的有意义的语音系统。他区分了两类"主要词"和两类"辅助词":

$$
词
\begin{cases}
主要词
\begin{cases}
名词(包括代词):实体词 \\
动词(包括分词、形容词):起说明作用
\end{cases} \\
辅助词
\begin{cases}
指定词(包括冠词和部分代词) \\
连接词(包括连词和介词)
\end{cases}
\end{cases}
$$

哈里斯反对经验主义的观点,主张天赋观念。他坚持语法的普遍性,认为概括共同思想的能力是上帝赋予人类的。

哈里斯的语法理论受到托柯的猛烈抨击。哈里斯的普遍语法确有破绽,因为他对世界语言了解太少,许多概括不能包括其他语言中的某些事实。例如,他说词的阴性阳性来自于"自然类推",而实际上,在很多语言中,词的阴性阳性和所代表的事物的雌雄没有必然联系。不过,托柯的理论也很不全面。他认为语言起源于自然的呼叫,感叹词就是这种呼叫的残存特征。他说,词类主要有两种: 名词和动词; 其他词是名词和动词的缩写或蜕变。他追溯了许多词的词源,证明连词、副词、介词都是动词或名词缩写的结果。他认为,屈折变化和派生成分是早期独立词的一部分粘着在词根上的结果。有些屈折变化确实属于这种情况。但是,把它说成是普遍原则,未免过于简单化了。由于托柯自己的概括也不全面,他对哈里斯的批评自然显得软弱无力。

伯尼特是支持哈里斯的观点的。他在《论语言的起源和发展》(*Of the Origin and Progress of Language*)中,没有明确否认语言是上帝的恩赐,但他着重论述了语言的历史演变过程。他认为,语言与社会有着密切的关系。但他又说,在有语言之前早已有了人类社会,语言的出现必须以社会的存在为先决条件。人要先有了概念,才能产生表达概念的语言。他试图从现存的语言中去寻找所谓"原始语言"的残余和演变过程,认为"原始语言"缺乏抽象概念,语法形式简单。他说用一个词来表达一个概念就是语言不发达的表现。匈牙利语Lábam就是"我的脚",而Viragunk就是"我们的花"。汉语的许多概念由一个词表达,因此他认为是有"严重缺陷的"。伯尼特的理论显然很不完善。随着对世界各地土著语言的深入研究,语言学家发现根本没有什么原始语言可言。每一种语言都在当时当地是完全合适的,是够用的,作为其所在社会的交流工具是当之无愧的。语言变化的原因很多,但不能说某个时期的语言就比更早期的同一语言"发达得多"。

总的看来,18世纪后期的语言学家已经不再局限于对个别语言的语法描写,而是开始把各种语言作为一个整体来研究,开始寻找支配世界语言的共同原则,探索语言与思维、逻辑、社会、文化的关系,并且开始研讨语言到底是怎么来的,其发展过程如何,是哪些因素决定了现存语言的文字形式和语法结构的,等等。但是,由于当时条件的限制,他们的理论和推测都还很不完备,缺点很多。然而,这些初步的探讨为19世纪的历史语言学的空前发展做了充分的思想准备。

第五节　古代印度的语言学

古代印度是人类文明的发源地之一。公元前两千多年以来,哈拉帕的文化已经相当发展,在文学、哲学和自然科学等方面对人类文明作出了独创性的贡献。在文学方面,古印度创作了不朽的史诗《摩诃婆罗多》和《罗摩衍那》。前者长达10万颂,后者约有2.4万颂,是古代世界绝无仅有的长诗。两部史诗虽然是神话故事,但有哲学、宗教、法学以及各种科学知识的论述,反映了当时印度社会生活各个方面情况。尤为可贵的是,它贯穿着对正义、善良的深切同情,和对奸诈、残暴的无情揭露和谴责,是世界文学宝库中的一份瑰宝。在哲学方面,他们创立了"因明学",相当于今天的逻辑学。在自然科学方面,最杰出的贡献是发明了目前世界通用的计数法,创造了包括"0"在内的10个数字符号。所谓阿拉伯数字实际上起源于印度。《准绳经》是现存古印度最早的数学著作,成于公元前5至前4世纪,并包含几何学知识。该书表明,他们已经知道了勾股定理,并使用圆周率。公元499年成书的《圣使集》中已包括了算术运算、乘方、开方以及一些代数学、几何学和三角学的规则。在天文学方面,古印度人把一年分为12个月,每月30天,一年共360天,所余差额用每隔五年加一闰月的方法来弥补。最著名的医学著作是《舍罗迦本集》和《妙闻本集》。相传舍罗迦是公元2世纪人,其书被誉为医学百科全书,探讨了诊断、疾病预防和疾病分类问题,并把营养、睡眠与节食视为人体健康三大要素。书中提到的药物有500种。妙闻稍晚于舍罗迦,他的书除解剖学、生理学、病理学外,还研究了内科、外科、妇产科和儿科病症达1120种。在外科手术上已有相当高的水平,书中记有120种外科器具,并有剥除白内障、除疝气、治疗膀胱结石、剖宫产等手术方法,所记药物多达760种。这两本书至今仍有实用价值。公元前6世纪,在古代印度还产生了佛教,后来先后传入中国、朝鲜、日本,至今影响深远。根据有关资料判断,公元前一千多年以前,古代印度地区的语言研究就已经达到了很高的水平。既然如此,为什么要放在第五节才讲呢? 这是因为,印度梵语语法一直不被西方学者所知,直到18世纪的最后几年,欧洲学者才发现了梵语与欧洲语言的许多相似之处。正是对梵语研究的发现,才开始了整个19世纪的比较语言学和历史语言学。所以,在谈19世纪的欧洲语言学之前,先简述一下古代印度语言学的发展情况是比较适宜的。

为什么古代印度人要研究语言呢? 这主要是为了保存口头相传的婆罗门(Brāhmaṇa)教义《吠陀经》的原文和梵语文学,使之不致因时间的流逝而面目皆非。更早期的印度语言研究,没有可靠的文字记载。现在对梵语语言的了解,主要是依据潘尼尼(Pāṇini,活动时期为公元前4世纪)的伟大著作《八书》(Aṣṭādhyāyī),它是一部梵语语法著作。据推测,这部巨著写于公元前600—前300年之间,它全面总结了在此之前的研究成果。

印度语言研究主要集中在三个方面: 一般语言理论和语义,语音和音位,语法描写。

总的说来,印度语言学不是偏重理论,而是基于观察。它所提出的理论问题,往往与文学研究和哲学争论有关。对词的性质和句子意义讨论较多。例如,词的意义在多大程度上是词的自然特征,在多大程度上象声词与实体的关系代表一切词与事物的典型关系? 他们发现,词和所代表的东西之间没有什么必然联系,形式与意义之间的关系完全是任意的。他们还研究了词义的多变性和伸延性。他们认为,词义是靠观察语境而得出的,或者是由师长教授的。如: 从"大猫正带着几只小猫玩耍",就可以知道,"大猫"指的是"母猫",而不是"公猫"。"最好是买只鸡吃",如果是给产妇买,"鸡"就指的是"母鸡"。

一个句子与其包括的词之间的语义关系是什么,也是当时辩论的问题之一。这种关系直至今天也没有完全搞清楚。有一点是明显的: 句子本身,无论在语义上还是在语法上,都远远超过其组成词汇的总和。作一个不十分恰当的比喻,如果所使用的词汇是1,2,3,4,那么它们所构成的句子不是1+2+3+4=10,而是大于10。早期西方学者曾认为,句子就是所含词汇的总和,不多不少。一部分印度学者也曾认为,句子由词构成,每个词的意义都对整个句子的意义作出自己的贡献。另一些学者(如婆利睹梨诃利,Bhartrhari,活动时期约公元5世纪)认为,句子是一个不可分割的整体,在一刹那间表达出自己的意义,就像一张图画一样,总是作为一整体去理解,而不是具体分析各个部分。例如,"到实验室把烧瓶取来",听话人并不去分析每个词的意义,然后加在一起去理解整个句子,而是把它作为一个单位来理解。因为,如果不懂得"烧瓶","取来"也就没有任何实际意义了。这种观点并不全面,但是对于句子意义等于各词词义相加的观点,却是一种很好的批评和补充。

值得注意的是,印度学者当时已经区别了语言中的外显即时表达(dhvani)和内含永久实体(sphoṭa)。就是说,语言有两种:一种是在具体场合讲出的话,一种是抽象的语言原则。这种区别很像当代的索绪尔(详见第四章)的语言(langue)和言语(parole)、乔姆斯基的语言能力(competence)和语言运用(performance)、派克(K. L. Pike, 1912—2000)的 "唯位" (emic)和 "唯素" (etic)之间的区别。古印度的语言学认为,永久实体又有句子永久实体,词永久实体和音素永久实体。句子的永久实体是个有意义的象征,以语音序列来实现;词的永久实体也是有意义的象征,也以语音序列来实现;音素的永久实体可以区别语义,靠细微的发音区别来实现。还有的学者认为,句子永久实体有三个平面,一是不可言传的象征本身,二是表达句子的音位模式,三是用具体话语表达出的形式。可以看到,尽管他们并没有把语言抽象体系和语言实际运用的区别讲得十分明确,可是他们的观察和分析很有价值,对当代语言学产生了影响。

印度语言学最突出的成就表现在语音学和音位学上。古希腊和古罗马语言学家对字母作了重要分类,也描写了部分发音特征。印度学者对发音部位和发音方式的观察和描写,其细致和准确程度,在没有相应的技术设备的条件下,达到了语言学上的高峰。19世纪的西方语言学家正是继承了古代印度在语言学上的成就,才取得了空前的研究成果。

印度语言学家认为,语音是联系语法和话语的桥梁。语音描写分为三大部分:发音过程,语音的组成成分(辅音和元音),语音的成分在音位结构中的结合。发音部位分两大类:口腔内部和口腔外部——声门,肺部,鼻腔。口腔外的这三个器官,使音素产生浊辅音和清辅音、送气与不送气、鼻化与非鼻化的区别,从而引出五种区别特征(如: /b/, /p/, /bʰ/,/pʰ/, /m/)。对口腔内部的器官,从后往前加以描写,直到唇部。他们区别了四种阻塞:口腔全部阻塞(闭塞音和鼻音),摩擦阻塞,半元音阻塞和无阻塞(元音)。发音部位又分静止部位(如硬腭)和活动部位(如舌部)。印度学者对声门的观察和描写先于任何其他语言学家。他们发现,浊音是在声门闭着时发出的,清辅音是声门开着时发出的。他们还发现了连接特征和超音质(节律)特征在连续话语中的作用。有些学者认为,作为有意义的单位,句子之所以比词更重要,正是由于句子有超音质特征,因为在语音上词不能独立于句子而存在。呼吸群(breath group)才是语音描写的最基本单位。当时,梵语的书写形式是连续的话语,而不是一个个单词分开。当时的语法对居呼吸群首尾的单词,元音的长短,节拍的长短,音调变化,快慢等都有详尽的描写。梵语有三种音高:高,低,降。他们还观察到音位变体的问题,指出对由于语境不同而造成的发音差异,应该给予描写。例如,梵语中的/h/在唇音之前发/ø/,在软腭音之前发/x/,二者都是/h/的音位变体。

不过,当代流传最广的还是印度语言学家对梵语的语法描写和分析。语法学家潘尼尼是印度语言学家的杰出代表。布龙菲尔德称潘尼尼的语法名著是"人类智慧的最伟大的里程碑之一。它极为详细地描写了梵语中的每一个屈折变化、派生现象、组织结构和各种句法的用法。迄今为止,没有任何其他语言学过如此完善的描写"。潘尼尼对当代描写语言学有着重大影响。

潘尼尼没有直接进行理论阐述,但他间接地反映出当时流行的语言学观点。印度语言学家区分了四种词类: 名词和动词(都有屈折变化),介词和小品词(都无屈折变化)。他们的句子结构理论认为,单词组成句子要满足三个条件: 第一,单词要能够成为正确结构中的合适的语法类别,否则它们只不过是个单词表,毫无实际意义。也就是说,一个句子中不能只有名词,或只有动词,或只有介词,各种词类要有一定的搭配。第二,在语义上,单词必须合适,否则就会出现不合语法的荒谬论断。例如,"他用火把纸搞湿了","昨天大花猫下了个黑鸡蛋"。第三,单词的出现必须有时间上的连续性,如果上午讲一个词,下午又讲一个词,晚上才完成这个句子,那就谁都无法理解或记忆它。可以看出,这三个条件很像英国语言学家弗斯(J. R. Firth,1890—1960)(详见第八章)提出的成分连续性(colligability),成分搭配性(collocability)和时间连续性。梵语的动词有人称、单复数和时态的屈折变化,是句子的核心部分,其他词类都要与动词保持某种具体关系。其次是名词,有屈折变化,并按其与动词的关系进行分类,比如是施动者还是受动者等。

潘尼尼的语法论述全面叙述了梵语的构词规则,即所谓的"穿线"(sutras)。他的叙述全部用警句写成。这些规则的运用要依照特定的顺序。潘尼尼规则举例之详尽,论述之简洁,使后代学者无不肃然起敬。因为这些规则都需要口头背诵,铭记心中,因而简洁就成了必要条件。以abhavat(他,她,它)为例,该词派生于词根bhu-(是),要经过下列转换(后面的数字是所要运用的规则编号):

bhū-a	3.1.2, 3.1.68.
bhū-a-t	1.4.99, 3.1.2, 3.2.111, 3.4.78, 3.4.100.
á-bhū-a-t	6.4.71, 6.1.158.
á-bho-a-t	7.3.84.
á-bhav-a-t	6.1.78
abhavat	

最后的形式才是"他,她,它"孤立时的发音形式,前面几个形式说明有关规则应该被有顺序地运用。

现在经常讨论的语素变体(allomorph)也是潘尼尼第一个注意到的。他建立了各种词类的抽象基本词形,叫"原形"(sthanin),然后建立了语素音素变化规则和内在联结规则,用来把原形转变成实际使用的各种形式,叫做"替换形式"(adesa)。既有一般规则,又有例外情况。如果以英语动词过去时为例,一般在动词末尾加/-d/,但是由于语境不同,有时加上的是/-t/(worked, stopped),有时加的是/-id/(added, started),此外还要详细记录不规则动词的情况(take — took, stand — stood)。据说,布龙菲尔德的语素音素学观点,就是从潘尼尼那里得到了启发。

我们现在常用的"零位"(zero representation)描写手段是潘尼尼首先创用的。"零位"就是代表原则上应该有而实际上不存在的单位的标记。比如,英语名词复数是在词尾加上词素-s,而sheep(羊)的复数不变,即用∫i:p/Ø来表达, Ø代表零位。这是潘尼尼在描写名词形式的最小结构时采用的办法。一个名词=词根+词干词缀+屈折变化词缀。但是,有的名词没有词干词缀,于是用"零位"来代替它。

梵语语法被欧洲学者发现之后,立刻广为传播,一时成为许多语言学家研究的课题。英国的卡利(W. Carey, 1761—1834)和威尔金斯(C. Wilkins, 1749—1836)在印度梵语语言专家的帮助下,研究了有关著作,分别于1806年和1808年用英文写成《梵语语法》(*Grammar of the Sanskrit Language*)。直到今天,印度语言学对世界语言学的影响在许多语言学家的著作中都有充分的反映。布龙菲尔德(参见本书第六章)曾说:"潘尼尼的《语法》是人类智慧最伟大的纪念碑之一。"英国语言学家莱昂斯(John Lyons, 1932—)写道:"印度的语法传统不仅独立于希腊—罗马传统,……而且比他们更早、表现得更多元化、有些方面更优越。被公认为印度的最伟大语法学家的潘尼尼,书中提到过不少前辈。我们可以认为,潘尼尼遵循的传统要比他早几个世纪。至于印度语法著作的多元性和广度,我们已经辨别出12个语法理论流派,保存完好的语法专著上千部。"

参考文献

1. Lyons J. *Introduction to Theoretical Linguistics*. London: Cambridge University Press，1968
   《理论语言学导论》第一章

2. Robins R H. *Ancient and Mediaeval Grammatical Theory in Europe*. London: Bell，1951
   《欧洲古代和中古时期语法理论》

3. Robins R H. *A Short History of Linguistics*. Bloomington，Indiana: Indiana University Press，1967
   《语言学简史》前六章

4. Sandy J E. *History of Classical Scholarship*. 3rd ed. London: Cambridge，1921
   《古代学术研究史》

5. Waterman J T. *Perspective in Linguistics*. Chicago: The University of Chicago，1970
   《语言学纵观》第一、二章

6. 姚小平. 西方语言学史. 北京: 外语教学与研究出版社，2011

第三章 十九世纪与历史语言学

19世纪有着划时代的意义。它是社会变革的100年,是科学文化大发展的100年。19世纪30年代,欧洲社会发生了巨大的变革,在资本主义最发达的英、法等国,工业革命使资产阶级政权日益巩固和发展。1859年意大利资产阶级夺取了政权,1861年俄国废除了农奴制,1868年日本明治维新,与英法一起走上资本主义道路,生产力犹如井喷似地向前发展。随着社会的巨大变革及社会科学和自然科学的巨大发展,思想空前活跃,思潮此起彼伏。其总的方向是向科学化、非宗教化、理性化方向发展。科学上的三大发现震撼世界:德国的植物学家施莱登(Schleiden,1804—1881)和动物学家施旺(Schwann,1810—1882)提出了细胞学说,查尔斯·达尔文(Charles Darwin,1809—1882)在《物种起源》中提出的进化论,德国的迈尔(Mayer,1814—1878)和英国的焦耳(Joule,1818—1889)发现了能量守恒与转化定律,都是人类科学史上的里程碑。哲学研究也很热闹,出现了康德、费希特、黑格尔的唯心主义,马克思主义,叔本华、尼采的存在主义,皮尔斯、杜威的实用主义等。文学上的浪漫主义原本于18世纪末起源于德国,然后迅速传遍欧洲各国,并远涉美洲,成了一股世界性思潮。其主要成就是诗歌,其次是戏剧和小说。作品辞藻华丽,比喻生动,艺术手法丰富多样。大仲马、莫泊桑、雨果等文豪都留下不朽巨著。艺术上流派纷呈:象征主义,印象主义,后印象主义,唯美主义,现实主义,浪漫主义都留下不可磨灭的作品。总之,19世纪是个了不起的世纪,从各个方面为20世纪的伟大发展做好了准备。人类对语言的观察和研究,深深地受到哲学和自然科学的影响。在理论上,仍然有不少学者探讨语言是与生俱来的还是后天习得的问题。在语言历史方面,人们发现了大量的现象以证明语言之间的亲属关系,提出了许多语言是从同一始源语(parent language)演变而来的观点,而且画出了语言"谱系"。整个19世纪,历史语言学和比较语言学占据统治地位,并得到了空前的发展。

第一节　早期历史语言学

历史语言学是语言学的一个分支,它主要研究某种语言或各种语言的发展史,也称为"历时语言学"。19世纪时,历史语言学与比较语言学有很多的相同之处,它们都是通过比较各种语言在不同时期在语音、词形、屈折变化、语法结构上的相同特点,来建立语言族系,如拉丁语系、罗曼语系、日耳曼语系、斯拉夫语系等,并对这些语系的始源语作出假设,如原始印欧语(Proto-Indo-European)。19世纪的比较语言学又称比较语文学(comparative philology)。

历史语言学的大量工作是在19世纪做的。但是,在此之前,已有许多学者注意到诸语言之间的相似之处和区别,并对其始源语做过各种猜测。由于当时宗教思想影响严重,加之证据不足,它没有发展成一门独立的科学。不过,他们的观察对后世学者确实大有裨益。例如,但丁在《论俗语》中就已经提出,不同的方言来自一种共同的语言;同样,不同的语言可能始源于一种共同的母语。他划分了三个欧洲语系:北方的日耳曼语系,南方的拉丁语系,欧亚接壤地带的希腊语系。但丁用的方法很像现在的二分法。选一个词义,然后比较各种语言表达这个意思所用的词,然后比较它们的形态,看哪些更相近一些。不过,但丁的分类最后归结到《圣经》的通天塔的故事上,说世界上的第一语言是希伯来语。

著名学者斯卡利杰(J. J. Scaliger,1540—1609)批判了两条谬论:一是希腊语与拉丁语的线性关系,说什么拉丁语是从希腊语演变而来;二是一切语言始源于希伯来语。斯卡利杰的这种批判是对通天塔故事的首次挑战,这在当时是需要一定理论勇气的。他把当时世界上所知的语言划分出十一个语系,四个大语系,七个小语系。四大语系相当于现在的罗曼语系,希腊语系,日耳曼语系,斯拉夫语系。他依照词汇的相似程度,用"God(上帝)"一词的形式来区分这几个语系。据此,他把罗曼语系称为Deus语,希腊语系称为Theós语,日耳曼语系称为Godt语,斯拉夫语系称为Boge语。但是,他还没有注意到这几种语言之间的相似之点。

到17世纪末期,两个瑞典学者做出了新的贡献。谢恩耶尔姆(Stiernhielm)列出拉丁语和哥特语的"有"(to have)的各人称的词尾变化。对它们比较之后,他认定这两种语言联系密切,一定有同一始源语。雅杰(A. Jager)则认为,在远古时期,由于欧洲和亚洲的移民活动,语言开始传播,慢慢地产生了"女儿语"(daughter language)。结果就出现了波斯语,

J.J.斯卡利杰

希腊语,罗曼语,斯拉夫语,凯尔特语,哥特语和日耳曼语,而其"母语"则已消失得无影无踪了。

德国著名数学家和哲学家莱布尼茨(Gottfried Wilhelm von Leibniz, 1646—1716)对语言也多有研究。首先,他认为人的知识不是由感官所得到的,也不是生来就一清二楚的,而是作为"倾向、禀赋、习性或自然的潜在能力而天赋在我们的心中"。他做过一个有名的比喻,说语言犹如大理石中的纹路,这些纹路原来虽然不大清楚,但是适宜于把它雕刻成什么样的东西,却早已由"天赋"的纹路决定了。后来,许多学者引用这个比喻来说明语言的本质。关于语言的演变,他遵循《圣经》的学说,认为从希伯来语发展出两大语族,一是凯尔特赛西亚语(Kelto-Sythian),一是阿拉米语(Aramaic)。不过,莱布尼茨提出的历史语言学原则十分重要。例如,他说地名和河流名字是研究语言史的重要线索。这些名称可能来自于很久以前的某种语言,但是由于其使用者被赶走或者其他语言代替了它,原来的语言已不复存在。莱布尼茨极力主张研究词源,编写各种语言的语法,词典,语言地图。他尤其鼓励俄国人调查俄国境内的非欧洲语言,搜集其词汇和文字记录。他认为,词形和词汇是探索语言之间的历史关系的重要依据。

这个时期为比较语言学收集了大量的材料。词汇表、语言调查报告、双语词典、文字记载等先后编撰出版。例如,俄国女皇叶卡捷琳娜二世(1729—1796)对俄国的语言调查很有兴趣,她命令德国学者帕勒斯(P. S. Pallas)编写了200种语言的词汇对照表,共收285个词,取名为《全世界语言的词汇对比》(1786—1789)。1791年,该书第二版问世,又增加了380种语言,把一些非洲和美洲的语言也包括了进去。不过,最著名的调查比较著作是德国学者阿迪龙(Johann Christoph Adelung)的《语言大全或普通语言学》(*Mithridates, oder allgemeine Sprachenkunde*),它把主祷文用五百种语言和方言表达出来。这部巨著在阿迪龙死后才分四部出版(1806—1817)。阿迪龙的工作正处两个时期交界之际,在此之前只是对语言历史的猜测,材料收集不全,研究不甚系统;在此之后开始了语言的分类和谱系的划分,其工作深入而系统。阿迪龙的分类方法遵照了区域远近的原则,因而把希腊语和拉丁语归为一个族系。但他确实指出,有大量证据表明,梵语与欧洲的主要语言有着历史的亲属关系。

然而,在语言学史上具有划时代意义的时间是1786年。在这一年,英国东印度公司的官员威廉·琼斯(William Jones,1746—1794)在加尔各答皇家亚洲学会上宣读了著名的论文,一举确定了梵语与拉丁语、希

威廉·琼斯

腊语和日耳曼语的历史亲缘关系。琼斯宣布:"梵语,不论其历史如何,有绝妙的结构,比希腊语更完善,比拉丁语更丰富,比二者提炼得更高雅,但它与二者在动词词根和语法形式上都非常相似,这种相似不可能是偶然的。这种相似如此明显,任何哲学家在研究梵语、希腊语和拉丁语时都不能不认为,这些语言来自于同一始源语,而这种始源语也许不存在了。由于类似的道理——虽然不那么有说服力,可以认为哥特语和凯尔特语也与梵语同源而来。"琼斯的发现产生了巨大的影响。后来有人评论道:"对梵语的了解产生了革命性的结果。学者们在希腊语和拉丁语以外,出乎意料地碰到了第三种古典的语言。这虽然是一件平常的事,但它却动摇了几个世纪以来都使人们心安理得的一种随随便便的想法。拉丁语一直被认为是一种蜕变(degenerate)了的希腊语。拉丁语和其他欧洲语言之间的相同之处,也被用同样肤浅的想法来解释了,这被认为是拉丁语在欧洲占有文化上的优势的结果。可是,把这些古老的语言跟新发现的梵语之间的类同之处,用这样一种随随便便的想法来解释是行不通的。梵语的故乡远离欧洲,其遥远的社会文化,不论是与希腊—罗马文化还是与现代的文化,都毫不相干。"(Holger Pedersen: 1962)

琼斯的发现掀起了研究梵语的热潮。德国学者施莱格尔(K. W. F. von Schlegel, 1772—1829)于1803年开始研究梵语。他的哥哥(A. W. von Schlegel, 1767—1845)于1819年成为波恩大学的梵语教授,他曾说:"如果我能为在德国建立梵语研究这个学科做些事情,就算是幸运的了。"在当时政府的支持下,德国在大学设立了梵语教授和历史语言学教授等职务。接着,印度的梵语古典文学被译成欧洲各种语言,并出现了第一部英文梵语语法。对梵语的研究有两大意义:第一,梵语与欧洲语言的比较,成了比较语言学的第一个阶段;第二,欧洲人接触了梵语之后,立刻发现了梵语语言学的伟大成就,这对欧洲语言学产生了深刻的影响。

第二节　格里姆定律和维尔纳定律

历史语言学的创始人之一是丹麦学者拉斯克(Rasmus Christian Rask, 1787—1832)。1814年,拉斯克向丹麦科学院提交了一篇论文,题为《试论古斯堪的纳维亚语或冰岛语的起源》。当时,丹麦科学院正在组织一次论文竞赛,内容是"用合适的例证,通过历史批评的方法,来调查并证明古斯堪的纳维亚语最可能的始源语是什么;说明这种始源语的特

F. 施莱格尔

拉斯克

点,在古代和中古时期它与斯堪的纳维亚语和日耳曼语各种语言的关系如何;并准确地确定这些语言之间的演变和比较的基本原则。"虽然拉斯克在论文中没有指明这种始源语,但他对比较语言学的方法和目的有卓越的论述,因而获奖。拉斯克强调说,必须有条理地研究一种语言的总体结构,不可只挑选几个细节或几个词汇,来与另一种语言相比,从而找出类似现象。他认为,不应过于注重词汇的统一性。他指出,在区域上相近的语言之间,必有无数的词互相来来往往,因而使得它们看上去十分相像,而实际上这种相像归因于词汇的借用,而不是因为有什么亲属关系。拉斯克说,更重要的是语法上的统一性,因为,无论一种语言借用多少词汇,其语法结构很少受到外部语言的影响。他指出,早些时期的调查研究之所以意义不大,正是因为没有注意到这一点。在重视词形比较的同时,拉斯克认为,语言的统一性也是确定语言亲属关系的重要手段。他说:"一种语言,不论与其他语言已混杂到何种程度,如果它与另一种语言有着共同的最重要、最具体、最不可缺少的词汇(即语言的基础部分),那么它们就属于同一个语支。如果两种语言的词汇中存在这种统一性,而且这种统一现象很多,从而可以制定出字母(即语音)变换的规则,这两种语言之间就存在着根本的亲属关系,如果屈折变化和语言结构相互一致的话,便更是如此。"例如,日耳曼语的/f/音,相当于其他印欧语中的/p/音。如:

英语	拉丁语	希腊语	
father	pater	pater	(父亲)
foot	pēs	pod-	(脚)
for	pro	para	(为了)

拉斯克的论文在历史上第一次这样明确地提出了比较语言学的方法和原则。可惜论文是用丹麦语撰写的。如果他当时用德语或法语发表,也许他就会被认为是现代语言学的鼻祖了。拉斯克的理论与发现,被格里姆所继承和发展。

德国杰出学者雅克布·格里姆(Jacob Grimm, 1785—1863)在1819年发表了《德语语法》第一卷,这其实是一部日耳曼语言的比较语法。在前言中,格里姆强调指出,他是要描写语言,而不是为语言做任何规定。他说,他只描写语言中自然生长的东西。他告诫每一个德国人不要相信学校教师的学究式的语法规则。自己从母亲那里怎么学的语言,就应怎样使用语言。在第一卷第二版的修订前言中,格里姆更加明确地指出,对语言事实不应有任何偏见,"对语法中存在着普遍逻辑的说法,我

雅克布·格里姆

十分反感,因为这种说法会把定义弄得分毫不差,固定不变,但却影响人们对语言的观察;而我认为,对语言的观察是语言科学的灵魂。"由于拉斯克的影响,格里姆认识到了语音在历史语言研究中的重要地位。当时的学者不会区分字母和语音,所以,关于语音的一章,他把它命名为"字母的研究"(Study of Letters)。他对各种日耳曼语的文字记载进行了细致的比较。当然,格里姆摆脱不了时代特征的影响,他对语言历史的推断也多少带上了浪漫主义的色彩。在谈到古代高地德语音变时,他说:"在一定意义上,音变来自于一种粗俗的离轨现象,而比较安分守己的民族却不敢有此现象。这种离轨现象与突飞猛进的发展和对自由的渴望有关(如中古世纪的德国),正是这种发展和渴望引发了对欧洲的改造。"

1822年,格里姆的《德语语法》第二版问世,它系统地论述了日耳曼语和其他印欧语之间的辅音的一致性(correspondences),后来,这种一致性被人们称为"格里姆定律"(Grimm's Law)。其实,这些发现全是拉斯克的功劳,格里姆的贡献只是提出了解释这种音变的理论。格里姆创造了"音变"(Lautverschiebung)这个术语。由于他不仅研究日耳曼语与印欧语之间的关系,而且研究高地德语的语音变化,由此,其第一种变化又叫"第一音变",也称"日耳曼语音变",第二种变化又叫"第二音变",也称"高地德语音变"。

下面用希腊语代表其他印欧语,哥特语代表日耳曼语,来说明格里姆所指的一致性:

词义	希腊语	哥特语
脚	*poús*	*fō*tus
三	*treis*	*ꞇreis*
心	*kardíā*	*hairtō*
十	*déka*	*taihun*
种族	*génos*	*kuni*
忍受	*phérō*	*bairan*
女儿	*thygátēr*	*dauhtar*
院子	*chórtos*	*gards*

上表中的斜体字母,格里姆给予下列音值:

希腊语	哥特语
p	f
t	θ
k	x
——	——
d	t
g	k
f	b
θ	d
x	g

以上表中有两行空位,第二组唇音没有列上。拉斯克和格里姆都没有找到令人信服的例证来说明希腊—拉丁语的/b/相当于日耳曼语的/p/。格里姆说,这种一致性只有当字母出现在中间位置才有体现,如希腊语的kannabis(大麻)和古斯堪的纳维亚语的hampr相比。所以,格里姆在表中留下一个空位,因为从理论上讲,日耳曼语的词首/p/应该在其他印欧语中找到对应的/b/,而实际上又没有。

格里姆研究了日耳曼语的动词,发现其动词各种变位的形式中也有不一致的地方:

	单数过去时	复数过去时	词义
哥特语	łarf	łaurbum	需要
古撒克逊语	łeth	lidun	去
哥特语	aih	aigun	所有

这里的/f/, /p/, /h/,没有变成/p/, /t/, /k/,而变成了/b/, /d/, /g/。但是,这种变化也不成规律。古英语的weorłan(变成)的复数过去时是wurdon,而哥特语的wairłan(变成)的复数过去时是waurłum。动词中这种浊塞音与清摩擦音的互换,格里姆称之为“语法变化”。其实,我们知道,印欧语中的/p/, /t/, /k/,在日耳曼语中有时变成清摩擦音/f/, /θ/, /x/,有时则变成浊摩擦音/v/, /ð/, /r/,这取决于重音的位置。这种现象之所以不很规则,有两个原因。第一,人们常常使用类推的原则,致使单数过去时和复数过去时的发音区别往往消失。第二,有些语言没有合适的符号来标出浊摩擦音。格里姆对这种不规则现象并不担心。他从来没有把自己的发现称为“毫无例外的定律”,他反倒说过:“一种音变大体上是成立的,但并不总是界限分明。”

　　至于高地德语音变,简单地说就是:日耳曼语的清塞音/p/, /t/, /k/,在中间或词尾的位置时变成清摩擦音,但在词首或辅音之后则变成塞擦音。这种变化主要发生在德国的中部和南部,甚至包括奥地利和瑞士的部分地区。结果,原始德语被分成了两部分:地势平坦的北部没有经过这次音变,称之为"低地德语";中部和南部的高原和山区的语言,被称为"高地德语"。

　　高地德语的音变可表示如下:

词义	日耳曼语	古高地德语
	（以古撒克逊语为例）	
	中间位置	
开	o*p*an	o*ff*an
吃	e*t*an	e*ss*an
制造	ma*k*on	ma*ch*on
	词首位置	
镑	*p*und	*pf*und
十	*t*ehan	*z*ehan
奶牛	*k*ō	*ch*ō

上表中斜体字母的音值为:

	中间位置	
p	变成	f
t	变成	s
k	变成	x
	词首位置	
p	变成	pf
t	变成	ts
k	变成	kx

　　当然,格里姆的描述并不十分理想,这是可以理解的。当时,大部分学者还没有区分字母和语音,这对描述它们造成困难;古德语在书面材料中拼写很不统一,又有方言差别;并且古德语的文字记载都没有经过编选校正。所以,pf经常写成ph, z代替ts和s, x代表h, ch, hc, hcch等混乱现象都给研究工作带来不便。

　　格里姆研究了这两次音变之后,发现其中有条根本原则在起作用,这条原则可以把两种音变过程有机地联系起来。它可用图表示如下:

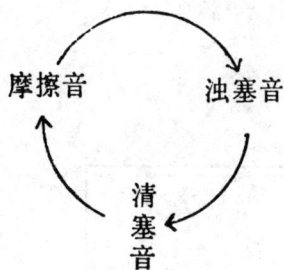

格里姆用"旋转"（Kreislauf）来解释这一过程。从印欧语到日耳曼语，三组辅音都"旋转"了一个阶段：清塞音变成摩擦音（p, t, k → f, θ, x），摩擦音变成浊塞音（f, θ, x → b, d, g），浊塞音变成清塞音（d, g → t, k）。

高地德语音变中，日耳曼语的各组辅音又"旋转"了一个阶段，完成了这个三角图形。

这里，格里姆的解释欠妥。他所说的日耳曼语的清塞音变成高地德语的摩擦音或塞擦音是正确的，但是说日耳曼语的摩擦音变成高地德语的浊塞音则有些牵强附会。至于从浊塞音到清塞音的变化，格里姆则用了南部方言与中部方言的区别。他说，中部方言中的/b/, /d/, /g/成了南部方言中的/p/, /t/, /k/，如：

中部方言	南部方言
berg	perk
dohter	tohter
guot	kōt

如果用一张表把两次音变的"旋转"关系表示出来，则得：

印欧语：	清塞音	浊塞音	摩擦音
日耳曼语：	摩擦音	清塞音	浊塞音
古高地德语：	浊塞音	摩擦音	清塞音

例词：

	（兄弟）	（十）	（女儿）
希腊语	phrā́tōr	déka	thygátēr
哥特语	brōłar	taíhun	dauntar
古高地德语	bruoder	zehan	tohter

格里姆的这种"旋转"理论虽不十分准确，但这是无关紧要的。真正重要的是，他第一次发现了音变之中有规律可循，不像从前所认为的那样是杂乱无章的，而且他还把不同的变化看成是一个复杂过程中的不同阶段。这对后来的历史语言学和比较语言学的研究有着深远的意义。后来的学者认识到，音变不是随意的，而是受一定的规则支配的。这就激励他们不仅继续探讨音变中的规则，而且开始寻找其他语言变化中的内在规律。甚至有的语言学家开始设想，人类语言行为是有一套规律支配的。

格里姆定律的缺欠很快被人们注意到了。在下表中：

卡尔·维尔纳

词义	希腊语	拉丁语	哥特语	古高地德语
父亲	pater	pater	fadar	Vater
兄弟	phrātōr	frater	broɬar	Bruoder

可以看出,印欧语的t在日耳曼语中成了d,而没有变成θ。当然,人们可以满意地认为,印欧语中的t,在日耳曼语中有两个不同的对应音,即d和θ。不过,有些语言学家对此总是放心不下。丹麦著名语言学家卡尔·维尔纳(Karl Verner,1846—1896)就为此苦费了心思。有一天,他读着德国学者葆朴(Franz Bopp,1791—1867)的《梵语、亚美尼亚语、希腊语、拉丁语、立陶宛语、古斯拉夫语、哥特语和德语等比较语法》一书时,刚好看到梵语的pitár(父亲)和bhrátar(兄弟)上的重音符号。他想,梵语里这两个词各有一个t,而pitár的t在重音之前,拉丁语变成pater,哥特语变成fadar,高地德语变成Vater;bhrátar的t却在重音之后,拉丁语变成frater,哥特语变成broɬar,高地德语变成Bruoder。就是说,梵语的一个t,在日耳曼语和高地德语里有两种变化,这是重音位置在起作用。他于1875年用德语写成《第一次音变的一个例外》。他说,每当重音落在词根音节上,印欧语的p,t,k,就变成日耳曼语的f,θ,x;如果重音落在其他音节上,它们在日耳曼语中就变成b,d,g。他常引用的例子是梵语和古英语的"变成"一词的屈折变化形式:

梵语	古英语	
vártāmi	weorɬe	("我变成")
vavárta	wearɬ	("我变成了")
vavrtimá	wurdon	("我们变成了")
vavrtāná	worden	(过去分词形式)

这种语音变化与英语中x的发音变化一样。在exit—exact和exercise—examine这两对词中,x出现在重音之后,成为清辅音丛/ks/,x出现在重音之前,成为浊辅音从/gz/。从中我们看到,/p/,/t/,/k/在日耳曼语中的变化只不过是清摩擦音与浊摩擦音之间的变化,不像格里姆所说的是摩擦音与塞音之间的变化。这一发现被后来的学者称为"维尔纳定律"(Verner's Law)。

第三节 洪堡特与施莱歇

19世纪出现了几位杰出的语言学家,他们对历史语言学和比较语言学做出了重大贡献。他们收集了丰富的语言材料,进行了广泛深入的调

威廉·洪堡特

查和比较,不仅提出了人类语言演变过程的假说,绘画出世界语言的谱系,而且创造出比较科学的研究方法,提出了有关语言起源、语言本质的新理论,为后来结构主义和描写语言学的产生和发展创造了有利条件。除了已经提到的格里姆、拉斯克、葆朴和施莱格尔兄弟,还有两位影响极大的语言学家,这就是洪堡特和施莱歇。

德国学者洪堡特(Wilhelm von Humboldt, 1767—1835)曾任普鲁士的枢密顾问,是当时有名的政治家,他改革了普鲁士的教育制度。他周游列国,懂得好几种语言,对美国印第安土著语也略知一二。他的语言著作甚多,最著名的是《人类语言结构的多样性》。洪堡特指出,在人脑里天生有着创造语言的能力。他说,语言是讲话者产生语言和理解语言的能力,而不是说话或写字所产生的可观察的结果。也就是说,语言是一种创造能力,不是一种客观结果,更不是语法学家分析出来的一套一成不变的规则。他认为,语言能力是人类大脑功能的重要组成部分;否则,儿童就不可能在语言环境中自然而然地(不用正式教授)习得到语言。正因为如此,产生的语言才能随着环境的需要而变化。洪堡特说,只有在这个前提下,才有可能解释语言的基本事实。因为语言是大脑的一种能力,讲话人才能运用有限的语言手段创造出无限的语言行为。

与此同时,洪堡特继承了赫尔德的观点,认为各种语言的特性是其民族的特有财产。语言发音基础对整个人类都是一样的,但是语音只是构成内在语言形式的被动的材料;内在语言形式是语言的语义结构或语法结构,是强加给原材料的模式或规则。一方面,这种内在语言是人类所共有的,它存在于天生的智力之中;另一方面,每种语言的不同形式又构成各自的特点,以区别于其他形式。每种语言的组织原则决定了该语言的音节结构、语法结构和词汇。洪堡特还认为,一个民族的语言和思维是不可分割的。他发展了赫尔德的观点,声称"一个民族的语言就是他们的精神,一个民族的精神就是他们的语言"。此外,洪堡特也深受康德哲学思想的影响。康德认为人的感觉表象是由独立于人的意识之外的"自在之物"作用于感官而引起的,即感觉表象不是主观自生的。但是,康德又认为感觉表象并不反映"自在之物"的任何方面;人类不能从"自在之物"对感官的刺激中来认识到"自在之物"的本质是什么。就是说,知识虽然来自感觉经验,但是必须加上人的认识能力本身所提供的范畴或"感性",才能最后形成知识。"感性"所固有的形式是时间、空间和因果关系。洪堡特把这种观点运用到对语言的观察上。他说,正是语言的内在形式对感觉经验进行了整理,并加以概念化。语言不同,其内在形式也不一样,对相同的感觉经验整理的结果也就不同。思维和感觉只有通过语言才能确定,才能变成有形的东西,才能得以交流和传播。思维和语言是互相依赖、不可分割的东西。词是一个一个的名称或标签,同时又表示着特定的东西,使这种东西在思维过程中表现为一种特殊的概念。只要讲出一个词,就等于决定了表达思维过程的整个语言。所以,语言的不同,引起对客观世界的理解和解释的不同。在一定意义上说,讲不同语言的人们生活在不同的世界之中,具有不同的思维体系。洪堡特的这种观点,对美国语言学家萨丕尔(Edward Sapir,1884—1939)和沃尔夫(Benjamin Lee Whorf,1897—1941)产生了影响。沃尔夫大大地发展了洪堡特的理论,创造了后来被称为"萨丕尔—沃尔夫假说"(the Sapir-Whorf Hypothesis)的理论。(详见第六章第三节)

　　洪堡特对语言理论的另一个贡献,是他区分了三种语言类型:孤立语(isolating language),黏着语(agglutinative language)和屈折语(inflectional language)。他的主要根据是词的结构。一个词代表一个意思,这就是孤立语。用简单词组成复合词而词形和意义又都不变的,叫黏着语。用词尾变化来表示语法关系的叫屈折语。以词的结构和词形变化为标准来区别语言类型,是当时很流行的做法。F. 冯·施莱格尔曾把世界语言分为两大类,一类是靠词形本身的变化表示语法关系,一类是靠词的顺序表示语法关系。而洪堡特认为,语言发展经历了这样几个阶段:开始是用简单的词指称事物(孤立语),后来通过把附加成分加在简单词上来表达事物(黏着语),最后发展到使用词尾的变化。所以,他认为语言有先进与落后之分,屈折语是最先进的,以梵语为最,其次是拉丁语,最落后的是汉语。不过他对汉语的态度比较特殊。他认为,汉语词汇没有形式上的语法区别,这正是汉语的优点所在。他说,语言的屈折变化也有产生和发展的过程,而且屈折语逐渐变为分析性语言(analytical language),如英语。而汉语呢,没有经过这个过程,一直保留了孤立语的特点,因而不同于其他任何语言。他设想,如果梵语继续发展,也失去其屈折变化,也一定与汉语的语法结构决然不同。不过,在分析句子时,洪堡特又发现这三种类型不能概括全部语言。他发现,第一种句子是词与词之间没有形式上的语法联系,如汉语句子。第二种句子是词形本身表示着词与词的语法关系,如梵语句子。第三种是句子的主要或全部结构被包含在一个词之中,即一个词就相当于其他语言的一个句子,如爱斯基摩语和其他美国印第安土著语。这种句子实际上应该归为另一种语言类型,叫多式综合语(polysynthetic language)。多式综合语界于屈折语和黏着语之间。其实,任何两种语言类型之间,都有一些相同的特点,绝非一清二楚,界线分明。

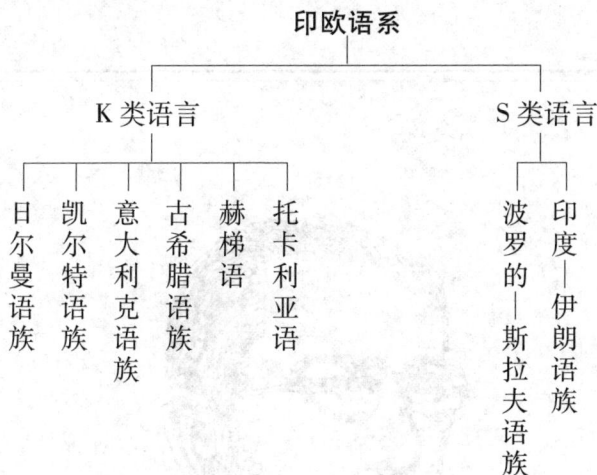

印欧语系

```
                    印欧语系
         ┌────────────┴────────────┐
       K 类语言                  S 类语言
   ┌──┬──┬──┬──┬──┐          ┌────┴────┐
   日  凯  意  古  赫  托      波      印
   尔  尔  大  希  梯  卡      罗      度
   曼  特  利  腊  语  利      的      ｜
   语  语  克  语      亚      ｜      伊
   族  族  语  族      语      斯      朗
           族                  拉      语
                              夫      族
                              语
                              族
```

注: K类语言和S类语言是印欧语言中的两大分支。在K类语言中,保留了原始印欧语的软腭塞音/K/,如拉丁语centum(百)中的首音就发这个音。S类语言中,原始印欧语的软腭塞音/K/变成齿龈清擦声/S/,如阿吠陀语的satem(百)就是一例。

洪堡特的语言理论还很不完善,有些甚至是错误的,如关于语言有先进与落后之分,孤立语、黏着语和屈折语表示了语言发展的三个阶段等说法。不过,他对语言能力的论述,关于语言与思维的关系和语言分类方法,影响到几代语言学家,对揭示语言的本质有过积极的作用。

奥古斯特·施莱歇(August Schleicher, 1821—1868)是19世纪中期最主要的历史语言学家。在短短的一生中,他留下了不少关于历史语言学和语言理论的著作。其中,最著名的是1861年出版的《印欧语言比较语法手册》。此书并无施莱歇的什么独到见解或新发现,而是把其他学者的成就加以归纳总结。可是,由于他善于综合分析,组织材料,逻辑性强,文笔流畅,《手册》一书多年被视为权威性的语法书。

施莱歇的贡献表现在三个方面:关于语言亲属关系的理论,关于重建始源语的比较方法及关于对语言的分类。

施莱歇是学哲学和生物学的,很早就受到黑格尔哲学思想和达尔文进化论的影响,但他对语言的兴趣由来已久,懂得数种欧洲语言,并对拉脱维亚语做过实地调查,写过专论。他认为,语言的发展有自己的规律,跟生物的进化过程是一样的。他采用生物学对植物的分类方法来研究

奥古斯特·施莱歇

语言的历史亲属关系,并采用瑞典博物学家林耐(Carl von Linné,1707—1778)的命名法(即双名法)。他把当时存在的语言按其共有特点(如词汇的一致性、符合音变规律等)分成语系、语族、语支。对每个语系、语族都找出一个"母亲",比如说,拉丁语是罗曼语的"母亲",然后追溯始源语。他最后画出了印欧语系的谱系树形图。施莱歇的语系分类已被后人所修改,但我们常见的语言谱系树形图大都仿照了他的方法。请看58页和本页图上标出的每个语族的演变过程和产生的语言分支。例如,日耳曼语族的谱系图为:

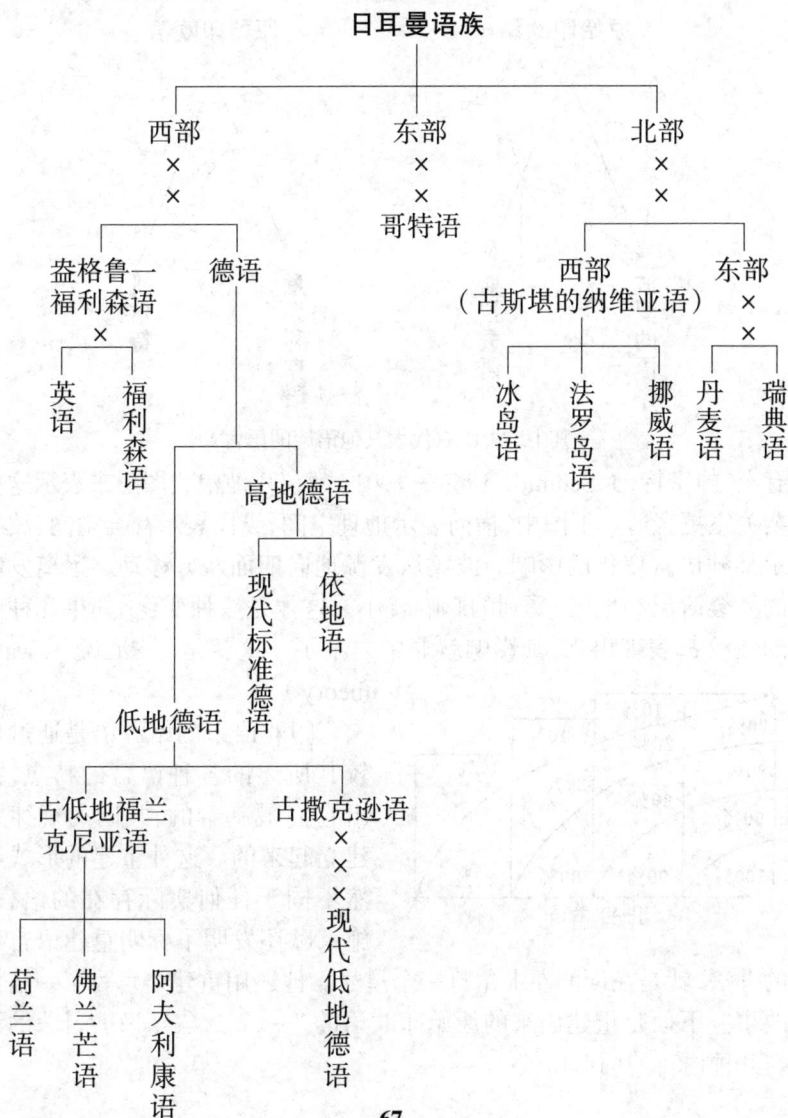

日耳曼语族

- 西部
  - ×
  - ×
  - 盎格鲁—福利森语
    - ×
    - 英语
    - 福利森语
  - 德语
    - 高地德语
      - 现代标准德语
      - 依地语
    - 低地德语
      - 古低地福兰克尼亚语
        - 荷兰语
        - 佛兰芒语
        - 阿夫利康语
      - 古撒克逊语
        - ×
        - ×
        - ×
        - 现代低地德语
- 东部
  - ×
  - ×
  - 哥特语
- 北部
  - ×
  - ×
  - 西部(古斯堪的纳维亚语)
    - 冰岛语
    - 法罗岛语
    - 挪威语
  - 东部
    - ×
    - ×
    - 丹麦语
    - 瑞典语

施莱歇的语言谱系图是历史语言学研究上的重大发展,它是展示一个语系所包括的各种语言的巧妙手段,以使这些语言的演变和历史关系一目了然。不过,这种方法也遇到一些批评意见。例如,有人指出,语言并不是在某个特定时间突然发展变化成两种或几种语言的,这种变化非常缓慢,要经历数百年或上千年。在此期间,讲话人继续接触,不同方言继续接触,不同语言继续相互影响。这种事实在树形图上得不到反映,反而给人们一种错觉,似乎一种语言一夜之间就分裂成两种或多种语言。另外有人建议,下面这类图更接近于反映语言之间的关系:

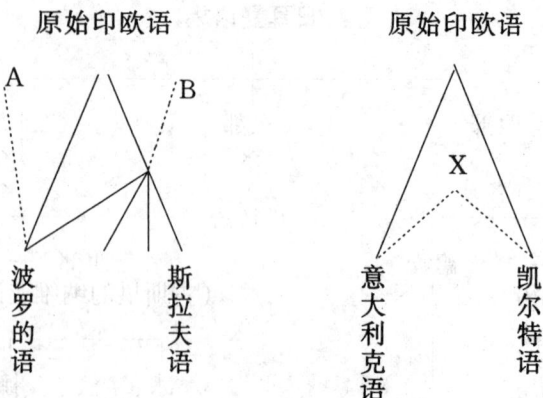

(其中,A、B、X代表其他语族的语言)

还有人(施密特,J. Schmidt,1843—1901)建议用波浪式图形来表示这种复杂关系更合适。下图中,横向表示地理空间,纵向表示社会空间,波纹表示某种语言变化的影响。波纹从发源地向四面八方移动。远离发源地的社会阶层和地区,受到的影响就小。这才是一种变化;如果几种变化的波纹都表现出来,其影响就非常复杂了。这就是"波浪说"(wave theory)。

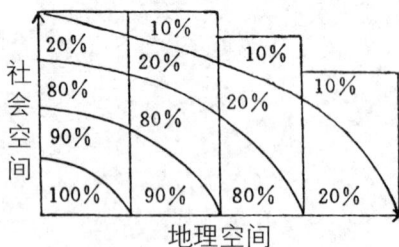

印欧语系的始源语是通过比较其所属的各种语言的特点,找出它们最基本的、共同的规律才建立起来的。这种重建的形式当然不同于任何实际存在的语言。施莱歇还发明了标明重建语言形式的办法,就是在词的左上角打一个星号。他还用重建语言写了一篇神话故事。下面是重建出来的原始印欧语的"一,二,三,……十"的词形与几种语言的词形比较:

原始印欧语	梵语	希腊语	拉丁语
*oykos	ékas	heīs	ūnus
*dwŏ(w)	dvaú	dúō	duó
*treyes	tráyas	treīs	trēs
*kʷetwōres	catváras	téttares	quattuor
*penkʷe	páñca	pénte	quinque
*seks	ṣáṭ	héx	sex
*septm̥	saptá	heptá	septem
*oktō(w)	aṣṭaú	októ	octō
*newm̥	náva	ennéa	novem
*dekm̥	dása	déka	decem

　　重建的原始印欧语词形是如何得出的？现以辅音*/t/为例。先请看五个例词在四种语言中的形式(见下表)：

	"是"	"父亲"	"兄弟"	"站"	"来—去"
梵语	ás t i	pi t á	bhrá t á	sthi tás	ga t is
希腊语	es t í	pa t ér	phré t ēr	sta t ós	bás is
拉丁语	es t	pa t er	frāt er	sta t us	vent iō
哥特语	is t	fa d ar	brō ł ar	sta ł s	qumłs

所谓的重建法就像是通过比较来发现(或发明)一种底层结构一样。仅仅把共同存在的形式加以采纳是不够的,还要把不同之处作出合理的解释。在上表中,/t/音除了在"来—去"一项中,梵语,希腊语和拉丁语中都出现了。其实,在"来—去"一项中,希腊语的básis中的/s/是解释得通的。许多例子证明,元音之间的/s/是以后面的/i/为条件的,所以 básis中的/s/可以假设为/t/。但是,哥特语较特殊,只在"是"一项中符合这种模型。我们注意到,/t/在这几个哥特语词中出现了两次,但都有前面的/s/来保护它:/s/与/t/发音部位相同,都是清音。所以有/t/就必须有/s/。在"父亲"一项中,假设的语音环境改变了:它不在词首,而在重读元音之前(见梵语和希腊语上的重音符号)。在"兄弟"一项中,/t/出现在重读元音之后。在"站"一项里,/t/在原来的重音之前,但它已成为词尾清音音丛的一部分。在"来—去"中,/t/又出现在重读音节之后。所有这些语音环境使得哥特语和其他日耳曼语产生了不同的对应形式,在重音之前是/d/,在其他情况下是/ł/。从这一简单例子中可以看到,原始"母语"的重建过程

不仅是全面深入比较各种语言的历史状态的过程,而且也是解释其各种不同之点的过程,对研究各种语言变化起了极大的促进作用。

施莱歇的语言历史理论与当时盛行的达尔文主义有密切关系。1863年他发表了《达尔文理论与语言学》一文,公开承认他的语言理论符合进化论的观点,说达尔文研究动物和植物的方法基本适合语言历史的研究。他说,语言同世界上一切生物形式一样,有其发展、成熟和衰败的不同过程。动植物通过自然选择来保持良种,"有利的变种往往易于保存下来,而不利的变种往往易于消亡",语言之间的接触和矛盾,不同语言间的相互影响和渗透,犹如动物之间的生死斗争,处于有利地位的语言得以保存,处于不利地位的语言走向消亡。

施莱歇语言分类的理论是黑格尔哲学与洪堡特分类法的结合。施莱歇说,语言由意义和形式所构成,不存在没有意义的语言形式。根据这两条基本特点,可以划分出三类语言。一类是语法形式对意义没有任何影响的语言,叫孤立语,如汉语,除了词序之外,基本上没有语法范畴的区别,句意基本依靠词的位置表达出来。第二类是语言单位既包括形式又包括意义的语言,其组成过程十分明显,组成成分固定不变,这叫做黏着语,如土耳其语。其词根不变,词根和词缀的联系可以分清,附加的词缀有自己的意义。第三类语言的意义和形式综合在一起,词根有自己的内部变化(sing: sang-sung),还可以附加前缀、后缀和中缀,词缀引起意义的变化。这叫屈折语,如拉丁语和希腊语。施莱歇认为,语言的发展也是矛盾斗争的结果,总是处在矛盾之中,也就是肯定、否定、否定之否定的过程。他认为,语言一开始是孤立语(肯定),这是最简单、最幼稚的结构,只注意意义,不注意形式。再向前发展,进入黏着语阶段,它比孤立语复杂了,更多地注重形式(否定)。最后,人类能力发展了,把意义和形式结合起来(否定之否定),达到了屈折语阶段。但是,他的研究工作很快告诉他,原始印欧语是最古老的语言,但并不是孤立语,它的屈折变化比希腊语还多。这又该如何解释呢? 他只好作些牵强的回答。今天,施莱歇解释的语言发展史已经被证明是有许多错误的。语言不是什么生物,不会腐烂。语言只是处于不停的变化之中。

19世纪的历史语言学就是由这样一批兢兢业业的学者发展起来的。他们各自做出贡献,又相互补充,相互纠正,后辈继承先辈的成果,使历史语言学最后成为一门名副其实的科学。

第四节 关于元音交替的研究

重建原始印欧语是一项艰苦复杂的工作。单是语音的演变过程就很难确定。上面谈了对辅音变化的研究,现在介绍关于对元音变化的研究。

奥古斯特·施莱歇对元音的变化提出过错误的假设。他认定原始印欧语只有三个元音,/a/, /i/, /u/,其中/a/有长有短。尽管有许多事实不符合这种假设,但施莱歇不肯修改他的方案。到了19世纪70年代,日耳曼语的音变和高地德语的音变已为众人所知,人们才开始肯定三个元音的说法是荒谬的。不少学者调查了大量的语言事实,分析了引起音变的条件,才逐步找出了一些元音变化的规律。

许多语言学家早已注意到,梵语中常出现的/č/(拼写为c)在其他有关语言中是清软腭音/k/。梵语的-ca在拉丁语中是que;梵语的pañca(五)是拉丁语的quinque。但在其他情况下,梵语也有软腭塞音/k/,梵语的kas(什么)相当于拉丁语的quod。在研究了大量实例之后,学者们终于得出了正确结论:每当梵语有腭化塞音时,拉丁语就有清圆唇软腭音/kʷ/,后面紧跟一个前元音,拼写为e;每当梵语有起始音/k/后面紧跟着一个a,拉丁语就有/kʷ/,后面紧跟一个o。由此证明,原始印欧语应该有五个元音:/a, i, u, e, o/。

与此同时,德国学者布鲁格曼(Karl Brugmann, 1849—1919)还发现,鼻音和流音(liquid)(拼写m, n, r, l)也可以作为共鸣音(resonant),即半元音。这样就又增加了几个音节:(/m̥/, /n̥/, /r̥/, /i̯/)。有人对此曾提出异议。但是,原始印欧语中确实存在着非重读音节,与重读音节有本质的不同。

在发现有五个元音之后,人们开始注意到元音的变化规律。雅克布·格里姆称之为元音交替(ablaut),或称元音递变(vowel gradation)。英语动词变化就是一例: sing—sang—sung; strike—struck—stricken。下面请看希腊语动词的变位情况:

句义	现在时	完成时	简单过去时
	ei	oi	i
"我劝"	peíthō	pépoitha	épithon
	eu	ou	u
"我将走"	eleúsomai	eiléloutha	éluthon
	e	o	
"我飞"	pétomai	pepótēmai	eptómēn

这里的变化呈现出一种模式：现在时和完成时两栏是从/e/到/o/的关系（ei—oi，eu—ou；e—o）；右栏中的元音/e/消失了，所以原来的双元音变成了单元音（ei—i；eu—u），而原来的单元音（如pétomai中），则失去了元音，不再是一个音节了。

这里证明了两种元音变化。一种是音质变化（qualitative gradation），如从/e/到/o/；另一种是音量变化（quantitative gradation），如元音的省略、缩短或延长。这里最重要的是，现在时中的/e/在完成时中有规律地变成/o/；在非重读音节中，则被丢失了。当然，这种变化并不局限于动词。

可是，这样整整齐齐的模式有时会被一些例外打破。例如，有一种ā—ō—a的关系。请看：

	ā	ō	a
希腊语	phāmí	phōnē	phatōs
	（我说）	（说的名词）	（说的过去分词）
希腊语	hístāmi		statós
	（我放）		（放的过去分词）
拉丁语		dōnum	datus
		（给的名词）	（给的过去分词）

为了解释这种变化，学者们想了许多办法。例如，根据这种情况，他们把动词分为两类，一类的词根音节是长元音，如phāmí，一类的词根音节是短元音，如pétomai。第二类的动词元音交替符合/e—o/关系，第一类动词的元音交替符合/ā—ō—a/关系。至于短元音/a/，它是弱化了的长元音，应用/ə/表示，代表非重读元音。但是人们对这类解释一直存有争议。

后来，瑞士伟大的语言学家索绪尔（详见第四章）在1878年发表的《论印欧语言中元音的原始系统》一文中提出了新的假设。索绪尔对已经发现的/e—o/交替模式很感兴趣，并反复琢磨。后来，他根据普通语言的规律推理，既然/e/和/o/可以同/i/和/u/结合变成双元音/ei/，/oi/，/eu/，/ou/，甚至可以跟半元音/m̥/，/n̥/，/r̥/，/l̥/结合，为什么不可以认为/ā/和/ō/也是一种结合体呢？因此可以设想，每一个长元音都是一个短元音和另一个"未知"音位相结合而成的。所以，他假设了两个喉化了的半元音：/A̯/，/O̯/，它们的作用是将其前面的前元音变成后元音，分别带上/a/和/o/的色彩；如果前面的前元音由于没有重读而消失了，这个喉化半元音就起元音的作用。他进一步假设，所有的长元音词根都有一个元音/e/。这样，他用如下方法算出a—o—a的交替规律：

phāmí("我说")　　　　　　　　pheΛmi

phōnē("说"的名词)　　　　　pheΟne

phatós("说"的过去分词)　　　phΛtos

hístāmi("我放")　　　　　　　histeΛmi

statós("放"的过去分词)　　　stΛtos

dōnum("给"的名词)　　　　　deΟnum

datus("给"的过去分词)　　　dΛtus

索绪尔的理论和解释是很有见识的,可惜的是当时没有引起人们的重视。一直到1927年,另一位波兰学者库利洛维奇(Jerzy Kurylowicz,1895—1978)发现,刚刚发现的赫梯语中有个/h/音位,是原始印欧语喉化半元音的反映,索绪尔的方法才受到重视。赫梯语中不乏此种词例。试比较:

拉丁语 pāscunt　　　　　　　　　　　(他们抗议)

托卡利亚语 pāskem　　　　　　　　　(他们抗议)

赫梯语 paḫsanzi　　　　　　　　　　(他们抗议)

希腊语 neán-　　　　　　　　　　　(使变新)

拉丁语 novāre　　　　　　　　　　　(使变新)

赫梯语 newaḫḫ　　　　　　　　　　(使变新)

希腊语 lāós　　　　　　　　　　　　(军队)

赫梯语 laḫḫa　　　　　　　　　　　(战争)

这种现象恰恰证明索绪尔的理论完全正确。后来这种理论被称为"喉化音理论"(laryngeal theory)。

关于"喉化音理论",问题十分复杂,至今争议仍然很多。赫梯语的发现大大增加了这种理论的可靠性。不过,有一点是值得提出的,那就是索绪尔的假设是在没有任何证据的情况下推断出来的。这足以证明一个有实际经验的学者进行理论研究的重要意义。索绪尔不同于同辈语言学家,他不仅注意个别、具体的问题,更注意研究印欧语的整体结构;不仅研究历史语言学,更注意普通语言学理论。索绪尔对语言学的杰出贡献,我们将在第四章详细讨论。

第五节　新语法学派

前几节谈过的"格里姆定律","维尔纳定律"和元音交替现象等的发现,至少有两方面的意义。第一,在此之后,原始印欧语的重建有了更

卡尔·布鲁格曼

加牢靠的基础,方法也更加严谨、科学,比原来所依靠的那种"随随便便"的假设要进步多了。第二,在音变现象中,原来以为是例外的现象,后来发现并不是什么例外,而是另一些语言环境,并且也是受规律支配的。进一步讲,这种旨在寻求变化原因的研究工作使许多学者认识到,音变绝不是偶然的,也不是零散的、任意的、杂乱的,而是有其内在原因和规律;要找出这种原因和规律,必须采取严密的科学方法,而不能盲目地遵守一些教条。

在上述思想的指导之下,到19世纪后期,德国莱比锡大学出现了"新语法学派"(Neogrammarians)。其中的主要人物有布鲁格曼(Karl Brugmann,1848—1919),莱斯琴(August Leskien,1840—1916),奥斯托夫(Hermann Osthoff,1847—1909),保罗(Hermann Paul,1846—1921),德尔布吕克(Berthold Delbrück,1842—1922),以及后来受新语法学派影响的语言学家,如英国的莱特(J. Wright,1855—1930)和法国的梅耶(Antoine Meillet,1866—1936)。1878年,布鲁格曼和奥斯托夫创办了学术刊物《形态学研究》,布鲁格曼为首期写了《序言》,文中多次使用"青年语法学派"称呼,所以刊物的创办标志着这个青年语法学派的成立。《序言》对老一辈语法学家的观点进行了严厉的抨击,全面阐述了青年语法学派的观点和行动纲领,被人们认为是该学派的《宣言》。

下面,我们先概述一下新语法学派的几条基本原则:

1. 历史语言学必须是解释性的,一方面要描写语言变化,一方面要找出语言变化的原因。

2. 历史语言学的解释必须以语言事实为根据。施莱歇所做的哲学解释是猜想的,是靠不住的。唯一可验证的原因必须到说话人的语言行为中去寻找;说话人在使用语言时改造语言。应该调查活的方言。

3. 为了找出变化的原因,应该限制调查研究的范围。不应无限地追溯古代语言的状态。比较两个相邻时期的状态即可。

4. 语音变化的第一类原因是发音方法,即生理方面的原因。所以,语音定律(phonetic laws)像机械运动一样,是盲目的;当一种语言状态发生某种变化时,没有一个词能够逃脱。"语音变化没有例外"。(莱斯琴)

5. 第二类变化原因是心理方面的原因:人都有类推的倾向。说话人常常把发音或意义上相仿的词和句归为一类;常以类推原则创造新的词和句子。

6. 对语言变化的解释必须从历史上找到根据。如果要断定一个词的基本意义是什么，就得证明这个意义是出现得最早的。如果要断定一个词是由另一个词派生而来的，就要证明后者比前者出现得早。

我们知道，语言"定律"之类的概念是出现得很晚的。格里姆不知道什么语言定律，维尔纳也没有给自己的发现加上"定律"的桂冠，施莱歇对研究中一时解释不了的例外情况采取"不理睬"的态度。但是，自从施莱歇的《印欧语言比较语法手册》出版之后，人们对印欧语系中各种语言的比较便更加深入，所引证据也更多，他们发现了前人未曾注意到的规律性。人们开始认识到，比较语言学和历史语言学之所以成为科学，正是因为语言的变化是规则的；如果音变没有规则，比较语言学和历史语言学也就失去了存在的意义。一种语言的历史，是通过研究其不同时期的词汇形式和意义而描绘出来的。几种语言的亲属关系，是通过比较它们在词汇方面的一致性建立起来的。如果语言变化是偶然的、任意的，那么所描绘的语言历史和亲属关系就失去了全部价值。19世纪的自然科学的发展已经证明，客观世界不是杂乱无章的，任何自然现象都有自己发生的条件、起因和规律，而且是不以人的意志为转移的。这种新的思想方法当然也影响到语言学家。莱斯琴曾说："如果一个人承认有什么任意的、偶然的、彼此毫无联系的变化，他就等于在宣布，自己研究的对象——语言——经不起科学的验证。"正是基于这种思想，新语法学派才俨然宣布："语音变化不允许有例外。"

新语法学派的学者反对先入为主的、猜测性的理论，认为语言不是什么有机物，也没有成长、发展、衰败的过程。语言存在于组成语言社团的说话人之中，语言的变化是说话人的讲话习惯的变化所引起的。他们号召人们不要在重建"原始语"上耗费精力，而应该集中力量调查有文献材料的数据和当时身边的各种方言。布鲁格曼曾说："一位比较语言学家，只有当他走出那个假造印欧语词根的充满假说云雾的小车间，来到阳光明媚的客观现实之中，以便得到任何模糊理论都不能提供的第一手材料，他才能正确地解释语言形式的生命和变化。"同其他语言学家相比，新语法学派更加重视数据、材料，不太看重语言理论。这种实事求是的态度在科学研究中是非常必要的，但是，在放弃理论探讨的同时，也就抛弃了早期语言学家的某些思想精华。

现在谈一谈他们是如何维护语音定律无例外的观点的。比如，有一条音变定律认为，原始印欧语的两个元音之间的/s/，在拉丁语中变成两个元音之间的/r/。下面两组词中，希腊语中的/s/没有变化，拉丁语的/s/则变成了/r/：

希腊语	拉丁语
flōs（花）	floris（所有格单数）
genus（种族）	generis（所有格单数）
nefas（恶）（名词）	nefārius（形容词）
ustus（烧）（过去时）	ūrere（不定式）

但是，拉丁语中也有许多元音之间的/s/没有变成/r/。如mīsī（mittere〔送，寄〕的完成时）和causa（原因），都保留了元音之间的/s/。这是否算是例外呢？ 仔细研究起来，并不是例外。其中，mīsī的原来形式是mīssī，mīssī又从mitsī演变而来。causa则是从caussa演变而来。原来都是有两个s的长辅音，大约在公元前后，长元音和双元音前面的长辅音缩短了，于是只剩下一个s。因此这不能算是定律的例外情况。此外，拉丁语中还有一些元音之间的/s/，如philosophus（哲学）和genesis（起源）。这两个词来自于希腊语，是在拉丁语完成音变之后借用而来的，所以保留了元音间的/s/。拉丁语的音变大约在公元前三四世纪完成。为了准确些，上述音变定律可修改为："印欧语中的元音之间的/s/变成早期拉丁语中的元音之间的/r/。"

还有一些例外情况，可以说是因为人们喜欢类推而造成的。类推是通过心理上的联想把本来相似的东西变得更加接近，它是造成语言变化的重要因素。下面是拉丁语动词amare（爱）的现在时主动态和古法语及现代法语的对应词的发音对照：

	拉丁语	古法语	现代法语
	1. amō	aim	aime
单数	2. amās	aimes	aimes
	3. amat	aime	aime
	1. amāmus	amons	aimons
复数	2. amātis	amez	aimez
	3. amant	aiment	aiment

请看古法语第一、二人称的复数形式，其词根元音（拼写为a）与拉丁语的非重读元音是一致的。但是，这两种形式与表中其他古法语形式都不一致（其他形式为ai）。结果，随着时间的推移，由于类推的作用，说话人慢慢把它们改为ai，与其他形式统一起来。再请看，现代法语单数第一人称形式中有e结尾，而古法语中没有。这也是由类推原则造成的，因为现代法语的其他形式大都有e。

再举一例。拉丁语有一对反义词，gravis（重）和levis（轻）。后来说话人根据levis类推出grevis形式。这个词到了古法语中成了gref，盎格鲁—撒克逊人再次借用，成了今天英语中的grief。又如，雅典城邦的希腊语中也有一对反义词，prosthen（在前面）和opisthen（在后面）。opisthen中的s就是用类推的原则加上去的，因为它的早期形式是opithen，其中并没有s。

当然，诸如此类的语言变化不胜枚举，并且已为人所熟知。但是，是新语法学派首先认识到其重要作用的。他们所以敢于夸下海口，说"语音定律没有例外"，是因为他们一再巧妙地证明所谓的"例外"都是某种情况引起的。现在他们认识到，经常列举的不规则现象根本不是音变造成的，而是语言之外的因素造成的。结果，类推原则成了他们的得意理论。不仅如此，他们还发现，类推原则造成的语言变化也是有规律的。他们认为，语言发展中的主要动力就是语音变化和类推变化。这种看法，不少当代语言学家也是接受的，但是也有人严肃指出，语言变化常常受到社会发展变化的影响，而且有时是决定性的影响。

不难预想，新语法学派的理论和方法受到了其他语言学家的批评。有些语言学先辈不免有个人成见，骂他们是"初出茅庐"，不无揶揄之意地送他们以"青年语法学家"的绰号。有的则说，新语法学派的理论没有新东西，只不过重复了比较语言学一直坚持的观点而已。这种批评也并不过分。新语法学派确实吸收了以前的研究工作中已经孕育出来的正确思想，同时抛弃了荒谬的猜想和假设。但这本身就是有益的工作，因为整理和总结前人的科学理论和方法，存其精华，去其糟粕，只会促进科学的发展。还有一部分人说，新语法学派企图使语言"非人化"（to dehumanize language）。因为，新语法理论似乎认为语言是独立于人而存在的，语言的变化受到机械运动的约束，人的力量是无能为力的。这就否认了人的智力对语言的控制能力。这种批评看来不是完全没有道理。后来，受新语法学派影响的美国结构主义学派（Structuralist），正是在这个问题上受到生成语法（generative grammar）学者的抨击（参见第五章第一节中布拉格学派对他们的批评）。

我们知道，新语法学派主张研究活的方言。有趣的是，正是方言专家向他们提出了最中肯的批评。方言专家们发现，调查的语言社团越小，"方言分裂"和"方言借用"的现象就越是复杂。地理方言的界限十分模糊，并经常变化；方言地图上的同语线（isogloss）本身就是任意的。如果真的要确定每一个语言平面的细微差别，方言区就要划得越来越小，一直要小到每一个说话人自成一个方言区。况且，即便方言区缩小到一个人，语言差别也并不会就此消失。每一个人都有几种不同的社会方言和地理方言，在不同的交际场合使用不同的方言。如果真的认真统计一下，一条同语线两边的方言，其相互影响、相互渗透的程度之大，简直可以推翻任何音变的规律。总之，大量方言调查材料说明，不可把音变定律说得过于绝对。

与新语法学派在理论上针锋相对的是"新语言学派"（Neo-linguistics），主要由德国和意大利学者组成，其代表人物是德国语言学家沃斯勒（K. Vossler，1872—1949）。沃斯勒继承了洪堡特的语言理论，又接受了意大利哲学家克罗齐（Benedetto Croce，1866—1952）的理性主义观点，对语言本质和语言历史提出了新的看法。沃斯勒强调说话人的语言创造能力。他说，一切语言变化都开始于个人语言行为中的创新；这些创新被其他说话人模仿、传播，最后便引起语言的变化。他认为，在语言变化的整个过程中，说话人起着主动作用，绝不是什么"机械运动力量"支配着一切。正像克罗齐所说的，人的爱美直感指导着人的生活的一切方面，虽然有时是下意识的。艺术家的爱美直感只不过比普通人更强一些。新语言学派认为，语言首先是个人感情的表达；语言变化主要是个人的事，同时也反映民族感情。主要是为了把感情表达得更美，人们才设法创造语言。有些人，由于他们的社会地位或艺术中的名望，比别人更容易引起语言的变化。例如，知名作家的文学作品对语言发展的重大作用是不可低估的。他们批评新语法学派过于强调语言的机械方面。尽管新语言学派夸大了爱美直感的作用，但他们对新语法学派的批评是有价值的，它提醒人们不要忘记人在语言发展中的创造性。

总起来说，新语法学派在语言学历史上的贡献是不可忽视的。他们起了承上启下、继往开来的作用。他们总结了19世纪比较语言学和历史语言学的成果，同时预示了20世纪初结构主义语法的诞生。他们关于语言的客观性和独立性的论述，关于材料第一、理论第二的主张，以及重视考察当代语言和方言的做法，都在结构主义语法中反映出来。有的语言学家说，新语法学派的理论是语言学教程中不可缺少的内容。布鲁格曼和德尔布吕克合著的《印欧语言比较语法概述》和保罗写的《语言历史的原则》都是宝贵的语言学文献，被广为阅读，广为引用。

参考文献

1. Lehmann W P, ed. *A Reader In Nineteenth-Century*, *Historical Indo-European Linguistics*. Bloomington, Indiana: Indiana University Press, 1967

《十九世纪印欧历史语言学读本》

2. Lehmann W P. *Historical Linguistics: An Introduction*. New York: Holt, 1962

《历史语言学导论》

3. Pedersen H. *Linguistic Science in the Nineteenth Century* (tr. J. W. Spargo). Cambridge, Massachusetts: 1931 (paperback). (republished as) *The Discovery of Language*. Bloomington, Indiana: Indiana University Press, 1962

《十九世纪的语言科学》, 又称《语言的发现》

4. Robins R H. *A Short History of Linguistics*. Bloomington, Indiana: Indiana University Press, 1967

《语言学简史》第七章

5. Waterman J T. *Perspective in Linguistics*. Chicago: The University of Chicago Press, 1970

《语言学纵观》第三章

第四章 索绪尔现代语言学的开端

　　现代语言学始于20世纪初,全书要讨论的重点正是20世纪的语言学研究。

　　到目前为止,20世纪是发生事情最多的100年。宏观上讲,社会发生了翻天覆地的变化:一是两次世界大战,二是亚非几十个国家摆脱殖民主义统治。第一和第二次世界大战之后,对立、冷战、热战并存,开始长期影响着世界各个角落的各种事情。不过,我们只想重点提一下20世纪的科学技术的发展,因为它直接或间接地影响着下面要讨论的全部语言学内容。20世纪的哲学,出现了分析哲学、逻辑实证主义、新实用主义、日常语言哲学、存在主义、现象主义、后结构主义等流派。心理学上出现了实验心理学、格式塔心理学、行为主义心理学、发生认识论、精神分析学派、社会心理学、社会学习论学派、人本主义心理学、人格心理学、动物心理学、儿童发展心理学、认知心理学等。1928年英国工程师贝尔德(John Logie Baird,1888—1946)在伦敦与纽约间成功地进行了电视信号收发试验,1929年英国广播公司开始进行电视试播——电视诞生了。1946年出现了电子计算机"ENIAC",用于计算弹道。1956年,晶体管电子计算机诞生了,这是第二代电子计算机。1964—1972年出现的是第三代集成电路计算机。1958年9月12日,基尔比(Jack Kilby,1923—2005)研制出世界上第一块集成电路,半导体问世了。1957年10月4日,苏联发射第一颗人造卫星。1973年摩托罗拉总设计师马蒂·库珀(Marty Cooper,1928—)制造出第一部手机。这还没有提及无线电、洗衣机、电灯、磁带录音机、微波炉、机器人等。这里也没有篇幅介绍重要科学理论:如物质的基本结构、宇宙大爆炸理论、DNA分子双螺旋模型、大地板块构造学说、信息论、控制论、系统论等。语言学也不甘寂寞,在20世纪初语言学发生了方向性的变化,现代语言学悄然诞生了,紧接着出现了几个思想深刻、影响巨大的语言学流派,使20世纪语言学得到空前的发展。

思潮的起始和终结也是难以预测的。一种思潮不会一夜之间出现，更不会一日之内消亡。不仅一种思潮往往孕育着另一种思潮，而且常常几种思潮同时存在，并行发展；既有互动和相互影响，又在矛盾和斗争中显示出自己的正确性。19世纪末到20世纪初的语言学界就是这种情况。在历史语言学飞速发展的时候，在新语法学派努力阐述和证明自己的理论的时候，瑞士语言学家费迪南·德·索绪尔（Ferdinand de Saussure, 1857—1913）不仅在为历史语言学的探索和传播做着自己的贡献，而且在酝酿着一整套新的语言理论。他的理论后来被认为是现代语言学的开端。

索绪尔大学还没有毕业就到德国莱比锡大学攻读语言学，他与新语法学派的主要人物都有来往。1878年他发表的《论印欧语言中元音的原始系统》（*Mémoire sur le système primitif des voyelles dans les langues indo-européennes*）引起了欧洲语言学界的注意。当时他才21岁。索绪尔1880年在莱比锡大学获博士学位，1881年至1891年在法国巴黎高等研究学院任教，1891年回国担任日内瓦大学教授，起初讲授梵语和印欧系语言学，1906年开始讲普通语言学，到1911年连续讲了三个教程。这三个教程都没有完整的讲稿。到1913年索绪尔逝世后，他的学生巴利（Charles Bally, 1865—1947）和塞什艾（Albert Sechehaye, 1870—1946）根据很多同学的笔记整理成《普通语言学教程》（*Cours de linguistique générale*）一书，1916年在日内瓦出了第一版。他们在整理过程中遇到不少困难：三次讲稿以哪一次为准？课堂演讲难免有用词不一致的地方，又该如何处理呢？能否不加整理，把学生的笔记和索绪尔的札记照原样刊印？最后，巴利和塞什艾采取了"更为大胆"的编订方针，即"以第三稿为基础，对全教程重加整理和综合，利用所掌握的一切资料，包括索绪尔自己的笔记，以资补充。"经有关学者考证，《教程》一书基本上与索绪尔的讲课原稿以及学生的笔记相符合，代表了索绪尔的语言学观点。《教程》于1916年出版之后，并没有引起语言学界的很大注意，后来出现了一些评论文章，但以批评意见居多。到了二十世纪五六十年代，当代语言学家才重新发现索绪尔。现在，语言学界普遍认为，索绪尔是这个时期最伟大的语言学家。他是结构主义的创始人。他的学说标志着现代语言学的开端，在不同程度上影响了20世纪各个语言学流派。

第一节　索绪尔语言学产生的背景

在具体讨论索绪尔的语言理论之前,一个自然的问题是:为什么19世纪末和20世纪初会出现索绪尔这样伟大的思想家? 他的时代为他的卓越成就提供了哪些条件? 当时各门科学中的主要思潮又是什么?

可以肯定,索绪尔的语言理论不是凭空出现的,而是与当时社会科学中的思潮有密切的联系,尤其与社会学、心理学、语言学的发展趋势是分不开的。

当时,社会科学处在一个十字路口。德国的唯心主义哲学和经验实证主义哲学都认为,社会是一个 "结果",是一种次要的、派生的现象,不是实质的东西。实证主义者继承休谟的哲学思想,把世界分成客观的、物质的现象和主观意识,并认为社会属于后者,说社会是个人感情和行为的结果。本瑟姆(Jeremy Bentham,1748—1832)写道,"社会是个虚构的东西,是社会成员的总和。"这就是说,除了每个个人,社会并不存在;个人是分析者摸得到的唯一现实。另一方面,黑格尔派认为,法律、举止、习惯、国家等,都是心智的表达而已,所以只能作为结果去研究。这就等于说,社会的研究不能成为一门科学。正在这时,出现了法国著名社会学家迪尔凯姆(Émile Durkheim, 1859—1917),奥地利心理学家弗洛伊德(Sigmund Freud, 1856—1939)和瑞士语言学家索绪尔。这三位思想家在不同领域分别提出具有划时代意义的学术观点,使三个领域走向现代化之路;但他们似乎代表着同一种思潮,那就是反对把 "看不见"、"摸不着"、"非物质" 的 "社会"、"心理"、"语言" 等虚无化,而是把它们看成实实在在存在着的东西,而且往往是起决定性作用的东西。

迪尔凯姆是现代社会学的创始人,他著有《社会学研究方法原则》(*Rules of the Sociological Method*, 1895)和《论自杀: 社会学研究》(*Le suicide, étude de sociologie*, 1897)。迪尔凯姆创建了一套新的理论,使社会学从此成为一门科学。他首先给"社会事实"(social fact)下了定义,把它看成物质的东西,与自然科学所研究的物质性质相同。他说,社会事实 "是一种行为,不论其是否有固定性质,它对每个个人都有 '外部制约'(external constraint) ……其主要特性是: 在特定社会中具有最普遍的意义"。诸如宗教信仰、道德规范、法律制度、风俗习惯、时尚潮流等集体意识,就属于非物质的社会事实。这些事实都是基于团体的,而非个人的;只有一种思想或一种行为通过某种方式或过程成为多数人认定的

索绪尔

迪尔凯姆

共同思想和行为时，才能获得社会事实的性质。迪尔凯姆说社会事实有三点特征：第一它们是外在的，即具有客观性；第二它们具有强制性，即虽然它们在个人意识之外，但具有必须服从的强制性力量，而且不管个人是否乐意接受；第三它们具有普遍性，即广泛地存在于社会之中，是全体社会成员共有的特征。

其实，迪尔凯姆所说的这些"事实"都是一些集体意识，有的看不见、摸不着，但是都具有巨大的外部制约力。比如，苏格兰的男士可以穿裙子，英格兰的男士则不行。英国语言学家桑普森举过一个生动的例子。他说，"比方说我清晨起来，正要去上课，突然发现我的裤子都穿不得了，不是太脏就是扯破了。我完全可以穿我夫人一条裙子去学校。说不定我从心里喜欢裙子，裙子也足以遮风避寒。但我不能那样做。社会规约对我的约束力如此之大，我宁肯打电话向系秘书撒谎装病，也不会穿着裙子去上课。"（大意）在婚礼上，中国新娘通常穿大红上衣，英国新娘穿雪白长裙。在殡丧仪式上，中国农村大部分地区还是穿白衣服为"戴孝"，英国的习俗是黑色着装。这种自觉或不自觉要遵守的规范使我们的行为成为社会事实，这种规范就是外部制约。我们吃饭、穿衣、走路、说话等，都要符合社会规范。迪尔凯姆说："显然，一切教育都是为了强加给孩子们一种观察问题、感觉事物、采取行动的特定方式，这是孩子们不能自发得到的。……到了一定的时候，孩子们不再感到这种制约，因为这种制约逐渐使人自觉产生某些习惯和倾向，制约也就不必要了。"迪尔凯姆认为，所谓社会事实就是"集体心智"（collective mind）中的思想。这种思想超越每个社团成员而存在，间接地、不完善地反映在个人的头脑之中。有些不善于思考的社会成员可能永远也不会认识到关于社会行为的规范，但他们遵守这种规范是没有问题的。所以，迪尔凯姆说，法律、衣着、性别、言语等都是有具体影响的，它们像石头和力一个样，应该看作物质的东西。迪尔凯姆反对用历史原因来解释目前的社会现实。他认为，社会事实不受历史发展阶段所限制。他说，如果近期社会是早期社会的简单继续，那么每种社会只是前一种社会的复制品而已。但实际上，一个社会接替前一个社会时总会失去一些特征，获得一些新的特征，因此与前一个社会有本质的不同。

迪尔凯姆的思想可能影响到索绪尔的语言观。语言也是一种社会事实，一种行为。语言行为也有外部制约，那就是一种抽象的语言系统。这种系统同一切社会惯例一样，是一切成员同意遵守的、约定俗成的社会制度。这种系统是通过教育强加给社会成员的，使每个成员没有其他选择。它存在于集体心智之中。许多语言使用者并不懂得这个抽象系统是什么，虽然他们可以纯熟地使用语言。如同社会事实一样，语言也不受历史发展的限制。任何时期的语言都可以不问其历史状况而独立描写和分析。《普通语言学教程》自始至终体现了这些基本原则。这并不是说索绪尔只不过借用了迪尔凯姆的思想，去分析语言事实。在《教程》中，索绪尔从未提到迪尔凯姆。但是，迪尔凯姆的理论是当时哲学界的主要思潮之一，索绪尔不可能对此漠不关心，一无所知。

与此同时，奥地利心理学家弗洛伊德提出了精神分析治疗法。至于弗洛伊德的理论的科学价值有多大，这里暂不加评论，但他提出了一个重要概念，即"潜意识"（the unconscious）。他设想，在原始社会里，有一个妒忌心很强、蛮横无理的父亲，他妄图霸占一切女人，便把长大成人的儿子统统赶走。几个儿子合伙将父亲杀死之后又将他吞吃了。儿子吃掉父亲是为了能够获得父亲的权力和职位。弗洛伊德假借历史原因来解释社会中的规范和心理情结，为的是说明如今继续存在着一个"集体心理"（collective psyche），这叫"潜意识"心理。他认为，正因为有这种"潜意识"心理，一件事情过去之后，继续深深地影响着人类。在人类心理组织中，内疚之情不仅可以产生行为，而且可以产生欲望。这种"创造性的内疚感"使一种行为的影响永远在人的心中记忆犹新。就是说人的内疚感不一定直接产生于具体事件。弗洛伊德说，前面假设的杀父之罪也许从未发生，几个儿子可能只有杀父的"念头"。但念头本身也足以警告后人避免诸如此类的行为。正是这样，人类逐渐形成一个底层心理系统。人们对这种心理系统并没有意识，但时时受它支配和控制。弗洛伊德用这种方法说明，无需再到历史中去寻找最初的原因，这种原因已在人类心理中内化了。内化之后，它成了在意识和潜意识之下受到压抑的、没有被意识到的心理活动，代表着人类更深层、更隐秘、更原始、更根本的心理能量。"潜意识"是人类一切行为的内驱力，它包括人的原始冲动和各种本能以及同本能有关的各种欲望。

弗洛伊德的观点符合当时的结构主义思潮，即把任何行为都看成受一个规范系统所制约的。社会的规范在于"集体心智"，语言行为的规范在于语言规则，心理上的规范在于心理组织的机能。这些规范系统独立于人的意识而存在，却无时不起着积极的作用。语言又何尝不是如此？一个人并无法言明他的语言知识，但他说话、听懂别人、识别语言错误时，无不受到语言规则的限制。

总之，迪尔凯姆，弗洛伊德和索绪尔是当时有影响的社会科学家，他

弗洛伊德

们为研究人类行为开辟了一条新的途径。他们发现,人类行为是客观存在的东西,但又不同于自然科学家所研究的物质。在自然科学中,人们可以不顾别人的印象或感觉,对物质进行独立的分析。在社会科学中,不能忽视人们对行为的主观印象。主观印象正是行为具有的社会意义的一部分。例如,一个动作(例如向别人跷起大拇指)被视为表示尊敬,另一个动作(向别人伸出小拇指)被认为表示蔑视,是因为社会本身赋予不同行为以不同的意义,这正是规范系统所决定的。换句话说,别人向你鞠个躬,在物质层面你是得不到什么的;你在精神层面得到满足是因为你知道其中的社会含义。不了解我们的风俗习惯的外星人,看到你向他鞠躬,是不会有什么感觉的。所以,社会科学所研究的不是社会事实本身,而是社会事实与其社会意义的结合。这就要把社会事实放在整个社会框架中,去探求它们的社会功能。换句话说,一个行为本身没有内在的、必然的价值。为什么鞠躬表示敬意,为什么男人不能穿裙子,这里并没有内在的生理原因,而是社会惯例所规定的。

在语言学方面,除了新语法学派之外,对索绪尔影响最大的是美国语言学家惠特尼(William Dwight Whitney, 1827—1894)。惠特尼是耶鲁大学的梵语教授和比较语言学教授。他的主要著作有《语言与语言研究》(1867)和《语言的生命与成长》(1875)。惠特尼第一次提出:"语言……是说出来的、听得见的符号;主要是通过这种符号人类社会的思想才得以表达;手势和文字是次要的、辅助性手段。""我们把语言看成一种制度,正是许多类似的制度构成了一个社团的文化。""人类交际手段和动物的交际手段在本质上和程度上的最大区别是:动物的交际手段是本能的,而人的交际手段是完全任意的、惯例性的。……有一个事实就可以充分证明这一点。对于同一个物体、行为或特性,世界上有多少语言就有多少名称,而且每一种名称都能完成自己的任务。"惠特尼还提到,语言靠着"传统"势力而"基本保持不变",但同时又"不断发展变化"。惠特尼关于语言的"符号性"、"惯例性"、"任意性"、"可变性"和"不变性"的概念,都是对语言学的重要贡献。1933年,美国著名语言学家布龙菲尔德(见第五章)谈到惠特尼的两部著作时说:"这两本书已译成几种欧洲语言。今天看来,它们显得不太完善,但丝毫没有过时,它们仍然是语言研究中绝妙的导论。"美国另一位语言学家霍克特在1979年为《语言的生命和成长》写的序中说:"我认为布龙菲尔德的评价在1933年是对的,在1979年仍然合适。阅读惠特尼的书,我感到是在与一个逝世一百年的亲属交流思想,不胜欣慰,又有些遗憾,因为百年之内我们的成就微乎其微。"

索绪尔公开承认惠特尼对欧洲语言学的影响。他在《普通语言学教程》中说:"第一个影响来自于《语言的生命和成长》的作者、美国学者惠特尼。索绪尔高度评价了惠特尼的贡献,说:"为了强调语言地地道道地是一种制度,惠特尼正确地坚持符号的任意性,这样他把语言学纳入了正确的轨道。"但是惠特尼没有深入研究下去,是索绪尔把语言学推向了一个新的历史时期。他对"语言"和"言语"的区分,对共时语言研究和历时语言研究的区分,对语言的任意性和符号性的论述等,深深地影响了几代的语言学家。从下几节中,我们可以看到时代对索绪尔的影响,更清楚地看到索绪尔对语言学的卓越贡献。

第二节 关于比较语言学

索绪尔的突出贡献当然是在普通语言学方面。但是,他同时又是比较语言学家和历史语言学家。在开设普通语言学课程之前,他已经对印欧语系的主要语言进行过比较深入的研究。从他的学生的笔记中我们知道,他已经教过日耳曼语比较语法、拉丁语和希腊语比较语法、印欧语言比较、梵语、希腊语与拉丁语语言学、希腊语与拉丁语词源学、欧洲地理语言学、英语与德语的历史语法等课程。索绪尔在比较历史语言学方面的高深造诣,使他能够比较全面地观察语言,对语言的普通理论提出真知灼见。

索绪尔对19世纪末的比较语言学有自己的见解。他说,"比较语言学派,尽管它在开辟一个新的、有益的领域方面有毋庸置疑的功绩,但并没有建立语言学的真正科学研究。它没有明确其研究对象的性质。显然,没有这最基本的一步,任何科学都无法建立一种方法。""纯粹比较法造成了一些错误观念。由于没有事实为根据,这些错误观念不能反映语言的实际情况。"索绪尔认为新语法学派是有功劳的,他们意识到了比较语言学中的荒谬观点。"但是,尽管新语法学派作出了贡献,但他们并没有照亮整个语言学问题,普通语言学的基本问题仍有待解决。"

索绪尔区分了两种比较语言学的方法,一是"正视法"(prospective method),一是"回顾法"(retrospective method)。"正视法"就是以文献考证为基础按时间顺序来叙述一种语言历史。只审查对比每一个时期的文献即可。这显然需要有无数的、不同时期的文字记载,但这往往难以做到。因此,我们常常采用"回顾法"。"回顾法"就是通过比较来重建一种语言。比较形式越多，推理就越准确，重建的语言就越可靠。"正视法"是由古至今，"回顾法"是借今溯古。例如，如果用"正视法"，我们会问拉丁语的ĕ变成法语的什么音。我们发现这个音变成了好几个音素：

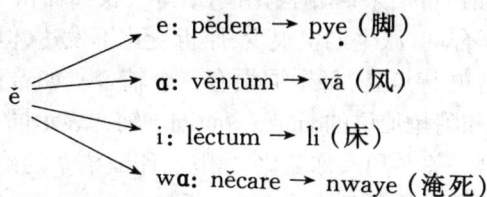

$$
ĕ \begin{cases} \text{e: pĕdem} \rightarrow \text{pye（脚）} \\ \text{ɑ: vĕntum} \rightarrow \text{vā（风）} \\ \text{i: lĕctum} \rightarrow \text{li（床）} \\ \text{wɑ: nĕcare} \rightarrow \text{nwaye（淹死）} \end{cases}
$$

如果用"回顾法"，那就可以问法语的e代表拉丁语的什么音。原来，e来自于好几个音：

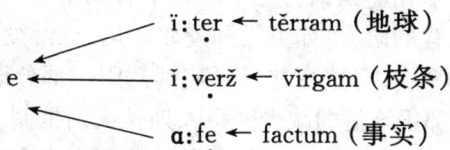

$$
e \begin{cases} \text{ï:ter} \leftarrow \text{tĕrram（地球）} \\ \text{ĭ:verž} \leftarrow \text{vĭrgam（枝条）} \\ \text{ɑ:fe} \leftarrow \text{factum（事实）} \end{cases}
$$

　　关于语言的重建，索绪尔说，"重建的唯一方法是比较法，比较的唯一目的是重建。"但是，一种重建形式（如*ĕk₁wos〔房子〕）并不是一个固定的整体，其每一部分都可能需要重新审查，再做修改。所以，重建的形式真实地记录了我们得出的有关结论。"因此，重建的目的不仅仅是为了恢复一种形式——那样做起码是荒唐的，而是为了加以综合，从每次的研究结果中得出一些合乎逻辑的结论。总之，重建的目的是记录我们的研究成果。"不过，重建的语言形式有助于纵观一种语言的整体和类型，预示一些普通的语言事实。可是，重建形式可靠吗？索绪尔认为，只要是比较了足够的材料而得出的形式，就是信得过的。有三个因素能使我们放心。第一，我们可以清楚地区分一个词的音素数目，即一个序列中有几个成分，这是肯定的。如原始印欧语中的*ĕk₁wos有五个成分。第二，每一种语言都有一定的音素数目。在原始印欧语中，最不常出现的音素也至少出现了十几次，最常出现的达一千次，它们都已得到考证。第三，我们无需描写出音素的音质，只要把它们看作不同的实体就够了。其实，我们可以用任何符号来代替这些音素。就是说，无需知道*ĕk₁wos中的ĕ是开元音还是闭元音，只需知道ĕ不同于ŏ，ă，a等，而与mĕdhyos的第二个音素和ăgĕ之中的第三个音素相同即可。

　　索绪尔纠正了施莱歇关于语言演变的理论。索绪尔认为，语言是不断变化的; 一种语言并不总属于一个语言类型, 同一个语系的语言也不一定属于同一个语言类型。有些语言的特点可以长期保留下去, 而有些语言的特点会发生很大变化。比如闪含语系的语言(包括阿卡德语、腓尼基语、阿拉美语、希伯来语、阿姆哈尔语等), 长期保留了自己的特点。这些语言没有复合词, 派生词也很少, 屈折变化不发达, 但词序有严格的规则。最为显著的特点是, 每个词根有三个辅音。如希伯来语的qāṭal, qāṭlā, qṭōl, qiṭlī和阿拉伯语的qataka, qutila。辅音表示词义, 元音交替和前缀后缀表示语法关系和人称变化。相反, 印欧语系的语言却发生了很大的变化。原始印欧语的特点是: 语音系统简单, 没有双辅音或复杂辅音丛; 构成复合词和派生词十分容易; 名词和动词的屈折变化很多; 语法结构相当自由, 表示语法关系的词很少, 等等。然而, 这些特点没有一条原封不动地保留在印欧语言之中。其中有几条特点已经在某些语言中完全消失了。有的语言, 如英语和爱尔兰语, 已经变成另一种语言类型。在同一个语系中, 有些变化只影响到其中一部分语言。如, 印欧语言的屈折变化大都逐渐消弱减少; 其中, 斯拉夫语抵制了这种变化, 而英语的屈折变化几乎全部消失。索绪尔的这些观察完全可以说明, 施莱歇用语言类型来解释语言演变过程是不正确的。

语言变化的原因是什么? 索绪尔提到了政治、社会、文化等方面的原因, 但他基本同意新语法学派的观点: 音变和类推是促使语言变化的两大因素。索绪尔精辟地论述了类推的形成和作用。他说: "类推形式是以一种或多种其他形式为模型, 按一种特定的原则而制造出来的一种形式。"音变往往产生不规则现象, 而类推恰恰相反, 总是产生规则现象。拉丁语名词honor(荣誉)是类推产生的。起初它是honōs: honōsem(复数形式), 后来s变成了r, 成了honōr: honōrem, 这样, 词根就有了两种形式: honōs, honor。然后, 根据ōrātor: ōrātōrem(演讲者)的形式类推, honor代替了honos。这个公式可写为:

$$\bar{o}r\bar{a}t\bar{o}rem : \bar{o}r\bar{a}tor == hon\bar{o}rem : X$$

$$X == honor$$

这样就使不规则的东西变得规则了。早期语言学家不理解类推现象的实质, 称之为"错误类推"(false analogy)。他们认为, 造出honor之类的词是个误会, 有损于语言的纯洁性。索绪尔说"是新语法学派首先明确了类推的真正意义, 类推和音变是语言演变的基本力量。"但是, 索绪尔又认为, 类推形式并不是语言变化, 而是语言创造(creation)。从honōs到honor, 不是honōs变成了honor, 因为两个词可以并存一段时间; honōs的

消失也不是变化,因为它的消失可以honor为转移。再如,法语中依照这些形式:

由　　　　pension(养老金):pensionnaire(领养老金者)

　　　　　reaction(反动):reactionnaire(反动派)

可以类推出:

　　　　intervention(干涉)→ interventionnaire(干涉者)

　　　　repression(压迫)→ repressionnaire(压迫者)

索绪尔指出,类推一方面有革新的作用,一方面又是保守力量。每种语言的历史都积累了各种类推现象,它们对语言演变的作用比音变作用还要大。但是类推作用又有保守的一面。索绪尔说:"语言像一件袍子,缝满了补丁,补丁所用的布是从衣服本身剪下来的。"就是说,语言的变化多是利用自己的成分构成新的组合。据说,法语中构成句子的实质性的东西有五分之四的原始印欧语,但是没有经过类推变化的印欧语词汇连一页纸都写不满,绝大部分的词汇都是旧成分的重新组合。不过这只是问题的一方面。使旧的成分保持不变,也是类推的特殊的保守作用。例如,拉丁语的agunt(他们行动)一词,从史前一直到文艺复兴始终没有变化。这个词的稳定性也是因为类推的作用。我们看到,agunt本身构成一个系统,前后两部分(ag-unt)都经常在其他词中出现:

ag-unt

agimus(我们行动)	dīcunt(他们说)
agitis(你们行动)	legunt(他们念书)

再如,sextus也是这种情况:

	sex-tus(第六)
sex(六)	quartus(第四)
sexāginta(六十)	quintus(第五)

这些都说明,类推能使语言保持稳定。

类推形式是如何产生的呢?索绪尔说,类推形式总是首先产生于口语。一个说话人由于不留心偶然用出了这种形式。但是,他之所以能用出这种形式,是因为他知道一种语法关系。第一次把honōs说成honor的人,一定知道文字形式ōrātor,还知道ōrātor与ōrātōrem的语法关系。在一定意义上,"类推现象的大部分在新形式出现之前就已经完成了。"就是说,在创造一种类推形式之前,它的基本成分已经存在了。例如,在出现indécorable之前,其基本成分in-, -décor-和-able已经在其他词汇中出现了:

inconnu	décorer	pardonnable
insensé	décoration	maniable

所以,一种类推形式在口语中出现时,它只是最后的表现形式,其基础是以前准备的。这样看来,类推主要是一种语法现象。这是类推与音变的根本区别。

可以看到,索绪尔对历史语言学的贡献是十分突出的。他比其他历史语言学家的观察更细致,分析更深刻,方法更科学,结论更有普遍性。索绪尔之所以能这样做,是因为他在研究个别语言时不忘记人类语言的整体结构,在研究语言历史时不忘记普通语言理论,既不忽略具体语言事实,又不被一叶障目。索绪尔曾说:"语言是一个封闭系统,因此语言理论也必须是一个同样封闭的系统。只是一个论断接着一个论断,一个观点接着一个观点,这样讨论语言是无济于事的; 重要之点在于把这些论断和观点在同一系统中互相联系起来。"关于历史语言学的其他问题,本章第四节还会谈到。

第三节　语言的特征

索绪尔最杰出的贡献是他提出的关于普通语言学的理论。1878年以后,索绪尔基本上放弃了历史语言学的研究,因为他认为历史语言学的基础不牢,方法主观,应该暂时停止下来,首先明确要研究的对象,使语言学成为一门名副其实的科学。他在三个教程中,空前深入地探讨了语言的特征,规定了语言学的任务,作了有历史意义的"语言"和"言语"的区分,"共时语言学"和"历时语言学"的区分,并提出语言学中符号学的理论。本节主要讨论他对语言的观察。

索绪尔首先注意到语言的复杂性。语言充满了令人困惑的自相矛盾之处。不管你抱什么观点,语言总是具有不可分割的两个方面,而且一个方面的价值取自另一个方面。请看:

1. 声音形象和发声动作。没有发声动作,就没有声音形象; 反过来,不考虑声音形象,也很难确定发声动作。

2. 语音和语义。语音只是传达思想的工具,没有思想,它就失去存在的意义。同样,没有语音,思想(语义)就没有依存。

3. 个人方面和社会方面。言语有个人的一面,又有社会的一面。没有个人就说不出话来,而且每个人的言语都有自己的特点。言语都要达到一定的社会作用,社会又规定着言语的规范。

4. 言语本身既是一种社会制度,又是一个演变过程。每个时刻,它既是现存的制度,又是过去历史的产物。

如何摆脱这一困境? 索绪尔建议:"从一开始就要把立足点放在两个方面: 语言和言语的运用,前者为规范,后者为言语表现。"

所以,索绪尔作出的第一个重要区分就是"语言"(langue)和"言语"(parole)的区别。"语言是言语能力的社会产物,又是必要的惯例(convention)的总汇,这种惯例为社会群体所接受,使每个人能进行言语活动。""言语是个人运用自己的机能时的行为,它运用的手段是通过社会惯例,即语言。"有关二者的区别,索绪尔多处提到,并反复论述。他说,语言是一种语法系统,它本身不表现出来,而是潜伏在每个人的大脑之中。言语是语言的运用(execution),是语言的具体表现。语言存在于个人的大脑中是不完整的,只有在一个社会群体中它才是完整的,这是语言的社会性。而言语从来不能被一个群体同时运用,必须是一个人一个人地运用。这是语言的个人性。语言是抽象的、稳定的。言语是具体的、变化的。索绪尔对语言的特征作过如下总结:

1. 语言是在各种各样的言语行为中界限明确的实体。它独立于个人,个人不能创造它,也不能改变它。它规定着个人言事的社会性一面。语言很像一项社会契约,群体中的全体成员都签字同意履行。每个语言使用者都要首先学习语言的功能。语言十分特殊,如果一个人失去了说话能力,却还能听懂别人讲话,那他仍然享有语言。

2. 语言不像言语,语言可以单独研究。可以排除言语所涉及的物理学、生理学和心理学方面的问题,独立考察语言诸因素。

3. 言语是多种多样的,而语言是单一的。就是说,每个人讲的话可以千变万化,但还是属于同一种语言。语言是一种符号系统,其根本特点是意义与声音的结合。

4. 语言并不玄妙,所以我们才可以研究它。声音和意义的结合是得到群体承认的、存在于大脑之中的现实。语言符号是摸得到的东西,可以变成书面符号。声音形象可以用实物形象(音标)表示出来。语言是声音形象的仓库,文字是这些形象的有形形式。

可以看出,语言是总体,言语从属于语言。语言的存在不取决于具体言语,但言语不能脱离语言。语言好比乐章,言语好比演奏。语言好比莫尔斯代码(Morse code),言语好比电报。发声器官就好比发报机和乐器。代码本身不取决于发报的成败,乐意如何也不取决于演奏的成败。演奏中的错误不反映乐章的缺点,言语中的错误不是语言的缺点。当然,语言和言语是不可分割的,而是密切相关的。没有语言,言语就失去了统一系统,因此不能被别人理解,其效果也无法验证。没有言语,语言也不会建立起来,从历史上说,总是要先听到言语才学会语言。语言既是言语的工具,又是言语的产物。语言是长久的,言语是短暂的。

为了进一步说明语言的性质,索绪尔区分了对语言的外部研究和内部研究。语言的因素有两种,一种是内在因素(internal element),一种是外部因素(external element)。上面谈到的语言特征都是语言的内在因素,还有些语言之外的因素也应加以研究,例如,语言与人种学的关系、语言与文化的关系。民族历史和文化都会影响到语言的发展,语言也在民族历史和文化传统上打上自己的烙印。重大政治事件常常会引起语言上的急剧变化。一个国家被征服或沦为殖民地,当地语言就有灭亡或被代替的危险。国家政府可以直接采取某种语言政策,如文字改革,发展少数民族语言,施行双语制或单语制等。语言的地理分布和方言分裂,也属于外部因素,因为它不直接影响到语言的内部结构。对语言的外部研究无疑是重要的。但是对语言只进行内部研究,不进行外部研究,也是完全可能的。这一点是索绪尔与同辈语言学家的不同之处,也说明他为什么专心致志地研究普通语言学。索绪尔举例说,研究词汇,可以不去问是本族词还是外来词,只要一个词已经进入这种语言,就可以把它放在这个系统中加以研究;它与其他符号的身份完全一样,通过它与其他词的特定关系表示出自己的特点。再如,古伊朗语族中的怎得语(Zend)和古斯拉夫语,究竟古代哪些民族使用这些语言,至今不得而知。但这不影响我们研究它们的内在结构和演化过程。这里,索绪尔引用了绝妙的比喻。他把语言比作下棋。象棋是从哪里介绍到欧洲,棋子是用什么材料做的,这都属于外部因素,棋法则是内在因素,相当于象棋的“语法”。改变棋子的材料(用塑料代替象牙),或在地上划一副棋盘,都无关大局,影响不到规则本身。可是,如果增加或减少棋子,棋规就遭到破坏。这个比喻把语言的外部因素和内在因素的关系说得一清二楚。

索绪尔关于语言特征的独到见解还表现在对语言符号(linguistic sign)的论述上。索绪尔反对把语言看成“命名过程”(naming-process),因为那就意味着先有思想,后有语言,名称和实物的联系是很简单的事情。他认为,用语言表达出来之前的思想很不清楚,捉摸不定,犹如未探明的星云。语言出现之前不存在思想。所以他说,一个语言单位有两重性,一方面是概念,一方面是声音形象(sound image)。一个语言符号是把概念和声音形象结合起来,不是把物和名结合起来,二者缺一不可。

两个成分都是心理的，听得着的和看得见的是符号的外部表现而已。如果研究者硬把两者分开，单独看概念，那就是在做心理研究；单独看声音形象，那就是在做生理研究；只有把两者作为不可分开的整体来研究，才是语言学研究。索绪尔把这种结合体称为"符号"（sign），把声音形象称为"符号能指"（signifier），把概念称为"符号所指"（signified）。这不是简单的术语的更换，而是把术语提到抽象的、逻辑的范畴。而且，语言符号才是共时语言学真正的研究对象，虽然它们不像黑板、电脑那样，是看得见、摸得着的实体，却是实实在在的一个系统的成员，构成抽象的语言符号系统。更重要的是，这一见解不仅揭示了语言符号的特点，而且提出了一切符号系统的基本原则。（见本章第五节）

语言符号的第一个特点就是它的任意性（arbitrariness）。符号施指和符号受指之间不存在自然的、必要的联系，而是存在任意的联系。语言符号代表施指和受指的结合，所以可以说语言符号具有任意性。"姐姐"一词与所指的那位姑娘之间没有任何内在联系。汉语中称同辈年长的女性为"姐姐"，英语中称sister，法语中则称sœur。对同一事物，不同语言有不同的称呼，充分证明了语言符号的任意性。当然，所谓任意性，并不是指说话人可以随意指称事物，个人是没有这个自由的。如果每个说话人都可以随便创造事物的名称，群体的思想交流就会遭到破坏。所谓任意，就是说符号的选择是没有明确目的的，是没有合理的理据的。为什么讲汉语的人称为"桌子"的东西，讲英语的人称为table或desk，并没有目的，没有原因，没有任何根据。没有人能说汉语"桌子"的声音序列就能反映桌子的本质属性。同样，英语里的desk和table的发音也不可能反映桌子的本质属性。有人会说，象声词就不是任意的，而是自然声音的模仿。但是，索绪尔认为，象声词根本不是语言系统的有机成分，数量极少，有些本来就不是象声词。如法语中的fouet（鞭子）和glas（丧钟），有人说这两个词的发音有一定的自然模仿，可是，一查词源便可知道，它们都不是仿照自然声音创造的，而是来自于拉丁语。fāyus来自于fāyus（山毛榉），glas来自于classicum（喇叭声）。可见，它们现在的发音无非是音变的结果，不是象声词。况且，真正的象声词也有任意成分。首先，象声词并不象声，只是大致模仿；其次，它们的发音受到特定语言的语音系统的限制。一切象声词，一旦进入某种语言，就马上受到其演化规律的制约，逐渐接近其他语言符号。感叹词常被看成象声词。其实，感叹词也有任意性，否则很难解释为什么法语用aie（哎哟）而英语用ouch（哎哟）来表示突然感到痛苦时的叫声。再说，有些感叹词来自具有实际意义的符号,如法语中的mordieu!(天哪!)来自于mort Dieu!(上帝死了!)。也有人说,像英语里的复合词是有一定理据的,如pencil box, tractor-driver, air-conditioning等。这是对的,但是要知道组成它们的原词仍然具有任意性。

索绪尔说,只看到语言符号的任意性是不够的,更应该看到它带来的后果。正因为这种任意性才使不同语言对相同或相似的东西有不同的称呼。其后果是,不同语言之间的概念很难找到完全相同的对等词。汉语里的"姐姐"在英语中就没有,他们只有sister; 我们的"哥"、"弟",英语不区分,只有一个brother。更不用说"叔叔"、"伯伯"、"姨父"、"姑父"、"舅舅"、"妯娌"等,英语里只有uncle和aunt,忽略了其他细分的亲戚关系。如果把亲戚关系看成一个小世界,我们可以说汉语和英语对这个世界的划分或描写是非常不同的。推而广之,不同语言对整个世界的划分和描写也是极为不同的。我们的"塘"与pond相等吗? 我们的"湖"与lake相同吗? 我们的"湾"与bay大小相同吗? 很难说。据说,有的语言中有17种核心颜色(红、黄、绿等为核心颜色,不算粉红、枣红等),而也有的语言只有三四种核心颜色。如果不同语言使用者对世界有不同的范畴划分,那么他们很可能生活在不同的世界里。这就预示了语言相对论的出现。(详见第六章第三节)

语言符号的第二个特点就是符号施指的线性关系(linear nature)。符号施指在言语中是一种声音,必须依照时间顺序一个一个地出现,不可同时出现两个成分; 所以它是一段时间,是一条线,一个连锁。我们不能同时说出两个字,比如"读书",必须说出一个词再说另一个词。听觉符号与视觉符号不同,听觉符号只能以时间为基础,是单维的。变成文字时,这种时间顺序被字母的顺序和字间距所代替,其线性关系更为明显。索绪尔利用这种性质区分了语言符号之间的两种关系,一是连锁关系(syntagmatic relation),一是联想关系(associative relation)。为了使对比更加鲜明,后人把联想关系改为选择关系(paradigmatic relation)。讲话时,一次出现一个符号,一个接着一个地出现,成为一个序列,每个符号与其前后符号相对立,以取得自己的价值,这种关系就叫连锁关系。如下列语言符号之间的关系:

If the weather is nice, we'll go out.(如果天气好,我们就出去。)

这种关系不仅存在于词与词之间,而且存在于词组或更复杂的语言单位之间。另一方面,一个符号可以引起许多联想,使说话人记起与之有关的词。提到"教学",可以联想到"教师"、"教育"、"教室"、"学生"、"学校"、"学习"等等;提到"高兴"可以想到"痛苦"、"悲伤"、"烦恼"等。这是意义上的联想。还有根据词根和词缀的联想,叫形式上的联想。例如在汉语中,从"铁"想到有金字旁的"银"、"铜"、"锡"、"铅"、"铂"等其他字。有时也有意义和形式相结合的联想。下面是索绪尔的法语enseignement(教学)的例子:

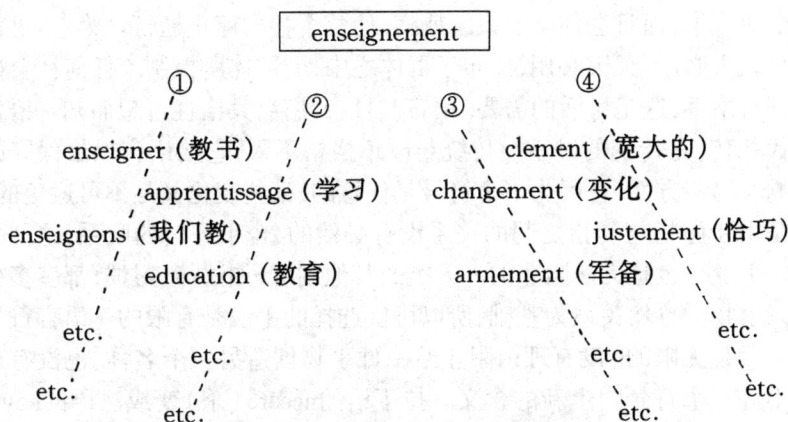

图中标出了四种联想:① 根据词根,② 根据意义,③ 根据后缀,④ 根据发音。后来的语言学家把这种关系叫选择关系,就是说,这几组词在一个结构中占据某个相同的位置。例如:

下个例子是说"农民正在种(浇、锄、收割、晒)麦子(稻子、玉米、棉花、高粱):

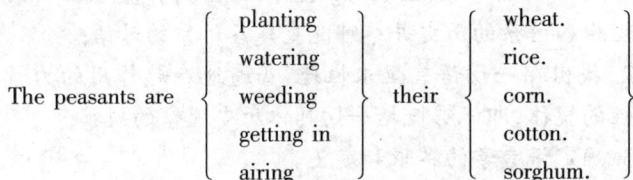

语言符号是任意的,但是,对于使用这种符号的语言社团,它是固定的,不可随意选择。这是符号的不变性(immutability)。符号的任意性保证了符号的不变性。原因很明显。第一,某物已有特定名称,并为群体所接受,任何个人也不能去改变它。语言符号本来就是任意的,无理据的,没有理由提出任何变更。比如,不把"桌子"叫"桌子"了,叫它"椅子"好了。这又有什么理由呢? 第二,语言符号为数甚多,也使突然大幅度变化成为不可能。可以设想,语言的突变,不仅会把所有图书馆的藏书变成废纸,而且会使交流系统瘫痪,使整个社会停止运行。第三,语言符号人人必用,天天必用,广布于群体之中,受群体所控制。任何社会群体都有惰性,这是生活的需要; 语言与社会共存,其惰性可想而知。语言代代相传,是传统的继承。传统与改革格格不入,它给语言以最保守的影响。另一方面,正因为语言符号是任意的,某些变化又是不可避免的。正是由于施指与受指之间的关系没有必然的、合乎逻辑的联系,这种关系发生变化也是无法阻止的。人类的其他制度,如法律、习惯,都多多少少以事物的自然关系为基础,所以可供选择的手段是有限的。语言符号的手段是无限的; 没有理由阻止给一件事物创造另一个名称,也没有理由不许一个符号附上新的含义。拉丁语的necāre(杀)变成法语的noyer(淹死),受指发生了转变。改革开放以来,汉语出现了许多新词,最近的"酷毙了"、"帅呆了"、"表哥"、"房姐"、"房妹"、"房嫂"、"房媳"、"秒杀"、"躲猫猫"、"艳照门"、"宅男"、"躺着中枪" 等就是最好的例证。正因为有一定的可变性,语言符号才能一直存在下去,并将永远存在。但是,一切变化都以过去的形式为基础。这种延续和变化的关系充满了辩证法。延续和变化是矛盾的统一,有变化才有延续,有延续才谈得上变化。

索绪尔对语言的观察是深入细致的,他论述的语言诸方面的关系不仅对语言学有深远影响,而且对分析其他人类行为也具有普遍意义。索绪尔的理论的历史地位,下面将详细讨论。这里我们首先要指出,在以上分析的基础上,索绪尔提出:

语言学的任务是:

1. 对一切能够接触到的语言作出描写,并整理出其历史,也就是整理出各语系的历史并尽可能重建各语系的母语;

2. 找出在一切语言里永恒地、普遍地在起作用的力量,分析出普遍性的规律,即能够概括一切具体历史现象的规律;

3. 确定语言学的界限和定义。

这几条任务显示出索绪尔的新鲜见解。是索绪尔首先提出要"描写"

语言。是"描写"（describe）还是"规定"（prescribe）语言，正是传统语法与现代语言学的分水岭。第二条任务最能说明索绪尔的远见。规定性语法固然局限性很大，但描写语法也并非最终目的；找出永恒的力量，分析出普遍性规律，才是一门学科的真正目标。第三条乍听起来有些奇怪，因为很多人认为语言学的界限和定义早应明确，其实不然。语言学的界限越来越不清楚，它与物理学、生物学、社会学、心理学、数学等都有密切关系。由于语言学跨越多门学科，所以其定义一直难以确定下来。有人把语言学定义为"是对语言的科学研究"，许多语言学家感到很不满意。什么是"语言"，什么方法才算是科学的，都没有一致的意见。看来，语言学的界限和定义问题，不仅20世纪初存在，经过了整整一个世纪后的今天仍然没有解决。这不能不说明，索绪尔在规定语言学的任务时经过深思熟虑，已预见到这门学科的复杂性。

第四节　共时语言学和历时语言学

索绪尔的另一个重大贡献是他区分了共时语言学（synchronic linguistics）和历时语言学（diachronic linguistics）。共时语言学就是研究一种语言或多种语言在其历史发展中的某一阶段的情况，即语言状态（language state），而不考虑这种状态究竟如何演化而来，又称静态语言学（static linguistics）。历时语言学集中研究语言在较长历史时期所经历的变化，又称演化语言学（evolutionary linguistics）。

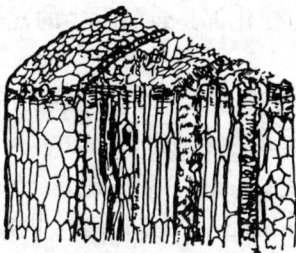

如果把语言比作一根树干，把树干竖着切开，纵剖面的年轮呈现出复杂的图案。然后再横着切开，横剖面上的年轮呈现出另一种图案。这两种图案绝然不同，可是又有密切关系：

横剖面上的各个小图形是纵剖面上的图形在特定地方的具体状态，纵剖面上的图形又是横剖面上的图形的延续。横剖面上的图形好比语言在某个时期的状态，纵剖面上的图形好比语言长期的演化过程。如果把上图简化、抽象化，可得：

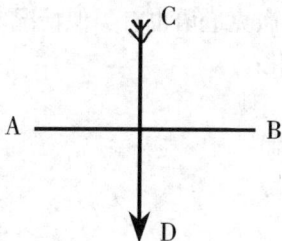

横轴AB表示同时并存的一切语言现象之间的关系，时间因素被排除在外，

即共时语言学。纵轴CD表示语言的历史延续,它有时间因素,从C到D,AB轴的语言现象都可以按照这个顺序加以研究,这是历时语言学。

一盘棋也很像一种语言。棋法好比语法,棋子好比语言符号。棋子的价值取决于棋法,语言符号的价值取决于语法。下棋时,每两步棋之间的局势好比一种平衡状态,很像语言变化之间的语言状态。研究这种平衡状态的叫共时语言学。只要动一个棋子,平衡就被打破,出现新的平衡。走一步棋好比语言中的一种变化。一步棋,有的影响很小,有的影响很大,甚至会改变全局。语言变化也是如此,有的影响小,有的意义深远。棋子的挪动不属于它打破的平衡,也不属于它引起的新平衡。下棋者最关心的是一个接一个的这种平衡局势。语言变化也是一样,所出现的每个语言状态才是最需要研究的。下棋时,下一步如何走,根据当时的平衡局势而定,无需考虑前面已经走过的几步,或某个棋子是如何移到了某个位置的。每个棋子的重要性取决于它当时所在的位置。了解一盘棋的历史的人,未必比刚到场的人更有发言权(夏天在北京大街上,就常常见到过路人刚刚走近棋盘就开始替人家支招)。发言权的多少取决于对棋局分析的深浅。同样,一种语言如何起到交流工具的作用,并不取决于它是如何演变而来的,而仅取决于它当下的状态;了解语言历史的人未必就比普通人更能有效地使用语言。我们可以不问前面招法,清楚地描写出一种棋局的状态:双方的棋子种类、数目、位置。同样也可以不问语言的历史,正确地描写出语言在某个时期的状态。语言与下棋只有一点不同:下棋者总是故意"破坏"平衡,设法走出影响巨大的一步棋,语言本身不会"故意"做什么事,一切变化都是自然发生的,没有事先的打算。

这就是说,语言有一种双重性:一是历史过程,二是某时的状态,所以研究方法也就不同。这里先看两个语言事实。古高地德语gast(客人)的复数形式最初是gasti, hand(手)的复数形式是handi。后来尾音/-i/引起音变,把/a/变成/e/, gasti成了gesti, handi成了hendi。后来尾音/-i/也发生质变,成了/-e/,于是gesti成了geste, hendi成了hende。结果现代德语这两对词成了Gast: Gäste, Hand: Hände。盎格鲁—撒克逊语也有类似情况。请看下面三个词的单复数形式在不同时期的变化:

	单数	复数	
第一时期:	fōt	fōti	(脚)
	tōð	tōði	(牙)
	gōs	gōsi	(鹅)

第二时期：	fōt	fēti
	tōð	tēði
	gōs	gēsi
第三时期：	fōt	fēt
	tōð	tēð
	gōs	gēs
现代英语：	foot	feet
	tooth	teeth
	goose	geese

索绪尔认为，这些现象说明：

1. 任何时期的语言使用者只要了解当时的语言状态就够了，演化过程不能说明一个语言符号的现在价值。换句话说，一个历时语言现象是个孤立的事实，它所引起的共时语言现象与它毫无关系。

2. 历时语言现象并不企图改变语言系统。语言使用者不希望从一种价值关系转到另一种价值关系。任何变化或修改都只是影响孤立的成分，并不能影响整个系统。

3. 由于上述原因，任何语言状态的形成都是偶然的。说话人不能作出什么挑选，不能自己创造语言。经过变化引起的新的语言状态不是要完成说话人赋予它的某种使命。在一种偶然状态中，说话人无非是利用一种现存形式（fōt: fēt）来区分单数复数而已；fōt: fēt的形式并不比fōt: fēti优越多少。

4. 共时语言现象之间的关系不同于历时语言现象之间的关系。共时现象中，foot: feet; tooth: teeth; goose: geese都是并存的符号，每对形式都是对立而存在的，缺一不可。历时现象则不然，fōti, fēti, fēt之间没有必然联系，只表明偶然变化，新的形式出现，旧的形式消失，中间没有对立关系。

总之，共时语言学研究语言系统本身，历时语言学研究与语言系统本身无关的现象，虽然这些现象影响过这一系统。历时现象可以放在语言系统之外加以研究。所以，共时语言学比历时语言学更为重要。共时语言现象是语言使用者能接触到的唯一现实，也是语言学家所接触到的唯一现实。历时语言学家不是在研究语言，而是在研究影响或修改过语言的一系列事实。诚然，了解一种状态的演化历史有助于了解这种状态的本质，不至于轻信任何奇谈怪论。可是，这恰恰说明，历时语言学研究本身不是目的，而是手段。共时语言学研究只有一种方法，就是从说话人那里收集大量数据,分析一种语言现象在使用者头脑中存在的程度,来决定它的现实性。共时语言学家必须忘记语言的过去才能理解说话人的心理活动,他的历史知识反而会阻碍他作出正确的判断。历时语言学有两种研究方法,即前面谈到过的正视法和回顾法。两种语言学的研究范围也不相同。共时语言学并不是研究同时存在的一切语言现象,而只研究一种语言中的全部共存现象,当然可以包括方言或次方言(subdialect)。历时语言学所研究的现象不一定仅仅属于一种语言,可以同时属于几种语言。正是各种语言的历代演变才产生了世界上这么多的语言。索绪尔以前的语言研究正是体现了这两种方法。19世纪以前的传统语法属于共时语言学,当时的语法旨在描写语言状态。波尔·罗瓦雅尔语法描写的是路易十四时期的法语状况,而不管中世纪发生过什么变化。这种方法是完全正确的,但是描写中有缺点。传统语法忽视了语言的某些部分,如构词法,没有区分书面语和口头语,不是忠实地记录语言事实,往往是规定语言规则。19世纪的比较语言学和历史语言学属于历时语言学,主要是用收集的材料重建更古老的语言形式,只是偶尔涉及语言状态,所以对语言本质的认识比较模糊。

历时语言学和共时语言学的区别,还表现在对语言学规则的描述上。前面谈到过的语言学"定律",其实可分为两类:历时语言学定律和共时语言学定律。请看,下面是有关希腊语的五条定律:

1. 原始印欧语的送气浊音变成了送气清音,*dhūmos—thūmos(生命),*bherō—pherō(我携带)。

2. 重音不落在比第三个音节更靠后的音节上。

3. 一切动词以元音或s, n, r结尾,不许有其他辅音结尾。

4. 词尾的m变成了n,*jugom—zugón(轭)。

5. 词尾的闭塞音消失了:*gunaik — gúnai(女人),*epherst—éphere(他携带了),epheront—épheron(他们携带了)。

不难看出,定律2讲的是词汇单位与重音的关系,定律3讲的是词汇单位与词尾的关系,两条都是属于共时语言学的定律。而定律1、4、5讲的是变化规律,是属于历时语言学的定律。有趣的是,定律4和5中两个历时现象造成了共时现象的定律3。

既然语言也是一种社会制度,语言定律可以与社会法律相比。社会法律有两个特点:强制性和普遍性,借助武力加以实施,任何人不得例外。共时语言学定律具有普遍性,但没有强制性。当然,如果一个群体中的说话人都那样讲话,一个个人也只好那样讲。但是,语言内部并不使用什么"武力"来维持其规则性。共时语言学定律只记录一种语言状态，这种状态并不稳固，因为定律本身不是强制性的。所以，共时语言学定律无非是规则性的原则而已。另一方面，历时语言学定律有一定的强制性，因为它假设有一种什么巨大的力量强迫产生了一种结果。但是，这种强制力量还没有达到法律力量的程度，所以没有足够的普遍性。我们知道，只有一系列的语言事实都符合同一规律，才称得上定律。而历时语言学现象大都是偶然的、个别的。语义变化就很特殊。法语的poutre（母马）增加了"一块木头"和"筏夫"之意，完全由于特殊原因，与其他语义变化无关。句法变化和词形变化没有一定之规。其实，语音变化也是如此。索绪尔认为，一条音变定律包括的一切事实无非是一种个别现象的各种表现而已。况且，音变没有影响到词的本身。一个词汇单位的组成成分不光是语音，还有其他特性。音变不能引起词变。索绪尔用弹钢琴来打比方。钢琴上有一个键走调了，每次弹到它就出一个不和谐的音。这种不协调原因在哪里？是怪曲子本身的原因，还是钢琴的原因？当然是因为钢琴出了毛病。曲子本身没有变，只是键坏了。语音好比钢琴的键，是把词汇有声化的工具，音变了，词汇本身并没有变。总之，历时语言现象是个别的，不是普遍的，引起语言系统变化的事实本身是孤立的，自己不构成什么系统。索绪尔的结论是："共时语言学事实，不论哪种事实，只能表明一种规律性，但绝不是强制性的；相反，历时语言学事实，强加在语言身上，但绝不带普遍性。"

索绪尔关于共时语言学和历时语言学的区分不太被人们所理解。共时语言描写应该占首要地位是大家普遍承认的，但是它所涉及的理论问题没有人继续探讨。甚至有的语言学家认为，应该超越这种区分，进行全面研究，以便得出对语言的综合性看法。对这种重要区分有过两种不同的意见。第一，有人说这种区分没有必要，不切合实际；任何时刻的共时系统都包含着历时成分，如陈旧说法，旧词新义等。这种批评并不切题。索绪尔明确说过，"任何时刻，一种语言都意味着既是一种公认的系统，又是一种演变过程；任何时刻，它既是一种现存的制度，又是一种历史的产物。"所以，共时语言学和历时语言学不是指两大类成分，而是两种研究语言的方法。第二种批评意见来自于布拉格学派（见下章第五节）。他们认为，语言变化不是一种盲目的力量，而是有系统的力量，是语言系统本身的功能之一。转换语法也不同意索绪尔的观点。索绪尔认为音变发生在语音系统之外，外部因素只影响言语。转换语法学家认为音变发生在语言系统之内，是语言规则本身的变化。如knowledge中的k有时不发音,有时就要发出音来(如在acknowledge中),这似乎取决于语法结构。这种解释也不是最后结论,也可用其他方法解释这种现象。无论如何,索绪尔作出的区分似乎确实存在,而且十分重要,只是还没有被深入地探讨。索绪尔反对语言变化中的"目的论"看来也是有道理的。不能说语言发生变化是"为了寻求"另一种状态,不能说因为fōt: fōti"不合适"才导致了语言系统去寻找foot: feet形式来表示单复数。

第五节　符号学

索绪尔是符号学(semiology)的创始人。在《普通语言学教程》中,索绪尔没有长篇论述符号学,但是在他看来,符号学研究对语言学探索至关重要。他说:"语言首先是一个符号系统,所以我们必须求助于符号科学,这难道还不明显吗?"索绪尔又说:

> 语言是一种表达思想的符号系统,因此它可以与书写系统相比,与聋哑人的字母表相比,与象征性仪式相比,与礼节形式相比,与军事信号相比,等等。在这一切系统中,只不过语言是最重要的。
>
> 因此,研究社会上的符号之生命的一种科学是可以想象的……我称它为符号学(来自希腊字sēmeion)。这门科学将告诉我们符号如何构成,其中有什么规律。因为它现在还没有问世,我们无法说出它将是什么样子。但是,这门科学完全有权利存在,它的地位已事先得到保证。语言学只是这门科学的一部分。符号学中所发现的规律一定适合于语言学,这样语言学将属于人类社会现象中界说分明的领域。

人类语言是一个符号系统,而且人类的其他活动也是符号系统。为了传递信息,除了使用语言之外,人类还采用其他方法:发出噪音,打手势,指示实物,比画实物,或进行其他动作等。既然如此,就应该有一种科学来分析这些活动,找出支配它们的惯例体系(system of convention)。通过研究语言符号,可以揭示一切符号制度的共同规律。索绪尔这样说:

> 总之,区分符号系统和其他制度的特点只有在语言中表现得最清楚,可是呈现这种特点的东西人们研究得最少。对符号科学的必要性和确切意义还没有清楚的认识。但我认为,语言问题主要是符号学问题,一切语言学的进步之所以有价值都是由于这个重要事实。如果要想发现语言的本质,就必须知道语言与其他符号系统有什么共同特点。乍看起来似乎十分重要的语言力量(如发音器官的

作用),当它只用来区分语言与其他系统时,就只居次要地位了。这一个过程不仅能澄清语言问题,而且会有更大意义。我相信,把仪式、习惯等当作符号来研究可以得到新的启示,还会表明,必须把它们包括在符号科学之中,并用符号学的规律加以解释。

他还说,只要人类活动是传递意义的,只要这些活动起着符号的作用,那就一定存在着一套惯例体系,否则就失去交际意义。这就是符号学的全部基础。哪里有符号,哪里就有系统。这也是一切指示信号的共同特征。把一切类似活动都看成符号学的一部分,把非语言指示信号看作"语言",就可以挖掘迄今被忽略的一切关系。

索绪尔把语言看作符号学的"总模型",这是因为语言符号的任意性和习惯性,而非语言符号的任意性不那么明显。把语言作为模型,可以使人们去注意非语言符号的任意成分和习惯成分。索绪尔观察到:

事实上,社会上使用的一切表达方式,原则上都以群体规范为基础,换句话说,都以惯例为基础。例如,用来表示礼貌的符号常常有某种自然表达(清朝时中国人向皇帝敬礼要跪倒九次),但是仍然受一种规则所制约;正是这种规则才使人们采取这种表达方法,而不是由于方式本身的内在价值。[注:前面讲过,方式本身往往毫无内在价值:向你竖起大拇指,你能得到什么? 向你伸个小手指,你能失去什么?]因此,我们可以说,绝对任意的符号是最接近符号学理想的符号。由于这个原因,作为一切表达系统中最复杂、最广泛的系统,语言也最具有典型性。所以,语言学可以作为整个符号学的模型,虽然语言只是符号系统的一个部分。

为什么要强调非语言符号的任意性? 原因很简单:如果符号是自然的,就根本用不着去分析了(用钥匙来标记海关,用天平来标记司法,其理据已很明显)。只有把它们看成是习惯性的,没有多少内在联系,才会发现支配它们的底层系统,究竟是什么东西造成不同符号的不同意义的。这样,所观察的现象就不再是孤零零的事物,而是存在于一个用来区分不同关系的体系之中。(中国北方农村有些习惯就带有符号性。结婚时,在新人的被褥里扔上花生、红枣,说是"早生贵子";花生意味着"花花着生——生一个男孩就生一个女孩";让新娘迈过一个大火盆,说是预示着"日子过得红红火火"。这哪有什么理据可言! 都是符号性的。充其量是讨个吉祥。)

索绪尔的符号学思想产生了深远的影响,因为它不仅开创了一门新的科学,而且创立了适用于许多社会科学的方法论。布拉格学派的代表人物之一特鲁别茨柯依（Nikolai S. Trubetzkoy，1890—1938）在他的颇有创见的著作《音位学原理》中，论述了音位理论的方法对社会科学研究的重要意义，发展了索绪尔的符号学思想。特鲁别茨柯依说，语音学家关心的是语音的特点，音位学家研究区别性特征（distinctive features），即哪些是语音系统中形成对比的最小单位，什么成分导致词义上的差别。他说，这项工作不能用自然科学的研究方法来完成。自然科学研究的现象具有内在的联系和价值，不存在语言与言语之类的区别，不存在制度、惯例之类的东西。社会科学研究人对客观事物的利用；必须区分客观物体本身和赋予它们的社会意义的区分性系统，即为什么对同一物体的不同使用具有不同的社会价值。拿穿衣服为例，对穿衣者来说，衣服的各个方面都很重要，而人类学家或社会学家只关心具有社会意义的那些特征。比如，在某个社会中一条裙子的长短可能具有重大社会意义，而其布料却无关紧要。一个人喜欢什么颜色的衣服是个人的事，但在什么场合穿什么颜色就会有社会意义。社会学家是要揭示社会成员共同掌握、共同遵循的关系系统，这些成员在选择衣服、扮演社会角色、表明态度时都不自觉地表现出这种关系系统。例如，做父亲的对孩子应该怎样讲话，下级对上级应该怎样讲话，对违反公共道德的行为表示什么态度，对舍己为人的精神表示什么态度，这些都受社会规范所制约，而规范是风俗习惯，是任意的。总之，衣着、举止、行为、态度等都是符号，都不具有自然特征，而具有任意的社会价值，这种价值存在于社会成员头脑之中，是一种潜意识的底层结构。揭示这种底层结构才是社会学家和人类学家的真正任务。

这样看来，符号学研究的范围十分广泛，几乎人类活动的各个方面都包括进去了：音乐，建筑，烹调，礼节，广告，服装，文学等。但是概括起来，符号可分三大类：图像符号（icon），标志符号（index），真正符号（sign proper）。我们知道，一切符号都有符号施指和符号受指，即形式及所关联的意义。在三类符号中，施指和受指的关系不太相同。一幅肖像不是靠任意的惯例来代表一个人，而靠与其本人相像的程度。在标志符号中，施指和受指是因果关系：烟意味着火，云意味着雨。在真正符号中，施指和受指的关系是任意的，惯例性的：握手用于见面打招呼或告别；上水果表示宴席接近尾声。三类符号中，以真正符号为最基本，最重要，最有研究价值。肖像符号更应由艺术理论去探讨。标志符号可以包括很多领域，研究起来要特别谨慎。医学上，症状和疾病之间有符号关系。气象学中，大气层状况与形成原因之间有符号关系。经济学中，价格的上涨和下跌与生产之间有符号关系。这些领域都有本质的不同,研究方法应有区别。用符号学去研究这一切,未必会有突出进展。不过,不少标志符号已经惯例化了。一个演员头上打着绷带表示受了伤,这已经是惯例了,观众不会看到绷带就认为他/她真的受了伤。还有一些"社会地位标志"也惯例化了,如把某种贵重的财产当成富有的象征。更具体地说,符号学研究以下几种不同情况:

1. 直接用于交际的任意性符号。首先是人类自然语言;其次是莫尔斯代码,信号灯,布莱叶盲文,一切保密用的密码;再就是各种特殊符号:数学符号,化学符号,交通信号,路标等;最后还有幻妙莫测的炼金术咒语。

2. 有几种符号也用于交际,但其形式模棱两可,难以立界。例如,身距学(proximics)研究各种身体姿势、谈话时的距离、身体接触等所具有的社会价值,即传达的信息。不少研究表明,两个谈话者站立姿势和距离可以部分说明两人的身份高低、熟悉程度、谈话内容等。一男一女坐在办公室谈话,坐的位置、方向、距离也能显示两者间的关系。两人谈着话,是否互相用手接触对方、接触的次数、时间、部位也与两者的关系有关。尽管文化背景不同使这些动作的价值不一样,但它们都具有符号性质,具有一定的社会意义,这一点不容怀疑。然而,这类符号的潜在原则是什么,又很不容易讲清楚。比如:两人站着说话,多远才算合适,多近就不合适?而且站的距离与所在场合的空间大小有关。把在公共汽车上的距离搬到办公室里就不合适了。这种距离与文化有关。据说,一个英国学生和一个阿拉伯学生在操场上谈话,阿拉伯学生不时地靠近英国学生,英国学生不时地往后撤;半个小时以后,两人已经从操场北端走到南端。文学作品也是饶有兴趣的例子,要理解一篇文艺作品,只懂语言显然不够。可是,到底还需要什么辅助性知识又说不确切。显然,理解文艺作品时也存在着密码:描写什么,代表什么社会价值,传达何种信息?可是这种密码没有"词典"可查。如,你读到"月亮绕着地球转"和"举杯邀明月,对影成三人"时,你是如何知道第一个月亮指一个天体,第二个月亮人格化了?我们如何知道阅读科普文章、小说、诗歌时要进入不同的思维方式呢?

3. 有些社会习惯似乎不用于交际,其实也传递信息,并且也完全代码化了。例如,各种仪式和礼节,吃饭穿衣的习惯,都是符号系统。穿这套衣服而不穿另一套衣服是表达特定意思的。购买一件物品时挑来挑去也是习惯在作怪。据说,现在挎什么包包是女士身份的象征;开什么牌子的车是男士地位的标记。

分析这些现象时,要首先区分哪些是体系本身(像语言),哪些是体系的表现形式(像言语),要超出行为或事物之外,究其赋予它们社会意义的规则系统和关系系统。要做到这一点,就要区分连锁关系和选择关系,哪些成分可以连起来组成更大的单位,哪些成分可以互相代替或互相对立。以请客吃饭为例,几个菜结合起来组成一桌宴席,这是连锁关系;一道菜可以代替另一道菜,这是选择关系。但是,选择哪道菜是有社会意义的,因为"菜"这个符号说明要讲多大排场、多高规格、客人的地位以及宾主的关系。

有些符号系统尤其复杂,因为它们本身要利用另一种符号系统。文学的基本符号是语言,但它的辅助系统是关于语言的特殊运用,如隐喻、换喻、夸张、提喻等,这叫二级系统(second-order system)。如何理解这些特殊用法似乎有一定的规律(修辞学,文体论),但总有很多例外情况,难以名状其中的法则,所以才会出现对同一篇作品有几种不同的理解。其原因之一是,文艺作品时刻都要打破"千篇一律"的框框,拒绝采用已成"惯例"的东西,否则就失去创造性。交通信号不允许违反其信号系统。文学旨在探索人类经验的各种可能性,使人类认识自己和认识世界的一切概念不断深化,文学的符号系统必须允许这种探索和深化,不可墨守成规。符号一旦程式化,就失去表达力。过去,我国电影里,一看见戴墨镜、戴礼帽、穿方格衬衫的,就可以断定是特务。一个角色一出场观众就知道是好人还是坏蛋。一个主角进行激烈思想斗争时,窗外一定有电闪雷鸣;一对热恋中的青年往往是在海边沙滩上打闹嬉戏。现在,这些程式化的手法早已过时。文学家和电影导演正忙着创造新的符号手段。正因为如此,对文艺作品的符号学分析永远是引人入胜的科目。索绪尔研究过一些德国传奇文学,说一个传奇故事"是由一系列象征组成的"。这些象征不同于语言单位,但受同一原则所制约,因此也是符号学的一部分。例如,有的人物代表正义,有的代表善良,有的代表智慧,有的代表忠诚,有的代表凶恶,有的代表叛逆等。总之,文学总是再次使用二级符号系统来丰富自己的表达手段。索绪尔认为,读文学作品时,呈现在读者面前的是一系列的成分(专用名词,人物特征,人物关系,各种行为等),所以,对一个人物的评价,是读者自己把这些成分综合起来进行分析的结果。在这个意义上,这个人物是读者自己"创造"的。

随着时间的推移,索绪尔不断被人们重新发现。到了20世纪60年代,法国哲学家克劳德·列维-斯特劳斯(Claude Lévi-Strauss, 1908—2009)运用索绪尔的符号学理论创立了结构主义社会学。他认为,社会生活中,各种成分之间的形式关系或结构与语言结构相似。他于1961年在法兰西学院就职演说中说，人类学是符号学的一个分支，并称赞索绪尔为正确认识人类学奠定了基础。在另一篇文章《语言学的结构分析与人类学》中，列维－斯特劳斯已经开始利用语言学的概念和方法来建立自己的结构主义。他说，音位学中的进展已经使音位学成了真正的科学，"音位学无疑为社会科学起到了革新的作用，就像原子物理对自然科学的革新作用一样。"他建议，人类学家要以语言学家为榜样，在自己的领域中创造出奇迹。人类学家要分析社会符号现象，找出其底层关系结构，证明一个成分的意义是与其他成分对比的结果。他认为，在夫妻关系、家庭关系、亲属关系、社会风俗习惯中都存在着一种底层关系结构，这是人的头脑中无意识结构对外界的一种投射（projection）。他说，只要找出这些结构，就可以使社会科学达到数学的科学化和模式化的水平。

符号学目前仍然是一门年轻的科学，但已证明符号施指和符号受指的关系存在于无数现象之中，赋予社会符号以特别价值的底层系统确实有着自己的规律。人们已经认识到，长期以来认为是天经地义、理所当然的现象原来受着深奥的风俗习惯、社会价值的支配。然而，不论符号学取得多大的成就，人们不会忘记索绪尔这位思想家，这位当代语言学和符号学的奠基人。

第六节　索绪尔的影响

关于索绪尔的影响前面几节都已提到，这里进一步加以说明。索绪尔的历史影响可分两大方面。第一，他为现代语言学提出了总的方向，明确了语言的本质，规定了语言学的任务——把语言作为一个单位系统和关系系统来分析。自从索绪尔的《普通语言学教程》问世之后，几乎一切语言学研究都沿着他指出的方向探索、前进。纵观一下20世纪的各种语言学流派便可知道，没有一派不从索绪尔的思想中受到启发，吸取营养。布拉格学派，哥本哈根学派，美国的结构主义语法，英国的系统语法，甚至乔姆斯基的转换生成语法，无不与索绪尔的《教程》有这样或那样的联系。在下面各章中，我们将详细讨论这些学派的情况。

第二方面的影响是索绪尔做的几个主要区分：语言与言语，共时语言学与历时语言学，连锁关系与选择关系。现在，语言学中的大部分工作是在探讨这些概念的真正涵义和本质。1933年英国语言学家阿伦·加德纳（Alan Gardiner，1879—1963）写道："把注意力引向语言和言语的区分上去的是费迪南·德·索绪尔。我认为,这项区分的意义如此深远,迟早它必定成为科学地研究语法的不可缺少的基础。"现在,语言学上的许多分歧都与这个问题有关:哪些现象属于语言,哪些现象属于言语?我们记得,索绪尔区分语言和言语时提出过几条标准,就是要区分实质性的东西与因事而变的成分,区分社会方面与个人方面,区分心理方面和物质方面。这几条标准不太一致,所以才引起争论。按第一条,语言是完全抽象的形式系统,一切与语音有关的都属于言语,因为语音总是因人而异的。不过,把/e/音发得宽些窄些,靠前些或靠后些,都无妨大局,不会影响语言系统本身:英语还是英语。按第二条,言语纯属个人的,自由选择的。这就产生了矛盾。个人讲话时,清辅音和浊辅音不能混淆,不可把/p/发成/b/,因为这种区别属于语言系统。所以,言语也有社会的一面,不单单是个人的。按照第三条,我们不得不承认,语言也有物质的一面。重音和语调是声学特征,但它们都有心理现实性。也就是说,不能说一切物质的东西都属于言语,有一部分也属于语言。

其实,索绪尔的几条标准并不需要修正。也正因为他的区分具有开放性(openness),才产生了巨大影响。用不同标准分析出不同的结果,恰恰说明语言在许多平面上都是有系统的。丹麦语言学家叶姆斯列夫(Louis Hjelmslev, 1899— 1965)(参见第五章第六节)进一步发展了解释语言和言语的方法。他不用语言和言语两个术语,而用了"纲要"(schema),"规范"(norm),"用法"(usage),"言语"(parole)四个概念。"言语"是一个一个的语言行为,不属于系统。"用法"是通过统计来计算出规律性,说话人选择用法时有一定的自由。"规范"是不能随便选择的,不能用统计方法来描写,而是以规则形式来描写,如,"/p/是双唇清闭塞音"。"纲要"是关于结构的最抽象的概念;每个单位不用规则形式描写,而用抽象关系描写,如/p/与/b/的关系是/t/对/d/的关系,不指明它们的实际特征。这样一来,可以用下列不同方法区分语言和言语:

分法	语言	言语		
1	纲要	规范	用法	言语
2	纲要	规范	用法	言语
3	纲要	规范	用法	言语

布拉格学派主张第二种分法,认为语言是"纲要"与"规范"的结合。如在区分语音学和音位学时,他们说音位学应该研究引起意义差别的语音

区别,每一项区别性特征(如清音与浊音的对立)不仅是抽象的特征,而且是物质表现的规范。丹尼尔·琼斯(Daniel Jones,1881—1967)和一些英国语言学家主张第三种分法。他们认为,描写一种语言的音位系统不仅是描写其纲要和规范,同时也描写这种语言的用法。叶姆斯列夫等人主张第一种分法,认为任何语音特点都不属于抽象系统。这些争议至今仍然存在,哪种看法更接近科学还有待继续探索。这些分歧本身就说明索绪尔的思想在语言学界仍很活跃。

在句法平面上,索绪尔关于语言和言语的区分比较含糊。他在论述连锁关系时说:"句子是连锁关系的理想类别。但它属于言语,不属于语言。"可是,他并不认为一切连锁关系都属于言语。有些习惯用语,如法语中的à quoi bon?(有什么用处?), allons donc(得了吧)就属于语言,因为说话人对此没有选择的余地。另有一些表达方式也是固定搭配,但又不像习惯用法那样不可改变: rompre une lance(折断一根长矛), que vous en semble?(你对此感觉如何?), pas n'est besoin de...(没有必要……),也都是传统的说法,但说话人有些选择余地,因此不完全属于语言。索绪尔在这里说:"我们必须认识到,在连锁关系中语言事实和言语事实之间没有严格的界限,前者表明群体的用法,后者是说话人的自由选择。"索绪尔似乎没有看到,作为语法形式的句子不同于言语中的话语(utterances)。因此,他对句法分析不太彻底。其实,语言不仅仅是相互关联的单位的系统,它构成的关系也是一个规则系统。后来,乔姆斯基用语言能力(competence)代替索绪尔的语言,用语言行为(performance)代替索绪尔的言语。语言能力是说话人掌握的底层规则系统,语言行为是对规则的具体运用。乔姆斯基批评索绪尔说,索绪尔"把语言看作具有语法特点的符号仓库,就是说这个仓库里有类似词汇的成分,固定词组,也许还有类似词组的东西。这样,他就无法解决组成句子时的循环过程。他似乎把构成句子看作言语而不是语言,是自由、任意的创造,而不是有系统的规则。在索绪尔的体系中,没有提到日常运用语言时所涉及的'受规则制约的创造性'"。应该说,索绪尔确实没有注意到日常语言运用中的创造性,所以他不愿意把句子包括在语言之中。他无法解释这一现象: 构成的句子完全是新的,而里面有许多固定的词组。他认为,说话人不能选择的固定成分属于语言一方面,而可以选择和创造的东西属于言语一方面。这里,索绪尔缺少一个概念,即受规则制约的创造性。就是说,在规则系统之中仍然允许个人有所创造。他没有意识到,可以建立几条有限规则,令其生成无限多的句子。这一点并不难做到。只要有几条循环规则（recursive rule），反复运用，则可得到关系从句修饰名词的众多句子。后来，乔姆斯基证明句子是语言系统中的一个单位，属于语言能力，因为懂得一种语言的人完全可以辨别一个新奇句子是否符合这种语言的规则。

索绪尔几处讲到，语言是个区别性系统，是个关系系统，其中每个成分都是根据它与其他成分的关系来定义的。从理论上讲，这种说法无可非议，而且它也产生了有益的影响。但是，实际分析起来，语言之中似乎也有绝对的东西，即不靠对立关系也能自己成立的成分。所以，到目前为止，语言学家们还没有调查整个语言的关系系统，而都是研究其中几个个别的关系，并且还颇有成效。例如，索绪尔特别注重双分法（binarity），就是在两种可能性中进行选择的原则：浊音/清音，元音/辅音，单数/复数等。这种方法给音位学带来了巨大变化。每个音位都用一组区别性特征来描写，每一个区别特征都用两个对立的术语来表明一个具体的属性：元音性/非元音性，辅音性/非辅音性，受阻/不受阻等。有人认为，这种双分法不仅是一种描写结构的方法，而且反映了语言本身的性质。

连锁关系和选择关系也一直是语言学界关注的问题之一，很多争论是围绕着连锁关系展开的。大部分语言学家一致认为，语言可分为几个平面等级（hierarchy of levels），每个平面上的组成成分（如音位）结合起来构成另一相邻平面上的组成成分（如词素），其中这种结合的可能性规定了它们的性质。如，音位只能与音位结合，词素只能与词素结合，词素不可与短语结合等。这些语言学家的分歧在于，到底如何决定这些成分之间的关系，是以结构为主？还是以功能为凭？若以结构为主，就要把几个相似的话语拿来，把它们看作形式序列，在不同形式的分界处将它们分开，然后研究这些成分如何进入其他序列。这是结构主义语法的基本做法。另一方面，如果以功能为主，就得先有一种理论来说明不同语言成分能够实现的各种功能，然后分析哪些成分结合起来可完成这些职能。这是传统语法和功能语法的基本做法。只有转换生成语法不太重视连锁关系和选择关系的区别。乔姆斯基从来不去分析这两种关系，但是看来他也注意到了这个客观事实。他所讲的规则本身实际上是连锁关系的抽象表达，如"句子=名词短语+动词短语"，"名词短语=冠词+形容词+名词"，而每条规则所适用的不同情况就是一种选择关系：

$$名词 = \begin{cases} 单数名词 \\ 复数名词 \end{cases}$$

$$动词短语 = \begin{cases} 动词 \\ 动词短语 + 名词短语 \end{cases}$$

索绪尔的影响将在讨论本世纪诸语言学派时看得更清楚。卡勒（Jonathan Culler, 1944—）为《普通语言学教程》写的序言中是这样评论索绪尔的理论贡献的：

> 这些语言学基本问题的争论都围绕着语言与言语这一区分的确切性质进行，这本身就证明索绪尔企图改革语言学的思想是多么丰富，意义多么深远。虽然语言学最近几年的发展导致了不同学派的出现，但他们无不受益于索绪尔的奠基工作和他对语言的看法：语言是个有内在联系的关系系统，应进行共时研究。在语言学界之外，他的榜样已经鼓舞了其他人按照类似的方法去组织自己的科学领域，把他们研究的对象看成有意义的事件，是一种底层的形式范畴系统和结合规则使这些事件具有了意义。虽然在这个意义上索绪尔是现代语言学、符号学和结构主义的创始人，但他的重要地位并不取决于任何具体理论系统。因为，不论从什么角度去阅读他的著作，从中得到的都是这样一种思想（即使没有直接提出）：它使我们把社会生活的整个结构看作能够赋予人类行为以意义的一种区分性范畴和规则的组织系统。换句话说，他帮助我们理解区别性的重大作用，正是区别性组织了周围世界的结构和惯例系统的结构，才使人类能够赋予事物以意义。

> 哲学家卡西热（Ernest Cassirer, 1874—1945）曾说，"在整个科学史中，没有哪一章比新兴的语言科学更吸引人。语言学堪比17世纪改变我们对世界认识的伽利略科学"。卡西热还指出，语言学的革命性在于其重点强调关系和关系系统。我们发出的声音本身没有意义，这些声音只是由于它们之间的差异才成为语言成分，这些成分只有通过相互之间的关系才能表达意义。

第七节　关于任意性和象似性之争

自从索绪尔在《普通语言学教程》中提出任意性（arbitrariness）的观点以来，任意性不仅仅被看成是语言的基本特征之一，而且成为了语言学研究的基本假设。所谓任意性，就是语言符号的声音形象和它代表的概念像铜板的两面,不可分开,但它们之间没有自然的、内在的或逻辑上的联系。即,语言符号的能指(signifier)和所指(signified)之间的联系是任意的,没有理据可言。例如,不同语言对不同事物有不同的叫法。汉语把人体上肢手腕前面的部分叫做"手",而英语则称为"hand",法语称"main",俄语称"pyka"。不懂英语的中国人,看到"hand"时,不可能知道它指什么。只有通过学习,才能认识能指和所指之间的对应关系,而这种关系是不可论证的,无理可据的(unmotivated)。索绪尔关于任意性论述已经成为名言警句。在他之后的布龙菲尔德的结构主义、韩礼德的系统功能语法、乔姆斯基的生成语法基本都接受语言符号的任意性,忽视和否定了语言的象似性(iconicity),并明确指出语言不仅仅在词汇层面上是任意的,在句法层面上,即单个语言符号通过排列组合而构成的语言结构与意义之间的关系也是任意的。萨丕尔在《语言论》(*Language: An Introduction to the Study of Speech*, 1921)中,以及霍克特(C. Hockett)在《语言的起源》(*The Origin of Speech*, 1960)中都分别指出语言的任意性是一条普遍规律。尽管他们所用的术语不尽相同,但"不同论证性"、"非理据的"、"约定俗成的"、"非象似性"等的基本思想表明,语言能指和所指之间的关系是任意的,不存在任何逻辑证明。实际上,乔姆斯基将任意性的观点推崇到了极点。在《语言与心灵》(*Language and Mind*, 1968)中,乔姆斯基比较了人类语言与动物"语言",认为两者的根本区别在于动物"语言"都利用固定的、有限的几个语言平面,每个平面与一个特定的非语言平面相对应;在语言平面上选取一点就能在非语言平面上找到相应的一点,所以象似性是动物"语言"的特点;人类语言的特点是非象似性。

然而,随着认知科学的发展,人们开始认识到,尽管语言符号在基本范畴等级上存在一定的任意性,但在构成上位范畴或下属范畴时,尤其是构成更大的语言单位(句法层面)时,都表现出明显的规律性,是有理可据的。现在大有要推翻或否定索绪尔的任意性理论的势头。所以有必要介绍一下有关任意性和象似性的这场论战。

语言是一个由语义、词汇语法和语音三个层次构成的符号系统,这一点已成为语言学界的共识。索绪尔所说的语言符号任意性,指的主要是语义与语音这两个层次之间的关系,而国外强调语言具有象似性的语言学家都是从语言的形式层与意义层之间的关系来看待这一问题。具体地说,主要是从词法和句法两个层面与意义之间的关系来讨论象似性。从词法角度来看,语言学家们认为,象似性较强的是合成词(如

blackboard)和派生词(如productivity)。从句法的角度来看,语言学家们又是从以下两个方面加以论证:一是小句内部语义结构的象似性;二是小句与小句之间语义结构的象似性。近20年来影响较大的有皮尔斯(Peirce),海曼(Haiman),冀望(Givon,1936—)和韩礼德(Halliday)等人的研究成果。

皮尔斯对符号学理论的发展作出了巨大的贡献。他对符号进行了分类,并对每个种类的特征作了深刻的分析。根据他的理论,符号可分成象似符(icon)、标志符(index)和象征符(symbol)三种。象似符指的是具有复制性质的符号,如脚印、照片和肖像。这些符号与客体之间有着明显的象似性。标志符指的是可以作为客体标记的符号,如水银柱的升降与温度高低之间的关系。这些符号与客体之间的象似性弱于象似符,因而显得抽象一些。象征符指的是那些能以直观的方式表示比较抽象的内容的符号,如图腾象征氏族,天平象征公平。这些符号与客体之间的象似性比标志符更弱,其原因在于人类思维能力在原有基础上得到了进一步提高。然而,皮尔斯论述的这三种符号并不是我们所说的语言符号,这些符号是否具有象似性与索绪尔提出的任意性原则能否成立并没有直接的关系。语言符号是一种特殊的、概括的、抽象的音义结合系统。它可以反映客体,但不是对客体进行毫不走样的复制。正因为如此,人类才有可能通过语言符号的选择和组合来反映客观发生的现象,才有可能通过语言符号的使用来建立一个全新的虚拟世界。我们在这里讨论的是语言符号的象似性和任意性,而不包括广义符号学中所说的各种非语言符号。

相比而言,海曼对语言符号象似性所作的研究最为系统、详尽。他把语言结构的象似性分成两大类:成分象似与关系象似。前者指语言成分与人类的经验成分象似,换言之,就是形式与意义相对应;后者指语言结构内部不同成分之间的关系与人类经验结构成分之间的关系相对应。他还对后一种象似现象做了进一步的分类,如距离象似性、数量象似性、顺序象似性、标记象似性、话题象似性和句式象似性等(详见Haiman,1985),并对每一种象似性都作了相当详尽的论述。与国外其他语言学家相比,他的研究方法和结论对我国语言学界产生的影响最为明显。

冀望多次论述过语言的象似性问题。他(1989)明确指出:"人类语言有一定程度的非任意性,即象似性。"他在论述语言符号象似性时提出了顺序序列原则(sequential order principle),并认为在句法层面上有两个次原则:一是线性顺序语义原则(semantic principle):二是线性顺序语用原则(pragmatic principle)。其要点是指出: 比较重要的信息和不容易获得或不容易预测的信息往往在线性序列中首先出现。

系统功能语言学的领军人物韩礼德(详见第八章)十分重视对语言符号性质的研究。他的许多著作都涉及语言符号任意性这一问题。其总的看法是,语言是一个由语义、词汇语法和音系三个层次构成的符号系统,语义和词汇语法即意义与形式之间的关系是非任意的,而词汇语法与音系之间的关系则是任意的。

国内语言学界近二三十年来对此也十分感兴趣,发表了大约100篇文章,争论还很激烈。有些学者对索绪尔的观点全盘接受或大体接受,甚至坚信不疑,如王德春、张绍杰和郭鸿等。王德春的基本观点是:"首先,语言符号与客体的联系是任意的;其次,语言发展中语言单位之间往往具有理据性;再次,理据本身也是任意的,因而语言符号及其理据与客体都没有必然的、本质的联系。"郭鸿的总体看法是:"索绪尔提出的两大特征: 任意性和线性,是符号系统的本质特征,是结构主义符号学和语言学的支柱。"与此同时,也有人对索绪尔提出的任意性原则持不同见解,如许国璋、沈家煊、王寅、秦洪武、王艾录、司富珍、顾嘉祖等。除了个别学者"以音求义"、"以形求义"从汉字内部的音义结构探讨单音节汉字的理据外,大多数人都从复合词的构成和汉语句法这两个层次上论述汉语语言符号的象似性。得出的结论基本上都是语言符号具有高度的象似性,从而对任意性原则是否具有普遍性持怀疑态度。个别学者甚至主张把象似性看作语言符号的本质。

他们举出的例证包括语音层面、词汇层面和句法层面上的现象。语音上,比如拟声词和其意义之间存在着一一对应关系,具有直接象似性。它们或者直接模仿声音,如猫叫声是moo, miao, murmur, susurrous等;或者是声音所代表的事物,如cuckoo(杜鹃), hum(活跃状态), knock(敲门动作), butubutu(摩托车)。在各自语音系统的规约下,拟声词常因语言不同而异,所以鸡叫声英语是cockadoodledo,法语是cocorico,德语是kikeriki,波兰语是kukuryku,日语是kokekokkoo。不过,这一现象,索绪尔早已指出,承认拟声词带有理据性,但又指出这种词数量很小,代表性不高。再说,即使在理据派列出的例子中,同一种鸟的叫声,不同语言模仿得也有不同,在一定程度上仍然符合任意性的原则。

在词汇层面上,他们以英语为例,说有些英语词汇的某些字母组合在发音上与所指之间存在着近似的模仿或这些音素的联合容易让人产生某种特定含义的联想。即某个语音或一组语音与某个意义相连。这

种联系方式有多种,可以从音到音,也可以是从音到体积、光线、运动和距离等的联系。如下面几组例子:

"gr-":常表示"沉闷而令人不快的声音",如groan, growl, grumble, grunt, grouse

"-ump":常表示"沉重地碰击",如dump, thump, bump, clump, stump

"sk-":常指与表面的接触,如skate, skin, skid, scrape, scratch, scour

"fl-":往往与闪耀的或移动的光线有关,如flare, flicker, flame, flash, flick

"gl-":与fl-类似,如glare, gleam, glisten, glint, glow, glitter

"-are":暗示强烈的光线,如flare, blare, glare, stare

"sl-":常与滑、滑动有关,如slide, slick, sleek, slip, slope, slither

我承认这些词是呈现了某些规律性。但是,请读者随便翻开一部词典,查查这几个字母打头的全部词汇,就会立刻发现,它们所占比例实在微不足道。我查了葛传椝等编的《新英汉词典》中的gr-打头的词,542页至555页共有14页之多,保守估计每页收了20个词,那就是280个词。上面例词才仅仅5个,恐怕说明不了多大问题吧。至于有人说汉语的方块字是有理据的,那就是曲解了索绪尔任意性理论的本意。索绪尔讲的是口语,是语音与概念结合成的语言符号,他没讲文字。普通语言学的研究对象是口语,文字是第二性的,是口语的记录。再说,汉语文字是象形文字,每个字都是幅图画,它们当然有理可据。这样争论对索绪尔未免有失公允。

在句法层面,象似性论者列举出许多类型的例证。这里只能选些典型的语料说明一下。第一,距离象似(Iconic Distance)。距离象似原则也叫疏密象似(Iconic Proximity),即"概念中距离近的(语言符号),句法结构上的距离也近。"也就是海曼所说的"语义上和功能上接近的两个概念,在语码层面上也会根据词法和句法规则被放置得更靠近。"所以,说I killed the chicken 比说 I caused the chicken to die就要直接一些,第二句中的"我"是鸡死的间接原因。再如,说go and dance 和 go and fight 比说 go dancing 和 go fighting 两动词之间的间隔就要长些。再如,hear somebody 是听到某人说话,而 hear of somebody 是听到关于某人的传闻。例如,领属关系分"可让予的"(如"我的帽子")和"不可让予的"(如"我的母亲","我的鼻子")两类,领有者和领有物之间的联系程度后一类高于前一类。对大量语言的调查表明,两类领属结构成分的距离也是后一类小于前一类。试比较英语a hat of mine, a nose of mine和my nose;汉语"我的帽子"和"我妈妈"("我帽子"就荒唐了)。第二,顺序象似(Iconic Sequencing)。顺序象似也叫次序象似,即事件的叙述顺序与现实中事件发生的顺序或人类之间经验的认知顺序保持一致。多数情况下,词素、单词和句子的组织方式都与其所指的逻辑关系相对应。例如,连贯的语篇中句子的顺序应当与所描述的事件发生的时间顺序保持一致。例如雅克布森引用的恺撒大帝的名言,"veni, vidi, vici"(I came, I saw, I conquered),就也是顺序象似的典型例子。再如, He jumped into the car and drove to the station. 但He drove to the station and jumped into the car则显得荒诞,违背了正常的事情发生的顺序。第三,数量象似(Iconic Quantity)。在句法学中,语言形式的复杂性反映了概念的复杂性,这一特点被称为数量象似。冀望认为"一大段信息通常会被解码为一大串的语言符号",例如, He went on and on(他一直走啊走)则不同于 He went on(他继续走)。再如, This guy is getting me angry(这个家伙让我生气)。和 This aggressive impertinent egghead is getting me angry(这个无礼、冒失的书呆子让我生气),两句中主语名词短语的长度不同,信息含量各异,语言形式的复杂性反映了认知加工过程的复杂性。此外,语言形式数量的多寡不仅映射信息的重要性,还与信息的可预测性紧密相关;可预测性越低,使用的语言材料越多。例如: On the London train from Victoria I met her和 On the London train from Victoria I met the girl from next door与Just imagine! Last night on the London train from Victoria I met this fairhaired, fragile, just unbelievably beautiful creature相比,第一句的her不重要,第二句的"邻居女孩"重要一些,第三句的"身材纤细、气质出众的金发美女"则是预测性极低的信息。有的坚持象似性理论的研究者甚至认为语言任意性简直是胡说八道,只有象似理论才是可接受的。

比较理性的研究者有胡壮麟、张绍杰、朱永生、赵宏宇等。他们的共同特点是主张首先把争论的问题搞清楚,然后比较辩证地、全面地去看待任意性和象似性问题。第一,如何定义"任意性"? 索绪尔的原意是什么? 朱永生说,"首先,对任何一个人的观点提出质疑,必须首先弄清这个人在提出其观点时究竟是从哪个角度来考虑问题。离开这一点,就可能曲解别人的本意,给原来的概念强加上本来没有的内容。"他们基本认为,在索绪尔看来,什么能指表示什么所指,不存在逻辑上的原因。他解释说,任意性的意思不是说能指完全取决于说话者的自由选择,任意性是无理据的,符号同它的所指没有自然的联系。这里,说话者之所以不能自由地为一个给定的所指选择一个能指,是因为一旦能指被社会接受,就具有不可改变性。同时,索绪尔也看到了任意性也有例外情况,如象声词和感叹词：叮咚(dingdong)、汪汪(bowwow)和嗒嗒(rat-tat-tat)，虽然它们的声音和概念之间存在着自然的联系，但它们的数量是有限的，语言符号绝大多数是任意的。即使是象声词，有些学者也注意到，也具有任意性特征，比如汉语中狗的叫声(wang wang)和英语中狗的叫声(bowwow)也不相同，因而不可能否定语言任意性这一根本属性。索绪尔在解释语言机制时还指出，语言符号任意性这条根本准则不妨碍我们判断出什么是绝对任意的，即无理据的，什么是相对任意的，即有理据的。他举例说，vingt(二十)是绝对任意的，而dix-neuf(十九)不是完全任意的，因为它能唤起与这种语言共存的要素dix(十)和neuf(九)等之间的联系。索绪尔进一步指出，"某一语言演化的整个过程，可能表现为在绝对任意成分和相对任意成分之间整体平衡中上下波动。"为了不至于曲解索绪尔本来的意思，我们应该细细研读他的《教程》。胡壮麟找出索绪尔下列言论："任意性要加上一个注解。它不应该使人想起能指完全取决于说话者的自由选择。我们的意思是说，它是没有理据的，即对现实中跟它没有任何自然联系的所指表示是任意的。""符号在某种程度上是可以有理据的。""但是如果句法分析更为直接，其成分单位的意义更为明显，理据也更为突出。""不存在完全没有理据的语言。""语言总是表示两种特征：本质上是任意的，相对的来说是有理据的，但其比例差别很大。"从上面我们可以看出，认知语言学家对索绪尔的批判，集中在索绪尔夸大了语言符号的任意性，忽视了理据性。然而，这种批判本身却忽视了索绪尔关于绝对任意性和相对任意性之分。"相对任意性"概念实际上指的就是理据性，或说象似性，我们发现任意性和象似性不是两个相互排斥的概念，而是相互依存于一个统一体中。因此，认知语言学家是在片面夸大索绪尔语言符号的绝对任意性概念时，忽略其相对任意性概念。以上文字提醒我们，索绪尔没有把话讲得那么绝对，我们宣传或批评他时，都应先好好了解作者原意才对。

认知语言学家还认为，语言在本质上具有象征性，这里的象征性就相当于象似性。关于语言象征性问题，其观点同索绪尔是不谋而合的。索绪尔认为：我们现在谈论下面符号图式的真正意义。法语中，概念juger与它的听觉形象juger是联系在一起的；简言之，它(符号)象征着意义(signification)；但是，当然了，我们应当这么理解，它只是价值，并且由它与其他相似价值的关系决定，没有进入与其他价值的关系，意义就不可能存在。

在这里，索绪尔指出符号象征它所表示的意义，但是他同时也强调象征性关系只作为整体的符号，也只有作为整体的符号才能有象征意义，由此，我们可以说语言是象征性的。可见，与其说认知语言学从语言象征性特点反驳了索绪尔，还不如说认知语言学和索绪尔的观点很大程度上存在着一致性。在研究中，我们还可以发现，任意性和象似性都是一个程度的问题，是处于一个连续体的两极，一头是任意性，另一头是象似性。任意性是从高到低形成一个梯度，而象似性是从具体到抽象形成一个梯度；任意性根据理据含量的多少来区分，而象似性根据相似（similarity）程度来辨别。根据认知语言学关于象似性的解释，如果象似性低，即表现为语言的形式和语言的意义模糊相似，那么它们之间的关系则是任意性程度高，即理据性弱；如果象似性高，即表现为语言的形式和语言的意义明显相似，那么它们之间的关系就是任意性程度弱，即理据性强。显而易见，认知语言学家在阐述象似性时同样涉及任意性问题，并且同样以理据性作为依据，所不同的是，认知语言学家把象似性看作语言的根本属性，而索绪尔把任意性看作语言的根本属性。

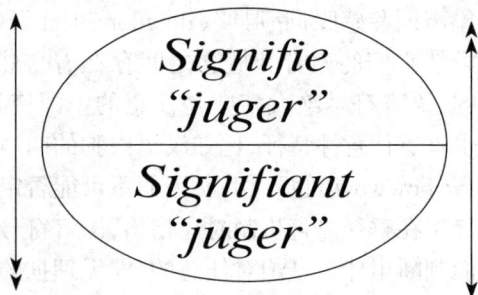

申丹对这个问题有独特见解。她2007年写道：就哲学立场而言，一般认为索绪尔在《普通语言学教程》中对语言的关系性质的强调为德里达的解构理论提供了支持。但事实上，在《普通语言学教程》中，表面上存在着两股相互对抗的力量。其中一股特别重视能指和所指的关系，将语言定义为"一个符号体系，其中唯一本质的东西是意义和声音——意象的结合，而且符号的这两个部分都是心理层面的"（Saussure, 1960: 15）。另一股力量只是把语言视为一个由"差异"构成的体系，"更重要的是：差异通常意味着存在实在的词语，在这些词语之间产生差异，但语言中只存在差异，不存在实在的词语"（Saussure , 1960: 120）。的确，西方语言通常由完全任意的符号构成，因此不存在实在的词语。但我们必须意识到，差异本身并不能产生意义。在英语里，"sun"（/sʌn/）之所以能成为一个符号，不仅仅是因为它与其他符号在声音或"声音——意象"上的差异，而且还出于声音——意象"sun"与所指概念之间约定俗成的关联。比如说，尽管以下的声音——意象"lun"（/lʌn/），"sul"（/sʌl/）和"qun"（/kwʌn/）中的每一个都能与其他两个区分开来，但没有一个能成为英语中的语言符号,这是因为缺乏常规的"意义和声音—意象之间的关联"。在《立场》(*Positions*)及其他著述中对索绪尔的语言理论进行评价时,德里达仅仅关注索绪尔在《普通语言学教程》中对语言作为能指差异体系的强调,而忽略了索绪尔对能指和所指之间关系的强调。我们知道,索绪尔在《普通语言学教程》中区分了语言形成过程中的三种任意关系:(1)能指差异的任意体系;(2)所指差异的任意体系;(3)特定能指和所指之间约定俗成的关联。因为德里达忽略了特定能指和所指之间约定俗成的关联,所以,能指和所指之间就失去了联系,理由很简单:"能指和所指之间约定俗成的关联"是联系能指和所指的唯一且必不可少的纽带。没有这种约定俗成的关联,语言就成了能指自身的一种游戏,它无法与任何所指发生联系,意义自然也就变得无法确定。也就是说,德里达和索绪尔的符号理论是直接对立的,而并不是像学界过去几十年所一直认为的那样,索绪尔的符号理论为德里达的解构理论提供了支持。申丹这一反潮流的观点也新近发表于《美国叙事理论》杂志(Shen, 2005b: 144-145)。

那么语言符号的根本属性到底是什么？我们认为,如果把象似性视为语言的根本属性,那么则无法解释语言的创造性特征。原因很简单,象似性的本体论基础是语言形式和意义之间存在着映现关系或相似关系,这反映出语言只是被动地表现世界,那么语言符号作为创造意义的资源手段,在构建社会现实的过程中所发挥的作用则被抹杀,因而忽视了语言的创造性。索绪尔之所以提出任意性是语言符号的根本属性或第一原则,是因为语言符号不但被动地承载世界的信息,而且还能动地通过所指对能指的任意选择去创造意义。如果人类遵循以理性原则为基础的象似性原则去创造语言,人类语言的差别会越来越小,最终导致语言的一致性;人类语言的千变万化,正是任意性所带来的结果,如罗宾斯(Robins, 1921—2000)所说,语言的任意性才使语言具有不可限量的可变性(limitless flexibility)。因此,任意性是语言符号的根本属性,这是无法否认的事实。

这场辩论仍在继续。我们应该平和地看待学术之争。真理越辩越明。例如,一些语言学家从句法上探讨符号的象似性是完全可以的,也是十分必要的。这种做法可以帮助人们从多层面、多角度来研究语言符号的特征,因而可以被看作对索绪尔相对任意性思想的一种拓展和贡献,而不是对其理论的彻底否定。对符号组合(语言结构)来讲,理据性和象似性是普遍存在的,但就单个符号而言,任意性是普遍的。这就是说,语言符号既有任意性,又有象似性,二者之间的关系是并存的,甚至是互动的。初步共识是：一方面,任意性是一个贯穿始终的变量,它的存在支持着语言的变异性、选择性和多样性；另一方面,理据性是一个普遍潜在的动因,它支持着语言的有序性、机制性和可证性。理据性以任意性为生存条件,任意性又受到理据性的有力制约,二者的互动关系决定了它们共同成为语言符号的同等重要的、辩证统一的自组织原则。

参考文献

1. Culler, Jonathan. *Ferdinand de Saussure*. London: Longman, 1978
   《费迪南·德·索绪尔》

2. Dinneen, Francis P. *An Introduction to General Linguistics*. New York: Holt, Rinehart and Winston, 1967
   《普通语言学导论》

3. Givon T. Isomorphism in the grammatical code[A]. In R. Simone (ed.). *Iconicity in Language*, Amsterdam: John Benjamins, 1994
   "语法编码中的类质同像"（收入《语言中象似性》）

4. Godel R, ed. *Geneva School Reader in Linguistics*. Bloomington, Indiana: Indiana University Press, 1969
   《日内瓦学派语言学读本》

5. Haiman J. *Natural Syntax*. Cambridge: Cambridge University Press, 1985a
   《自然句法》

6. Haiman J. *Iconicity in Syntax*. Amsterdam: John Benjamins, 1985b
   《句法中的象似性》

7. Lepschy G C. *A Survey of Structural Linguistics*. London: Faber and Faber, 1970
   《结构语言学概论》第二章

8. Sampson, Geoffrey. *Schools of Linguistics*. Stanford, California: Stanford University Press, 1980
   《语言学流派》

9. Saussure, Ferdinand de. *Course in General Linguistics* (1st ed. 1915, translated from the French by W. Baskin). New York / London: McGraw-Hill, 1966
   《普通语言学教程》

10. 胡壮麟. Iconicity in the Chinese Language. 多伦多大学国际符号学会议发言稿, 2009 年 6 月 9–14 日

11. 申丹. 外语跨学科研究与自主创新. 中国外语, 2007(1)

12. 沈家煊. 句法的象似性问题. 外语教学与研究, 1993(1)

13. 王寅. 象似说与任意说的哲学基础和辩证关系. 解放军外国语学院学报, 2002（ 2 ）

14. 王寅. 象似性辩证说优于任意性支配说. 外语与外语教学, 2003(5)

15. 王寅. 语言符号象似性研究简史. 山东外语教学, 2000(3)

16. 许国璋. 关于索绪尔的两本书. 国外语言学, 1983(1)

17. 许国璋. 语言符号的任意性问题——语言哲学探索之一. 外语教学与研究, 1988(3)

18. 张绍杰. 语言符号任意性研究——索绪尔语言哲学思想探索. 上海: 上海外语教育出版社, 2004

第五章

布拉格学派和哥本哈根学派

　　继索绪尔之后,出现了三派结构主义语言学:布拉格学派、哥本哈根学派和美国的结构主义。这三个学派同时出现在二十世纪二三十年代。三个学派分别侧重研究了不同的领域,提出了不同的理论,都做出了自己的贡献。但是,由于某些客观原因,人们对美国的结构主义了解较多,对布拉格学派的认识则很不全面,对哥本哈根学派了解更少。美国的结构主义将在第六章详细讨论。本章着重介绍布拉格学派的基本观点和重要贡献,并在最后一节介绍哥本哈根学派的理论观点。

　　布拉格学派创始于1926年10月6日。这一天布拉格语言学会(The Linguistic Circle of Prague)召开第一次会议,布拉格查理斯大学(Charles Universtiy)的英语语言和文学教授维伦·马泰休斯(Vilém Mathesius, 1882—1945)宣布了该学会的成立,并被选任该学会的第一任主席。这个学派的主要代表人物有特鲁别茨柯依(Nikolai Trubetzkoy, 1890—1938),雅克布逊(Roman Jakobson, 1896—1982),布龙达尔(V. Bröndal),卡尔采夫斯基(Sergel Karcevski, 1884—1955),特尔恩卡(B. Trnka, 1895—1984)、哈佛兰尼柯(B. Havránek, 1893—1978),瓦赫克(J. Vachek, 1909—1997),以及法国著名语言学家马丁内(André Martinet, 1908—1999)。马丁内并没有正式参加布拉格学派,但他的观点体现了布拉格学派的传统。布拉格学派从开始就体现了三大特点。第一是它的国际性。早在1920年,俄国学者雅克布逊就移居布拉格,开始与马泰休斯有密切学术联系。1926年秋,德国语言学者亨利克·比克(Henrik Beker)博士来到布拉格。他在莱比锡曾同特尔恩卡相识。比克很想把自己在布拉格的语言研究结果向同行们介绍一下。为此,马泰休斯在系办公室举行一次聚会,成了学派的雏形。据说后来的成员共50位之多:捷克23位,俄国11位,法国4位,德国4位,丹麦2位,荷兰1位,塞尔维亚1位。第二大特点是,成员们积极参加国际学术活动。这些活动包括参加第一至第四届国际语言学会议,第一、第二届斯

马泰休斯

拉夫学国际会议,音位学国际会议,第一至第三届语音学国际会议,人类学会议等等。通过参加这些国际会议,布拉格学派使自己的思想逐渐为人们所了解,促进了与欧美其他国家学者的沟通和联系,并且为自身赢得了"布拉格学派"的称号。第三,布拉格学派出版了自己的刊物《布拉格语言学会论丛》(*Travaux du Cercle Linguistique de Prague*),第一卷就收集了他们参加在海牙召开的第一次国际语言学会议上发表的全部论文。到1939年,《论丛》共出版8卷,使布拉格学派的观点闻名于世界语言学界。第二卷是雅克布逊的《论俄语音位的发展及其与斯拉夫语言的比较》,这是音位学的经典文献之一。第三卷是1930年的特尔恩卡的《论从Caxon到Dryden时期英语动词的句法》。第四卷是《布拉格国际音位学会议论文集》(1931)。第五卷是《现代俄语音位学》(1934),本卷原计划出版三分册,但由于种种原因只出版了第二分册,特鲁别茨柯依的《俄语音位系统》。第六卷,《献给第四届语言学国际会议的论文集》(1936),本卷收文24篇,是献给在哥本哈根举行的第四届语言学国际会议的。第七卷是特鲁别茨柯依的《音位学原理》(1939),是布拉格学派的经典著作之一。第八卷是《献给特鲁别茨柯依的音位学论文集》(1939)。此外,自1935年起,他们还创办了期刊《语言学与语文》(Slovo a slovesnost)。到1950年,这个学派停止了集体活动。20世纪50年代以来,捷克斯洛伐克学者自称是新布拉格学派(Neo-Prague School)。主要有两个组织,一个是"语言学协会",另一个是"现代语文学学会"。

布拉格学派的突出贡献是创建了音位学(phonology)。但是,由于他们强调语言的交际功能和语言成分的区分功能,又常被称为功能主义者(functionalists)或结构—功能语法学派。

语言学界公认,布拉格学派是继索绪尔之后最有影响的学派。美国语言学家鲍林格(Dwight Bolinger, 1907—1992)写道:"欧洲任何其他语言学团体都没有像布拉格语言学会那样产生了如此巨大的影响。""布拉格学派曾影响到美国语言学的每一项重要发展。"英国语言学家韩礼德(参见第八章)在许多著作中提到布拉格学派的理论。

第一节　结构—功能语言观

在讨论布拉格学派的音位理论之前,我们先概述一下这派学者对语言的基本看法。简单地说,他们的观点是结构主义和功能主义的结合,可称作结构—功能语言观。这种观点是在索绪尔语言理论的基础上,在与新语法学派的对立中发展起来的。他们认为,新语法学派试图通过比较相关语言来寻找其早期的共同形式;尽管他们对语言学的发展做出了不可磨灭的贡献,但他们的分析表现出明显的缺点和错误。布拉格学派的创始人马泰休斯很早就总结了新语法学派的主要弱点:1. 他们过于强调历时语言研究,不够重视共时语言研究。他们的主要理论家甚至说过共时语言研究是不科学的,不可靠的;2. 他们在观察孤立的语言现象发展变化的同时,忽视了语言系统这个整体;3. 他们研究的材料局限于书面文字,所以不可能全面观察语言。他们对语言的声学特点从来不予考虑,对口语形式不予过问;4. 他们观察语言时,只从读者的角度去看问题,从来不从说话人或写作者的角度去考虑问题。

针对这些问题,布拉格学派提出的基本观点是:1. 在重视历时语言研究的同时,强调共时语言研究的首要地位。共时语言学研究可以得到全面的、可控制的语言材料。这种观点马泰休斯早在1911年就已经提出,并强调利用分析比较方法去研究当代语言;2. 受索绪尔语言理论的影响,他们认为语言是一个价值系统,不是千千万万个毫不相干的孤立现象的汇合。正是这种系统性质才使人类有可能进行交流。语言是交际的工具,是思维的工具。交际中,语言手段要完成一定的功能,执行一定的任务。不分析语言成分与其他成分的关系,不考虑语言成分在交际中的功能,就不可能理解和评价一个成分。每一种语言都有自己的表达手段系统。通过共时语言比较,就会深刻理解语言现象的重要性和交际作用;3. 要研究分析实现各种功能的语体,因为各种表达手段都适用于不同的交际需要。布拉格学派十分注意分析口语和书面语之间的关系,来决定各自的具体功能;4. 应从语言功能入手,然后去研究语言形式,因为这是讲话人遵循的顺序;即从讲话人或写作者的角度去考察语言,"说话人先想到要表达什么,然后才去寻找适宜的语言形式。"

关于新语法学派的"音变不允许有例外情况"的论断,雅克布逊也从功能角度提出批评意见,他认为一切音变都可用"泛灵论"(animism)去解释。不过,雅克布逊所说的"泛灵论"不是哲学上的唯心主义泛灵论,而是指一切音变都是适应一定的需要、为完成特定的功能才发生的。他认为:1. 在一种语言中,音变无例外的概念必须局限在具有同一功能的语言系统之中,就是说,局限于等价功能的语言单位中;2. 新语法学派未能解释音变的社会性,即为什么一个语言社团会接受或反对某种新的口语现象。如果用"泛灵论"去观察,去研究出现了什么交际需要,则是不难理解的;3. 有些不同的语言单位使用于不同地区、不同社会集团、不同交际功能中,但它们之间又有重叠现象,这一点也必须用"泛灵论"来解释,因为从一个系统转入另一个系统的单位一定是具有特定的语言功能。雅克布逊不同意索绪尔的观点,即不能把音变看成是破坏性的因素。音变不是盲目的,也不是偶然的。如果把共时音位学变成历时音位学,共时语言研究和历时语言研究之间的鸿沟便可以弥合。换句话说,语音变化必须放在音位系统的关系之中加以研究。如果一个音位系统受到干扰或破坏,一定会引起一系列的音变,以求达到新的平衡。(参见本章第三节)

布拉格学派继承并发展了索绪尔关于语言是一个系统的观点。在这一点上,特鲁别茨柯依和雅克布逊的贡献最大。雅克布逊早在20世纪20年代后期就已经提出,语言系统中的任何成分都不可能孤立地去研究。要正确评价一个语言成分,就必须明确它与其他共存的成分之间的关系。雅克布逊还指出,要想正确理解语言的演化,就得把它看成是一个系统的整体的演化,在演化过程中,成分之间的关系常常被其他关系所改变或代替;这种变化主要是为了维持或恢复语言系统的平衡和稳定。

不过,布拉格学派的最主要的特点还是功能语言观。语言的功能概念在捷克语和俄语的语言学中早已存在,但是布拉格学派的学者对此阐述得更加全面,并用来分析各种各样的语言事实。马泰休斯认为,语言的基本功能是交际功能(communicative function),但是在大多数情况下,表现功能(expressive function)伴随着交际功能。表现功能是个人感情的即时流露,是第二位的。只包含有交际功能的语篇(比如科技语篇)是极为特殊的情况。语言系统的发展主要是根据交际功能的需要。交际本身表现为两种情况:一种是单纯的交际,比如传达信息,陈述事情;另一种是呼吁式的交流(communication of appeal),比如要求,命令,疑问。在以后的研究中,马泰休斯一直坚持这种功能的划分。当然,有些成分还能完成交际之外的某种任务。例如,语言中保留一部分古老的词语(如英语中的thou〔你〕),不仅仅是为交际而用,它们还给所谈论的客观事物增加一层严肃庄重的色彩。诗歌中的语言,除了简单的交际目的之外,还特别讲究交际的方式,从而达到特殊的交际效果,如押韵、重叠、破格用法等。即使在最普通的日常交际中,语言的使用也有重要区别。德国心理学家、语言学家布勒(Karl Bühler, 1879—1963)在维也纳大学执教期间同特鲁别茨柯依关系密切,他的基本思想是把语言视为一种工具模式,即语言是一个人用来告诉另一个人某件事情。据此,一个语言行为一方面涉及作为交际工具的符号系统,另一方面涉及说话人、听话人和所谈论的事情三个成分。布勒没有赋予符号一种特殊的功能，他区别了语言的三种功能：表现功能、呼吁功能和描述功能。在语言行为中，三种功能都存在，但在多数情况下其中一种功能占主导地位。重点落在不同的方面时，语言就具有不同的功能。当重点在说话人表达本身的情感时，比如痛苦时的叫喊，自发的感叹，语言具有表现功能。当重点旨在影响打动听话人时，比如要求，命令，语言具有呼吁功能。当重点在谈论的内容时，语言具有描述功能。穆卡洛夫斯基（Jan Mukařovský，1891—1975）为布勒的模型又增加了美学功能，亦称诗歌功能（aesthetic function），指语言符号把人们的注意力吸引到符号自身而不是吸引到它所传递的信息上。美学功能并不局限于语言，任何对象以其是什么而不以其功用吸引我们时，它就具有美学功能。穆卡洛夫斯基把美学功能对立于实用功能，布勒的三功能即为语言的实用功能。后来（1960年），雅克布逊发表了著名的论文《语言学和诗学》（*Closing Statement: Linguistics and Poetics*），把布勒的三功能理论框架扩展为六功能理论框架。他说，一段对话至少涉及六个因素：语境、讲话人、听话人、信息、接触方式、语码（渠道）（code）。话语聚焦一个因素时，就产生一种功能，于是得出：语境=所指功能（referential function），讲话者=表情功能（expressive function），听话者=呼吁功能（conative function），信息=诗学功能（poetic function），接触方式=寒暄功能（phatic function），编码=元语言功能（metalingual function）。雅克布逊的贡献之一是提出了元语言功能，而且他将前人的观点融会贯通，形成了一个比较完整的体系。

所以说，布拉格学派从一开始就注意语义的研究，这是他们与美国结构主义学派的根本区别。也正是由于这一点，布拉格学派在语体学和语言教学的探索中也不乏真知灼见。例如，哈佛兰尼柯（1932）在讨论标准语时曾涉及功能文体和功能方言（functional dialect）。功能文体由某一话语的具体目的所决定，它是某一语言行为的功能。功能方言是由表现手段结构总体的总目的所决定，它是语言系统的功能。两者的关系相当于言语和语言的关系。功能方言在功能文体中表现出来。哈佛兰尼柯按照目的和方式划分标准语的功能文体。根据目的划分，标准语有五种功能文体：1. 就事论事的客观信息交流；2. 规劝呼吁；3. 一般性的大众化的解释；4. 技术性的解释；5. 代码化的阐述（codifying formulation）。根据方式，功能文体有私下与公开，口头与书面之分。口头包括：1. 私下，如自语、对话；2. 公开，如演讲、讨论。书面包括：1. 私下；2. 公开，如通告、报刊、杂志、书籍等。哈佛兰尼柯认为功能方言有4种,即会话语言,日常工作语言,科技语言,诗歌语言。它们相对应的功能是交际,实用科技,理论科技,美学。科迪切克(Josef Kodíček,1892—1954)的《论语言文体》(1941)试图把语言功能与语言文体等同起来。他把语言材料按照表达真、美、善的不同侧重分为三类,并总结出三种文体,即1. 逻辑文体; 2. 美学文体; 3. 道德文体。逻辑文体的核心是真,科迪切克将之等同于指称功能;美学文体的中心是美,他将之等同于表现功能;道德文体的中心是善,他将之等同于呼吁功能。另外,穆卡洛夫斯基对诗歌的研究也很独到,提出"突出"(foregrounding)的概念研究诗歌语言。穆氏的"突出论"是"诗的语言"和规范化的"标准语言"相比较而提出来的。意思是说,诗歌语言的特点就是美学功能占据主导地位,要想让某个成分获得美学效果,就必须使之与其他成分相区分,这就是所谓"突出"。突出是赋予诗的语言以美学意义的某种东西,"突出是从下列情况下产生的,即一个给定成分以某种方式,或明显或不明显地与流行的用法相偏离。""在诗的语言中,突出达到了极限程度: 它的使用本身就是目的,而把本来是文字表达的目标的交流挤到了背景上去。它不是用来为交流服务的,而是用来突出表达行为、语言行为本身。""正是对标准语的规范的有意触犯,使对于语言的诗意运用成为可能,没有这种可能,也就没有诗。"在穆卡洛夫斯基看来,标准语言规范并不是没有意义的,它是一篇诗作借以表现自己的背景。在这背景的映衬下,才能显出诗的语言的"扭曲"。

20世纪50年代之后,新布拉格学派学者继承了前辈们的基本原则,对他们的语言理论有所发展和充实。新布拉格学派的一个重要概念是,语言不是一个绝对统一的、封闭的系统(close system),而是一个开放的、不完全平衡的系统。这种不平衡首先是由语言符号结构决定的。语言符号及其意义的界域并不完全吻合。同一个符号可以有几个意义,而同一个意义又可以用几个符号表达。每一个符号既是同形异义(homonym),又是同义(synonym)。符号由这两个系列的交叉构成。能指和所指的关系是波动的、紧张的。能指趋向于获得另外的意义,所指能够被原有能指之外的其他能指表达。两者处于不对称状态,处于不稳定的平衡状态。他们认为,正是语言符号结构的这种非对称性才使得语言有可能发展。第二,这个符号系统是由许多互相依存的次系统(subsystem)构成的。这些次系统常被称为语言平面(levels of language),如音位平面,词素音位平面,词汇平面,句法平面等。由于这些次系统相互依存,不能分隔,一个次系统上的变化可能会引起其他一个或两个次系统上的变化。

这就是雅克布逊所说的语言发展变化的内在论。例如,人们普遍认为,古英语的词汇由综合性变化(synthetic declension)到中古英语词汇的分析性变化(analytical declension),必然影响到中古英语和早期现代英语的句法平面。古英语的词序是"自由词序",颠倒词在句子中的位置不会改变句子的意义。到了中古英语,尤其是早期现代英语,词序就相当固定了,如果再改变词序就会造成不同的句义。音位系统的变化也可能会引起其他系统的变化。但是,这种"连锁反应"式的变化不一定起源于音位系统。相反,有的音位变化倒是因其他系统上的变化引起的,尤其是词形和词汇平面上的变化。

关于语言系统的开放性,雅克布逊在1929年就有所察觉。他说,语言的开放性就意味着语言不是一个完全平衡的系统,就是说有一定的结构缺陷(structural deficiencies)。一些美国语言学家,如霍克特(C. F. Hockett)和派克(K. L. Pike, 1912—2000),也注意到这种现象。他们称之为"模糊之处"(fuzzy points)。布拉格派的学者又叫它"外围成分"(peripheral elements),与"中心成分"(central elements)相对立。说语言结构中存在缺陷并不意味着结构主义语言学就站不住脚了。它完全符合语言是一个动态结构的观点。语言不是一个静态结构,而是一个不断运动、不断变化的体系。没有这些"模糊之处",语言内部就没有促使它运动变化的压力。应该看到,语言系统这种不平衡的、运动的性质来自于语言的交际功能。语言使用者所要谈论的客观世界是不断变化的,而且越来越复杂,语言必须一次又一次地打破自己的平衡,去适应客观现实的复杂性,才能满足交际功能的需要。这一点表现在词汇上最为明显。新词汇要不断出现才能适应新的科学技术现实和时刻变化着的社会现实。从这个角度看,由于客观世界在不断变化,任何一种语言都称不上"完全胜任其交际功能",因而永远也不会达到绝对平衡的状态。

根据语言是开放的、动态的符号系统这一概念,布拉格学派提出标准语言(standard language)的语体划分原则。功能语体(functional style)的概念来自于一个深刻的认识:语言与言语行为的体现之间存在着相关性,分析语体实际上是分析不同的语言功能;这种功能的基础是语言结构特征,即语言表达手段的总和。但是,研究语体不仅要研究语言的词汇、语法等手段,而且要研究其结构的组织原则。语法手段和词汇手段与组织原则有本质的不同。组织原则指的是功能结构,不是语言的独立组成部分。语体是一种独立现象,存在于言语行为之中,不像语言组成成分那样潜在于语言结构之中。对标准语言的语体分析同时也体现了语言的"灵活稳定性"(elastic stability)。这是马泰休斯30年代的创见。"灵活"二字反映了语言的动态特征,"稳定性"反映了语言的系统性。对于社团成员来说,标准语言确实代表了一种稳定的规范,不仅保证相互理解,而且保证有共同的美学标准。另一方面,不同语体保证每个成员在不同场合的交际需要可以基本满足。关于标准语言的概念布拉格学派比英美语言学家早提出二十多年。

布拉格学派对日常话语的分析也颇有新鲜见地。早在30年代马泰休斯就用信息论的观点,修改了"主语"和"谓语"的提法,提出"主位"(theme)和"述位"(rheme)两个术语。"主位"指的是已知事实或公认的事实,所以不增加句子的信息量。句子的其他部分是"述位",它包含了要传达给听话人的全部信息。英美语言学家采用"主题"(topic)和"述题"(comment)两个术语,这是50年代提出的。马泰休斯的区分对比较句子结构、分析句子功能和语体特征都有重要意义。与此有关的一个基本观点叫"句子功能展示成分"(functional sentence perspective),就是从功能角度去分析句子,研究句子各个部分各自传达多少信息。所传达的信息量用"交际力"(communicative dynamism)来表示。其理论是: 交际不是静态现象,而是动态现象;交际力是在信息展开过程中交际本身的一种特征。一个语言单位的交际力的大小就是它对交际展开过程的贡献大小,即推动交际向前发展的作用的大小。(详见本章第五节)

以上的介绍十分概括。以下几节中,在详细讨论音位对立、历时音位学、区别性特征、功能语法等问题时,还会进一步论证这些观点及对实际研究工作的指导意义。

第二节 音位对立

布拉格学派的突出贡献是区分了语音学和音位学(phonology)。在这方面,他们曾受惠于库尔德内(Jan Baudouin de Courtenay, 1845—1929)。库尔德内是19世纪末至20世纪初伟大的语言学家之一。他原籍波兰,后长期居住俄国,创立了著名的喀山语言学派。库尔德内的音位理论影响到布拉格学派。他提出了从语音着眼和从意义着眼的双重语言划分系统。从意义着眼来划分的语言单位,就是音位平面、形态—语义平面和句法平面的单位。他特别注意每个平面上的最小单位,即音位、词素、结构段。库尔德内认为这些单位都带有心理上的成分。他说,音位只是一种语言的说话人心里发出的抽象的声音,因为受了不同的语言环境的影响,成了不同的具体声音。

布拉格学派初期主要从事音位学的研究。这个时期的代表作是特鲁别茨柯依的《音位学原理》(1939)。特鲁别茨柯依用索绪尔的理论详细阐述了音位(phoneme)的概念。他说,语音属于言语,音位属于语言。语音本身没有意义。法语中的bas(低的)中的/a/孤立的时候没有意义,但可以带上意义,如介词à(向……)。所以,语音的功能首先是区别本身带有意义的语言单位。所以,法语中bas的/a/使我们能区别beau(美的),boue(泥);就是说,/a/的存在才使我们有可能分开许多与之类似的词。这种观察看似十分肤浅,其实意义很大。它给语言学家提供了一条抽象原则。这条原则是:发/a/音的时候出现的物质特征并不都有区分价值。/a/音长些短些,靠前些靠后些,不引起意义变化。再如,英语中的/t/在tar, tea, two中的物质特征不完全相同(如在发two时/t/是圆唇的),但人们还能听出是/t/,意义没有改变。从语音的这一功能出发,布拉格学派开始区分具有区分价值的那些物质特征,即交流信息的特征。他们的研究方法叫替换法,或替换测验(commutation test)。还以法语bas中的a为例,先正常地发出bas的音来,然后变化/a/的音,使它变宽、窄、长、短、高、低,看把它宽到什么程度,窄到什么程度,高到什么位置,低到什么位置时,bas这个词就开始与另外什么词混淆了。与其他词发生混淆,就是发生了意义上的变化。然后,再拿别的词,如table(桌子),car(因为),把a再做类似的测验。我们会观察到,/a/有一组不同的发音,但不影响对原词的识别。这些不同的音可称为音子(phonon)。这一系列的音子构成音位/a/。其中每一个音子都是/a/的变体(variant),音位学上称之为音位变体(allophone)。区别这些不同音子的特征(如一个高些,另一个低些;一个长些,另一个短些等)叫非区别性特征(nondistinctive features)。有些非区别性特征是由语音环境造成的。在bas中,/a/距离/b/太近,受其发音部位和发音方式的影响;而/a/在table中又受/t/的影响,于是产生了音子的差别。这种特征叫冗余特征(redundant features),因为它们可有可无。不受语言环境影响的音位变体叫自由变体(free variant)。相反,一切把/a/与/o/,/u/,/p/等区别开来的特征都叫区别性特征。

音位这个概念比较难以理解,下面再做些解释。音位是个语音段,它有三个特点:1. 它有区分功能;2. 不能再分成具有区分功能的更小的语言段;3. 只能用区别性特征来确定。德语中,一切由元音起始的词,

特鲁别茨柯依

发音时都把音带先阻塞。由于这是硬性规定，它便没有区分价值，按第一条，它就不是一个音位。英语和德语中/p/, /t/, /k/之后发生送气现象，便不算单独的音位。可是，如果送气现象发生在元音之前，就成了单独音位，使Hund（狗）与und（和）区别开来。西班牙语中, mucho（很多）中的ch发音为/tʃ/。这是两个不同的音/t/和/ʃ/构成的。可是西班牙语的/ʃ/只能出现在/t/之后。所以/tʃ/中的/t/已经失去区分功能。按照第三条，/tʃ/就成了一个音位。再如，英语bad和bat中的/æ/在语音上是不相同的，但还都属于一个音位/æ/。这是因为，使它们不同的特征是非区别性的，是语音环境引起的: /d/前面的/æ/长些，/t/前面的/æ/短些。这又叫做语境变体（contextual variant）。最后，法语中的/r/可以是卷舌音，也可以是小舌音，这一点因人而异，因地不同。所以这两种发音方式可以互换，不会造成混乱（在阿拉伯语中，它们是两个音位），按照第三条，它们属于一个音位。它们的变化不以语音环境为转移，所以是自由变体。为了把语音和音位区别开来，标记语音时用方括号 [ ]，标记音位时用两条斜线/ /。总之，我们平时听到的语音多是五花八门、千变万化的，其实很多细节完全是多余的; 只要一个说话人的发音基本正确（甚至有个别的错误），我们都可排除细微差别的干扰，正确地理解他的意思。我们在辨认意义差别时，靠的是几条最关键的区别性特征。这就是音位学的整个基础。所以，音位不是声音本身，而是声音的对比功能。语言不同，音位数目也不相同，有的只有15个音位，有的多达50个音位。这些音位构成一种语言的音位系统。语言不同，音位系统当然也不一样。

　　特鲁别茨柯依试图对这种区别性的语音特征进行分类。他不仅想了解/p/与/b/有什么区别，而且要研究这种区别在音位系统中的性质和地位。他在区分音位对立时有三条标准: 1. 它们与整个对立系统的关系; 2. 对立成员之间的关系; 3. 区别力量的大小。最后归类如下:

　　1. 双边对立（bilateral opposition）。如果两个音位所共有的语音特征只属于这两个音位，它们的对立就叫双边对立。英语的/p/和/b/共有的特征是"口腔唇塞音"，英语中其他的辅音都不共有这三个特征。/m/不属于这一类，因为它是鼻音，不是口腔; /f/和/v/不是塞音而是擦音。在泰语中，除了/p/和/b/之外，还有/pʰ/音，但我们仍然可以说/p/和/b/是双边对立，不过它们的共有特征则为"口腔—唇—不送气—塞音"。

　　2. 多边对立（multilateral opposition）。如果两个音位之间有一个以上的特征把它们区别开来，也就是说，它们共有的特征其他音位也共有，就叫多边对立。上面提到的泰语的例子中, /pʰ/和/b/的对立就是多边对立,因为它们共有的特征"口腔唇塞音"/p/也共有。再如英语中的/t/与/v/, /p/与/m/,它们共有的特征其他辅音也共有,区别它们的特征不止一个:

	/t/	/v/		/p/	/m/
辅音	+	+	辅音	+	+
前部音	+	+	前部音	+	+
舌前音	+	–	浊音	–	+
连续音	–	+	鼻音	–	+
浊音	–	+	响音	–	+

3. 均衡对立(proportional opposition)。如果同一项特征同时可以区别两组或两组以上的音位,这种音位对立就叫均衡对立。换句话说,如果几组音位的对立关系是完全相同的,就是均衡对立。英语中的/p/与/b/的对立就是均衡对立,因为它们之间的对立关系与/t/和/d/, /f/和/v/之间完全相同,区别它们的是同一特征,即清/浊之差。

4. 孤立对立(isolated opposition)。如果两个音位的对立关系是特殊的,是其他音位对立中找不到的,就叫孤立对立。如英语中的/v/和/l/,是一个唇齿摩擦浊辅音对一个双边辅音。德语中的/t/和/x/,是一个齿龈塞音对一个软腭擦音,也属孤立对立。特鲁别茨柯依认为,以上不同的对立决定了语言音位系统的内在结构。

5. 否定对立(privative opposition)。如果两个音位的对立是一个具有某种特征而另一个不具有这种特征,就叫否定对立。例如,英语中/p/与/b/,一个清音,一个浊音; /m/与/b/,一个是鼻化音,一个是非鼻化音;泰语中/pʰ/送气,/p/不送气。带这种特征的音位叫"有标记"(marked)音位,不带的叫"无标记"(unmarked)音位。

6. 分级对立(gradual opposition)。如果两个音位的对立是具有不同程度的同一特征,就叫分级对立。例如,在西非约鲁巴语(Yoruba)的元音系统中有七个元音:

$$
\begin{array}{ccc}
i & & u \\
e & & o \\
\varepsilon & & \mathfrak{c} \\
& a &
\end{array}
$$

/u/和/o/之间的对立就是分级对立,因为具有同一特性(元音高度)的音位还有第三个——/ɔ/;所以不能说/u/有标记,/o/没有标记,因为后元音有三个价值: 高,中,低。另一方面,土耳其语的元音系统为:

$$i \quad ü \quad i \quad u$$
$$e \quad ö \quad a \quad o$$

元音高度中只有两个价值,所以/u/和/o/之间就成了否定对立,一个是[+高],一个是[–高]。

7. 等价对立(equipollent opposition)。如果两个音位可以在逻辑上看成是等价的,既不是分级对立,又不是否定对立,就叫等价对立。例如英语中的/p/和/t/或者/t/和/k/。它们之间不存在分级对立,因为它们不构成一个从双唇到软腭的连续体,不能说/p/靠前些,/t/靠后些。元音有高低之分,辅音没有。辅音的区别在于两个发音器官的变化。

在决定音位对立性质的时候,一定要考虑那种语言一共有多少音位。同样的对立关系,在一种语言中可能是分级对立,而在另一种语言中则是否定对立。所以特鲁别茨柯依还区分了逻辑否定对立与实际否定对立,逻辑分级对立与实际分级对立,逻辑等价对立与实际等价对立。上面提到的/u/与/o/的对立就是逻辑分级对立,因为有的语言有第三个后元音/ɔ/,但在土耳其语中它们又是实际否定对立,在约鲁巴语中又是实际分级对立。所以特鲁别茨柯依认为,在世界语言中语音关系是普遍存在的,这叫语音普遍性(phonetic universal),但是具体的语言又可能改变这种逻辑上的语音关系,构成自己的音位系统。

8. 抵消对立(neutralizable opposition)。如果两个音位在有些位置上是对立的,而在其他位置上失去对立,这就叫抵销对立。标准德语中就有这种现象。德语中有清辅音/p/,/t/,/k/,/f/,/s/,也有相对的浊辅音/b/,/d/,/g/,/v/,/z/。但是浊辅音出现的位置是受限制的。词尾的辅音一律是清辅音,遇到浊辅音也发清辅音。例如Rat(劝告)和Rad(轮子),写法不同,发音却完全一样,都是/rɑ:t/。它们的复数形式Räte和Rader分别发成/rɛ:tə/和/rɛ:dər/,因为有了后缀元音,/d/与/t/的对比关系又出现了。所以德语的清、浊辅音的对立都是抵销对立。再如,英语中的/p/和/b/出现在/s/之后就失去对立。试读beach和speech。这里有一种特殊情况,首音/s-/之后的塞音,有的音位对立可以抵销,如stop中的/t/与/d/的对立就消失了,有些则没有这种情况。如skin中的/k/在首音/s/之后,但没有一个/g/在/s/之后与之相对,不存在[*]sgin这种组合。特鲁别茨柯依认为这是一种极特殊的音位,叫原音位(archiphoneme)。他建议的标记方法是大写K这个字母: /sKin/。

9. 永恒对立(constant opposition)。如果对立的音位可以出现在一切可能的位置上而不抵销对立,则称永恒对立。在尼日利亚的努皮语（Nupe）中，一般音位结构是一个辅音跟着一个元音，只有少数例外。/t/与/d/的对立就是永恒对立，在一切辅音位置上都不消失的对立。动词/tá/（告诉）和动词/dá/（变软一些）就是一例。

特鲁别茨柯依的归类对分析语音特点和音位很有好处。用这个模式，不仅可以描写/p/与/b/的对立，而且可以说出它们的对立关系的特点是双边对立、均衡对立、否定对立、抵销对立。用这些概念去分析，我们可以知道为什么相同的语音对立在不同的语言中有不同的结构。一组音位对立是否定的还是分级的，要看语言的音位体系而定。

第三节　历时音位学

特鲁别茨柯依探讨了音位对比的各种可能情况之后，又画出了对比的功能关系图示。两个音位能归为一个对比对子（contrastive pair）的语音特征叫相关特征（correlative feature）；如果一种对比存在于两个以上相关音位的对子中，就说它们有相关性（correlation），这种特征就叫相关标记（mark of correlation），如区别英语中的/p/-/b/，/t/-/d/，/k/-/g/这三个音位对子的相关标记是"非浊音"［-voiced］。但是有些音位对子可能有两种以上的相关标记。如梵语的塞音有两种相关标记，一是"音响"（sonority），一是"送气"（aspiration）。根据这两个区分功能，则可画出下列相关模式：两种以上的相关标记叫相关束（bundle of correlations）。这种相关性图解对研究语言发展史尤其重要，它对解释语音变化提出了新的方法。

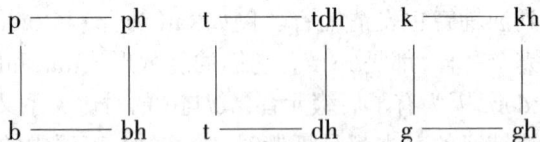

```
p ——— ph    t ——— tdh    k ——— kh
|       |    |       |    |       |
b ——— bh    t ——— dh    g ——— gh
```

我们记得，索绪尔曾经说过，共时语言描写和历时语言描写应该采用不同的方法。布拉格学派认为，索绪尔的区分过于绝对，低估了历时语言研究的重要性，找不出音变的根本原因。1928年在海牙召开的第一次国际语音学会议上，布拉格学派发表了声明，第一次公开表示不同意索绪尔的观点。这个声明是由特鲁别茨柯依、雅克布逊和卡尔采夫斯基起草的。他们宣布，音位学研究方法不仅适用于共时语言学，而且适用于历时语言学。用音位学的观点来研究语音演变就叫历时音位学（diachronic phonemics; historical phonology）。

历时音位学研究音变时,只注意引起语音结构变化的音变,因为只有这种音变才具有功能,才是真正重要的(significant)。这种有功能作用的演变叫"音位学转换"(phonological transformation)。功能变化引起一种语言的有意义的单位的重新组合,所以是有意识的、有目的的,不是盲目的。功能音变的概念假设语言有一种系统,这种系统遵循一定的和谐原则和经济原则。结果,一切孤立的、不对称的音位对立趋向消亡,一切不符合相关原则的音变趋向消失(当然,并不是都消失了)。功能音变中最重要的一点是,由于相关性的原因,各种语言都以最经济的办法来组织自己的音位,相关的音位对子越多,语言的结构就越经济,因为这样可以用最少的区别特征来区分最多的音位。

假如说,有一种语言的音位相关性取决于发音动作(articulation)和清浊变化;这种语言的清塞音里有双唇音、齿音和软腭音,而在浊塞音中只有双唇音和齿音,没有软腭音。于是就出现这种情况:

$$/k/-$$
$$/p/-/b/ \qquad /t/-/d/$$

经济原则与和谐原则就会设法改变这种不平衡的分配状况,或者说就会设法填补或清除这个"空位"(empty space)。一种可能是,为了取得和谐,发展出一个软腭浊塞音,得到另一个音位对子/k/-/g/,达到完全相关:

$$/k/-/g/$$
$$/p/-/b/ \qquad /t/-/d/$$

另一种可能是,由于发音动作的原因,把双唇浊音和浊齿音丢失了,这样也可达到绝对平衡状态:

$$/k/$$
$$/p/ \qquad /t/$$

第三种可能是,清/浊之分变得更加重要,没有清/浊对立的辅音趋向消亡,结果/k/被取消了,也会出现平衡:

$$/p/-/b/ \qquad /t/-/d/$$

这三种情况的共同特点是,减少没有规则的、孤立的音位现象,使音位系统呈现最大的规则性,以趋向经济与和谐。布拉格学派认为,在语音演化中,许多结构性的变化都可以从功能角度解释清楚。

不难看到,有些对立特征出现多些,有的使用很少。这种差别用"功能值"(functional yield)来表示。英语中,/p/与/b/的对立具有较高的功能值,因为可以用它来区别许多音位对子,而/ʃ/与/ʒ/之间的对立的功能值就很小,因为它只能区别很少的音位对子。功能值大的音位或语音成分不容易发生变化,功能值小的容易发生变化。

西班牙语中有一个明显的例子。中古西班牙语有一对前腭擦音,一清一浊,/ʃ/和/dʒ/。那时,dixo(他说)读作/diʃo/,hijo(儿子)读作/hidʒ/,coger(捉住)读作/kɔdʒor/。到了17世纪初期,这两个音位都消失了,出现了清软腭擦音/x/,中古西班牙语中没有这个音位。这一变化说明两个问题:第一,/ʃ/和/dʒ/原属一个相关系统,一个消失了,另一个也不易存在,因为一个音位消失了,其对立音位的区分功能就减弱了;失去了区分功能也就失去了音位的地位。第二,为什么它们被/x/所代替呢?这是为了满足音位系统的对称性。卡斯梯尔(Kastile)地区的语言已经有了清软腭塞音/k/,加上这个新出现的清软腭擦音,就形成了一对新的对立音位。这对软腭音的区别性特征与/p/-/f/和/t/-/s/两对音位的区别性特征是一样的,这样就扩大了这种相关系统。

有的语言学家认为,从中古英语到早期现代英语的过程中的元音变化也有这种规律。请看:

中古英语	伊丽莎白时期	现代英语
① bite[biːtə]	[beit]	[bait] bite(咬)
② bete[beːtə]	[biːt]	[biːt] beet(甜菜)
③ bete[bɛːtə]	[beːt]	[biːt] beat(打)
④ abate[əbɑːtə]	[ɑbæːt]	[əˈbeit] abate(减少)

可以看到,当②上升到/iː/时,①中的元音已不再是/iː/,而变成了双元音/ei/。当③上升到/ei/时,②中的元音已经不再是/eː/,而变成了/iː/。当④变成/æː/时(/æː/与/ɛː/很相近),③已不再是/ɛː/,而变成了/eː/。可以这样讲,四个元音都上升了一格,发生了等距离变化,因此不会造成混乱。到了17世纪,英语中的/eː/音位逐渐消失,与/iː/合并,音位系统发生变化。当然这次出现一些同音异义的词,如beet和beat。

增加和减少音位的情况是很常见的。现代法语中的l'Ain(地名)和l'un(这一个)的发音本来是有差别的,前者的元音为/ɛ̃/,后者的元音为/œ̃/。现在这两个音的区别正在消失,/ɛ̃/趋向于/œ̃/,/ɛ̃/在消失之中。另外,16世纪末期,法语中的/ã/[如在现代的an(年)中]和/a/的区别是语境变体的区别,就是说,/a/在/m/和/n/之前必须发/a/的音。要区分an和Anne(人名),就看尾音是否有/e/、/ãn/和/āne/。后来词尾的e不再发音,Anne发成/an/,/ã/经过非鼻音化过程,/e/也消失了。而且an读作/ã/,词尾的n也不再发音。这样/ã/就成了一个独立的音位,具有了区别功能,可以区分开à(向⋯⋯)和an。

现在讨论一下经济原则。经济原则是马丁内提出的。他用经济原则来解释语言演化过程颇见成果。他在《语言演变的经济原则》(1955)一书中,把经济原则看作语言演变的基本规律。什么是经济原则? 经济原则不是简单的"省力气",而是语言中的"作用力的综合"。他说,使语言发展变化的力量有两种,一种是人类交际和表达的需要,一种是人在生理上和精神上的自然惰性。这两种力量处在矛盾和冲突之中。人类交际和表达的需要始终在发展和变化,这就促使人类去创造新的、更复杂的、具有特定功能的语言单位。而人在各方面表现出来的惰性则要求在说话过程中尽可能减少力量的消耗,去采用省力的、熟悉的、习惯的表达方式。这就构成了一对矛盾。矛盾的结果是使语言经常处在相对平衡的状态。马丁内还认为,考察语言经济原则时,下列因素也要考虑在内:语音器官的构造,人的记忆能力,语言社团的特别习惯,语言单位的复杂程度,及这些单位的出现频率和信息量等。

马丁内发现,语言单位的出现频率和信息量之间呈现反比关系。单位越是复杂,出现频率就小; 频率越小,信息量就越大。反过来,语言单位简单,出现频率就大,而信息量就小。所以,在语言运用中这些单位保持某种平衡的关系。据马丁内统计,如果一段法语素材中含有100个带元音之间单辅音/-t-/的词,其中就可能含有10个带元音之间辅音丛/-kt-/的词。尽管/-kt/需要消耗的力量比/-t-/大,但/-kt-/带有的信息量比/-t-/大得多。(/-kt-/后面可选择的词很少,排除了许多可能性。)这样,语言单位的复杂程度和使用频率就达到了相对的平衡。但是,随着交际需要的发展,复杂单位的出现频率可能提高,简单单位的出现频率可能降低,相对平衡就会打破,这样就会引起语言的演变。

对前面曾经提到的空位现象,马丁内提供了一个科学的定义: 在相关系统中,音位系列(series)和音位序列(order)的交叉点上,可能有一个音位而实际又没有,这就出现一个空格,这个空格就叫空位。古英语辅音系统中,一个局部相关系统为:

序列	方式＼部位	系　列		
		双唇音	舌尖音	舌根音
	清　音	p	t	k
	浊　音	b	d	g
	鼻　音	m	n	

雅克布逊

空位在音位演变中最具有吸引力,能促使同系列和同序列的音位衍生出新的、填补空白的音位。马丁内用语言经济原则合理地解释了填补空位的过程。古英语的这个空位是如何填补的呢? 古英语中,n在/k/、/g/之前读作/ŋ/音,词尾-ng大致读作/ŋg/,所以/ŋ/是音位/n/受舌根音的影响而形成的音位变体,不具有音位身份。到了中古时期,-ng这种鼻音和-mb、-nb之类的形式大量出现,使用频率提高了,于是出现了简化的趋势,-mb简化为[m],-nb简化为[n],/ŋg/的音简化为/ŋ/。这时,/ŋ/不再是音位/n/的语境变体,自己成了一个独立的音位/ŋ/。

布拉格学派采用音位学原理研究语言演变的方法是有道理的,使我们对音变规律有新的认识。可以想象,在长期的语言使用过程中,语音的变异肯定是许许多多的,但是,哪些变化很快消亡了,哪些变化保留下来,并进入语言的系统,一定是有其内在规律的,而绝对不是盲目和偶然的。其根本规律就在于音位的对立和相关性;这一切又在经济原则的指导之下,使不同的语言按照自己本来的音位系统,把那些功能值高的、区别性强的、符合对称原则的、出现频率高的音变纳入自己的结构,同时排除那些失去对比功能的音,尽可能用最少的区别性特征区分最多的音位。

第四节 区别性特征

在本章第二节,我们看到特鲁别茨柯依的音位对立理论对分析语音特征的效益。可以说,特鲁别茨柯依主要是找出了经常出现的语音对立的音位特性,雅克布逊则在这个基础上发展了音位理论,提出了预示音位对立的方法。例如,某种对立的存在,就意味着另一种对立不能存在。20世纪50年代,雅克布逊同另外两位美国语言学家甘纳·方特(Gunnar Fant,1919—2009)和莫里斯·哈勒(Morris Halle,1923—)发现,一切语言中都不存在唇化辅音、软腭化辅音和咽化辅音的对立。在一种语言中,只有这三种辅音与一个普通音的对立,不可能有唇化辅音与软腭化辅音的对立,或软腭化辅音与咽化辅音的对立,或咽化辅音与唇化辅音的对立。为什么这三种辅音互相排斥,是因为它们有一个共同的底层特征,即都具有"抑扬性"(flat)(见下文)。就是说,唇化音、软腭化音和咽化音都不是音位特征,真正的音位特征是"抑扬性"。这样,人们第一次认识到,语音特征不一定就是音位特征。这样一来,就有可能把语音特征减少到几个或十几个音位特征。据说,有12个至15个音位特征即可解释世界上一切语言的音位系统。

同时,雅克布逊还以声学频谱为基础来分析语音,这也是语音学和音位学上的一大进展。我们知道,在此之前,语音学是描写每个音的发音部位(point of articulation)和发音方法(manner of articulation)。发音部位主要指声道和发音器官的接触部分,主要有唇部、唇齿部、齿部、硬腭部、软腭部、小舌部等。发音方法指气流在声道内受阻塞或被释放的方法,主要类别有塞音、鼻音、擦音、塞擦音、边音、颤音、闪音、半元音等。例如: 英语的辅音可以描写如下:

发音方法		发 音 部 位							
		双唇	齿唇	齿音	齿龈	腭龈	腭音	软腭	喉音
	塞音	p, b			t, d			k, g	
	擦音		f, v	θ, ð	s, z	∫, ʒ			
	塞擦音					tʃ, dʒ			
	鼻音	m			n			ŋ	
	边音				l				
	近拟音	w				r	j		

元音常用舌位的前、央、后和高、中、低来加以区别。高、中、低还常分为闭元音(高),半闭元音(中高),半开元音(中低),开元音(低)。如图所示:

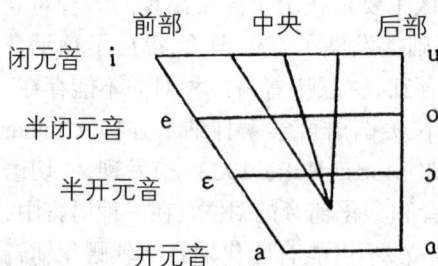

且不说这种描写十分费力,而且也不够科学。随着科学技术的发展,可以用声学特征来区分语音。例如,要区分/t/和/d/一方面可以描写其发音特点,另一方面可以描写它们的声学符号。原来是描写一个音是如何产生的,现在可以描写一个音听起来是什么样子。况且,有些音位现象只用发音部位和发音方法很难解释清楚。

据说,有一种飞飞语(Fe？fe？),其中有这样一种语音现象: /p/, /t/, /k/三个塞音在词尾时,前面的元音要有差别。一个元音是/a/,接近于法语的patte(足掌)中的元音,是个前元音,另一个是/ɑ/,接近于英语中的father(父亲)中第一个元音,是个后元音。在/p/和/k/之前只出现/ɑ/,

而在/t/之前只出现/a/。如：

/vɑp/	（鞭打）
/fat/	（吃）
/tʃak/	（寻求）

这是为什么呢？原来，/p/和/k/所共有的一种特征是/t/所没有的。/p/的发音部位在口腔最前面的双唇处，/k/的发音部位在口腔的后部。在这两种情况下，口腔的空位比较大，因此在声谱中低频率占主导地位。相反，齿龈音/t/把口腔分为两个较小的空位，因此在声谱中高频率占主导地位。这种现象使雅克布逊和方特等语言学家认识到，双唇辅音和软腭辅音有共同的特征，称之为"低沉性"（graveness），即频率低，声调低；齿龈音和腭音（即硬腭部位）有共同的特点，称之为"尖峭性"（acuteness），即频率高，声调高。如下页图：

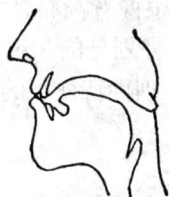

双唇音口腔

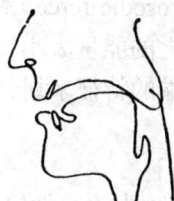

软腭音口腔

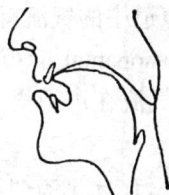

齿龈音口腔

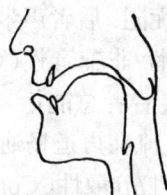

元音 /iː/口腔

元音也是如此。发后元音时舌部升到口腔后部，口腔空位较大，因此具有低沉特征。发前元音时舌部居中央，口腔空位较小，所以具有"尖峭性"。因此可以这样归纳一下：

〔低沉性〕：唇辅音，软腭辅音，后元音

〔尖峭性〕：齿龈辅音，腭辅音，前元音

　　雅克布逊的另一个重大发明就是"双分法"（binarism）。每一个音位特征只有两个值，一个正值，一个负值，分别标记为〔+特征〕，〔-特征〕，如〔+鼻音性〕，〔-鼻音性〕，〔+浊音性〕，〔-浊音性〕。这种做法似乎不太合理，因为鼻音之间的鼻化程度也不同。据说，法语中的/b/比英语的

/b/"浊音性"更强一些。但是,雅克布逊认为,从音位角度看,它们都是
〔+浊音性〕,〔+鼻音性〕,浊化程度和鼻化程度根本没有区分功能。遇到
分级对立的元音怎么办?前面讲过,/i, e, ɛ, æ/是高度不同的四个前元
音,很难用双分法来表示。雅克布逊仍然用了双分法,这一点下面将详
细讨论。

　　上面所提的那些偶值特征主要用来表现音位的区别,不问其语音表
达中的细节,所以称之为"区别性特征"(distinctive feaure)。在《音位学
和语音学》(1956)一文中,雅克布逊和莫里斯·哈勒这样写道:"到目前
为止,在世界语言中发现的内在区别性特征有12组对立,这些对立连同它
们的韵律特征构成词汇和词形的基础,每种语言都从这12组中选用自己
的区别性特征。这12组从内在特征上分为两大类,一类可称为音响特征
(sonority features),一类可称为声调特征(tonality features);第一类很像
韵律力量(prosodic force)和音量特征,第二类很像音高特征。音响特征
是利用声谱上的能量大小、集中程度、持续时间来划分的。声调特征是利
用频率谱两端的特征来划分的。"他们给12对区别性特征下的定义是:

音响特征

　　1. 元音性/非元音性(Vocalic/Non-Vocalic):声学特点:前者有一个
明显的共振峰,后者的共振峰不明显。生理特点:前者声带振动,气流在
声道中畅通无阻;后者声带或振动或不振动,声道中的气流有阻碍。

　　2. 辅音性/非辅音性(Consonantal/Non-Consonantal):声学特点:前
者总能量低,后者总能量高。生理特点:前者气流在声道里受到阻止或
干扰,后者气流在声道畅通无阻。

　　3. 聚集性/分散性(Compact/Diffuse):声学特点:前者有巨大的能量
集中在第一个共振峰,接着有第二个共振峰;后者的第一共振峰和第二
共振峰比较分散。生理特点:前者在口腔前部,后者在口腔后部;从音腔
形状和大小来看,前者位于最狭窄处之前,后者位于最狭窄处之后。

　　4. 紧张性/松弛性(Tense/Lax):声学特点:前者共鸣区明显,后者共
鸣区不明显;前者能量强,持续时间长,后者能量弱,持续时间短。生理
特点:前者声道变形程度大,后者声道变形程度小。

　　5. 浊音性/清音性(Voiced/Voiceless):声学特点:前者有周期性低频
激发,后者没有。生理特点:前者声带有周期性振动,后者没有。

　　6. 鼻音性/口音性(Nasal/Oral; Nasalized/Non-Nasalized):前者把能
量分配在广阔的频区,减小某些共振峰强度,增加鼻音化共振峰;后者频

区较窄,没有鼻音化共振峰。生理特点:前者是口腔共鸣器辅助于鼻腔,后者不利用鼻腔共鸣。

7. 非延续性/延续性(Discontinuous/Continuous):声学特点:前者在停止发音之前或之后能量突然迸发或元音共振峰迅速过渡,后者没有能量突然迸发或迅速过渡。生理特点:通过迅速开闭声道发出塞音,以与擦音相区别;或迅速开闭一两个塞子,发出非延续性的/r/,以与流音/l/相区别。

8. 刺耳性/圆润性(Strident/Mellow):声学特点:前者为高强度噪音,后者是低强度噪声。生理特点:前者终端粗糙,后者边缘光滑;前者有辅助性的阻碍,在发音部位造成终端粗糙的效果,后者只有不太严重的干扰,使边缘比较光滑。

9. 急煞性/非急煞性(Checked/Unchecked):声学特点:前者在短时间内迅速释放能量,后者在较长时间内慢慢地释放能量。生理特点:前者有声门封闭现象,造成喉塞音,后者没有声门封闭现象。

声调特征

10. 低沉性/尖峭性(Grave/Acute):声学特点:前者能量集中在低频区,后者能量集中在高频区。生理特点:前者发生在口腔边缘,后者发生在口腔中央部位。边缘音位(软腭音和唇音)的共鸣器较大,中央音位(腭音和齿音)共鸣器较小。

11. 抑扬性/非抑扬性(Flat/Non-Flat):声学特点:前者的共振峰由高频部分向下降到低频部分。生理特点:前者通过口腔共鸣箱前部或后部的通气孔,通道狭窄,并有软腭化现象;后者通气孔较宽,没有软腭化现象。

12. 扬升性/非扬升性(Sharp/Non-Sharp):声学特点:前者向高频部分转移,或加强高频成分,后者没有这个特点。生理特点:前者出自较宽的咽腔开口,后者出自狭窄的咽腔开口,前者在口腔共鸣器后部,同时发生腭化现象限制着口腔。

这12项中,最能代表雅克布逊的观点是"辅音性"和"元音性"两种特征。我们知道,传统上一般区别辅音、元音、半元音(glide)和流音(liquid),而雅克布逊则用"辅音性"和"元音性"来区分这四种情况。雅克布逊写道:"一切元音都是元音性,非辅音性;一切辅音都是辅音性,非元音性;流音既是元音性,又是辅音性(气流既可自由通过口腔又有阻碍);一切半元音既是非元音性,又是非辅音性。"这样就用两个特征区别了四种情况:

	辅音	元音	流音	半元音
辅音性	+	−	+	−
元音性	−	+	+	−
例音	/p/	/a/	/l/	/y/

由此表可以看出真正的辅音与元音没有共同之点。元音和流音有共同之点,都有〔+元音性〕。元音与半元音的共同点是〔−辅音性〕。可表示如下:

1组	辅音+流音:	〔+辅音性〕
2组	辅音+半元音:	〔−元音性〕
3组	元音+流音:	〔+元音性〕
4组	元音+半元音:	〔−辅音性〕

这种双分法对揭示自然类(natural class)有特殊的意义。关于自然类问题,这里不作详细讨论,只说明其含义。如果规定一个类别时所用的特征少于规定其中任何一个音位时所用的特征,就说这几个音位组成一个自然类。如,规定/p/, /t/, /k/用三个特征即可:〔−浊音〕,〔−延续音〕,〔−发音延迟〕。如果规定每个音位,则需要更多的特征:

/p/	/t/	/k/
〔−浊音〕	〔−浊音〕	〔−浊音〕
〔−延续音〕	〔−延续音〕	〔−延续音〕
〔−发音延迟〕	〔−发音延迟〕	〔−发音延迟〕
〔+前位音〕	〔+舌前音〕	〔−前位音〕
〔−舌前音〕		

不过,雅克布逊的分析方法有一定的局限性。上述四组音段,在自然结合中会遇到困难。在语言的自然结合中,最常见的是:

辅音+元音	半元音+元音	流音+元音
(tea)	(year)	(lie)

就是说,音位特性常用辅音/元音对立来加以解释,因为自然语言中常见的结构是:

辅音+元音+辅音+元音(CVCV)

其中的辅音可以是真正的辅音,也可以是半元音和流音。这是因为,辅音、半元音和流音有一个共同特点,就是都不构成音节,而元音永远会构成音节。所以雅克布逊的四种排列实际意义不大。不过,他的分析方法影响到生成音位学,乔姆斯基在他的基础上又提出了一套区别性特征。

关于元音的区别性特征，莫里斯·哈勒曾列过这样一张表：

	i	e	æ	u	o	ɔ	a
辅音性	−	−	−	−	−	−	−
元音性	+	+	+	+	+	+	+
分散性	+	−	−	+	−	−	−
聚集性	−	−	+	−	−	+	+
低沉性	−	−	−	+	+	+	+
抑扬性	−	−	−	+	+	+	+
浊音性	+	+	+	+	+	+	+
延续性	+	+	+	+	+	+	+
刺耳性	−	−	−	−	−	−	−
鼻音性	−	−	−	−	−	−	−

分析一下这张表就不难看出，这些区别性特征与传统的语言描写存在一定的对应关系。"辅音性"和"元音性"前面已经讨论过。现在分析中间一栏：

〔+分散性〕：高元音（又叫闭元音）

〔−分散性〕：中高元音和低元音（半闭、半开、开元音）

〔+聚集性〕：低元音（开元音）

〔−聚集性〕：高元音和中高元音（闭和半闭元音）

〔+低沉性〕：后元音

〔−低沉性〕：前元音

〔+抑扬性〕：圆唇元音

〔−抑扬性〕：非圆唇元音

因此，元音只分为前元音和后元音以及高元音、中高元音和低元音。这就等于宣布，一切语言中的元音，从前后分，只有两种；从高低分，只有三种。然而，丹麦语和瑞典语有四个元音高度/i, e, ɛ, æ/。/e/和/ɛ/被划在一个高度，叫中高元音，然后二者再同"紧张性"加以区别：

/i/	/e/	/ɛ/	/æ/
〔+分散性〕	〔−分散性〕	〔−分散性〕	〔−分散性〕
〔−聚集性〕	〔−聚集性〕	〔−聚集性〕	〔+聚集性〕
	〔+紧张性〕	〔−紧张性〕	

用双分法来解释四种元音高度,总是不太令人满意。后来,乔姆斯基和莫里斯·哈勒又想出一个办法:

/i/	/e/	/ɛ/	/æ/
〔+高〕	〔−高〕	〔−高〕	〔−高〕
〔−低〕	〔−低〕	〔−低〕	〔−低〕
		〔+紧张性〕	〔−紧张性〕

这与雅克布逊的办法大同小异,问题仍没有彻底解决。不过,雅克布逊等曾经这样说:"一种信息的任何最小区别单位都只给听话的人两种选择的可能。"就是说,听话人只能从对立的两个特征中作出抉择:是存在某种特征,还是不存在某种特征。所以,双分法是从听话人理解过程的角度制定出来的。况且,如果其他区别性特征都是偶值对立,元音高度也最好采用偶值对立。这样有利于比较相同特征和不同特征,便于达到理论上的简洁性。

至于元音表中的最后四个特征,表中的元音全部都是〔+浊音性〕,〔+延续性〕,〔−刺耳性〕,〔−鼻音性〕。有些语言(如葡萄牙语、法语)有清元音,还有的有鼻化元音,这里都被忽略不计。一切元音都一律标为〔+延续性〕和〔−刺耳性〕,因为一切元音都有持续的气流通过,而没有高频噪音。所以,〔+延续性〕和〔−延续性〕、〔+刺耳性〕和〔−刺耳性〕都被用来区别辅音了。

现在,我们再用这一组特征来区分一下辅音。按雅克布逊的模式,一切没有标着〔−辅音性,+元音性〕的音都是辅音。换句话说,一切标有〔+辅音性〕或〔+元音性〕的音都是辅音。不难看出,雅克布逊模式的优点之一就是,可以用同一套特征来描写辅音和元音的特点。语音学家传统上把元音分为前元音、央元音和后元音,把辅音分为唇音、齿音、腭音等。这些不同的发音部位在雅克布逊模式中用"分散性"和"低沉性"两个特点联系起来。在下表中,我们用前面区分元音的那组特征来分析英语辅音:

关于流音、半元音,前面已经讲过,不再赘述。另外,我们可以从这个表中找出区别性特征和发音部位、方法之间的对应关系:

〔+分散性〕:唇音,齿音/齿龈音

〔−分散性〕:腭音,软腭/后部音

〔+低沉性〕:唇音,软腭/后部音

〔−低沉性〕:齿/齿龈音,腭音

〔+浊音性〕:浊音

〔−浊音性〕: 清音

〔+延续性〕: 擦音,流音,半元音

〔−延续性〕: 塞音,塞擦音

〔+刺耳性〕: 噪音性擦音(唇齿音,齿龈音),塞擦音

〔−刺耳性〕: 噪音性小的擦音(齿间音,腭音,软腭音),塞音,流音,另外,送气辅音和半元音/h/都标着〔+紧张性〕。

	p	b	f	v	m	t	d	θ	ð	s	z	n	tʃ	dʒ	ʃ	ʒ	k	g	l	r	w	y	h
辅音性	+	+	+	+	+	+	+	+	+	+	+	+	+	+	+	+	+	+	+	+	−	−	−
元音性	−	−	−	−	−	−	−	−	−	−	−	−	−	−	−	−	−	−	+	+	−	−	−
分散性	+	+	+	+	+	+	+	+	+	+	+	+	−	−	−	−	−	−	+	+			
低沉性	+	+	+	+	+												+	+	−		+		+
抑扬性																					+		
浊音性	−	+	−	+	+	−	+	−	+	−	+	+	−	+	−	+	−	+	+	+			
延续性	−	−	+	+	−	−	−	+	+	+	+	−	−	−	+	+	−	−	+	+	+	+	+
刺耳性	−	−	+	+	−	−	−	−	−	+	+	−	+	+	+	+	−	−					
鼻音性	−	−	−	−	+	−	−	−	−	−	−	+	−	−	−	−	−	−					
聚集性	−	−	−	−	−	−	−	−	−	−	−	−							−	−			

半元音

〔+鼻化音〕:　鼻腔音

〔−鼻化音〕:　口腔音

这样比较一下,雅克布逊模式的优点便看得更清楚了。在一个普通辅音表中,至少要标十几个发音部位和八九个发音方法才能区别各个辅音,而且往往还会留有空白。用雅克布逊的方法,可以大大简化辅音图表。例如,/θ/和/ð/是齿间擦音。只有齿间擦音才有可能与齿/齿龈音形成对比,/θ/和/ð/与/s/和/z/之间应该呈现某种关系。如果能找到另一个特点来区别这两对擦音,则可不必再用"齿间音"特征来区别了。雅克布逊发现,〔−刺耳性〕特征就有这种功能。/θ/和/ð/具有〔−刺耳性〕,而/s/和/z/具有〔+刺耳性〕。这就是说,发音部位上的区别可以用噪音成分来解释。传统上经常划分出下列四个发音部位,从中又可分成八个具体部位:

```
        唇部                齿部
        ∧                  ∧
   双唇部   唇齿部      齿间部   齿/龈部

        腭部                软腭部
        ∧                  ∧
   齿龈腭部  腭部        软腭部   小舌部
```

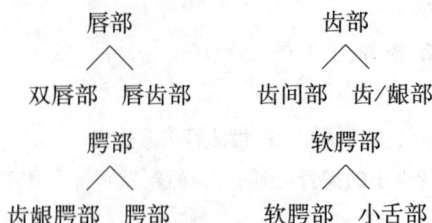

而这四个部位用两个区别性特征即可分开：

	唇部	齿部	腭部	软腭部
低沉性	+	−	−	+
分散性	+	+	−	−

例如：

	/p b f v/	/t d θ ð/	/tʃ dʒ ʃ ʒ/	/k g/
低沉性	+ + + +	− − − −	− − − −	+ +
分散性	+ + + +	+ + + +	− − − −	− −

至于次发音动作(submanner of articulation)（如唇化，腭化），则可用"抑扬性"，"扬升性"，"急煞性"来解释。从前面的定义中可以知道，这三种特征主要区分下列发音部位：

〔+抑扬性〕：唇化，软腭化，咽化，小舌

〔+扬升性〕：腭化

〔+急煞性〕：声门闭塞

把唇化音、软腭化音、咽化音和小舌音都看作具有〔+抑扬性〕，也就是不再区分唇化的/tʷ/、小舌/t̠/和咽化的/tˤ/。在不同语言中，〔抑扬性〕区分的是不同的音，这取决于语言本身的音位系统。

总起来说，雅克布逊的区别性特征是对音位学的重要贡献。它在三个方面具有一定的创造性：1. 这些特征旨在揭示音位对比，而不是描写语音特点；2. 这些特征在本质上都具有偶值性质；3. 全部特征主要是依据声学特点来规定的。

第五节 句子功能展示成分

"句子功能展示成分"译自functional sentence perspective (FSP)。该英语译自捷克语，但是捷克语最初用的是马泰休斯创造的aktuální členění věnté。这三个词各自的意思依次是"实际的"、"切分"、"句子"，所以可译为"句子的实际切分"。这个概念在译成英语时遇到困难，尤其是"实际的"一词。英语的actual与德语的aktuel和法语的actuel都不一样,不能确切表达捷克语的aktuální的特定含义。使用"句子功能展示成分"也是有根据的,马泰休斯在1929年的一篇德文著作中曾用过satzperspektive(句子展示成分)一词。后来英语接受了这一术语。现在,"句子的实际切分"和"句子功能展示成分"同时被采用。

句子功能展示成分是什么意思? 简单地说,就是用信息论的原理来分析话语或文句,测量一句话的各个部分对全句意义的贡献。

对句子功能展示成分的分析是布拉格学派的一大贡献,但是,这种思想早在19世纪中叶就已经出现。法国古典学者亨利·维尔(Henri Weil,1818—1909)于1844年就写了《古代语言与现代语言的词序比较》。正是亨利·维尔的思想启发了马泰休斯。亨利·维尔认为,句子的思想的运动不同于句法上的运动。思想的运动靠词序表达出来,句法上的运动靠词尾变化表现出来。维尔试图证明,不论人们是讲古典语言还是现代语言,他们的思维次序和表达思想的次序是一致的。每一句话都包含一个出发点和讲话目标。出发点是说话人和听话人都知道的东西,是把谈话的双方结合起来的东西,也就是他们的共同点。讲话目标只属于说话人,听话人是不知道的;它是要传达给听话人的信息。从出发点到讲话目标的过程揭示了大脑本身的运动。不同的语言使用不同的句法结构,但是表达思想的次序基本相同。亨利·维尔发现,现代语言往往用主语表达出发点。有时候也倒过来,讲话目标在前,出发点在后,这是用来表达特殊感情的。

马泰休斯证实并发展了亨利·维尔的观点。他发现,句子有三种成分: 主位,过渡(transition),述位。主位是"话语的出发点","是所谈论的对象","是已知信息,至少是在特定情境中十分明显的信息。"述位是"话语的核心","是说话人对主位要讲的话,或与主位有关的话。"马泰休斯比较了英语、捷克语和德语,发现英语的明显倾向是用主语表达主位,有些主语—谓语次序正好符合主位—述位序列。马泰休斯进而调查了句子功能展示成分对决定词序的作用。他认为词序是一个分等级的系统,在这个等级系统中,起主要作用的就是句子功能展示成分。在主位、过渡和述位中,过渡实际上属于述位,但是由于它处在述位的外围,居于主位和述位之间,所以叫过渡。如对句子进行大致分类,则一类的语序是"主位—过渡—述位",这叫没有感情色彩的、无标记的句子,如They have come。另一类的语序是"述位—过渡—主位",这叫有感情色彩的、有标记的句子。除了句子功能展示成分之外,等级系统中的其他原则有韵律原则、语法原则和句子成分的接应原则。一句话的词序是在这些原则的综合作用下形成的。马泰休斯提出,在交际中,语言的词汇手段和语法手段用来为一种目的服务,这种目的是说话人在讲话的一瞬间强加给语言手段的,也就是交际行为本身强加给它们的。说话的具体情境规定着相应的特殊要求,这样,词汇单位也就获得了具体意义,句子的不同成分分出了主位和述位。这些词汇手段和语法手段必须为特定的展示成分服务,必须表示出一定的情境结构(contextual organization)。

关于主位、过渡和述位问题,后来的学者不完全同意马泰休斯的意见。他们指出,马泰休斯实际上对主位有两种定义,一是"所谈论的对象",一是"已知信息"。这两个定义不完全一致。例如,在An unknown man asked him the way to the railway station(一个不相识的人问他去火车站怎么走)中,an unknown man是"谈论的对象",但并不是已知信息。所以,用已知信息和待传信息来区别主位和述位不太可靠。有的句子实际上没有主位,如A girl broke a vase(一个女孩打破了一个花瓶)。有的学者从心理学角度去看,把一切句首成分都看成主位,这也不科学,因为成分在句子中的位置与交际力的大小没有直接联系。所以,捷克语言学家杨·费尔巴斯(Jan Firbas,1921—2000)给主位下的定义是:"在句中,负载交际力最小的成分是主位。""负载交际力最大的是述位。"过渡的交际力居中。而且这三个部分各自又有两种情况:

主位的	述位的	过渡的
(thematic)	(rhematic)	(transitional)
真正主位　主位	真正述位　述位	真正过渡　过渡
(theme proper)	(rheme proper)	(transition proper)

后来另一位捷克学者伯尼诗(E. Beneš)又创造了一个术语,叫"基础"(basis):主位是交际力最小的成分,基础是"把语境和场合联系起来的句首成分,它选自多种可能性,作为出发点,整句话由此展开,并围绕它而发展。"

到底应该用三分法,采用主位—过渡—述位结构,还是应该用两分法,采取主位—述位结构,对此也有不同意见。费尔巴斯认为三分法好些,有过渡一项可以使分析更加细致。以谓语动词的时和体为例,在无标记句子中,时/体成分介乎主位和非主位之间,它在非主位中负载着最小的交际力,构成真正的过渡。

He	has	fall	-en	ill
主位	真正过渡	过渡	真正过渡	述位

在有标记的句子中（即其某些成分被突出出来表示对比），谓语动词的时/体成分可以是真正主位的延伸部分：

HE	has fallen ill
真正述位	真正主位

也可以构成真正述位的一部分

He	HAS	fallen ill
真正主位	真正述位	真正主位

　　与此同时，另一位捷克学者埃尔特尔（V. Ertl）于1926年第一次区分了语法主语、逻辑主语和心理主语。在It's raining（下雨了）中，it是句子的语法主语，但并不能说它是主题或施动者，因为it在此没有实际意义。前面讲过，主题（topic）是谈论的有关事物，述题（comment）是对主题的评论。这种区别就是从心理学角度来分析句子成分。如：

　　1）Robert is loved by all of them.（罗伯特被他们所有人所喜爱。）

　　2）Robert, they all love him.（罗伯特，他们都喜爱他。）

罗伯特在第一句中是主语，在第二句中是宾语，但在两句中都是主题。第二句的罗伯特就是心理主语。语法主语往往就是心理主语，但也有各种情况：

　　— What colour is your suit?（你的衣服什么颜色？）

　　1）— My suit is gray.（我的衣服是灰色的。）

　　2）— I wear a gray suit.（我穿一身灰色衣服。）

　　3）— Gray is the colour of my suit.（灰色是我的衣服的颜色。）

第一句中My suit是主语，也是主题。第二句中I是主语，但不是主题，主题为I wear a ... suit，gray是述题。第三句的Gray是主语，但不是主题，而是述题。逻辑主语在被动结构中最为明显：

　　The bridge was built by some young workers.（这座桥是青年工人建的。）

这里some young workers就是逻辑主语，因为它是真正的"施动者"。语法主语是语法平面上的现象，逻辑主语是语义平面上的现象。在埃尔特尔理论的基础上，丹内施（František Daneš，1919—）进而提出对句法进行三个平面上的分析：语义平面、语法平面和句子功能展示成分平面。

丹内施认为,言语尽管多变,但仍有规律的东西可以概括,可以用句子功能展示成分的观点来研究。根据三个平面的理论,可区分三种句型:语义句型(Semantic Sentence Pattern),语法句型(Grammatical Sentence Pattern),句子功能展示成分,后者又叫交际句型(Communicative Sentence Pattern)。例如,John wrote a poem(约翰作了一首诗),其语义句型为施事—动作—目的,其语法句型为主语—动词—宾语,交际句型为主位—过渡—述位。

关于交际力这个重要概念,是杨·费尔巴斯在60年代创造的。它用来表示句子各部分所传达的信息量。其理论是,交际不是静态现象,而是动态现象。交际力是在信息展开过程中交际本身具有的特征。一个语言单位交际力的大小就是它对交际展开过程的贡献大小,即推动交际向前发展的作用的大小。比如,句子He was cross(他生气了)中,he的交际力很小,因为这是已知信息;cross的交际力最大,因为这是待传信息;was的交际力居中。当然,句中任何一个成分都可以通过某种方式突出出来造成鲜明的对比。韵律特征就是方式之一,通过特别重读某一个成分,可以增加它的信息量,也就是提高了交际力。如John WAS reading the newspaper(约翰那时正在看报),重读was就说明其他都是已知信息,只有was是待传信息,与“现在”形成对比。一切被突出出来的成分都是对比的载体,所以不受上下文限制。任何语言成分(包括词素),只要有一定的意义,都具有一定程度的交际力。不过,由于情境和上下文的限制,有些成分的交际力很小。句子成分的交际力并不完全取决于它在线性排列中的位置,而与交际行为本身有很大关系。在John has gone up to the window(约翰走到窗户旁边去了)中,上文可能已经提到the window,已成已知信息,但在这个具体话语中,the window似乎并不受上下文的制约了,因为这句话的根本目的是讲“动作的方向”。因此费尔巴斯说:“我认为,句子功能展示成分就是在句子各成分上的交际力的不同分布,这种分布受到语法结构、语义结构,特别是情境的综合影响。”所以,考察不受情境或语境制约的成分的交际力时,要看两个因素:1. 语义结构,即语言成分的语义内容,以及它们之间的语义关系;2. 语言成分在线性排列中的位置。

费尔巴斯列举了下列情况来说明他的论断。① 如果一个宾语与上下文无关(前面没有提到过),那么宾语比谓语动词的交际力更大些,因为这样的宾语是谓语动词的扩展。如I have read a nice book(我读了一本好书)中,a nice book比read的信息更多。② 独立于上下文的地点状语成分比行为动词的交际力更大,因为它表示出动作的方向,比动作本身更重要。如在I didn't know you were hurrying to the railway station中(我不知道你那时正忙着到火车站去),were hurrying的信息量不如to the railway station大。③ 在以上两种情况下,主语比谓语动词、宾语及地点状语的交际力都更小,这是因为,无论施事者是已知还是待传,它比待传的动作或目的都要次要一些,如A man broke into the house and stole all the money(有人闯进家去把钱全偷了)。④ 如果谓语动词表达的是"存在"或"出现"之意,跟着一个时间或地点状语,而主语独立于上下文,那么主语就具有最大的交际力。这是可以理解的,因为一个新人物出场或者某一事件发生,人物或事件本身要比场合和"出现"的动作重要得多。如An old man appeared in the waiting room at five o'clock(5点时一位老人出现在候车室)。再如A war broke out between them in 1846(1846年他们之间爆发了战争)。⑤ 在④的情况下,如果主语是已知信息,而时间状语或地点状语是待传信息,那么状语成分则更为重要,其交际力超过主语和谓语动词。试看The old man appeared in the waiting room at five o'clock(5点时那位老人出现在候车室)和The war between them broke out in 1846(他们之间的战争是1846年爆发的)两句。可以看出,在上述五种情况下,交际力的大小与成分在线性排列中的位置没有直接关系。

　　但是,成分在线性排列中的位置无疑是重要的,它会影响到成分的信息量。比如,动词不定式短语放在句末时交际力小些。试比较:

　　1)He went to Prague to see his friend.(他到布拉格去见他的朋友。)

　　2)In order to see his friend, he went to Prague.(为了会见他的朋友,他到布拉格去了。)

第二句中的不定式放在突出位置,有强调作用,所以信息量大些。同样,不受情况限制的直接宾语和间接宾语,哪一个在后面则哪一个的交际力大些。请比较:

　　1)He gave a boy an apple.(他给了小男孩一个苹果。)

　　2)He gave an apple to a boy.(他把一个苹果给了小男孩。)

第一句中apple比boy的交际力大,第二句恰恰相反。如果表示方式的状语不受情境的约束,那么放在谓语动词之前的比放在谓语动词之后的交际力更大些。试比较:

　　1)He ate it up hastily.(他很快把它吃光了。)

　　2)He hastily ate it up.(很快他就把它吃光了。)

在这两句中,状语似乎都比动词的交际力大,在第二句中尤其如此。不过，一般说来，句中后面的成分比前面的成分交际力要大些。费尔巴斯称这种现象为交际力基本分布（basic distribution），即在一个序列中第一个成分交际力最小，然后逐步增加，直到交际力最大的成分。但是，变异情况常常发生。不可能一切句子中都显出主位—过渡—述位这样的结构。有的时候整个分布场（distributional field）都不受情境制约，如A man fired a gun（有人打了一枪）。这也说明主位不一定总是受着情境的限制。但是，一切受情境制约的成分都是主位的。另一方面，非主位的成分总是独立于情境的。

在实际分析中，情况非常复杂。费尔巴斯曾分析过英语中六种谓语动词的特点。下面举例说明：

第一类：What did you say（你说什么）？一个疑问句有两种功能，一是表明发问者要知道什么，二是告诉被询问人应该提供哪方面的情况。在我们的例句中，第一功能由疑问代词what完成，第二功能由其余部分完成。但是，这其余部分有好几种功能展示成分：

   What DID you say?（你到底说了些什么？）

   What did you SAY?（你说了些什么？）

   What did YOU say?（你说了些什么？）

而我们的例句有所不同。这是问对方刚才讲的什么，所以完全可以用what来代替全句。这样看来，did you say的交际力几乎等于零，构成句子的主位，只有what是述位。

第二类：THEY were booked up too, really ...（那些房间也都有人订了）。此句前面的话是Inside it was nice too, but unfortunately they were booked right up. So I went to the place next door.（里面也挺好，可惜的是房间都有人订了。所以我到隔壁旅馆去了。）显然该例句中的谓语动词也是已知信息了，交际力已经基本消失，只能是主位的。

第三类：The Proprietor was most friendly（老板格外友好）。动词to be的语义因素极弱，所以交际力极小，一般只构成真正过渡。英语中只有to be是这种情况，尤其用作系动词时，信息量很小。再如：... but the fact is my watch had stopped while I was out shopping（问题是我外出买东西的时候手表停了）。

第四类：Then I retired to a seat in a park and spent half an hour or so ...（后来我坐在公园里的一个椅子上呆了大约半小时）。这类句子中的动词的语义成分也比较弱，通常不被特别重读来造成对比，后面往往跟着一个独立于上下文的宾语成分，因此动词本身交际力较小，构成过渡。再如：

Mealtimes and bedtimes and so on *are bound* to be disorganized.（开饭时间和熄灯时间等等必然很乱。）

It *turned out* that they'd just had several cancelations.（结果他们刚刚有几个房间退掉了。）

Well, I'd *love* a drink.（我很想喝点东西。）

第五类：We MISSED the news last night（我们错过了昨晚的新闻节目）。这类句子中的动词可以通过韵律特征来造成对比，从而获得极大的交际力，构成真正述位。这里的状语成分和宾语成分都是主位，因为上面已经提到：They said on the radio last night that a thaw was expected（昨晚广播中预报可能暖流要来了）。

其他例子：

I'll *show* them to you if you like.（你要愿意看的话我可以给你看看。）

I had the feeling we *should be* well *looked after* there.（我曾觉得我们在那里会得到很好的照顾。）

第六类：Well, that DOES sound nice（那听起来真的不错）。此句的谓语动词的韵律特征功能最强。但是这种功能不是靠动词的意义部分sound，而是靠动词的情态部分does。does凭着自己的"肯定作用"构成全句的真正述位，而意义部分与其他句子成分构成真正的主位。据费尔巴斯统计，在这六类谓语动词中，第四类出现频率最高，达50.6%，第三类次之，达29%，第五类再次，达14.6%。

关于句子功能展示成分的研究，已经受到语言学界的广泛重视。1970年捷克斯洛伐克科学院捷克语研究所发起并召开了第一次国际性的句子功能展示成分讨论会，讨论了布拉格学派关于句子功能展示成分的理论和实践，句子功能展示成分在语言描写系统中的地位，句子功能展示成分与语篇结构的关系，不同语言表达不同功能展示成分的不同方法等问题。当代世界著名英国语言学家、系统语法理论（Systemic Grammar）的创始人韩礼德为大会撰写了论文《句子功能展示成分在语言描写中的地位》。他在论文中写道："句子功能展示成分是一种普遍现象。""捷克语言学研究中强调功能理论，对探索语言的基本特征颇有启示，有助于解释语言系统的本质。他们对句子功能展示成分的研究揭示了语言系统中能够创造语篇的具体功能，有了这种功能，语言才能在特定的情境中为各种各样的目的服务。"

叶姆斯列夫

第六节　哥本哈根学派的基本理论

丹麦有悠久的语言学传统。19世纪初,丹麦语言学家拉斯克(见本书第三章)撰写了第一部古冰岛语和古英语语法,并通过系统比较建立了音素对应,曾被称为历史比较语言学的创始人之一。19世纪后半叶,丹麦语言学家维尔纳(见本书第三章)首次使人们正确认识了重音在所有语音裂变中所起的重要作用,提出了著名的"维尔纳定律",开创了历史比较语言学的新阶段。20世纪初,知名语法学家叶斯柏森(Otto Jespersen,1860—1943)撰写的巨著《语法哲学》至今被奉为经典。特别是20世纪30年代由叶姆斯列夫(Louis Hjemslev,1899—1965)所创建的哥本哈根语言学派进一步确立了丹麦语言学研究在世界语言学史上的地位,他所提出的语符学理论及其演绎描写方法,不仅继承和发展了索绪尔的结构语言学理论,而且对兰姆(Sidney Lamb,1929—)的"层级语法"以及乔姆斯基的生成语法(见本书第七章)的形成也产生过相当大的影响。法国著名语言学家梅耶曾经说过:"倘若按人口比例计算每个国家对语言学的贡献,丹麦肯定高居榜首。"布拉格语言学派的创始人特鲁别茨柯依(Nikolai Sergeyevich Trubetzkoy,1890—1938)也曾说过:"像丹麦这样小的国家能有如此众多的杰出语言学家是非常了不起的。"以上二位学者的评论并不过分。

哥本哈根语言学派的代表人物是路易斯·叶姆斯列夫,他的代表性著作是《语言理论绪论》(1943)。本书在撰写中吸收了其他学者的意见:如乌达尔(H. J. Uldall,1907—1957),约根逊(Jørgen Jørgensen)和拉斯姆逊(Edgar Tranekjar Rasmussen),以及哥本哈根哲学心理学协会成员的意见。该书从哲学和逻辑学的角度阐述语言学的理论性问题,明确提出语言的符号性质,成为哥本哈根学派的理论纲领。但是,由于叶姆斯列夫采用了一整套奇怪而繁琐的术语,又没有具体分析任何语言或文句,他的理论未得到广泛传播。直到五六十年代,语言学界才重新发现他的理论,有些语言学家接受并发展了他的学说。美国语言学家兰姆发展了叶姆斯列夫的理论,创造了关系语法理论(relational grammar)。

叶姆斯列夫总结了前人对语言的观察,全面地阐述了语言的性质:"语言,即人的话语,是永不枯竭的、方面众多的巨大宝库。语言不可与人分割开来,它伴随着人的一切活动。语言是人们用来构造思想、感情、情绪、抱负、意志和行为的工具,是用来影响别人和受别人影响的工具,是人类社会的最根本、最深刻的基础。同时,语言又是每个人的最根本、不可缺少的维持者,是寂寞中的安慰; 在十分苦恼时,诗人和思想家是用独白来解决思维矛盾的。在我们有意识之前,语言就已经在耳边回荡,准备环抱我们最初思想的嫩芽,并将伴随我们的一生。不论是日常最简单的活动,还是最崇高的事业,或者私人生活,人们一分一秒也离不开语言。是语言赋予我们记忆,我们又借助于记忆而得到温暖和力量。然而,语言不是外来的伴侣,语言深深地存在于人脑之中,它是个人和家族继承下来的无穷的记忆,是有提醒和警告作用的清醒的心智。而且,言语是个人性格的明显标志,不论是何种性格; 它又是家庭和民族的标记,是人类的崇高特权。语言与性格、家庭、民族、人类、生活之联系如此紧密,我们甚至有时怀疑语言是这一切的反映,或者是这一切的集合,是这一切的渊源。"叶姆斯列夫对语言的描述无疑具有浪漫主义色彩,但他确实注意到了语言的重要特质: 语言的遗传性、社会性、重要性,与思维的关系,与文化的关系以及语言与言语的区别等。

叶姆斯列夫认为,在此之前的语言学往往把语言研究作为工具,而不是作为目的: 把语言看成符号系统为的是研究人类思维系统和人类心理实质,把语言看成一种社会制度为的是研究一个民族的特征,把语言看成一种不断变化的现象为的是研究个人语体变化和人类的变迁。以前的语言学研究的是语言的物质的、生理的、心理的、逻辑的、社会的、历史的各个方面,唯独没有研究语言本身。叶姆斯列夫说这是很危险的;这样做必然忽略语言的本质。要把语言学变成真正的科学,而不是辅助性科学,就必须研究语言本身,必须把语言看成独立配套的自足体系。现在就需要建立一种真正的语言理论,提出理论原则和研究方法,指出研究方向。同时,这种语言理论不能与语言哲学混为一谈。叶姆斯列夫说,过去的语言哲学多是主观猜测,这败坏了语言理论的名声,被别人指责为 "浅薄涉猎" 和 "先验论"。现在应该忘记一切,重新创造语言学说。叶姆斯列夫说,他的理论是要通过一系列的形式化系统来发现语言的具体结构。虽然要研究言语的变化,但不能给予绝对的重视。这种理论要发现一种常量(constant),正是这种常量决定了语言的本质,使一切实体与其变体基本一致。这个常量就是决定着一切语言过程的系统。对这个常量进行详细描写之后,方可把它 "投射" 到 "语言之外的现实上去",即用来研究生理的、心理的、逻辑的、本体论的诸方面问题。

叶姆斯列夫说,他的理论是要受实验数据检验的。他把这一要求称之为经验主义原则:

　　语言描写不可前后矛盾(要首尾一致),必须详尽无遗,必须尽量简洁,其中,首尾一致先于详尽无遗,详尽无遗先于尽量简洁。但是,这并不是说叶姆斯列夫要采取归纳法。他认为归纳法有明显的弱点。归纳法得出的概念往往不带有广泛的普遍意义,诸如"生格的"、"完成的"、"虚拟的"、"被动的"等概念在不同语言中指的完全是不同的语言事实。所以,归纳法发现的还是一个变量,不是一个常量,当然也就达不到首尾一致和尽量简洁的要求。因此需要采用另一方法:演绎法。在研究过程中,由大到小,由一般到具体,是一个分析运动,不是综合运动。经验主义原则和演绎法似乎有些矛盾。但叶姆斯列夫说,只有这样才能从两个角度看待问题:一方面语言理论要经得起语言事实的检验,另一方面语言事实要被概括在语言理论之中,就是说理论与事实之间必须是互补的。在这里,他给"理论"下了新的定义,其中两个因素至关重要。

　　1. 他的理论不依任何经验为转移。理论本身不直接涉及应用的可能性,也不谈及与实验数据的关系。它不包括任何实际假说。他的理论是一种纯粹的演绎系统,用来推导出各种可能性。

　　2. 他所说的理论引导出某些前提,理论家从以前的经验中知道这些前提能够应用于某些实验数据。这些前提具有极大的概括性,所以可能会应用于大量实验数据。

第一条是理论的"任意性"(arbitrariness),第二条是理论的"适宜性"(appropriateness)。可以看出,实验数据不可能"加强或削弱理论本身,只能加强或削弱理论的应用性"。这种理论凭借最少的几条极为概括的前提来进行推导,来预示各种可能性,但不包括其现实性。所以,在这种理论中,事实决定并影响着理论,而理论又决定并影响着事实。就其任意性来说,这种理论是不现实的,就其适宜性来说,它又是现实的。

　　这种语言理论的目标是什么呢?就是要提供一种程序方法,以便能够首尾一致、详尽无遗地描写语言事实,也就是全面认识语言事实。这里讲的不仅仅是认识一种语言事实,而是一切语言事实。语言理论研究的对象是篇章(text),理论的目的是提供分析篇章的程序方法。但是理论所提供的不仅仅是理解某段文字的程序,而是理解一切篇章的程序;不仅包括一切现存的篇章,而且包括一切可能出现的篇章;不仅适用于一种语言的篇章分析,而且适用于一切语言的篇章分析。显然,要想实际分析如此巨大数量的文句是根本不可想象的。所以,需要理论家能够预示一切可能性,并把它们纳入自己的理论之中。因此,理论的适宜性决定着它的经验主义性质,理论的任意性决定着它的计算性。语言理论家从有限的经验中,用一定的框架计算一切可能发生的情况。理论家建立的这些框架是任意的:他从构成语言的东西中发现某些特性,把这些特性概括化,并加以定义固定下来。从这时起,理论家自己已经决定他的理论适用于哪些现象和不适用于哪些现象。然后,他为定义中规定的一些现象建立一个总的计算方法,预示出一切可能出现的现象。这个计算方法是定义中演绎出来的,不依经验为转移。这种语言理论,现存篇章不能检验它成立与否,篇章只能检验它是否首尾一致,是否详尽无遗。如果这种理论最终提供好几种程序方式,而且都可以对语言进行首尾一致、详尽无遗的描写,那么,应该选择描写最简洁的程序方法。如果所得的描写同样简洁,就应该选择程序最简单的方法。这叫"简洁原则"(simplicity principle)。这是验证语言理论的最后原则。如果一种理论的解决方法不仅前后一致、详尽无遗,而且是最简洁的,那就是正确的理论。如果同时存在几种接近这种理想境界的理论,那就应该选择更为接近而且不断接近理想境界的那种理论。

既然语言理论研究的对象是篇章,那就要通过对篇章进行连续切分和分析,最后作出连贯的、详尽的描写。但是这种切分会遇到困难。把整篇文章分成部分,再把部分切分成更小的部分,依此类推,一直切分到不可分割的单位为止。切分过程中会遇到多种切分方法。最重要的是,如何保证切分出来的各部分之间保持一致的、相互依存的关系,只有这样的切分才反映出篇章的实质。叶姆斯列夫发现,整体与部分的存在全凭其相互依存关系;整体受其部分之总和所规定;每一部分又受各部分之间、它与整体之间、它与其更小部分之间以及更小部分本身之间的依存关系的总和所规定。就是说,一个整体不是由许多独立的实体构成的,而是由许多关系构成的;不是单个实体有什么科学现实性,而是实体的内部和外部的关系具有科学现实性。在这一点上,叶姆斯列夫的观点与索绪尔的"语言不是实体,而是一种形式","是一种关系系统"的说法完全一致。但是,叶姆斯列夫进一步发现,这种依存关系不是一种,而是多种。如果甲的存在以乙的存在为前提,乙的存在以甲的存在为前提,那么甲乙之间的关系叫相互依存关系(interdependence)。如果甲的存在以乙的存在为前提,而乙的存在并不以甲的存在为前提,那么甲乙之间的关系就叫决定关系(determination)。如果甲乙的存在并不互为前提,但在同一系统中仍可和睦共存,甲乙则为共存关系(英文为constellation,原指行星在太阳系中呈现的和睦共存的关系)。在一个过程中,两个单位之间的依存关系叫一致性(solidarity)。在一个系统中,两个单位之间的依存关系叫互补性(complementarity)。一个过程中的决定关系叫选择性(selection); 一个系统中的决定关系叫规定性(specification)。一个过程中的共存关系叫搭配(combination); 一个系统中的共存关系叫自治(autonomy)。可以列表如下:

	依存关系	决定关系	共存关系
过程中:	一致性	选择性	搭配
系统中:	互补性	规定性	自治

一种语言中,各种词尾变化之间的关系就是一致性。拉丁语名词的格的变化与数的变化之间就是一致关系。介词与其宾语之间的关系就是选择关系。拉丁语介词sine(无)要求后面的名词变为夺格(ablative),但夺格名词不可要求前面的介词是sine。拉丁语介词ab(从,自)与夺格名词之间则为搭配关系,它们可以同时出现,也可以不同时出现,因为ab本身可以独立存在。

叶姆斯列夫接受了索绪尔的观点,认为语言是一种符号系统,但他对语言的符号性质又有新的观察。他发现,一个语言实体可以同时是句子、从句和单词。就是说,一个词可以代替一个从句,也可以代替一个句子。他用"转换规则"(rule of transference)来概括这种现象。同时他又发现,有些语言实体具有相同关系,它们在一个语言连锁中可以出现在相同位置;这种实体可以列出一个清单,如具有相同关系的从句。语言的篇章可以是无限长的,可以包括无数个句子、从句和单词。但是,当你数到一定量的时候,这些看来是无限的实体开始有限了。这时开始出现相同的句子,相同的从句,相同的单词。至少可以肯定,词数是有限的,尽管数目相当大,音节也是有限的,虽然数目也很大。但是,到了音位平面,数目就极为有限了,一般只有十几个或二十几个音位。正是由于语言实体的有限性,人类才可能发明字母表,才创造了文字系统。实际上,如果语言实体是无限的,语言学研究则成为不可能的事情。以上两种现象——一个实体可以是另一个实体的延伸;实体的清单是有限的——都可以用来说明语言具有符号性。传统上,所谓的符号就是代表其他东西的东西。符号是受它的功能所规定的。符号起着指称、表示、代替等作用,是意义的载体。句子、从句和词都是意义的载体,所以都是符号。但是,如果继续分析下去,则发现有些实体并不是意义载体,如音位,它本身不再代替任何东西。这样看来,语言有两个系统: 为了无限丰富,无所不可表达,语言必须提供无限的符号;另一方面,为了便于掌握,使用方便,这些无限的符号必须建立于有限的非符号(nonsigns)之上,这些非符号叶姆斯列夫暂称之为"图形"（figure）。他说，"如果语言不是这样构造的，它就不能用来达到自己的目的。我们完全有理由相信，这种特征——用有限的图形去构筑新符号——是一切语言结构中最根本的特征。"

这样看来，对符号的解释有两种。传统概念中的符号是一个表达方式（expression），代表符号本身以外的一种东西，即表达内容（content）。第二种是索绪尔的解释：符号是表达方式和表达内容的综合体。

叶姆斯列夫基本同意索绪尔的观点。他把表达方式和表达内容的综合体称之为符号依存关系，把表达方式和表达内容称之为依存单位（functives）。依存关系与依存单位之间存在着一致性：没有依存单位就没有依存关系；依存单位只不过是依存关系的端点，没有依存关系，依存单位也就不复存在。如果一个语言实体可以构成几个依存关系，则应把它看作几个依存单位。如果几个依存单位构成同一个依存关系，那么就说这个依存关系与这几个单位之间是一致关系，每个依存单位与依存关系之间是选择关系。所以，只要有符号依存关系就必然有表达方式和表达内容；只要有表达方式和表达内容，就必然有符号依存关系。符号依存关系本身就具有一致性。方式与内容之间也是一致关系。表达方式之所以成为表达方式是因为它表达特定的内容；表达内容之所以成为表达内容是因为它受特定方式所表达。因此，不存在没有内容的表达方式，也不存在没有表达方式的内容。在无言无语地进行思维时，思维本身是一个语言内容，但不是一个符号依存关系中的依存单位。如果说话时没有思维，发出毫无意义的声音，那就是胡言乱语，而不是表达方式，也不是符号依存关系中的依存单位。在这一点上，叶姆斯列夫不同意索绪尔的观点，不能说"没有语言，思想犹如尚未探清的星云"一样模糊，不能说思想不能独立于语言而存在。语言只不过是赋予思想一种形式。同一个思想，不同的语言赋予它的形式完全不同，但思想本身还是独立存在的。例如：

英语: I don't know.（我不知道）。

法语: je ne sais pas（我——不——知道——不）

丹麦语: jeg ved det ikke（我——知道——它——不）

芬兰语: en tiedä（不——我——知道）

爱斯基摩语: naluvara（不——知道——是——我——它）

以上几句话说明，表达内容和表达方式都不相同的语言，可以在很抽象的意义上进行比较，就是对一切语言作符号学的研究。如果不考虑语义和语音上的差别，那么一切语言都是一个符号系统。在这个基础上，可以区分不同的语言类。如果表达方式和表达内容完全一致,就叫双重形式语言(conformal language)。在自然语言中,只有基本单位是手势时,才算双重形式语言,而这是罕见的。数学家使用的形式系统可称为双重形式语言。如果表达方式和表达内容必须结合起来成为语言,那就是表示性语言(denotative languages)。生活中使用的自然语言就是属于表示性语言。如果表达内容本身就是语言,那就是元语言(metalanguage),即在描写自然语言中用的语言。如果表达方式本身就是语言,那就是含蓄性语言(connotative language)。例如,某人一直在用汉语讲话,突然讲到某个地方,用了一个英语词。这时,这个英语词本身并不是施指成分(signifier),而用了个英语词这个事实倒是施指成分,这就叫含蓄性语言。在自然语言和文学语言中有大量的含蓄性语言。以英语为例,在谈一条狗时不用dog一词,而用the beast(那野兽);谈一个小女孩不用girl一词,而用the little thing(那小东西),都属于含蓄性语言。叶姆斯列夫认为,要研究一切符号系统,研究系统本身的系统;一旦把表示性的符号系统弄清楚了,含蓄性的符号系统与表示性符号系统的关系也就清楚了,这时就可以开始研究元符号学(metasemiology)。叶姆斯列夫最后说,"语言理论出于本身的需要,不仅要认识语言系统……而且要认识语言背后的人和人类社会,以及人通过语言而掌握的知识领域。到那时语言理论就算达到了自己的既定目标: 人类及宇宙(humanitas et universitas)。"

叶姆斯列夫的理论又称为语符学(Glossematics)和新索绪尔语言学(Neo-Saussurean Linguistics)。韩礼德颇为欣赏叶姆斯列夫的语符学,他在70年代后期的著作中多次引用叶姆斯列夫的观点。

叶姆斯列夫之后的30年里丹麦语言学堕入低谷。从20世纪60年代初到80年代初是国际语言学界的活跃期,而丹麦语言学界却相对沉寂。原因有三: 一是由于叶姆斯列夫的去世及其多名高足的早逝,研究队伍青黄不接,造成语言学研究力量滑坡。二是70年代前后丹麦的经济萧条,政府减少了给语言学研究的投资,学校财力不足,教授职位减少甚至出现数年空缺,从而造成中青年语言学教研人员外流;语言学师资力量的下降又导致选修语言学的学生减少,进而专业收缩,形成恶性循环。三是强大的叶姆斯列夫结构主义传统阻止了乔姆斯基语言理论(参见本书第七章)传入丹麦,结果造成一时的理论真空。到80年代中期,随着经济的复苏,学校财力的增强,新生代的语言学家的崛起,丹麦语言学研究才重新活跃起来,到90年代又开始在国际舞台上展现语言学强国之势。其主要表现为: 第一,研究力量加强,新的格局出现。比如,哥本哈根大学人文科学学院已拥有25个系和3个系级中心,其中开展语言研究的系和中心就达到15个之多。哥大还合并了前语言学系、应用和数理语言学系、语音学系和听说实验研究中心,重新组建了新的普通和应用语言学系,并设教授职位六个。该系现在出版两个学术刊物,《哥本哈根大学语言学论集》和《哥本哈根语言学论集》。第二,新人辈出,国际交流活跃。良好的学术氛围和雄厚的研究基础促进了新人的培养和崛起。90年代初出现了以功能语法学家皮特·哈德(Peter Harder,1950—)和社会语言学家格礼根森(Frans Gregensen)为代表的新生代领导人物,表明丹麦语言学界完全走出了低谷而进入了新的繁荣时期。研究规模的发展和领导人的崛起又促进了国际学术交流的活跃。还以哥大为例,国际知名语言学家数十人纷纷来讲学,包括语用学家瑟尔(John Searle),系统功能语法学家韩礼德,认知语言学家兰艾克(Ronald Langacker,1942—)和莱柯夫(George Lakoff,1941—),语言哲学家福德(Jerry Fodor,1935—)及认知语义学家切夫(Wallace Chafe,1927—)等(这几位研究者后面几章大部分都有介绍);并先后主办和承办了多次语言学及其相关领域的国际学术会议,如:第四届国际功能语法大会(1990),第一届北欧符号学研讨会(1990),北欧语言学国际会议(1991),第三届翻译教学"新视野"国际语言大会(1955),纪念雅克布逊诞辰百年国际研讨会(1996)等。有人称这个时期为"后哥本哈根语言学派"。

后哥本哈根学派的理论观点包括三方面。第一,他们拒绝接受生成语法(见本书第七章),认为"根本没有发生什么乔姆斯基革命",乔氏的观察在叶姆斯列夫书中几乎都可以找到。具体理由:首先他们认为乔氏基于单一的英语和孤立的句子,就得出普遍结论,难以令人信服。其次,乔氏忽视了语言运用,其理论远离了"真正"的语言。再次,乔氏所揭示的语言能力微不足道;他所关注的那种能力是普通数理机制所共有的,那种创造性跟能使我们连续计数的创造性是一样的。第二,放弃叶姆斯列夫的语符学,认为语符学本质上是形式主义的,把形式看得先于内容或功能;语符学没有多大的应用价值:他的书里语料分析极少,再加上许多可怕的"术语",后人难以付之于运用。第三,接受荷兰语言学家西蒙·迪克(Simon Dik,1940—1995)所创立的功能语法理论。迪克提出了语用中心论,即句法学相对于语义学只是一种工具,而语义学相对于语用学也只是工具而已;语用学是一个无所不包的主框架,语言学的其他分支都是语用学的子领域。他的理论兼收并蓄,吸纳了层级语法和系统语法等其他功能学派的某些观点,从而增强了对语言的描写或处理的包容性和灵活性。

参考文献

1. Fried V，ed. *The Prague School of Linguistics and Language Teaching*. London: Oxford University Press，1972

   《布拉格语言学派与语言教学》

2. Hjelmslev L. *Prolegomena to a Theory of Language*（1st ed.，1943，translated from the Danish by F J Whitfield）. 2nd ed. Menasha，Wisconsin: University of Wisconsin Press，1961

   《语言理论绪论》（第二版）

3. Jakobson R，et al. *Preliminaries to Speech Analysis: The Distinctive Features and Their Correlates*. 2nd ed. Cambridge，Massachusetts: The MIT Press，1963

   《言语分析初探: 区别性特征及其相互关联》

4. Vachek J. *The Linguistic School of Prague*. Bloomington，Indiana: Indiana University Press，1966

   《布拉格语言学派》

5. Waterman，John T. *Perspective in Linguistics*. Chicago: The University of Chicago，1970

   《语言学纵观》第四章

6. 钱军. 结构功能语言学——布拉格学派. 长春: 吉林教育出版社，1998

第六章　美国的结构主义

　　美国的语言学传统与欧洲的传统有很大不同,但又有重要联系。欧洲有两千多年的语言研究历史,美国的语言学则开始于19世纪末20世纪初。在欧洲,传统语法一直占据统治地位;在美国,传统语法的影响微乎其微。在欧洲,许多语言都有自己悠久的历史和丰富的文化,因此比较语言学和历史语言学有可能占据重要地位。在美国,居统治地位的只有英语,其文化传统也不像欧洲语言那样源远流长;除此以外,美国土著语言没有自己的文化背景,也没有文字形式,所以历史语言学无从谈起,比较语言学也没有任何基础。19世纪时,美国出了一位著名的历史语言学和梵语学家惠特尼(W. D. Whitney,1827—1894)。他曾求学于德国,所接触的基本上属于欧洲的传统。到了20世纪初期,到欧洲学习及受欧洲影响的美国语言学家,才开始研究美国的特殊问题,他们发展了美国的描写主义语言学和结构主义语言学。

　　在美国,最早对语言学发生兴趣的是人类学家,当时他们发现,印第安人的土著语言在迅速灭亡,应该动员一切学者把这些语言在灭亡之前记录下来。这里所说的语言的灭亡,就是指一种土著语言的最后一个使用者死去之日,即这种语言的灭亡之时,因为这些语言没有任何文字记载。而新大陆上的土著语言之多,彼此区别之大,在其他地区是罕见的。据说,当时有一千多种互相不能听懂的美国印第安土著语,它们可分为150个不同语系。仅加利福尼亚一个州的土著语就比欧洲的全部语言还要多。因此,美国的语言学家都在忙于记载和分析这些语言,无暇顾及语言研究的其他方面,更没有精力顾及语言理论的探讨。

　　到20世纪30年代初,许多在国外有传教团的新教派别在亚利桑那州建立了暑期语言学讲习所,培训传教士。因为他们要到世界各地对当地人民传教,就必须懂得其土著语言,要具有调查生疏语言的严格训练和一整套方法,才能把土著语言记录下来,并创造文字形式以便把《圣经》译成土著语言。最初,他们调查了一些美国印第安土著语,后来他们

172

的活动范围越来越广,从哥伦比亚到新几内亚,到1971年时已经开始调查第500种语言了。不管其最初的宗教目的如何,受过训练的传教士中毕竟有许多人后来成了颇有成就的语言学家,比如派克(Kenneth Pike, 1912—2000)。

以上所述的具体情况使美国的描写主义语言学和结构主义语言学具有自己的特点。第一是实用性。这是因为他们的研究是为了了解当时的实际问题,需要调查分析的语言太多,顾不上进行理论上的概括和总结。第二是科学性。他们要准确地记录各种语言,就必须有一套严格、完整的调查分析方法,任何猜测和假设都不能解决当务之急。第三,当欧洲语言学家开始意识到人类语言的相似性时,美国研究者强调的是语言之间的巨大差异。语言理论上的概括和争论到50年代才开始,例如结构主义与转换生成语法(见本书第七章)的争论。从40年代起,美国的语言学才开始对世界语言学研究产生巨大影响。

在这段时期,美国语言学上的代表人物是博厄斯、萨丕尔和布龙菲尔德。他们的理论并不完全相同,但基本上都属于结构主义和描写主义语言学。本章着重介绍这三位语言学家。

第一节　美国语言学创始人博厄斯

博厄斯(Franz Boas, 1858—1942)生于德国一个相当富裕的犹太商人家庭,先后在海德堡大学、波恩大学、基尔大学读物理学和数学专业,1881年获基尔大学博士学位。不过,他那时对地理学很有兴趣,在一位德国民族学家的影响下,兴趣转向了文化地理学,并于1883—1884年间前往加拿大巴芬岛进行实地考察。在那里一年的时间里,与爱斯基摩人生活在一起,使他彻底转向了文化人类学的研究。之后,他于1885年担任柏林皇家民俗学人类学讲师,1886年前往美国,参加对英属哥伦比亚土著部落考察,1887年加入美国国籍。此后,担任美国《科学》杂志编辑,1887—1890年任美国克拉克大学讲师,1892—1894年在芝加哥世界博览会和1895年在美国自然史博物馆任人类学部负责人;1896年任哥伦比亚大学讲师,1899年任该校人类学教授;1898年他还重建了《美国人类学家》杂志,1900年发起建立了美国人类学学会,并于1907—1908年担任该会主席和纽约科学院主席等职,1931年任"美国科学促进会"主席。博厄斯兴趣很广泛,涉及人类学的许多方面。他的著作主要有《孩子的成长》《中部爱斯基摩人》《夸魁特尔印第安人的社会组织和秘密结社》、

博厄斯

《原始人的心智》(*The Mind of Primitive Man*, 1911)、《文化和种族》、《原始艺术》(*Primitive Art*, 1927)、《普通人类学》(*General Anthropology*, 1938)、《种族、语言和文化》(*Race, Language, and Culture*, 1940)等。在美国博厄斯是继摩根(Lewis H. Morgan, 1818—1881)之后现代人类学的奠基人。他对美国人类学的发展做出了巨大贡献。他创立了新的人类学理论流派——美国历史学派,挑战了古典进化论和所谓的"埃及中心"学派。他培养了一大批在美国甚至全世界学术界都颇有影响的人类学家。他带领弟子们对美洲各个种族群进行了深入的田野调查,给后人留下了一整套人类学理论和工作方法。

　　我们不介绍他的人类学观点,只介绍他从人类学里发现的文化问题,即文化相对论。按照博厄斯的观点,每一个民族都有自己的文化,每一种文化都是自己社会和民族独特的产物,这种观点继续发展的结果必定产生"文化相对论"。这既可以说是一种理论,又可以说是一种方法论,一种观察世界、思考问题的出发点。博厄斯拒绝承认传统的权威,文化相对论正是他反对"欧洲中心主义"和"白人种族优越论"的必然结果,他也因此成了反对种族主义的战士。在《原始人的心智》一书中,博厄斯用无可辩驳的实证材料,严密科学的逻辑方法,无情地批驳了白种人生来就在智力上优于其他人种的谬论。书中开卷就写道:"文明人以其所取得的惊人成就而自豪,从而鄙视人类大家庭中比他低下的其他成员,发展阶段的差异并不能证明一个人由于遗传而在生理结构上比另一个人低一等"。博厄斯通过大量有说服力的事实表明,是历史条件影响了各族文化发展的水平和速度,而绝不是各个种族能力上的差异。大量历史材料说明,种族体质特征的差异丝毫也不能证实白种人离我们的动物祖先更远;种族特征的变化是在地理环境、锻炼、饮食、种族混合等诸多因素影响下发生的。博厄斯指出,种族、民族并无优劣之分,文明人与原始人之间的差异只是表面现象,一切人种构造都是一样的;各族文化发展的水平不同并不是由于生理原因,而是由于社会原因和历史条件。所谓古典进化论者强调的进化序列实在是无稽之谈。衡量文化没有普遍绝对的批判标准,绝对现象体系的提法总是反映出自己的文化,因为每个文化都有其存在的价值,每个文化的独特之处都不会相同,每个民族都有自己的尊严和价值,世界上的文化没有高低之分,将西方的社会制度作为人类发展的最高阶段更是荒唐可笑。博厄斯在《人类学与现代生活》(*Anthropology and Modern Life*, 1928)一书中对文化相对主义思想做了充分的阐述。博厄斯指出:"只要我们突破现代文明的局限,去看看别的文明,就会发现争取最大利益的困难大大增加了。中非黑人、澳大利亚人、爱斯基摩人和中国人的社会理想与我们的非常不同,赋予人类行为的价值观是不可比较的,如一个民族认为好的常常被另一个民族认作坏的"。由此看来,文化价值是不能以自己的文化标准去衡量他族文化中的同样事物和活动的。博厄斯接着指出:"因此,对普遍化社会形态的科学研究要求调查者从建立于自身文化之上的种种标准中解脱出来。只有在每种文化自身的基础上深入每种文化,深入每个民族的思想,并把在人类各个部分发现的文化价值列入我们总的客观研究的范围,客观的、严格科学的研究才有可能。"1949年博厄斯的一位学生总结了博厄斯的三条"治学戒律":1.科学方法始于问题,不是答案,最忌讳开始于价值判断。2.科学是脱离感情的研究,所以不可把"日常生活中已经形成的"意识直接搬来,因为那些意识一定是传统的、通常带有感情偏见的。3.那种不对则错、不黑则白的泛泛判断是极为绝对态度的特征,在科学里没有立足之地;因为科学需要的是推理和明断。

　　博厄斯不仅是人类学家,还是语言学家。他的民族学观点和著作是与他的语言学研究分不开的。他懂17种印第安人方言,利用这些方言来记载民间文学和其他有关资料。他提倡学习和研究民族语言,认为描写一种语言只能根据它自己的结构来描写。他特别重视通过语言研究人类文化。19世纪80年代,博厄斯移居美国。彼时,史密森尼博物院(the Smithsonian Institution)资助博厄斯组织考察团,对墨西哥以北的美洲印第安土著语进行调查。经过20年的考察,他于1911年编辑出版了《美洲印第安语言手册》(*A Handbook of American Indian Languages*)。该书的好几章出自博厄斯之手,他还为全书写了前言,总结了描写主义的研究方法。为了让读者了解前言的全貌,这里列出其章节内容:1.民族与语言:(1)决定美国民族的早期努力;(2)以体质、语言和民俗为基础的分类;(3)体质、语言和民俗之间的关系;(4)体质、语言和民俗最初关系的假设;(5)对人类分类的人工痕迹。2.语言的特征:(1)语言的定义;(2)语音的特点;(3)语法范畴;(4)语法范畴的讨论;(5)语法范畴的释义。3.语言的分类:(1)方言的渊源;(2)不同语言的比较;(3)语言间的相互影响;(4)相似性来源:传播还是平行发展;(5)环境对语言的影响;(6)共同心理特征的影响;(7)语言族系划分的不确定性。4.语言学与民族学:(1)语言研究应该满足民族学实际需要;(2)语言学研究的理论意义;(3)语言是民族学现象的一部分。5.美国印第安语的特征。

　　博厄斯没有受过任何语言学训练,完全是自学成才的,这一点对他的研究工作反而有利无害。就是说,他在调查印第安人的土著语言时,能摆脱一切欧洲传统中的偏见,不对语言本质有任何假想。博厄斯认为,世界上根本不存在什么最理想的语言形式。人类语言千差万别,形式无穷无尽,不应该认为有些语言更合理些,有些语言则不合理。如果认为一些原始部落的语言粗野或没有道理,那是毫无根据的。对原始部落成员来说,印欧语言同样是粗野无理的。他极力反对语言是种族之灵魂的说法。他证明,种族的进化和文化的发展与语言形式之间没有必然联系。由于历史的变迁,原来属于同一种族的人开始讲不同的语言,同一语言也可以被不同种族的人使用,同一语系的语言使用者也可以属于截然不同的文化。因此,语言只有结构上的区别,没有"发达"与"原始"之分。

博厄斯具体论证了为什么听起来很"原始"的语言实际上并不原始。他说,语言给声音和意义强加上一种任意结构。欧洲的语言有一定的声音范围,而且与字母有对应关系。欧洲人听到所谓的"原始语言"时,感到其发音很不固定,一个词有几种不同的发音。其实不然。人的口腔可以发出许多不同的音,远非罗马字母表所能包括得了的。如果一种生疏语言中有一个界于欧洲语言中两个音之间的音,欧洲人听起来就觉得很奇怪,既像这个音,又像那个音。另外,生疏语言中也有音位变化(allophone),同一个音位在不同环境的影响下,可窄可宽,可高可低,可前可后,等等。在自己的语言中,我们都会把音位变体的差别忽略不计,而听其他语言时,则对这种差别十分敏感,因为这种差别可能在自己的语言中属于音位差别。在语法和语义方面,也常常遇到同样的现象。人们经常指责"原始语言"表达方式模糊;还说它们只有具体概念,没有抽象概念。博厄斯说,这两种批评相互矛盾:既然只有具体概念,为什么表达方式又模糊呢?真正的原因是,各种语言的逻辑范畴不同。有的语言必须区别单数复数,有的语言不必区分数的概念。在加拿大不列颠哥伦比亚省的夸愧特尔语(Kwakiutl)中,只分"我的爱"或"他的爱",而没有用于各人称的"爱";动词没有时态区别,反倒要表明是说话人亲自看见的动作,还是听说的动作,还是梦见的动作。如果换一种语言,则这些必须表达的逻辑范畴又会不同。但是,绝不能依据这些区别就将某些不熟悉的语言说成是"原始的","不发达的"。

在为《美洲印第安语言手册》写的前言中,博厄斯论述了描写语言学的框架。他认为这种描写分三部分:语言的语音;语言表达的语义范畴;表达语义的语法组合过程。

关于语音,博厄斯已经注意到语言的系统性。他观察到,人能发出的声音是无限的,但在语言中只选择使用有限的几个语音(speech sounds)。每种语言都有自己的语音系统,有自己的发音方式。在不同的语言中,可能有相近的音,但这些音绝不相同。语言,就是有声音的话语,通过发音器官产生的声音组合来表达意义的话语。这些音可以准确地描写出来。那些认为"原始语言"的音不清楚的人应该知道,不是音本身模糊,而是分析者往往用自己语言中的音去衡量别的语言中的音,那当然无法辨别。

博厄斯认为,每种语言又有自己的语法系统。语言用声音组合所表达的思想是有限的,而人的经验是无限的,所以任何语言都要进一步分类才能够使用。每种语言都有不同的分类方法。英语中用water可以表达"液体"的概念,可表示一片水(如"湖"),可表达大面积流水("河流"),可表示小面积流水("小溪"),也可表示各种不同形式的水,如"雨","露","波","泡"等。其他语言则采用别的派生手段。在达科塔语(Dakota)中,同一个词根xtaka(抓)派生出naxta'ka(踢),vaxta'ka(咬),ic'a'xtaka(靠近),boxta'ka(猛击)。博厄斯说,不能把我们自己的语言形式强加给其他语言,应该研究它们的特殊形式和表达思想的方法。不同的分类方法主要取决于各种文化所关注的不同方面。

博厄斯说,每种语言都有内容词和没有独立意义的关系词。固定意义词汇越多的语言,关系词越少。反之,固定意义词汇越少,则关系词就越多。语言学家的重要任务是分析各种语言的特殊语法范畴。欧洲语法学家总认为自己的语言的语法范畴适用于一切语言,实际上这是荒谬的。博厄斯讨论了几种词类,证明印欧语言的词类区分在印第安语语言中就不存在。例如名词,印欧语的名词按性、数、格等变化来区分,而对于印第安土著语来说,这些范畴都不必要。他指出,不表达词的阴性、阳性不妨碍表达清楚的意思;阴性和阳性的区分本来就与雌雄性别没有内在联系。在苏恩语(Siouan)的部分语言中,名词是靠冠词来区别的,而且它们要具体地区别静态有生命的东西,动态有生命的东西,而没有生命的东西要分长的、圆的、高的。有的语言不区分单数复数,但必须区分所处的方位。彻努克语(Chinook)中不区分格。如果把英语句子The man cut the woman with a knife(男人用刀子砍了女子)译成彻努克语He her it with cut man woman knife,可清楚地看到,句中的名词和代词各自成对。

博厄斯说,印欧语言对代词的区分也是任意的,并没有完全表达出人称的各种可能性。我们区分的三个人称是根据"是自己"还是"不是自己"而做出的。"不是自己"又分成"谈话的对象"和"谈话所涉及的人"。

用第一人称复数时,可以指自己和谈话对象,可以指自己和谈话所涉及的一个人或几个人,也可以指自己、谈话对象和所涉及的人。所以,真正的第一人称复数是不存在的。印第安语中的人称代词各种各样,常常附加其他条件。夸愧特尔语中区分"可见"人称和"不可见"人称。彻努克语区分"过去"人称和"现在"人称。爱斯基摩语(Eskimo)中,不仅区分第一、二、三人称,而且要指明与说话人的方位关系:中,上,下,前,后,左,右。而且,这些区分是他们表达思想时必不可少的,而不是可有可无的。

关于动词,博厄斯有同样的看法。他说印欧语言动词中的人称、数、时态、语态的范畴也是任意的,许多别的语言没有必要区分这些范畴。英语句子The man is sick(那人病了),对于某些语言来说,信息交代得过于详细,它等于The single definite man is sick at the present。爱斯基摩语要说这句话时,其形式类似single man sick,不用时态范畴。而在夸愧特尔语中,这句话说得还要更详细:That invisible man is sick on his back on the floor of the absent house(那个看不见的人病了,躺在看不见的屋子的地板上),这里的附加信息是语言系统所要求的。博厄斯说,描写一种语言,首先要描写其词素必须表达的东西,而不是可能表达的东西。这是对传统语法理论的批评,即它不应该把印欧语的语法范畴强加给其他语言。由于语言的词素结构本身不同,所区分的语法范畴不同,附加给句子的意义也就不相同。

博厄斯对有些"原始语言"作了实验后发现,有的语言只表达某些概念,而不表达另外一些概念,这并不是因为语言使用者没有能力表达,而是反映了他们的兴趣所在。在夸愧特尔语中,抽象的概念必须与物主代词连用。在许多语言中,没有数的概念。例如,一个牧羊人可以记住每头羊的名字,从来不需要去数它们共有多少只。一旦有实际需要时,他们可以表达任何概念。关于语言与文化的关系,博厄斯认为,文化水平直接影响到语言形式,但语言形式不能决定文化水平。

博厄斯并没有留下很高深的理论,但是,他的基本观点和描写语言的方法,造就了一代语言学家,并影响到几代语言学家。他奠定了美国的描写主义语言学的基础。著名语言学家萨丕尔(Edward Sapir, 1884—1939)就深受博厄斯的影响,从而进一步发展了美国的语言学理论。

萨丕尔

第二节 萨丕尔和《论语言》

萨丕尔生于德国的一个犹太家庭。父母先是移居英格兰,后移居美国纽约,14岁获得普利策奖学金,1901年进入哥伦比亚大学,1904年获得学士学位,第二年获得日耳曼语语文学硕士学位,1909年获人类学博士学位。萨丕尔于1904年在纽约见到博厄斯,那时他正在攻读硕士学位。博厄斯当时已经很熟悉印第安土著语言,并拥有关于它们的大量资料。萨丕尔对他深感钦佩,决心向他学习。他立刻放弃了历史比较语言学研究,开始按照博厄斯的方法去调查美国西北地区的泰克尔玛语(Takelma)。后来他又调查了其他印第安语:夸愧特尔语,彻努克语,雅纳语(Yana),维士拉姆语(Wishram),瓦斯科语(Wasco),努特卡语(Nootka),那豪特尔语(Nahuatl),库特奈语(Kutenai),海顿语(Haidan),纳瓦霍语(Navaho),等等。萨丕尔天赋超群,兴趣极广,除了人类学和语言学之外,对许多其他学科都有所研究。他的语言学专著只有《论语言》一书,其文章多发表在杂志上,后来收集在他的论文集中。

《论语言》(*Language: An Introduction to the Study of Speech*, 1921)基本上代表了萨丕尔的语言观。全书240多页,分为21章,详细论述了语言的定义、语言成分、语法过程、结构分类、历史演变,以及语言与文学和思维的关系等。

萨丕尔说,语言与走路的性质不同。走路是人遗传的、生理的、本能的功能,说话则是非本能的、习得的、"文化的"功能。语言是声音符号的惯例系统。有人用感叹词语来证明语言不是惯例系统,萨丕尔反对这种看法。他说,感叹声音是本能,是用来发泄某种感情而已,不能算是交际的一部分。只有已经惯例化的感叹用语才算是语言的一部分。他说,"语言是人类特有的、非本能的交际方法,是表达思想、感情和愿望等主观意志的符号系统。"关于语言与思维的关系,萨丕尔说,语言是工具,思维是产品,没有语言,思维是不可能的。有人认为可以不用语言进行思维,是因为他们没有区分思维与形象。一旦把一种形象与另一种形象进行比较,就会不自觉地使用词汇。思维是个独立的领域,只有语言才是通向思维的唯一道路。另外,语言是声音符号,该符号可被机械或直观符号所代替。人在思维时,往往感觉不到无声语言符号的存在,因此会认为可以不用语言而进行思维。语言是一种结构,是思维的框架。我们要研究的正是这种抽象的语言,而不是实际说出的话语。此外,萨丕尔还注意到语言的普遍性。人类的一切种族和部落,不论多么野蛮或落后,都有自己的语言。当然,各种语言在词汇数量和分类方法上有很大的不同,但语言的基本框架(即毫不含糊的语音系统、声音与意义的具体结合、表达各种关系的形式手段),在各种语言中都已发展得十分完善。语言是人类最古老的遗产,文化的任何其他方面都不可能早于语言;没有语言就没有文化可言。

关于语言成分,萨丕尔有独特的分析方法。他所说的语言成分不是指词类,而是指有意义的成分。有意义的成分可以是词、词的一部分或词的结合。词中有词根成分(radical element)和语法成分或词缀成分。英语中的sing,sings,singing,singer等,sing是词根成分,用大写字母A代表,-s、-ing和-er是语法成分,用小写字母b代表,则得A+b。语法成分可以是前缀或后缀,也可出现在词的中间(如拉丁语中的vinci(我征服)是由n加在vici(我已经征服)的中间而变成)。语法成分不能独立出现,而要附加在词根成分上。如用圆括号表示"不能独立",则得A+(b)。实际上,词根成分并不总能完全表达一个固定抽象的概念,如sing还有sang和sung与之对立。为了表明这种相对独立性,最好用A+(o)来表示。这种相对关系可以用两种语言的词汇加以证明。努特卡语的hamot(骨头)是模糊的,可当单数,也可当复数。而英语中的bone(骨头)只有单数含义。这种增量构成语言的重要区别。有时两个词根成分组成一个成分,如fire-engine(救火车),用A+B表示。这样分析起来,几个词结合在一起就相当复杂。美国犹他州的派犹特(Paiute)土著语中有这样一个短语wii-to-kuchum-punku-rugani-yugwi-va-ntu-m(u),相当于英语的knife-black buffalo-pet-cut-up-sit(plur.)-future-participle-animate plur.(大意:那些将坐下来用刀子砍碎黑牛的人)。用公式表示这个短语则为(F)+(E)+C+d+A+B+(g)+(h)+(i)+(o)。(F)代表"刀",因为不可单独出现,所以在括号内。(E)表示"黑的",C表示"水牛",d表示"家畜",A和B分别代表"坐下"和"砍碎",(g)表示"将来",(h)表示"分词前缀",(i)表示"有生命的复数",(o)表示整个成分只能作主语。这种表示法有些像直接成分分析法。萨丕尔发现,很难给词下个准确的定义。经过分析之后他说,"总之,词根成分和语法成分是从实际语言中抽象出来又从实际经验中提炼出来的科学概念。词是活的语言中的实际存在单位,是表达理解之后的经验、历史和艺术的单位。句子是一个完整思想的逻辑对等物。"萨丕尔还注意到,一个概念可能有多种表达方法,这正是语言力量和丰富之所在。但是,语言总的趋势是倾向于简洁,否则也就没有语法研究。所谓语法,只不过是一种经过概括的感觉:类似的概念和关系可用类似的形式表达出来。没有任何语言百分之百地合乎规律;一切语法都有"漏洞"。

萨丕尔对语音的研究有自己的特点。他熟悉许多不同类型的语言,并认真比较了各种语音系统。他最感兴趣的不是这些语音系统的差别,而是各类语言的语音模式。他在《语言的语音模式》(*Sound Patterns in Language*,1925)一文中举例说,甲、乙二人说不同的语言,甲对/θ/, /s/, /ʃ/的发音与乙对/θ/, /s/, /ʃ/的发音不同。乙的/s/和/θ/更接近:

甲: /θ/　　　　/s/　　　/ʃ/

乙: /θ/　　　/s/　　　　　/ʃ/

如果按语音特征来归类,两种模式的对比为:

甲: /θ/　　　/s/　　　/ʃ/

乙: /θ/　　　/s/　　　　/ʃ/

如果按有意义的对比特征归类,两种模式为:

甲: /θ/　　　　　　　/s/　　　/ʃ/

乙: /θ/　　　　/s/　　　/ʃ/

原因很简单,尽管语音特征不同,但它们的对比数目相同,区分功能相同。有些语音差别则没有区分功能。英语中的bat和bad中的元音差别很像德语中的Schlaf和schlaff中的元音差别,但这种差别没有区分功能。因此,语音单位可用发音部位和发音方式来描写,而音位(phoneme)则不能用发音部位和方式来区别。音位是"有功能意义的单位,在某语言的语音结构中形成严格的模式"。萨丕尔认为音位系统是语言的"理想系统",属于说话人的"直感"知识。

萨丕尔十分注意研究语言形式(linguistic form)。他说,"语言结构如此美妙,不论说话人想表达什么,不论他的思想多么新奇或古怪,语言都可以尽其职责。……存在于语言框架中的这一整套语言形式是一个完整的所指系统,像一个数字系统是一个完整的数量所指系统一样,像一个几何坐标轴在一定空间内是一切点的完整所指系统一样。"在他看来,研究语言形式必须注意两点:语言表达的基本概念和表达这些概念的形式手段。所谓语法过程就是"表示一个附属概念与词根成分主要概念的关系的形式手段"。萨丕尔在《论语言》中提出六种最常见的语法过程(grammatical process)。第一是词序。词序是表达语意概念的最简单、最经济的方法。在某些语言中(如拉丁语),词序是修辞手段,不是语法过程,因语法关系依靠词尾变化来交代清楚。可以说hominem vide emina，也可以说femina hominem videt，或者hominem feminat videt，或者 videt femina hominem，它们都是"那女人看见那男人"的意思。第二是组合，把两个或多个词根成分结合为一个词。英语的typewriter（打字机），汉语的"水夫"都是组合而成的。有些语言不允许把两个词根成分结合在一起，如爱斯基摩语和努特卡语。努特卡语是用一个词根，然后加上很多后缀来表示复杂概念的。第三是加词缀。除了汉语和暹罗语外，大部分语言都用词缀。词缀分前缀，后缀和中缀（infixing），后缀使用最广泛。像土耳其语，爱斯基摩语，努特卡语，雅纳语，霍屯督语（Hottentot）这些语言，它们根本不用前缀，但有复杂的后缀系统，有的多达几百个后缀成分。只用前缀不用后缀的语言很少，如高棉语。大部分语言是既用前缀又用后缀。中缀多用于南亚和马来群岛。高棉语"走路"的词根是deu，用中缀得daneu（动名词）和tmeu（走路人）。第四是词根内部变化。有时变化元音，有时变化辅音。如英语的sing, sang, sung, song; goose, geese等。闪米特语中这种变化很多。请看阿拉伯语的名词单复数变化：

balas — bilad（地方）	gild — gulud（皮）
ragil — rigal（男人）	shibbak — shababik（窗子）

含米特语和索马里语中也有这种现象。辅音变化不太普遍。英语中的wreath, wreathe（花圈；扎花圈）；house, houses（房子的单、复数）中的最后辅音有变化。爱尔兰语的名词词首辅音常随着语法关系不同而变化。如bo（牛），作主语为an bo（那头牛），作物主词复数时为na mo。第五是词根的全部重复或部分重复。这种过程往往用来表示众多、分配、反复、习惯活动、强烈程度等。英语中这种现象不太普遍，只有少数例子，如goody-goody, pooh-pooh, sing-song, riff-raff, wishy-washy, roly-poly等，它们没有语法重要性。而霍屯督语中，go是"看"，go-go是"仔细地看"。索马里语中，fen是"咬"，而fen-fen是"从各个方向咬"。彻努克语中，iwi是"出现"，iwi iwi则是"仔细地看看周围"。霍屯督语中变使役动词也用重复手段：gam是"告诉"，gam-gam则是"使告诉"。显然，重复手段对这些语言具有重要的语法意义。第六是重音区别，包括词重音，词的语调。这是最微妙的语法过程。有时很难确定一个词的重音到底在哪里，也难判断重音的变化是否具有语法价值。如在希腊语中，动词形式的重音尽量移向词尾，而名词的重音十分随便。但英语中的词重音比较明确，如re'fund（偿还）是动词，'refund（偿还额）是名词，im'port（进口）是动词，而'import（进口的商品）是名词。词的语调在某些语言中具有语法价值。汉语就是典型的例子："中"和"种"，"北"和"背"，"买"和"卖"。汉语

的语调是词的固有特征。这种现象在个别语言中具有特殊的重要意义。例如,在埃维语(Ewe)中,动词"服务"的派生形式为:

动词原形: subo

不定式: subosubo(前两个音节低,后两个高)

形容词形式: subo-subo(四个音节都是高的)

在尼罗河发源地附近的一种语言中,词的调可以区别单数复数和代词的格:

$$yit \begin{cases} (高调): 耳朵(单数) \\ (低调): 耳朵(复数) \end{cases}$$

$$e \begin{cases} (高调): 他 \\ (低调): 他(宾格) \\ (中调): 他的 \end{cases}$$

关于语言结构的分类,萨丕尔提出了新的观点。他认为,把世界上的语言分为孤立语、黏着语和屈折语是不科学的,因为很难决定某种语言应该属于哪一类;一种语言可能具有两类或三类的特点,单称它为黏着语或屈折语只是相对而言。萨丕尔说,如果以语言的形式为出发点,也可以把语言分成孤立语、前缀语、后缀语、象征语等,或分成分析语、综合语和多式综合语(polysynthetic),但都不能令人满意,因为同样只是相对而言。萨丕尔建议按照语言使用的概念来分类。他先把概念分为四种:1. 基本概念; 2. 派生概念; 3. 混合关系概念; 4. 关系概念。然后,把语言分为四大类。第一类只表达第一种和第四种概念,即保持句法关系十分纯洁,不用词缀或内部变化来改变词根意义。这类语言称为简单纯关系语言(Simple Pure-relational Language)。第二类表达第一、二、四种概念,就是说,保持句法关系纯洁,同时也可以使用词缀或内部变化来改变词根的意义。这叫复杂纯关系语言(Complex Pure-relational Language)。第三类只表达第一、三种概念,就是说,表达句法关系时必须使用另外一些概念,这些概念本身意义很少,而且不能用词缀或内部变化来改变词根的意义。这叫做简单混合关系语言(Simple Mixed-relational Language)。第四类表达第一、二、三种概念,就是说,句法关系用混合形式表达(如第三类),同时又可以使用词缀或内部变化来改变词根的意义。这叫复杂混合关系语言(Complex Mixed-relational Language)。其实,这种分类方法是要回答两个基本问题。第一,是保持词根的基本概念不变(如第一、三类),还是要靠词缀建立新的概念(如第二、四类)。第二,是保持基本句法关系纯洁(如第一、二类),还是要与其他概念混杂(如第

三、四类）。这四大类还可以根据词缀变化的主要方式再次分类为黏着语, 溶合语(fusional), 象征语(symbolic)（象征式是指在drink, drank, drunk之类的变化与象征主义之间, 有某种心理上的联系）。词根完全不变的可归为孤立语。然后, 再加上词根变化的复杂程度, 又可分为分析语, 综合语和多式综合语。可以列表如下页：

基本类别	语言	变化方法	变化程度
第一类	汉 语	孤立式	分析式
	现代藏语	黏着式（黏着溶合式）	分析式
第二类	波利尼西亚语	黏着孤立式	分析式
	柬埔寨语	溶合孤立式	分析式
	土耳其语	黏着式	综合式
	雅纳语	黏着式（有点象征式）	多式综合式
第三类	班图语	黏着式	综合式
	法 语	溶合式	分析式（有点综合式）
第四类	努特卡语	黏着式（有点象征式）	多式综合式
	彻努克语	溶合黏着式	多式综合式
	阿尔冈昆语	溶合式	多式综合式
	英 语	溶合式	分析式
	拉丁语	溶合式（有点象征式）	综合式
	希腊语	溶合式（有点象征式）	综合式
	闪米特语	象征溶合式	综合式

萨丕尔的分类也并没有彻底解决问题, 仍然存在相对性和难以决定类别的语言。例如, 法语应属第三类还是第四类, 就不容易确定。但是, 萨丕尔对类型学是有贡献的, 他指出了历史主义类型学的缺点, 详细分析了词根变化类型, 发现了关系概念的使用对区分语言类型的作用。

关于语言的变化规律, 萨丕尔也作了深刻的阐述。他说, 语言是不断变化的。语言来自各个说话人的言语变体。严格地说, 每一个人的话都与另一个人有所不同。如果把所有人的变体都加以描写, 能否预料语言的变化趋势呢？不能。这是因为, 个人变体是随意的, 而语言变化有一定的方向。有些个人变体很快灭亡, 有的变化留在语言之中, 成了标准语。变化的趋势是语言使用者对个人变体的不自觉的选择。符合趋势的被接受了, 不符合趋势的就被抛弃了。今后几百年的变化现在就有所预示。所以变化本身又包含着继承性和延续性。那么这种变化趋势到底是怎么形成的呢？萨丕尔举了一个英语中的例子。按语法要求，应该说Whom did you see（你看见谁了），而许多人倾向于说Who did you see（同上）。当然，我们还不能说第二种说法代表了发展趋势。但是可以研究一下为什么人们喜欢用第二种说法。英语中宾格形式只有me，him，her，us，them，whom，而who不应该属于人称代词，应该属于疑问代词和关系代词（如which，what，that）。而该类词which，what，that都没有宾格形式，唯独who有个whom。因此whom有些不"入群"，地位就不太安全。再说，who和whom作为疑问词在心理上与疑问副词where，when，how相连。它们都是固定不变的，而且经常是强调成分。英语似乎有种倾向，就是疑问代词和疑问副词一般是固定形式，而宾格whom似乎削弱了who的强调功能。其次，人称代词的主格形式和宾格形式在句中的位置是一致的。我们说I see the man（我看见那人）或I see him（我看见他），而不说Him I see或Him see I。从来不能说Him did you see? 而为什么偏偏说Whom did you see? 另外，Whom did连在一起发音很别扭。由于这几种原因，Whom did you see的形式越来越不受欢迎。

　　萨丕尔以Whom did you see为例，是为了说明语言变化中的三种趋势。第一个趋势是消除主语形式和宾语形式的区别。印欧语已从原来的七个格减少到四个格（主格，所有格，与格，宾格），现在的宾格是原来的宾格和与格的结合，主格与宾格的区别也只保留在人称代词之中。所有格也有了很大限制，多用于有生命的东西，无生命的东西的所有概念多用介词短语表达。人称代词的主格与宾格的区别也已削弱。例如，you的两种形式已经统一，her的宾格地位已经削弱，因为它与所有格形式一致。当然，me，him，us还继续存在，但已被限制于一种固定位置，从而削弱了其生命力。这也就是第二种发展趋势，即用词在句中的固定位置来表达词之间的句法关系。因此，在The man sees the dog（人看见狗）和The dog sees the man（狗看见人）中，the man在句子中的不同位置决定了它的句法关系。同样，除了在诗歌或古文体中，很少见Him the dog sees（他，狗看见了）的形式。因此，现在的主格和宾格的性质与其说是形式赋予的，倒不如说是动词的前后位置赋予的。第三种变化趋势是减少词的变体或派生，使词与概念的关系呈现简单、直接的对应关系。任何变体，只要与原词过于相近，或没有独特之处，迟早都要消失。例如，whence（从何处），whither（往何处），hence（从此地），hither（向这里），thence（从那里），thither（到那里），因为与where，here，there过于相近，已经处在消亡状态。

萨丕尔认为,只讲字形变化趋势是不够的,更重要的是语音变化趋势。他说,每一个词,每一个语法成分,每一个音,都处于缓慢的不断变化的状态。语音变化趋势是看不见的,是不以人的意志为转移的。把语音变化归结为生理原因,认为是趋向于发音省力,是很不深刻的解释。萨丕尔认为这更多的是由于心理上的原因,因为发音的难易是相对的;我们认为很容易发的音,其他语言使用者可能感到十分困难。语音变化趋势到底是什么? 语言学家还难以回答。但是,趋势是肯定存在的。一种趋势可以开始于微小的语音调整或语音不定现象,几百年之后则引起深刻的结构变化。萨丕尔用原始日耳曼语的 fot, foti("脚"的单复数)和 mus, musi("老鼠"的单复数)演变成现代英语的 foot, feet 和 mouse, mice 的过程,来说明音变的趋势。这就是我们常说的"元音大变动"(the Great Vowel Shift),长元音 /o:/ 演变为长元音 /u:/,中古英语的 /u:/ 则演变为双元音 /au/。最后他列出这两对词的发音演变历史:

1. fot	foti	mus	musi(日耳曼语)
2. fot	føti	mus	müsi
3. fot	føte	mus	müse
4. fot	føt	mus	müs
5. fot	fet	mus	müs
6. fot	fet	mus	mis(乔叟时期)
7. fot	fet	mous	meis
8. fut	fit	mous	meis(莎士比亚时期)
9. fut	fit	maus	mais
10. fut	fit	maus	mais

萨丕尔总结说,语音变化可能有三股力量:一是沿着特定方向发展的总趋势,我们对它的性质了解甚少;二是有一种调整倾向,以保持或恢复基本语言模式;三是一种保守势力,以避免发展总趋势给字形带来过大的变化。显然,萨丕尔的解释还只是一种猜测。语言变化的真正动力,人们还了解很少。

萨丕尔在《论语言》和其他论文中,深刻阐述了语言与民族和思维的关系,成为他的语言理论的重要组成部分。关于这个问题,下一节将详细介绍。

第三节 萨丕尔—沃尔夫假说

什么叫萨丕尔—沃尔夫假说(the Sapir-Whorf Hypothesis)？简单地说它就是这样一种观点：语言形式决定着语言使用者对宇宙的看法；语言怎样描写世界，我们就怎样观察世界；世界上的语言不同，所以各民族对世界的分析也不相同。后来他们的假说常被称为"语言相对论"，而且还区分"强式相对论"和"弱式相对论"。强式相对论说语言决定或制约着人的思维；弱式相对论主张语言多少影响着人的思维。

关于语言与文化、民族、思维的关系，从前有不少哲学家和人类学家进行过讨论。本书前面提到过赫尔德和洪堡特。萨丕尔继承博厄斯的传统，对语言与文化的关系进行了调查。他在《论语言》中讲道，语言与民族之间没有必然联系，语言与文化之间有平行关系；语言是形式，文化是内容。但我们不能从语言形式中推导一种文化对客观环境的态度。文化与语言的联系主要反映在词汇上。后来，萨丕尔改变了他的观点。1929年他在《语言学作为科学的地位》(*The Status of Linguistics as a Science*)中写道，"人并不是独自生活在客观世界之中，也不是像平常理解的那样独自生活在社会之中，而是受着已经成为社会交际工具的那种语言的支配。认为自己可以不使用语言就能适应现实情况，认为语言是解决交际中具体问题或思考问题时偶然使用的工具，那是非常错误的。事实上，所谓的客观世界在很大程度上建筑在社团的语言习惯上。没有任何两种语言十分相似，可以认为它们表达同样的社会现实。不同社会的人生活于不同的世界之中，而且不仅仅是名称不同。"到1931年他又写道，"语言不仅谈论那些在没有语言的帮助下所获得的经验，而且实际上它为我们规定了经验的性质，因为它的形式完整，又因为我们不自觉地就把语言的隐含要求投射到经验领域之中……诸如数、性、格、时态……等范畴，不是在经验中发现的，而是强加于经验的，因为语言形式对我们在世界中的倾向性有种残酷的控制。"这两段话说明，人类没有观察客观世界的自由，一切观点都受着语言形式的支配；语言好像一副有色眼镜，事先为人规定了外界事物的形状和面貌。

沃尔夫进一步论证了萨丕尔的观点。沃尔夫(Benjamin Lee Whorf, 1897—1941)出生于美国马萨诸塞州的一个英国移民家庭。1918年毕业于麻省理工学院，主修化学工程，后在一家保险公司任防火视察员。防火工作使他开始相信语言对世界观的影响。在分析火灾报告中他发

沃尔夫

现,语言在火灾事故中起着重要作用。例如,人们在靠近标着"满油桶"的东西时比较小心谨慎,靠近"空油桶"时则不太注意。其实,空油桶里有爆炸性气体,比满油桶更加危险。这个"空"字反而比"满"字引起更多的火灾。沃尔夫对语言的研究是业余爱好。他在耶鲁大学与萨丕尔相识之后,便经常帮助他做些调查研究。他主要研究了亚利桑那州的霍皮语(Hopi)。他发现,由于霍皮语的语法与印欧语不同,霍皮人对世界的分析也不同于欧洲人的观点。

沃尔夫的著作包括《科学与语言学》(Science and Linguistics, 1940),《作为精确科学的语言学》(Linguistics as an Exact Science, 1940),《沃尔夫文选: 语言、思想与现实》(Language, Thought, and Reality: Selected Writings of Benjamin Lee Whorf, 1956)。沃尔夫在《科学与语言学》一文中,全面地阐述了他对语言的看法。首先,他认为语法已经成为人类的背景现象或背景知识。所谓背景现象就像我们天天呼吸的空气一样,是人们视为当然、意识不到却又不可或缺的东西。只有例外情况发生时,我们才会意识到该背景现象的存在和重要性。在此之前,我们难以把背景现象区分出来,加以规则化。只能看到蓝色的人并不知道他们只看到蓝色。他们不会有颜色概念,更没有表达颜色的词汇。因此,沃尔夫说,所谓的自然逻辑有两大错误: 第一,它没有看到语言现象对语言使用者来说基本上具有一种背景性质,他们对它既没有意识,也没有控制。所以,人们谈起什么道理、逻辑、思维规律时,都是按照自己语言中的事实来论证的,使用的并不是一切语言中都有的概念。第二,自然逻辑混淆了两个东西: 一是通过语言达到的一致意见,一是关于语言过程的知识。同一语言的使用者可以用语言达到相互了解; 但如果问他们是如何达到的,他们一无所知。语言到底如何控制他们的思维和逻辑,他们并不知道。

然后,沃尔夫做了下面一段绝妙论述,使几代的人类学家、社会学家和语言学家争论不休:"当语言学家在能够对截然不同的许多语言进行科学的、批判性的研究之后,他们讨论的基础就扩大了,就会察觉原来一直认为是普遍现象的东西也有例外情况,一大堆重要事实进入了他们的知识领域。结果发现,背景性的语言系统(即语法),不仅仅是表达思想的一种再现工具,而且是思想的塑造者,是一个人思想活动的大纲和指南,被用来分析自己的种种印象、综合大脑中的一切东西。思想的形成并不是一个独立过程……,而是某种语法的一部分。语法不同,形成过程也不一样,有的区别很大,有的区别甚微。我们都按自己本族语所规定的框架去解剖大自然。我们在自然现象中分辨出来的范畴和种类,并不是因为它们用眼睛瞪着每一个观察者，才被发现在那里。恰恰相反，展示给我们的客观世界是个万花筒，是变化无穷的印象，必须由我们的大脑去组织这些印象，主要是用大脑中的语言系统去组织。我们之所以按照一定的方式解剖自然界，把它组织成许多概念，并赋予特定的意义，是因为我们达成了一个协议，同意按这种方式来组织自然界。这项协议适用于我们的整个语言社团，并用我们的语言模式固定下来。当然，这项协议是隐含的，并未言明，但协议上的条款绝对是强制性的。如果不按协议的规定去组织材料或进行分类，就无法开口说话。"

沃尔夫接着写道，"上述事实对现代科学非常重要，因为它意味着，没有任何人能够不受任何限制地、不带偏见地来描写大自然。任何人都受着某种理解方式的制约，即使他自己认为是自由的。在这方面接近自由的人是那些懂得许多截然不同语言的语言学家，而到现在还没有一个语言学家能做到这一点。所以我们面临一条新的相对论原则：世界上的观察者对于宇宙的同一外貌并不能得到相同的材料，除非他们的语言背景相似或能用某种方法校正。"可以看到，沃尔夫发展了萨丕尔的观点，把语言与思维的关系看得更加绝对化。美国语言学家卡罗尔（J. B. Carroll, 1916—2003）第一次把他们的观点称为萨丕尔—沃尔夫假说。

沃尔夫在研究了许多语言之后发现，语言的结构直接影响到人对世界的观察；由于语言结构不同，人们对世界的看法也截然不同。英语把大部分词汇分为两类：动词和名词，它们各自有不同的语法和逻辑特征。因此讲英语的人认为自然界也是双向的。其实，自然界本来面貌并不是这个样子。例如，"雷电"、"火花"、"波浪"、"火焰"等不应该是名词，它们只是短暂的动作或事件。像"保持"、"继续"、"坚持"、"成长"等概念也不应该是动词，它们的延续时间要长得多。在霍皮语中，"雷电"、"波浪"、"火焰"等都是动词。霍皮语按"延续时间"来划分词类。努特卡语中，似乎一切词都是动词。如果说"房子"这个概念，就说"一座房子出现了"，"房子"一词发生词尾变化，来表示"长期的"，"短暂的"，"原来的"或"将来的"等。霍皮语中，除了鸟类之外，其他一切会飞的东西，如飞着的昆虫、飞机、飞机驾驶员，都用一个词表示。这对讲英语的人来说，简直不可思议。而英语的"雪"字对爱斯基摩人来说同样不可思议，爱斯基摩语用不同的词表示各种不同的雪："干雪"、"湿雪"、"脏雪"、"飞雪"、"正融化的雪"等。据说，阿拉伯语中有多个表达"骆驼"之意的词，诸如"老骆驼"、"小骆驼"、"雄骆驼"、"雌骆驼"、"怀孕的骆驼"、"干重活的骆驼"、"干轻活的骆驼"等等。

除了词汇以外，语言之中还有更重要的差别。霍皮语中没有时间、速度、物质等概念。霍皮语有"延续时间"（duration）概念，没有物理学中的时间概念。要表达"他呆了五天"，霍皮语只能说"他第五天离开"。霍皮语的动词没有时态变化，也没有速度概念，只有强度概念。因此，一个欧洲人和一个霍皮人谈论物理学和化学就十分困难。一个讲化学反应的速度，一个讲反应的强度。谈来谈去最后发现，两个人的理论系统有根本的差别。

萨丕尔—沃尔夫假说立刻引起哲学家、人类学家和语言学家的注意。从此以后，许多语言学家进行了调查、实验，就语言与思维、文化、行为、及人们对世界的看法等之间的关系展开了热烈的讨论。到目前为止，绝大多数语言学家认为，萨丕尔—沃尔夫假说有一定的道理，但是过于绝对化。换句话说，语言对思维、行动和人们对世界的看法确实有着十分重要的影响，但不能说，人的思维和行动受着语言的"残酷"限制，而不能冲破语言的束缚，只能做语言的"囚犯"。

不同语言中有不同的范畴和概念，反映了不同语言的使用者对客观世界的不同分析。很自然，自己语言中存在哪种概念，就对哪种事物或关系容易观察、记忆和表达，反之就造成很大困难。英语中只有一个词表达"马"的概念，阿拉伯语则有几十个词来表达各种马。自然，用英语来表达阿拉伯语中"马"的概念就造成困难。汉语对亲属关系分得比较细，欧洲人就不容易表达。汉语中的"叔叔"、"姑夫"、"姨夫"、"舅舅"等，在英语中只有一个词uncle。汉语中的"小姨子""大舅子""妯娌""一担挑"等概念对讲英语的人是不可思议的。从这个角度说，语言结构影响到语言行为和语言前的思维。其实，这种现象也存在于不同的方言之中。以社会方言为例：一个科学家的语言范畴要比一个没有文化的人多得多，他的思维当然也就更清楚、更精细，这是因为他的语言使他对客观世界分析得非常细腻。一个天文学家与一个内科医生相比，他们的语言概念都很丰富，但涉及的是客观世界的不同方面。谈到星球位置和运行轨道，天文学家会表现出敏锐的思维，确切的语言；谈到人体功能和易受的疾病，内科医生又会显得思想丰富，措辞严谨。人们常用关于颜色的词汇来研究语言与思维的关系。不同的语言把色谱分成不同的成分，有的多达十几种，有的只有两三种。例如英语的六种颜色，在罗得西亚的肖纳语（Shona）中分成三种，在利比里亚的巴萨语（Bassa）中分成两种：

英　语	purple	blue	green	yellow	orange	red
肖纳语	cips^{w}uka		citema		cicena	cips^{w}uka
巴萨语	hui			ziza		

显然,要想把肖纳语和巴萨语的颜色译成汉语词似乎是不可能的,只能用很多词加以解释。有的语言学家(如Brown和Lenneberg,1954)做过实验,证明人们对自己文化中用一个词表达的颜色反应快些,而对需要用多个词来描写的颜色反应要慢些。可以这样说,在词汇和语义平面上,萨丕尔—沃尔夫假说是有道理的,但又应该指出,对于自己语言中没有的概念,人们总可以设法加以解释。当然在某些情况下,解释起来相当费力,而且效果也很不理想。关于这一点,美国另一位语言学家霍克特(C. Hockett)说:"语言的差别不在于它们能够表达什么,而在于表达哪些东西比较容易。用一种语言表达某些事情比别的事情容易时,就会帮助强化那些思想和理念,同时把其他事情推向注意力的边缘。"

语言结构是否会影响人对世界的看法?有的社会学家(如Susan Ervin-Tripp,1953,1964)也做过实验。受实验者是几个移居美国的日本妇女,她们的英语和日语都很流利,对两种文化一样熟悉。给她们每人一幅图画,画上近景是个挟着书的女孩子,远景是一个农民在犁地,还有一位妇女靠着树。受实验者分别用日语和英语来描述这幅画。结果,用日语时,典型的描述为:"这个姑娘要去上大学了,心里十分矛盾。母亲长年有病,父亲辛辛苦苦干活,收入很少。"用英语时,典型的描述是:"这位姑娘是一位学社会学的大学生,她正在观察农民如何劳动,深为农民的艰苦生活所感动。"这样的实验结果还不足以使我们得出什么重要结论。但可以看出,使用不同语言时,可能同时运用不同的社会价值观、受不同文化的影响。然而,如果说语言不同会使人对宇宙的看法不同,这是不符合事实的。科学的历史证明,人类对宇宙的看法几经变化,并不是语言的原因引起的,科学思想的传播也不受语言界限的束缚。爱因斯坦是讲印欧语的,但他的相对论对欧洲人来说同样是新奇的。任何语言中的科学发明和创造都可以被其他语言所理解。没有这一点,就没有跨民族、跨文化的交流和沟通。现在绝大部分语言学家认为,语言结构与人们对世界的看法之间没有一对一的关系。相反,许多哲学家和语言学家十分强调人在使用语言时的创造性。一位德国哲学家说,"一个进行创造性思维的大脑总是要与语言发生矛盾。"另一位哲学家说,"科学告诉我们,不要过于重视那些概念和语言的框架,不然它会变成一所概念牢房。"霍克特说,"西方逻辑学和科学的历史不是一部学者们受语言特殊性质禁锢和欺骗的历史,而是一部对语言的内在局限性进行长期斗争胜利的历史"。这就是说,语言对人的思维的限制是存在的,但人类克服这种局限性的能力也是不可低估的。没有这种创造能力,科学不会发展,社会不可能前进。

总起来看,经过近一个世纪的争论,人们对语言相对论的理解和观点并没有达成一致,辩论仍在继续,研究也没停止,特别是在语言哲学界。如果说有什么趋势的话,大概可以肯定两点:第一,大部分人承认弱式的相对论有些道理,认为强式的相对论有些偏激;第二,大部分人认为在词汇层面相对论表现得比较明显,而在句子和语篇层面表现不那么明显。所以,后来不少人研究特定概念在某种语言中的"可编码性"(codifiability)。你的语言中有那个词项,那个概念就容易编码;没有那个词项,编码就困难一些,就只好解释一番。你有那个词项,记忆那个概念就容易一些,没有那个词项,记忆起来也相对困难。从哲学上讲关于语言对思维的影响问题,实质上是对语言反映现实还是创造现实的争论问题。相对论有其合理性,但失之以偏概全。因为影响思维的不仅是语言,很多因素能影响思维。决定人们的思想意识的首先是社会存在。如果真的是语言决定思维,那么讲同一语言的人就没有任何思想差异了,这显然是荒唐的想法。再说,我们本应该强调思维对语言的影响,然而这种影响不易被察觉,因此不易被人们所关注或者被认为理所当然。所以,我们也可以反过来问,如果说语言不同引起思维不同,那么人们的思维不同的证据是什么,难道就是他们所使用的语言吗?那样很容易走到循环论证的死胡同里去。

尽管如此,萨丕尔和沃尔夫的功绩还是得到了语言学界、社会学界和哲学界的承认。他们的假说使人们更深刻地感觉到语言与思维和文化之间的关系,更加重视文化对语言的影响,语言对思维的影响。这对社会学、人类学、语言学和语言教学都有一定的意义。

第四节 布龙菲尔德和行为主义

列昂纳德·布龙菲尔德(Leonard Bloomfield,1887—1949)是美国结构主义语言学的奠基人。他在美国语言学界的地位,有如索绪尔在欧洲语言学界的地位。

布龙菲尔德出生于美国伊利诺伊州的芝加哥。1906年他毕业于哈佛大学,获学士学位。毕业后,他到威斯康星大学一面进修一面担任德语助教。在那儿,他认识了普罗可希(Eduard Prokosch,1876—1938)。据说正是1906年在跟普罗可希的一次偶然的谈话中,他下了决心研究语言学。1908年他在芝加哥大学进修,并担任教学工作,在伍德(Francis

布龙菲尔德

A. Wood）教授的指导下完成论文《日耳曼语次元音交替的语义差异》
（*A Semasiological differentiation in Germanic Secondary Ablaut*），次年获
得博士学位。1913至1914年间，布龙菲尔德到德国莱比锡大学和哥廷
根大学进修期间结识了新语法学派的几位重要人物，如布鲁格曼（Karl
Brugmann, 1849—1919）、莱斯琴（August Leskien, 1840—1916）等人，这
对他影响较深。此后，布龙菲尔德先后在美国好几所大学任过教，并对
马来语、波利尼西亚语（Polynesian）、阿尔冈昆语（Algonquian）等做过深
入的调查和描写。布龙菲尔德不仅熟知历史比较语言学，而且也是共时
描写语言学的巨匠。他不仅对普通语言学理论有所贡献，而且也是外语
教学法专家。他的主要著作有：《语言论》（*Language*, 1933），《供语言科
学用的一套公设》（*A Set of Postulates for the Science of Language*, 1926）
和为《国际统一科学百科全书》写的《科学的语言学诸方面》（*Linguistic
Aspects of Science*, 1939），还包括许多重要书评，如对索绪尔的《普通语
言学教程》的评论（1923），对叶斯柏森（O. Jespersen）的《语法哲学》的
评论（1927）等。

　　布龙菲尔德是"美国语言学会"（The Linguistic Society of America）
的发起人之一，又是美国其他一些著名学会的成员，例如：外语学会，东
方学会，语文学协会，人类学学会，哲学学会，科学促进协会等。他还
担任过国际语言学家常设委员会的委员，曾是国际语音协会和丹麦皇家
科学院的会员。

　　布龙菲尔德开创了一个语言学流派——结构主义语言学，培养了
一代语言学家。例如：哈里斯（Z. S. Harris, 1909—1992），布洛克（B.
Bloch, 1907—1965），特雷格（G. L. Trager, 1906—1992），霍克特、威尔斯
（W. S. Wells），裘斯（M. Joos, 1907—1978）等，他们都在语言学理论和语
言描写方面取得过出色的成就。这个学派在三四十年代的美国语言学
界占有主导地位，有"布龙菲尔德时代"之称。

　　严格地讲，布龙菲尔德并没有提出什么新的语言理论，只是在新语
法学派和索绪尔的影响下发展了博厄斯的理论。但是，他在对语言形式
作出比较严格的分析过程中，提出了不少新概念和新方法，为描写语言
学奠定了基础。与博厄斯和索绪尔所不同的是，布龙菲尔德受到逻辑实
证主义哲学的影响，在心理学上接受了当时盛行的行为主义，用刺激—
反应论来解释语言的产生和理解过程。

　　我们知道，20世纪初，冯特（W. Wundt, 1832—1920）的心灵主义
（mentalism）心理学理论遇到极大的困难，主要是对心理现象的解释过

于主观,即使是训练有素的心理学专家也难以对同一心理活动取得一致意见。到了20世纪20年代,华生(J. B. Watson, 1878—1958)领导了一场心理学上的革命,用行为主义(behaviourism)代替了心灵主义。华生以洛克和休谟的经验主义哲学思想为基础,认为任何知识的取得都靠直接经验;只有通过客观的、可观察的实验而获得的材料才是可靠的,任何"感觉"、"印象"都不足为凭。当时行为主义的出现被称为心理学上的一场革命,这是因为它把心理学从主观的心灵主义中解救出来,使心理学有可能成为一门科学。但是,极端行为主义者又限制了心理解释的材料和方法,使心理学不可能发展为成熟、严谨的科学。

华生认为,传统的心理学是不科学的,因为它研究的是没有根据的"灵魂"。"灵魂"来自于宗教;宗教的权威在于使人惧怕某种超自然的力量。"灵魂"和冯特的"意识"(consciousness)都是摸不着、看不见的东西。他甚至说心灵主义是假科学。华生认为冯特所依赖的"内省"(introspection)没有科学价值,因为谁都不能验证它。(有人举过一个内省法的例子:把墨水倒在纸上,用力一吹,就形成一个图案。把图案拿给不同的被试,让他们讲从图案中看到什么意思。结果是十个人有十种看法。)华生主张只能依靠可观察的事实。他主要研究了人的行为与客观环境之间的对应关系。他的心理学是要预示一个人在某个物体面前或某种场合下会做出什么事情;看到某人在干什么就可以知道是什么环境使他产生这种行为反应的。他还研究了哪些是无条件反应,哪些是条件反应(conditioned response)。这就是所说的刺激—反应论。"刺激"就是"总的环境下任何物体的,或动物生理条件的变化"。"反应"就是受刺激之后"一种有机系统突出表现出来的某种活动,如建摩天大楼,订计划,生孩子,写书等"。华生认为,一切反应都离不开条件作用,"整个宇宙的规律只不过是条件作用而已"。在生活中,我们会经历到各种刺激和反应,相同的刺激和反应不断出现,于是我们便不自觉地把某种刺激与某种反应联系起来。(这种理论很像巴甫洛夫的"条件反射"。)因此华生认为,我们的一切社会行为无一不是在外界条件的刺激下而产生的,它们根本与"意识"、"心智"、"灵魂"无关。所谓"目的",无非是刺激—反应连锁的代名词。所谓"学习",无非是一系列刺激和反应的结果。

华生还认为,语言是一种行为,思维也是一种行为,"思维就是说话,不过是用隐蔽的肌肉说话而已"。他说,"词汇就是物体和行为世界的条件刺激。当这些物体不在现场时,思维就是控制这些物体的手段。这就大大提高了我们的效率。思维可以使我们能够把白天的世界带到床上,晚上也能控制它,千里之外也能控制它。"

心理学家魏斯(A. P. Weiss,1879—1931)第一个把行为主义心理学运用于语言研究。他写道,"具体的外部刺激除了产生体力上的反应,同时也产生语言反应,语言反应……变成原始刺激的代替性刺激。"比如,用语言可以使你高兴、愤恨、伤心、激动等。他认为语言是解释人类行为的钥匙。布龙菲尔德直接受到魏斯的影响,认为魏斯是地地道道的科学家。布龙菲尔德与魏斯于20年代头几年曾在俄亥俄州立大学共过事,来往甚密,经常在一起探讨学术问题。在对待科学的态度上,两人都反对心灵主义,主张从机械主义的角度,运用实证的方法进行科学研究。特别重要的是,魏斯的心理学考虑到了语言学上的一些问题,这势必对布龙菲尔德产生不小的吸引力。不过应该公平地说,布龙菲尔德之所以在语言研究方面接受魏斯的观点,本质上是因为他同意行为主义理论中带有鲜明的实证主义特点的方法论,即摈弃内省,主张采用可观察、可验证的方法来对实验对象进行研究。这种方法与冯特心理学所采取的"内省"法有本质的区别,因此引起了布龙菲尔德的共鸣。布龙菲尔德极力反对心灵主义和泛灵论,他不允许在语言学中使用"意识"、"心智"、"感觉"、"思想"等术语,只能使用物理学和生物学上的术语。他说,语言学家应该证明,人并没有"思想",只是发出声音(说话),这种语言声音足以激发其他人的神经系统,成为一种外部刺激,影响其他人的行为。平时所说的"思想",不过是一种语言形式;所谓的"心理"活动,一部分是生理活动,一部分是社会活动。布龙菲尔德认为,把一切解释不通的现象统统归为"心智"或"心灵",这是一种"迷信",把它用于科学研究就会带来可怕的后果。他主张实证论(positivism)、决定论(determinism)、机械论(mechanism)。他在《科学的语言学诸方面》中,更明确地提出了语言研究中的四项原则:1. 科学只能同当时当地每一观察者都能感受到的现象打交道(严格的行为主义); 2. 科学只能同处于一定时间、地点、坐标上的现象打交道(机械主义); 3. 科学只能采用能导致进行实际操作的初始陈述和预断(操作主义); 4. 科学只能采用从与物理现象有关的常用术语中通过严密的定义得出的那些术语(物理主义)。

布龙菲尔德在《语言论》中用一个实例来说明语言是刺激—反应过程。他说,假设杰克和他的女朋友吉尔在一条胡同散步。吉尔饿了,看到树上有苹果。她用喉咙、舌部和唇部发出某种声音。这时杰克跳过围墙,爬上树,摘下苹果,递给吉尔。吉尔吃了苹果。这一系列的活动,可以分为语言行为(act of speech)和实际事件(practical event)。这个故事则可分三部分:(1)语言行为之前的实际事件;(2)语言;(3)语言行为之后的实际事件。在(1)的实际事件中,吉尔腹内肌肉收缩,胃中产生液体。苹果的光波传到她的眼中。她又看到旁边的杰克,想到与杰克的关系。这一切构成说话人的刺激(speaker's stimulus)。(3)中是杰克的实际行动,叫作听话人的反应(hearer's reaction)。如果吉尔独自一人,那就像一个不会说话的动物一样。感到饥饿,闻到食物气味,就向食物走去;能否得到,全看自己的力气和技术。然而,吉尔是会说话的人,她并没有自己去摘苹果,而是说了句话,便得到了苹果。于是布龙菲尔德得出第一条原则:语言可以在一个人受到刺激时让另一个人去做出反应。实际上,在一个社会中,人的力气和技术是不同的。只要有一个人会爬树,大家便都可以吃到苹果,只要有一个人会打鱼,大家便都可以吃到鱼。于是他得出第二条原则:劳动分工及人类社会按分工原则进行活动,都依靠语言。再看语言行为。吉尔运动自己的口腔部位,使空气变成声波。这是对外部刺激(饥饿)的反应,是语言反应(speech reaction)或代替反应(substitute reaction)。然后声波又撞击杰克的耳膜,耳膜振动又刺激杰克的神经,使杰克听到吉尔的话。这就是对杰克的刺激。这就是说,人可以对两种刺激作出反应:实际刺激和语言刺激。这就得出第三条原则:说话人和听话人身体之间原有一段距离——两个互不相连的神经系统——由声波作了桥梁。从中布龙菲尔德提出了一个著名的公式:

$$S \rightarrow r \ldots\ldots s \rightarrow R$$

这里S指外部实际刺激,r指语言的代替性反应,s指语言的代替性刺激,R指外部的实际反应。

但是,布龙菲尔德还不是一个极端行为主义者。当时的行为主义有积极的一面,也有消极的一面。作为一种科学研究方法,它有一种积极作用。行为主义主张,用来证明或反驳一种理论的材料必须是不同人都能看得见的现象,而不是个人的“直觉”或“回想”,因为直觉之类的东西只属个人,其他人无法观察或判断。所以行为主义可以为心理学和语言学提供科学的可靠的基础。布龙菲尔德说:“一个本族语者的一切话语都是可靠的素材,他对语言的评论都不算数。”只有观察了没有准备的话语之后作出的语言描写才是可靠的。按照说话人对句子的印象(如能否用某个词,能否用某个结构等)而作出的分析都是靠不住的。调查一种生疏语言时,询问本族语者的判断也是无济于事的,最好是排除一切先入为主的偏见。基于这一点,布龙菲尔德学派有严格的调查方法和描写方法:不带个人色彩,准确严谨,不作观察素材以外的任何概括,采用归纳法。所以其他语言学家(如B. Bloch)说:"布龙菲尔德对语言研究的最大贡献是使它成为了一门科学。"

但是,行为主义有明显的局限性。第一,它把直觉排除在素材之外,这就大大限制了材料范围;反对内省主义并不能说人根本没有可内省的东西。第二,它使产生语言和理解语言的过程过于简单化了,无法解释人所特有的复杂思维过程。第三,归纳法是重要的,但不能完全排除演绎法;在获得足够证据之后,进行合理的演绎和推论是必要的。无视理论思维的作用,不仅不能揭示语言内部的复杂关系,而且还束缚语言学家在认识中的主观能动性。第四,极端行为主义认为人与动物之间没有根本区别。有人认为,人习得语言的过程就是一连串的刺激→反应→模仿→强化的过程;如果对动物进行足够的训练,它们也可以掌握人类的自然语言。40年代美国产生的外语教学方面的听说法(the Audiolingual Method)就是以行为主义为理论基础的。它采用大量的、机械的句型操练,体现了刺激—反应的原则。

那么,语言到底是什么? 布龙菲尔德始终没有正式下过定义。他在《语言论》中说,"任何言语社团的语言在观察者看来总是一个繁复的信号系统……。在任何时刻,呈现在我们面前的语言都是一个词汇和语法习惯的稳定结构。"他在《供语言科学用的一套公设》中又说,"一个言语社团中可能说出的话语的总和,就是该言语社团的语言"。在索绪尔的影响下,布龙菲尔德也把语言区分为言语和语言两个方面。他在评论《普通语言学教程》时说,"我们所说的描写语言学研究的对象这个严格系统,就是语言(la langue)。但是人类的语言还包括其他东西,因为一个社团的成员并不能绝对一致地遵循这个系统。实际的话语,即la parole,不仅在系统本身没有固定下来的方面上各不相同,而且在系统的特征上也有变化。这就把我们带到'历史语言学'或'历时语言学'。当言语所具有的个人或时代特征成为社团的普遍的、习惯的特征时,就构成了语言系统本身的变化——语音变化或类推变化……"。这里他注意到,语言系统每个个人都具有,但又不以个人意志为转移,就是说个人的言语差别与系统本身无关;描写语言学的任务是描写这个抽象的系统。在评论叶斯柏森的《语法哲学》时,布龙菲尔德的这种观点更加明确:"对于叶斯柏森来说,语言是一种表达方式;语言的形式表达说话人的思想和感情,这个过程是人类生活的直接组成部分,并在很大程度上要符合人类生活的要求和变化。我的观点与索绪尔的看法一致……，这一切都是索绪尔所说的言语，它不是我们的科学所能研究的。我们很难预示某人在某个特定时刻是否要讲话，或者讲什么，或者用什么词和什么语言形式来讲。我们的科学只能研究索绪尔所说的语言的特征，这些特征对于社团的全部讲话人都是一样的——音位，语法范畴，词汇等等。这些特征是抽象的，是具体言语中反复出现的、部分的特征。对于这些特征，婴儿时期的训练已如此彻底，儿童时期刚过之后，个人的变化和生活的变化再也不会影响到这些特征。它们构成一个严格的系统。该系统如此之严格，即使在生理学知识缺乏、心理学处于混乱的情况下，我们仍然可以对这个系统进行科学的处理。"应该指出，布龙菲尔德的"严格系统"和"稳定结构"并没有被作为专门术语来使用；在实际描写中他没有区分语言和言语的差别。

在意义问题上，布龙菲尔德也表现出行为主义的影响。他把意义说成是"说话人说出语言形式时所处的情境和这个形式在听话人那里所引起的反应"。而说话人的情境包括一切能使人开口讲话的情境，听话人的反应包括听话人的一切行动，两者即可构成一个完整的世界。所以，"要是研究清楚说话人的情境和听话人的反应，那便相当于人类知识的总和了"。"实际上，我们对世界的了解很不全面，很难对言语形式的意义作出正确的判断。"所以他说，"在语言研究中，对意义的论断是很不充分的，这种情况将会持续很久，直到人类的知识远远超过目前水平。"因为他认为，要想说出词的确切意义，就要对物体、状态、过程等给以全面的科学的描写。有少数词(如动植物的名称和自然物质的名称)我们可以借助有关科学的技术术语来确切描写其意义，但对于绝大多数的词(如"爱"和"恨")，我们还做不到这一点。所以，布龙菲尔德和其他结构主义语言学家对语义理论没有什么贡献。其他语言学派常常批评布龙菲尔德学派忽视语义研究。为此，布龙菲尔德在一封私人信中写道："许多人断言，我，更确切地说，连我在内的那一批研究语言的人，不重视或忽视意义，甚至说我们打算研究没有意义的语言，即研究毫无意义的音的堆积……这使我感到很难过。这绝不是个人问题。如果让这种意见任意发展下去，就会人为地把语言工作者分为两类，一类是承认意义的，一类是忽视或否定意义的；这会阻碍我们这门科学的进步。就我所知，这后一种人是根本不存在的。"无论如何，在美国描写语言学中，由于着重对所调查的语言进行形式和结构上的描写，意义的研究始终不处于重要地位。从历史角度看，这是对传统语法过于强调逻辑和意义的一种反动,但又构成了描写语言学的致命弱点。

最后应该指出,美国的描写主义者,从博厄斯到布龙菲尔德,都坚决相信语言的多样性和特殊性。因此,他们认为,在描写一种语言之前,不应该对其性质有任何设想。任何事先设想都只能使自己的语言描写不够科学,不够客观。布龙菲尔德在《语言论》中这样写道,"关于语言的唯一有用的概括是归纳性的概括。我们认为本应该是具有普遍性的特征可能在下一种可以研究的语言中就不存在。有些特征,如把类似动词和类似名词的词分成两种词类,在许多语言中是相同的,在其他语言中却不存在……当关于许多语言都占有足够的材料时,我们将回来研究普遍语法问题,但是这种研究一定是归纳性的,而不是猜测性的。"英国语言学家桑普森(Geoffrey Sampson,1944—)评论说,"对于描写主义来说,真正的语言理论就是世界上没有什么语言理论。""当他们论述普通语言学时,只不过是在讨论语言分析的技术,对语言系统的性质不作任何重要设想。但是,这个概念是有矛盾的——任何领域的分析技术必然取决于对事物性质的某种设想。结果,当实际分析违背他们的含蓄设想时,很难发现错误产生的原因。"总之,这个时期的美国语言学没有留下很多的理论阐述,但对许多语言的调查和描写成了语言学中的宝贵财富。

不过,布龙菲尔德的结构主义语言学之所以盛行很长一段时间,还因为它广泛应用于语言教学,并收到良好的效果。所谓的听说教学法就是在结构主义理论指导下产生的。这种教学法的五条原则,体现了布龙菲尔德的思想: 1. 语言是口语,不是文字; 2. 语言是一种习惯; 3. 教语言是教人学习语言而不是认识语言; 4. 一种语言就是本族语者所说的话,而不是别人规定应该怎样说的话; 5. 语言是各不相同的。所以,这种教学法重视听说,轻视读写;主张大量的机械操练,加快习惯形成的过程;坚持多教实际话语,少讲语法知识;进行句型训练,替换词训练;把教学过程看成是刺激→反应→强化过程。这种方法比传统教学法有明显的优点。第二次世界大战期间,美国国防部主办的外语短期训练班,便请这些语言学家去设计课程,编写教材,结果取得良好效果,他们的教学法从此得到广泛的传播和采用。不过,听说法也有明显的缺点,一是不注意发挥学习者的主观能动性,过于强调外部刺激的作用;二是教学脱离语言使用环境,不利于培养学习者运用语言进行交际的能力。于是,到60年代初期,听说法开始逐步被情景法、功能法、交际法所代替。

第五节 布龙菲尔德的《语言论》

布龙菲尔德最有影响的著作就是《语言论》。该书共566页,共分28章,1–16章是共时语言学,17–28章是历时语言学;1–4章论述语言学的一般问题,5–8章讲音位学,9–16章讲语法和词法,17–28章讲比较法、语言演变、语义变化、借用等。可以看出内容十分丰富,从语言学史、比较语言学、历史语言学,一直到语音学、句法学、语义学、方言地理学等,都有详尽的论述。在三四十年代,《语言论》是一切语言研究者的课本,是科学研究方法的楷模,没有任何一部语言学著作能与它媲美。有人曾写道,"在美国,布龙菲尔德的《语言论》一般被认为是本世纪大西洋两岸出现的最伟大的语言学著作。"下面介绍本书中的基本观点和分析方法。

布龙菲尔德在论述了语言学历史和语言使用之后,开始讨论"语言社团"(speech-community)问题。"语言社团就是通过言语来互相交往的一群人。""它是社会群体中最重要的一种。"语言社团与生理群体没有关系。操不同语言的人通婚之后,不影响孩子的语言;语言不是遗传的,是后天从周围环境中习得的。布龙菲尔德用语言社团概念来说明区分语言和方言是多么困难。在同一语言社团中存在着不同的"交际程度"(density of communication)。如果两个群体断绝一切来往,就会逐渐变成讲两种语言;如果由于社会原因或地理原因两个群体交往很少,他们的话就会很难互相听懂;如果交往不很经常,就会出现两种方言。布龙菲尔德区分了五种语言变体:① 文学标准体(literary standard):比较正式,用于书面语,受过教育的人使用;② 口语标准体(colloquial standard):特权阶层的非正式体;③ 地方标准体(provincial standard):在美国相当于中产阶级的语言,与②很相近;④ 非标准体(sub-standard):中下阶层的语言,与前三种有明显区别;⑤ 地方土语(local dialect):最低阶层的语言,或家庭用语,其他人一般听不懂。

《语言论》进一步发展了语音学和音位学的理论。布龙菲尔德说,研究语言的声音时,可以不去过问它的意义,这叫语音学或实验语音学(experimental phonetics, laboratory phonetics)。研究发音器官运动的叫生理语音学(physiological phonetics),研究声波特征的叫物理语音学(physical phonetics, acoustic phonetics)。但是,实验语音学使我们把声音和意义相结合。而且我们发现,说话人的声音千奇百怪,没有任何两个音是相同的。同一个人讲同一个词,讲一百次就有一百种特点。语音如此不同,为什么能互相听懂呢? 原因就是在全部音响特征(gross acoustic features) 中, 有些是无关紧要的, 没有区分作用(non-distinctive), 有的与意义有关, 有区分作用(distinctive)。同一个特征在有些语言中具有区分性, 在另外一些语言中则没有。要研究区分性特征, 则必须忘记实验语音学, 必须研究语言形式的意义。研究具有意义的语音就叫音位学或叫实用语音学(practical phonetics)。在确定音位时, 布龙菲尔德也用了 "最小音差对词测验"(the minimal pair test)。以pin(针)为例:

1. pin — fin, sin, tin   2. pin — man, sun, hen

3. pin — pig, pit, pill   4. pin — pat, peg, push

5. pin — pen, pan, pun   6. pin — dig, fish, mill

这样就证明pin含有三个不可分割的、有区别意义的最小单位,这就是音位。

布龙菲尔德提出区分性特征和非区分性特征有下列差别: 1. 区分性特征一般成组出现; 2. 不可能只产生区分性特征而不产生非区分性特征; 3. 音位不是音, 而是音的特征, 说话人能产生并识别它们, 因为已有训练; 4. 非区分性特征的范围很宽, 区分性特征的范围很窄, 但比较稳定; 5. 外国人只要能产生区分性特征就可被人听懂, 但有 "外国腔", 这是因为不能正确分配非区分性特征; 6. 非区分性特征有各种各样的分布方式, 但变化也有一定的限制; 7. 每种语言都有自己的音位; 外国人常用自己语言的音位来代替其他语言的音位; 8. 本族语音有一种纠正能力, 发音错了也能听懂; 9. 如果外语中有两三个音位与本族语一个音位相近, 学外语就更加困难; 10. 如果外语中的音位区别在本族语不是音位区别, 学习这种外语最困难。布龙菲尔德把音位分成三种: 1. 简单基本音位(simple primary phoneme), 如pin中的三个音位, 又叫做音段音位(segmental phoneme); 2. 复合音位(compound phoneme), 如双元音; 3. 次要音位(secondary phoneme), 两个音节以上的词中, 非重读音节为次要音位; 音高特征和语调特征属于次要音位, 又叫做超音段音位(suprasegmental phoneme)。

布龙菲尔德注意到, 不同的语言有不同的音位系统。例如, 英语的软腭音/k/, /g/, 在kin, give和cook, good中, 位置有所不同, 一前一后, 但仍属于相同音位。而在匈牙利语中, 则分舌面前音/c/和舌面后音/k/, 是两个不同的音位。在阿拉伯语中, 则分软腭清塞音/k/和小舌清塞音/q/两个音位。再如, 英语有一个清喉擦音/h/, 喉部稍开产生摩擦。波希米亚语(Bohemian)中有个类似的音, 但是一个私语音(murmur)。阿拉伯语也有一对喉擦音, 一清一浊。元音系统也是如此。英语有九个元音, 意大利语有七个元音:

	前元音	中元音	后元音
高元音	i		u
中高元音	e		o
中低元音	ɛ		ɔ
低元音		a	

西班牙语只有五个元音:

	前元音	中元音	后元音
高元音	i		u
中元音	e		o
低元音		a	

菲律宾的他加禄语(Tagalog)仅有三个元音:

	前元音	中元音	后元音
高元音	i		u
低元音		a	

　　关于语法形式,布龙菲尔德首先区分了自由形式(free form)和黏附形式(bound form)。不能独立使用的叫黏附形式,如Johnny和Billy中的-y, playing和dancing中的-ing; 能够单独使用的叫自由形式,如John, Bill, play, dance等。有些语言形式与另一些语言形式在语音和语义上部分相同,这叫复合形式(complex form),如John ran, John fell, Bill ran, Bill fell; playing, dancing; blackberry, cranberry; strawberry, strawflower等。复合形式由组成成分(constituent)构成。只出现在个别复合形式中的组成成分叫独特组成成分(unique constituent),例如cranberry中的cran-。凡是与其他形式没有语音或语义上的相同之处的形式都叫词素(morpheme),如bird, play, dance, carn-, -y。复合形式皆由词素组成。如,在Poor John ran away(可怜的约翰跑了)中有五个词素: poor, John, ran, a-, way,这叫最终成分(ultimate constituent)。这句话的直接成分(immediate constituent)是两个: poor John和ran away。

　　布龙菲尔德认为,词素的意义不是语言学所能解决的问题。语言是一个符号系统,包括许多小小的符号单位。符号所代表的是客观世界的一部分,诸如wolf, fox, dog的意义,应由动物学家去规定。语言学的原则是从语音形式入手,不从意义入手。他说,词素的集合就是一种语言的词典。但是,并不是了解了语言的词典,就能懂得它的语言形式。话语的有些特征不能用词典来解释,而是用排列顺序来解释。如John hit Bill和Bill hit John的意义大不相同。"一种语言中的有意义的形式排列就构成这种语言的语法。"这种排列有四种方式来实现。第一是次序(order),即组成成分出现的先后。第二是变调(modulation),也就是次要音位的使用。第三是语音修饰(phonetic modification),即主要音位发生变化,如do not 变成don't。第四是选择(selection),就是说排列相同而成分不同,意义也就不同。

　　为了区分词汇特征和语法特征,以及它们与意义单位的关系,布龙菲尔德制订了下列术语和对立关系:

		词汇的	语法的
最小的没有意义的单位	语　位 (phememe)	音　位 (phoneme)	法　素 (taxeme)
最小的具有意义的单位	义　位 (glosseme)	词　素 (morpheme)	法　位 (tagmeme)
最小单位的意义	义　素 (noeme)	语素意义 (sememe)	法位意义 (episememe)

　　从表中可以看出,音位是词汇的最小单位,法素是语法的最小单位,二者有区分意义之功能,但本身没有意义。一组反复出现的变调法素、语言修饰法素、选择法素和次序法素就是一个句法结构。名词和动词不能相互代替彼此的功能,这属于选择法素;名词和动词不能互换位置,这叫次序法素。句法结构中的组成成分都是自由形式,所以排列的方法大不相同。最常见的方法就是排比(parataxis),中间不使用连词。一种是停顿排比,如 It's ten o'clock. I have to go home. 一种是紧密排比,如 Yes sir; Please come. 一种是半独立形式(semi-absolute form),如 John, he ran away. 一种是插入语,如 I saw the boy, I mean Smith's boy, running down the street. 同位语也是排比的一种。选择法素(taxemes of selection)对句法十分重要。选择法素越多,形式类(form classes)越分得精细。例如:

(1)	(2)	(3)	(4)
A: I can	I run	I was	I am
B: The boy can	The boy runs	The boy was	The boy is
C: The boys can	The boys run	The boys were	The boys are
A=B=C	A=C	A=B	A≠B≠C

可以看出,选择的时候要注意一致性(concord),如性、数的一致;制约性(government),即形式类之间的制约关系;参照关系(cross-reference)。句法结构的自由形式属于不同的形式类,因此可以通过自由形式结合成的短语来识别句法结构。一种叫向心结构(endocentric construction),就是其中一个成分可以代替整个结构的功能,该成分叫中心词。向心结构又可以分并列向心结构,如 the boys and girls,和主从向心结构,如 fresh milk, the tall man。另一种是离心结构(exocentric construction),即其中任何一个成分都不能在功能上代替整个结构,如 The man fell。

应该指出,布龙菲尔德反对传统语法把词分成动词、名词、形容词等,主张用"形类"(form class)这个概念。他指出:"具有任何共同功能的词汇形式属于同一个形类","作为一个具体的语言形式,总是伴有某种语法形式的;它在某种功能中出现,而这些出现的特权整个儿组成了这个词汇形式的语法功能";"所有能占据某一特定位置的形式因而就构成了一个形类"。通过这些论述我们不难看出布龙菲尔德对语言形式的归类采取的是功能归并法,而这里的功能其实就是以后描写语言学提出的"分布"(distribution)。实质上"分布"就是形类功能的具体表现形式。他认为,一种语言的语法包括极为复杂的一组习惯(即选择法素),这组习惯使得每一个词汇形式只用于惯例性的功能,每一个形式总是按照习惯指派于某一形类。要描写一种语法,就是说明语言使用者赋予这些形类的各种特征。传统语法试图用类别意义(class meaning)来区分形类,即指出一个形类中的词汇形式所共有的意义特征。例如,把名词规定为"人、地方或物体的名称"。这种定义远远超过人类所掌握的哲学和科学知识,把哲学家和科学家的分类与语言学上的分类混为一谈。我们把"火"说成是名词,其实很久以前物理学家认为"火"是一种动作或过程。布龙菲尔德认为,形类应依其在句法结构中的位置来区分。例如,英语中的基本句法结构是施动者—动作结构(actor-action construction),即"某人做某事"的形式。所以有两个位置:施动者位置和动作位置。当然,有些形类功能很多。英语中的实体性短语(substantive expression)可以是施动者,可以是动作的目标,可以是关系中的轴心(axis),可以带物主性后缀等。这就是说,类别意义是很难作出明确规定的,只能通过描写所出现的情境特征来区分形类。大部分形类有自己的结构特点和组成成分,但有些特殊情况。英语的不定式动词,可以出现在施动者的位置(To scold the child is foolish)。还有些形类与形式的结构毫无关系,如 in case 是介词短语,但它的作用像表示主从关系的连词。有些名词短语实际上是动词的修饰语(如Sunday, this morning, last winter)。这也说明,形类的划分并不是绝对的。形类可以有两种: 大的形类和小的形类。小的形类只区分个别词汇。大的形类可把全部词汇归类,这叫范畴(categories)。各种语言的范畴不同。关于性、数、格、时、体、态的范畴,不同的语言之间就有很大差别。

布龙菲尔德还把语言形式分成复合形式和简单形式。跟别的语言形式在语音语义上有部分相似的语言形式是复合形式,跟别的形式在语音语义上没有任何部分相似的语言形式是简单形式或者叫做语素。复合形式由成分(constituent)组成,是可以分析的。分析复合形式到语素为止,语素是最终成分。怎样分析复合形式呢? 布龙菲尔德引入了直接成分(immediate constituent analysis简称IC分析)的概念。有人认为,布龙菲尔德提出"直接成分"是基于冯特(W. Wundt)的构造心理学中关于话语的认知(apperception)分析。布龙菲尔德早年受冯特影响很大,他甚至宣称自己的语言学完全建立在冯特的心理学基础之上(1914)。在"语言科学导论"中他(1914)提出,句子成分之间关系的表述有着鲜明的心理特征。人们在说话时,对经验的表述大多遵循二分(binary cutting)的原则: 首先关注的内容(即主词)表述在前,稍后关注的内容(即谓词)表述在后。然后,这两部分内容各自又可进一步二分,分别为主词和属性词,直至分出最终成分。主词一般表示所呈现的事物、所知道的事物,谓词和属性词则表示有关主词的性质、行为或与之的关系。由于经验的表述通常遵循二分原则,而语言正是经验的外在表述,所以对语言形式的分析也遵循二分原则。不过有意思的是,在后来的一篇重要论文《供语言科学用的一套公设》(1926)中,布龙菲尔德并没有提及IC的概念。很可能是由于IC分析是以冯特的心理学为基础的,而当时布龙菲尔德已经抛弃了冯特的心理学,转向了机械主义立场。不过,到写《语言论》(1933)时他又回到IC立场上。

直接成分分析法并不复杂。先把一个句子切成两半,一半是主语部分,一半是谓语部分。然后再按词与词的关系依次分析下去,直到不能再切分。如英语句子 Poor John ran away(可怜的约翰跑了)的直接成分是Poor John和ran away这两个复合形式, Poor John的直接成分是语素Poor和John,而ran away的直接成分是语素ran和复合形式away,后者的直接成分又是语素a-和way。直接成分分析是在线性原则的基础上发展的。

Poor John   ran away

下一句稍微复杂一点：

The lone-ly policeman ate a boil-ed egg

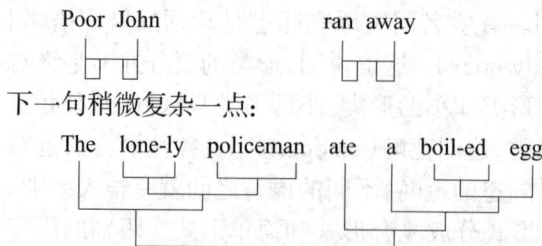

从线性的角度看，语言中的每个句子都能作为组成成分（一般指词）的序列来描写。但句子不是它的组成成分 a＋b＋c＋d 的简单的和，而往往是，比如说，先由 b 和 c 两个成分组合，然后 bc 跟 d 组合，最后 bcd 又跟 a 组合，这样一层一层组织起来的。因此，通过直接成分分析能显示出句子组织的层次关系，所以直接成分分析法后来也叫做层次分析法。与此同时，直接成分分析也展现了分析句子的程序。这种分析方法有时候还能区别有歧义的（或多义的）词的序列。如 old men /and women（老头儿和妇女们）→old/men and women（老头儿和老婆子们）; the king/ of England's people（英国百姓的国王）→the king of England's/people（英国国王的子民）。但它对有些序列却显得无能为力。例如: tha growling of lions（狮吼，施事—动作关系）; the raising of flowers（种花，动作—受事关系）; the shooting of the hunters（猎人的射击，施事—动作关系）; the shooting of the hunters（对猎人的射击，动作—受事关系）。因为按照直接成分分析，这些序列分出来的成分都是相同的。所以后来转换生成学派抨击描写语言学缺乏解释能力，他们提出了深层结构的学说来解释这类句子。

《语言论》的后半部讨论了历史语言学中的重大问题。布龙菲尔德首先指出，比较语言学中的语言谱系树形图有两大缺点，因为"这种树形图等于认为，第一，源语社团在语言方面是完全一致的; 第二，这个源语社团突然之间就分裂成两个或多个界限分明的语言社团，而且它们之间再也没有任何来往"。虽然施密特的"波浪理论"有所改进，但是其比较法还是不能彻底描写语言的发展过程，根本原因就是把语言社团看成是完全一致的，而这种社团是不存在的。同一个社团的语音中，存在许多非区分性变体。在演变中，有些变体被人们所偏爱，因而代替了其他变体，结果引起语音变化。所以，语音变化实际上是口腔运动习惯发生的变化。语音变化的总的趋势是简化口腔的运动。辅音音丛被简化为单个辅音的情况很多，词尾辅音音丛简化的例子更为常见。有的音变是同化作用（assimilation）引起的，就是一个音位受到前面或后面音位的影响而发生变化。词尾辅音由浊音变成清音也是一种同化作用，如德语中的词尾浊辅音一律发成清辅音。元音之间的辅音弱化也可以看作同化作用,因为前后两个元音都是开放性浊音,使中间的辅音也趋向浊化和半封闭。再一种音变是腭化作用引起的;齿音和软腭常受后面的元音部位所影响,随着元音的前后而前移后移。辅音弱化或消失之后,往往前面的元音变长,这叫补偿性拉长(compensatory lengthening)。布龙菲尔德还得到其他形式的音变,例如异化(dissimilation),就是一个音位被另一个音位所代替。/r, l, n/就很容易发生异化。再如,移位(metathesis),即在同一词中,两个音位交换了位置。布龙菲尔德认为,引起音变的原因到底是什么,人们还了解很少。

　　语言的变化当然不局限于语音变化。有些语言形式在词源上找不到什么证据。某种形式的出现可以是当时社会现实的需要。某种形式的消亡也有许多原因:如避免头韵,半谐音和禁忌语等。第二种变化属于类推变化(analogic change),就是根据其他形式的变化规律类推出另一个形式变化。古英语中,cow的复数形式是kine。但是,根据sow: sows的变化,有人开始使用cows这个复数形式。有人用dreamed而不用dreamt,这也是类推而来的:

scream: screams: screaming: screamer: screamed

= dream: dreams: dreaming: dreamer: X

有一种类推是根据某种规律把一个长词的词缀去掉,派生出一个短词,这叫反成法(back-formation)或逆构法。英语的edit派生于editor,而不是相反。再如, act, afflict, separate派生于action, affliction, separation。文献记载证明, action出现于1330年,而act出现于1384年; affliction出现于1303年,而afflict出现于1393年。

　　第三种变化是语义变化(semantic change)。只改变词汇意义,不改变形式的语法功能的变化叫语义变化。布龙菲尔德列举了九类这种变化的情况。语义缩小:原来所指范围宽,现在变窄。如古英语的mete(食物)变成meat(可食的肉)。语义扩大:如中古英语的bridde(幼鸟)变成现代的bird(鸟)。隐喻:原始日耳曼语的*bitraz(刺痛的)变成英语的bitter(苦味的)。转喻:在方位或时间上相近的词互相代替,如古英语的cēace(颌)变成现代英语的cheek(颊)。提喻:用整体代替部分或用部分代替整体,如原始日耳曼语的fence(棚栏)变成英语的town(城镇)。弱化:如法语前形式(pre-French)*extonāre(用雷劈)变成法语的étonner(使吃惊)。强化:英语前形式*kwalljan(折磨)变成古英语的cwellan(杀死)。贬义化:古英语cnafa(男孩,仆人)变成现代英语的knave(流氓)。褒义化:古英语的cniht

211

（男孩，仆人）变成现代英语的knight（爵士）。布龙菲尔德认为，语义变化主要是意义的扩展和废除；意义的废除与外界情况的变化有直接关系。

借用（borrowing）也是语言发展中常见的现象。布龙菲尔德区分了三种借用：方言借用（dialect borrowing），文化借用（cultural borrowing），直接借用（intimate borrowing）。方言借用发生在同一语言之中。讲话者总是要模仿自己佩服或尊敬的人们的语言，以避免受到歧视。不过，每个人既是模仿者又是被模仿者，是方言传播的媒介。如果一种方言具有重要的社会、政治或文化地位，就有可能发展成为标准方言。标准英语是伦敦方言发展起来的，标准法语是巴黎方言发展起来的。文化借用是指两种语言之间的互相借用。一般地说，借入的形式发生音位变化，被纳入借入语言的音位系统。如果两种语言关系密切，则有时也保留原来的音位。借用的词也会对借入语言的音位发生影响，但往往要遵守借入语言的语法规则。有的借用采取音译形式，如希腊语的sympathein（同情）借入拉丁语成为compatior，再借入英语就成了两个词：sympathy（同情）和compassion（怜悯）。有些借用干脆就直接翻译过来。英语的it goes without saying（不用说）就是直接从法语译过来的。所谓直接借用，是指一种文化被另一种文化征服之后，两种语言在同一块国土上使用时发生的借用现象。这时，常常是被征服的文化向占统治地位的文化借用，当然同时也会给占统治地位的文化带来影响。如果征服者占压倒优势，被征服语言就会彻底灭亡；即使不完全消灭，也会变成洋泾浜式的语言。

布龙菲尔德在《语言论》的最后一章谈到语言学的应用，并对传统语法提出批评。他首先指出，18、19世纪的语法学家大都是规定性的，宣布某些变异的"不正确的"或"不好的英语"等，这些说法都是错误的。一切变异都是地道的英语。他指出，传统语法是假语法教条，企图用哲学概念来规定语言范畴。在教学中，它把文字形式放在不适当的地位。他认为应该先教发音，再看文字形式。在美国的外语教学中，他认为大多数人是浪费时间，很少有人能听懂外语或用外语讲话。他认为，学外语就要大量操练，不断重复，用实物教学，注意运用情境。他反对讲解语法理论；传统的方法既不经济，又给学生造成混乱。

参考文献

1. Bloomfield L. A Set of Postulates for the Science of Language. *Language*, Vol. 2: 153–164

《供语言科学用的一套公设》

2. Bloomfield L. Ideal and Idealists. *Language*, Vol. 17: 292–297

《理想和理想主义者》

3. Bloomfield L. *Language*. New York: Henry Holt, 1933

《语言论》

4. Bloomfield L. *Linguistic Aspects of Science*（*International Encyclopedia of United Science*, Vol. 1, NO. 4）. Chicago: University of Chicago Press, 1939

《科学的语言学诸方面》（见《国际统一科学百科全书》）

5. Boas F, ed. *A Handbook of American Indian Languages*. Washington, D. C. : Smithsonian Institution, 1911

《美洲印第安语言手册》

6. Boas F. Classification of American Indian Languages. *Language*, Vol. 5: 1–7

《美洲印第安语言分类》

7. Carroll J B, ed. *Language*, *Thought and Reality: Selected Writings of Benjamin Lee Whorf*. Cambridge, Massachusetts: The MIT Press, 1956

《沃尔夫论文集: 语言,思想与现实》

8. Dinneen, Francis P. *An Introduction to General Linguistics*. New York: Holt Rinehart and Winston, 1967

《普通语言学导论》第八、九章

9. Lepschy, Giulio C. *A Survey of Structural Linguistics*. London: Faber and Faber, 1972

《结构语言学概论》第五章

10. Mandelbuam D G, ed. *Selected Writings of Edward Sapir*. Berkeley, California: University of California Press, 1949

《萨丕尔论文集》

11. Sampson, Geoffrey. *Schools of Linguistics*. Stanford, California: Stanford University Press, 1980

《语言学流派》第三、四章

12. Sapir E. *Language: An Introduction to the Study of Speech*. New York: Harcourt, Brace, 1921

《论语言》

13. Whorf, Benjamin Lee. *Language*, *Mind and Reality*. Reprinted by permission of the Theosophical Society from *Theosophist*（Madras, India）, January and April issues, 1942.

《语言,心智与现实》

14. 许国璋. 布龙菲尔德与索绪尔. 外语教学与研究,1989(2)

第七章 乔姆斯基与生成语法

作为美国结构主义语法的反动,20世纪50年代阿费莱姆·诺姆·乔姆斯基(Avram Noam Chomsky, 1928—)提出了转换生成语法(Transformational-Generative Grammar)。英国当代语言学家约翰·莱昂斯(John Lyons, 1932—)评论道:"不论乔姆斯基的语法理论正确与否,它无疑是当前最有生命力、最有影响的语法理论。任何不想落后于语言学发展形势的语言学家都不敢忽视乔姆斯基的理论建树。目前,每个语言学'流派'都要对照乔姆斯基对某些问题的看法来阐述自己的立场。"

乔姆斯基不仅是一位极有创见的语言学家,而且是位经常批评美国外交政策的社会活动家。据说他是全世界被引用最多的第八位作者(前七位为马克思、列宁、莎士比亚、《圣经》、亚里士多德、柏拉图、弗洛伊德)。2005年《前景》(Prospect)和《外交政策》(Foreign Policy)杂志举行过一次调查,结果显示乔姆斯基是全世界最具影响力的公众学者。

乔姆斯基1928年12月7日生于宾夕法尼亚州费城的一个犹太家庭,父亲是研究希伯来语的学者。在费城中心中学毕业之后,乔姆斯基到宾夕法尼亚大学学习语言学、数学和哲学。1951年他完成硕士论文《现代希伯来语形态音位学》(The Morphophonemics of Modern Hebrew),获得硕士学位。1951年至1955年,乔姆斯基以哈佛大学学术协会会员身份从事语言学研究工作,写出《语言理论的逻辑结构》(The Logical Structure of Linguistic Theory),后回到宾夕法尼亚大学,取得了博士学位。1957年,他把自己的博士论文缩写成《句法结构》(Syntactic Structures),在荷兰出版。此后,他的语言学思想开始在语言学界、心理学界和哲学界引起重视。不久,他便被麻省理工学院聘为语言学教授。他的主要著作有:《句法理论若干问题》(Aspects of the Theory of Syntax, 1966),《笛卡儿语言学》(Cartesian Linguistics, 1966),《语言与思维》(Language and Mind, 1968),《对语言的思考》(Reflections on Language, 1975),《规则与表达》(Rules and Representations, 1980),《支配与制约讲稿》(Lectures *on Government and Binding*, 1981)、《语言理论的逻辑结构》(*The Logical Structure of Linguistic Theory*, 1985)、《语言知识：其本质、来源及使用》(*Knowledge of Language: Its Nature, Origin, and Use*, 1986)、《语言及知识问题》(*Language and Problems of Knowledge*, 1987)、《语言与思维》(*Language and Thought*, 1993)、《最简方案》(*The Minimalist Program*, 1995) 等。这些著作既记载了几十年不同语言学观点的激烈斗争,也极大推动了生成语法理论不断深入与发展。这半个世纪的发展史可以大致分为五个时期:第一时期是从20世纪50年代初至1965年,第一语言模式时期(the First Linguistic Model);第二时期是标准理论时期(the Standard Theory) (1965—1970);第三时期是扩充式标准理论时期(the Extended Standard Theory)(1970—1990);第四时期是管辖与约束时期(Government and Binding Model) (1980—1992);第五时期是最简方案时期(the Minimalist Program)(自1995至今)。也有人把第四和第五时期归为"原则与参数"时期(Principles and Parameters) 的两个阶段(见第七节)。

乔姆斯基的研究工作受到学术界的称赞,先后有好几所大学授予他名誉博士称号(包括北京大学)。现在,乔姆斯基是美国科学院院士,美国科学促进学会理事,美国艺术和科学学院院士,美国政治社会科学院院士,英国科学院通讯院士。不过,乔氏的理论观点,有不少的支持者,也有许多反对者。

下面介绍乔姆斯基生成语法的基本观点和方法及其对语言学的贡献。目前的生成语法与二十世纪五六十年代的生成语法已经大不相同。不过,我们的讨论还是按时间先后顺序,交代各个时期的大事件和理论特点。了解这个语言学流派的发展过程,对许许多多语言问题的探讨和争辩,对我们思考语言问题大有启发。

第一节　乔姆斯基的语言观

乔姆斯基在大学时所受的语言学教育是结构主义的,对他影响最大的教师是哈里斯(Zellig Harris, 1909—1992)。可以说,他的第一部著作《句法结构》还没有完全摆脱结构主义的框架。但是后来,他越来越感到,无论是传统语法还是结构主义语法,都只满足于描写语言,都没有回答一个最根本的问题:"语言是什么?" 不论对语言的描写多么详尽,人们对语言的本质还是一无所知:人为什么会说话? 人是怎样学会说话的? 人的语言能力和语言知识到底是什么?

乔姆斯基

　　乔姆斯基在研究语言中发现,有许多现象是结构主义语法和行为主义心理学所解释不了的。例如,一个儿童一般在五六岁时就可以掌握母语; 这个年龄的儿童的智力还很不发达,学习其他知识(如数学、物理)还相当困难,而学习语言却这样容易。这种现象,用"白板说"或"刺激—反应"论都解释不通。在这么短的时间内,母亲或周围的人都不对儿童进行系统的语言训练,至少没有课堂上的那种系统的讲授和操练,母亲也绝不像教师那样不厌其烦地去纠正儿童的错误。在这一点上,"刺激—反应"或"模仿—记忆"等观点也不能自圆其说。不仅如此,儿童所知的有些东西,似乎不可能是教会的。比如在 He lost his pen 和 He lost his way 中的 his 的区别,在 He told her to leave the party 和 He promised her to leave the party 中,由于两个谓语动词的不同,使 to leave 的施动者也改变了。况且,儿童听到的话语并不都是标准的,相当一部分是不标准、不合乎语法的、被简化了的话语(如中国妈妈们说的"吃甜甜"、"吃果果")。但儿童最后学到的是标准的语言。这显然不是靠简单模仿得来的。儿童在五六年之内所接触的话语毕竟是有限的,然而,儿童能说出的句子却是无限的。儿童可以说出从来没有说过的句子,也可以听懂从来没有听到过的句子。总之,儿童从有限的话语中学到的是一套完整的语法知识,用有限的手段表达无限的思想。语言的这种"创造性"(creativity)绝不可能靠"刺激—反应"产生出来。

　　不仅如此。儿童在学习其他知识时常常表现出天赋方面的差别,有人善于学习数学,有人善于学习技术操作。而在学习母语上,这种差别十分少见,五六岁儿童的语言水平基本相仿。还有,儿童的生活环境是千差万别的,物质上和精神上的经历也各不相同,而这种差别不影响他们对母语的习得,环境悬殊很大的儿童达到的语言水平也大致相同。最后,儿童学习母语如此容易,就像学走路一样,似乎根本不用学,但即使让最高级的动物学会人类的语言也是根本办不到的事。根据以上种种现象,乔姆斯基说:"很难令人相信,一个生来对语言基本性质毫无所知的机体可以学会语言的结构。"(《句法理论若干问题》,58页)乔姆斯基认为,儿童天生有一种学习语言的能力,比如说是"语言习得机制"(language acquisition device),它使一切正常儿童,只要稍许接触语言材料,就能在几年之内习得母语。

　　"语言习得机制"当然是假说,因为还不能用解剖的方法来证明它的存在。但是,如果没有一种类似的机制,儿童习得母语的过程则难以被解释得令人信服。"语言习得机制"的内容是什么? 乔姆斯基用推理的方法进行过设想。至少,这种机制使人区别于动物,是一种物种属性(species character)。动物没有像人类语言这样复杂的交际系统。无论对动物进行多长时间的训练,也无法使它掌握人类的语言。美国一些心理学家对黑猩猩进行过多次实验,企图教会它们人类的语言,但都失败了。乔姆斯基在批判行为主义心理学家斯金纳(B. F. Skinner, 1904—1990)时指出,人类的语言行为与实验室里的动物行为有着根本的不同。人脑有推理、概括等功能,这是与生俱来的,是遗传决定的。乔姆斯基曾说:"当今,把如此复杂的人类成就归于几个月(至多几年)的经验,而不归于几百万年的进化或神经组织原则,这是毫无道理的。其实后者更符合物质规律,更能使人们认定人在获得知识方面与动物不同。"(《句法理论若干问题》,59页)生成语法刚出现时,苏联一些学者批评乔姆斯基是唯心主义、机械唯物主义等。但他对mind做了完全不同于笛卡儿的本体论解释,明确地肯定了mind的终极物质属性;乔氏从调和唯物论与唯心论的立场出发,臆造了一个并行于物质世界的精神本源,把soul或mind 看成另一个本体。

人是如何获得知识的,是西方哲学中的"柏拉图问题"(Plato's problem);人是如何学习语言的,是"柏拉图问题"的一个特例。所谓"柏拉图问题"是:我们可以得到的经验明证如此贫乏,而我们是怎样获得如此丰富和具体明确的知识、如此复杂的信念和理智系统呢?有人也称之为"刺激贫乏论",即刺激的贫乏和所获知识之丰富之间差异太巨大。与"柏拉图问题"相应,人类语言知识的来源问题是:为什么人类儿童在较少直接语言经验的情况下,能够快速一致地学会语言?乔姆斯基认为,在人类成员的心智/大脑(mind/brain)中(注:乔姆斯基之所以坚持使用"mind/ brain"而不使用统一的brain,是因为不排除这样一种可能:存在着可以称之为brain的实体,同时也可能存在着可以称之为mind的独立实体,而且mind仍然是物质的),大脑就像计算机的硬件,心智就像计算机的软件。联系到生成语法的遗传学基础,乔姆斯基的这种关于mind实体意义的假想似乎十分接近于遗传基因的实体意义,存在着由生物遗传而天赋决定的认知机制系统。在适当的经验引发或一定的经验环境下,这些认知系统得以正常地生长和成熟。这些认知系统叫做"心智器官"(mental organs)。决定构成人类语言知识的是心智器官中的一个系统,叫做"语言机能"(language faculty)。这个语言机能在经验环境引发下的生长和成熟,决定着人类语言知识的获得。

乔姆斯基说,对人类大脑的初始结构提出设想,目前还不大可能,但是可以做出某些猜测。例如，婴儿生下来时，其大脑的初始结构必须对语言有个大致的了解，不然的话，语言习得不会如此顺利、迅速，而且习得阶段大致相仿。对语言了解不是指某种个别语言，而是指人类的一切语言。儿童出生之前，并不知道他要选择何种语言作为母语。但他出生之后可以从容地学会任何语言。父母是中国人的儿童生在伦敦或纽约，可以自然而然地把英语作为母语，而且与英美儿童习得英语的过程完全一样。同样，英美儿童生在中国，也可以把汉语作为母语，与中国儿童习得汉语的过程一样。这就说明，儿童生来就准备学习人类的任何语言。这也说明，儿童的"语言习得机制"的内容要相当丰富，否则儿童的语言能力就不会如此之强。但另一方面，这种内容也不会过于丰富。因为，人类语言的差别很大，如果机制的内容过于丰富，势必包括个别语言的某些特征（如只有汉语才具有的特征），就会使儿童只能习得某种个别语言（如汉语），不能习得其他语言。而实际情况不是这样。

　　根据以上情况，乔姆斯基推理说，人脑的初始状态应该包括人类一切语言共同具有的特点，可称为"普遍语法"（universal grammar）或"语言普遍现象"（linguistic universals）。简单地说："普遍语法就是构成语言学习者的'初始状态'的一组特性、条件和其他东西，所以是语言知识发展的基础。"（《规则与表达》，69页）更具体地讲，"普遍语法是一切人类语言必须具有的原则、条件和规则系统，代表了人类语言的最基本东西"，对任何人来讲都是不变的。每一种语言都要符合普遍语法，只能在其他次要方面有所不同。（《对语言的思考》，29页）乔姆斯基认为，普遍现象就是一组特征，一切语言必须从中选择自己的特征。普遍现象有两种：形式普遍现象（formal universals）和实体普遍现象（substantive universals）。实体普遍现象指的是描写世界各种语言必须使用的有关音位、句法或语义的范畴。例如，音位学中的区别性特征，句法中的名词短语和动词短语，语义特征中的"人类的"、"物体的"等。形式普遍现象指语法要满足的抽象条件，也就是抽象的规则。但是，这并不是说某项规则必须出现在一切语言之中，而是指更加概括、更加抽象的概括。比如，一切语法的句法部分都要包括转换规则，使深层结构的意义表达于表层结构之中。所以，"形式普遍现象指的是出现在语法中的规则的性质，以及它们之间发生联系的途径。"（《句法理论若干问题》，29页）

　　乔姆斯基在一次学术通信中写道："如果我们考虑到语言习得问题，我们不难看到，人类要能够习得语言，必须具有一个丰富而有效的普遍语法的体系，作为智能/大脑的一种天然特征。儿童只接触实际素材，即在特定的社会交际中运用的语句。在这些素材的基础上,儿童的智能/大脑构成一种规则系统,使儿童能够说出新的语句,并能理解他从未听到过的、也可能在语言史上从未出现过的语句。实际上,儿童所做的是一种'理论建设'工作,犹如科学家在检验得来的证据的基础上提出一种理论时所做的工作一样。但这是一项极其艰巨的任务,即使在结构上相对来说比较简单的领域里,也得由无数有才能的人在几代或几个世纪的时期内付出辛勤的努力才能取得。像科学家那样,语言学家'从外部'研究语言,远远未能理解特殊语言的规则和原则,但是一个儿童却不需要任何特殊努力,甚至还不曾意识到,而且是在十分有限的素材的基础之上,便能搞出一套类似这类规则和原则的东西来。这是怎样做到的呢?唯一可能的答案便是:儿童的智能/大脑里天生具有构成这种适当形式的理论设计能力。这种初始的设计便是普遍语法研究的课题。"语言学的任务正是要揭示儿童大脑的初始状态和内化了的语法规则。正是这样,乔姆斯基宣布语言学是心理学的一部分。这并不是说语言学放弃对语言的研究,而是说,研究语言的最终目的是揭示人脑的实质、人的知识的本质和人的本质。随着生物学、神经学、认知科学的发展,到21世纪,乔姆斯基越来越认为语言学将来会走向生物语言学。

乔姆斯基多次引用英国哲学家伯特兰·罗素(Bertrand Russell,1872—1970)的"人与世界的接触是短暂的、个人的、有限的,那么人是怎样对世界了解得如此之多的呢?"这句话来说明,人的知识绝不像经验主义者所描写的那样简单。他引证了历史上的理性主义哲学家——赫伯特(Herbert),胡亚特(Huart),卡德沃思(Cudworth),笛卡儿——反复论证人的遗传基因决定了人脑的结构不同于动物,它具有十分发达的认知系统。一个人在后天经验里将知道什么和知道多少,受人脑的固有结构的限定。可以想一想,人为什么能识别不同事物和相同事物,并从而概括出不同的概念,如"猪"、"狗"、"方"、"圆"?人为什么能总结出物体越近越大而越远越小?显然,这要归因于人脑的特殊结构,不然,就难以解释为什么动物没有分析、综合等能力。

乔姆斯基的观点曾被人指责为"天生主义"。乔姆斯基反驳说,其实"天生主义"到处都有,生物学中有不少"天生主义"。人长有胳膊,眼睛能看见物体,妇女能生孩子,这些不是天生的又是什么?如果有人宣布,由于某种偶然的"经验"或"刺激"而突然长出一只胳膊,那一定会被认为是荒谬绝伦的。人们理所当然地认为,有机体的物质结构是由遗传决定的。但是,当研究个性、行为规律或认知结构时,人们又常常认为偶然的社会环境起着决定性作用,而几百万年形成的人脑结构却被认为是任意的、偶然的。其实,人类的认知系统比有机体的物质结构更为复杂,更有研究价值。乔姆斯基建议,应该用研究器官结构的方法去研究人类的认知系统。

乔姆斯基发挥了笛卡儿关于"固有结构"的思想以及洪堡特关于"语言能力"的观点,同时又反对笛卡儿关于存在着一个精神实体和一个物质实体的二元论观点。乔姆斯基说,我们的语言知识"通过某种方式表现在我们的心智之中,最终表现在我们的大脑之中,这种知识的结构我们希望能够抽象地描写出来,用具体的原则、根据物质机制描写出来。当我采用诸如'心智'、'心理表达'、'心理运算'等术语时,我是在对某些物质机制进行抽象的描述,至今对这些机制几乎一无所知。提到心智或心理表达或心理行为,并没有什么本体论的含义。同样,关于人类视觉的理论既可以讲得很具体,如去讲视觉皮质的具体细胞及其特征,又可以阐述得十分抽象,如采用某种表达模式,论述这种模式的运算,说明决定这种模式性质的组织原则和规则。按照我将采用的术语,这后一种情况属于对心智的研究,不过这毫不意味着存在着游离于客观世界之外的什么实体。"(《规则与表达》,5页)乔姆斯基探索认知系统时,没有借助于上帝或超自然的力量,也没有设想认知能力独立于物质世界。他认为,认知系统和语言能力最终是靠人的大脑来实现的。一切语法规则,一切心理运算,最终都要表现为相应的人脑的物质机制。乔姆斯基坚持认为,语言机能内在于心智/大脑,对语言的研究是对心智的研究,最终是在抽象的水平上对大脑结构的研究。因此,生成语法研究在学科归属上属于"认知心理学"(cognitive psychology),最终属于"人类生物学"(human biology)。它实际上应当叫做"生物语言学"(biolinguistics)。这是生成语法与其他任何传统的语言研究的根本区别。

乔姆斯基把这种经验无法解释的语言天赋性,看成人的生物禀赋,但他未曾直接提出天赋假说(innateness hypothesis),因为他似乎不太相信语言官能是进化而来,更可能是基因变化中"突现"的。但使用"天赋假说"的还真不少。有人把天赋假说诠释成语言习得进程由天赋的语言官能决定,是人类独有的行为,与人类其他学习类型不同;学习语言的心理过程完全是潜意识行为,无需刻意指导,本质上不同于学习下棋或学习骑自行车的心理过程。语言习得与一般智力毫无关系,智力低下者也具有语言能力。操同一语言者虽然智力各异、经历各异,但其语法几乎毫无二致,他们习得语言的速度和轻松程度也并无差异。著名心理学家、语言哲学家品克(Steven Pinker, 1954—)虽然不赞成乔姆斯基怀疑达尔文自然选择对语言进化的影响,但在语言知识是否为天赋的问题上坚决站在乔姆斯基一边。他说,语言不是文化的产物,不是学会表达时间或政府管理方式之类的知识,而是一种使用起来丝毫不知其内在逻辑的本能,是心理官能、心智器官、神经系统和运算模式。语言的复杂属性不是父母或教师能教会的内容,而是生物禀赋。因此语言是生物本能的产物。所以,语言理论若想达到解释充分性,可能要等到生物语言学取得最后突破的时候。

那么,后天因素无关紧要吗?乔姆斯基认为后天经验十分重要。人的语言知识可分为两种:一种是我们生来大脑固有的具有程序性或指令性的普遍语法,这是无法从经验中获得的,具有"不可学得性"(unlearnability),另一种是我们讲的具体语言,这是非得靠后天经验才能获得的,具有可学得性(learnability)。狼孩生下来也有人类遗传的普遍语法,他们不会讲人类语言,正是因为他们是被狼带大的,缺少了必要的接触自然语言的条件。儿童大脑的语言官能需要与周围环境中的语言输入相接触,才能开始工作。就是说,儿童大脑的普遍语法过渡到某种个别语法(particular grammar)需要"经验"的"触发":

如果用α表示后天经验这个变量,则得:

$$\text{普遍语法(UG)} \xrightarrow[\text{PG}=\alpha\cdot\text{UG}]{\text{"经验"}} \text{个别语法(PG)}$$

通过参数α的变化(即儿童的出生地不同,周围的语言不同),可以得出各种具体的语言。比方说,α=a时,a·UG可能就是汉语语法;α=b时,b·UG可能就是俄语语法。

至于到底儿童如何习得母语,乔姆斯基到目前还没有具体讨论过。倒是他的一位学生查尔斯·杨(Charles Yang)在《无限的天赋:儿童如何学习和忘却世界上的语言》中,基于普遍语法和自然选择观,提出了语言习得和变化的变异模型,试图用一个数学模式详细阐述习得过程。他说,让儿童完全靠经验习得语言是根本不可能的。原因是语言习得涉及许多困难:在不同声音中找到语言;在连续的语音流中辨别单词;人类的发音因人而异;言语中有10%左右的句子存在语言错误等。这只是其中明显的几个难点。人们不可能通过归纳法得出语言的规则,因为每一次经历都可归纳出无穷的结论,没法确定哪一个结论是正确的。更合理的解释是:人类的大脑中有与生俱来的倾向(built-in biases),或称隐含的假设（hidden assumption），这是人类认识这个世界时的重要向导。在语言方面，隐含的假设就是普遍语法。先天的普遍语法是人类语言的一般规律，包括原则和参数。原则说明所有语言的共同点，而参数解释不同点。原则和参数还被用来解释儿童语言习得：儿童有一套先天的、所有语言都遵守的普遍原则；语言之间的不同点可以归纳为几十个参数，儿童需要确定这些参数的数值；这是一个自然选择的过程。设定参数的过程，也就是具体语法出现的过程。参数好比普遍语法引擎上的开关，"开"或"关"触发不同的语言。参数选择的原因是未知的，语言与文化之间并没有因果关系。大多数语言学家认为，设定大概40到50个左右的参数就能够掌握语言之间的主要区别。想象这样的场景：儿童随意设定参数开关；每一个组合产生一个正误未知的语法；随着母语输入，错误的语法被驳回，儿童回到起点重新设定参数开关；最终他会走到正确的道路上。这类似转变性（transformational）历史演变的思路，曾经在进化论之前占据主导地位。但是，40个开关就等于2的40次方组合（即1,099,511,627,7760）的可能性，这是一个天文数字。采用这样的方式设定参数，儿童可能经历无数次的碰壁回到原点，甚至可能经过1万亿次以上的重新选择。这与儿童大约在5岁时就能掌握大部分语法的事实相差太远。用达尔文提出的变异原则来设想一下：儿童生来就拥有所有可能的人类语法，它们之间是共存而不是排他的；语法学习是一个选择的过程，语法之间的竞争是一种或然率学习法；儿童通过沉默的计算来选择语法或参数，母语的参数可能是YES或NO，但是儿童不需要立刻作出决定；如果儿童选择参数时犯错，这个可能性被惩罚，或然率就降低；随着句子的累积，错误的参数最终消失，正确的保留下来。

这种个别语法是什么？就是儿童接触语言材料之后内化了的语言规则，是下意识的语言知识；乔姆斯基称之为语言能力（competence），以区别于语言运用（performance）。语言能力是指在最理想的条件下说话人/听话人所掌握的语言知识；语言运用是对这种知识在适当场合下的具体使用。语言能力是潜含的，只有在语言行为中才能观察到；语言运用表露在外面，可以直接观察。语言能力是稳定的、长久的；语言运用是多变的、瞬息的。同样的语言能力在不同的时间、地点、场合表现为不同的语言行为。语言运用永远不会完全反映语言能力，因为说话人受着记忆、情绪、劳累等条件的限制。乔姆斯基的语言运用与索绪尔的"言语"（parole）基本相同，但是语言能力则与后者的"语言"（langue）有所区别。索绪尔是从社会角度观察问题，把"语言"看成"社会产物"，"是一个社团所遵循的必要惯例的集合"。乔姆斯基从心理学角度看问题,把语言能力看成人脑的特性之一。索绪尔的"语言"是静态的,乔姆斯基的语言能力是动态的,是生成语言过程中的潜在能力。但是,这两位语言学家都同意,语言学的研究对象不是"言语"或语言运用,而是"语言"或语言能力。

乔姆斯基认为,研究语言能力就是为了建立一种反映语言能力的生成语法。生成语法不是说话过程的模式,而是语言能力的模式,是对语言能力作出的形式化的描写,用一套公式将其内容表达出来。生成语法不局限于对个别语言的研究,而是要揭示个别语法与普遍语法的统一性。换句话说,它不以具体语言的描写为归宿,而是以具体语言为出发点,探索出语言的普遍规律,最终弄清人的认知系统、思维规律和人的本质属性。

为了达到这个最高目标,乔姆斯基提出三个不同平面来评价语法。能够对"原始语言材料作出正确解释"的语法,就算达到了"观察充分性"(observational adequacy)平面。如果只需处理所观察到的有限话语,那么,只要列出符合语法的有限句子集及其读音和意义就可以了。如果需要超出观察到的素材范围,那么达到这个平面的语法必然要包括规则和概括。但是,达到观察充分性的语法显然不能模拟说话人和听话人的语言知识。所以乔姆斯基认为,语法应该达到更高的平面,即描写充分性(descriptive adequacy)。在这一平面上,语法不仅要正确解释原始语言材料,而且要正确解释包括说话人和听话人的内在语言能力,也就是他们的语言知识。例如,讲英语的人有一种内化了的重音规则,知道telegraph与telegraphic, telescope与telescopic等词之间的重音变化受某种规则支配。语法仅仅列出这些词的重音是不够的,同时还要揭示这种内在的重音模式,才算做到描写充分。再如,我们可以说:

I want to invite this girl and that boy to my party.(我要邀请这个女孩和那个男孩参加我的宴会。)

Mary met a policeman and some tourist in the street.(玛丽在街上遇见一个警察和某个旅游者。)

但不能说:

That boy, I want to invite this girl and to my party.

Which tourist did Mary meet a policeman and in the street?

这说明,不许从并列结构中抽取一个名词短语。如果能概括出"任何规则都不许从并列结构中抽取一个名词短语",就比单单说"主题化规则不许从并列结构中抽取一个名词短语"或"疑问词移动规则不许从并列结构中抽取一个名词短语"更有概括性,因而描写上也更加充分。

但是,乔姆斯基认为,一种语言可能同时有几种描写充分的语法,所以还需要达到最高平面,即解释充分性(explanatory adequacy)。"如果一种语言理论能够在原始语言素材的基础上挑选出描写充分的语法,那么,这种语言理论就达到了解释充分性。"(《句法理论若干问题》,25页)乔姆斯基没有把解释充分性讲得十分清楚,所以人们对这一平面的争议最多。它的基本意思是,描写充分的语法揭示语言能力之后,还要与普遍语法联系起来,才能与人脑的初始状态联系起来,才有可能去揭示人的认知系统。在把许多语言描写充分之后,要进一步概括出人类语言的普遍特征,才能探索包括普遍语法的人脑初始结构。在一定意义上,可以说语言学家同儿童的工作程序正好相反。儿童是从普遍语法发展成为个别语法,语言学家要从个别语法中找出普遍语法来。生成语法的目的是构建关于人类语言的理论,而不是描写语言的各种事实和现象,更不是写出某种语言的语法。语言学理论的构建需要语言事实作为其经验的明证,但是,采用经验明证的目的是为了更好地服务于理论的构建,是探索和发现那些在语言事实和现象后面掩藏着的本质和原则,从而构建解释性的语言学理论。

乔姆斯基的语言理论有很多热情的支持者,也遇到不少的反对者。但不论支持还是反对,没有人敢忽视它的影响。他的理论至少为语言学打开了一个新局面,使许多语言学家重新考虑语言的性质和语言学的任务。有一个时期,生成语法的出现被认为是语言学上的一场"革命"。到底这场"革命"的前途如何,目前下结论还为时过早。不过莱昂斯这样说过:"我个人相信,许多语言学家也这样相信,即使乔姆斯基为语言分析的概念形式化所做的努力失败了,这种努力本身也必将大大加深我们对这些概念的理解,在这个意义上,'乔姆斯基革命'必然胜利。"

第二节　第一语言模式时期

乔姆斯基的语言理论不是一下子形成的,它在近三十年中几经修改,而且仍在继续发展。半个多世纪以来,生成语法大致经历了三个阶段。从20世纪50年代初到1965年为第一阶段,叫第一语言模式时期(the First Linguistic Model)。从1965年到1970年为标准理论时期(the

Standard Theory）。1970年以后,生成语法进入扩充式标准理论时期（the Extended Standard Theory）。为了叙述方便,现分别介绍三个时期的语法形式。从生成语法的发展过程,可深入了解乔姆斯基的语言理论。

第一语言模式的主要内容体现在《句法结构》一书中。在这个时期,直接影响了乔姆斯基的有两位语言学家,一是雅克布逊,一是哈里斯。雅克布逊的音位学理论实际上是要探索语言的音位普遍现象。他认为,不同语言的音位结构只是表面现象,其底层体系是一样的,他的12种区别性特征就适用于一切语言。乔姆斯基从中得到启示,他试图寻找句法上的普遍现象。他要证明,各种语言的句法结构表面上是不同的,但同样也有一个共同的底层体系。乔姆斯基参照数学原理来研究语言。他发现,句法很像数学上的排列组合。如果有三个词,就有六种可能的排列方法（如:他写字,字写他,写他字,写字他,他字写,字他写）。四个词就有24种排法,五个词就有120种排法,十个词就有三百多万种排法。他相信,可以按句法的要求列出有限的规则,只生成符合语法的句子,不生成不符合语法的句子。

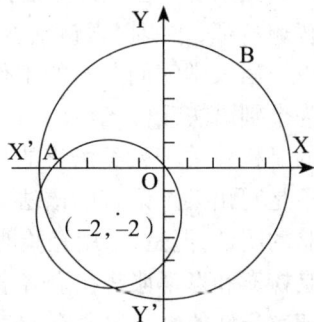

有没有可能来确定哪些句子符合语法呢? 他认为有可能。他参照数学原理进行推理。直角坐标系,可以看成无限个点的集合。一旦写出圆的公式$(x-a)^2+(y-b)^2=c^2$之后,就可以确定无数个圆,每一个圆又是无限个点的集合。当a、b、c为特定数值的时候,圆就确定了。例如, a=0, b=0, c=5时,圆心在X轴和Y轴的交点上,半径为5。如果a=−2, b=−2, c=3,则生成另一个圆。每个圆上都有无限个点,但每个点都要满足一定的条件才能落到圆上。如点A(−5,0)就落在第一个圆上,而点B(+5, +4)则在圆外。乔姆斯基说,坐标系中的点好似语言中的词,一个圆好似词的句法排列,排列时受到类似$(x-a)^2+(y-b)^2=c^2$公式的限制。这种规则可以区分符合语法和不符合语法的句子,正像检验一个点是否落在圆上一样。他发现,哈里斯的成分分析法可以改进为形式化的句法规则。例如,形容词（A）加上名词等于名词（A+N=N）;限定词（determiner）加上名词等于代名词（Det+N=Pronoun）;句子（S）等于名词短语（NP）加上动词短语（VP）（S=NP+VP）。基于这些考虑,乔姆斯基提出了转换生成语法。要达到理想的目标,这些规则要满足以下条件: 1. 具有生成性（generative）:通过这些规则,能自动地生成符合语法的句子; 2. 要简单(simple):简化一切可以简化的规则,达到用有限的规则生成无限的句子; 3. 要清楚明白(explicit):不许含糊不清,模棱两可。例如,不许使用A+B=C+D+E这样的规则,而必须改为A=C+D和B=E或A=C和B=D+E等; 4. 形式化(formal):尽量避免用文字叙述规则,因为文字有时不科学、不严谨;要像代数一样,用字母代替文字,用公式代替叙述; 5. 要详尽无遗(exhaustive):规则要尽量概括一切语言现象; 6. 要有循环性(recursive):规则要能重复使用,才能生成无限的句子。如果一种语言的句子为ab,aabb, aaabbb, aaaa bbbb……则只须设计一条改写规则(rewrite rule)即可: S→a(S)b,其中( )表示随意选择,如果不选,则S→ab,选一次则得S→aabb,选两次则得S→aaabbb。

在《句法结构》一书中,乔姆斯基提出了三种语法: 有限状态语法(finite state grammar),短语结构语法(phrase structure grammar)和转换语法。

有限状态语法好似一台有特定状态的机器,从初始状态(initial state)经过不同的状态,到达最后状态(final state),就生成了一个句子。它生成的全部句子就构成一种语言,叫有限状态语言(finite state language)。如下图所示:

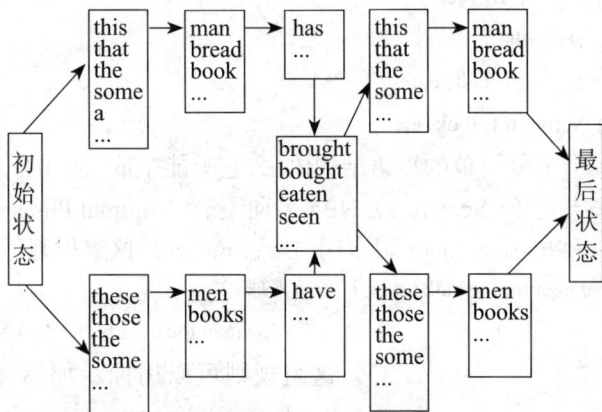

这样可以生成诸如下列的句子:

This man has bought the book.(这个人已经买了这本书。)

These men have eaten some bread.(这些人已经吃了一些面包。)

显然,这种语法不够实用。英语中有些句子难以照此生成。它的致命弱点是: 似乎每一个句子都是线性发展的,每一个词的出现决定了下一个词出现的可能性；而英语中，有的相互依存的单位被另一串词所隔开。例如，Anyone who says that is lying（谁那样说都是撒谎）中，who says that打断了anyone和is lying。当然，还有更复杂的句子：

> Anyone who says that people who deny that ... are wrong is foolish.（凡是说否定……的人是错误的人都是愚蠢的。）

乔姆斯基设想出这种语法是想证明：按"从左到右"的程序组织语言是不现实的。他是要说，按马尔科夫程序（Markov process）提出的通讯理论不适于研究自然语言。他认为，马尔科夫的有限状态模式只能用来描写刺激—反应的学习理论，根本不能解释人的认知系统的复杂性。

乔姆斯基提出的第二种语法是短语结构语法。短语结构语法比有限状态语法具有更大的生成能力，可以生成后者无法处理的句子。短语结构语法可以生成句子，并把成分结构分配给句子的改写规则系统。每一个短语结构规则都是扩展规则，箭头的左面只有一个符号，右面是包括一个或多个句子成分的语符列（string）。如，S→NP+VP，它的意思是说一个句子具有名词短语和动词短语，箭头表示"改写为"。下面就是这样一组短语结构规则：

  i. S→NP + VP

  ii. NP→Det + N

  iii. VP→Verb + NP

  iv. Det→the

  v. N→man, ball, etc.

  vi. Verb→hit, took, etc.

这就构成一个十分简单的短语结构语法，它只能生成有限的几个英语句子。其中，S＝句子（Sentence），NP＝名词短语（Nominal Phrase），VP＝动词短语（Verb Phrase），Det＝限定词（Determiner）。这组规则可以生成：

> The man hit the ball.（那人打了一下球。）

> The man took the ball.（那人拿了球。）

这组规则可以用标示加括号（labelled bracketing）表示：

> （（NP（Det（the ）N（man ）））（VP（V（hit ）NP（Det ）（the ）N（ball ））））

或用树形图表示：

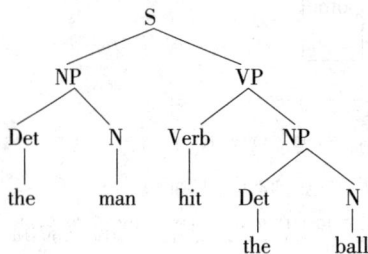

标示加括号用了数学的运算原理。式子xx（y+z）和xx y+z是不同的，它们

的运算顺序不一样,所得结果也不一样。同样,(old men) and women 和 old (men and women)也不一样。old (men and women)=old men and old women。这种标示加括号比直接成分分析有些优点: 第一,它标示出词的词类(有时还标明词的数、时态和结构); 第二,它标出了短语的范畴和构成; 第三,短语与短语之间的关系比较清楚。树形图也有同等功能。它是一个等级系统,成分之间的支配关系也很明显。man和hit之间不能直接发生关系,因为它们不受同一个节点(node)支配; man属于NP,而hit属于VP。

短语结构规则有两种: 一种不受上下文的制约(context-free),一种受上下文的制约(context-dependent或context-sensitive)。上面的例子就不受上下文制约,可表示为X→Y: 在任何情况下,都可以把X改写为Y。但是,这种情况极少,更多的时候需要有条件限制。所以,受上下文制约的规则形式为:

$$X \rightarrow Y \ / \ W \underline{\quad} Z$$

其中,斜线表示 "在下面情况下",W和Z是Y的上下文,它们之间的横线为X出现的地方。后面将讨论到这种规则。

短语结构语法比有限状态语法的生成能力要大些,但也有局限性。乔姆斯基列举了三个方面的局限性。第一,短语结构语法无法处理把两个句子合成一个句子的问题。下列英语例句中,可以把a和b合成c:

  a. The scene — of the movie — was in Chicago.(电影的背景是芝加哥。)

  b. The scene — of the play — was in Chicago.(戏剧的背景是芝加哥。)

  c. The scene — of the movie and of the play — was in Chicago.(电影和戏剧的背景是芝加哥。)

这里面有一条规则: 如果S_1和S_2都是符合语法的句子,它们之间的不同只是S_1中有X, S_2中有Y,而X和Y在这种句子中是同类成分,那么,把S_1中的X改写为X+Y得出的S_3也是符合语法的。这样一条规则不可能出现在短语结构规则之中,因为短语结构规则都是这种类型:

Σ: Sentence

F: $X_1 \rightarrow Y_1$

·
·
·

$X_n \rightarrow Y_n$

其中,Σ代表初始语符列的有限集合,F代表规则公式的有限集合。这种形式只能生成S_1和S_2,不可能生成S_3。所以不能用来描写英语这类语言。

第二个局限性表现在动词上。英语的动词形式很复杂。就拿take来说,就会有takes, has taken, will take, has been taken, is being taken 等形式。这些动词形式变化必须反映到语法之中。所以,上面提到的短语结构规则应增加下列规则:

i. Verb→Aux + V

ii. V→hit, take, walk, read, etc.

iii. Aux→C(M)(have + en)(be + ing)(be + en)

iv. M→will, can, may, shall, must

$$\text{v. C}\rightarrow\begin{cases} s \\ \emptyset \\ past \end{cases}$$

其中,助动词(Aux)一项最复杂,C代表时态变化,其他都是选择项,可选情态动词(M),或者选完成体(have + en),或选进行体(be + ing),或选被动语态(be + en)。第五条时态有三种可能:单数名词要求在动词后加s,复数不要求这种变化(表示为∅),或者变过去时。这里还用得着一条"词缀跳位"(Affix-hopping)规则:

$$\text{Af+V}\rightarrow\text{V+Af }\#$$

其中Af代表S, ∅, en, ing等,#是词界。例如,在下句中我们选用了C, have + en和be + ing,则得:

the + man + C + have + en + be + ing + read + the + book

然后用"词缀跳位"规则,则得:

the + man + have + S # be + en # read + ing # the + book

最后得:

the man has been reading the book(那人一直在看这本书)

短语结构语法的局限性还表现在处理主动态和被动态的关系上。被动语态有很多限制。被动语态句式必须选 be + en 成分,动词必须是及物动词, be + en 后面不能直接跟名词短语,不能说Lunch is eaten John; 如果后面有介词短语 by + NP,就必须选 be + en,否则就出现不合乎语法的 *John is eating by lunch 或 John is eating by candlelight(约翰在烛光下吃饭)。实际上,这里有条规则。如果下列句式符合语法:

NP_1 + Aux + V + NP_2

那么,相应的下列句式也符合语法:

NP_2 + Aux + be + en + V + by + NP_1

这条规则可以减少很多麻烦。但是,短语结构语法包括不了这种规则。

乔姆斯基发现,要处理这种语言现象需要另一类规则,就是转换规则（transformational rule）。所以，他提出的第一语言模式，也就是转换语法，包括三部分：

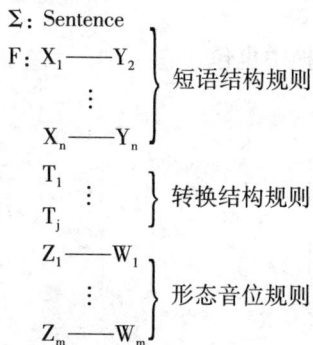

$$
\left.
\begin{array}{l}
\Sigma : \text{Sentence} \\
F : X_1 \longrightarrow Y_2 \\
\quad\ \vdots \\
X_n \longrightarrow Y_n
\end{array}
\right\} \text{短语结构规则}
$$

$$
\left.
\begin{array}{l}
T_1 \\
\ \vdots \\
T_j
\end{array}
\right\} \text{转换结构规则}
$$

$$
\left.
\begin{array}{l}
Z_1 \longrightarrow W_1 \\
\quad\ \vdots \\
Z_m \longrightarrow W_m
\end{array}
\right\} \text{形态音位规则}
$$

短语结构规则也叫改写规则。这套规则生成一串词素，又叫语符列，其次序也许正确，也许不正确，再运用转换规则。转换规则可以增加词素、减少词素和改变词素的次序。形态音位规则是将形态表达改变为音位表达的改写规则。英语的形态音位规则包括：

 ⅰ. walk→/wɔːk/

 ⅱ. take＋past→/tuk/

 ⅲ. hit＋past→/hit/

 ⅳ. /...D/＋past→/...D/＋/id/（此处D＝/t/或/d/）

 转换规则比较复杂。乔姆斯基在《句法结构》中列出了16种英语转换规则。这里介绍几种。先看否定规则。英语的否定手段主要是用not，它出现的位置有一定的规律。请看例句：

 ⅰ. She might not come today.（她今天可能不来。）

 ⅱ. John has not written the letter.（约翰还没有写信。）

 ⅲ. Jane was not smiling.（简那时没有笑。）

 ⅳ. She didn't kiss her cat.（她没有吻她的猫。）

分析一下可知，第一个成分是名词短语，第二个成分是情态动词，have，be，do 和它们的时态、人称变化，do 是临时追加的，是个时态载体，可分别分析为C＋M，C＋have，C＋be，C。否定词后面的成分无关紧要，可用删节号代替。现在，将这三部分分别用X_1，X_2，X_3代替，否定转换规则可写为：

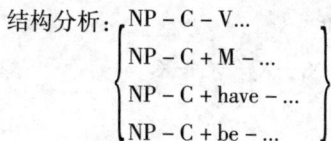

$$
\text{结构分析：}\left\{
\begin{array}{l}
NP - C - V... \\
NP - C + M - ... \\
NP - C + have - ... \\
NP - C + be - ...
\end{array}
\right.
$$

结构变化: X_1–X_3–X_2→X_1–X_2+n't–X_3

当然,还要加上一条"do追加"(*do*-insertion)规则:

Af→#do + Af

这条规则经常用到,在一般疑问句转换中也包含它:

例如:

结构分析:
$$\left.\begin{array}{l} NP - C - V... \\ NP - C + M - ... \\ NP - C + have - ... \\ NP - C + be - ... \end{array}\right\}$$

结构变化: X_1—X_2—X_3→X_2—X_1—X_3

Did she kiss her cat?(她吻她的猫了吗?)

Might she come today?(她今天可能来吗?)

Has John written the letter?(约翰写过信了吗?)

Was Jane not smiling?(简那时没有笑吗?)

再如,英语有许多动词加小品词的结构(如bring in, call up, drive away)。我们可以说:

The police brought in the criminal.(警察把犯人带进来。)

The police brought the criminal in.(同上)

The police brought him in.(警察把他带进来。)

而不能说:

The police brought in him.

这说明,如果小品词后面是代词,则应把小品词后移:

结构分析: X—V—Prt—Pronoun

结构变化: X_1—X_2—X_3—X_4→X_1—X_2—X_4—X_3

这叫小品词转换规则。英语中还有一种现象与此相似。如: Everyone in the class considers John incompetent(全班都认为约翰无能)。其结构可分析为NP_1—V—NP_2,但我们又不说Everyone in the class considers incompetent John。这里的动词实际上为V→V+Comp(补足语)。所以,可以得出这样的规则:

结构分析: X—V—Comp—NP

结构变化: X_1—X_2—X_3—X_4→X_1—X_2—X_4—X_3

英语中还有下列结构:

John arrives and so do I.（约翰到达，我也到达。）

John can arrive and so can I.（约翰可以到达，我也可以到达。）

John has arrived and so have I.（约翰到了，我也到了。）

我们可以把这几句还原为：

John arrives and I arrive.

John can arrive and I can arrive.

John has arrived and I have arrived.

这几个句子也可以分析为以下结构：

NP—C—V...

NP—C＋M—...

NP—C＋have—...

其结构变化如下：

$$(X_1—X_2—X_3；X_4—X_5—X_6) \rightarrow$$

$$X_1—X_2—X_3—and—so—X_5—X_4$$

这叫"so结构转换"规则。

转换规则可以解释一些短语结构规则和直接成分分析法所不能解释的现象。下面两句的直接成分完全一样：

ⅰ. John is easy to please.（约翰很容易满足。）

ⅱ. John is eager to please.（约翰喜欢讨好别人。）

但是，本族语者清楚地知道，第一句中约翰是please的宾语，第二句中约翰是please的主语。这两句的解释句分别为：

ⅰ. It is easy to please John.

ⅱ. John is eager to please someone.

这两句的底层结构的树形图为：

ⅰ.

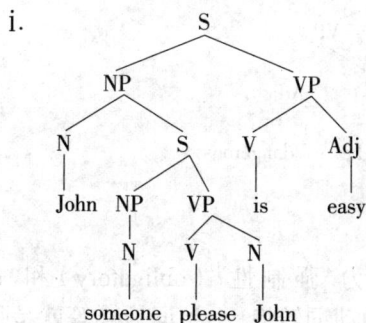

233

ii.

```
                    S
          ┌─────────┴──────────┐
         NP                    VP
      ┌───┴────┐            ┌───┴───┐
      N        S            V      Adj
      │     ┌──┴──┐         │       │
    John   NP    VP        is     eager
           │    ┌┴─┐
           N    V  N
           │    │  │
         John please someone
```

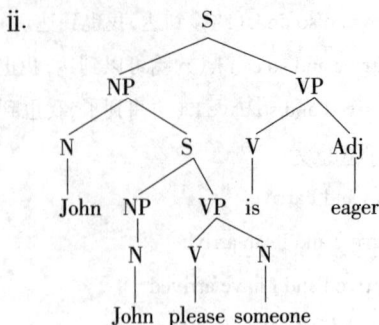

有些歧义结构,用直接成分分析法解释不清。例如 the paintings of madmen 就有两种可能:"疯人作的画"和"关于疯人的画"。就是说,这短语派生于两个句子: They paint madmen(他们画疯人)和 Madmen paint(疯人作画)。再如: Flying planes can be dangerous 也有歧义,它派生于这两句:

i. For someone to fly planes can be dangerous.(开飞机会很危险。)

ii. Planes that are flying can be dangerous.(飞着的飞机会很危险。)

这两句的树形图很不一样:

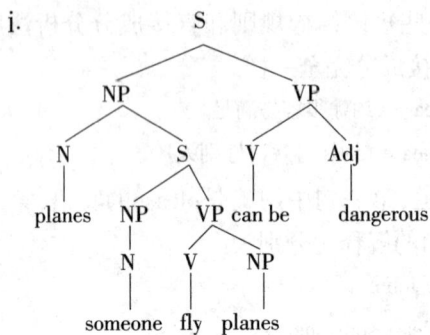

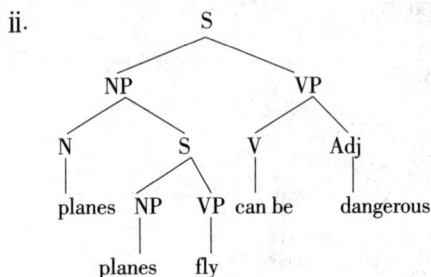

i.

```
                     S
          ┌──────────┴──────────┐
         NP                     VP
      ┌───┴────┐            ┌────┴────┐
      N        S            V        Adj
      │    ┌───┴───┐        │         │
   planes NP      VP     can be   dangerous
          │     ┌──┴──┐
          N     V    NP
          │     │     │
       someone fly  planes
```

ii.

```
                   S
         ┌─────────┴─────────┐
        NP                   VP
     ┌───┴───┐           ┌────┴────┐
     N       S           V        Adj
     │    ┌──┴──┐        │         │
  planes NP    VP     can be   dangerous
         │     │
         N    planes  fly
```

乔姆斯基把转换规则分为"强制性"(obligatory)和"随意性"(optional)两种。前面提到的助动词转换、小品词转换等就是强制性转换,否定转换、被动转换等就是随意性转换。句子之所以有不同的类型是因为经过了不同的转换过程。乔姆斯基认为,下列八句话是相关的,但经历了不同的转换:

  i. The man opened the door.(那人打开门。)

  ii. The man didn't open the door.(那人没有打开门。)

  iii. Did the man open the door?(那人打开门了吗?)

  iv. Didn't the man open the door?(那人没有打开门吗?)

  v. The door was opened by the man.(门被那人打开。)

  vi. The door was not opened by the man.(门没被那人打开。)

  vii. Was the door opened by the man?(门是被那人打开的吗?)

  viii. Wasn't the door opened by the man?(门不是被那人打开的吗?)

第一句只经过强制性转换,没有经过随意性转换,这种简单的、主动的、肯定的陈述句叫"核心句"(kernel sentence)。第二句经过了否定转换。第三句经过了疑问转换。第四句经过了否定疑问转换。第五句经过了被动转换。第六句经过了被动否定转换。第七句经过了被动疑问转换。第八句经过了被动否定疑问转换。这就是说,这八种类型派生于同一个底层结构。处理单句类型变化的转换叫"单项转换"(singular transformation)。"嵌套"(embedding)和"连接"(conjoining)是把一个或多个句子"嵌入"另一个句子或把它们连接起来,这叫"综合转换"(generalized transformation)。连续运用综合转换可以生成无限长的句子。

  乔姆斯基的第一语言模式是把语言描写形式化的开端,只有形式化的描写和分析才能做到简单、明确、递归、循环。他参照数学,采用了一些符号手段。用圆括号( )表示可选也可不选。如果有两条规则:A→B 和 A→BC,则可用圆括号简化为 A→B(C)。用方括号[ ]表示"依赖性"(dependency)。如有 A→C 和 B→D,则用方括号简化为:

$$\begin{bmatrix} A \\ B \end{bmatrix} \rightarrow \begin{bmatrix} C \\ D \end{bmatrix}$$

它表示:上面一项改写为上面一项,下面一项改写为下面一项。用大括号{ }表示纵项选择。如果有A→a, A→b, A→c, A→d,则可简化为:

$$A \rightarrow \begin{Bmatrix} a \\ b \\ c \\ d \end{Bmatrix}$$

这样,我们可把下列四条规则简化为下面右边的形式:

$$Z \to A$$
$$Z \to C + D + E$$
$$Z \to C \qquad 则 \quad Z \to \begin{cases} A\ (B) \\ C\ (DE) \end{cases}$$
$$Z \to A + B$$

简化形式说,选上面一项有两项可能,Z→A和Z→A+B。选下面一项也有两种可能,Z→C和Z→C+D+E。再请看下面一例:

$$X + A \to D + E$$
$$Y + A \to C + G$$
$$Y + A \to C + F \qquad 则: \begin{Bmatrix} X \\ Y \end{Bmatrix} A \to \begin{Bmatrix} D & E \\ & F \\ C & G \end{Bmatrix}$$
$$X + A \to D + G$$
$$Y + A \to C + E$$
$$X + A \to D + F$$

假设一种语言的每一个语符列都是 aa, bb, abba, baab……的形式,即每一个a和b的语符列后面跟着它的"镜像"(mirror image),那么它的语法为:

$$Z \to \begin{Bmatrix} a & a \\ & (Z) \\ b & b \end{Bmatrix}$$

第一语言模式时期的理论和语法规则都不完善,存在着一些严重的问题。针对这些问题,乔姆斯基做了改进,从而进入他的标准理论时期。

第三节　标准理论时期

乔姆斯基的《句法结构》出版之后,经过几年的研究和运用,他发现有几个严重问题必须解决,否则达不到他的理论目标。

第一个问题是,转换规则的力量太大(too powerful)。一个普通句子可以随意改变,可以进行否定转换,可以进行被动转换,可以增加成分,可以减少成分,没有任何限制。1963年,美国语言学家凯茨(J. J. Katz, 1932—2002)和波斯特尔(P. M. Postal, 1936—)指出:"转换不许改变原句的意义。"凯茨还提出,句子有深层结构(deep structure)和表层结构(surface structure)之分。深层结构是句子的抽象句法表达,即结构组织的底层平面,它决定着如何解释这个句子。表层结构是句法表达的最后阶段,为音位规则提供输入,它最接近我们平常所说的话。深层结构决定意义,表层结构决定声音。例如 Wash me 的深层结构是:

```
                    S
        ┌───────────┼───────────┐
        NP         Aux          VP
        │        ┌──┴──┐      ┌──┴──┐
        │        C     M      V     NP
        │        │     │      │     │
    you（present）（will） wash   me
```

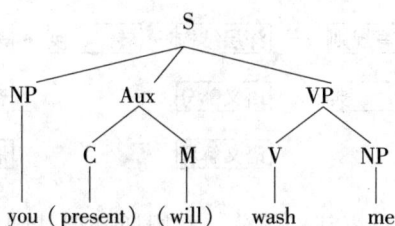

乔姆斯基接受了他们的意见。第二个问题是,乔姆斯基的规则既可以生成正确的句子,也可以生成不合格的句子。比如用S→NP + VP,VP→V＋NP两条规则,可以得出John drinks wine(约翰喝酒)和 Wine drinks John(酒喝约翰):

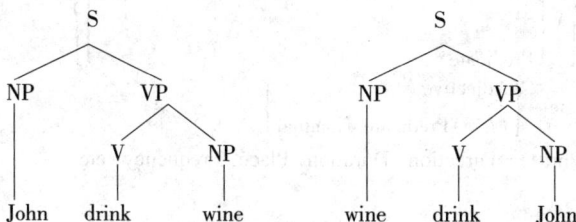

```
            S                           S
       ┌────┴────┐               ┌─────┴────┐
       NP        VP              NP         VP
       │       ┌─┴─┐             │        ┌─┴─┐
       │       V   NP            │        V   NP
       │       │   │             │        │   │
     John   drink wine         wine     drink John
```

这就说明,动词与名词之间有一定的选择限制。第三个问题是,被动转换规则不能随意运用。英语中有些及物动词不能用于被动结构。我们可以讲John married Mary(约翰和玛丽结了婚),而不说Mary was married by John。后者意思完全不同,这是说约翰是个牧师,为玛丽举行了结婚仪式。我们可以讲John resembles his father(约翰长得像他爸爸),但其被动形式不能成立: His father is resembled by John。这说明转换规则不够严密,还不能普遍适用。在标准理论时期,乔姆斯基克服了这些缺点,提出转换规则的运用不能改变意思,名词要受动词的限制,转换规则要加上条件。

标准理论时期的代表著作是《句法理论若干问题》。在这部著作中,乔姆斯基提出了新的语法模式。他说,生成语法应该包括三大组成部分: 句法部分、音位部分和语义部分。句法部分又叫基础部分(Base Component),它包括改写规则和词典(Lexicon)两部分,改写规则生成句子的深层结构,转换规则再把深层结构变成表层结构。语义部分对深层结构从语义上作出解释,音位部分对表层结构从语音上作出解释。三部分的关系可以表示如下:

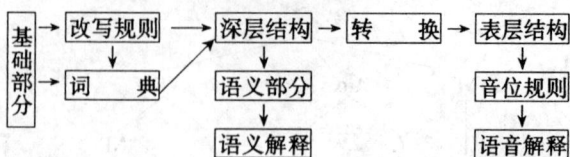

现在我们着重介绍基础部分。乔姆斯基把基础部分的规则系统总结如下：

1. S—NP⌒Predicate-Phrase

2. Predicate-Phrase—Aux⌒VP（Place）（Time）

3. VP→$\left\{\begin{array}{l}\text{Copula Phrase} \\ V\left\{\begin{array}{l}\text{(NP)(Prep–Phrase)(Prep–Phrase)(Manner)} \\ \text{S'} \\ \text{Predicate}\end{array}\right.\end{array}\right\}$

4. Predicate→$\left\{\begin{array}{l}\text{Adjective} \\ (like)\text{Predicate-Nominal}\end{array}\right\}$

5. Prep-Phrase→Direction, Duration, Place, Frequency, etc.

6. V→CS

7. NP→（Det）N（S'）

8. N→CS

9. [+Det____]→[±Count]

10. [+Count]–[±Animate]

11. [+N, +____]→[±Animate]

12. [+Animate]→[±Human]

13. [–Count]→[±Abstract]

14. [+V]→CS/α⌒Aux ____（Det⌒β）$\left.\begin{array}{c} \\ \end{array}\right\}$ α和β 都是名词。

15. Adjective→CS/α... ____

16. Aux→Tense（M）（Aspect）

17. Det→（pre-Article⌒of）Article（post-Article）

18. Article→[±Definite]

我们把这些规则解释一下。第一、二条与短语结构规则没有什么大区别，只是丰富了动词短语的内容。第三条列出了动词短语的可能形式。一种形式是 to be 加上谓项。从第四条我们知道，谓项有两种可能，所以可说 She is happy（她很高兴）和 She is like a doctor（她像个医生）之类的句子。再看动词短语的第二种可能，即动词 do 加其他成分。动词后面可以没有其他成分，如 Three months elapsed（三个月过去了）。动词后面跟名词短语: He bought the book（他买了这本书）。动词后面跟名词短语和一个介词短语: He saved the book for John（他给约翰留着那本书）。动词后面跟名词短语和两个介词短语: He traded the bicycle to John for a tennis racket（他用自行车换了约翰一个网球拍子）。动词后面跟两个介词短语: He argues with John about politics（他与约翰争论政治问题）。动词后面跟一个句子: He said that there was no hope（他说没有希望）。动词后面跟形容词: She grew sad（她变得不高兴了）。动词后面跟名词性谓项: He feels like a new man（他觉得自己像个新人）。第五条说，介词短语可表示方向，如 He dashed into the room（他猛地冲进屋里）；可表示时间长短，如The war lasted eight years（战争持续了八年之久）；可表示方位，如Three men remained in the room（三个人留在屋里）；可表示频次，如 He visits them twice a month（他每月去看望他们两次）。

　　第六条讲动词的复杂符号（complex symbol）（CS）。乔姆斯基列的动词复杂符号如下：

$$V \rightarrow CS / - \left\{ \begin{array}{l} NP \\ \# \\ Adjective \\ Predicate\text{—}Nominal \\ like \frown Predicate\text{—}Nominal \\ Prepositional\text{—}Phrase \\ that \frown s' \\ NP(of \frown Det\ N)s' \\ etc. \end{array} \right.$$

其中第四项是这类句子: He became President（他当了总统）。第八项的句式为: John persuaded Bill of the necessity for us to leave（约翰说服了比尔我们必须离开）。乔姆斯基举了下列动词来说明词典中应包括的项目:

eat, [+V, +＿＿NP]

elapse, [+V, +＿＿#]

grow, [+V, +＿＿NP, +＿＿#, +＿＿Adjective]

become, [+V, +＿＿Adjective, +＿＿ Predicate-Nominal]

seem, [+V, +＿＿Adjective, +＿＿ *like* Predicate-Nominal]

look, [+V, +＿＿(Prepositional-Phrase)#,

　　　+＿＿Adjective, +＿＿*like* Predicate-Nominal]

believe, [+V, +＿＿NP, +＿＿that S']

persuade, [+V, +＿＿NP(of Det N)S']

上面谈的动词复杂符号规则规定了动词的"语境特征",因此是受语境制约的,这叫精确再分类规则(strict subcategorization rule)。动词还可以用"句法特征"加以规定,叫做选择规则(selectional rule)。例如:

$$[+V] \rightarrow CS / \begin{cases} [+Abstract]\ Aux\ \underline{\quad} \\ [-Abstract]\ Aux\ \underline{\quad} \\ \underline{\quad}\ Det\ [+Animate] \\ \underline{\quad}\ Det\ [-Animate] \end{cases}$$

这就是说,作动词主语的可以是抽象名词和非抽象名词; 作动词宾语的可以是有生命的东西,也可以是无生命的东西。显然,这条规则没有概括全部句法特征。要适用一切情况,可用α代表各种名词,将规则进一步概括为:

$$[+V] \rightarrow CS / \begin{cases} \alpha Aux\ \underline{\quad} \\ \underline{\quad}\ Det\alpha \end{cases}$$

这也是第十四条规则的另一种形式。其中,α是包括一切具体特征的变量。这条规则说: 动词前面和后面的名词的每一个特征都符合动词的要求,从而决定着选择哪类动词最为合适。

但名词有哪些特征呢? 第八条规则讲的是名词复杂符号,其具体内容是第九条到第十三条。这几条采用的是双分法。第九条说,有限定词的名词可能是可数名词或不可数名词。第十条说,可数名词可能是有生命的或无生命的。第十一条说,任何名词都可以分为有生命的和无生命的两类。第十二条把有生命的名词分为人类的和非人类的两种。第十三条把不可数名词分为抽象的和非抽象的两种。乔姆斯基曾用树形图表示这种双分特征:

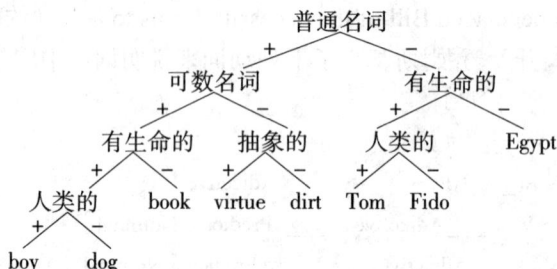

具体到每一个名词,词典中应如下标出:

男孩:[+名词,+普通名词,+可数,+有生命,+人类的,+男性,+青年]

女孩:[+名词,+普通名词,+可数,+有生命,+人类的,+女性,+青年]

这样一来就有了选择制约(selectional restriction),保证了名词与动词的统一。如：

drink→[NP+Human＿＿＿]

就是说，动词 drink 只能以有生命的名词作主语，不可能出现 Wine drinks John 一类的句子。

第十五条规则是讲形容词的。乔姆斯基没有进一步讨论形容词的特征，只列出它出现的语境。可以看到，从第六条到第十五条构成了词典部分。该节所谓的词典就是一张全部词汇的没有秩序的清单，也就是词条的集合。每个词条由一对要素（D，C）构成。D是一个语音区别性特征的矩阵，它把词汇的组成部分"拼读"出来。C则是由一组特定的句法特征和语义特征所组成的集合，也就是前面讲的复杂符号。这些规则统称为再分类规则（subcategorization rule），即把名词、动词等再加以分类，如把动词再划分为及物动词和不及物动词，把名词再划分为普通名词和专有名词等。其他规则（第一条至第五条，第十六条至第十八条）统称为改写规则，也叫范畴部分（category component）。运用改写规则和再分类规则就可生成句子。以Sincerity may frighten the boy（真诚可能会吓住那男孩）为例。运用改写规则先生成"前终端语符列"（pre-terminal string）：

[–Definite]+N_1+M+V+[+Definite]+N_2

然后用精确再分类规则将动词分析为复杂符号，确定该动词为及物动词V→[+＿＿＿NP]。再用选择规则确定该动词的句法特征：可用抽象名词作主语，有生命的名词作宾语等[+[+Abstract]Aux ＿＿＿Det [+Animate]]。用同样的规则将两个名词加以分析。第一个名词的特征为普通名词，不可数名词，抽象名词。第二个名词的特征为普通名词，可数名词，有生命的，人类的。然后在词典中查出具有相同特征的词，再根据一条词汇代入规则（lexical rule）把词典中的词代入前终端语符列中。这条词汇代入规则为：如果Q是前终端语符列中的一个复杂符号，而（D，C）是一个词条，其中C与Q并无不同，那么Q就能由D来代替。这就是说，如果一个词条的特征和被它替换的词汇符号特征完全相同，这个词条就能够置于该符号的位置。

基础部分的这一套规则，不同于第一语言模式时期的短语结构规则。短语结构规则是一个没有次序的改写规则集合，可直接生成实际句子。现在的规则是有一定次序的，生成的是有限的基础语符列。这就限制了短语结构规则的力量。由于引入了复杂符号概念，对词汇作了专门处理，使标准理论不同于第一语言模式。词典部分的再分类规则和选择限则，保证了动词和名词的搭配合适，不再会生成"石头吃饭了"或"大

槐树结了婚"之类的句子。还有一个明显的区别是,第一语言模式中,短语结构规则的右边没有S范畴,现在有了:

$$VP \rightarrow \begin{Bmatrix} NP \\ S' \end{Bmatrix}$$

$$NP \rightarrow (Det) N (S')$$

有了这两条,句子就复杂多了。主语可以是名词加一个句子,宾语又可以是一个句子或名词加句子,从理论上讲,句子可以无限地延长。

关于转换部分,也有些变化。乔姆斯基说,现在基础部分只生成基础短语标示(base phrase-marker),构成一个句子的基础。然后用转换规则把句子的基础投射为实际句子,而且自动地赋予该句子以派生短语标示(derived phrase-marker)的形式,最终赋予它以表层结构形式。乔姆斯基用 The man who persuaded John to be examined by a specialist was fired(劝约翰让一个专家检查一下的那个人被解雇了)来具体说明转换过程。假如基础部分生成了以下三个短语标示:

(1) #—S—#

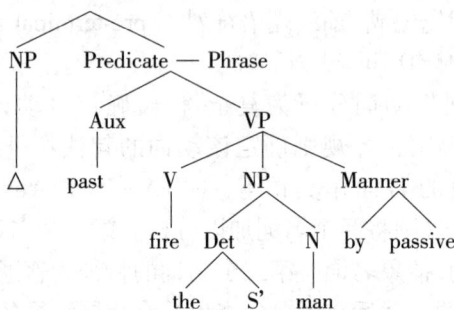

(2) #—S—#

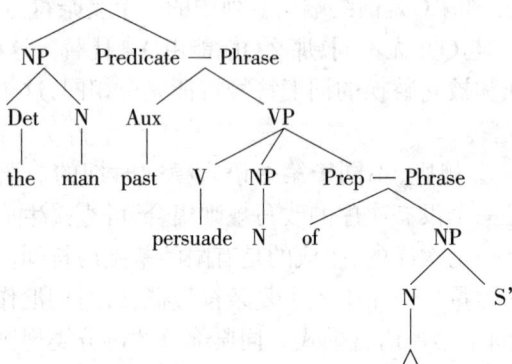

（3）　　　　#—S—#

```
              NP        Predicate — Phrase
           Det    N     Aux          VP
           a   specialist  nom    V    NP    Manner
                             examine  N   by    passive
                                      John
```

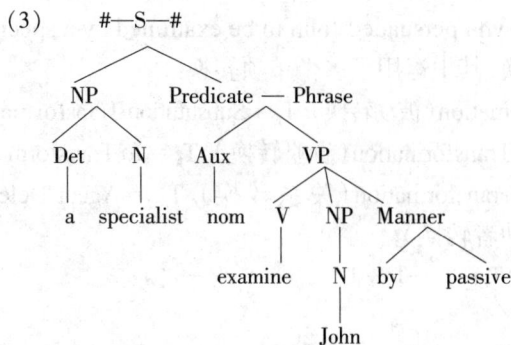

（1）中的△是一个"假位符号"（dummy symbol），表示表层结构中实际上并不出现，但在深层结构中假设存在的成分。它是动词的逻辑主语，是没有指明的施事者。所以，（1）是The man was fired（那人被解雇了）的基础。但是，这个短语标示还不独立，因为谓语中的名词短语中还有S'成分，须由另一个句子来实现。（2）中，介词短语中也有个假位成分，同时有S'成分。这是说，假位名词并不出现，介词短语由S'来代替。代替的过程可从下列句中看出：

　　（a）The man persuaded John *of its truth.*（那人使约翰相信这是真的。）

　　（b）The man persuaded John *that it was true.*（那人使约翰相信这是真的。）

　　（c）The man persuaded John *to leave.*（那人劝约翰离开。）

　　（d）The man persuaded John *to be examined by a specialist.*（那人劝约翰让一个专家给他检查一下。）

这说明，如果介词短语中的名词是个假位，S'就是个补足成分，它不同于（1）中的S'，不可删去。所以，（2）中的基础短语标示不能单独成为句子的基础，必须把S'完成之后嵌入其中。（3）中的Aux有些特殊，标有nom，意思是要根据具体情况作出适当选择。它可以是这个句子的基础：John was examined by a specialist（约翰被一位专家检查了）。如果表明nom 未定，可表示为：John nom be examined by a specialist。 然后把这种形式代入（2）中的S'处，则得：the man persuaded John of △ John nom be examined by a specialist。现在用"省略转换"（Deletion Transformation）去掉其中的一个John。再用"To转换"（*To* Transformation），让 to 来代替 of △ nom。这时得：the man persuaded John to be examined by a specialist。将这种形式代入（1）中的S'处，得 the man the man persuaded John to be examined by a specialist was fired。再用"省略转换"删去其中一个 the man，用"关系转换"（Relative Transformation）加上关系代词

243

who。这时则得 the man who persuaded John to be examined by a specialist was fired。这叫综合转换,其中运用了多个单项转换:

其中: T_p=Passive Transformation(被动转换), T_E = Substitution Transformation(替换转换), T_D = Deletion Transformation(省略转换), T_{to} = To Transformation(To 转换), T_R = Relative Transformation(关系转换), T_{AD} = Agent Deletion Transformation(省略施动者转换)。

(1) ——————T_E—T_R—T_P—T_{AD}

(2) ———— T_E—T_D—T_{to}

(3) —T_P

标准理论有所改进,但仍然存在许多问题。尤其是语义部分,还有不少事实不能包括在内,有些现象无法解释。20世纪60年代后期,围绕着语义问题开始了一场争论,出现了不同派别。第五节再详细讨论语义问题。

第四节 关于生成音位学

《句法理论若干问题》没有详细论述语音部分。到1968年,乔姆斯基与哈利(Morris Halle, 1923—)合写了《英语语音模式》(The Sound Pattern of English),提出了生成音位学的基本理论和一整套规则。生成音位学有几个特点。第一,它认为语言的发音、词的重音、句子重音都是有规律的,是可以预测的。英语也是如此。第二,生成音位学的规则尽量少借助读者的智力,做到形式化。第三,生成音位学的规则不是凭借词或句以外的因素(如节奏感)定出来的,而是分析词与句的内在结构而得出来的。本节主要介绍生成音位学有关重音的部分规则,从中可以看出生成音位学的基本理论和研究方法。

英语的重音升降曲线十分复杂。不同的重音曲线是由不同的表层结构决定的。一个复杂单位(如短语)的重读情况是由其构成元素的内在特征和元素的组织方式决定的。例如, black 和 board,一个是形容词,一个是名词,可以组成两种结构,一个复合词 blackboard(黑板),一个名词短语 black board(黑色的板)。我们知道,复合名词是降调,名词短语是升调:

1 2		2 1
blackboard		black board

可以看出,一个复合名词的一级重音(primary stress)总是落到最左边的

重读音节上,其他音节弱化。一个名词短语的一级重音总是落到最右边的重读音节上,其他音节弱化。因此可得出如下规则:

$$\acute{V} \rightarrow \begin{bmatrix} 1 \text{ stress} \\ V \end{bmatrix} \rightarrow [1 \text{ stress}] \,/\, \left\{ \begin{matrix} — \ ... \ D \ ... \\ A \ ... \ — \ ... \end{matrix} \right\} \quad \begin{matrix} (a) \\ (b) \end{matrix}$$

这里的V代表元音,V上面加一撇代表重读元音,箭头表示"变成如下情况",斜线表示"在下面情况下",小横线是箭头左边的音段出现的位置,圆括号表示(a)(b)两种情况是选择性的。情况(a)说:含有两个重读音节的复合词中,保持最左面的一级重音,弱化其他重音,这就是复合词规则(The Compound Rule)。情况(b)说:含有两个重读音节的短语中,保持最右边的一级重音,弱化其他重音。这就是核心重音规则(The Nuclear Stress Rule)。实际上,复合词规则要用另一条规则修饰一下:一级重音落到左边重读音节时,右边的重读音节自然地弱化为三级重音(tertiary)。用这两条规则,就可以得出下列复合词的重音模式是1+3: blackboard, classroom, schoolboy, appletree, bookbinding, bystander daybreak, diningroom, doorhandle, figurehead, fireplace, flowerpot, greenhouse等。

　　复合词规则,不仅适用于复合名词,也适用于复合形容词和复合动词: seasick, colorblind, duty-bound, heartfelt; troubleshoot, bootlick, air-condition, 以及一切属于词汇范畴的单位: black, board eraser, lighthouse keeper。同样,核心重音规则不仅适用于名词短语,而且适用于非词汇范畴的任何短语。如动词短语: finish the work, catch a cold, read the book, write a letter; 形容词短语: eager to please, willing to help, glad to hear, rotten to the core等。

　　我们知道,用词组成更大的语言结构之后,每个词的重音都受到影响;语言结构变化之后,重音模式也随着变化。现在用相同的三个词,组成不同的三个语言结构,来观察它们的重音模式的差别。

　　(a)black board-eraser(黑色的板擦)

　　(b)blackboard eraser(黑板擦)

　　(c)black board eraser(黑色的板的擦子)

　　运用规则之前,首先要决定如何标示加括。就是说,要决定哪些语符列是复合词,哪些是短语。它们的标示加括是:

(a) $\begin{bmatrix} \text{NP} \begin{bmatrix} A \underline{\text{black}} \end{bmatrix} A \begin{bmatrix} N \begin{bmatrix} N \underline{\text{board}} \end{bmatrix} N \begin{bmatrix} N \underline{\text{eraser}} \end{bmatrix} N \end{bmatrix} N \end{bmatrix} \text{PN}$

(b) $\begin{bmatrix} N \begin{bmatrix} N \begin{bmatrix} A \underline{\text{black}} \end{bmatrix} A \begin{bmatrix} N \underline{\text{board}} \end{bmatrix} N \end{bmatrix} N \begin{bmatrix} N \underline{\text{eraser}} \end{bmatrix} N \end{bmatrix} N$

(c) $\left[N \left[NP \left[A \underline{black} \right] A \left[N \underline{board} \right] N \right] NP \left[N \underline{eraser} \right] N \right] N$

运用规则的时候,要有一定的顺序。首先运用到不包含括号的最大语符列上。全部规则使用完毕,就将最里面的括号去掉。然后再把规则运用到没有括号的最大语符列上。运用完毕,又把最内部的括号去掉。依此类推,直到不含有括号的最大语符列成了句子为止。先看结构(a)。第一周期每个词都得到一级重音,去掉最内部的括号则得 $\left[NP \underline{black} \left[N \underline{board\ eraser} \right] N \right] NP$(重音模式为1+1+1)。再看board-eraser,既然是复合词,就用复合词规则,得出重音模式1+2。去掉最里面的括号,则得 $\left[NP \underline{black\ board\text{-}eraser} \right] NP$(其重音模式为1+1+2)。这上面标的是名词短语,动用核心重音规则,保留最右边的一级重音,其他重读音节弱化一级,得出重音模式2+1+3。

结构(b)也是一样,第一周期中每个词都是一级重音,去掉最内部的括号成为 $\left[N \left[N \underline{blackboard} \right] N \underline{eraser} \right] N$。第二周期处理blackboard。因为它是复合词,重音模式应为1+2。第三周期所遇到的是复合词blackboard eraser。按复合词规则,保留最左边的重音,其他音节弱化一级,得1+3+2重音模式。结构(c)中,第二周期处理名词短语black board。用核心重音规则得出2+1模式。第三周期处理一个复合名词。保留最左边的一级重音,其他音节弱化一级,则得3+1+2模式。

通过反复运用复合词规则和核心重音规则,我们可以作出一个句子的重音升降曲线。例如,Old blackboard erasers look funny(旧的黑板擦看上去可笑)。首先作句子的标示加括:$\left[S \left[NP \left[A \underline{old} \right] A \left[N \left[N \left[A \underline{black} \right] A \left[N \underline{board} \right] N \left[N \underline{erasers} \right] N \right] N \right]$ $NP \left[VP \left[V \underline{look} \right] V \left[A \underline{funny} \right] A \right] VP \right] S$。第一周期,我们还是认定每一个重读音节都是一级重音,去掉最里面的括号,得:$\left[S \left[NP \left[A \underline{old} \right] A \left[N \left[N \underline{blackboard} \right] N \left[N \underline{eraser} \right] N \right] N \right] NP \left[VP \left[V \underline{look} \right] \right. \right.$ $V \left[A \underline{funny} \right] A \right] VP \right] S$,重音模式1+1+2+1+1。我们知道,blackboard erasers是复合名词,拿掉它的括号,得出它的重音模式1+3+2。再看名词短语old blackboard erasers。根据核心重音规则,得出2+1+4+2曲线。再看look funny,它标有VP,也运用核心重音规则,得出它的重读模式2+1。

现在，$\left[\,_S\left[\,_{NP}\overline{\text{old blackboard erasers}}\right]_{NP}\left[\,_{VP}\overline{\text{look funny}}\right]_{VP}\right]_S$中，名词短语和动词短语都有了曲线。拿掉它们的括号，则该考虑全句的重音情况。句子属于短语范畴，因此使用核心重音规则，保持最右边的一级重音，其他重读音节都弱化一级，得出3+2+5+3+3+1重音模式。应该指出，这里谈的是在一般情况下的重音曲线。至于为了强调或对比而出现的重读情况，不在这里讨论。

下面介绍词的重音规则。

先介绍几个常用的概念。表层结构是由语符列元素组成的。语符列元素可以看作一系列辅音和元音的组合。一个词本身就决定了辅音和元音的排列顺序。组成语符列元素的辅音和元音叫音段（phonetic segments）。音段分成不同类别的辅音和元音核心（vocalic nuclei）。元音核心又分成"简单元音核心"和"复杂元音核心"。简单元音核心也就是短元音，如p*it*, p*et*, p*at*, p*ut*, an*a*lyse中的元音。复杂元音核心就是长元音或双元音，如f*i*nd, f*ee*d, f*a*de, f*eu*d, r*oa*d中的元音。简单元音核心又叫松元音（lax vowel）。复杂元音核心又叫紧元音（tense vowel）。松元音分别用/i/, /e/ /æ/, /u/, /ʌ/, /ə/表达。紧元音分别用/I/, /E/, /A/, /U/, /O/表达。由辅音和元音构成的组合中，又分"弱音丛"（weak cluster）和"强音丛"（strong cluster）。一个简单元音核心后面没有辅音或只有一个辅音的叫弱音丛。一个元音核心（不论简单复杂）后跟两个以上辅音的叫强音丛，如/ækt/, /isp/, /aust/。复杂元音核心，不论后面跟着几个辅音（可以是零个），都是强音丛。这三种音丛后面跟的都是元音，再不就是词界（用#表示）。这就是说，划分音丛时，从元音开始，到另一个元音前面的辅音为止，算一个音丛；或从元音开始到词尾。如analysis /ənæləsis/可分析为四个音丛/ən/, /æl/, /əs/, /is/。

现在研究几条规则。先看下列两组词：

A: de'cide, a'muse, ma'chine, con'sole, sur'prise, sin'cere ca'reer, com'plete

B: e'lect, col'lect, col'lapse, e'xact, sug'gest, de'pend, ab'rupt, cor'rect

A组中，最后的元音是紧元音，后面跟着一个辅音或没有辅音。B组中，最后的元音是松元音，后面跟着两个辅音。因此，两组都是强音丛结尾，所以重音都落到最后音节。如果用公式表示这两种情况，就是：

$$V \rightarrow [\,1\ \text{stress}\,]\,/\,X \text{—} C_0\,]$$

这里X代表该词之内的任何音段，C_0代表任何数目的辅音（包括零），]表示词的末尾。这个公式读作：一个元音，不管前面有什么音段，后面有几

个辅音,都可以得到一级重音。如果X为零,那便是单音节词。再请看:

> con'sider, 'convert, 'certain, 'open, 'cancel, 'little, 'custom, de 'velop,
>
> a'bandon, es'tablish, 'solid, 'handsome, 'winter, 'people, 'common

这些词的最后音节都不是强音丛,而是弱音丛,因此,重音落到倒数第二音节上。我们可以用下面的公式表示:

> V →[1 stress]/ X — CoW]

W表示强音丛。这就是说:一个元音,不管前面有什么音段,如果后面跟着零个或多个辅音和一个弱音丛,都可以得到一级重音。以上两个公式可化简为:

> V →[1 stress]/ X — Co(W)]

再请看下面两组词:

A: 'bimorph, 'engram, 'biform, 'digraph

B: 'monogram, 'telephone, 'telescope, 'bioscope

两组词都是由一个单音节词干(stem)和一种前缀组成。A组的前缀是单音节的。B组的前缀是双音节的。可以设想,如果一个词由一个单音节词干和一个前缀构成,前缀是单音节的,则重音落在前缀上;前缀是多音节的,则重音落在前缀的倒数第二音节上。假设词干的音段为CoVCo(即任何数目的辅音夹着一个重读元音),用Σ来表示它,那么我们可得出下面两个公式:

> V →[1 stress]/ X _____ CoWΣ]
>
> V →[1 stress]/ X _____ CoΣ]

化简则得:

> V →[1 stress]/ X _____ Co(W)Σ]

这叫做"重读音节规则"(The Stressed Syllable Rule)。

那么,有后缀的词呢? 请观察:

A: the'atrical, 'maximal, mu'nicipal, sig'nificant, 'arrogant, 'innocent

B: anec'dotal, adjec'tival, medi'eval, de'sirous, so'norous, de'fiant, in'dignant, com'placent

先分析theatrical。它的重音/æ/前面有the-,后面有两个辅音-tr-,然后是一个弱音丛-ic,最后是后缀-al。如果用公式表示,就是:

> V →[1 stress]/ X _____ CoW + affix]

符号+表示它后面跟的是词缀,不是词。这个公式说:一个元音,不论前面有什么音段(只要不是独立词),如果后面是任何数目的辅音,然后是弱音丛,最后是后缀,就得到一级重音。再如significant词尾是后缀-ant,

往前数是弱音丛-ic,再往前是辅音/f/,于是重读/f/之前的元音。再看B组的词有什么不同。以anecdotal为例。后缀-al之前隔着一个辅音/t/就是一个紧元音,中间没有弱音丛。于是重音落到紧元音上。公式为:

$$V \rightarrow [\ 1\ stress\ ] / X \underline{\qquad} Co + affix\ ]$$

上面两条规则统称为"词缀规则"(The Affix Rule)。以上六条规则排列起来,就叫"主要重音规则"(The Main Stress Rule):

(a) $V \rightarrow [\ 1\ stress\ ] / X \underline{\qquad} CoW + affix\ ]$

(b) $V \rightarrow [\ 1\ stress\ ] / X \underline{\qquad} Co + affix\ ]$

(c) $V \rightarrow [\ 1\ stress\ ] / X \underline{\qquad} CoW\Sigma\ ]$

(d) $V \rightarrow [\ 1\ stress\ ] / X \underline{\qquad} Co\Sigma\ ]$

(e) $V \rightarrow [\ 1\ stress\ ] / X \underline{\qquad} CoW\ ]$

(f) $V \rightarrow [\ 1\ stress\ ] / X \underline{\qquad} Co\ ]$

为什么这样排列? 因为这是唯一正确的运用次序。把一个词拿来,先看是否有后缀,再看是否有前缀。当两种情况都排除之后,再用最后两条。重要之点是,这个顺序是"递选次序"(disjunctive ordering)。如果(a)适用,(b)就一定不适用; 如果(c)适用,(d)就一定不适用; 如果(e)适用,(f)就一定不适用。

乔姆斯基认为,重音与词类有关。动词有动词的重音规则,名词有名词的重音规则。先看几个动词: astonish, edit, consider, imagine, interpret, promise, embarrass, elicit, determine, cancel。我们知道,它们的词尾都是非紧元音后面跟着一个辅音,重音落在倒数第二音节上。其公式可写为:

$$V \rightarrow [\ 1\ stress\ ] \diagup - Co \begin{bmatrix} -tense \\ V \end{bmatrix} Co^1\ ]$$

这里-tense加V代表非紧元音,Co¹代表不超过一个辅音。公式读作: 如果一个动词的词尾是一个非紧元音后面跟着一个辅音,那么就重读倒数第二音节。但是,另一组动词, maintain, erase, appear, cajole, surmise, decide, devote, achieve等最后的元音是紧元音,重音在最后的音节上,可以用下面的公式表示:

$$V \rightarrow [\ 1\ stress\ ] \diagup - \begin{bmatrix} \underline{\qquad} \\ +tense \end{bmatrix} 0\ ]$$

还有第三组动词,它们的重音在最后音节上,但重读的不是紧元音: collapse, torment, elect, convince, usurp, observe, lament, adapt。这是因为,它们的最后元音的后面跟的是两个辅音。所以可以说,如果动词词尾上的元音后面跟着两个辅音,那么,重读最后元音。公式为:

$$V \rightarrow [1 \text{ stress}] / \underline{\quad} Co^2]$$

如果把以上三个动词规则结合起来,则是:

$$V \rightarrow [1 \text{ stress}] / \begin{cases} - Co \begin{bmatrix} \text{-tense} \\ V \end{bmatrix} Co^1 & (\text{i}) \\ \begin{Bmatrix} \begin{bmatrix} - \\ +\text{tense} \end{bmatrix} \end{Bmatrix} Co \\ -C2 \end{cases} \quad (\text{ii})$$

情况(ⅰ)说,如果一个动词以一个弱音丛结尾,则重读倒数第二音节;情况(ⅱ)说,如果一个动词以强音丛结尾,则重读最后音节。不难看出,情况(ⅰ)和情况(ⅱ)是互相排斥的。如果情况(ⅰ)适用,情况(ⅱ)就一定不适用。反过来也是一样。因为,一个动词不以弱音丛结尾,必以强音丛结尾。因此,可以把这条规则的次序写成递选次序,说明不是情况(ⅰ),就一定是情况(ⅱ)。把公式简化如下即可:

$$V \rightarrow [1 \text{ stress}] / \underline{\quad} \begin{cases} Co \begin{bmatrix} \text{-tense} \\ V \end{bmatrix} Co^1 & (\text{i}) \\ Co & (\text{ii}) \end{cases}$$

这就是说,凡是情况(ⅰ)不适用的,情况(ⅱ)都适用。这就是"动词规则"(The Verb Rule)。

有了动词规则,名词的规则不难建立。先看下列三组名词:

A: A'merica, 'cinema, me'tropolis, 'asterisk, 'venison

B: a'roma, bala'laika, hi'atus, ho'rizon, a'rena

C: ve'randa, a'genda, con'sensus, u'tensil, ap'pendix

如果将每个名词的最后音节忽略不计,那么剩余的部分恰好与上面三组动词的重音情况完全一样。如Americ与astonish一样,arom与maintain一样,veran与collapse一样。因此,只要在动词规则后面加上 $\begin{bmatrix} \text{-tense} \\ V \end{bmatrix}$ Co来表示尾部弱音丛,就成了"名词规则"(The Noun Rule):

$$V \rightarrow [1 \text{ stress}] / \underline{\quad} \begin{cases} Co \begin{bmatrix} \text{-tense} \\ V \end{bmatrix} Co^1 & (\text{i}) \\ Co & (\text{ii}) \end{cases} / \underline{\quad} \begin{bmatrix} \text{-tense} \\ V \end{bmatrix} Co]n$$

情况(ⅰ)说,如果一个名词词尾是非紧元音后面跟着零个或多个辅音,而倒数第二音节非紧元音后面只有一个辅音,那么重读倒数第三元音。情况(ⅱ)说,如果一个名词词尾是非紧元音后面跟着零个或多个辅音,倒数第二音节不是非紧元音跟着一个辅音(当然就是紧元音),也不是非紧元音跟着两个以上的辅音,那么重读倒数第二元音。换句话说,只要情况（ⅰ）不适用,就说明名词的倒数第二音节是强音丛。

三个或三个以上音节的名词怎么办? 这里用的是一条"交替重音规则"(The Alternating Stress Rule):

$$V \rightarrow [\ 1\ \text{stress}\ ]/ \underline{\qquad} \text{CoVCoVCo}\ ]$$

这条规则说,三个或三个以上音节的名词,一级重音落到倒数第三音节上,最后音节是三级重音。名词规则也适用于形容词,这里不再详细讨论。

上面介绍的这些规则,远不是生成音位学的全部重音规则,也不是它们的最后形式。但是,从本节的简单介绍中,可以看到生成音位学的一些特点和研究方法。

第五节　关于语义问题的争论

乔姆斯基的《句法理论若干问题》提到了语义方面,但没有彻底解决语义问题。乔姆斯基认为,语义解释取决于深层结构。但有许多问题难以解释清楚,很快有人提出反对意见。反对者之一是费尔默(C. J. Fillmore,1929—)。

在《句法理论若干问题》中,乔姆斯基提到了两种概念: 关系概念(Relational Notions)和范畴概念(Categorial Notions)。前者指语法功能概念,如主语、谓语和宾语; 后者指语法范畴,如动词短语、名词短语、介词短语等。他分析了下面这句话:

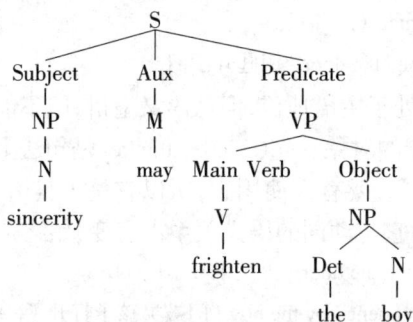

之后说:"这种方法有两个缺点。第一,它混淆了范畴概念和功能概念,使两者都有范畴身份,因此没有说明功能概念的关系性质。第二,这种方法没有注意到树形图与其语法基础是重复的,因为表示关系主语、谓语、主要动词、宾语等的概念已经在短语标示中说明,无需将新的改写规则引入这些概念。"费尔默1966年开始反对乔姆斯基的这种看法。费尔默认为,范畴概念不能包括一切语言现象,必须用关系概念才能解释清楚。

用范畴概念分析,下列都是介词短语:

by the tailor(裁缝做的)	by train(乘火车)
with a kinfe(用把刀)	in a month(一月之内)
for your friend(为你的朋友)	towards the moon(朝向月亮)
on the street(在街上)	on the bus(在汽车上)

如果用关系概念分析,它们分别为:施事者(agent),工具(instrument),持续时间(duration),方向(direction),受益者(benefactor),地点(location)。1968年,费尔默发表了重要文章《格辨》(*The Case for Case*),这就是"格的语法"(Case Grammar)的来源。

格的语法理论认为,尽管不同语言中有不同的"格形式"(case-form);但一切语言中都存在着普遍的"格关系"(case-relation)或"格功能"(case-function)。格功能表达动词与名词之间的语义关系,代替深层结构中的主语、谓语等概念。我们知道,按照乔姆斯基的标准理论,表层结构中和深层结构中的主语和宾语是不一样的。在The door was opened by John的表层结构中,the door是主语,John是介词by的宾语。而在未经转换之前的深层结构中,John是主语,the door是宾语。格的语法认为,主语、宾语等概念只是表层结构的概念,在深层结构中,动词与名词的关系是格的关系。费尔默曾区分了许多格,但主要的有施事格(Agentive)、工具格(Instrumental)、给予格(Dative)、结果格(Factitive)、方位格(Locative)、对象格(Objective)等。例如:

(1)The door opened.(门开了。)

(2)The key opened the door.(钥匙开了门。)

句(1)中,the door处于主语地位,但从语义上讲,门不能自己开,要由人来开,所以它仍是动作的对象。句(2)中,the key是句法上的主语,但在语义上它不能自己去开门,要有人使用它,所以它是工具格。在这两句中,the door的地位变了,但它与动词的语义关系没有变,始终是对象格。再比如:

(3)The boy opened the door.(男孩开了门。)

(4)The door was opened by the boy.(门被男孩子打开了。)

句(3)中,"男孩子"句法上是主语,语义上是施事者;"门"是句法上的宾语,语义上是对象。句(4)中,"男孩子"是介词的宾语,但在语义上仍是施事者。"门"成了句法上的主语,但在语义上仍是动作的对象。如果把三种放在一起,则得:

(5)*The boy* opened *the door* with *a key*.

　　(施事格)　　(对象格)　　(工具格)

费尔默认为，一个句子应该分为两部分：情态（Modality）和命题（Proposition），情态指动词的时、体、态等，命题指动词与名词间的种种关系。根据格的语法，上面句（5）的深层表现为：

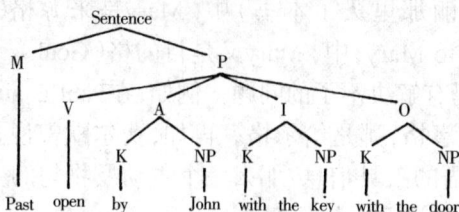

其中，M代表情态，P代表命题，A代表施事格，I代表工具格，O代表对象格，K代表Kasus，指格的形式标记，英语中一般是介词。从深层到表层，还要经过一些转换操作。费尔默的转换规则与乔姆斯基的规则大同小异。首先用主语构成规则（Subject-formation）把by John移到情态左边，然后用介词省略规则（Preposition Deletion）去掉介词by，再用宾语构成规则（Object-formation）把with the door移到工具格左边，再用介词省略规则去掉with。这样得到：

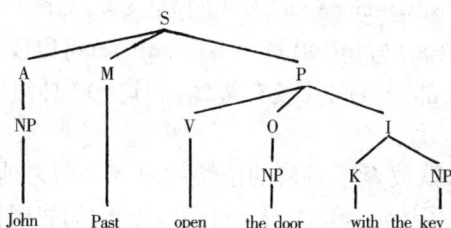

最后把情态转换过来，则得出表层结构。

费尔默认为，世界上的语言有各种结构类型，主要分为：主+谓+宾，主+宾+谓，谓+主+宾。但这只是表层结构，其深层结构是一样的。例如，在"我读书"中，"我"与"读"的关系永远是施事关系，不论各自的位置如何。这里的关键因素是动词的性质。乔姆斯基是用动词限制名词，费尔默用动词限制格关系。只要把动词与名词的各种格关系标明，问题就解决了。他举了break的例子：

$$V(A)(I)O—V \begin{cases} \text{O：The window broke.（窗子打破了。）} \\ \text{AO：The boy broke the window.（男孩子打破了窗户。）} \\ \text{IO：The ball broke the window.（球打破了窗户。）} \\ \text{AIO：The boy broke the window with the ball.（男孩子用球打破了窗户。）} \end{cases}$$

但是,费尔默的语法遇到不少困难;不断有人提出新的现象,他也不断创造新的格。如在The boy is tall(男孩子很高)和The boy is happy(男孩子很高兴)中, the boy是经验格(Experiencer)。在John bought a book from Mary(约翰从玛丽那里买了本书)中, Mary是来源格(Source)。而在John sold a book to Mary, 中, Mary又是目的格(Goal)。这样,格的数目不断增加,可是仍有解决不了的问题。例如,在Paul is similar to John中,很难判断哪是施事格,哪是给予格。再如,费尔默曾说过:"如果句子中有用with构成短语的工具信息,那么一个主动及物句的主语应被视为由人作施事者。"他又说下一句是例外:

(6)The car broke the window with its fender.(轿车用挡泥板打破了窗子。)

同时又承认句(7)也成立:

(7)The car's fender broke the window.(轿车的挡泥板打破了窗子。)

这实际上就否认了他自己的"人作施事者"的规则。费尔默还认为,同一个命题中无论把哪一个格主语化(subjectivisation)或宾语化(objectivisation),句子意义应该不变。乔姆斯基用下面两句反驳他的论断:

(8)Bees are swarming in the garden.(蜜蜂在花园中乱飞。)

(9)The garden is swarming with bees.(花园里飞满了蜜蜂。)

乔姆斯基指出,句(8)与句(9)意义不同,句(8)可以说蜜蜂只在蜂巢周围乱飞,花园的大部分空间并没有蜜蜂,而句(9)必须指花园到处都有蜜蜂。

1971年,费尔默放弃了对格的语法的研究。后来他认识到,他的语法重视意义,忽略了语法。但是,人们并没有因此而忽视格的语法的贡献:它指出了乔姆斯基理论中的部分缺点,使语言学家进一步认识到动词与名词的种种复杂关系。

对乔姆斯基的标准理论提出反对意见和修正方案的另一派学者是乔姆斯基早期的学生麦克科利(J. D. McCawley, 1938—1999)、莱柯夫和罗斯(J. R. Ross)。他们通常被称为生成语义学(generative semantics)派。他们都接受乔姆斯基的基本观点和原则,同意转换生成语法的基本框架,但对其语义部分有不同看法。

我们在第三节看到,标准理论的模式是以句法为基础的(syntactically-based),只有句法部分有生成能力,而语义部分是解释性的,被称为解释语义学(interpretive semantics)。生成语义学的模式是以语义为基础的(semantically-based),认为只有语义部分具有生成能力,句法的特点决定于意义。标准理论区分深层结构和语义解释两个层次,深层结构经过语义规则变成语义解释。生成语义学认为,深层结构本身就是语义解释。所以深层结构层次是可有可无的。有些句子,显然派生于不同的深层结构,而语义上则是相同的。他们说,标准理论的语义部分无法解释下面两句的相关性:

（10）John used the key to open the door.（约翰用钥匙打开门。）

（11）John opened the door with the key.（约翰用钥匙打开门。）

莱柯夫说,不论这两句的表层结构有多大差别,它们之中的选择关系是一致的。就选择特征来讲,这两句的深层结构应该基本相同。莱柯夫认为,句（10）更接近于所谓的深层结构,表示工具的副词并不出现在深层结构中,相反,语法关系与选择特征应该是相互联系的。这两句的共同深层结构应为:

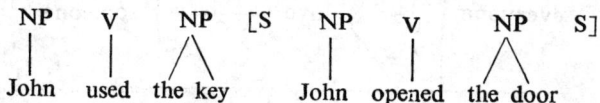

NP　V　NP　[S　NP　V　NP　S]

John　used　the key　John　opened　the door

按照这种说法,标准理论的深层结构应该放弃。

生成语义学还提出词汇化（lexicalization）的观点。词汇化不同于标准理论的词汇插入（lexical insertion）,词汇插入用的是具体的词,如:man（男人）,woman（女人）,kill（杀）等,用man代入［HUMAN］［ADULT］［MALE］,用woman代入［HUMAN］［ADULT］［FEMALE］。而且,这种替代可以在转换的过程中逐步进行,不用等句法转换全部进行完毕。词汇化过程和句法转换可以交叉进行。因为词汇化会影响到句法转换。如:

（12）John bought the car from Harry.（约翰从哈利那里买了轿车。）

（13）Harry sold the car to John.（哈利把轿车卖给约翰。）

词汇化规则决定是用buy还是用sell来代替CAUSE TO HAVE（使具有）,词汇选择不同,表层结构也就不同。

生成语义学倾向于把语义与逻辑联系在一起,而不是把语义与句法联系在一起。麦克科利说,乔姆斯基的选择限制是不科学的,选择限制不是句法问题,而是语义问题。之所以不能说"石头喝酒",不是句法不允许,而是语义不允许,逻辑不允许。乔姆斯基说,句子Rocks have diabetes（石头患了糖尿病）违反选择限制,因而不能成立。麦克科利说,为什么Rocks cannot have diabetes（石头不可能有糖尿病）就成立呢? 显然不是选择限制能概括得了的。麦克科利还试图用逻辑形式（logical form）来识别句子的深层结构。例如,句子Everyone loves someone（每人都爱某个人）是有歧义的,因为everyone和someone的形式相关不同。它们之间的关系有两种可能：

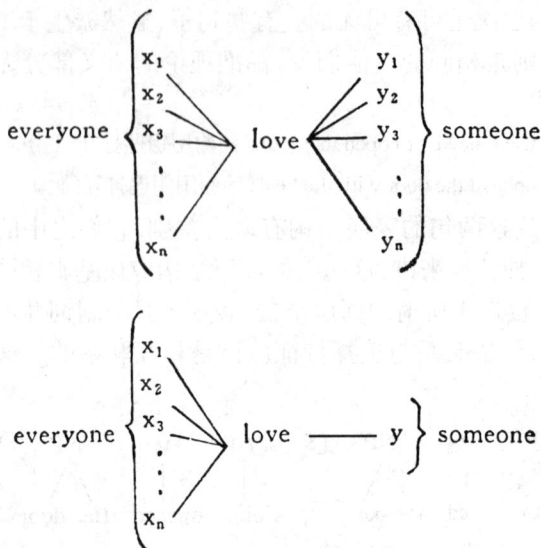

他进而证明从（14）推导出（15）、（16）、（17）：

（14）$\forall x: \exists x$（John, Harry）[x loves x's wife]

（15）John loves John's wife and Harry loves Harry's wife.（约翰爱约翰的妻子，哈利爱哈利的妻子。）

（16）John and Harry love John's wife and Harry's wife, respectively.（约翰和哈利分别爱约翰的妻子和哈利的妻子。）

（17）John and Harry love their respective wives.（约翰和哈利爱自己的妻子。）

［注:（14）中用的是逻辑符号，$\forall$ 代表全称量词(universal quantifier)，如 "所有的"，"每一个"。$\exists$ 代表存在量词(existential quantifier)，表示 "存在"，"至少有一个"，但不是全部，一个、两个都可以。]

麦克科利指出，（14）是（17）的语义解释，（15）和（16）是中间的转换过程。它们之间的关系是语义关系，完全不同于乔姆斯基所提出的连词省略规则。

乔姆斯基的标准理论认为表层结构不影响语义解释。有的语言学家(如杰肯道夫，R. Jackendoff, 1945—)提出，许多语义现象必须在表层结构层次上加以解释，否定问题就是一例。请看：

（18）Not many arrows hit the target.（没有很多箭射中靶子。）

（19）Many arrows didn't hit the target.（很多箭没有射中靶子。）

这两句的意义不同，是因为not出现在表层结构的位置不同，因此否定的

范围有了差别。句(18)否定的是"很多箭射中靶子",句(19)否定的不
是全句,而是动词,结果成了"很多箭没有射中靶子"。在主语有限定量
词的被动转换中,这个问题更加明显。例如:

(20)Not many demonstrators were arrested by the police.(没有很多示威者被警
　　察逮捕。)

(21)Many demonstrators were not arrested by the police.(很多示威者没有被警
　　察逮捕。)

(22)John didn't buy many arrows.(约翰没有买很多支箭。)

(23)Many arrows were not bought by John.(很多支箭没有被约翰买。)

杰肯道夫从中得出一条原则:主语限定量词和否定词在表层结构中的位
置决定语义。这种观点促使乔姆斯基对标准理论作了修正。对这同一
现象,莱柯夫提出另一种分析方法。他说,句(24)和(25)的底层结构分
别为(24')和(25'):

(24)Many men read few books.(很多人读书极少。)

(25)Few books are read by many men.(极少的书被很多人读。)

莱柯夫用的是限定量词降低规则(Rule of Quantifier Lowering)来解释这
两句的区别。(24')中,先把few放在books之前得出Men read few books,
再把many放在men之前得出Many men read few books;(25')中,先把many
放在men之前得出Many men read books,再把few放在books之前得出Few
books are read by many men。乔姆斯基认为这种分析没有什么意义。

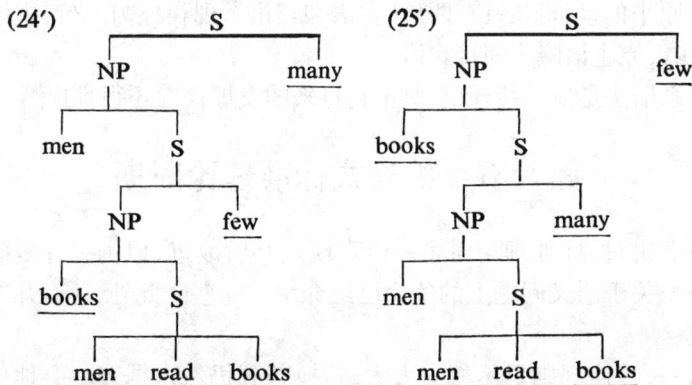

这个时期,还出现了其他语法模式,如价语法(Valency Grammar)、关系
语法(Relational Grammar)以及形式语义学(Formal Semantics)。"价"
是个化学术语,指的是一个原子与其他原子结合的能力。氧原子是负二
价,因此它能与两个氢原子结合;碳原子是负四价,因此它能与四个氢

原子结合。"价"的概念是法国语言学家特斯尼埃尔(Lucien Tesnière, 1893—1954)首先引入语言研究的。价语法认为,每个句子都包含一个主项,即动词,以及一定数目的属项,就像一种物质包括一种主要元素和一些次要元素一样。主要元素与次要元素的结合方法取决于主要元素的价。动词与其他句子成分的结合方式也取决于动词的价数。不及物动词只有一个属项——主语;及物动词有主语和直接宾语两个属项;双及物动词有主语、直接宾语、间接宾语三个属项。确实,在许多语言中,动词决定句子结构。价语法是依存语法(Dependency Grammar)的一种,就是从句子成分相互依存或从属关系的角度来分析它们之间的关系。价语法开始盛行于德国和苏联,也影响到美国一些生成语法学派的学者。

关系语法是受价的语法影响之后发展起来的。主要代表人物有波尔马特(D.M. Perlmutter)和波斯特尔(Paul Martin Postal, 1936—)。关系语法非常重视一个句子的主语、直接宾语和间接宾语之间的关系。这三种句子成分呈现等级次序(hierarchical ordering),这种等级次序决定着把一个短语标示转换为另一个短语标示时,哪个词占据哪个位置。把主动句变为被动句时,取消了原来的主语或把主语降为选择成分,因此减少了动词的价数。在许多语言中,每个句子都必须有语法主语。主动句的宾语变成被动句的主语。而在使役结构(causative construction)中,动词的价数可以增加。如,在Harry got Bill to kill John(哈利使比尔杀了约翰)中,其底层意义是从Bill killed John(比尔杀了约翰)的意义派生出来的。原来的动词kill只有两价(主语和宾语),现在成为三价,主语变成了使役者,原主语降为间接宾语。

关系语法是一种新理论,对于它将来的发展现在还很难预测。

第六节　扩充式标准理论时期

前面讲过,标准理论对第一语言模式有所改进,但仍有许多问题没有解决。关于语义问题上的争论已经介绍了一些。此外,还有几个严重的缺欠。

第一,转换规则仍然权力太大,转换部分仍然占据着中心地位。转换规则可以移动语言片断,可以删去语言片断,可以改变范畴,可以保持原语义不变,可以根据具体情况有所变化。第二,标准理论认为,派生名词(如criticism和explanation)与相关动词具有相同的语义属性,所以句(1)和句(2)都是怪句子:

（1）The square root of 5's criticism of the book.（五的平方根对书的批评。）

（2）The square root of 5 criticised the book.（五的平方根批评了这本书。）

后来发现,派生名词和动词的相关关系很不规则:不仅句法特性不一样,音位关系和语义关系也不规则,派生规律很难概括,如act→action（行动→行为）, do→deed（做→做的事）, laugh→laughter（笑→笑声）, revolve→revolution（旋转→旋转）;有些动词没有相应的名词,有的名词没有相应的动词。最后乔姆斯基不得不放弃这种转换关系。第三,标准理论认为语义解释取决于深层结构,转换过程保持句义不变。后来发现这是不可能的。任何转换都会改变意义,尤其是有限定量词的句子。句（3）不同于句（3'）,句（4）不同于句（4'）:

（3）Everyone loves someone.（每人都爱某个人。）

（3'）Someone is loved by everyone.（某个人被每个人爱。）

（4）Tom doesn't go to town very often.（汤姆不常进城。）

（4'）Very often Tom doesn't go to town.（汤姆常不进城。）

乔姆斯基也承认,转换之后的句子前提就变了:

（5）Beavers build dams.（河狸筑水坝。）

（5'）Dams are built by beavers.（水坝由河狸筑。）

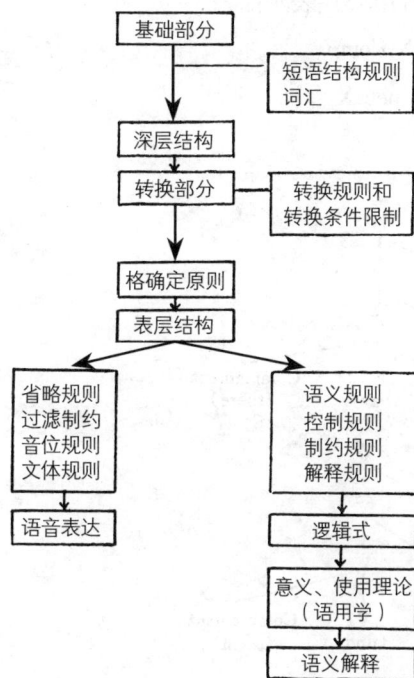

句（5）讲的是河狸的特性,是成立的;句（5'）是讲水坝的特性,意义欠妥。第四,标准理论无法解释隔裂结构（Gapped Structure）:

（6）John ate some spaghetti, and Mary some macaroni.（约翰吃的实心面,玛丽吃的通心面。）

这里当然可用省略规则删去ate,但这种省略规则必须用于语义解释之后,这就违背了标准理论的模式。第五,随着生成语法的发展,对更多类型的结构进行了调查,结果发现,许多转换规则必须有极其复杂的限制,否则就会出现不符合语法的句子。一方面,有些现象相当普遍,应该有一条转换规则,但另一方面又有例外

259

情况,只好加以限制。如,有不少动词可以出现在以下两种结构中:

　　(7)John gave a book to Mary.(_____NP PP)(约翰给了玛丽一本书。)

　　(8)John gave Mary a book.(_____NP NP)(约翰给了玛丽一本书。)

但同样有不少动词只能出现在第一结构中:

　　(9)John donated a book to Mary.(_____NP PP)(约翰捐献给玛丽一本书。)

　　(10)*John donated Mary a book.(_____NP NP)(此句不成立)

结果,转换部分变成了一组规则和一组限制规则的使用条件。后来,又反过来寻找这些限制条件中的普遍性,出现了新的规则。

　　从70年代初到80年代初,标准理论逐步得到修正,形成扩充式标准理论,也叫修正后扩充式标准理论(Revised Extended Standard Theory),简称REST。下面把这个时期的语法组织模式简单介绍如下:

　　短语结构规则　又称范畴规则,是一种层次性更强的改写规则,叫X阶标理论(X-bar theory)。X阶标理论有两条主要原则。第一,短语范畴(名词短语、动词短语等)应该分析为词汇范畴的阶标投射(bar projection)。第二,词汇范畴应分析为一组特征。第一条是说,X型短语(X为名词、动词、形容词等)中,X是主项,还有一个限定项(Specifier)或是一个补足项(Complement)。如果X是双阶范畴($\overline{\overline{X}}$ double bar),则$\overline{\overline{X}}$型短语中$\overline{X}$为主项,依此类推。这种关系可用公式表示:

　　(i)$\overline{X}$—X Comp

　　(ii)$\overline{\overline{X}}$—Spec $\overline{X}$

看下面两个例子:

这种方法有些优点：它表达了这种直感——任何短语中都有主项和辅助项；它克服了原来的短语结构的一种缺点，即把短语范畴和词汇范畴限制在一对一的关系中，有一个名词，就只有一种名词短语，现在其中还可以有中间范畴；这种方法吸收了依存语法的概念。请看用这种方法如何分析下句中的从句：

（11）I'm sure *that Bill criticised the president.*（我肯定比尔批评了校长。）

这里S相当于传统上说的从句。句子和从句可以名词化。如，Bill's criticism of the president（比尔对校长的批评）。这说明，名词短语和句子一样，都有主语概念，这种概念的重要性下面还要谈到。现在请看对名词短语的分析：

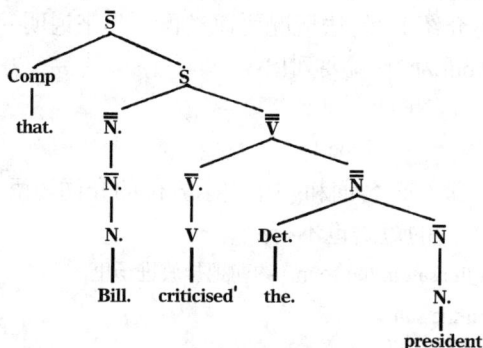

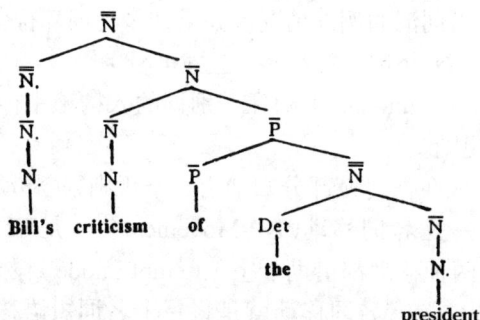

第二条原则有利于作出跨范畴的概括。例如，我们可以说，名词短语与介词短语有相同之处，它们都可以作分裂句（cleft sentence）的主题部分，形容词短语和动词短语则不能：

（12）It was *a letter that* she sent me.（NP）（她寄给我的是一封信。）

（13）It was *at school* that I met her.（PP）（我是在学校遇到她的。）

（14）* It was *happy* that I was.（AP）

（15）* It is *kill her* that I will.（VP）

传统语法都认为名词、动词等都不可再进行分析，X阶标理论认为，名词、动词、形容词和介词都是一束特征。这些特征可以区别如下：

$$N = [+N, -V] \qquad V = [-N, +V]$$
$$P = [-N, -V] \qquad A = [+N, +V]$$

这种分析有益于观察范畴的异同，有助于作出具有普遍性的概括。

词汇 词汇包括两部分：一是词汇入构项（lexical entry），一是多余规则（redundancy rule）。词汇入构项包括该词的一切特殊情况，如语音、形态、语义、语法等特点。语义情况主要讲主题关系（thematic relation）（下面再介绍）。句法情况要通过再分类来说明一个词出现在什么结构之中。以put为例，就要列出：

Put: +[_____ NP PP]
　　　　　　　+[loc]

就是说put后面可跟一个名词和一个表示方位的介词短语，没有介词短语不行，没有表示方向的短语也不行：

（16）John put the salt in the soup.（约翰把盐放进汤里。）

（17）* John put the salt.

（18）* John put the salt to the soup.

多余规则就是标出词汇的例外情况。如果许多动词都符合：

V: +[_____ NP to NP] → +[_____ NP NP]

只有个别动词例外（如donate），则在个别词的入构项中标出这种例外情况，这就叫多余规则。

转换部分 现在把转换部分归纳为一条规则，叫移动 α 规则。它只包括两种转换，一是名词移动（NP-Movement），一是WH-词移动（WH-Movement）。这两种移动都借助于空位（empty node）概念；空位就是不支配任何范畴的位置。名词移动就是将一个名词短语移到一个空缺的名词短语位置。例如，下句的深层结构为：

（19）This book was read by that student.

其中e代表空位。把名词短语移到空位处，居主语位置，在原来位置上留下一个踪迹（trace），常用t表示。上句经转换之后成为：

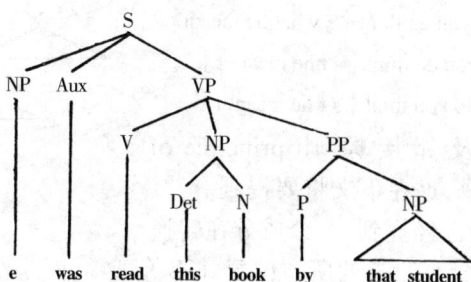

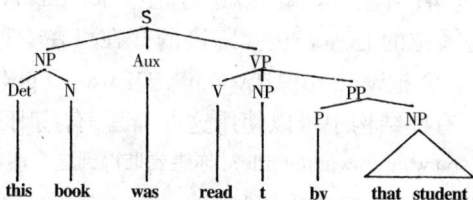

WH-词移动就是将一个疑问短语移至一个补语化成分位置,与补足语构成一个单位。如:句(20)的深层结构:

(20) What have you done?

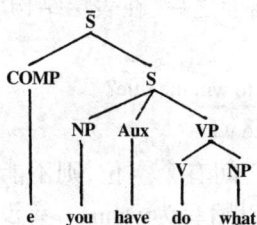

经转换则得:

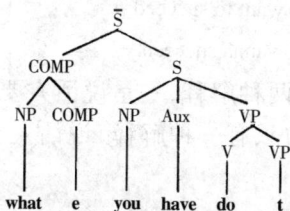

WH-词移动要遵循一定的顺序,就是要先把规则用于较小的单位,再用于较大的单位。例如在结构(21)中,先用于S_1,再用于S_2,再用于S_3。如果要生成What do you think he meant(你认为他是什么意思),则需经过:

(22) a. comp you do think [$_{\bar{s}}$ comp he meant what]

b. comp you do think [s̄ what he meant t]

c. what you do think [s̄ t he meant t]

d. what do you think [s̄ t he meant t]

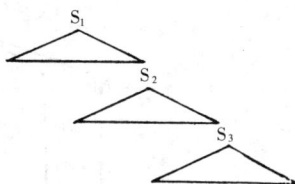

转换过程涉及邻接原则(principle of subjacency)问题,这在下文将要提到。

踪迹 前面已经提到,一个成分在转换中移动了位置之后,原来的所在位置并不等于零,而是留下一个空位或踪迹,占据原有范畴位置。这就叫踪迹理论(trace theory)。踪迹是表层结构中语音上是零位的心理表达。踪迹的存在可在一种方言的缩写中找到。有一种方言常把want to说成wanna,如I wanna go代表I want to go(我想去)。但是,有些结构中可以使用这种缩写,有些则不可以使用:

(23)Who do you want to win the title?(你想要谁得到这个称号?)

(23')*Who do you wanna win the title?

(24)What do you want to win?(你想得到什么?)

(24')What do you wanna win?(同上)

为什么(23')不符合语法,而(24')就符合语法?原来这两句的生成过程不一样。疑问代词移向前面之后,在表层结构中留下一个踪迹,但踪迹的位置不一样:

(23")Who do you want t to win the title?

(24")What do you want to win t?

可以看出,如果want和to之间有个空位,则不能缩写为wanna;如果want和to之间没有空位,就可以缩写为wanna。有没有这种缩写会造成意义上的差别。请看下面两句:

(25)Teddy is the man I want to succeed.

(26)Teddy is the man I wanna succeed.

句(25)是歧义句,它有两种解释,一是说话人要接任泰德,二是说话人想要泰德接任。句(26)只有一种解释:说话人要接任泰德。这也是踪迹的位置决定的:

(25')Teddy is the man I want to succeed t.

(25")Teddy is the man I want t to succeed.

(26')Teddy is the man I want to succeed t.

英语中还有一种空位现象,在John promised her to go home(约翰答应她回家)中,实际是John promised her that he would go home。所以可写为:

(27)John promised her [PRO to go home].

其中的PRO称为准代词(pronominal)。准代词没有语音内容,不能是词项,不受其他范畴的支配,也没有格的变化。准代词与踪迹有相同之处,又有重要区别。准代词是由基础规则生成的,用控制规则(见下文)分派给它一个先行词。踪迹是转换过程中产生的。再看一例:

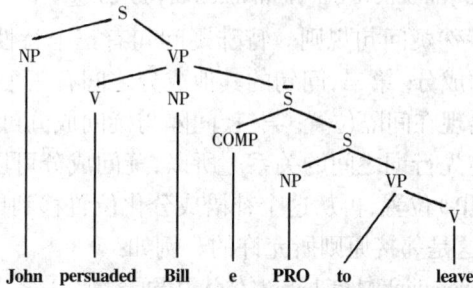

限制规则　扩充式理论常常生成许多不符合语法的句子,所以对规则要进行普遍性的限制,或指明使用条件。例如,John is believed to have killed Bill(据信,约翰杀死了比尔)的深层结构为: np is believed[John to have killed Bill]。如果用名词移动规则把John移到空位作主语,则得正确的句子。如果用名词移动规则把Bill移到空位作主语则得Bill is believed[John to have killed t],这不符合语法。为了避免这种情况发生,扩充式理论中有特定主语条件(The Specified Subject Condition):任何规则都不可从一个带特定主语的从句或名词短语中移出一个非主语成分。上例中,Bill是个非主语成分,移自于一个带主语John的从句,因此不能允许。

同样,如果深层结构为(其中,np=名词短语):

np is believed[John has killed Bill]

用名词移动规则移动John至空位,也生成错句:

*John is believed has killed Bill.

需要另一种限制条件来避免这种情况,这就是时态句条件(The Tensed Sentence Condition)。任何规则都不可从一个有时态的从句中移出任何成分。

再有一种限制条件叫邻接原则,也叫邻接条件(Subjacency Condition)。简单地说,它的意思就是:任何规则只能从一个句子或短语中移出成分。在句(28)中:

(28)[$\bar{S}_2$ COMP [$_S$ you believe [$_{NP}$ the claim [$\bar{S}_1$ that [$_S$ Bill loves *who*

要想把who从句尾移到主句$\overline{S}_2$的句首,要先把who移到最低的$\overline{S}_1$句首,然后再移到主句句首。但这样一来,就等于把who移出名词短语(the claim that)和一个句子(I believe ...)。这就违背了邻接条件,所以生成的句子不符合语法:

(29) *Who do you believe that claim that Mary loves?

这里涉及特殊疑问句规则。特殊疑问句有三个特性: 第一,主语前面另有一个疑问成分; 第二,问句的其他成分之间有一个间隔,这个疑问成分被认为原现在间隔位置; 第三,间隔与疑问成分可以距离很远,但必须符合踪迹与先行词之间的关系。所以,疑问成分可以先移到一个补语成分化(COMP)位置,再从这个补语成分化位置移到更高一级的补语成分化位置,而这是邻接原则所允许的。例如:

(30) Who do you think Mary loves?(你认为玛丽爱谁?)

[Who [s do you think [t COMP [s Mary loves t]]]]

省略规则　省略规则(Deletion Rule)不属于转换部分,它的作用是把格确定之后的结构变成表层结构。关系从句是通过WH-词移动把关系代词移到补语成分化的位置而形成的,例如:

(31) a. the man [s̄ COMP I saw who] →

b. the man [that I saw who] →

c. the man [who that I saw t]

有一条普遍性省略规则说,补语成分化位置上的任何东西原则上都可以省; 把(31)c.中的who去掉则得the man that I saw。这条规则生成性太强,会产生不符合语法的句子:

(32) a. I know [COMP he wants what] →

b. I know [what he wants t] →

c. I know [he wants t]

因此需要一条追加规则(Recoverability Rule): 有语义内容的成分不可省略。疑问代词有语义成分,所以应该保留: I know what he wants(我知道他要什么); I know who he wants(我知道他要谁)。还有一条叫反身代词省略规则(The Rule of Reflexive Deletion)

(33) a. John wants [(for) himself to go home] →

b. John wants [　　　　　to go home]

过滤规则　前面讲过,扩充式标准理论的规则生成能力太强,而且一切规则都是选择性的,可以运用,也可以不运用,这样就会产生许多不符合语法的句子。所以,到了表层结构阶段,仍然有违反语法的现象。

因此需要一些规则来排除这种句子,这就是过滤规则(filters)。例如,如果(31)c.的句子不运用一次省略规则,则得出: the man who that I saw。而这是不符合语法的。有一条过滤规则(Multiply-Filled COMP Filter)说: 一个补语化成分位置上不许有一个以上的外显组成成分。这样就可宣布the man who that I saw是不符合语法的,因为在补语化成分位置出现了who和that两个外显成分。再如,像that he drinks a lot这样的语言片断是不能独立存在的。有一条过滤规则来排除此类现象: 任何主句都不许以非空位补语化成分来开头,且后面紧跟一个名词短语。这条规则既可排除上述现象,又允许诸如What have you done的句子存在,因为紧跟的不是名词短语。最后再介绍一条内嵌句过滤规则。先请看:

(34)That the world is round is obvious.(地球是圆的,这是很显然的。)

(35)*Is that the world is round obvious?

(36)For Mary to climb the fence would surprise John.(玛丽爬过篱笆会使约翰感到意外。)

(37)*Would for Mary to climb the fence surprise John?

把(34)和(36)直接变成问句后是不符合语法的。这时就需要内嵌句过滤: 如果在表层结构中一个从句内嵌在另一个从句之中,则这个结构不符合语法。

格确定原则 确定格与语义解释有很密切的关系。扩充式标准理论称施事者、受事者等格的关系为主题关系。格的关系随着动词的变化而变化。例如动词sell和buy,一个把施事格分派给东西的提供者,一个则把施事格分派给东西的接受者。这种格的关系应在词汇入构项中列举清楚。不过这里有些问题。词汇入构项中分派的格是按照深层结构而言的。而在扩充式标准理论中,语义解释发生在表层结构。矛盾之一是,表层结构中的格的位置可能与深层结构中的位置不相符合。例如,在表层结构里,宾语可能远离了动词,而仍然是受事者。如:

(38)Who does John believe Bill killed?(约翰认为比尔杀死谁了?)

宾语who远离了动词killed,但仍是受事者。这种现象必须用踪迹理论来解释:

(39)*Who* does John believe Bill killed t?

这里的t是who的踪迹。这里的原则是: 允许移位的成分继承其踪迹所被分派的格。

控制理论 控制理论(The Theory of Control)主要研究如何解释在语音上是零的名词短语"准代词"。先看这两个句子:

（40）John promised Bill to leave.（约翰答应比尔离开。）

（41）John persuaded Bill to leave.（约翰劝比尔离开。）

这两句的区别在于，（40）中John是leave的逻辑主语，而（41）中Bill是leave的逻辑主语。但在两句中都没有移动任何成分，所以也没有踪迹的问题。应该说，这两句话的实际结构为：

（40'）John promised Bill［PRO to leave］

（41'）John persuaded Bill［PRO to leave］

应在词汇入构项中说明动词的特性，以保证promise句中的PRO与动词的主语所指相同（co-referential），而persuade句中的PRO与动词的宾语所指相同，而且用下标表示出来：

（40"）John$_i$ promised Bill［PRO$_i$ to leave］

（41"）John persuaded Bill$_i$［PRO$_i$ to leave］

就是说，动词promise分派主语控制，动词persuade分派非主语控制。动词分为控制动词和非控制动词两类，像believe就是非控制动词。控制的基本原则是"最小距离原则"，也就是说，如果控制带有宾语，则定宾语为控制成分，如不带宾语，则定其主语为控制成分。大部分动词以宾语为控制成分，像promise和ask是例外情况，它们以主语为控制成分，在词汇中标上［+SC］（Subject Control）。还有一种情况，PRO为任意所指（arbitrary reference），例如：

（42）It is unclear［what PRO to do t］

（43）It is difficult［PRO to see the point of this］

在这种结构中，PRO被解释为"某人"，"每个人"，"你"或"我"。

逻辑式 逻辑式（Logical Form）是自然语句的语义解释。一句话的语义信息要通过逻辑形式表达出来。语义信息是多方面的：词汇的指称意义，语法意义，主题意义，共指意义，照应意义。逻辑式试图用逻辑分析公式来表达这些意义。请分析两个例句：

（44）John betrayed the woman he loved.（约翰背叛了他爱的那个女人。）

（45）The woman he loved betrayed John.（他爱的那个女人背叛了约翰。）

这两句中的he都可以认为是指John，而在

（46）He betrayed the woman John loved.（他背叛了约翰爱的那个女人。）

中，就不能认为he是指John。如果用普遍量词来代替John，则得：

（47）Everyone betrayed the woman he loved.（每个人都背叛了他爱的女人。）

（48）The woman he loved betrayed everyone.（他爱的女人背叛了每一个人。）

句（47）可认为是说：每个人都背叛了他自己爱的人；而句（48）则不能

解释为：每个人所爱的女人都背叛了爱她的人。就是说，（47）中的he可以指everyone，（48）中的he不可能指everyone，而是指上下文中另一个人物。（47）和（48）的逻辑式可写为：

(49) for every person x, x betrayed the woman he loved.（对每一个x来说，x背叛了他爱的女人。）

(50) for every person x, the woman he loved betrayed x.（对每一个x来说，他爱的女人背叛了x。）

自然语言的逻辑规定，（49）中的he指x；（50）中的he不能指x，而是指语境以外的人。

再看，如果把（44）和（45）变成特殊疑问句来提John一项，则得：

(51) Who betrayed the woman he loved?（谁背叛了他爱的女人？）

(52) Who did the woman he loved betray?（他爱的女人背叛了谁？）

可以发现，这两句中的共指关系与（47）和（48）中的相同，即（51）中的he可以指who，而（52）中的he不可能指who。因此得出结论，在特殊疑问句中，WH-词与限定量词性质相同，它的踪迹也是一个变量。句（51）和（52）的逻辑式为：

(53) For which person x, x betrayed the woman he loved.（对哪一个x来说，x背叛了他爱的女人。）

(54) For which person x, the woman he loved betrayed x.（对哪一个x来说，他爱的女人背叛了x。）

再如，句子Who did John shoot?（约翰射死谁了？）的逻辑式为：

(55) For which person x, John shot x.（对哪一个x来说，约翰射死了x）。

可以看出，逻辑式对最后的语义解释非常重要。

制约理论　制约理论（The Theory of Binding）是关于照应词语（anaphor）、准代词和名词的解释所需要的条件的规则，研究这些范畴在句中的所指是什么。扩充式标准理论区分两种名词短语：照应性（anaphoric）和非照应性（non-anaphoric）名词短语。照应性短语没有自己的独立所指，而是与另外一个成分的所指相同，并与其保持性、数上的一致。非照应性短语与其他成分的所指不同，具有自己的独立所指。例如，Reagan believed the President of the USA to be a great guy（里根认为美国总统是个了不起的人）中"里根"和"美国总统"必须是两个不同的人。用一种下标规则标明这些范畴是共同所指（co-reference）还是不同所指（disjoint reference）。如何给出下标，要用解释规则（Rules of Construal）。制约理论主要有以下四点：（1）照应词语必须与其先行词语保持性、数

上的一致;(2)照应词语必须与其先行词语成分统制(co-command);
(3)照应词语与先行词语的关系必须符合特定主语条件;(4)照应词语
与先行词语关系必须符合时态句条件。何为成分统制? 如果A不管辖B,
B也不管辖A,而管辖A的第一个节点管辖B,则A成分统制B。如:

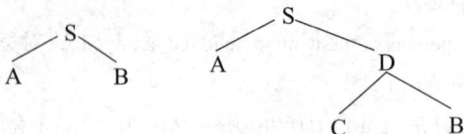

(1)可排除类似这种句子: They$_1$ seem to like himself$_1$。因为they和
himself 在数上不一致,不是共指关系。而下一句是合乎语法的: John$_1$
likes himself$_1$:

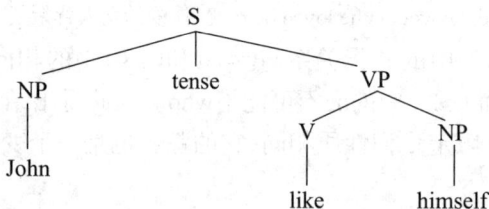

himself受John的成分统制,因为管辖John的第一个节点S同时也管辖
himself。下面一句则不符合语法:

　　*John$_1$ thinks [$_{\bar{s}}$ that himself$_1$ will win]

因为照应词语himself在一个有时态的句中,而John在这个时态句之外,
因此违反了时态句条件。如改成下面的样子则符合语法:

　　John$_1$ wants very much [$_{\bar{s}}$ for himself$_1$ to win]

因为照应词语himself 不在一个时态句内。再看

　　*John$_1$ thinks [$_{\bar{s}}$ that Mary likes himself$_1$]

这里已经有了特定主语Mary,所以照应词语与先行词语的关系不符合特
定主语条件,所以不可共指,不能成立。而

　　John$_1$ hates [$_{NP}$ this picture of himself$_1$]

其中的this picture of himself是个名词短语,没有特定主语,而且himself受
John的成分统制,所以这里的照应词语与先行词语的关系可以成立。再
请看:

　　*John hates [$_{NP}$ Mary's [$_N$ picture [$_{PP}$ of himself]]]

这里的himself是一个名词短语的一部分,而这个短语有特定主语(所有

格的名词被认为是主语)，所以它在名词短语中找不到先行词语；如果在这个短语之外去找先行词语，就违反了特定主语条件。因此上句不符合语法。

最后应该指出，虽然照应词语与先行词语的关系受着特定主语条件和时态句条件的制约，但不受邻接条件的制约。邻接条件主要是用来限制移动规则的，不允许一个成分跳跃两个或两个以上的名词短语或句子而向前移动。如：

$$^{*}\text{Who did John admit} \left[_{NP} \text{a desire for} \left[_{NP} \text{a picture of } t\right]\right]$$

其中的who从踪迹位置跳跃了两个名词短语，因此不符合语法。这就是说，先行词语与踪迹之间的关系要受邻接条件的制约。而先行词语与照应词语之间的关系不受邻接条件的制约。如：

$$\text{John admitted} \left[_{NP} \text{a desire for} \left[_{NP} \text{a picture of himself}\right]\right]$$

其中的John和himself也是相隔两个名词短语而互相照应的，但这种照应关系是成立的。

以上介绍的只是扩充式标准理论中的部分规则和规则的使用条件。从中我们可以大致看出乔姆斯基等人的研究方向和理论发展趋势。显然，标准理论时期的语法生成能力太强，70年代之后，乔姆斯基大力削弱语法的生成能力，所以才设置了各种规则应用条件。这些限制条件与转换无关，而是因在解决转换过程中所引起的许多麻烦而设置的。语言学家承认，乔姆斯基对语言的分析是有巨大贡献的，他解释了语言中的歧义、同义和非连续成分等现象，创造了一套严谨的形式化描写体系。但是，乔姆斯基目前的语法描写远没有达到他自己的理论目标。有限状态语法能否充分描写自然语言？语法描写能否反映儿童语言习得过程？这些问题都还没有解决。不过，无论这场"乔姆斯基革命"的最后结果如何，它的影响和贡献都将是不可磨灭的。

第七节　管辖与约束时期

从第五节的关于生成语义学的争论中，我们不难看出，上个世纪70年代末生成语法处于低潮。由于生成语法缺乏强有力的新的核心理论，生成语法阵营再一次出现分裂，产生了比前一次分裂更为成熟也更具影响力的诸多学派，如广义短语结构语法、关系语法和词汇功能语法。面对严峻的挑战，乔姆斯基并没有放弃对理论革新的追求，竭力开创新的理论模式。1979年乔姆斯基受邀在意大利比萨举行的学术会议上作了一系列的讲座,展现已经完全成熟而完整的新的理论体系,这就是语言学界常常提及的比萨讲座。经整理后出版的《管辖与约束论集》(*Lectures on Government and Binding*,其中管辖与约束论常简称为GB理论)对生成语法理论具有划时代的意义,与《句法结构》和《句法理论若干问题》一样,都是里程碑式的巨著,它标志着生成语法在哲学上和研究方向上更加成熟,从此进入一个新的时期。这个时期可以分成两个阶段来讨论:一是管辖与约束时期,二是最简方案时期。它们的共同点是追求同一个理论目标,它们的不同点是前者多为理论建设,后者则是强调方法论——简约主义。

《管辖与约束论集》(1981)的划时代意义在于书中提出了"原则与参数"理论(Principles and Parameters)。乔氏说,"普遍语法可视为某种原则系统,这种原则为人类所共有,且先于每个人的后天经验"(1981)。一般认为,普遍语法主要由两大部分组成:一部分与人类语言的共有现象有关,称为原则。普遍语法中含有一套具有普遍性的原则,这有助于解释儿童母语习得现象。按照生成语法的观点,普遍语法存在于人类遗传的语言器官中,为人类所共有,为一切语言所共有。另一部分与具体语言的特有现象有关,称为参数。也就是说,用参数来解释不同语言的异质性(variation)。比如有的语言有前缀,有的有后缀,而有个别语言有中缀。把普遍语法作为原则和参数来研究的方法称为原则与参数方法(Principles and Parameters Approach; 简称PPA),用这种研究方法建立起来的语言理论称为原则与参数理论(Principles and Parameters Theory; 简称PPT)。原则与参数理论认为,语言间存在参数差异(parametric variation),比如无论哪一种语言,都可以用wh-成分构成直接疑问句,但wh-成分的使用方法却不尽相同。不同的语言采用不同的方式构成wh-疑问句,称为wh-参数(wh-parameter):英语为wh-移位语言(wh-movement language),汉语是非wh-移位语言(wh-in-situ language)。例如:a.他们喜欢句法学。b.他们喜欢什么? 疑问词"什么"没有移位,仍在"句法学"的位置。关于参数的理论也有助于对儿童语言习得作出合理的解释。一般认为,语言的参数差异具有二元(binary)特征,即普遍语法只提供两种可能性:一种语言或者容许某种参数,或者不容许某种参数。(例如,许多语言中,主语或者在句首或者在句尾。)这种可能性的选择称为参数设定(parameter setting)。按照原则与参数理论,人脑中的普遍语法原则在很大程度上决定了儿童语言习得的进程。儿童习得母语时,无需学习这些普遍原则(大脑中已存在),只需要确定参数值,所以儿童才能迅速、成功地习得母语。但普遍语法理论并不否认语言习得中后天经验的重要性。人脑中的语言器官是内因,后天经验是外因和不可缺少的客观条件,内因需用外因来"激活"。不接触语言材料,儿童永远也学不会语言;狼孩不会说话,正是由于缺少了后天经验这一客观条件。这一点明确之后,语言学家的任务就是寻找和确定自然语言的原则,寻找并确定不同语言的参数。这是一项艰巨的任务,到目前为止,他们还没有能提供一份原则清单或参数清单。但有一点是肯定的:直到乔姆斯基出版《最简方案》,他仍然坚持原则与参数理论。

20世纪70年代末到80年代末,这一阶段的成果主要体现在乔姆斯基的以下著作中:《规则与表征》(*Rules and Representations*,1980),《管辖与约束论集》(*Lectures on Government and Binding*,1981),《管辖及约束理论的一些要领和影响》(1982),《语言知识:其本质、来源和使用》(*Knowledge of Language: Its Nature, Origin and Use*,1986),《语障》(*Barriers*,1986)。为了简单明了,人们常将这个时期称为"管约论"时期。在生成语法的原则和参数阶段,乔姆斯基提出了语法规则系统。这个语法规则系统由词库(lexicon),句法(syntax),(通过转换,现在叫做移动 α)生成语音式(PF-component)和逻辑式(LF-component)构成。

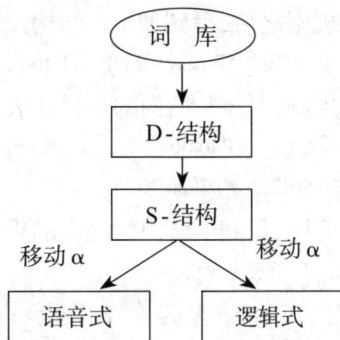

词库是词项的总和。词库应标明各个词项的特点,即其抽象的语素—音素结构及其句法特征。句法特征包括语类特征和语境特征。例如,词库应该交代清楚say这个词怎么读,属于什么词类,后面能不能跟一个名词词组或从句作宾语,等等。大致可以说,凡是没有系统性、规律性的个别事实一概由词库列出。基础部分又称语类部分,或称范畴部分;过去采用短语结构规则(phrase structure rules),现在一般改用X阶标理论代替。上图中第一个箭头表示语法基础部分的短语结构规则,第二个箭头表示转换规则移动α,左边的第三个箭头是音位规则,右边的第四个箭头是逻辑规则。应用短语结构规则生成D-结构(D-structure)(注意: D-不再表示深层结构);应用转换规则生成S-结构(S-structure)(注意: S-也不再表示表层结构);应用音位规则把S-结构直接转化为语音表现形式PF;应用逻辑规则把S-结构转化为逻辑表现形式LF。四个子规则系统的运算分别生成四个不同层次的表现形式: 短语结构规则生成D-结构,转换规则生成S-结构,音位规则生成语音式PF,逻辑规则生成逻辑式LF。D-结构和S-结构完全属于语言机能内部,PF 和LF 分别与心智中的其他认知系统和信念系统形成接口关系(interface),一方面产生直接的声音表现,一方面在与其他系统的相互作用中产生意义表现。在这里,D-结构和S-结构之间不存在先后顺序的问题,字母D和S不表示任何深浅的含义,它们只不过是语言内部机能的理论构件而已。语法规则把包含四个层次表现形式的结构赋予每个语言表达式,用公式表示为: $\Sigma = ($ D,S,P,L$)$。其中, Σ 表示语言结构描写,D 表示D-结构,S 表示S-结构,P 表示语音式,L 表示逻辑式。

我们用"What is easy to do today?"示范一下运算情况:

第一步,根据短语结构规则生成如下D-结构:

[S[NP it][VP is [AP easy [S NP[VP to do[NP what]]]] today]]

第二步,使用移动规则之后,得到如下S-结构:

[NP what][S[NP it][VP is [AP easy [S NP[VP to do[NP e]]]] today]]

第三步,应用逻辑规则,对于S-结构的逻辑式表现的解释是:

For which x, it is easy [S NP[VP to do[NP e]]] today。(这里,把what看成准量化词,转化为for which 的形式,约束着变量x。)

第四步,应用音位规则,得到S-结构的语音的表现形式是:

What is easy to do today?(这就是表层句子了。)

在D-结构、S-结构、PF和LF这四个表现形式中,PF和LF与其他的认知系统发生外在性界面关系,D-结构与词库发生内在性界面关系。在整个的运算过程中,S-结构起着中心枢纽的作用。在生成语法一系列的发展过程中,乔姆斯基逐步地消除了语法理论模式中的冗余部分,最大限度地减少规则系统,最后终于在理论上取消了规则系统。进入原则和参数阶段以后,随着内在主义语言观的建立,乔姆斯基的研究开始着重遵循实体性最简单主义的原则,分析和探索内在性语言自身的简单性和完美性,生成语法的研究进入了最简单主义的阶段。在这个阶段,生成语法从语言本身的设计特征以及它与其他认知系统的相互关系出发,消除了一切只是服务于语言机能内部的理论构件,使得生成语法的整体模式达到了空前的简单性和完美性。

从D-结构到S-结构的过程称为转换。怎么转换法?下面用一个例子示范一下:

1.a It is unclear[s COMP[s PRO to see who]]

(说明:COMP是complementizer的简称,可译作"导句词"或"补语化成分"。它原是指John said that he would come这类句子中的that之属于有句法功能而无语义内容的成分。加上了that以后,从句he would come就成了动词said的补足语,所以说that使句子"补语化"了。PRO是proform的缩写形式,可直译为"替代成分"。但是管辖与约束论中PRO不指一般代词,仅仅指某种没有语音形式但有语义作用的成分。)

如果把1.a输入转换部分,根据转换规则疑问词who应从宾语位置移至补语化成分COMP的位置,在原来的位置上留下语迹t,t与who同下标,于是就得到S-结构1.b:

1.b It is unclear[s who$_i$[PRO to see t$_i$]]

S-结构显然不是过去所说的表层结构,因为表层结构中是不能有t和PRO这类语法符号的。它是介于深层和表层之间的层次。它相当于表层结构的PF结构。

在管辖与约束理论中,转换语法没剩下几条了,都归并成一条规则,称为"移动α"(Move α),希腊字母α代表任何成分。这并不意味着任何成分都可以移至任何位置。那么怎么能防止生成不合语法的句子呢?那就要靠下面的一系列原则来加以限制。转换部分对移位的条件不再作具体规定,在不违反管约论基本原则的前提下,都可以移位。为什么要进行这样的变动?规则属于具体语法,原则属于普遍语法。能够用普遍语法解释的现象就不必通过个别语法规定。这样就能使语法更精简,也更能说明儿童获得语言的过程。假如每种语言都有大量的、复杂的转换规则,而每条规则又各有特殊的使用条件,儿童就很难在短短的四五年内学会母语。

管约论的核心是一系列普遍性的原则,称为"子系统"。1982年乔姆斯基说,现在研究重心已由规则系统转到原则系统,这是生成语法历史上的一大转折。他提到了七个子系统,它们既有独立性又互相联系,汇成一个错综复杂的体系,对人类语言起制约作用。以下逐一分述。

X阶标理论： 1970年，乔姆斯基曾经提出过"X阶标理论"（X-bar theory）。大致内容在第六节中的"短语结构规则"里已经介绍了一些。这种理论认为，第一，短语范畴应该分析为词汇范畴的阶标投射，阶标可以分为若干个层次，处于最低层次的词X就是中心语，中心语带有若干个补足语，中心语管辖着补足语。第二，词汇范畴应该分析为一组特征。在X阶标理论中，乔姆斯基把英语的名词短语和动词短语进行了对比；他指出，名词短语和动词短语的内部结构存在着一些共同的特征。试比较：

2. John proved the theorem.

3. John's proof of the theorem.

例2.是动词短语（记为VP），其中心语是动词（记为V）prove，the theorem 是动词的补语，记为Comp；例3.是名词短语（记为NP），其中心语是名词（记为N）proof，名词的补语是the theorem。用短语结构语法的重写规则可以分别表示为

VP → V Comp

NP → N Comp

不仅动词短语和名词短语可以这样表示，形容词短语（记为AP）和介词短语（记为PP）也可以分别表示为形容词（记为A）加补语以及介词（记为P）加补语：

AP → A Comp

PP → P Comp

不难看出，动词短语、名词短语、形容词短语和介词短语的重写规则都非常相似，可以归纳为如下格式：

XP → X Comp

这个规则中，X相当于数学中的变量，可以用V，N，A，P 的任何一项代入，就可以得到上面的各个规则。这个规则可以用树形图表示如下：

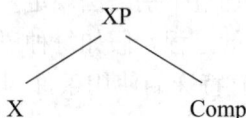

```
          XP
         /  \
        /    \
       X     Comp
```

如果我们把XP写为X′（也可以在X上加一个短横），那么，重写规则就变为：

X′ → X Comp

树形图就变为：

```
        X′
       /  \
      X    Comp
```

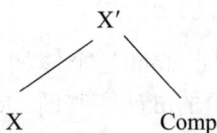

这样一来,整个表示方法就变得非常简练了。从树形图上可以看出,X′表示比X高一个层次的语类,比X′更高一个层次的语类可以在X′上面再加一个′,表示为X″(也可以在X上加两个短横表示)。

下面,我们以句子this proof of the theorem(对这一定理的证明)为例,来比较短语结构语法的树形图和X阶标语法的树形图之间的异同。这个句子的短语结构语法的树形图为:

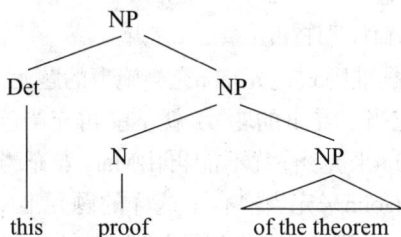

```
            NP
           /  \
         Det   NP
          |    /  \
          |   N    NP
          |   |     /\
        this proof  of the theorem
```

这个句子的X阶标语法的树形图为:

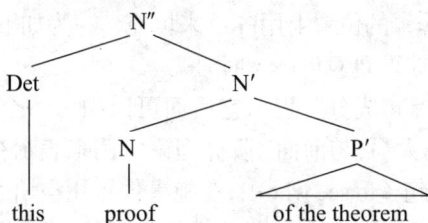

```
            N″
           /  \
         Det   N′
          |    /  \
          |   N    P′
          |   |    /\
        this proof of the theorem
```

其主要的组件有:题元理论,X阶标理论,格理论,约束理论,控制理论,管辖理论,界限理论等。从这些原则中,选取几条原则合在一起,就可以解释一个语言现象;另取几条原则,就能解释另一个语言现象。要解决一个问题通常要涉及许多条原则,必须把它们互相搭配起来,才能达到最佳效果。

题元理论(θ–theory):乔姆斯基把逻辑学的命题中的谓词(predicate)和个体词(individual)的关系用θ(题元)来表示,称为"题元关系"。例如:

4. John ran quickly.

5.John likes Mary.

在例4中的ran quickly是谓词，John是个体词，这是一个一元命题，John充当"施事"的题元；例5中的likes是谓词，John和Mary是个体词，这是一个二元命题，John充当"施事"的题元，Mary充当"受事"的题元。乔姆斯基把充当题元的词语称为"论元"（argument），例如上例中的John和Mary都是论元。不充当题元的或者不能充当题元的称为"非论元"（non-argument）。例如，下面句子中的it，there都是非论元：

6. It is certain that John will win.

7. There are believed to be unicorns in the garden.

乔姆斯基提出了如下的"题元准则"（θ-criterion）：

a. 每个论元必须，而且只许，充当一个题元；

b. 每个题元必须，而且只许，由一个论元充当。

例如，在例句5中，根据准则a.，论元John充当施事的题元，就不能再充当受事的题元，论元Mary充当了受事的题元，就不能再充当施事的题元；根据准则b.，施事既然由John来充当，就不能再由Mary来充当，受事既然由Mary来充当，就不能再由John来充当。有了这样的题元准则，就可以限制转换的条件。如果在题元位置上缺少有形词，就必须用无形词来填充，这样的无形词叫"空语类"（empty category），用PRO来表示。例如，在句子"It is unclear to see who"中，see是一个二元谓词，但是在句子中只有"受事"who，没有施事，因而在施事的位置上用PRO来填充。写为如下形式：

It is unclear［COMP［PRO to see who］］

其中的COMP是"标句成分"，表示它后面可以引入一个句子，这个COMP中的所有字母都用大写，与前面X阶标理论中用来表示补语的Comp不同。在由COMP引入的句子to see who中，在施事位置用空语类PRO来填充。

格理论（Case theory）：这里介绍的格理论不同于第六节讲的格确定原则。"格理论"中的"格"是一个抽象的概念，只要名词处在一定的句法关系中，不论有没有形态上的变化，就都有格。"格理论"中的格不一定要通过语音形式（即形态变化）表示出来，因此，汉语、英语和法语的名词虽然没有形态变化，没有语音上的表现形式，但是，它们都有这种意念上的格。乔姆斯基建议把case的第一个字母大写，写为Case，以区别于传统语法中的"格"。在X阶标理论中，动词、名词、形容词和介词语类都有补语，但是，表达补语的方式并不完全相同。动词和介词的后面可以直接接一个名词短语作补语，如"John proved the theorem"，而名词和形容词的后面不可以直接跟补语，必须在中间插入一个介词，如"John's proof of the theorem"。这是因为动词和介词的补语有格的变化,而名词和形容词的补语没有格的变化;也就是说,动词和介词能够指定格,而名词和形容词不能指定格。X阶标理论中的语类是按照体词性(N)和谓词性(V)两个特征的有无来划分的:

名词:[+N, –V](有体词性特征,无谓词性特征)

动词:[–N, +V](无体词性特征,有谓词性特征)

形容词:[+N, +V](有体词性特征,有谓词性特征)

介词:[–N, –V](无体词性特征,无谓词性特征)

在英语中只有具有[–N]特征的语类才能指定格,名词和形容词不带[–N]特征,因此必须在它们和补语之间插入一个介词,由介词来指定格。格理论可以解释语类的不同性质。

管辖理论(government theory):管辖理论由第六节里讲的"限制规则"发展而来。所谓"管辖",就是成分之间的支配关系;它要说明短语中的各个成分是否在同一管辖区域之内,还要说明在管辖区域之内什么是主管成分,什么是受管成分。例句John likes him的树形图如下:

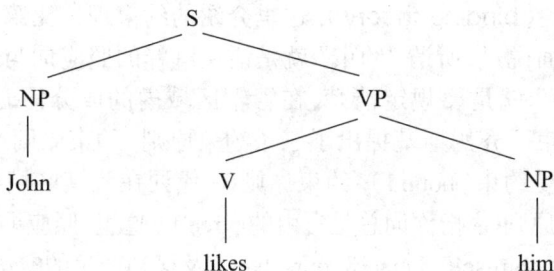

图中,John与him在同一管辖区域S内,John是主管成分,him是受管成分,John统领him。而在John says Bill likes him的树形图中:

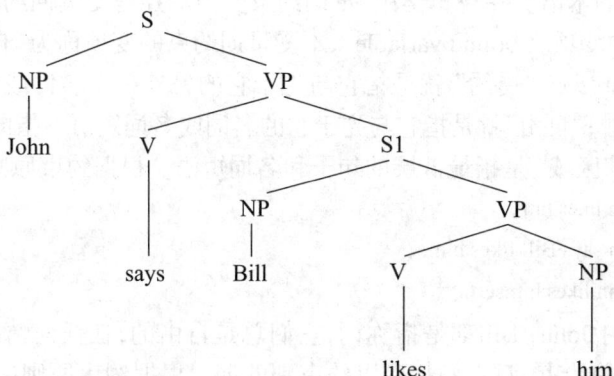

Bill和him处于同一管辖区域S1内，Bill是主管成分，him是受管成分，Bill统领him，但him与John不在同一管辖区域之内，因为这时在him和John之间隔了一个层次S1，John处于S1的管辖区域之外，超出了S1的最大投射的范围。再看句子John likes himself的树形图：

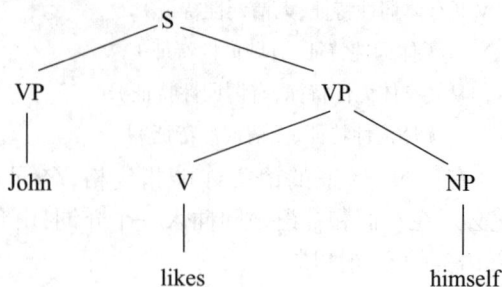

```
                    S
          ┌─────────┴─────────┐
         VP                   VP
          │           ┌────────┴────────┐
        John          V                 NP
                      │                  │
                    likes             himself
```

图中，John与himself处于同一管辖区域S之内，John是主管成分，himself是受管成分，John统领himself。所以，从X阶标理论的角度来看，主管成分就是X阶标结构中的最低一个层次X，受管成分就是X的补语Comp。

约束理论（binding theory）：这里介绍的约束理论比第六节讲的略有发展。前面说过，所谓"约束"就是语义解释的照应词与前面名词的关系。"约束"就是要规定清楚，在管辖区域内的成分何时是自由的，何时要受约束。乔姆斯基提出了三条约束原则：约束原则A：照应词在管辖区域内受约束（bound）；约束原则B：代词在管辖区域内是自由的（free）；约束原则C：指称词总是自由的（free）。这里，照应词包括反身代词（如myself, himself, herself, ourselves）及移动产生的空语类等；代词主要是指人称代词（he，she，we，him，her等）；指称词包括专用名词（如John，Bill，Smith）及普通名词短语（如the house）。"约束"和"自由"都是逻辑学的术语。在逻辑学中，量词约束变项。凡是受量词约束的变项称为"受约变项"（bound variable），不受量词约束的变项称为"自由变项"（free variable）。"受约"就是指它与先于它的另外一个名词或名词短语指同一客体；"自由"就是指它与先于它的名词或名词短语不指同一客体。所谓"管辖区域"是指最低层的句子和名词短语。根据约束原则C，

8. John likes him.

9. John says Bill likes him.

10. John likes himself.

三个句子中John，Bill都是指称词，它们总是自由的，在任何情况下都不受别的词的约束，而它们却可以约束别的词。根据约束原则B，例句8中

的代词him在管辖区域S内是自由的,它不受同一管辖区域内的主管成分John的约束,因此John与him不能指同一个人。同样,根据约束原则B,例句9中的代词him在管辖区域S_1内也是自由的,它不受同一管辖区域S_1内主管成分Bill的约束,因此Bill与him不可能指同一个人。但是,约束原则B并不限制him与管辖区域S_1之外的John指同一个人。所以,例句9中的him不可以指Bill,但可以指John,当然也可以指任何别的人。根据约束原则A,例句10的照应词himself在管辖区域S内,受到统领它的主管成分John的约束,因此,himself与John指同一个人。

对以上语言现象的解释,符合我们的语感,而且这种解释也适用于类似的汉语句子(试读:"张三喜欢他";"张三说李四喜欢他";"张三喜欢他自己")。看来,这样的约束原则似乎真是语言中的普遍原则。诸如此类的原则引起了语言学家的关注,因为它们有着特别的研究价值。

界限理论(bounding theory): 界限理论很像第六节讨论的"踪迹",只是有了新发展。界限理论研究对转换范围的限制,重点讨论wh-移位应该在什么样的区域范围内进行。英语中构成特殊疑问句时要把疑问词移位。例如, Who does the book criticize?(这本书批评谁?)其中, who是criticize的宾语,在陈述句中位于criticize之后,变成疑问句时,移位到句首。可以表示为:

who_i[s does this book criticize t_i]

其中, t_i表示who的踪迹(trace),也就是who在陈述句中的位置; who从这个位置移位到句首,只越过了一个S。但是,当疑问词处于关系从句中时,就不能移位到句首。比如我想说"你正在读的那本书是批评谁的? "在英语中不能说 "Who are you reading the book that criticize?" 这个句子可以表示为:

who_i[s' are you reading [NP the book [that [s criticize t_i]]]]

当who由在陈述句中的位置t移位到句首时,要越过两个S和一个NP,这是不允许的。这是由于wh-移位时有一定的区域限制。在英语中S和NP都是结点(bounding node),它们标志一定的区域界限,不能任意地越过。领属条件(subjacency condition)规定,wh-移位时,不能一步越过两个结点。在前句中,who移位只越过一个结点,符合领属条件的规定,所以得到合格的句子。在后句中,who移位要越过三个结点,违反了领属条件的规定,所以句子不合格。这个句子说成Who does the book criticize that you are reading?就比较容易理解。这个句子可以表示为:

Who_i[s' does [np the book that [s you are reading] vp criticise t_i]]

这时，who移位只越过一个结点S，符合领属条件的规定。

控制理论（control theory）：乔姆斯基提出的控制理论主要研究如何解释语音上是零的空语类 PRO。这时的控制理论与第六节讲的没有大变化，其基本原则是"最小距离原则"。这就是说，如果控制带有宾语，则定宾语为控制成分，如果不带宾语，则定主语为控制成分。乔姆斯基从普遍语法的角度提出的原则子系统，对于自然语言处理有指导作用。这种理论成为了语言信息处理理论和方法的重要基础之一。除了上述的规则系统和原则子系统之外，原则和参数方式所研究和刻画的普遍语法模型中还有一些一般性原则，其中最重要的是投射原则（Projection Principle）、准许原则（Licensing Principle）和完全解释原则（Full Interpretation Principle）。这些一般性原则比子系统更加抽象，更加理论化。原则参数方式研究进一步限制以至于彻底取消了具有具体语言特征的语法规则，把必须具备的规则在数量上抽象概括并缩减到最低程度，并且给它们赋予普遍语法的特征和意义，用一般的原则来解释具体规则的应用。这些原则具有普遍性，含有一些数值未定的参数，参数的数值由个别的语言来选择和决定。

"原则与参数模型"时期，原则体现语言的共性，参数则反映原则允许的各语言间的差异（variation）。儿童学习语言的过程中，原则那一部分是不用学的，是与生俱来的，主要是在接触具体语言后设置那种语言的参数值的过程，所说的个别语法就是参数值设定后形成的一套系统。不论是在管辖与约束时期还是在最简方案时期，这个基本的思想都没有变化，所以一般都把它们划入"原则与参数模型"。但在管辖与约束阶段，为了揭示语言的共性，研究者们提出了不少新的原则；每当为了解释语言差异的问题时，学者总是提出很多新的参数。到了20世纪80年代末，原则和参数发展到了几乎泛滥的地步；有时为了解释某一语言现象，一个原则需要设定好几个参数。尽管乔姆斯基等人多次重申参数的值是有限的，但并没有明确提出设置参数需要依据何种标准，于是很多生成语法学者将各种无法解释的跨语言的差异都归结为参数；一时间，参数的数量剧增，违背了乔姆斯基设计原则与参数理论的初衷，几乎要动摇生成语法的理论基础。为了处理描写性充分和解释性充分这一对矛盾，从20世纪90年代初期开始，在原有的原则与参数模式下，乔姆斯基酝酿多年，提出了最简方案，并于1995年出版了《最简方案》（*The Minimalist Program*）。

第八节　最简方案时期

乔姆斯基于1995年出版了《最简方案》。全书由四个独立的部分组成，各章节均是作者根据1986年至1994年在麻省理工学院的讲座研讨稿修改而成。第一章是原则与参数理论（The Theory of Principles and Parameters），本来是乔姆斯基1993年与霍华德·拉斯尼克（Howard Lasnik）合作发表在一本普通句法读本里的章节，属于对原则与参数体系的通俗介绍，在本书充作背景铺垫，符合全书大方向，但技术细节上有较大出入。第二章是关于推导与表征之经济性的说明（Some Notes on Economy of Derivation and Representation），成稿于1988年，发表于1991年，是乔姆斯基20世纪80年代后期在日本东京、京都和美国麻省理工学院讲座研讨的成果。第三章是语言学理论的最简方案（A Minimalist Program for Linguistic Theory），写于1992年，是作者根据1991年秋季讲座研讨内容整理而成的。其内容包括对最简方案的总体考虑，X阶标理论，为什么取消D-结构、S-结构。这部分内容探索了最简方案的可行性，勾勒出部分前景，也曾收录在他人主编的其他著作中。第四章是语类与转换（Categories and Transformations），几乎占全书400页的一半，其中的大部分内容源自作者1993年秋季的讲座研讨。第三章的某些设想在第四章有了变化，探讨的范围扩大了，包括诸如语言机能的认知系统、运算组成成分、在最简框架下的短语结构理论、移动与经济性、可解释性及其后果、转换成分的性质等。本章非常认真地考虑了最简方案研究思路的理论框架，强化了主要思想的系统性，因此对前三章的内容进行了较大的修改。总的来说，第一章和第二章的视角基本相同，第三章有些改变，第四章则大幅度修改了前面出现的重要概念和原则，如特别强调了经济原则，扬弃了扩充标准理论时期的某些重要概念（如D-结构、S-结构以及应用于这两个结构之上的条件），扬弃了管辖、投射原则、论旨准则、空语类原则、移动α、大部分X阶标理论等等。作者不是将这些概念和理论一股脑儿废除，而是在这些章节的探索中发现其问题，逐渐放弃或对其进行大幅度修改。《最简方案》除了为了解决当时生成语法遇到的困难和回应对生成语法的批评，也表现出乔姆斯基的良好学术素质和风范：不固守旧学，不故步自封，不怕修正自己的理论见解，永不停止探索真理，一切为了揭示语言本质。

最简方案的提出，绝非只是为了回应具体困难和批评，其含义似乎更深。首先,在《最简方案》的第一页,乔姆斯基发问的问题是:第一,人类语言机能应该去满足的一般性条件有哪些? 第二,在何种程度上,语言机能是由这些条件所决定的,而不超出它们的特殊结构? 第一个问题又可以进一步分为两个方面:1. 语言机能自身在心智/大脑认知系统序列中的位置是什么? 2. 那些具有某些独立性的、一般概念自然性的考虑,即简单性(simplicity)、经济性(economy)、对称性(symmetry)、非冗余性(non-redundancy)等等,对于语言机能施加的是一些什么样的条件? 乔姆斯基对于第一个问题的回答是:1. 语言机能自身在心智/大脑认知系统序列中的位置是心智/大脑中其他认知系统对于语言机能所施加的接口条件。2. 科学研究对于客体对象所施加的一般性条件,属于方法论的"最简主义"(minimalism)的范畴。从实体性最简主义出发,乔姆斯基对于第二个问题的回答是:语言机能可以很好地满足这些外界性条件,在这个意义上说,语言是一个"完美的系统(perfect system)"。"自然即完美"的伽利略式的科学理想,在某种程度上是所有科学研究的推动力。秉着人类语言是完美的、最优化的思想,乔姆斯基对他的理论不断创新,以求对人类语言有更深层次的认识。乔姆斯基在他的书中经常提到,牛顿从根本上证明了世界是不可理解的,所以科学家们能做的就是建立可理解的理论;理论构建的目的是对事物有更深层次的认识,而不是用来简单地描述种种现象,况且很多时候现象会歪曲理论本身。从中我们看出,乔姆斯基的基本哲学立场、研究目标、兴趣焦点没有变。他仍在坚持从根本上探索语言本质问题,只不过更深入了,方向似乎更明确了。

第二,对"最简主义"的强调也标志着他的思考又深入一步。绝大部分哲学家和科学家相信,自然世界万物的设计是完美的,我们有关它们的描写和解释也应该是完美的。完美的含义之一就是其简洁性。任何拖泥带水的理论恐怕是有缺陷的。乔姆斯基把解释语言的简洁、经济、对称等作为研究的兴趣点,力求阐释他坚信的语言"完美体系",从生物语言学角度对内在语言的属性进行研究,强调运算的简洁、优雅。乔姆斯基多次引用洪堡特的名言"有限规则的无限运用"(the infinite use of finite means),那才是元理论的优美。乔姆斯基认为人类语言是一个"完美的系统",其"最优化的设计"能够满足与人类语言功能相关的认知系统施加的条件。因此,语言学家的任务就是试图建立一个剔除了冗余之处的高度经济简洁的理论来描述这个完美的系统。在《论自然与语言》一书中,乔姆斯基承认早在20世纪80年代初期他就考虑过人类语言的完美性和最优化的问题,但是一直都没有什么进展。直到90年代初,随着一些研究成果的出现,他对该问题有了更深入的认识,促使他将语言理论朝着最简主义的方向发展,以便与语言系统的上述特点相匹配。乔姆斯基将其理论的指导原则具体称为"经济原则"。他还举了一个形象的例子来说明他的思想转变过程。例如某人要为一辆老掉牙的破车设计一套理论,无论这辆车有多么糟糕,他总有能力为它设计一套完美的理论。这说明无论研究对象是什么,人们都可以尽量使他们的理论做到最好。然而另一个问题接踵而来:这个研究对象是最优化的吗? 人们的理论是满足某些条件的最佳解决方案吗? 也正因为如此,人们就从研究理论本身的完善转向研究实体本身设计的最优化。至于如何理解人类语言系统的"完美性"和"最优化",乔姆斯基举了另一个例子来说明他的立场:肝脏对意大利人而言是一个不够完美的器官,因为他们酒喝得太多导致他们患上各种肝病。但从另一个角度看,肝脏又是完美的,因为当它与循环系统和肾脏等器官交互作用时,它的设计是最优化的,肝脏分泌的胆汁可以被其他系统利用。乔姆斯基认为"自然选择"使事物的设计在满足"使用"方面基本过得去,但算不上完美;但在与其他系统互动方面可能是完美的。人类语言不是为"使用"而设计的,所以从功能角度来讲,其设计不能堪称为完美。比如语言常产生歧义导致我们相互误解,语言经常无法精确表达我们的所思所想。但是如果换个角度看,语言设计是否充分考虑到与心智内在的其他系统之间互动时的便捷,这便是最简方案要解答的问题。人类语言从根本上来说是一个信息系统,它储存的信息必须被人类心智内在的其他系统所理解和利用,包括感觉运动系统和思维系统。(也许有人设想语言的词汇越多越好,没有同义词就没有歧义了,等等。但是那样会大大增加大脑的记忆、储存、提取等负担,语言习得和运用也会变困难些。)乔姆斯基认为,从以上两者交互作用的方面来讲,人类语言是完美的,其设计是最优化的,它遵循的标准是"规则的数量和运算所用的记忆越少越好"。

　　第三,乔姆斯基坚信,语言规则众多只是表面现象,它们应该可以抽象为更一般性的少数原则。再说,语言变异应该是受到严格控制的,也就是说,参数的数量是有限的。如果可选的参数数量非常之大,儿童在设置这些参数的时候就面临巨大困难,不太可能在短期内学会自己的母语。而且,多年的研究还表明,儿童在习得语言的过程中只能根据积极的证据,即语序、形态这样有显性标记的证据,消极证据对语言习得则不起作用。这一切说不定是几万年进化造成的,已经留在儿童基因之中。管辖与约束期间设计的很多参数都没有以积极证据为基础,这也是该理论的失误之处。此外,一个拥有无限参数和参数设计的系统,很可能会有过强的生成能力,也会生成一些不合格的句子,这也违背了元理论的要求,即有限规则的无限运用。因此,对参数的限定已经成为生成语法一个亟待解决的问题。乔姆斯基立即提出以经济性为基本指导方针,即所有的原则、表达式和运算过程都应符合最省力原则,并假设普遍语法的规则一定是最省力的,而个别语言所特有的规律则为不省力的部分。虽然最简方案没有改变原则与参数时期的基本指导思想,但是它开始了这个时期的一个崭新的阶段,有人认为其变革之大几乎使之前的生成语法面目全非。这里必须声明,乔姆斯基本人特别强调过最简方案的含义。最简方案不是一种具体句法理论,而是对句法理论(尤其是管辖与约束理论)进行改造的纲领性思想,不带理论偏向,是一种追求理论雅致完美的简约主义,是对以往语言理论研究的检讨式探索。在随后几年的进一步探索中,乔姆斯基提出"语段推导"这一相对具体的运算模式,算是一种句法理论。

《最简方案》内容丰富,不便详细介绍。下面主要根据第三章《语言学理论的最简方案》的内容介绍一些要点。尽管这些内容到第四章有不少变化,我们不妨以此稍稍感受一下巨著的风采。本章有五节。

第一节是"对最简方案的总体考虑"(Some General Considerations),共探讨了四个方面。第一,乔姆斯基在这里再次说明了他的内在主义的语言观。语言是由生物遗传而来的语言机能所呈现出来的状态。语言机能的组成成分之一是一个生成程序,也就是内在性语言(internalized language,简称I语言)。这个程序叫运算推导(computation and derivation)。I语言生成结构描写SD(Structure Description),即语言的表达式。生成结构描写的过程就是运算推导。I语言内嵌在应用系统之中,应用系统把语言所生成的表达式应用于与语言有关的活动之中。结构描写SD可以看成对于这些应用系统所发出的"指令"。与内在语言有关的应用系统分为两个:一个是发声感知系统(articulatory-perceptual system,简称A-P);一个是概念意向系统(conceptual-intentional system,简称C-I)。每一个运算生成的语言表达式都包含着给予这些系统的指令。语言与这两个系统形成的界面是A-P和C-I,它们分别给发声感知系统和概念意向系统提供指令。A-P界面一般被认为就是语音表现形式PF,C-I界面一般被认为就是逻辑式LF。从语言理论构建的必要性考虑,最简方案中语言的设计只需要A-P和C-I这两个界面就可以了,该理念符合我们对于语言的形式主要是由语音和意义组合而成的认识。这说明,原则参数方法

Y-模式中的内部层面D-结构和S-结构并不是为语言的自身设计所必需的,它们只是出于研究的需要,由语言学家人为地设定的语言理论的内部构件而已。这些语言内在表现层面数量的减少以至于完全取消,正是最简方案所追求的目标。

第二,在最简方案中,语言包括词库和运算系统两个组成部分。词库明确地和详细地描写进入运算过程的词汇项目的特征。运算系统使用这些词汇成分生成推导式和结构描写。推导是运算的规程,结构描写是运算的结果。基于这样的设想,每一语言都要确定由 π 和 λ 组成的集合。π 取自语音式PF, λ 取自逻辑式LF。运算系统的某些部分只与 π 发生联系,构成语音组成部分; 运算系统的另外一些部分只与 λ 发生联系,构成逻辑语义组成部分,还有一些部分同时与 π 和 λ 发生联系,叫显性句法(overt syntax)。最简方案的设想是,除了语音形式PF的选择和词汇的任意性之外,语言变体只限于词库中那些非实体性的部分(即那些表示功能的成分)和词汇项目的一般性特征。这样一来,对于所有的人类语言来说,除了数量有限的变体之外,就只存在两个东西: 一个是普遍性的运算系统,一个是词库。就运算系统而言,语言的初始状态由普遍原则组成,与原则有关的选项限于功能成分和词汇项目的一般特征。从这些选项中作出的选择Σ决定一种语言,语言获得的过程就是确定Σ的过程,某一种语言的描述就是对于Σ所作的陈述。这样,语言获得问题也在最简方案中得到了实质性的修正。

第三,在最简方案中,原则参数方法的约束理论、格理论、题元理论等,只能在界面上起作用,并通过界面获得它们存在的原因和动机。这样一来,以前在D-结构和S-结构层面上所做的工作,现在都必须在A-P和C-I两个界面上完成。与运算有关的条件只能是界面条件。语言表达式是对界面最为理想的满足和实现,体现了语言运算的理想性和优化性。

第四,在最简方案中,由普遍语法的运算推导可导致"合并"(converge)和"破裂"(crash)两个结果。如果推导式产生一个合理的结构描写SD,这一个推导便收敛,否则; 便破裂。具体地说,如果结构描写 π 是合理的,推导式就收敛于语音式PF,否则就在PF这个层面破裂。如果结构描写 λ 是合理的,推导式就收敛于逻辑式LF,否则就在LF这个层面破裂。这是比较松散的条件,因为根据这些条件, π 和 λ 有可能各自都是合理的,但是不能结合成PF和LF都合理的偶对。所以,更为严格的条件应当是: 如果一个推导式同时收敛于PF层面和LF层面,才可以算是真正的收敛。根据这些简单性研究的思想,生成语法的理论模式必将发生重大的变革。

第二节是"基本关系：最简方案中的X阶标理论"（Fundamental Relations: X-Bar Theory）。在从词库中选择词汇项目后再通过推导生成语言表达式的过程中，需要一个具有普遍性的结构图式，在词库和运算系统间发挥中介作用。这个结构图式就是X阶标理论模式（原来叫做X阶标理论，简称为X杠理论），乔姆斯基根据最简方案对于X阶标理论图式做了修改，得出了如下的图式：

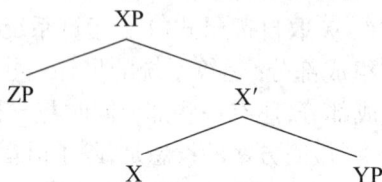

```
            XP
          /    \
        ZP      X'
              /    \
             X      YP
```

最简方案中的X–理论图式

注：图中，X=中心语，Z=标示语，P=补语。在X-理论图式中，中心语X的选择来自词库，XP是X的投射（projection），中心语X与其他成分构成了两种局部性关系（local relation）：一种局部性关系是ZP和X之间的标示语—中心语关系（Spec-head relation），另一种局部性关系是X和YP之间的中心语—补语关系（head-complement relation）。其中，X和YP之间的关系与题元的确定有关，是更为局部的、最基本的关系。此外，还有中心语X和补语YP的中心语之间的关系，这是一种中心语与中心语的关系（head-head relation）。

最简方案试图仅仅依靠这些局部性关系，取消过去生成语法模式中的中心语管辖的概念，由于中心语管辖在过去生成语法的模式中起着核心作用，所以在引入局部性关系的概念之后，生成语法的所有模块以及模块之间的关系都要进行重新审视和阐述。在早期生成语法的研究中，短语结构允许采用多叉（multi-branching）的树形图来表示，在最简单方案中，只允许采用双分叉（binary-branching）的树形图来表示。这种双分叉的树形图表示，就是早期的乔姆斯基范式（Chomsky normal form）的表示方式。它在运算上有方便和简洁之处，而且一些自然语言分析算法就是建立在这种双分叉的乔姆斯基范式的基础之上的，因此，这样的改进正好满足了自然语言处理的需要。但是，这种双叉树形图在运算经济性方面是否合适，还是值得进一步讨论的。

到了《最简方案》第四章，乔姆斯基比较明确地指出语言运算系统

是推导式的,运算过程不能加入词汇序列之外的新成员,更不用说带上X
阶标记。作为表征式理论基础的X阶标理论面临生存危机。由于结构的
形成依靠合并这个基本操作,最小投射、中型投射、最大投射及相关X阶
标理论的概念没有了理论意义。《最简方案》第四章重新审视了X阶标
理论,勾勒出"光杆短语结构"(Bare Phrase Structure)。光杆短语结构
理论保留了替换(substitution)的部分属性,但在投射层次上不同于传统
的论述。具体地说,语类是根据词项属性构成的基本结构,满足包容性
条件(即运算形成的任何结构都由算式库所选词项的成员构成,运算过
程中除把词项属性重新排列外不添加新的句法体)。没有了阶标层次,
词项与由它们投射而成的中心语之间的区别也消失了。同一个项目既
可以是X°也可以是XP。比较极端的结构表达方式甚至不用XP,例如可
以将动词短语表示为[V[V D[D N]]],即: 限定词D与名词N合并形成
短语,投射D, V与限定词短语D合并,形成新的短语,投射V。至此,"短
语结构理论"从句法中被清除。

　第三节是"超越接口层面: D-结构"(Beyond the Interface Levels:
D-Structure)。在原则参数方法中,运算操作从词库中选择词汇项目, D-
结构的生成是一次性地(once and all)实现的,然后在D-结构这个层面应
用移动α规则生成S-结构,再依次应用移动α规则把S-结构转换成语音
式SF和逻辑式LF,这就是原则参数方法的Y模式的运算过程和机制。运
算系统从词库中提取词汇资源构成推导式,以X阶标理论图式来表现词
汇项目及其特征。每一个推导过程决定一个结构描写SD,每一个结构描
写SD由表现语音的π和表现意义的λ的偶对构成,并满足有关的界面条
件。这里,每一个结构描写SD是用语链连接和局部区域性的X阶标理论
关系来表达的,对于π和λ满足界面的条件,是用最为经济的方式生成
的。这样一来, D-结构和S-结构就成为多余的表现层面了。最简方案的
这种改变必定导致D-结构交互层面的取消。

　乔姆斯基在最简方案中,采用综合性转换的方法,逐步地、动态式地
满足X阶标理论的要求,而不是像原来那样一次性地满足生成的条件,这
样做的结果必然导致D-结构的取消,而LF层面的重要性也就更加突出。
随着D-结构的取消,原则参数方法中的投射原则和题元理论也就随之失
去了它们的理论价值和存在的必要。

　第四节是"超越接口层面: S-结构"(Beyond the Interface Levels:
S-Structure)。乔姆斯基指出,在生成语法的扩充标准理论(EST)中,
S结构的设定纯粹是出于理论内部的需要,用经济原则衡量,完全是多余

的。在扩充标准理论里,在从D-结构到LF的运算中,在什么阶段执行"拼读"(Spell-Out),不同语言选择不同阶段。有的语言在运算中疑问词词组需要移位(如英语和德语),有的语言保持疑问词词组原位不动(如汉语和日语)。在生成英语疑问句的过程中,显性移位操作将疑问词从D-结构的位置移动到句子的开头,构成S-结构;而在汉语中,疑问词不需要进行显性移位就可以直接拼出,疑问句的S-结构与它的D-结构是完全等同的。由此可见,S-结构的设定不符合简约主义要求。事实上,在最简方案中,拼出操作实施的位置,是由PF或LF的特征决定,因此,S-结构的存在是没有必要的。这样,乔姆斯基便取消了S-结构这个层面。

最简方案认为,人类的语言在逻辑形式LF层面上大体一致,各种语言之间的差别主要是由语音形式PF所表现的屈折形态特征决定的。在动词V(Verb)与屈折成分I(Inflection)的关系问题上,人们最初设想,动词以不带任何屈折特征的形式存储于词库中,进入运算过程之后,通过某种方式与屈折成分中心语构成复合体[V, I],PF规则将这个复合体作为一个单独整体进行解释。另一种设想是,动词在词库中就具有其内在固有的屈折特征,在运算构成的复合体[V, I]中,这些屈折特征与中心语相对应而得到核查。这就是乔姆斯基主张采取"特征核查"(feature checking)的基本概念。根据特征核查理论,由词库所决定的词汇项目的形态特征,是推导运算的主要动力,功能中心语所具有的与实体词汇相对应的特征在强弱方面的表现,是造成显性移位的根本原因。形态特征体现为PF部分的界面条件,运算操作是对于界面条件的最理想的满足。因此,语言在LF层面大体是一致的,由PF界面条件所决定的"拼出"操作的不同位置,决定着语言之间的差别。在这种情况下,语法模式不需要人为地设定一个S-结构来决定某些成分的拼出位置。

第五节是"最简方案的拓展"(Extensions of the Minimalist Program)。乔姆斯基进一步讨论结构描写表现和推导运算中的经济性原则。关于结构描写的表现,主要讨论"完全解释原则"(Full Interpretation principle,简称FI)。该原则要求推导运算形成的句子结构中没有任何多余成分,每个成分均扮演一定的角色(语义的、句法的或者音系的),每个成分必须以某种方式被解读。也就是说,充分解读原则可以在LF层面排除结构中的"多余"成分(如没有被约束的照应语和没有被指派论旨角色的名词短语),在PF接口层面排除含有无语音形式符号的表征。PF完全是普遍语音学的形式表现,它所生成的π必须完全符合有关的语音规则。如果π能够满足完全解释原则的要求,其推导过程就会在PF层面上"合并";如果不能满足,推导就会破裂。同样,逻辑语义表现形式 λ 不能有任何不合理的成分。如果 λ 能够满足完全解释原则的要求,构成它的推导就会在LF层面上"合并";如果不能满足,推导就会破裂。λ 是概念意向系统C-I的指令;C-I按照有关的指令,将语言表达式用于概念和意向的理解和形成。关于推导运算的经济性,主要讨论"迟延原则"(procrastination principle)和"自利原则"(greed principle)。所谓"迟延原则"就是说,LF移位比显性移位的代价低,它比显性移位更加省力,运算系统总是力图尽快地直接到达PF层面,最大限度地缩小显性句法的范围和程度。凡是能不移位就不要移位,不要为了"合并"而被迫移位,要尽量地把移位迟延。这就是推导运算经济性的"迟延原则"。所谓"自私原则"就是说,移动 α 规则只是 α 自身的形态特征在不能以其他方式满足的条件下,才可以得到应用。针对 α 的移位不能使另外一个成分 β 也得到满足,移动 α 规则总是为自我服务的,它不能使其他成分受益,体现了"自利"的特性。这就是推导运算经济性的"自利原则"。乔姆斯基先后设定了几个经济原则:自利原则、迟延原则、最短距离移动(Shortest Move)、无奈原则(Last Resort)等。随着探索的深入,有些所谓的经济原则受到质疑,如自利原则、迟延原则。在句子生成过程中,"合并"与不移动最经济;语类移动有代价,因而不够经济。

最后,乔姆斯基对于语言理论的最简方案进行了如下的总结:1. 语言表达式的结构描述SD是一个由 π 和 λ 组成的偶对(π, λ),它们是由能够满足交互界面条件的最优的推导式生成的。2. 交互层面仅仅是语言表达的层面。3. 所有的条件都要表示各种反映解释性的要求的交互层面的特性。4. 普遍语法UG提供一个独有的计算系统,这个计算系统包括被形态特性驱动的一些推导,其中,语言句法的各种样式是受到限制的。5. 我们可以使用完全解释原则FI、"迟延原则"和"自私原则"对经济性作出相当狭义的解释。

《最简方案》出版后,生成语法继续发展。如果尝试概括几条趋势,可以说近期的理论发展中,乔姆斯基更加强调从生物语言学角度出发,以语言机能与执行系统之间的接口关系为研究重点。在生物语言学看来,语言机能是一个"身体器官"或者人类生物结构的组成部分。在《语言设计的三个要素》中,乔姆斯基提出了生成语法理论的近期研究内容和发展方向。他所提出的因素包括:1. 基因遗传;2. 经验;3. 独立于语言甚至是有机体的原则,简称独立性原则。这三个因素的相互作用决定了具体内在性语言(I-language)的获得,或者说是语言的生长。其中基因遗传因素是普遍语法研究的主题；独立性原则因素则是原则和参数框架下的主要研究内容；而近年来所研究的最简方案应该被称为生物语言学方案。总体而言，乔姆斯基在最简方案框架下的最新理论成果包括：语段推导，多次拼读以及被赋予了更丰富的内涵的合并。

"语段"（phase）推导理论是乔姆斯基近两年酝酿出来的，是按照最简方案思路提出的具体句法理论。一个简单句通常由两个"语段"构成，一个是标示语CP，一个是动词+补语vP。根据语段推导思想，句法结构的形成按自下而上、一次一个语段的方式进行。语段表达"命题"意义；动词短语带完整的论元结构，CP则带语势标志（force indicators），而不仅仅是TP或无外论元的弱式动词结构（被动结构、非宾格结构）。因此，语段不再进入格或一致的核查。CP/vP为强语段，是移动的潜在目标位置，C和v为XP移动提供落脚的位置。其他语段为弱语段。

其次，在最新的最简方案的框架下，拼读（Spell-Out）是分多次、按"语段"进行的。乔姆斯基规定："运算将算式库成分分批映射给语音部分、语义部分（语音构件PHON；语义构件SEM），所以严格地说，没有逻辑特性和逻辑形式的诠释，尽管语义成分和语音成分单位得以非层阶的概念来诠释类似逻辑式的东西"。引文中所提及的"单位"即为"语段"。语音过程、逻辑过程和狭义句法过程同时进行，平行发展。第二层阶的狭义句法过程承接前面的狭义句法的派生结果，并在其基础上通过合并生成第二层阶的结构表达式；而第二层阶的语音部分接受第一层阶的语音部分的派生结果PHON 1，并在此基础上进行加工生成PHON 2；而第二层阶的语义部分也是在接受第一层阶的语义部分的派生结果后通过再加工形成的。

第三，在新的最简方案框架下，生成过程被称为"外部合并"；而转换过程被称为"内部合并"。运算过程从词库LEX中选出词汇系列LA，供之后的所有的层阶派生使用。第一个层阶先选出一部分词项，通过外部合并组合起来，再通过内部合并进行结构调整，得出第一层阶的结构表达式，然后分别移交给语音部分和语义部分处理。第二个层阶在第一个层阶的基础上进行，从词汇系列LA的剩余成员中挑选词项，进行与生成第一层阶类似的操作。如果有第三、第四层阶派生过程还会继续，直到词汇系列穷尽了所有的词项为止。

最简方案问世之后，听到的也不都是赞扬声，批判声音也不少。戴维·E.约翰逊（David E. Johnson，1946—），沙拉姆·拉宾（Shalom Lappin），罗伯特·莱文（Robert D. Levine）等研究者就多次撰文批判最简方案,称它为一次"不科学的革命"。他们说,支撑最简方案的经济原则就站不住脚,因为他们武断地认为语言是一个"完美的"运算系统,从词库里选了几个项目与逻辑形式和语音形式接口配上,就万事大吉了。可是,逻辑形式和语音形式是通过可译性要求从外部强加给两个接口的。乔姆斯基声称这种语法显示了人类概念化需求,因为其原则和运算为人们提供了最少的手段去完成最大量的推导。其中一个最大的问题是:乔姆斯基没有讲清为什么"完美"和"优化"是这一语法的特点。单说语法是个"完美"的系统,不能保证它的运算操作一定简单。而且,经济原则的运用,不论是在宏观上还是局部运用,都会增加其语法的操作复杂性。再说,语言官能的完美性不能与生物体效能相提并论,因为没有证据表明语言官能是人类认知功能的次系统。如果说语言官能在生物学意义上是最优化的,那要请问与何类其他官能相比。提供不出可比物,空说语言是优化系统就是毫无意义的。最后退一步说,也许乔姆斯基使用"完美"和"简约"概念时想的是物理上的"最小化原则"(Minimization principle)和"最大化原则"(Maximization principle)。例如,肥皂泡里的空气会生成一个完美的气泡,因为这样才会平均分配空气压力;镜子反射光时一般走直线,因为直线最省时间。实际上,乔姆斯基头脑里的"优化"与语法理论毫不相干。最大化原则和最小化原则推导于微粒子(如波、向量等)的物理特性,但不属于微粒子的成分。换句话说,这些原则在物理学中没有独立的解释功能,但可以简约成其他原则。相反,最简方案却把经济原则当成语法的重要成分,把"优化性"当成语法的决定性特征。所以,我们可以认为,最简方案的提出基于一个模模糊糊的隐喻而不是什么有实质数据的立论。最简方案看上去更像超级简约了的普遍语法,其信徒们凭借一组操作和条件就可以推导出自然语言形式特征。没人提及这种想象距离现实还有多远,没人提供经过反复实验过的实证性数据。

这些批评,不能说一点道理都没有。但也不会因为这点批评最简方案就轰然倒塌。乔姆斯基是严肃的研究者,不是信口开河的江湖骗子。我相信他和他的拥护者会认真思考别人的批评,完善自己的理论。自20世纪50年代末以来,乔姆斯基一直是这么做的。根据我自己的经验,就这么跟着他走下这60年,已经让我收获匪浅;能大致了解这位哲人的心路历程,能不时地为他的入微观察、睿智分析拍案叫绝,能为他献身科学研究的精神所感动,已经是我们这代人的幸运了。历史上许多科学理论都是既为后人铺路,又被后人批判,甚至推翻。这个命运是注定的,但丝毫抹杀不了古代哲人的辉煌业绩。

参考文献

1. Chomsky N. *Aspects of the Theory of Syntax*. Cambridge，Massachusetts: The MIT Press，1965
《句法理论若干问题》

2. Chomsky N. *Barriers*. Cambridge，Massachusetts: The MIT Press，1986
《语障》

3. Chomsky N. *Derivation by Phase*. MIT Occasional Papers in Linguistics. No. 18. Cambridge，Massachusetts: MITWPL，1999
《语段推导》

4. Chomsky N. *Knowledge of Language: Its Nature，Origin，and Use*. New York: Praeger，1986
《语言知识：其本质、来源及使用》

5. Chomsky N. *Language and Mind*. New York: Harper & Row，1966
《语言与思维》

6. Chomsky N. *Lectures on Government and Binding*. Dordrecht: Foris，1981
《管辖与约束论集》

7. Chomsky N. & Morris Halle. *Sound Pattern of English*. New York: Harper & Row，1968
《英语语音模式》

8. Chomsky N. *Problems of Knowledge and Freedom*. New York: Pantheon Books，1971
《知识和自由的问题》

9. Chomsky N. *Reflections on Language*. London: Fontana，1976
《对语言的思考》

10. Chomsky N. *Rules and Representations*. Cambridge，Massachusetts: Cambridge University Press，1980
《规则与表达》

11. Chomsky N. *Some Concepts and Consequences of the Theory of Government and Binding*. Massachusetts: The MIT Press，1982
《支配与制约理论中的概念和影响》

12. Chomsky N. *Studies on Semantics in Generative Grammar*. The Hague: Mounton & Co.，1971
《生成语法中的语义问题》

13. Chomsky N. *Syntactic Structures*. The Hague: Mounton & Co., 1957

    《语法结构》

14. Chomsky N. *The Minimalist Program*. Cambridge，Massachusetts: The MIT Press，
    1995

    《最简方案》

15. Lyons，John. *Chomsky*. London: Fontana，1977

    《乔姆斯基传》

16. Sampson，Geoffrey. *Schools of Linguistics*. Stanford，California: Stanford University
    Press，1980

    《语言学流派》

17. Smith，Neil & Deirdre Wilson. *Modern Linguistics: The Results of Chomskyan
    Revolution*. London: Penguin，1979

    《现代语言学: 乔姆斯基革命的结果》

18. Yang，Charles. *The Infinite Gift: How Children Learn and Unlearn the Languages of
    the World*. Scribner Book Company，2010

    《无限的天赋: 儿童如何学习和忘却世界上的语言》

第八章　伦敦语言学派

英国对语言的研究有悠久的历史。从11世纪开始,英格兰开始有自己的标准语言——英语,而在欧洲其他各国,拉丁语之外的语言被看成"俗语"。从16世纪开始,对英语的研究一直吸引着历代学者。正音学、词典学、速记学、拼法改革以及人造"哲学语言"等,都反映了英国语言学知识的发展。到了19世纪末期,英国出现了最伟大的语音学家亨利·斯威特(Henry Sweet, 1845—1912)。有人曾评论道,斯威特的《语音学手册》(1877年)"教会了欧洲人语音学,使英国成了语音学这门现代科学的发源地"。斯威特的语音研究工作被丹尼尔·琼斯(Daniel Jones, 1881—1967)继承下来,并在英国的大学里建立了第一个语音学系。

不过,使语言学在英国成为一门公认的科学的是约翰·鲁珀特·弗斯(John Rupert Firth, 1890—1960)。弗斯从1938年开始在东方与非洲研究学院教语音学和语言学,1944年他成为英国第一任语言学教授。东方与非洲研究学院是伦敦大学的一部分。由于弗斯长期在伦敦大学任教,所以以弗斯为首的语言学派常被称为"伦敦学派"。弗斯发扬了斯威特的传统,创造了韵律分析(prosodic analysis);然后又继承了波兰人类学家马林诺夫斯基(Bronislaw Malinowski, 1884—1942)的"情境意义"的概念,创造了新的语义理论;受索绪尔的影响,他提出了"结构"和"系统"的概念。弗斯还培养和影响了一批语言学家,如韩礼德;麦金托什(Angus McIntosh),史蒂文斯(Peter Stevens),阿伦(W. S. Allen),罗宾斯,莱昂斯(J. Lyons)等。弗斯去世后的伦敦学派有"新弗斯学派"之称,这是因为20世纪60年代以后的英国语言学出现了新的面貌。

从20世纪60年代起,伦敦学派的代表人物是韩礼德。韩礼德继承了以弗斯为首的伦敦学派的基本理论,吸收了布拉格学派、哥本哈根学派和沃尔夫的某些观点,建立和发展了当代的系统—功能语法(Systemic-Functional Grammar)。韩礼德的理论常被称为系统—功能语法或系统—

功能语言学。在韩礼德的影响下,目前已经形成了一支系统的语言学家队伍。其中有玛格丽特·贝丽(Margaret Berry),克里斯托弗·巴特勒(Christopher Butler),罗宾·福赛特(Robin Fawcett),杰弗里·特纳(Geoffrey Turner),威廉·C. 曼(Wiliam C. Mann),马蒂森(Christian Matthiessen),格雷戈里(Michael Gregory),本森(James D. Benson),格里夫斯(William S. Greaves)以及韩礼德夫人哈桑(Ruqaiya Hasan),马丁(J. R. Martin,1950—),奥图尔(L. M. O'Toole),克雷斯(Gunter Kress),兰姆克(J. L. Lemke)。该学派已举行过近20次国际性系统理论讨论会。专门报道系统理论研究成果的学术刊物是《网络》(*Network*)。

20世纪30年代以后的语言学都受索绪尔的影响,把语言看成一个完整的系统去研究。但是,各派的基本理论又有所不同。欧洲大陆的几个语言学派更多地注意到语言的功能和符号性,美国的结构主义更注意形式分析和客观描写,转换生成语法则从心理学的角度去研究语言,而英国的语言学家则更多地注意到语言出现的情景语境,从社会学的角度去研究语言。本章首先介绍马林诺夫斯基和弗斯的语言理论,这其实是系统—功能语法的渊源和社会学大背景,然后详细介绍系统—功能语法的语言理论,因为这是目前世界上最有影响的语言学流派之一。

第一节 马林诺夫斯基的语言理论

马林诺夫斯基出生于一个波兰贵族家庭,一生大部分时间住在英国,是著名的人类学家,从1927年开始一直在伦敦经济研究学院任人类学教授。他曾在新几内亚东部的特罗布里恩群岛(Trobriand Islands)作实地调查,研究当地民族的原始文化。正是在实地调查中,马林诺夫斯基发现,语言在土著人组织社会生活中起重要作用,要了解土著人语言的意义,必须身处当时当地的情景语境(context of situation)。例如,下面是土著人在海上进行捕鱼作业时所说的话:

Tsakaulo kaymatana yakida = We run front-wood ourselves;

towoulo ovanu = we paddle in place

Tasivila tagine soda=we turn we see companion ours

isakaulo ka'u'uya = he runs rear-wood

oluvieki similaveta Pilolu = behind their sea-arm Pilolu

例句中的wood(木头)指木头做的"船", front-wood指划在"前面"的船, rear-wood指划在"后面"的船; Pilolu岛的sea-arm指"海湾"。马林

马林诺夫斯基

诺夫斯基在现场看到这些情景,才能理解听到的话语。马林诺夫斯基还听到了土著人在进行祭祀活动时所用的语言。不过,不能简单地说这是用语言从事迷信活动;他们使用这个巫术功能来区别事实和虚构,技术和巫术,以应对在航海和捕鱼时所需技能的复杂程度。例如,在小湖中捕鱼时,由于水面波浪不大,他们不必使用这一功能,而当他们在大海中作业面临强风暴时则经常使用巫术功能。

重要的是,马林诺夫斯基开始注意语言与社会和文化的关系,开始对语言的功能和意义发生兴趣。在完成实地调查两年之后,马林诺夫斯基发表了《基里维纳语的分类小品词》(1920年)一文。这篇论文主要是描写与数词、形容词、指示词有关的小品词以及它们的语法特征,但它自始至终贯穿了马林诺夫斯基的语义学理论。他认为,必须建立一种语义学理论才能使语言研究深入下去。他说,语义学理论是解释语言现象的基础;形式标准不能作为语法分析的基础,也不能作为词汇分类的基础。他在分析基里维纳语时说:"在研究各种组织成分的语法特性时,我们时刻都要记住它们的意义。证明一个表达方式应该归为名词、动词、副词或名词性指示词时,我们用的是语义学定义,而不是形式上的定义。"他认为这样做有两条优点。第一,这样定义后的语法范畴有可能符合人类思维中的概念区别;第二,语言学家可以自由地分析复杂结构中的组织成分,而无须用形式标准重新定义语法范畴。

语义理论不仅要规定语法范畴和语法关系,而且要说明文化环境对语义情境的影响。马林诺夫斯基说:"但是,语义分析常常把我们引向人种学描写。在决定几个语言成分的意义和功能时,我们不得不作人种调查,描写风俗习惯,并说明社会情况。"他举例说明,一种语言形式的出现、使用和变化,与一个种族的文化和社会有密切联系,要想彻底理解一个形式的意义和语法关系,必须了解人种学情况。

1923年,马林诺夫斯基发表了《原始语言中的意义问题》一文,再次探讨语义理论。他区分了两种语言使用情境,一种叫"有魔力的"情境,似乎一个词或一句话可以直接使外部世界发生变化。在这种情况下,话语的意义就是当时当地正在发生的人的活动。用于人类典型的日常活动(如捕鱼、打猎、种地、买卖东西、吃饭、问候等)的语言,其意义直接来自这些活动。这就是他所说的"语言环境"。马林诺夫斯基的这一论断意味着两种情况:第一,在原始社团中,因为没有文字,所以语言只有这一种用途;第二,一切社会中儿童都是以这种方式学会语言的。他设想,在儿童看来,一个名称对它代表的人或物具有魔力。儿童凭借声音而行动,周围的人对他的声音作出反应,所以这些声音的意义就等于外界的反应,即人的活动。马林诺夫斯基的第二种语言情境是派生使用,就是语言的使用与语言环境没有任何联系。例如书面语言,它的意义不能取自周围的人类活动情况。这就等于把人分成两种:能够读书写字的人和不能读书写字的人。只有第一种人可以发表与环境无关的言论。可以说,马林诺夫斯基实际上是区分了口头语言和书面语言的使用。

口头语言常常与当时的环境有关系。不过,这种情况下的语言也分三种。一种是语言与当时的身体活动有直接关系。"这种语言充满了技术词汇,简单涉及周围环境,表示迅速变化,这一切都以习惯性行为为基础,参加者都很熟悉,并亲身经历过这些行为。"这些具体语言单位只有在亲身经历中才能获得意义,就是说,是通过行动学会的,而不是通过思考学会的。马林诺夫斯基的论述等于说,语义与所指的物质特征没有关系,而与词的功能有关系。他说:"一个表示一件重要工具的词用于实际行动中,不是对工具性质的评论,也不反映它的特点,而是使它出现,交给说话人,或告诉另一个人正确使用它。一个物体的意义是由其积极使用的经历组成的,而不是苦思冥想出来的。……对于一个本族语者来说,一个词的意义就是它所代表的物体的正确使用,就像一件工具一样,使用起来就有意义,不使用就没有意义。……一个词用来产生行动,而不是描写行动,更不是把思想翻译过来。所以,词有一种自己的力量,是带来变化的工具,是行为和物体的杠杆。"不过应该指出,马林诺夫斯基过于强调"亲身经历"。如果是这样,那么一个人只能学会有限的话语。

第二种情况是叙述中使用的语言(narrative use of language)。叙述性的语言环境又有两种可能,一是叙述本身所处的在当时当地的环境,如在场的人的社会态度、文化水平及感情变化;二是叙述所涉及的环境,如神话中的情境。马林诺夫斯基认为,叙述的意义与语言环境没有什么关系,但可以改变听话人的社会态度和思想感情。

第三种情况是在"自由的,无目的社会交谈中"使用的语言。这种语言与任何人类活动都毫无关系,其意义不可能来自语言环境,而只能是社会交往的气氛……谈话者之间的私人交流而已。"一句客气话……完成的功能与其词汇的意义几乎毫不相干。"马林诺夫斯基称这种话语为"垫语"(phatic communion),就是寒暄话。寒暄功能似乎是马林诺夫斯基第一个发现的。就是说,在多数情况下人与人之间是通过"讲话"保持联系的。寒暄语具有以下特征: 1. 属于自由的、无特定目的的社会交往；2. 属于一种言语方式，通过词语的交换建立团结的纽带；3. 或者是无目的地表示爱憎，或描写不相干的事情，或评论非常明显的事情；4. 属于没话找话讲。因此，马林诺夫斯基认为寒暄功能不表达什么实质性的意义，仅仅是出于礼节的需要。英国人寒暄都是谈天气，因为表扬天气或抱怨天气都不会得罪任何人。在这种情况下，人们对说什么或话语意义都不感兴趣，他们说话的唯一目的是避免保持沉默。可以看出，马林诺夫斯基所说的话语的意义取自于语言环境是不能成立的，至少叙述性话语和垫语的意义与语言环境没有直接关系。

《原始语言中的意义问题》还讨论了普遍语法的范畴问题。马林诺夫斯基认为普遍性范畴是"真正的范畴"，它们反映了人类对待生活的普遍态度。他写道，"语言结构反映了真正的范畴，这些范畴派生于儿童和原始人对周围世界的实际态度。这些语法范畴……反映了为生存而进行的各种斗争强加给人的权宜的、非系统的、实际的世界观。"马林诺夫斯基所说的"实际态度"是儿童生来具备的，而不是后天习得的。他还认为，普遍语法"存在于一切人类语言，不管它们在表面上是多么不同。"马林诺夫斯基之所以下这样的论断，是为了否定以下两种观点：语法范畴来自于表达思想所需要的范畴；语法范畴凭空出现于大脑，以便组织语法结构。他认为，普遍语法范畴中第一类就是"名词实体"（noun substance）。儿童很早就玩弄实物，尤其是可分开的、拿得住的物体，总是要把复杂的物体拆开来玩。他注意到，儿童对动物比对植物更感兴趣，对贝壳比对矿物更感兴趣，对会飞的昆虫比对爬行的昆虫更感兴趣，更喜欢能够拆开的东西。马林诺夫斯基说，动词类在儿童的心目中出现较晚。动词是关于动作、身体姿态、人的情绪、时间变化的词汇，多用于命令、描写和解释。之所以有动词类，是因为人对人类的变化、人类行为的种类、人体的状态和思想情绪等特别感兴趣。马林诺夫斯基认为，普遍语法范畴还包括代词、形容词、副词、连词、名词的各种格和介词。

1935年，马林诺夫斯基发表了最后一部语言学著作，即《珊瑚园及其魔力》（第二卷）。该书发展了他的语义学理论，并提出了一些新的观点。第一种新观点规定了语言学的研究素材。他写道"……显然，孤立的词实际上不过是臆造的语言事实，不过是高级语言分析过程的产物。有时候句子是一个自成一体的单位，但即使是句子也不能看作完整的语言素材。对于我们来说，真正的语言事实是在实际语言环境中的完整话语。"我们知道，语言学不应该研究孤立的话语，而应该研究语境中的话语，这是合乎道理的。但是,把语言分析的结果说成"臆造的语言事实"则很不妥当。否认词的存在就等于否认语言本身的地位。

马林诺夫斯基的第二个新观点是,有些音不是单义,而是有一个"意义范围"(range of meaning)。就是说,如果一个语音用于两种不同的语言环境,则不能称之为一个词,应该认为是同音的两个词。他说,"要想规定一个音的意义,就必须仔细研究其语言环境,找出它能用于多少不同的意义。意义不是存在于语音的某种东西;意义存在于语音与环境的关系中。所以,如果一个词用于不同的环境,它就不可能具有相同的意义;它不再是一个词,而变成两个或多个语义上不同的单位。"马林诺夫斯基的这种观点是有一定道理的,但是认真追究起来后果是严重的。严格地说,每使用一个词,语言环境都是新的,于是具有新的意义,也就成了另一个词。相反,两个不同的词倒可以出现在相同的环境之中,难道可以将它们看成同义词吗? 不能。

在《珊瑚园及其魔力》一书中,马林诺夫斯基修改了原来的某些看法。前面提到过,他曾把语言的运用分成两种,一是"魔力性使用",一是书面语言的使用。在此书中他宣布,书面语言或文学语言也不是思想的表达,其意义也取自语言环境。他这样写道,"我认为,即使在人类思维和语言运用的最抽象、最理论性的各方面,真正理解词的意义,归根结底总是取决于亲身经历现实中的这些方面。化学家和物理学家能够理解最抽象的概念,归根结底是因为他们在实验室里亲自观察了这些化学或物理过程。……总之,没有任何科学的概念和语言词汇不是来源于对实际物质的操作之中。我现在强调这一点是因为在我从前的著作中,我曾把文明的、科学的语言与原始语言对立起来,似乎在现代哲学和科学中对语言的理论性运用可以脱离其实际的来源。这种说法是错误的,而且是很严重的错误。……归根结底,一切词的一切意义都来自于亲身经历。"我们说,人要想理解语言的意义无疑需要有一定的社会经历。但是,语言的内容极其丰富;没有任何人能够亲身经历语言所表达的一切意义,而且也不必要去这样做。许多语言的意义是间接学会的。

马林诺夫斯基之所以改变了他的某些观点,是因为他在30年代中接受了行为主义心理学的一些看法,认为任何人都逐渐受到了社会经历的改造。他写道,"文化(即一个社团中的全部制度,各种传统的硬性规定,如语言、技术、社交方式)对每个个人的影响是一个逐步改造的过程。所谓改造过程,我是指传统的文化方式和规范对成长中的有机体的影响。在一定意义上,我的关于文化的全部理论的实质……是把迪尔凯姆的理论变成行为主义心理学的理论。"其实,马林诺夫斯基并没有接受行为主义的全部观点,所以有时免不了自相矛盾。例如,他一方面说文化影响并改造着人的行为,一方面又相信人的信仰是一种巨大的社会力量和文化力量。

弗斯仅仅继承了马林诺夫斯基的"语言环境"和"意义是语境中的功能"两个概念。但是,马林诺夫斯基的语言理论为研究弗斯学派提供了有益的背景知识。

第二节　弗斯的语言观和语义学

弗斯是伦敦学派的鼻祖,他的语言理论在英国语言学史上具有划时代的意义。

弗斯就学于英国利兹大学,1911年以优异成绩毕业于该校历史系,两年后获得文学硕士学位,后在利兹市师范学院讲授历史。第一次世界大战期间,弗斯随军到过印度、阿富汗和非洲等地,有机会研究印度和非洲的各种语言,使他的学术生涯逐渐从历史学转向语言学。战后的1920—1928年间,弗斯任印度拉合尔旁遮普大学英语讲师,1928年返回英国,在伦敦大学学院任语音学讲师,受到丹尼尔·琼斯的指导。与此同时,他还兼任伦敦经济研究学院的语言社会学讲师、牛津印度学院的印度语语音学讲师、东方与非洲研究学院的语言学讲师。他在伦敦经济研究学院与马林诺夫斯基共事多年,受到马林诺夫斯基的深刻影响。1938年,弗斯成为东方与非洲研究学院的正式成员,任语音系和语言学系的语言学和印度语讲师。第二次世界大战期间,全系投入培养军需日语人员的工作。由于这种短训班需要语言理论的指导,弗斯对此发生浓厚兴趣,竭尽全力把训练班办好。1944年伦敦大学设立普通语言学系,弗斯被任命为第一任教授。弗斯曾参加英国殖民社会科学研究院语言学委员会,英国文化委员会英语咨询委员会语言学小组,英国语文学会。1954—1957年,弗斯任英国语文学会主席,后任副主席。

概括地说,弗斯的学术研究和著作主要集中在语义学和语音学两个方面。罗宾斯曾说:"语言学在两个方面的发展是和弗斯的名字联系在一起的,这就是他的语言环境理论,或更概括地说,是他在语义方面的语境理论,和音位学中的韵律分析。"本节先介绍弗斯对语言的一般看法和他的语义学理论。

弗斯既是传统的继承者,又是新理论的创立者。他一方面继承了索

弗斯

绪尔和马林诺夫斯基的某些观点，另一方面又提出了自己的见解。在马林诺夫斯基的影响下，他把语言看成"社会过程"，"是人类生活的一种方式，并非仅仅是一套约定俗成的符号和信号"。为什么是生活方式呢？因为"我们生活下去，就得学习下去，一步步学会各种语言形式来作为侧身社会的条件。语言是做事情的方式，是让别人做事的方式，是一种行为方式，是迫使别人行动的方式，是一种生活方式。"

另一方面，在索绪尔的影响下，他认为语言包括"系统"和"结构"两个要素。结构是语言成分的组合性排列（syntagmatic ordering of elements），而系统则是一组聚合性单位（a set of paradigmatic units），这些单位能在结构里的一个位置上互相代替。因此，结构是横向的，系统是纵向的：

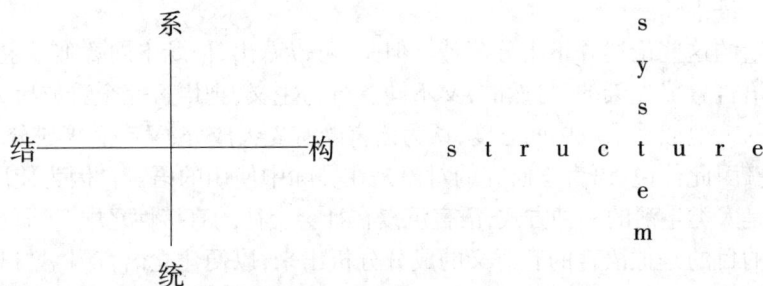

在语法层次上，下面四句的结构相同：

John helped Mary.（约翰帮助了玛丽。）

John met Mary.（约翰遇见玛丽。）

John greeted Mary.（约翰向玛丽打招呼。）

John liked Mary.（约翰喜欢玛丽。）

它们都是"主语+动词+宾语"这种结构。其中的动词met, greeted, helped, liked构成一个系统，都是动词系统的成员。在语音层次上，pit, bed, file, vase的组合性排列是C_1VC_2，这是结构，而/p/, /b/, /f/, /v/; /i/, /e/, /ai/, /ɑ:/和/t/, /d/, /l/, /s/构成三个不同的系统。弗斯指出，系统规定着语言成分出现的位置，表现在词汇上就是搭配规则。什么词与什么词搭配是有一定规律的，搭配错了就会闹出笑话。结构不仅仅是个排列顺序问题，各个成分之间有着互相期待（mutual expectancy）的关系。

弗斯不同意索绪尔所作的"语言"与"言语"的区分，更不同意说语言学的研究对象只是语言,而不研究言语。他反对"语言存在于集体心智之中"的观点。但他也不完全同意斯威特所说的"语言只存在于个人之中"。他对"个人"有新的解释。他指出,人出生于自然(nature),成长于教养(nurture),因此具有发展性和延续性。他还指出,所谓个人不是低劣的、没有教养的、无知的人;个人就好像戏剧中的一个人物。一个社会的人实际上是一组角色,每一种角色都有自己应该说的台词。弗斯说,语言也有自然性和教养性两个方面。语言有三种含义:

1. 我们的本性中有一种渴望和动机,迫使我们使用声音、手势、符号和象征,在这种意义上,语言是一种自然倾向。

2. 由于教养的结果,我们学会了传统的系统或说话的习惯,社会活动使这种系统或习惯保持下来。就是说,语言是系统的。

3. 我们用"语言"泛指许多个人的话语或社会生活中无数的话语事件。

弗斯的这些论述并不十分清楚。但是,可以看出,他既不同意唯理主义,把语言看成先天的、自然的,又不同意行为主义,把语言完全看成后天习得的。他似乎采取中间态度,认为语言既有先天成分,又有后天成分。

因此他说,语言学研究的对象是在实际中使用的语言,"因为使用语言是人类生活的一种方式,语言沉浸在社会交往的直接性之中"。研究语言的目的是把语言的有意义的成分分析出来,以便建立语言因素与非语言因素之间的对应关系,因为人类经历的形式决定着语言意义的形式。研究语言的方法是,首先决定语言活动的组成部分,说明它们在各个层次上的关系以及相互关系,最后指出这些成分与所在环境中的人类活动之间的内在联系。换句话说,弗斯试图把语言研究与社会研究结合起来;人是文化价值的创造者和维持者,语言是文化价值的重要成分,所以语言学可以帮助人们了解人的社会本质。弗斯明确反对用逻辑学和心理学来研究语言,因为"个人心理学过于重视一种无法言传的经历,至少是别人无法了解的经历。而逻辑学给我们提供的是很坏的语法,并且阉割了语言的实质。"总之,弗斯的语言理论的特点是从社会角度去观察语言。

弗斯对语言进行社会学研究是从意义着手的。他所说的意义不局限于词汇意义和语法意义,而是包括语言环境中的意义。弗斯把马林诺夫斯基的语言环境概念加以扩展,指出除了语言本身的上下文和在语言出现的环境中人们所从事的活动之外,整个社会环境、文化、信仰、参加者的身份和经历、参加者的关系等,都构成语言环境的一部分。他说,"进行语言交流的语言环境使下列范畴之间呈现一定的关系:

A: 参加者的有关特征：是哪些人，有什么样的性格，有什么有关特征。

（1）参加者的言语行为。

（2）参加者的非言语行为。

B: 有关的事物和非言语性、非人格性的事件。

C: 语言行为的影响。"

弗斯还说过，"这里概述的技术的中心概念是语言环境；在一定意义上，语言环境涉及一个人的全部经历和文化历史，在语言环境中，过去、现在和将来都融合在一起。"

弗斯发现，他所规定的语言环境变化无穷，很难找出规律性的东西。于是，他又创造了"典型情景语境"这一概念。所谓典型情景语境，就是人们在特定场合下遇到的环境，它决定着人们必须扮演的社会角色。对于任何人来说，他所需要扮演的社会角色是有限的（如儿子、父亲、学生、教师、下级、上级、朋友、同事、爱人、哥哥、弟弟、主人、客人等），因此典型情景语境也是有限的。所以，弗斯认为，语义学实际上是研究适合于特定社会角色的语言风格。他写道，"言语不像约翰逊所想象的那样'无限混乱'，不可能随便一句话就能接上另一句话。对于我们大多数人来说，要扮演的角色和应该说的话都是现成的，所以要说的话可以分成几类，并能与角色、事件、情境、行为建立相应联系。谈话更像一种大体上规定好的仪式……一旦有人向你说话，你则基本上处于一种规定好了的语境，你再也不能想说什么就说什么。比如，别人问你'今天有课吗？'你只能回答'有'或'没有'，不能回答'我吃饭了。'我们生来是具体的个人。但是，为了满足自己的需要，我们必须变成社会的人，而每个社会的人都是一组角色。所以，环境范畴和语言范畴不是不可控制的。"可以看出，在弗斯的定义中，语义学成了对出现在典型语言环境中的话语进行分类的问题，这与其他语言学家的定义完全不同。不过，弗斯的观察是有道理的。例如，父子之间的对话不同于夫妻之间的对话，同事之间的谈话不同于上下级之间的谈话，朋友之间的谈话不同于陌生人之间的谈话，在公共场合的谈话不同于在家中的谈话，等等。一切话语都受着社会风俗、文化传统、道德价值等的制约。所以，弗斯又说，"每一个人要说的话基本是对方所期望他要说的。""你的话将对方所能运用的大部分语言都给排除掉了，把他能作的回答局限在有限的范围。"这几句话的意思很简单：如果有人问你"昨天进城了吗？"你的回答只可能有两种：进了城或者没有进城。任何其他内容都不相关。

弗斯提到,从语言环境着手研究语言,最早是由维吉纳(Philipp Wegener)开始的,后来还有加德纳。但是,弗斯的语境分析更具体、更深入。他提出,在分析典型语言环境时,要注意以下因素:

1. 篇章本身的内部关系:

    a. 在不同层次上,分析结构的成分间的组合关系;

    b. 分析系统中单位或词汇的聚合关系,找出结构成分的价值。

2. 语言环境的内部关系:

    a. 篇章与非语言成分的关系以及总的效果或创造性的结果;

    b. 篇章中的"小片断"和"大片断"(如词、词的部分、短语)与环境的特殊组成成分(如项目、物体、人物、性格、事件)之间的分析性关系。

具体地说,要在四个层次上进行意义分析。第一是语音层。通过分析语音的位置和与其他音的对立来找出语音的功能。以英语的/b/为例,它出现的位置有:1. 在词首(bed, bid);2. 在元音前面;3. 在某些辅音之前(bleed, bread);4. 从来不出现在辅音后面。/b/与其他语音的对立可以这样描写:1. /b/与/p/, /m/在词首位置有许多相同之处,但/p/和/m/之前可以出现/s/, /b/之前则不能;2. /p/, /m/与/b/的发音部位相同,但/b/和/p/是双唇音而不是鼻音, /m/是鼻音而不是破裂音;3. /d/是腭音,它与/b/的对立不同于与其他音的对立。一直分析到每一个音的语音环境、与其他音的关系、在音位系统中的功能。

第二是词汇层,分析词义。不仅要说明词的所指意义,而且要说明搭配意义。词的一部分意义取决于搭配。例如, March hare(交尾期的野兔), April fool(愚人节中受愚弄的人),其中的月份名称失去原来的意义。弗斯认为,"意义取决于搭配是组合平面上的一种抽象,它和从'概念'上或'思维'上分析词义的方法不是直接相关的。night(夜晚)的意义之一是和dark(黑暗的)的搭配关系,而dark的意义之一自然是和night的搭配关系。"

第三是语法层次,又分形态学层次和句法层次。在形态学层次上研究词形变化。在句法层次上研究"类连结"(colligation),或称之为语法范畴的组合关系。这种关系是靠组成成分实现的,如I watched him(我盯着他)。但严格地说,其语法关系是名词性范畴与动词性范畴之间的关系。再比如,构成英语中否定形式的有24个操作词(operator): am, is, are, was, were, have, has, had, do, does, did, shall, should, will, would, may, might, can, could, must, ought, need, dare, used(to)。弗斯指出,句法层次上的"类连结"与词汇层次上的"搭配"有相同的作用,都有表示"相互期待关系"的功能。但是,二者又有区别,因为"类连结"中的成分可以是非连续性的。例如,句子的定语从句常常把连续性的语法范畴隔开。

第四是语言环境层次,主要研究非语言性的物体、行为和事件,以及语言行为所产生的效果。这里要区分指出性的和指称性的情境,经济、宗教、社会结构的情境,独白、齐声背诵、叙述等情境,用于操练、命令、谄媚、诅咒、寒暄的语言,与年龄、性别、谈话人之间的关系有关的一切语言事实。弗斯说,这种研究方法是"一元论的",它不去区别词汇和思想两个对立的方面。这样做可以使我们说明为什么在某种环境下要使用某种话语,由此我们可以在"运用"和"意义"之间画等号。这样做还可以保证我们研究的是经得起考验的语言片断,而不是像许多语法书上所用的牵强附会的例句。弗斯还指出,这里所说的环境是一系列的环境,一个环境存在于另一个更大的环境之中,每个环境都是更大环境的一种功能、一个组成部分;全部的环境都在整个文化环境中占有一定的位置。

弗斯与布龙菲尔德比较,他们都反对心灵主义和内省主义,但布龙菲尔德接受了行为主义,而弗斯只受到行为主义的某些影响。他们都主张"情境主义"(contextualism)的语义学,但布龙菲尔德的情境分析是间接的,把语言看成一种遥控系统,而弗斯的情境分析更直接一些,认为意义孕育于情境之中。他们都主张语言研究的客观性和科学性,但布龙菲尔德的立场比较绝对,弗斯的立场比较缓和。弗斯是这样说的,"如果把语言看成'表达'或'交际'性的,那就意味着语言是内部心理状态的一种工具。由于我们对内部心理状态了解太少,用无法观察的内在心理过程来解释语言,只能把语言问题弄得更加神秘,哪怕最仔细的内省也无济于事。如果把词语看成行为、事件、习惯,则可把我们的调查研究限制在周围人群的生活中客观存在的东西上。"当然,情境分析也有局限性。例如,许多语言行为是叙述性的,与环境没有多少直接联系。再说,在许多情况下,情境只能缩小语义范围,最后的语义选择还要依靠一个人的语言能力。

第三节　弗斯的韵律分析

弗斯对语言学的第二个大的贡献就是他提出的韵律分析法,也称韵律音位学(prosodic phonology)。

我们知道,语音学和音位学的发展使语言学家认识到,只描写语音的生理、物理特征和区分语音的音位特征,还是不够的。在连续话语中,有些特征不局限于一个音或音位,而是跨越几个音、几个音节,甚至几个词或短语,如音调(pitch)、重音(stress)、连音(juncture)、语调(intonation)等。美国结构主义语音学家称这种现象为超切分特征(suprasegmental features),也叫韵律特征(prosodic features)。弗斯的韵律分析有自己的特点,它不仅研究音调、重音、连音等现象,而且研究诸如腭化、鼻化和圆唇化等现象,并试图把语音学和语法学联系起来。

弗斯的韵律分析是他1948年在伦敦语文学会上宣读的《语音和韵律成分》一文中提出的。韵律分析实属弗斯首创,但他承认受到其他学者的启发。他说,印度古代语法学家潘尼尼的语法就给予他一定的启示。在印度的文字系统发展过程中,最初是每一个符号代表一个辅音和一个元音a,后来又加上了其他符号来表示其他元音,再后来出现了只代表辅音不代表元音的符号,最后出现只代表元音不代表辅音的符号。这样,其文字系统可以准确表示各个语音和所谓的韵律特征。此外,东方与非洲研究学院的其他教师也曾探讨过韵律成分,他们的论文收录在《东方与非洲研究学院简报》之中。当然,是弗斯第一个全面、深入地论述了韵律分析。后来,伦敦学派的其他学者,如亨德森(E. J. A. Henderson),艾伦,罗宾斯,米切尔(T. F. Mitchell),本都-塞缪尔(J. T. Bendor-Samuel,1929—2011)等,都有阐述韵律特征的专论。

弗斯的韵律分析有几个特点。首先,他的韵律分析区分组合关系和聚合关系。呈现聚合关系的单位是系统性单位(systematic items),呈现组合关系的单位是结构性单位(structural items)。这一点,丹尼尔·琼斯和美国结构主义学者都没有提出。有人举过这样的例子来说明弗斯的理论。在Roman meal(罗马面,由粗小麦粉或粗黑麦粉掺和亚麻仁而做成)这个复合词中有八个音位: /romənmil/(现标法为/rəʊmən miːl/)。按美国结构主义的理论,这八音位都要这样描写一番: /r/ 是浊音、舌尖音、卷舌音、/o/是浊音、中元音、圆唇音、/m/是浊音、双唇音、鼻音,依此类推。八个音位描写完毕,结果"浊音"特征用了八次。其实,只要说明Roman meal自始至终有浊音性就足够了。再如,要对key(钥匙)中的首位辅音进行语音描写,就要说/k/是清音、前软腭音、送气的破裂音。如果对key进行音位描写,就要说明它包含两个音位/kiː/,首位音位/k/有以下特征: 发音部位前移,因为后面是个前元音; 因在词首,所以要送气; 发音时比较紧,因为它不在元音中间。如果描写/kiː/的韵律特征,除了说音位特征之外,还要加上一个公式:

$$\frac{h}{ki:}$$

这里，h代表"送气"特征，中间的横线是说整个词都具有送气特征。这里h就叫韵律成分。

英文的prosody这个词本来指的是词的韵律。在弗斯的语音学中，它具有特殊的意义。从上面两个例子中可以看到，人的话语是一个连续的语流，不能分成若干独立的单位。只要一开口，至少是一个音节。在这个语流中，要想分析各个层次上的功能，只进行语音描写或音位描写，都是不够的。这是因为，音位描写实际上只探讨了音位学上的聚合关系，没有指出其组合关系。弗斯指出，在实际话语中，构成聚合关系的并不是音位，而是"准音位单位"（phonematic units）。准音位单位比音位的特征要少一些，因为有些特征是一个音节或短语（甚至句子）中的音位所共有的（如上例提到的"浊音"和"送气"特征），这种共有特征归到组合关系中去，统称为韵律成分。换句话说，音位与准音位单位之间的差就是韵律成分；同样，音位与韵律成分之间的差就是准音位单位：

音位 – 准音位单位 = 韵律成分

音位 – 韵律成分 = 准音位单位

这两个公式只适用于词汇项，不适用于短语和句子层次。弗斯没有给韵律成分下定义，但从他的论证中可以看到，韵律成分包括重读、音长、鼻化、硬腭化、圆唇软腭化、送气等特征。总之，这些特征不存在于一个准音位单位，而是横跨多个单位，但不同于美国的"超语段音位"（suprasegmental phoneme）。

弗斯的韵律分析的第二个特点是，他提出"多系统"（polysystematic）概念来反对"单系统"（monosystematic）概念。传统音位学把不同情况造成的音位变体归为一个音位，说它们是互补分布（complementary distribution）。例如，英语音位/p/就有两种变体。在pin（别针）中，/p/有送气特征，而在speak（说话）中，/p/没有送气特征。这两种变化叫互补分布，都属于/p/这一个音位。这叫单系统。弗斯认为，这些语境引起的发音特征说明了有关语境的特点，应该把它们抽象出来，建立多个"准音位单位系统"（system of phonematic units）。到底有多少个系统，这要根据各种语言的音位特点而定，不存在什么音位普遍现象（phonological universals）。单系统分析法有时确实遇到困难。例如，爪哇语的词首位有11个辅音，/p, b, t, d, ṭ, ḍ, tj, dj, k, g, ʔ/，可是词末位只有四个辅音，/p, t, k, ʔ/。按照单系统音位理论，词末位的四个辅音应与词首位的11个辅音中的四个合为四个音位。可是如何择配呢？比如词末位的/t/,是应当和词首位的/t/归为一个音位呢,还是应该与/t/或/tj/合为一个音位呢？这就很难作出决定。所以还是多系统好。再说,按照这种方法,可以把音位的许多特征用系统表示出来。例如,英语中的ski(滑雪)用单系统分析法无非指出是两个辅音一个元音排列起来,用多系统分析法则表示为$C_1C_6V_6$。这就是说,能出现在清辅音/k/前面并与其组成辅音音丛的只有/s/一个音位。能出现在/s/后面并与其组成辅音音丛的只有六个音位(/p, t, k, l, w, y/)。元音/i:/属于另一个六个元音的系统(/i:, e:, ɑ:, ɔ:, o:, u:/)。再如,汉语的词首位辅音很多,而词末位辅音只有两个: /n/和/ŋ/。单系统分析法一定想把/ŋ/看成某个词首位辅音的变体,但词首位辅音中没有一个类似/ŋ/。这个问题对于弗斯就很简单,承认这里是两个系统就万事大吉了。

弗斯认为,原来的音位分析过于受到字母文字的约束,音位标记同拼写形式没有多大区别。后来美国结构主义学派不得不承认有超音段单位,但只局限于重读、音位调、语调。弗斯认为,这种分析没有找出问题的实质。为什么几个音位能构成一个音节,这是描写主义学者长期不得而解的一个谜。因为一个音节似乎是几个音位的任意排列而已。弗斯说,音节之所以成为音节是有其规则的,那就是韵律特征。例如,英语的limp(跛行)音位标记是/limp/,表面看上去并无特别之处。但仔细分析发现,词末的辅音音丛是两个双唇音,而这绝非偶然。在英语中,这种音丛不许在发音部位上有很大的区别。所以lint(皮棉)发/lint/音,link(连接)发/liŋk/音,是英语中允许的,而/liŋp/和/limt/就不可能存在。所以,limp中的辅音音丛都是双唇音这个事实应在音位分析中一次标出,不要分别标出,这样才能显示这个音节的特点。由此,limp不要标为/limp/,而要标为/livt̄/,这里的v和t都是准音位单位,分别代表鼻化音和清塞音;上面的横线代表"双唇"韵律特征。同样,为什么/n/和/t/可以构成词末音丛,因为它们都是齿龈音。/ŋ/和/k/可以构成词末音丛,因为它们都是软腭音。当然有例外情况,不过例外情况多属于名词复数形式和动词过去式后缀,如hammed(演得过火)和hand(手),只要标明"词末位"则可说明是指这些后缀之前的位置。正是为了处理这类情况,弗斯设想,音节结构中和词汇结构中的每一个位置都可能构成一个独立的系统。以英语为例,音节结构的中央位置都是元音,首位和末位都是辅音,这可称为中央系统、首位系统和末位系统。第二位(post-initial)系统中包括/l, r, w, m, n, p/,构成辅音音丛tr-, sn-, gl-等。倒数第二位(pre-final)系统中包括/l, r, ŋ/,

构成词末位辅音音丛-mp，-ld，-rk等。弗斯还认为，词源不同，音位系统可能不同；词类不同，也可能需要不同的音位系统。例如，英语中的首位音位/ð/就局限在指示代词和连词中：the（定冠词），this（这），that（那），they（他们），there（那里），thus（于是），then（然后），though（虽然），than（比），而动词thank（谢谢），thaw（融解），名词theatre（剧院），thousand（千）的首位音位都是/θ/。

强调多系统分析，并不等于忽视结构的分析。其实弗斯非常重视组合关系。他认为，话语的基本单位不是词，而是语篇（text），而且是在特定环境下的语篇。把语篇拆成各种层次是为了便于研究。各个层次是语篇中抽象出来的，因此先从哪一个层次下手都无关紧要。但是，不论先研究哪一个层次（音位、音节、词素、词、短语、句子），都必须分析语篇的韵律成分。而且，不论是从语音到语法再到情境，还是从情境到语法再到语音，也都必须分析语篇的韵律成分。一般地说，一个句子的韵律成分统领着整个句子及其各个部分。根据这种观点，亨德森在分析暹罗语时，提出下组韵律成分和准音位单位：

1. 句子韵律成分：语调；
2. 句子片断韵律成分：音长、音调、重读、音节之间的音调关系；
3. 音节韵律成分：音长、音调、重读、硬腭化、圆唇软腭化；
4. 音节片断韵律成分：送气、卷舌、破裂、非破裂闭塞；
5. 准音位辅音和元音单位：软腭音、齿音、双唇音、前元音、后元音、圆唇元音、非圆唇元音。

上面这种描写方法常常把本来属于音位变体的语音特征划为韵律成分，并有语法含义。例如，60年代初期，本都–塞缪尔在论述巴西的一种土著语言特伦纳语（Terena）的音位系统时，就采取这种办法。他发现，特伦纳语有下列音位：

塞音 /p/，/t/，/k/	喉音 /ʔ/
双边音 /l/，/r/	半元音 /y/，/w/
鼻音 /m/，/n/	元音 /i/，/e/，/a/，/o/，/u/
摩擦音 /s/，/š/，/h/，/hy/	

其中，塞音和摩擦音都是清音，而且没有音位变体，只是/t/在/i/之前要送气。音节类型只有两种：CV和V。没有辅音音丛。元音音丛只出现在词素之间，如一个CV音节后面紧跟一个V音节。只有在重读的情况下，才有长辅音和长元音。本都–塞缪尔发现，鼻化特征与语法有关，因为一

切第一人称范畴都有鼻化特征。只要有单数第一人称物主代词,整个词的半元音和元音全部鼻化;如果词首有塞音或摩擦音,则先将其浊化,再在前面加上相和谐的鼻音,如用/mb/代替/p/,用/nd/代替/t/,用/ŋg/代替/k/,用/nz/代替/s/等。请比较下列一组词:

我的话:	e'mõʔũ	他的话:	e'moʔu
我的房子:	'õw̃õŋgu	他的房子:	'owoku
我的哥哥:	'aỹõ	他的哥哥:	'ayo
我去了:	'mbiho	他去了:	'piho
我想:	ã'nžaʔašo	他想:	a'hyaʔso

要想概括这种鼻化现象,可以再设立一个鼻化音位/N/,令它为鼻化前面的元音和后面的半元音。比如"我的哥哥"一词的音位,可标为/aNyoN/。如果一种语音现象出现在大于音节片断的位置上,则可看作韵律成分。比如,"我的话"一词的音位全部鼻化,则可把"鼻化"成分抽象出来,将它标为 $\frac{n}{VCVCV}$。

韵律分析与音位分析法的区别似乎不在于二者揭示的语言材料的多少。应该说,二者注意到的语音事实基本相同。但是,在材料归类和揭示材料的相互关系上,韵律分析法要优越得多。韵律分析在各个层次上发现了更多的单位,并力图说明不同层次上的单位相互关联,这是音位学上的一大进步。1957年,弗斯表示相信音位学和音段音位学已经过时,今后的方向是把二者结合起来。同年,乔姆斯基也表示怀疑布龙菲尔德的音位学,怀疑直接成分结构就能代表一切语言关系的说法。但是,弗斯和乔姆斯基强调的方面不同。弗斯强调的是语言环境的重要性,所以着重研究的是具体话语;乔姆斯基主要研究语言的内部关系,即抽象的语言系统。弗斯反对用本体论来观察语言,认为用来描写语言的单位实际上并不存在,所以普遍语法现象和普遍音位现象都无从谈起。而乔姆斯基认为,没有普遍现象就无法解释语言实质和语言习得过程;而且,这些普遍现象可以在语言研究中准确地确定下来,这将有益于揭示语言与文化的密切关系。

关于弗斯的语言理论,英国语言学家刚特·克利斯(Gunther Kress,1940—)曾提出两条中肯的批评意见。第一,弗斯从来没有全面地、系统地阐述过自己的理论,他的论文之间缺乏一种有机的联系,所以人们很难找出其理论模式之间的相互关系。第二,弗斯没有提出一套完整的术语或范畴来使各个层次上的描写联系起来。例如,在论述语境功能时,他没有规定各种语言单位的语境都是什么,它们之间又如何联系起来等。他的音位理论也缺少一套系统的术语。最后应该再加上一条:弗斯的文章意思模糊,文字晦涩,很难读懂。英国语言学家帕尔默(Frank Palmer)说,虽然弗斯受到了许多批评,可是批评者"一般都不懂得弗斯说的究竟是什么。"美国学者弗朗西斯·迪尼(Francis P. Dinneen)说,"弗斯的话很不好懂,《语音和韵律成分》一文竟像是无人校对过。"

第四节　韩礼德的语言观和系统—功能语言学发展概况

继承和发展弗斯的基本理论的是当代著名语言学家韩礼德。

韩礼德从弗斯那里继承了两条基本原则。第一是"情景语境"(context of situation),认为语言与典型的社会情境有密切联系,并受其影响。韩礼德进一步发展了"情景语境"学说,从社会学角度去研究语言,提出语言学中的社会符号学。第二是"系统"(system)概念,但他重新规定了"系统"的意义,创造了一套完整的范畴。韩礼德避免了弗斯的缺点,把自己的理论阐述得清楚明了。他提出了一个完整的理论模式,准确定义了术语的含义及各种关系。正因为这样,韩礼德的系统语言学影响较大。接着他又研究了语言的功能,发展出系统—功能语言学,在全世界拥有许多追随者,成为目前最有影响的语言学学派之一,与生成语法、认知语言学平分秋色。

韩礼德1925年生于英格兰约克郡的利兹,青年时期在伦敦大学主修中国语言文学。1947—1949年他在我国北京大学深造,受到罗常培的指导,1949—1950年转到岭南大学,又受到王力的指教。回英国后又在弗斯的指导下攻读博士学位,于1955年完成博士论文《"元朝秘史"汉译本的语言》(*The Language of the Chinese "Secret History of the Mongols"*),获得剑桥大学哲学博士学位。此后十年,韩礼德先在剑桥大学和爱丁堡大学任教,后在伦敦大学学院任交际研究中心主任。韩礼德曾到世界各地讲学,担任过美国耶鲁大学和布朗大学及肯尼亚的内罗毕大学的客座教授,还是美国加利福尼亚州斯坦福行为科学高级研究中心的研究员,美国伊利诺伊州立大学语言学教授。以后,韩礼德移居澳大利亚,任悉尼大学语言学系系主任。

韩礼德是位天才的语言学家,在50年的时间中发表了两百多种专

韩礼德

著和论文。近期,他的论文集收录了他的全部论文,分十卷出版:第一册《论语法》(*On Grammar*,2002),第二卷《对语篇和话语的语言学分析》(*Linguistic Studies of Text and Discourse*,2002),第三卷《论语言与语言学》(*On Language and Linguistics*,2003),第四卷《儿童的语言》(*The Language of Early Childhood*,2003),第五卷《科学文献语言》(*The Language of Science*,2004),第六卷《数理与定量研究》(*Computational and Quantitative Studies*,2004),第七卷《英语语言研究》(*Studies in English Language*,2005),第八卷《对汉语的研究》(*Studies in Chinese Language*,2005),第九卷《语言与教育》(*Language and Education*,待出),第十卷《语言与社会》(*Language and Society*,待出)。作为一位多产作者,他创立了一种新的语言学理论,成为系统—功能语言学的杰出代表。

本节着重讨论韩礼德的语言观和系统—功能语言学50年来的发展脉络。讨论比较宏观、概括,有时还有点抽象;其中会牵涉一些生疏的术语,只能稍作解释;如果一时不太清楚,读者不用着急,以后的几节会一个一个地讲解清楚。先了解个大概轮廓,对把握这个学派的整体思路很有益处。

韩礼德曾用几句话精辟地概括了他的语言观。他说,世界上的语言学不是什么结构主义与生成语法的对立。更根本的分歧是:有的人的取向基本上是研究组合关系(syntagmatic relation),即研究语言形式,其渊源追溯到逻辑和哲学;另一些人的取向基本上是研究聚合关系(paradigmatic relation),即研究语言功能,其渊源可追溯到修辞和人种学。形式派把语言解释为一串结构,不同结构里呈现有规律的关系,所以才引进结构"转换"的概念。他们强调语言的普遍特征,把语法(他们称之为句法)看成语言的基础(故称语法是任意的),语法围绕着句子而展开。功能派把语言解释为一个关系网,其结构是为了实现这些关系而存在的。他们强调语言之间的变异,把语义看作语言的基础(故称语法是自然的),语法围绕着篇章或语篇而展开。这是两个不同的研究范式:一个是社会的,另一个是心理—生理的。心理学视角把语言看成知识,关注人类心智(mind)是如何工作的;社会学视角把语言看作行为,从社会交往入手。社会学角度研究的是生物体"之间"的关系;心理学角度研究的是生物体"内部"的情况。社会学角度把个人看作一个整体,从外部去观察他;心理学角度把人分解成许多部分,从内部去观察他。两个范式是互补的,也可以把一个范式包含在另一个范式之中。我们既可以把行为看成一种知识,也可以把知识看成一种行为。我们可以从生理角度去看社会事实。

韩礼德在《语言结构与语言功能》(1977)一文中,精辟地总结了语言学史观。他说,西方语言学历史上早就形成了对立的两大派,一派以普罗塔哥拉(Protagoras,约公元前490—前420)和柏拉图为代表,另一派以亚里士多德为代表。(参见本书第二章第一节)柏拉图派认为:1.语言学是人类学的一部分;2.语法是文化的一部分;3.语言是人们交谈事情的手段;4.语言是一种活动方式;5.语言基本上是不规则的;6.语言学是描写性的;7.关心语义与修辞功能的关系;8.语言是个选择系统;9.对语言进行语义解释;10.语言学研究把可接受性或用途作为理想的标准。亚里士多德派认为:1.语言是哲学的一部分;2.语法是逻辑的一部分;3.语言是表示肯定与否定的手段;4.语言是一种判断方式;5.语言基本上是规则的;6.语言学是规范的;7.关心语义与真值的关系;8.语言是个规则系统;9.对句子进行形式分析;10.语言学研究把合乎语法性作为理想的标准。

针对乔姆斯基的"语言知识"概念,韩礼德说:我们"懂得"(know)自己的母语不是把它当作抽象的声音符号系统,也不是把它当作一部语法书外加一本词典。我们说"懂",包括知道如何使用自己的母语,包括如何根据语境选择得体的语言形式,等等。韩礼德特别强调语言与社会的紧密关系;他认为,语言之所以呈现目前这个样子是社会需要强加给它们的,是社会需要造就了语言形式。所以,我们研究语言要从社会结构、社会文化背景、社会需求入手。针对乔姆斯基区分的"语言能力"和"语言运用",韩礼德区分了"语言潜势"(linguistic potential)和"实际语言行为"(actual linguistic behaviour)。"潜势"指供语言使用者选择的各种可能性,有大量语言资源;最后说出的话,那才是选择的实际行为。以上这几段话,基本代表了韩礼德的语言哲学。

现在比较详细地讨论系统—功能语言学理论的形成和发展。在系统—功能语言学理论模式中,除了"系统"和"功能"以外,还有三个关键词:"词汇语法"(lexicogrammar)、"(语篇)语义"和"语境"。该理论在近60年的形成和发展中,可分成三个时期,哪个时期也没离开这几个关键词。第一时期是20世纪50—60年代;第二时期是20世纪70—80年代;第三时期是20世纪90年代至今。

在20世纪50年代,韩礼德是第一个把词汇语法纳入到语言研究中的。这个时期他的主要工作是构建词汇语法。在这20年里,系统—功能语法的发展又可分三个阶段:在第一阶段,《现代汉语的语法范畴》

（1956）的问世是韩礼德语言理论研究的开始。文章建立了一个分析框架，能够较好地处理语言单位之间的关系，为以后的系统—功能理论奠定了基础。基于对汉语的描写，《语法理论的范畴》（1961）建构了一个语法理论，即"阶和范畴语法"（Scale and Category Grammar），是系统—功能语言学的雏形。他分出四个语法范畴：单位（unit）、结构（structure）、类（class）、系统（system）；并划出三种抽象的阶：级阶（rank）、说明阶（exponence）、精密度阶（delicacy），这三种级阶分别相当于"等级系统"（hierarchy）、"分类学"（taxonomy）、"连续体"（cline）。级阶就是说语言材料是由高阶位单位到低阶位单位组合而成的，具体来说，句子/复合句是由词组/短语构成的，词组/短语是由词构成的，词是由词素构成的。说明阶要说明语言材料属于哪种类型的范畴，例如：the old man，其单位是词组，其结构是冠词+形容词+名词，其类属于名词词组，其系统属于词组系统（包括名词词组、动词词组、形容词词组、副词词组）。文中讲到，语言学理论应该包含一个由相关范畴组成的体系，体系中的范畴应该能解释语言材料；同时，语言材料可以在不同的"层次"（level）上进行解释。"阶和范畴语法"描述的是语言结构的表层形式，"结构"和"系统"都是重要的概念，但是并没有具体探讨二者之间的关系。

第二阶段以他的论文《"深层"语法札记》（Some notes on "deep" grammar，1966）为标志。韩礼德区分了表层与深层结构，明确指出"结构"代表"组合关系"（syntagmatic relation），"系统"代表"聚合关系"（paradigmatic relation）。此区分表明原先的"阶和范畴语法"已经发展成为"系统语法"（Systemic Grammar）。文章解决了阶与范畴（即阶是指系统，范畴是指结构；系统关系到聚合，结构关系到组合）之间的关系问题，认为系统是首要的，它构成语言中基本的深层关系；而结构是系统的体现，从而把系统从结构中解放出来。在描写汉语和英语的过程中韩礼德发现，不同的系统形成更大的系统网络。如何解释这种现象呢？

韩礼德的《英语的及物性和主位札记》（Note on transitivity and theme in English，1968）等三篇论文把系统—功能语言学带到第三阶段。这时韩礼德看到系统依据语言内部的功能结成更大的系统网络，首次提出"元功能"（metafunction）思想来解释语言的内部结构，这是韩礼德功能语义思想的重要开端。关于元功能的假说是对原先的系统语法的扩展，因此就有了"系统—功能语法"（Systemic-Functional Grammar）的模式。在《语言结构与语言功能》（1970）中，他第一次比较系统地勾勒出语言的三大元功能（即概念功能、人际功能、语篇功能；ideational， interpersonal and textual functions）。简略地讲，概念功能指表达讲话的内容；人际功能是能表达讲话人与听话人的关系，语篇功能是指能构成连贯、完整的语篇（而不是词汇表或不相干的句串）。（详见下文）论文给系统—功能语言学中的"功能语法"部分奠定了基础。在这个时期，韩礼德还初步构建了有关语境的三个变量，即"话语范围"（field）（说话时周围在发生着什么）、"谈话人关系"（tenor）（参与者和他们之间的关系）和"话语方式"（mode，又译作："语场"、"语旨"、"语式"）（是当面对话还是打电话，是口语还是笔语，是背稿子还是即兴发言）。（详见第六节）

综上所述，20世纪中期的20年，系统—功能语言学的发展主要是构建描写词汇语法的普通语言学理论。同时，韩礼德把对词汇语法的描写与功能语义联系起来，并开始重视语言使用的社会环境的重要性。在这20年，从词汇语法、功能语义到对语境的构想，我们看到韩礼德的普通语言学理论框架已经搭建起来。

第二个时期是20世纪70—80年代。在这个时期要解决的一个很重要的问题是如何把词汇语法、语篇语义和语境有机地联系起来，建立三者之间的联系体系。1979年韩礼德在《意义的模式，表达的模式》（*Modes of Meaning and Modes of Expression*）中提出，词汇语法（作为表达形式）与意义（即语义）之间是"体现"（realization）关系。他认为，语言的三大元功能（概念功能、人际功能和语篇功能）分别由及物性系统（transitivity system）、语气系统（mood system）和主位—述位系统（theme-rheme system）体现，而各个系统又分别由不同的词汇语法系统体现。与此同时，沿循韩礼德，麦金托什（McIntosh）和斯特里文斯（Strevens）（1964）的思想，韩礼德的《作为社会符号的语言》（*Language as Social Semiotic*，1978）和他与哈桑合作的论文《语言、语境与语篇》（1985）又建立了这三个元功能与语境的三个要素之间的联系，即：概念功能指向"话语范围"，人际功能指向"谈话人关系"，语篇功能指向"话语方式"。这样，韩礼德在词汇语法、语义和语境之间建立了一一对应的"体现"关系。具体地说，语境由语义来体现，语义由词汇语法来体现。这样，在他的语言学理论中，词汇语法、语篇语义和语境进一步联系在一起，构成一个整体。

但是，语义与词汇语法之间并不总是简单的一一对应关系，常会出现复杂的情况，即语义由"非一致式的词汇语法形式体现"（incongruent realization of semantics by lexicogrammar）。比如，某个概念意义对应的一致性的体现是一个物质过程，但也可能通过心理过程来体现，后者就是不一致的现象。例如，He drove the bus over-rapidly downhill. = his overrapid downhill driving of the bus; The brakes failed. = brake failure = His overrapid downhill driving of the bus caused brake failure. 参与者不同了,动作不同了,词汇形式变了,词汇语法变了。针对这个问题,韩礼德首次系统地提出语法隐喻的概念,来解释非一致性问题。字面意义与隐喻实现的意义的不同在于语义同词汇的迥异。语法用法隐喻就是用不同的语法结构表达相同的意义(如前面例句)。韩礼德主要提出概念隐喻和人际隐喻两种形式。在概念隐喻中,一个过程可以隐喻为另一个过程;随着过程的转换,各小句中的功能成分(如参与者、过程、环境因子等)可互相隐喻化;被转换的功能成分在词汇语法层体现时,又可以从一个形式(如短语、词类等)隐喻为另一个形式。(比如, he is impaired by alcohol = alcohol impairment; they allocated an extra packer = allocation of an extra packer之类的变化) 在人际隐喻中,则区分情态隐喻和语气隐喻;前者表现为情态的体现形式可以有多种,如情态动词、形容词、副词、名词等,而语气可以有多种言语行为互相转换。(例如, He might not come. = Probably he will not come. = It is unlikely that he will come. = I don't think he will come.)因此,语法隐喻可以看作不同层次上的重组,语义重新通过词汇语法来体现。需要说明的是,正是由于有了语言的层次化,语法隐喻才得以实现。(关于语法隐喻,详见本章的第七节)

　　解决了这些问题,功能语法也逐渐进入了成熟阶段。韩礼德《功能语法导论》(1985)的出版标志着功能语法理论的整体性和系统性已经基本形成。这是第一部全面描写英语中的小句(clause)和词组/短语(word group/phrases)的系统—功能语法专著,它为后来的英语描写奠定了基础,也为对其他语言的描写提供了"范例"(model)。在这个时期,对于小句之上的语篇语义的研究也有很大的进步。这个时期的研究从词汇语法"向上"扩展到对语篇语义和语境的描写,在精密度上有很大幅度的延伸。由于现有的系统—功能语法更多地关注对小句的描写,如何解释和描写语篇层面上的意义是韩礼德等学者要面临的问题。韩礼德和哈桑(1976)在《英语的衔接》(Cohesion in English)中提出了衔接理论,描写了英语语篇中词汇语法系统如何体现"衔接"。因为它涉及了句子与句子的衔接,所以这部专著描写的是超越小句的语法单位,这些单位是非结构性的,是构建语篇的语言资源。这样看的话,小句语法负责构建语篇所需的结构性资源,衔接机制负责构建非结构性资源。因此,《英语的衔接》是系统—功能理论从基于小句的语法扩展到语篇的语法的重要里程碑,并为后来的语篇语义研究提供了理论基础。(见第六节)

露葵雅・哈桑

随后,韩礼德在《语篇语义与小句语法:语篇如何与小句相似?》(1982)中进一步提出了语篇层面上的元功能的语义组织模式:语篇在结构组织上与小句相似。沿循这一思想,相当一批学者开始对语篇的语义组织结构进行描写。这个时期对语境的深入描写使得语言与语境之间的关系更加清晰。

综上所述,在20世纪70—80年代,基于小句的系统—功能语法已经成熟,对词汇语法的描写已经具有相当完善的系统性和整体性,同时建立了词汇语法、语篇语义和语境之间的体现关系。这样,对语言的描写从词汇语法逐渐扩展到对语篇语义的(结构)描写,而对语篇的语义研究也推动了对语境的进一步描写。

第三时期为20世纪90年代至今。90年代以来,功能语言学对于词汇语法的描写在精密度上呈现出三个趋势:一是对"词汇—语法"的描写出现分工;二是对语言的系统描写和功能描写更加精密入微;三是对语言的描写从英语扩展到其他语系。例如,有的学者专注于对词汇的描写,有的学者专注于对句法的描写。这只代表了不同学者的研究兴趣而已。韩礼德说过,词汇是最精密的语法,而语法是最概括化了的词汇;语言只有一个词汇语法的系统网络。《词汇语法图解:英语的系统》描写了英语语法的系统网络,在精密度上扩展了系统—功能语法的系统思想。随着《功能语法导论》(1994)的再版,韩礼德对英语的小句语法的描写逐渐深入和精密。韩礼德与马蒂森的《功能语法导论》(2004)第三版比前两版更突出了对英语语言系统网络的描写。同时,其他学者对语言各个功能语义系统的描写和研究也越来越深入,如对概念功能的研究、对人际功能的描写、对语篇功能的描写以及对各个功能内部的各个子系统的精密描写。这样,在小句的系统网络中词汇语法的描写精密度逐渐得到延伸,构成越来越细密的系统网络。

韩礼德等人从对个别语言的描写,到对不同语言的描写,到最终对语言类型的描写无不为普通语言学理论提供了基础和佐证。实际上,在这个时期,系统—功能学者已经着手构建语言的系统—功能类型学,朝着建立功能语义学的方向迈进。这个时期对语篇的语义研究在描写语义组织结构方面更加深入,并同语类的研究紧密联系起来。这个时期对语篇语义的结构描写往往是基于某个语类的描写。与此同时,马丁(1992)、马丁与罗斯(Martin & Ross)、马丁与怀特(Martin & White)等着手构建语篇语义的系统,其目的是解决小句语法与衔接理论之间的结合性问题。他们着重描写了语篇中的语义系统,特别是对人际语篇语义的描写,并认为"评价系统"（appraisal system）、"协商系统"（negotiation system）和"参与系统"（involvement system）是语篇语义层面共同表达人际意义的三个系统,其中以对评价系统的描写（即评价分析框架,见 Martin & White, 2005）最为系统和完善。以评价系统为例,评价系统里没有级阶的问题,不用把文本切成小单位,可以分析整个语篇;但也可拿小句、词组、词等任何单位来分析;分析过程完全是释义性的,不同的人会有不同意见。表达意见时包括三个维度: 程度（graduation）、态度（attitude）、承诺（engagement）。程度是指表达时的肯定程度或激烈程度（如: That angel/rascal is my tutor. This is a heavenly/rotten day. The prices shot through the roof/plunged. ）。态度通过评价、欣赏或感情来表达（如: My neighbour is a real nosey-parker. ）。承诺是指你可以对某个观点表示否定、支持、远离、中立等（如: It is alleged that men are apes.［中立］; I deny that men are apes.［否定］; I am compelled to conclude....［支持］; The report suggests that....［基本支持］; She alleged that....［怀疑］）。

　　这个时期对语境的研究有突破性进展,主要有两个描写维度。一个是马丁发展了关于语境层次的观点,对语境进行的"层次化"（stratification）描写;一个是韩礼德提出"例示化渐变体"（cline of instantiation）对语境的描写。马丁把语境本身看作意义系统,即把语言的意义系统视为表达层,并把语境层次视为意识形态（ideology）、语类（genre）（如文学语言、科技语言、旅行札记等）、"语域"（register）（当话语范围、话语方式、谈话人关系给定之后,你所能使用的那类语体也就决定了,那种语体就叫"语域";比如,我在教室用英语讲语言学课,话语范围是语言学,话语方式是口语,人物关系是师生关系,我所使用的语体只能是比较正式的、带专业性的英语,不能像我在家中对自己的孩子讲话那么随便。见下文）。意识形态、语类和"语域"分别位于三个层面: 处于最低层面上的是"语域",由话语范围、话语方式、谈话人关系规定着,并分别与语言的三个元功能（概念、人际和语篇）相对应。"语域"通过社会中意义资源使用的"目的取向"（goal orientation）形成纵横交错的系统网络,即语类结构,这就是处于中间层面上的语类所描写的内容。处于最高层面上的意识形态则是社会中意义资源的不均衡性的表征。关于这三个层面,目前研究最多的是处于中间层面的语类,其中以马丁为代表的"悉尼学派"（Sydney School）的研究最为引人瞩目（如马丁与罗斯对语类关系的研究）。目前,马丁的评价系统（appraisal system）最有名气,使用最广泛。（见本章第八节）马丁的评价系统受到层次语法和哈桑的语篇语义学的影响,属于语篇语义理论,结合三大元功能描写语篇的组织结构。人际方面特别包括"协商"(negotiation)(双方交流思想),评价(appraisal)(双方协调他们的态度)。概念方面包括把人的经验组织成为涉及人和事的活动,并把它们有机地联系起来。语篇概念方面则包括介绍人物、地点、事件,并按信息板块来组织语篇。

韩礼德在《语言教育中的语境概念》中则从观察者的角度,提出把语境看作一个例示化渐变体(cline of instantiation),一端是系统(文化语境),另一端是系统的例示(情境语境)。也就是说,文化语境是情境语境的系统终端,而情境语境则是文化语境的例示。这个例示化渐变体的中间单位,是"机构"(institution)和"情境类型"(situation type)。从文化语境的一端看,机构是文化语境的一个子系统;从情境语境的一端看,情境类型是"例示类型"(instance type),是对情境的概括。同时,韩礼德还用例示化渐变体把语篇与语篇背后的潜势(即语言系统)联系在一起。他认为,系统和语篇的关系是一个例示化渐变体上的两个端点,一端是语言系统,另一端是语篇。处于这个渐变体终端的是语域和"语篇类型"(text type)。从语言作为系统的一端看,"语域"是系统的一个子系统;从语言作为语篇的一端看,语篇类型是对语篇的概括。这样,例示化渐变体把语言系统与实例结合起来,把系统与实际语言例子(即语篇)结合起来描述。例示化渐变体这个说法在后来又得到进一步阐释和细化。随后,韩礼德从"计算意义"(computing meaning)的立场出发,构建了"层次化—例示化矩阵"(instantiation-stratification matrix),把从层次化角度的"词汇语法→语义→语境"和例示化角度的"系统→子系统/例示→类型/例示"联系起来。这个描写模式对于语言意义系统的计算以及最终的意义生成至关重要,为其提供了理论描写的基础和支撑。这也代表了系统—功能语言学的最新描写模式和潜势。

总起来说,进入20世纪90年代以来,系统—功能语言学对词汇语法的描写越来越细致,并勾勒出系统—功能类型学的研究纲领;对语篇语义的研究着重探讨语义系统的描写;对语境的研究中,对其层次化和例示化描写使得对语境的认识比以往更加清晰,也为与语言学相关的其他研究提供了理论支撑;在这个阶段,对语境的描写有了很大的发展。从整体趋势上看,系统—功能语言学从词汇语法扩展到语篇语义,逐渐扩展到对语境的研究。从宏观角度看,系统—功能语言学的发展轨迹起始于小句的语法,然后扩展到语篇的语法,现在正朝着构建语境的语法方向努力。

现在我们归纳一下系统—功能语言学的基本原则。系统—功能语言学与其他语言学理论有许多相同之处。它不仅研究语言的性质、语言过程和语言的共同特点等根本性问题,而且探讨语言学的应用问题。系统语言学主张描写主义,反对规定主义。系统语言学家认为,研究语言的方法多种多样,应该允许对不同意见的争辩。他们的理论目标是要使自己的理论确有见地,内部紧凑,前后一致,清楚明白。他们认为语言学应该是独立的科学,同时又与其他学科有密切联系。系统—功能语言学与层次语法(stratification grammar)和法位学语法(tagmemics)(这两种理论本书都不作详细介绍)最为接近,与转换生成语法区别最大。

系统—功能语言学有几大特点:

第一,系统—功能语言学十分重视语言在社会学上的特征。系统—功能语言学家最关心的问题是语言的社会功能是什么和如何完成这些社会功能。所以他们集中力量去发现和描写由于社会情境和说话人的情况不同而产生的各种语言变体,以及这些变体与社会功能的关系。因此,系统语言学最容易应用于社会语言学(sociolinguistics)和语言教学,它与文体学也有密切关系。这一特点正是系统语言学与转换生成语法的根本区别。系统—功能语言学从社会角度研究语言,不重视语言的心理基础;转换生成语法从心理学角度研究语言,不过问语言与社会的紧密关系。

第二,系统—功能语言学认为语言是"做事"的一种方式(a form of "doing"),而不是"知识"方式(a form of "knowing")。我们知道,索绪尔区分"语言"和"言语"之后,许多语言学家接受了他的观点,作了类似的区分。乔姆斯基区分的是"语言能力"和"语言运用"。韩礼德区分的是"语言行为潜势"(linguistic behaviour potential)和"实际语言行为"(actual linguistic behaviour)。这二者之间的区别不在于"言语"上,他们都认为"言语"是讲话人实际说出的话。其区别在于如何认识"语言"。韩礼德认为,"语言"不是人的一种知识或能力,而是"语言和文化允许他选择的选择范围",也就是"在语言行为上能够做的事情的范围"。所以,所谓"语言"就是讲话人"能做"什么,所谓"言语"就是讲话人"实际做了"什么。乔姆斯基所说的"知识"是语言的心理学范畴,"语言能力"是个人的特性;韩礼德的"做事"的方式属于语言的社会范畴,即语言与环境的关系,"语言行为潜势"属于一个语言社团的特性。

第三,系统—功能语言学比较重视对个别语言以及个别变体的描写。应该说,转换生成语法和系统语言学都重视调查个别语言的特点和发现一切语言的共同之处。但比较起来,转换生成语法更加重视发现语言的普遍现象,调查个别语言只是一种手段而已。而系统语言学更加重视描写个别语言、个别语言变体、个人语言特点（idiolect）以及个别语篇的分析等，而且认为这种描写本身就是目的之一，而不是为了发现语言普遍现象。

第四，系统—功能语言学用"连续体"的概念来解释许多语言事实。我们知道语言极为复杂，有各种分析方法，很难说某种分析绝对正确或某种分析绝对错误。我们创造的描写范畴往往不那么明确，多少有些模棱两可。语言中的模糊现象是大家公认的。但系统语言学家尤其重视这种现象，因此创造了"连续体"（cline）这一概念。一个连续体就是一个"阶"（scale），上面的一切东西都逐渐变为另一些东西；"阶"的两端十分不同，但很难判断它们的界限何在。韩礼德等人利用这个概念来说明，有些语言单位属于范畴A，有些属于范畴B，其他单位落在连续体AB之间。从理论上讲，"连续体"的概念是很理想的，也很有用。但在实际语言描写中，还是要把"阶"分成若干段，才能更准确地陈述范畴之间的关系。许多语言学家把"连续体"切分得比较简单，如分成两段。系统语言学家尽量把"连续体"切分得复杂一些。例如，句子的语法性（grammaticality）就是一个"连续体"。乔姆斯基把它分成两段：一个句子或者合乎语法，或者不合乎语法。这是因为他认为语言是一种"知识"，语法性是按照"可接受性"来规定的。韩礼德认为，既然语言是一种行为方式，其语法性应按照其"惯常性"（usualness）和出现的可能性来规定。而且，具体情况往往十分复杂：一个句子在某种情况下是不可接受的、反常的、不大可能出现的，而在另一种情境下又是可接受的、惯常的、会出现的。韩礼德在语法性这个连续体上分出许多刻度，以便更准确地反映语言在实际情境中的运用：

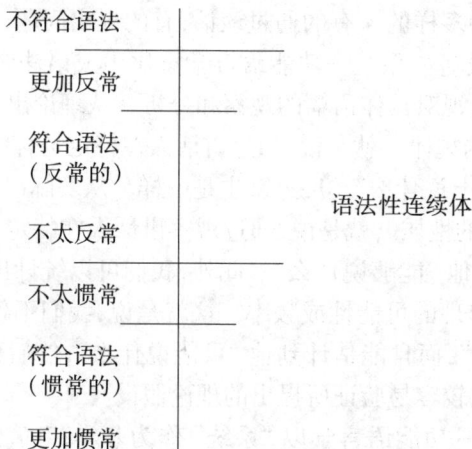

不符合语法

更加反常

符合语法
（反常的）

不太反常　　　　　　　　　　　语法性连续体

不太惯常

符合语法
（惯常的）

更加惯常

当然,把"连续体"切分得过于复杂,就有"见木不见林"的危险。为了避免这种情况,韩礼德又引入"精密阶"(scale of delicacy)的概念。就是说,切分"连续体"时要分阶段进行,先划出较大的刻度,再把它们分成更小的刻度。也就是说,大的范畴中又分小的范畴,小的范畴又包含更小的范畴。例如:

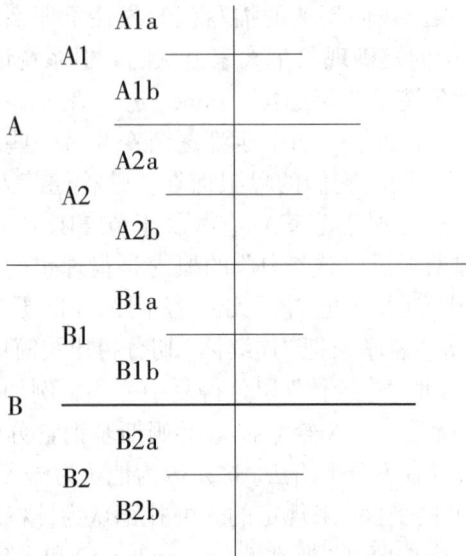

```
                    A1a
              A1
                    A1b
        A
                    A2a
              A2
                    A2b

                    B1a
              B1
                    B1b
        B
                    B2a
              B2
                    B2b
```

精密阶的优点在于: 从最简单、最明显的切分入手,逐步进行越来越细腻的区分; 在区分细小概念的同时,又不忘记包含它们的更大概念。

第五,系统—功能语言学依靠对语篇的观察和数据统计来验证自己的假设。语言学家与其他科学家一样,要不断验证自己的理论假设。验证的方法是多种多样的。有的通过谈话,有的提出问题,有的进行实验,有的采用仪器设备。系统—功能语言学家比生成语法学家更重视科学验证。他们更重视对具体语篇的观察和分析。从理论出发,利用"语言"来揭示"言语"的规律。就是说,通过讲话人在特定场合中"能够说什么"来研究他"实际上说什么"。反过来也是一样。从实际出发,利用"言语"来揭示"语言"的性质。就是说,通过观察讲话人在特定场合中"实际上说什么"来研究他"能够说什么"。此外,我们可以统计出一种语言变体在特定场合中出现的可能性或频率。这就是说,我们不仅可以估计一个人"能够说什么",而且能估计到他"可能说什么",然后再比较他"实际上说什么",就比较容易验证所提出的理论假设。

第六,系统—功能语言学以"系统"作为基本范畴。韩礼德继承了弗斯的"系统"概念,把语言看作一套系统。我们看过,韩礼德把"语言"看成"语言行为潜势",将其视为"选择范围"。每一个系统就是语言行为中的一套供选择的可能性,即在特定环境中一个人可以选用的一组语言形式。"系统"概念是系统语言学的出发点,是它区别于其他语言学理论的根本范畴。

以上是系统—功能语言学的概貌。下面几节再详细介绍韩礼德如何创立了系统—功能语言学理论。

第五节　韩礼德的系统语法

韩礼德认为,语言是由许多系统组成的系统(a system of systems),大系统包含小系统,小系统包含更小的系统。不过,他并不是一下子就认识到这一点的,而是从20世纪50年代初至60年代中期慢慢探索和发展了系统语法理论,主要体现在《语法理论的范畴》《语言中词类与连锁轴和选择的关系》和《"深层"语法札记》等文章中。这个时期可分为两个阶段: 阶和范畴语法(Scale and Category Grammar)阶段和系统语法(Systemic Grammar)阶段。

韩礼德指出,他的理论包含一系列的相互关联的范畴,用以解释语言材料; 还包含一套抽象的阶,用以说明范畴与材料的关系。所谓语言材料就是观察到的语言事件(language event),不论是口头的还是书面的。他的理论认为,语言材料要在不同的层次上进行解释。最基本的层次是"实体"(substance),"形式"(form)和"情境"(situation)。实体就是语言的原材料,即说话时的声音和写字时的符号。形式是实体排列成的有意义的结构。如d, t, y, o, a只有实体,而today(今天)既有实体又有形式,是语言出现的场合,有规定意义的作用。

完整的层次模式需要更细的分析。实体又分语音实体(phonetic substance)和文字实体(graphic substance),前者由音位学来研究,后者由文字学来研究。形式又可分为词汇(lexis)和语法。词汇是语言的个体单位及它们能组合成的结构(如介词短语)。语法是指这些词汇单位的分类情况以及这些类别组成的结构。类别就是词类(名词、动词等),结构就是名词+动词之类的排列。情境不太容易分出细类。但有人建议,情境可分成谈话主题(thesis),直接情境(immediate situation)和更大情境(wider situation)。更大情境包括说话人以前的全部经历,为什么他在某种直接情境中会说出某种语言。

这三个层次靠两个层际层次(interlevel)联系起来: 语境(context)和音位学。把形式和情境联系起来的是语境。语境不是什么实际单位,而是指实际单位之间的关系,如词、词类、结构与主题、直接情境、更大情境之间的关系。例如,cigarette和fag都是"香烟"的意思。但是fag用于非正式情境,而cigarette用于比较正式的场合。再看下面两句:

1. Close the door. (关上门。)

2. Would you close the door, please? (请关上门好吗?)

两句的主题完全一样,但出现的直接情境不一样。第一句用于熟人之间,相互不必客气。第二句用于不太熟悉的人之间,双方要讲究礼貌。

联系形式与实体的是音位学。这里实际上包括两个次层际层次: 音位学和文字学。音位学把形式和语音实体联系起来,例如语法与语调的关系,语法与重读的关系等。例如record(录音; 录音制品),produce(生产;农产品), progress(前进; 进步)。作为名词时,重音落在第一音节; 作为动词时,重音落在第二音节。文字学把形式与文字实体联系起来,例如语法结构与标点符号的关系,不同词类的不同拼法等。如prophecy(预见)是名词,而prophesy是动词。这些层次的关系可列表如下:

语言的层次

实体	⟷	形式	⟷	情境
语音实体 文字实体	音位学 文字学	语法 词汇	语境	谈话主题 直接情境 更大情境

韩礼德还注意到,一句话由许多单位组成,这些单位呈现单维、线性排列,叫连锁轴(axis of chain)。连锁轴又称组合轴,相当于索绪尔的连锁关系(见第四章)。出现在连锁轴上的是大小不同的结构,有音位结构、文字结构、语法结构及词汇结构。在这些结构的任何一点上,又有选择的可能,是在选择轴(axis of choice)上进行的。选择轴又称聚合轴,相当于索绪尔的联想关系。所谓选择,并不意味着绝对自由的选择。有的比较自由,有的是情境决定的; 有的是无意识的,有的是有意识的。出现在选择轴上的是对比关系(contrast),如音位对比、词汇对比等。正是对比关系赋予语言单位意义; 没有对比就没有交际。可以说,连锁轴把出现的单位联系起来,选择轴把没有出现的单位联系起来。

在以上这两个轴上,都有相应的语法概念。在连锁轴上的语法是结构(structure)。结构表达的是相似之处和重复现象。结构又可分为位置

（places）和成分（elements）。一句话可分成的部分叫位置,占据这些位置的叫成分。下列句子中有四个位置和四个成分:

主语	谓语	补足语	附加语
John	opened	the door	politely
（约翰有礼貌地打开门）			
They	watch	TV	in that room
（他们在那间屋里看电视）			
Smith	took	the purse	by mistake
（史密斯错拿了钱包）			
Crimes	were	very common	last year
（去年犯罪很普遍）			

英语中还有其他结构:

限定词	中心词	修饰词
the	boys	nextdoor（隔壁的男孩子）
old	houses	nearby（附近的古老房子）
very	common	indeed（确实很普通）
quite	quickly	enough（已相当快地）

介词前成分	介词	补足成分
just	beyond	John（约翰不懂）
nearly	to	France（几乎到法国）
soon	after	that（此后不久）

助动词	动词	动词延伸
has	run	down（下降了）
have	taken	over（接管了）
has	turned	up（出席了）

以及词汇结构:

前缀	基础	中缀	后缀	词尾	附加成分
de	bunk		er	s	
un	kind		ness	es	
	paint		ing	s	
	goose	ee			
	go		ing	s	-on
	sister			s	-in-law

和主从关系结构:

从属部分	主要成分
Since time is pressing	we'd better go（时间紧，我们还是走吧）
If you like	I'll call for you（你同意我就叫你）

常用的成分代号是:

α = 主要成分	ß = 从属部分	A = 附加语
S = 主语	P = 谓语	C = 补足语
m = 限定词	h = 中心词	q = 修饰词
b = 介词前成分	p = 介词	c = 补足成分
a = 助动词	v = 动词	e = 动词延伸

构成主语和补足语的是名词组,构成谓语的是动词组,构成附加语的是副词组。主语的功能是表示动作者,谓语的功能是表示动作,补足语用来表示目标,附加语用来表示伴随情况。主语表示主位(theme),其他成分都表示述位(rheme)。请看对下句的分析情况(句意: 约翰生气地踢了一下门):

例句	John	kicked	the door	in a temper
所属类别	名词组	动词组	名词组	副词组
可能成分	m, h, q	a, c, e	m, h, q	p, c
功　能	动作者	动　作		
	主　位	述　位		

下面分析一个例句:

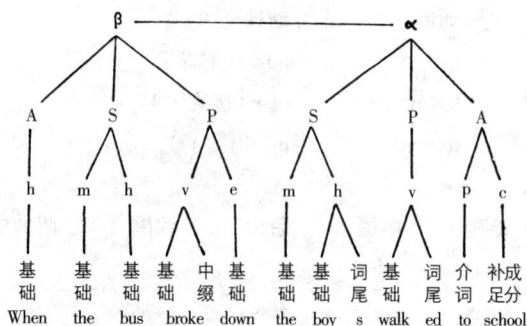

（句意: 汽车抛锚了,孩子们走到学校）

我们看到,结构上的语言片断有大有小。这些大小不一的实体形式称为单位(unit)。单位就像语法上的度量衡单位一样。小的单位结合为更大的单位。英语语法中的基本单位是: 句子,子句,词组(group),词,词素。句子多由子句组成,子句由词组组成,词组由词组成,词由词素组成。按大小顺序排列起来,就成了一个级阶(rank scale):

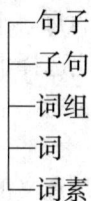

```
┌─ 句子
├─ 子句
├─ 词组
├─ 词
└─ 词素
```

每一个单位由下一级的单位组成,并为上级的单位提供组成成分。一个单位只能包含下级的完整单位,不能包含下两级或三级的单位。例如,一个子句不能直接由词或词素构成,只能由词组构成。但是,情况并不如此绝对。一个单位的级是可以变化的,这叫级转移(rankshift)。例如,在下列句中:

1. The houses nearby were destroyed by fire.(附近的房子被火烧坏了。)

2. The houses of historic interest were destroyed by fire.(具有历史意义的房子被火烧坏了。)

3. The houses which were of historic interest were destroyed by fire.(同上)

请看作主语的名词短语。第一句很简单。第二句的名词组实际上由两个词组组成,其中, of historic interest 的功能相当于一个词(如nearby),因此可以说它的级转移了,由词组降为词。这也就等于说,词组可由两个词组构成了。第三句的名词组由一个词组和一个子句构成,这里的子句也已发生级转移,由子句降为词。

以上讨论的是结构,即语言的连锁轴上的语法概念。下面讨论选择轴上的语法概念,主要讲各种系统。韩礼德注意到,结构讲的是语法的表层现象,即语法形式;系统讲的是语法的深层现象,即语法的意义和关系。

我们知道,系统就是一组选择。每种语言都有许多系统。例如英语中的系统包括:

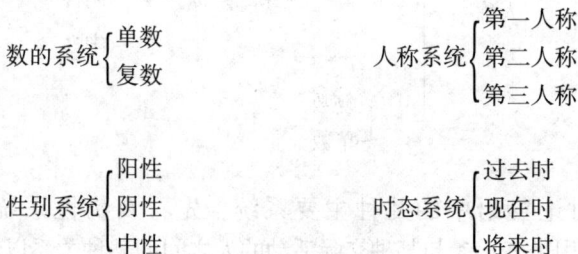

数的系统 { 单数 / 复数 　　　　人称系统 { 第一人称 / 第二人称 / 第三人称

性别系统 { 阳性 / 阴性 / 中性 　　　　时态系统 { 过去时 / 现在时 / 将来时

系统有三大主要特点。第一，一个系统内的选择是互相排斥的，选择其一则不能再选其二。第二，每个系统都是有限的，能够准确地说出它所包含的选择数目。第三，系统中的每一个选择的意义取决于其他选择的意义。其中一个意义改变了，其他选择也要改变意义。古英语有三个数：单数、双数、复数。现在只有单、复数。古英语的复数是"多于两个"，现代英语的复数是"多于一个"。

可以看出，所谓选择实际上是意义的区分。进入一个系统的选择要属于同一个意义范围，毫无关系的两个选择不能进入同一个系统。例如，否定和复数就不能进入同一系统，否定与肯定构成一个系统。而且，一个系统的选择要具有相同的语法环境，它们的对立必须在同一的语法框架中实现。每个系统适用于一个级。如语态系统适用于子句级，每出现一个子句，就要从陈述句、疑问句、命令句中选择一次。系统与系统之间有相互制约的关系。例如，已经选了定式动词，就只能选陈述句或疑问句；选了命令句，就只能选不定式动词。

语言包含许多系统，这些系统并不在一个层次上，有时可以分出四五个层次来，这就是韩礼德说的"精密度阶"（scale of delicacy），总称为系统网络。以人称系统为例，第一步从"言语角色"和"数"中进行选择；第二步从第一人称、第二人称、第三人称中选择角色；第三步中，还有给自己选择"谦称"和给他人选择"尊称"的可能；第三人称则有性别的选择。于是，人称系统就分出四个层次。如图：

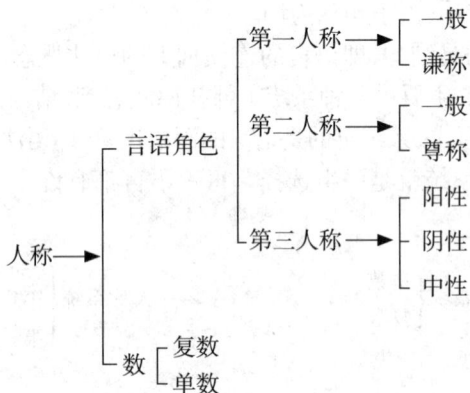

下面讨论英语中的几种主要系统。先看及物性系统（transitivity systems），它用来表示参与某种交际活动的人之间的某种关系以及参与者的活动、状态或环境之间的关系。说话时往往要包含一种过程。请看这几句话：

4. Smith kicked the ball by accident.（史密斯偶然踢到球。）

5. John saw Mary on Tuesday.（约翰星期二看见了玛丽。）

6. Beauty is only skin deep.（美丽只停留在表皮上。）

7. He sighed for the day of his youth.（他为失去年轻时代而叹气。）

8. He said that you should keep quiet.（他说你应该保持安静。）

9. There is a pen on the desk.（桌子上有支钢笔。）

第四句是物质过程（material process），第五句是心理过程（mental process），第六句是关系过程（relational process）。第七句是行为过程（behavioral process），第八句是言语过程（verbal process），第九句是存在过程（existential process）。所以：

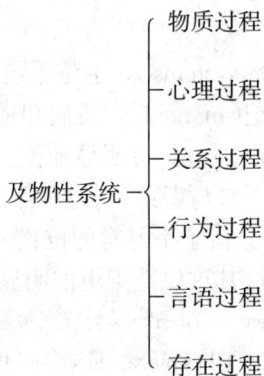

及物性系统
- 物质过程
- 心理过程
- 关系过程
- 行为过程
- 言语过程
- 存在过程

物质过程是表示做某件事的过程，过程本身由动态动词来表示（如build，break，make），逻辑主语是动作者，动作的目标是直接宾语，主语和宾语用名词或代词表示。心理过程表示感觉、反应、认知等心理过程。表示感觉的动词有see，look等；表示反应的动词有like，please等；表示认知的动词有know，believe，convince等。关系过程反映事物之间处于何种关系，可分归属、识别两大类。归属类指某实体具有什么属性或归为什么类型。识别类含一个识别者和被识别者（My name is John Smith）。行为过程指的是诸如呼气、咳嗽、叹息、做梦、哭笑等生理活动过程，常见的表示行为过程的动词有breathe，cough，sigh，dream，laugh，cry，watch，listen等。言语过程是通过讲话交流信息的过程，常见的表示言语过程的动词有say，tell，talk，praise，boast，describe等。

物质过程又可分为动作过程（action process）和事件过程（event process）。有生命的参与者的动作叫动作过程。无生命的参与者的动作叫事件过程。第四句是动作过程。第十句是事件过程：

　　10. A stream flows through the valley. (一条小溪流过山谷。)

动作过程又可以分两种：一种是主观愿望要做的，叫目的过程 (intention process)；一种是主观上没有打算做，但还是发生了，叫意外过程 (supervention process)。两种情况分别表现于下面两句：

　　11. Peter swam to the island. (皮特游到岛上去了。)

　　12. John dropped the teacup. (约翰把茶杯掉在地上。)

　　同样，心理过程又可分为内化 (internalized) 过程和外化 (externalized) 过程。像"看见"、"听见"、"想"等都是内化过程，而"说"、"宣布"都是外化过程。内化过程又分识别 (perception) 过程 (如"看见"、"听见")，反应 (reaction) 过程 (如"喜欢"、"痛恨") 和认知 (cognition) 过程 (如"想"、"认为")。

　　再看主位系统 (theme systems)。主位系统中最重要的区分就是无标记 (unmarked) 和有标记 (marked)。我们知道，在一个句子中，第一位置和最后位置是由重要成分占据，有明显地位。如果一个基本成分占据平常的位置 (平常位置为：参与者第一，过程第二，环境第三)，其重要性则不太明显。如果一个成分占了不寻常的位置，它的地位就被突出出来。如果再使用一种特殊手段，其重要性则更加明显。试比较：

　　13. The meeting takes place on Tuesday. (会议在星期二进行。)

　　14. On Tuesday the meeting takes place. (星期二召开会议。)

　　15. It's on Tuesday that the meeting takes place. (是在星期二召开那个会议。)

　　第13句的位置很正常，所以叫无标记句。后两句的位置不正常，叫有标记句，都突出了"星期二"的地位。但这后两句又有区别。第14句只靠变化位置，第15句用了一种特殊手段。用这种手段的 (即 it + is (was) + who/that) 是指示性主位 (predicated theme)。不用这种手段的叫非指示性主位 (non-predicated theme)。有时，为突出一个成分的重要性，让这个成分出现两次。句子首位一次，正常位置一次，这叫前置主位 (preposed theme)，没有这种现象的叫非前置主位 (non-preposed theme)。比较：

　　16. We saw a flower festival in Amsterdam. (我们在阿姆斯特丹观看了花展。)

　　17. Amsterdam, we saw a flower festival there. (阿姆斯特丹，我们在那里观看过花展。)

　　前面已经看到，有些系统区分明显的、重大的差别，有的区分次要的差别，有的区分细微差别。按照细微程度把这些系统排在一个阶上，就叫精密阶 (scale of delicacy)。以及物性系统和语气系统为例：

```
                                        ┌ 目的过程
                        ┌ 动作过程 →
              ┌ 物质过程 →             └ 意外过程
              │         └ 事件过程
              │                         ┌ 识别过程
及物性 →      ├ 心理过程 →  ┌ 内化过程 → ┤ 反应过程
              │            └ 外化过程    └ 认知过程
              └ 关系过程

              ┌ 指示语 →  ┌ 陈述句
              │          │            ┌ 封闭疑问句
语气 →        │          └ 疑问句 →   └ 开放疑问句
              │
              └ 命令句 →  ┌ 排斥性命令句
                         └ 包含性命令句
```

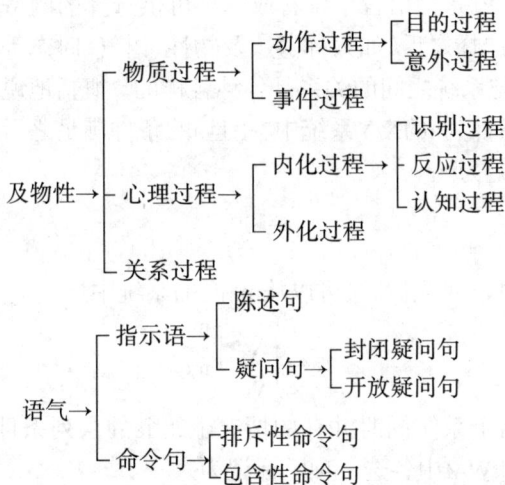

精密阶不仅使语义区别越来越细,而且有一种依赖关系(dependency)。右面的系统依赖于左面的系统。如,封闭疑问句(即特殊疑问句)和开放疑问句(即一般疑问句)依赖于左边的疑问句一项。

有些系统可以同时并存,其间也没有依赖关系。前面讲的物质过程可以分为动作过程和事件过程,同时还可以分成无限制过程(unrestricted process)和有限制过程(restricted process)。有些过程可以涉及一个参与者,也可涉及两个参与者,就叫无限制过程。例如,John opened the door(约翰开了门)和The door opened(门开了), Mary broke the teacup(玛丽打破了茶杯)和The teacup broke(茶杯打破了)。而另外有些过程必须涉及两个参与者,如The car hit the kerb(汽车碰了马路牙子)和Billy kicked his sister(比利踢了他妹妹),这叫有限制过程。两个系统同时并存的关系如下:

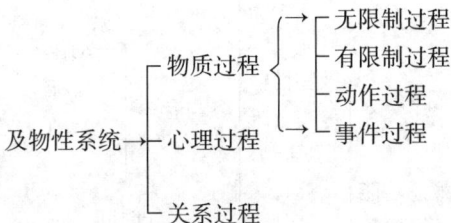

```
              ┌ 物质过程 ⌠ 无限制过程
              │         ⎬ 有限制过程
及物性系统 →  ├ 心理过程 ⎨ 动作过程
              │         ⌡ 事件过程
              └ 关系过程
```

这就是说,这两个系统都满足了入列条件(entry condition)——属于物质过程,但又互相独立;选择有限制和无限制过程与动作过程和事件过程没有关系。

　　所谓系统,就是把语言系统看成一种可供选择的网络。当从有关系统中一一进行选择之后(如人称、数、及物性、语气、时态等),则可生成句子结构。系统与系统之间的关系是各种各样的。概括地说,有下列四种。第一,在入列条件为a的X/Y系统中,一旦a的条件满足之后,便得从X和Y中选一项。标记为:

$$a \rightarrow \begin{cases} X \\ Y \end{cases}$$

当X的入列条件满足之后,又可以从m和n的系统中选一项。标记为:

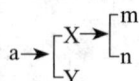

$$a \rightarrow \begin{cases} X \rightarrow \begin{cases} m \\ n \end{cases} \\ Y \end{cases}$$

在X/Y和W/Z两个系统同时并存的情况下,当a的入列条件满足之后,便得同时从X/Y和W/Z中各选一项。标记为:

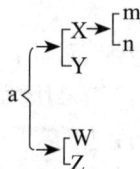

$$a \begin{cases} \begin{cases} X \rightarrow \begin{cases} m \\ n \end{cases} \\ Y \end{cases} \\ \begin{cases} W \\ Z \end{cases} \end{cases}$$

有时入列条件是两项或三项,则需要同时满足才能从右边的系统中进行选择。标记为:

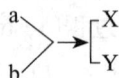

$$\begin{matrix} a \\ b \end{matrix} \rightarrow \begin{cases} X \\ Y \end{cases}$$

下面再看两个比较复杂的系统网络:

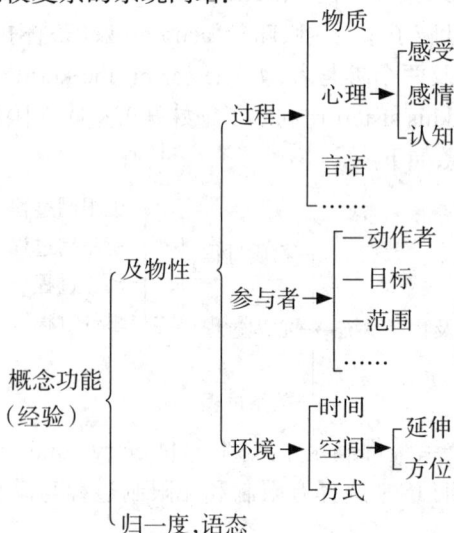

```
                                       ┌── 双唇音
                                       ├── 唇齿音
                                       ├── 齿音
                          发音部位 ──→ ├── 齿龈音
                                       ├── 腭齿龈音
                                       ├── 腭音
                                       └── 软腭音

                                       ┌── 鼻音
                                       ├── 闭塞音 ──→ ┌ 清音
                                       │              └ 浊音
                辅音 ──→                │
                                       ├── 擦  音 ──→ ┌ 清音
                                       │              └ 浊音
                                       │
                          发音方式 ──→ ├── 塞擦音 ──→ ┌ 清音
                                       │              └ 浊音
   音系 ──→                            │
                                       ├── 摩擦音 ──→ ┌ 清音
                                       │              └ 浊音
                                       │
                                       └── 近似音 ──→ ┌ 清音
                                                      └ 擦音

                元音
```

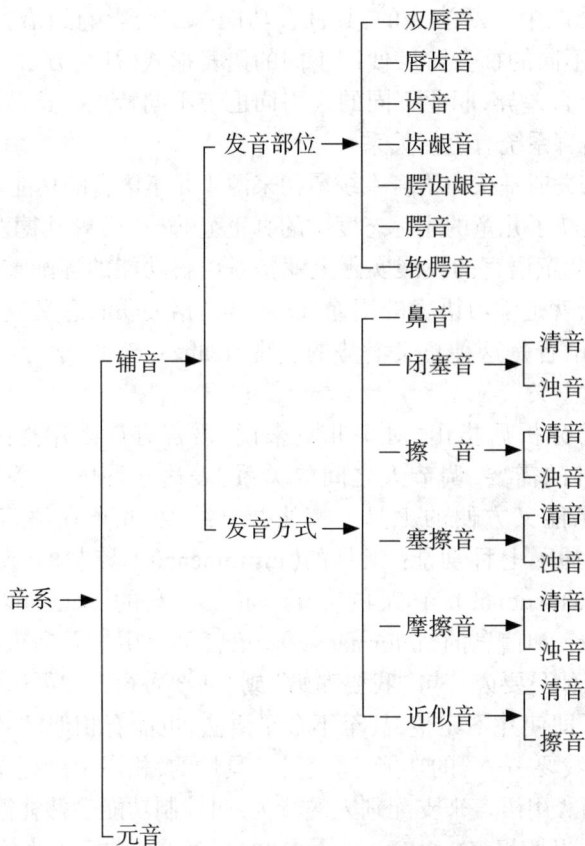

韩礼德说,结构研究的是语言的表层形式,而系统研究的是语言的深层形式,也就是语言的意义潜势(meaning potential)。但这并不是说系统比结构重要。二者是互相联系的,缺一则不能对语言进行全面的描写。

第六节 韩礼德的功能语法和社会语言学

20世纪60年代中期,韩礼德集中精力探讨了语言的功能问题,到70年代初基本上完成了他的系统—功能语法理论。70年代以后,韩礼德把重点转向探讨语言与社会学和符号学的关系上。

为什么要从"功能"角度来研究语言? 韩礼德认为,原因之一就是要揭示语言是如何使用的; 原因之二是要建立语言使用的基本原理。更重要的原因是探讨语言功能与语言本身的关系。换句话说,既然语言是在完成其功能中不断演变的,其社会功能一定会影响到语言本身的特性。例如,不同的社会阶层使用不同的语言形式(社会方言),不同性别也会引起语言差异,职业不同的人用词也带不同特点。这就说明,语言的功能与语言系统有直接关系。

马林诺夫斯基认为语言系统最初来源于儿童语言的功能。他说,"语言的结构反映了儿童的实际态度中的真正范畴……"韩礼德发展了这种观点,认为儿童语言的发展实际上就是对语言功能的逐渐掌握。"学习自己的母语就是学习语言的用途,以及与其相关联的意义或意义潜势。结构、词和语音是这种意义潜势的实现(realization)。学习语言就是学习如何表达意义。"

韩礼德分析后指出,对于儿童来说,语言有许多用途:满足他的物质和精神的需要,调节人之间的关系,表达某种感情等;所以语言是一种既多能又方便的工具。韩礼德总结说,儿童在语言发展过程中,逐渐掌握了七种功能:工具的(instrumental),控制的(regulatory),交往的(interactional),个人的(personal),启发的(heuristic),想象的(imaginative)和信息的(informative)。语言可以用来得到东西,如要喝奶、吃香蕉,他只要说一句"我要喝奶"或"我要香蕉",就可达到目的;而且有时句子即使并不完整,甚至不合乎语法,也能有相似的效果。语言用来满足"我要……"的功能,这就是工具性的,相当于黑猩猩用杆子敲香蕉的作用。用语言来支配别人的行为,叫控制功能。韩礼德借用英国社会学家伯恩斯坦(Basil Bernstein, 1924—2000)的例子来说明母亲如何通过语言来控制儿童的行为。母亲说"不是你的东西不许拿",是用所有权的概念来限制儿童的行为。母亲说"你再这样干我就揍你",是用威胁来控制。母亲说"你这样做妈妈会生气的",是用感情讹诈来控制。儿童又把这种语言用于自己的伙伴,从而不断发展这种功能。第三种功能是交往功能,即用语言达到自己与他人的交际。最初儿童主要与母亲交往。随着儿童的活动范围的扩大,儿童要迅速掌握极为复杂的交际功能。他要用语言来规定自己社团的特征,谁是"同伴",谁是"外人",用语言来说服别人或欺骗、恫吓、讽刺别人等。

第四是个人功能,就是语言的运用成了个人特点的表现形式。在语言发展过程中,儿童越来越感到自己的存在、自己的个性、及在语言交往中的个人成分。儿童对自己的认识与语言有密切关系。语言成了儿童本身的一部分,个性通过语言而实现。另一方面,语言又帮助儿童认识周围世界,这就是语言的启发功能。儿童经常用语言向成人发问,要求对客观世界加以解释。母子之间的问答是对儿童的重要教育形式。儿童很早就意识到如何用语言来了解世界,并掌握一套元语言(metalanguage),即用来谈论语言的语言。到一定的时候,儿童可以用语言创造自己的世界,与周围环境毫无关系的世界。这就是语言的想象功能。儿童有时自言自语,煞有介事地对着布娃娃说个不停,或编着一些风马牛不相及的顺口溜。这种过程对儿童的语言发展有很大好处。最后,语言用来传递信息,表达命题,这是信息功能。这是儿童掌握最晚的、最不重要的功能。只有到儿童成长的后期,信息功能才逐步占据重要地位。应该指出,在儿童语言中,一句话就只有一种功能,不会出现多种功能。

韩礼德说,成人语言具有儿童语言的特点,又有根本性的区别。最重要的区别是成人的话语具有多种功能。韩礼德又认为,到了成年时期,功能范围缩减(functional reduction),减少到三种含义丰富且更加抽象的功能,可称为宏观功能(macro-function),也叫"元功能"(metafunction):概念功能(ideational function),交际功能(interpersonal function),语篇功能(textual function)。应该指出,这里所说的功能与儿童语言的功能有所不同。上面讲的儿童语言的七种功能实际上是语言的用途,而宏观功能是体现在各种用途中的意义组成部分,是意义潜势的组成部分。

概念部分指的是谈话的内容,即人的主观经验和客观经验。概念部分可以再分成经验部分(experiential)和逻辑部分(logical)。经验部分是关于环境、参与者和参与者之间的关系等的信息。逻辑部分是话语之间的排列关系提供的信息,如并列、转折、因果、条件等关系。概念功能与表达我们的经验时的各种成分相对应,如施事者、过程、目标,也正是我们经验的内容。在表达这些内容时,可以有各种选择,也就是前面所说的及物性系统、语态以及情态意义(modulation)。及物性就是子句意义中的概念功能。及物性决定着句子的结构;语态决定着句子的时和体,被动与主动结构;情态意义的选择有:

例如:

1. He is to do it.(中立)

2. He could do it.(假设)

3. He could have done it.(过去假设)

4. He ought to have done it.(义务)

交际功能是用语言表达社会关系和私人关系的功能,包括讲话人进入语言情境的形式。交际功能来自于儿童语言中的交往功能、控制功能和个人功能,它们在成人语言中融为一体。在子句中,交际功能体现在语气和情态上。语气决定讲话人为自己选择什么角色(如命令者或提问者)和听话人应该是什么角色(被命令者或回答者);情态表示讲话人的判断和预见。应该说明,韩礼德的情态(modality)范畴不包括传统语法中的情态动词形式(如can, may等);情态动词属于情态意义,它属于概念功能部分。韩礼德的情态包括判断性的副词和表达方式,如certainly(当然), perhaps(也许), probably(大概), it is possible(有可能)等等。

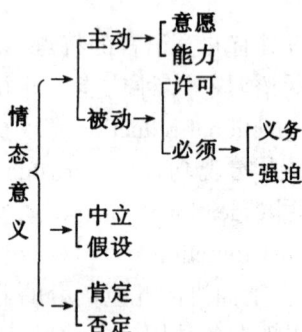

```
                    ┌ 主动 ─┬ 意愿
                    │       └ 能力
              ┌─────┤       ┌ 许可
              │     └ 被动 ─┴ 必须 ─┬ 义务
  情 态 意 义 ┤                     └ 强迫
              │       ┌ 中立
              ├─────→ ┤
              │       └ 假设
              │       ┌ 肯定
              └────── ┤
                      └ 否定
```

语篇功能是指如何使语言的组成部分互相关联,即:使一个语篇有自己的内在结构,使活的语言有别于词典或语法书上的例句。这种功能可分两个方面。第一,它使一个语言片断成为前后呼应、自成一体的语篇,而不是互不相干的独立句子。请看下面两段:

A. John saw a handbag in a field. John walked across a field and picked up a handbag. John took a handbag to the Police Station and John handed in a handbag as lost property. When John had handed in a handbag as lost property, John went home.

(约翰在一块地里看见一个手提包。约翰穿过一块田地并捡起一个手提包。约翰把一个手提包拿到警察局,约翰把一个手提包当失物上交了。约翰把一个手提包当失物上交之后,约翰回家了。)

B. John saw a handbag in a field. He walked across the field and picked up the handbag. He took the handbag to the Police Station and handed it in as lost property. When he had done this, he went home.

(约翰在一块地里看见一个手提包,他穿过这块地捡起那个手提包。他把手提包送到警察局,作为失物上交了。他这样做之后就回家了。)

我们看到,这两段的概念功能和交际功能完全一样,但语篇功能完全不同。第一段把每一句都当作首次出现,因此使几个相同单位多次重复,于是句际之间没有任何联系。第二段则使用了定冠词the,代词he和it,来避免重复相同单位,使这几句话组成前后呼应的语篇。类似的这些手段称为语篇的接应手段(cohesion)。

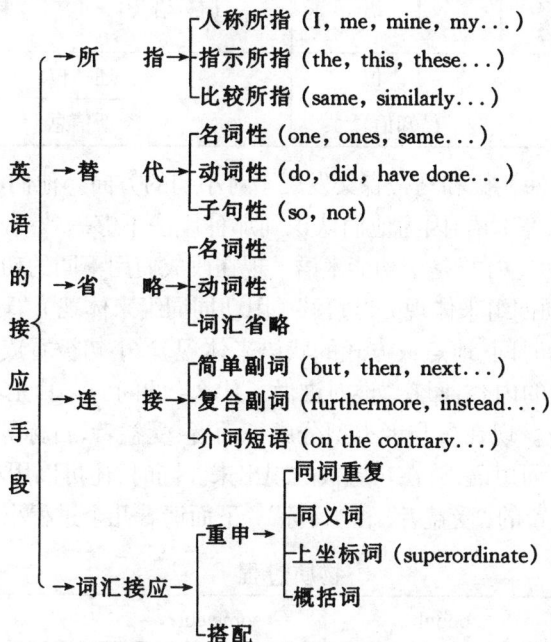

英语的接应手段
- →所　指→
  - 人称所指(I, me, mine, my...)
  - 指示所指(the, this, these...)
  - 比较所指(same, similarly...)
- →替　代→
  - 名词性(one, ones, same...)
  - 动词性(do, did, have done...)
  - 子句性(so, not)
- →省　略→
  - 名词性
  - 动词性
  - 词汇省略
- →连　接→
  - 简单副词(but, then, next...)
  - 复合副词(furthermore, instead...)
  - 介词短语(on the contrary...)
- →词汇接应→
  - 重申→
    - 同词重复
    - 同义词
    - 上坐标词(superordinate)
    - 概括词
  - 搭配

韩礼德在《英语的衔接》一书中,区分了五种接应手段: 所指(reference),替代(substitution),省略(ellipsis),连接(conjunction)和词汇接应(lexical cohesion)。

第二,语篇功能可以突出语篇的某一部分。如在语调重音中,重读部分被突出出来。例如, What shall *I* ask for(那么,我要什么呢),"我"居最重要地位。这种突出手段总有接应的作用。强调"我",就意味着语境中已经出现了别人。前一节讲到的有标记和无标记的区别,也属于话语功能。有标记的内容被突出出来。如: Authority I respect, but authoritarianism I deplore(权威我是尊重的,但对独裁主义我表示痛惜)。

总的说来,概念功能与谈话主题有关,交际功能与直接语境有关,而语篇功能只与语言内部结构有关,与非语言情境关系不大。

三种宏观功能都是意义潜势的组成部分。下面分析几个句子,来看

一个语言结构中的意义是如何表示出来的:

	the cat	pleased	me
概念部分: 心理过程	现象: 施事者: 事 物	过程: 心理的: 反 应	认知者: 受影响者
交际部分: 陈述句/无情态	主 语	谓 语	补足语
语篇部分: 无标记	主 位 已知信息	述 位 新信息	

　　到2004年韩礼德和马蒂森又发展了对小句的方向。他们不再使用主语、动词、宾语等术语,因为他们认识到那种说法不够一致: 把"动词"当作一个词类,而"主语"是个功能术语。现在改成使用不同的功能术语:"参与者"(用名词词组来体现),"过程"(用动词词组来体现),"环境"(用介词短语或表示时间、地点或方式的状语来体现)。小句被看成"表达",它代表我们经验的内容,回答"谁对谁做了什么"的问题。其元功能靠及物性系统来体现。现在参与者类型分成行动者、受益者、目标等,这样它们可以表达为介词短语,放在句尾被凸现出来。同时,还可以用功能词语描写占据主语位置的"受益者"和"目标"。下面请看几个过程小句的分析:

物质过程

John	bought	some curry	yesterday.
行为者	过程: 物质	目标	环境
名词词组	动词词组	名词词组	状语词组

带受益者的物质过程

Magarate	bought	Paul	some curry	yesterday.
行为者	过程: 物质	受益者	目标	环境
名词词组	动词词组	名词词组	名词词组	状语词组

受益者移至句尾的物质过程

Magarate	bought	some curry	for Paul	yesterday.
行为者	过程: 物质	目标	受益者	环境
名词词组	动词词组	名词词组	名词词组	状语词组

受益者作主语的无主语被动结构

Paul	was	bought	some curry.
受益者	过程: 物质的		目标
主语	定式	谓语	名词词组

目标作主语的无主语被动结构

Some curry	was	bought	for Charles.
目标	过程: 物质的		受益者
主语	定式	谓语	名词词组

带加强特征的关系过程

Rebecca	is	pretty.
承载者	过程: 关系的: 加强特征	特征
名词词组	动词词组	形容词为核心词的名词词组

以价值为主语的带加强认同的关系过程

Rebecca	is	the prettiest.
价值	过程: 关系: 加强认同	示例

以示例为主语的带加强认同的关系过程

Rebecca	is	the leader.
示例	过程: 关系的: 加强认同	价值

物主特征的关系过程

Emma	has	an iphone console.
承载者	过程: 关系: 物主特征	特征

认同的关系过程

That iphone	is	Emma's.
示例/有物主	过程: 关系: 认同	价值/物主

环境特征关系过程

The deadline	is	on Tuesday.
承载者	过程: 关系: 环境特征	特征

环境认同关系过程

Tuesday	is	the deadline for the assignment.
示例	关系: 关系: 环境认同	价值

名词词组作为现象的情感心理过程

David	liked	the headphones.
感受者	过程: 心理的: 情感	现象

内嵌小句作为现象的感知心理过程

David	saw	what happened.
感受者	过程: 心理: 感知	现象

带投射小句的认知心理过程

David	knew	he was getting headphones for Christmas.
感受者	过程: 心理: 认知	投射小句

带投射小句的认知心理过程

David	hoped	that he would get headphones for Christmas.
感受者	过程: 心理的: 急需之物	投射小句
David	liked	the headphones.
感受者	过程: 心理的: 情感	现象
The headphones	pleased	David.
现象	过程: 心理: 情感	感受者

行为过程

Joe	sang the song.
行动者	过程: 行为

存在过程

There	was	a boy.
	过程: 存在	存在者

投射直接引语为小句的言语过程

Alan	said,	"You	should read."
讲话者	过程: 言语		
引用		引语	
		行动者	过程: 物质的

投射间接引语为小句的言语过程

Alan	said	you	should read.
讲话者	过程: 言语		
报告		报告内容	
		行动者	过程: 物质的

　　但是,韩礼德接着指出,要想把这种分析深入下去,就必须走出语言,借助社会学理论来观察语言的使用,因为语言是文化传播和社会变化中的重要因素,社会又从各方面影响着语言。这与韩礼德的语言观是一致的。他认为语言是社会行为,是行为潜势,是"能够做的事情"。"能够做的事情"通过语言表现为"能够表达的意义。"换句话说,意义潜势是行为潜势在语言上的实现。在弗斯的"典型语言环境"的基础上,韩礼德指出,行为在很大程度上受环境的制约;语言形式的选择同样在很大程度上受文化环境的制约。因此,韩礼德把语言与社会结构联系起来研究。例如,语言变体与语言情境有关。语言使用者的个人特点产生个人语言特点(idiolect)。使用者所处的时代也反映到语言之中,构成时代方言(temporal dialect)。语言还有区域性;在哪里学的,就带那个地区的特征,这叫地理方言(geographical dialect)。使用者的社会地位也影响到语言,产生了社会方言(social dialect)。韩礼德还指出,词义、句义在很大程度上是情境赋予的。情境受社会制度的支配;社会制度规定着行为系统,是一套符号性的活动。语言如何实现社会上的意义潜势? 这就要研究社会制度与语言系统的关系,要研究意义潜势如何决定着语言意义的组织和如何影响到语言形式的选择。用来表示这种关系的术语叫"代

码"（code）。这个意思是,不同阶层的人使用语言的方法不同。说话方式不同,表示意义的策略不同,就具有不同的代码。社会制度决定整个社团的意义范围,代码决定个人表示意义的潜势,决定他在特定场合下应该选择的语言形式。

	the house	was built	by Stevens
概念部分: 物质过程	目标: 受影响者	过程: 物质的: 行动	动作者: 施事者: 有生命的
交际部分: 陈述句/无情态	主语	谓语	补足成分
语篇部分: 无标记	主位		述位
	已知信息		新信息

	I	had	a cat
概念部分: 关系过程	项目: 受影响者	过程: 关系的	价值
交际部分: 陈述句	主语	谓语	补足语
语篇部分: 无标记	主位		述位
	已知信息		新信息

如何规定"典型语言环境",这需要一定的理论观点。这种理论要使环境与语言系统、语篇及社会制度同时联系起来。这就需要把语言环境看成符号结构,看成构成社会制度的一种意义,看成抽象的环境类别。这样分析之后,语言环境包括三大内容。第一是社会行为。即正在进行的事情,它在社会制度中具有一定的意义。这种行为是许多行动的总和,语篇在其中起一定的作用。第二是角色结构（role structure）,即社会参与者们的关系的总和,包括参与者的一贯特征及在特定场合下的角色关系(是说话者,还是听话者等)。第三是符号组织（symbolic organization）,即在特定场合中所赋予语篇的特殊地位,如语篇的功能与社会行为的关系,与角色结构的关系,以及是用口语还是用书面语等。韩礼德把这三大内容分别称为话语范围（field）,谈话方式（mode）和谈话人关系（tenor）。这三大内容与语篇的语义功能有着某种对应关系:

环境的符号结构　语义功能部分

话语范围←→经验部分

谈话方式←→语篇部分

谈话人关系←→交际部分

具体地说,话语范围就是经验意义的选择,是谈话者所从事的、社会所承认的活动。在有些活动中,语言不占主要地位,话语只起协调动作的作用。在有些活动中,谈话是全部有意义的活动。由于活动性质不同,语言的选择也就不同。在一场足球赛中,社会活动是足球赛本身,教练的指导和运动员之间的话语只是活动的一小部分。如果是在讨论足球赛,讨论者的话语就是全部社会活动。踢足球中的语言和讨论足球赛的语言当然不会相同。我们看到,话语范围与话题不是一回事。话语范围是当事人从事的活动,话题是指在谈论什么。例如,在商店买东西,买方和卖方可以谈交易,但有时谈的是天气。谈天气并不意味着话语范围是气象学,谈天气是买卖成交的策略。很自然,话语范围在很大程度上决定着及物性系统的选择,事物类别的选择,质、量、时间、地点的选择等,因此与经验功能直接有关。

谈话方式不外乎口语和书面语。谈话方式不同,语言会有不同的模式。口语和书面语之分似乎十分清楚,其实它们的关系相当复杂。就口语而言,有的是即席发言,毫无准备;有的有所准备或有充分准备。文字材料也各有不同。有的为说而写,不留或少留书面语痕迹;有的虽是为说而写,但留有明显的书面语标记(如政治演说);有的则并非为说而写(如学术论文等)。此外,谈话的目标也包括在方式之中。如,是为了证明还是为了教训;是为了说服还是为了威胁等。韩礼德认为,所谓语体也包括在谈话方式中。小说、诗歌、神话、布道等语体都要求不同的方式。很自然,谈话方式在很大程度上决定着话语功能,即决定着主位的选择、信息的选择、语气的选择以及接应手段的选择等。

谈话人关系是参与者的社会角色和在谈话中的角色(提问者或回答者)。社会角色是由社会结构决定的。每个社会成员都要扮演多种角色,每一角色都要求他有贴切的语言行为。语言有助于形成、规定和识别人与人的关系。典型的角色关系有典型的语言;如教师对学生,父母对孩子,儿童对儿童,医生对病人,买主对卖主,火车上的乘客对乘客等。因此,这与谈话的正式程度有直接关系:拘谨体、正式体、商谈体、非正式体和亲昵体都有特殊的标记。两人关系越亲近,共知信息越多,语言则越简单。反之一切信息都要用语言交代清楚。

　　应该记住,话语范围、谈话方式和谈话人关系都不是语言的变体,而只是语言的背景;它们决定着应该使用的语言变体。夫妻之间的语言不同于父子之间的语言;火车上的谈话不同于课堂上的谈话。话语范围、谈话方式和谈话人关系三者互有影响。专业性话语范围较多地采取书面体,文体较为正式,说理或解释性强。同样的话语范围,采用不同的方式,也会影响谈话人关系。与医生约诊,打电话可以说"您好,医生";写信则说"敬爱的史密斯先生。"

　　话语范围、谈话方式和谈话人关系是三个具有无限分度的延续体,但在某些分度上可以相遇,这时产生特定的语言变体,叫"语域"(register)。语域是从这三个成分中提取出来的,它把语言的变体与社会情境变化联系起来。可以说,语域就是在实际运用中的语言。每个语域都有自己的特点,又与其他话语有相似之处。语义的一切可能性通过语域来实现。由于文化决定着情境的模式,所以语域变化受文化的制约。在各种文化中,情境都可以归为情境类(situation type);情境类决定着语言,又受语言的影响。我们可以区分出赛马场语言、政治语言、妇女语言等,是因为这些情境类与所用的语言之间有着固定的关系。研究这些关系,是为了了解情境上的变化会使语言产生何种变化。所以,语域可用情境类来规定。情境越典型,语域的选择就越少,如外交礼节中的语言。但并非一切语域都界限分明,大部分相当含混。就是说,话语范围、谈话方式和谈话人关系三者没有固定的明显特征,更多的是变化特征。

　　"语域"具有以下特点:1.语域可根据不同的精密阶度来分类。如科技英语可再分数学英语、化学英语、物理英语等。数学英语还可以再细分为几何英语、三角英语、函数英语等。2. 语域之间有的相去甚远,有的极为相似。新闻报道英语与广播电视报道则十分相近;数学英语与文学英语就相差甚远。3. 语域有相对封闭的,如天气预报式的语言,火车站和机场的通知广播,有固定模式,变化不大。有的语域相对开放,供选择的意义范围很广,如日常生活对话或讲故事。语域的基本功能是预测语篇结构。这种功能是双向的:既可根据语境预测语篇,也可根据语篇预测语境。就是因为这个原因,我们常常可以预测研究生毕业典礼大会上有关人员会讲些什么,采用什么语域。不过,语域的预测性与语域的封闭性有很大关系。封闭性强,预测性就强。

　　谈到语域,我们会立刻想到方言。方言可以说是语域的变体,但语域与方言(dialect)有下列区别,如下表:

	方言	语域
区分法	按使用者分的变体	按语言的使用分的变体
定义	你经常说的话;取决于你的出生或成长地区,社会地位;表示出社会结构上的差异	你当时说的话;取决于你正在从事的活动的性质;表示出社会过程(社会分工)的差异
原则区别	表达相同事物的不同方式;不同方言的区别主要表现在语音、音位、用词、语法上(不表现在语义上)	表达不同事物的方式;不同语域的区别主要表现在语义上(以及由此而引起的词汇、语法区别)
典型例子	细分的文化变体,如标准语和非标准语	职业变体,如专业的和半专业性的语言
决定因素	社会阶层,地区(农村和城市),性别,年龄,哪一代人	话语范围,谈话方式,谈话人关系
特点	人们强烈地感到方言是社会差异的象征	主要区分为口语和书面语;行为中用的语言和讨论中用的语言

　　不难想象,一个人掌握的语域越多越好,包括方言。一个人经历越丰富,阅历越深,可能掌握的语域越多。换句话说,你见过的场面(即语境)越多,感知的语域就越多,学习那个语域的机会就多。进一步说,你掌握的语域越多,就越能够在众多语境中讲出得体的话。你就知道对上级、下级、同辈、朋友、亲人等应该讲什么话,在正式场合、一般场合、非正式场合、娱乐场合等应该讲什么话。掌握的语域越多,你的社交能力越好。而在当今社会中,社交能力相当重要。比如,如果你只会讲你家乡的方言,特别是其他人很难懂的方言,不用说求职面试时会有困难,就是出门旅游都会不方便。相反,如果你会讲多种方言,你走到哪里都没有语言障碍。

　　总起来说,韩礼德的语言理论比较全面。早期,他在索绪尔和叶姆斯列夫的影响下,着重探讨了语言的形式;中期,在布拉格学派的影响下,重点研究了语言的意义和功能;后期,在弗斯和伯恩斯坦的影响下,又分析了语言与社会的关系。像这样既研究形式又研究意义的理论,在语言学史上还是很少的。

第七节　关于语法隐喻理论

　　隐喻已经成为当代语言学界讨论的热点问题。比如,1977年在美国伊利诺依大学召开的“隐喻与思维”专题讨论会便云集了来自哲学、语言学、心理学和教育学等领域的许多知名学者。此现象有深刻的社会背景和深远的哲学渊源。在现代科技文明时代,科学真理是所有科学家追求的共同目标;但是瑞士心理学家皮亚杰(Jean Piaget, 1896—1980)和苏联心理学家维果斯基(Lev Vygotsky, 1896—1934)都告诉我们,世界上根本不存在纯粹客观的真理,因为知识总是一个人的原有认知框架与新知识之间互动之后构建出来的。此后,这种构建主义思想被广泛接受,成为当代哲学家看待真理的基本出发点。20世纪下半叶哲学界几乎被语言哲学研究所独占。哲学家们发现,语言不仅是人类知识存储与传播(或建构与互动)的重要工具,还以其隐喻性的本质特点促进人类认识的发展。例如,莱柯夫和约翰逊(Lakoff & Johnson, 1980)等人的认知隐喻理论表明,隐喻实际上是一种认知框架,它控制着语言使用者以一种语义场理解另一种语义场(详见本书第九章)。这些研究表明,所谓纯粹真理的说法只是人类的美好愿望而已,人类所能认识到的真理至多只能是在特定时间、地点、特定语言认知框架内的真理。面对隐喻研究的热潮,韩礼德1984年在他的《功能语法导论》第十章"超越小句——隐喻表达式"中提出了语法隐喻(grammatical metaphor)的概念。起初,其思想似乎并未受到太多的重视,于是在20世纪90年代他发表了多篇论文修正和完善其理论;到21世纪,其语法隐喻理论思想才引起国际语言学界的关注。其他学派热衷于探究词汇隐喻时,系统—功能学派更注意语法隐喻和社会功能方面的隐喻现象。自从作为一个重要概念被提出后,语法隐喻现象得到了许多系统—功能语言学家和学者的关注,而且得到较好的发展。所以这里专设一节讨论语法隐喻。

语法隐喻并不是韩礼德首先提出的。据说中世纪就有大量语法隐喻出现。中世纪的诗人注意到像"格"和"变格"这样的语法术语都表示"跌落、堕下"的意思,于是把语法术语用于《圣经》中亚当和夏娃的故事上。故所谓"原罪"(original sin)就是"第一次变格",亚当和夏娃成了"斜格名词",是等于从上帝那边堕下来的。还有人写道:God, to me, is a verb not a noun, proper or improper.(上帝,对于我来说,是个动词,不是名词,专有的或非专有的。)其意思是,上帝是指导人们行为的,不一定专属于某个人。英国一个国王曾写道:Scotland is like an noun adjective that cannot stand without a substantive(苏格兰像一个名词性形容词,没有一个体词自己是站不住的)。这种说法巧妙地运用语法术语把苏格兰的从属地位生动地描写出来。从上面几例可以看出,语法术语本来是借鉴客观世界创造出来的,现在又返回来用于描写客观世界。

在引入这个概念时,韩礼德提出的系统—功能语法内的"语法隐喻",是对传统语法中"词汇隐喻"的一个补充。它主要是指用一种语法手段代替另一种语法手段来表达既定意义的一种语言现象。韩礼德指出:"我们在此是用另一个角度看它,所要问的不是该单词是如何使用的,而是这一意义是如何表达的。"因此,隐喻不仅发生在词汇层面上,也发生在语法层面上,从而引出语法隐喻这一概念。韩礼德将语法隐喻分为概念语法隐喻(ideational metaphor)和人际语法隐喻(interpersonal metaphor),并分别从其语法体系中的及物性系统和语气/情态系统探讨语法隐喻。

先看概念语法隐喻。本章第四节讲过韩礼德的及物性系统里的六个过程:物质的、心理的、关系的、行为的、存在的、言语的等过程以及它们的子系统。这些过程都可以隐喻化。如:

1a. They climbed the mountain on the fifth day.(物质过程)

1b. The fifth day saw their ascent on the mountain.(心理过程)

2a. They danced in Hungarian style.(行为过程)

2b. They did a Hungarian dance.(物质过程)

3a. We had supper there.(物质过程)

3b. We were in that restaurant yesterday evening.(关系过程)

由于过程的转化,参与者和环境因素也发生变化。如例1a中的the fifth day原为表环境的语义成分,在句法中体现为状语,但在1b中转喻成了The fifth day,是心理过程的"感觉者"(senser),体现为名词词组;以动词体现的"过程"climbed则转换为ascent,隐喻为由名词词组体现的"现象"(phenomenon)。原来的the mountain的语义功能为"范围"(range),变成on the mountain后,隐喻为环境成分,句法上是介词短语体现的状语。对其余两句我们也可进行类似的分析。这样,这类语法不是具体的事物之间的比喻,而是功能结构之间的隐喻化。本来是物质过程,可隐喻化为心理过程或关系过程;本来是行为过程,可隐喻化为物质过程。韩礼德把最贴近现实生活的句式,如例1、例2、例3中的a句,称为"一致式"(the congruent form),把隐喻化的句式称为"隐喻式"(the metaphorical form),如各例中相应的b句。

现在看几个词汇语法层次的隐喻化。这里最常见的隐喻是通过"名词化"(nominalization)来实现的,即原来的动词或形容词变成名词,不再是小句中的过程或修饰语,而是以名词形式充当过程的参与者。如:technology is getting better →advances in technology; they are able to reach the computer →they have access to the computer; some shorter, some longer → of varying length等。同样,本来由名词词组充当的参与者也可以通过隐喻变为过程,如We buttered the bread with cheap margarine.和The man knifed the lady.中的实体名词(butter, knife)变成了表达物质过程的动词。

现在谈论人际隐喻。功能语言学是这样看待形式和意义的关系的:形式是意义的体现,意义来自形式与功能的结合。形式和意义之间并不存在着一对一的关系。一种形式可以表示一种以上的意义,一种意义也可由两种或更多的形式体现。无论是在语气还是在情态的表达方式上,除一致性体现外,都可能出现语法隐喻现象。因此,人际语法隐喻主要可分为语气隐喻和情态隐喻。

A. 语气隐喻

一般情况下体现陈述的是陈述语气,体现疑问的是疑问语气,体现命令的是祈使语气。但在实际的语言使用中,一种言语功能可以用几种不同的语气来体现,一种语气也可以体现不同的言语功能。这实际上涉及一种语法隐喻向另一种语法隐喻的转移,即从一种语气域向另一个语气域的转移,我们把这种现象称为语气隐喻。例如:

4. I'd like you to pass me the tea pot.(陈述语气)

5. Can you pass me the tea pot?(疑问语气)

6. You shouldn't say such a thing.(陈述语气)

7. How could you say such a thing?(疑问语气)

对比以上四个例子我们可以看出,虽然句子所用的语气不一样,但都体现了命令这样一种言语功能。这里我们应该注意的是在语气隐喻中,语气隐喻体现为言语功能的复合体,如例4和例6是陈述意义和命令意义结合的结果。此外,在言语功能的一致体现中, 只有语义(这里是言语功能)构成意义,而在言语功能的隐喻体现中,语法(这里是语气范畴)和语义两者都构成意义。例5和例7分别为例4和例6的隐喻式。

B. 情态隐喻

韩礼德指出,情态的取向系统决定着每一种情态意义是如何体现的。情态取向可分为四种: 明确主观、非明确主观、明确客观和非明确客观。以情态化可能性为例,就可能出现四种不同的体现形式:

6a. I think John is ill.(明确主观)

6b. John must be ill.(非明确主观)

7a. John is probably ill.(非明确客观)

7b. It's likely that John is ill.(明确客观)

对比以上例子我们可以看出,明确的主观取向和明确的客观取向都是隐喻性的,主要由小句表达;非明确主观和非明确客观取向为非隐喻性的,由情态动词或情态副词来表达。在情态化可能性的明确主观形式中,这个体现情态的小句常表达一个认知型心理过程(如I think; I believe等),其效果是使说话者明确对判断或断言负责。而在情态化可能性的明确客观中,体现情态的则是一个关系过程的小句(如it's likely that; it is certain that等),其效果是使说话者的断言似乎不再是一种个人观点,从而隐藏了情态的来源。以上只是以情态化可能性为例,事实上情态类型可分为四种:表示可能性的情态化,表示经常性的情态化,表示义务的情态化,表示意愿的意态化。如:

8. It's usual for Tom to come late.(经常性)

9. It's expected that John goes.(义务)

10. It'd be lovely to have some tea now.(意愿)

需要注意的是,虽然情态意义常常以小句的形式来表达成命题,在语法上处于主导地位,但它们不是命题本身。另外,我们还可以通过名词将情态意义名物化,以体现明确客观的情态取向。如: possibility, likelihood, regularity, intention, desire, determination, obligation等等。

韩礼德在提出语法隐喻的概念的同时简单地说明了词汇隐喻与语法隐喻的差别: 词汇隐喻是将某一词语用来指称另一与之相似的事物,而语法隐喻指的是用不同的表达形式(wording)表述客观世界中的同一现象或事物,例如在a flood of protests中, flood被比喻性地用来指称"多如潮水的抗议",所以是一个词汇隐喻;而其中的protests是用名词来描述客观世界中动态的现象,所以是一个语法隐喻。此后,为了进一步阐释语法隐喻的性质与功能及其与词汇隐喻之间的关系,韩礼德又接连发表了多篇论文。他所说的意义进化论思想实际上也是服务于语法隐喻理论的。前面曾经谈到过韩礼德提出的体现(realization)与例示(instantiation)这对术语,韩礼德认为它们之间的本质差异在于:"体现"说明的是不同符号层面之间的关系,而"例示"则是同一层面的系统中的选择关系。在韩礼德看来,绝大多数的词汇隐喻是同一层面的系统内部的不同选择所导致的语言现象,而语法隐喻概念说明的是不同层面之间的体现关系。他说,词汇隐喻是"自下而上"的,语法隐喻是"自上而下"的。以fruit为例,在词汇隐喻里,它的本义是大地的产物(The country exports tropical fruit),而它的隐喻意义则是动作的产物(We enjoy the fruit of our own labour)。语法隐喻里, fruit的取向是向下的: 其本义是实体(This pudding has two pounds of fresh fruit in it),其隐喻是过程(These apple trees have fruited well this year)。韩礼德后来更明确地提出词汇隐喻与语法隐喻的根本区别在于:词汇隐喻的本质是"能指相同,所指不同",而语法隐喻则是"所指相同,能指不同"。所以在后来的论述中,他把语法隐喻分为两方面:元功能和层次。元功能包括概念功能和人际功能;层次包括语义层、词汇语法层、音系层。这样一来,功能思想就被突出出来,即语法隐喻主要表现在及物性过程和功能成分的相互隐喻化,最后才见之于语法层次的体现转换;前者是主要的,起着决定性作用。同时,在后来的模式中,韩礼德特别指出名词化主要与词汇语法层有关,于是词汇语法层上的隐喻与概念隐喻、人际隐喻取得了平起平坐的地位。再说,引入层次的概念可以使非隐喻的研究和人类语言的发展结合起来,以说明词汇语法层的出现是儿童语言向成人语言过渡的必经之路。

这里顺便指出,语法隐喻理论与词汇隐喻理论并不完全相背,它们都承认隐喻是一种语义现象,都试图解答隐喻如何以独特的方式表达意义这一核心问题。语法隐喻与词汇隐喻的区别取决于研究者的理论立场和研究角度。词汇隐喻的研究对于语法隐喻理论同样有着补充作用。首先,某些词汇隐喻也可以借助系—功能语法进行阐释,例如:可以说tree of life或river of time,都是名词隐喻,此隐喻可以归结为"y of x"这样的公式。又如,The rich perform leisure(富人享受清闲)的隐喻性是由动词perform生成的,所以被称作"谓词隐喻"。我们也可以将这两句理解为语法隐喻。第一句本应属于"小过程"的内容(like a tree)被转用为限定成分,是一种语法隐喻。第二句的谓词perform一般表示物质过程,与功能成分"目标"一起使用,但是leisure一词只能用作"现象"成分,所以perform在此句中被转用于"心理过程",相当于"享受"的意思。由此可见,词汇隐喻的研究能进一步拓宽语法隐喻概念的适用范围。其次,语用隐喻概念的提出,表明我们不能仅从语法系统来判断某表达形式是否具有隐喻性。像I'll come tomorrow,如果是教师对学生说的,那此句就是承诺;但在适当的语境下(如果出自一个气势汹汹的债主之口),其情态意义完全可以表示威胁。由此可见,系—功能语法还应借助语用学领域的有关理论才能完善其语法隐喻理论,尤其是人际语法隐喻。有学者指出,语法比喻这个名称已为越来越多的人所接受,它所包含的语言现象和词汇比喻加在一起构成了比喻这一概念的全部内容。

概念功能有隐喻,人际功能有隐喻,语篇功能也应该有隐喻。马丁回答了这个问题。他最早提出语言中的时间关系可以经语法隐喻建构

不同形式。下面例句11–14中,分别是用了副词、并列连词+副词、从属副词、介词短语等(见斜体部分)来表示事件的先后:

11. We walk the ring with our dogs. *Afterwards* we just wait.

12. We walk the ring with our dogs *and then* we just wait.

13. *After* we walk the ring with our dogs we just wait.

14. *Subsequent to* walking the ring with our dogs we just wait.

就是说,时间和结果的逻辑关系可以通过各种关联手段作隐喻的体现。此外,马丁还专门提到"语法隐喻通过展开一个语篇的主位结构和信息结构,成为组篇的工具"。为此,他采用了隐喻性主位(metaphorical themes)和隐喻性新信息(metaphorical news)两个论点。在例15中,黑体表示非标记主位,黑体+斜体表示标记主位,斜体表示新信息:

15a. **The Second World War** further encouraged *the restructuring of the Australian economy towards a manufacturing basis.*

b. ***Between 1937 and 1945***, the value of industrial production almost *doubled.*

c. **The increase** was faster than otherwise would *have occurred*

d. **The momentum** was maintained *in the post-war years.*

e. ***And by 1954—1955*** the value of manufacturing output was *three times that of 1944—1945.*

f. **The enlargement of Australia's steel-making capacity and of chemicals, rubber, metal goods and motor vehicles** all owed something *to the demands of war.*

g. **The war** had acted as *something of a hot-house for technological progress and economic change.*

请看,以上句中,语法隐喻与主位关系密切。在b, c, d小句中的新信息通过名词化转换成为下句的主位,如c句里的increase, d句里的momentum, f句里的 enlargement。其实,不光是主位与隐喻关系密切,连动词词组也变化不少:a句里encourage到f句成了owed something to the demands of war,而到g句又变成了act as something of a hot-house。

不过,马丁谈到的语篇隐喻现象,韩礼德一直没有给予重视,也一直未用语篇隐喻这一术语。直到1995年韩礼德在分析下段文字时,才谈到Movement of the solvent across the membrane这个表达是对前面所述的归纳,并作为下一句的出发点,即主位,见下面英语例子中的黑体部分:

When a solution of any substance is separated from a solute-free solvent by a membrane that is freely permeable to solvent molecules, but not to molecules of the solute, the solvent tends to be drawn through the membrane into the solution, thus diluting it. **Movement of the solvent across the membrane can be prevented by applying a certain hydrostatic pressure to the solution.**(参考译文：一种含某物质的溶液和一种里面不含任何物质的溶剂，中间用一张薄膜隔开，溶剂可以透过薄膜，但溶液里的物质不能透过薄膜。这时，溶剂会被吸引到溶液里面去，将其稀释。但是，**溶剂通过薄膜的移动**可以通过对溶液施加流体静压力来加以阻止。)这就是马丁所说的隐喻主位，但韩礼德没有如此直言。也许韩礼德对语篇隐喻仍持保留态度。

韩礼德的语法隐喻有何理论意义呢？首先，他提出语法隐喻符合他的语言观：他认为语言学研究首先是研究意义的语境，因为语言是意义取向的。而且他认为意义不是僵化的成品，而是一种动态的过程，因此意义应该定义为"创义"（meaning creating）。其次，他认为语言不仅能反映人类经验，还能反映权力与控制等社会关系。因此严格地讲，意义从来就不是预先存在的，而是产生于人与人之间的互动过程之中。既然意义是动态性的，而且与语言使用过程中的每一次选择都相关，那么语义就应该被看作连接语言系统与客观世界的接面，很难将它单纯地归入语言范畴或客观现实范畴；所以，语言范畴与客观现实范畴之间没有不可逾越的鸿沟，这应该是语法隐喻出现的本体论基础。

另外，韩礼德语义观有助于揭示能指和所指之间的关系。传统语义学注重语义的内部关系，而系统—功能语言学所关注的是语义的外部关系。韩礼德不满意能指和所指之间的任意性关系；他从社会文化角度去研究，证明"能指"的选择并非完全任意，而是跟说话人的目的相关。语法隐喻也是一种语义现象，语法形式上的选择也是有意义的选择。在这个意义上，语法隐喻理论与词汇隐喻理论并不相悖。韩礼德也曾试图从语言进化角度论证语法隐喻的自然性，说"我们不知道语言进化之初是否沿着同一轴线（即从一致的表达方式）和逐步修缮的轴线展开……但每一门语言的历史大多是一个去隐喻化的历史，即最初隐喻性的表达形式逐步失去其隐喻特征的历史。"许多研究者观察了不同语言的不同语域，发现很多语法隐喻现象。下面两段文字是某科学论文的中英文摘要：

摘要：对圆弧青霉PG37发酵产酶工艺及脂肪酶提取等进行了系统的研究。实验结果表明，20 m³发酵罐在通风量为0.3~0.8 v/v/min、搅拌转速为180 r/min、发酵温度为28℃、培养过程中流加棉籽油以控制发酵醪pH值为6.5~7.0的条件下，发酵84 h左右，成熟发酵醪酶活力为4520 U/ml。发酵液经过滤、超滤浓缩、硫铵沉淀、造粒等过程制得颗粒碱性脂肪酶成品，酶的提取总收率在70%以上，颗粒酶活力单位为5.0 × 104 U/g。

此段译自：

Abstract: The enzyme-producing fermentation process and lipase recovery with penicillium cyclopium PG37 were studied systematically. The results showed that with the conditions of the air flow rate 0.3~0.8 v/v/min, agitation speed 180 r/min, fermentation temperature 28 ℃ and fermentation time about 84 hours, the lipase yield reached 4520 U/ml, during which the cotton seed oil was fed to control pH value of culture broth at 6.5~ 7.0. The granulated alkaline lipase product was prepared by filtration, ultrafiltration, ammonium sulfate precipitation and granulation. The over all recovery of lipase and the granulated enzyme activity were over 70% and 5.0×104 U/g respectively.

英文摘要所使用的概念隐喻不仅数量多而且形式多样。汉语摘要同样使用了许多语法隐喻，至少可以分为三大类：第一类是从过程到属性的转化，例如"发酵产酶工艺"、"搅拌转速"、"发酵温度"和"培养过程"等短语；第二类是从过程到个体的转化，如"提取"、"过滤"、"浓缩"、"沉淀"等物质过程在语篇中成了单独存在的个体，可以承载丰富的信息流；第三类指从属性到个体的转化，如"通风量"和"发酵醪酶活力"中的"量"和"活力"。

对韩礼德的语法隐喻理论的批评多集中在所谓的"一致性"（congruence）和"非一致性"上。他对这两个术语阐述得不够清楚。他曾写道，"我们假定任何一个隐喻性的表达方式都有一个或多个'字面的'——用我们的术语毋宁说是'一致性'——的表达形式。"后来他又说，"请注意，一致性是指语义和语法层面在它们共同进化的起始阶段的相互关系"。韩礼德和马丁曾经提出过一些标准。第一是年龄标准。韩礼德说："常见到的没有隐喻的语篇的唯一例子是年幼儿童的言语。"后来他和马丁又说过，儿童要到八九岁后操作语法隐喻。第二是以难易度为标准。韩礼德曾说措辞中隐喻用得最少的情况意味着措辞达到最大限度的简单化。第三是以合乎自然为标准。韩礼德和马丁说过，在"平白体"英语中，语义和形式、语义学和语法之间存在"自然"的关系，如动作体现为动词，描写体现为形容词，逻辑关系体现为连词等。第四，韩礼德还曾提到，口语方式多为"一致形式"，书面语常会脱离一致性，用语法隐喻创建新义。但是，这些标准，似乎都有权宜之嫌，操作起来都不容易或是会遇到例外情况。

总之，韩礼德始终没有给"一致性"下一个明晰的定义。其实，这个问题关系到语言范畴化的问题。范畴化即"从差异性中把握相似性"；语言系统中的范畴并不是人们约定俗成的结果，而是有着多种动因。这类似于对"原型"（prototype）的讨论。（参见本书第九章）"鸟"的概念包括众多种类，哪一种更能代表"鸟"类？不同的人有不同的回答。有人会说"麻雀"最典型，"鸭子"不典型；有人会认为"知更鸟"更典型，"企鹅"最不典型。这就是说，原型实际上是一个抽象的概念，它具体表现为在相似性基础上组合起来的单个实体。大概"一致性"也遇到相同的问题，其实是个程度问题，或称"梯度"问题。

语法隐喻的研究为隐喻概念的重新界定提供了理论依据。当代有关隐喻的研究突破了传统修辞学理论，打破了原先界定的隐喻范围。我们甚至可以把隐喻看作一切修辞格的原型（这是认知语言学会质疑的。见本书第九章）。语法隐喻概念的提出一方面表明了重新界定隐喻的必要性，另一方面又为丰富隐喻概念做出贡献。其次，语法隐喻理论为揭示隐喻的性质提供了新的视角。韩礼德认为一切隐喻表达方式都是对某种一致形式的转义使用（transference），这似乎说明他倾向于接受介乎构建主义和非构建主义之间的一种隐喻观，进而说明极端的非构建主义和极端的构建主义隐喻观都是不可取的。最后，语法隐喻研究为阐释隐喻提供了新方法。韩礼德区分语法隐喻和词汇隐喻，这本身会深化对隐喻的研究。韩礼德从隐喻意义产生的过程出发探讨隐喻的工作机制，有助于拓宽隐喻阐释的广度，也会促进隐喻研究向其内部机制发展。

第八节　评价系统及其应用

所谓评价，就是通过对语言的分析，评估语言使用者对事态的立场、观点和态度。就是说，评价不是只停留在语言的形式或表层意义上，而是要通过表层意义揭示深层的意义取向，就是我们常说的"通过现象看本质"。前一节曾提到过，我们的观察和表达几乎从来达不到百分之百的客观，或多或少总会带上作者或讲话人的态度或情感。有位画家问一位客人："你看我这几幅国画如何？"客人说："我不懂艺术，尤其是国画。"画家认为，这不表态就是一种表态，而且是非常否定的态度。画家这种理解不无道理，因为随便说句赞扬的话既不影响专业水准也无伤大雅。我们平时讲话，不附加态度、感情、观点的时候极少。诸如"这鬼天气"、"几百种鲜花争奇斗艳"、"落汤鸡"等词语，都充满讲话人的态度、情绪、立场。社会语言学家对此早有论述。

韩礼德以小句为基点研究英语语法，总结出英语语言的三大纯理功能：概念功能、人际功能和语篇功能。概念功能主要由及物性系统来实现。人际功能主要由语气系统来实现。语篇功能主要由主位系统来实现。在概念功能和人际功能中,对语言运用的阐释已初见端倪。在语气系统中,系统—功能语法通过语气、情态、情态状语等系统来揭示人际关系的亲疏。但就通过语言观察作者/读者或说者/听者对事态的观点和立场这一点,20世纪90年代前的系统—功能语法尚未发展出完整体系。而且,有语言研究者认为,研究语言的目的之一就是要帮助人们更好地理解、解释、欣赏语言,语篇分析自然就十分重要了。汤普森(Geoff Thompson)曾指出,"评价是任何语篇的意义的一个核心部分,任何对语篇的人际意义的分析都必须涉及其中的评价。"不过,21世纪之前,系统—功能研究者有些零星的语篇评论研究(如马丁1997年的"Analysing genre: functional parameters"),认真、系统地尝试通过分析语篇来解释人际关系——作者—读者/说话人—听话人的关系,还是本世纪才更突出一些。2000年,翰斯顿(Susan Hunston)和汤普森主编了《语篇的评价:作者态势和语篇构建》论文集。2005年7月在德国奥格斯堡大学召开了"国际评价和语篇类型会议"。这两个活动推动了评价理论的研究,广泛探讨了评价的定义、范围和分类,特别是评价的功能主义观点以及评价的体现方式。马丁的评价理论,可柯和布博里茨(Siahoul Kok & Wolfram Bublitz)的认知法与语篇分析,切夫(Chafe)、拉波夫(William Labov, 1927—)和沃拉斯基(Waletsky)关于可证性、语料库统计、参数法等的理论逐渐出现。在诸多努力中,似乎悉尼大学语言学系的马丁(James R. Martin)创立的评价系统的理论框架影响更广泛。

马丁在1991—1994年间参加了一个研究中学生语文水平的项目,叫"写得得体"(Write It Right)。后来,他和记者出身的阿德莱德大学语言学教授怀特(Peter White)利用该项目的大量语言材料合著了《评价语言:英语评价系统》(The Language of Evaluation: Appraisal in English, 2005)。书中阐述的评价系统发展成为系统—功能语言学的"评价系统",受到语言学家、语篇分析者、文体研究者、语言教师等的重视,不少研究者以它为理论框架对新闻、广告、演讲、论文等体裁开展评价分析,成了对语篇分析的有利推动因素。本节仅以马丁和怀特的著作为蓝本,简单介绍他们的评价系统的主要内容。

像系统—功能语法一样,马丁和怀特的评价系统也包括众多系统,大系统又含着多个小系统。大系统有三个:态度(attitude),介入(engagement),级差(graduation)。态度包括情感(affection)、判断(judgement)和鉴赏(appreciation)。它们指各种价值,说话人用它们来进

J.R. 马丁

行判断,把情绪、情感与参与者和过程联系起来。例如, I am *upset*. John always drives *carefully*. Lancaster is *a beautiful little* city.等。介入用来衡量说话人的声音与语篇中各种命题和观点的关系;说话人或者承认或者忽略他的话所涉及和挑战的许多不同观点,还得在观点林立的辩论中为自己的观点争到一席之地。比如,他可以用perhaps, I think..., surely表示可能性的情态;也可以用researchers have found evidence that...说出观点来源;或者用perhapse, of course等表示期待。介入又分为自言(monogloss, 自己一个人的观点,也有人译为"单声")和借言(heterogloss,借用别人的观点,也有人译为"多声")。级差是一系列价值,又分为语势(force)和聚焦(focus)。用语势来提高或降低人际印象和言语容量。例如, slightly, somewhat等词的语势就很微弱,而completely, extremely, fantastic等词的语势则十分可观。说话人凭借聚焦把语义类型变得模糊或者清晰。如: I am feeling kind of weird就是模糊表达; a true friend of his, purely tomfoolery 就属于直言不讳了。另外,语势和聚焦还可再次划分。语势的次系统为强势(raise)和弱势(lower);聚焦的次系统为明显(sharpen)和模糊(soften)。大系统还分小系统,为了先让读者有个大致了解,请看下面的示意图:

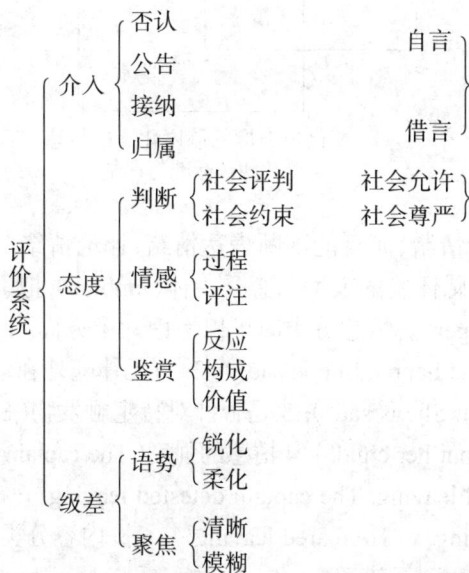

态度是指心理受到影响后对人类行为、文字、话语及现象作的判断和鉴赏,它是语言使用者对描述对象(物、事和人)的态度,但这是读者的

视角根据语篇文本的语言揭示出来的。例如: John is *distressed*. He did not do the work *carefully*. He had a *disastrous* day。态度又分三个子系统: 判断系统、情感系统和鉴赏系统。情感系统为整个态度系统的中心,由它导出判断系统和鉴赏系统。具体地说,情感系统为解释语言现象的资源,用来解释语言使用者对行为、文本、过程及现象作出的感情反应。判断系统作为解释情感语言现象的资源,用来解释语言使用者按照伦理/道德、规章/制度对某种行为作出的道德评判,例如是否符合伦理道德、是否靠得住、是否勇敢等。鉴赏系统作为解释语言现象的资源,用来解释语言使用者对文本/过程及现象之美学品格的欣赏。总之,正如马丁所说,它们是感情表现、道德判断和美学评价的选择资源。

先介绍情感。情绪在人的生活中十分重要,在这三项中居中心地位。判断和鉴赏都是体制化了的情感; 不同的是,判断是有关建议的,而鉴赏更多与美学有关。下面是马丁他们的示意图(Martin & White: 45):

伦理道德(规章制度)
已成建议的制度化了的情感

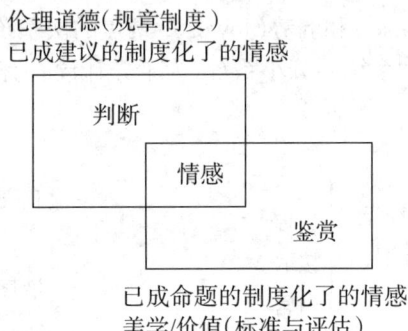

判断

情感

鉴赏

已成命题的制度化了的情感
美学/价值(标准与评估)

我们不仅能体验情绪,而且能不断表达情绪,评论情绪。马丁和怀特把有意识地经历情感体验的人称为感受主体(emoter),把引起情感的现象称为触发物(trigger)。情感分类时可以考虑六个方面: 1. 它们是正面的还是负面的(He is happy. She is sad.); 2. 有无伴随外在动作还是纯粹内在状态(She wept. She is sad.); 3.是否针对特定触发物(She is distressed. She feel proud about her child.); 4.情感的强度(The captain disliked leaving. The captain hated leaving. The captain detested leaving.); 5.有无主观意图(He disliked leaving. vs He feared leaving.); 6.按内容分类: 幸福/不幸福, 安全/不安全,满意/不满意(sad—happy; anxious—confident; fed up—absorbed)。情感表达的价值在于它表明讲话人对某人、某事的姿态、态度。说话人用这些语言资源表达情感上受到的影响。请看怀特采集的例子: As an adoptive family we have had pain and trauma, tears and anger, and sometimes despair. There has also been love and laughter and support from friends and extended family. My children have added richness to my life and taught me much about myself.

表达情感时,还分"过程"(process)和"评注"(comment)。情感系统的过程又分心理过程(mental process)和行为过程(behavioural process)。心理过程揭示情感的心理状态,行为过程揭示体现在行为上的情感。前者为心理过程小句,句中过程可以指向外物,如The child liked the toy,也可以让外物指向"感觉者"(senser),如The toy pleased the child。这种过程还表现出情感的持续(The child liked his new iphone so much that he felt extremely happy)。"评注"情感指语言使用者通过表达品质的副词——情态状语(modal adjunct)——所表达的感情,在小句中则表现为评论小句过程(Fortunately, he passed the qualifying test)。

判断系统属于伦理范畴,是根据伦理道德的标准来评价语言使用者的行为。判断可分为两部分:社会评判(social esteem)和社会约束(social sanction)。社会评判是从规范(normality)、才干(capacity)、韧性(tenacity)三个角度对人的个性及行为作出判断,判断一个人的行为是否符合常规,是否有才能,是否坚强。这种判断标准往往是口头上的,没有书面条文可依。判断分正面含义和负面含义。正面含义让人们羡慕,负面含义理应受到批评,但批评并不是法律意义上的,被批评的行为不算是恶行。社会约束也分正面和负面;正面含义是表扬性的,负面含义是谴责性的。谴责性的行为有法律含义。

判断也可以分为社会许可(social sanction)和社会尊严(social esteem)两类。对社会许可的判断牵涉某些规则或规定,多数包含显性或隐性文化编码。有的规则涉及道德性和合法性,有的涉及宗教教义,有的就会牵涉到犯罪。适合伦理判断的句子可以是Is the person honest/beyond reproach/law-abiding/virtuous/immoral/brutal?等。涉及社会尊严的评判会提高/降低当事人的社会尊严,但不牵涉道德上或法律上的任何含义,当然也有肯定和否定之分。常用的词语有: unusual, customary, lucky, fashionable, eccentric, unfortunate, competent, capable, stupid, clumsy, insane, dependable, heroic, resolute, cowardly, unfocused等。请看下表(Martin & White: 53):

SOCIAL ESTEEM 'venial'	POSITIVE[admire]	NEGATIVE[criticize]
normality[fate] 'is s/he special?'	lucky, fortunate, charmed...; normal, average, everyday...; in, fashionable, avant garde...	unfortunate, pitiful, tragic...; odd, peculiar, eccentric...; dated, daggy, retrograde...
capacity 'is s/he capable'	powerful, vigorous, robust...; insightful, clever, gifted...; balanced, together, sane...	mild, weak, whippy...; slow, stupid, thick...; flaky, neurotic, insane...
tenacity 'is s/he dependable?'	plucky, brave, heroic...; reliable, dependable...; tireless, persevering, resolute	rash, cowardly, despondent...; unreliable, undependable...; weak, distracted, dissolute...

鉴赏系统属美学范畴,指对文本/过程及现象的美学评价,同样有正面含义和负面含义。鉴赏可以从三个角度入手:即反应(reaction)、构成(composition)、价值(valuation)。马丁等人认为反应就是情感反应。反应有两个方面:一是"影响"(impact),即它是否吸引你(Did it grab me?)。肯定回答为It's interesting(或者captivating, engaging, fascinating, exciting, moving等);否定回答为It's dull(或者boring, tedious, staid, dry, ascetic, uninviting等)。二是"质量"(quality),即事物本身对感情有多大影响力(Did I like it?)。肯定回答为It's lovely (或者beautiful, splendid, appealing, enchanting, welcome等);否定回答为It's plain(或者ugly, repulsive, revolting等)。构成也有两个方面:"平衡"(balance)与"细节"(detail)。平衡是看事物是否相称(Did it hang together?)。肯定回答为It's balanced(或者harmonious, unified, symmetrical, proportional等);否定回答为It's unbalanced(或者用discordant, contorted, distorted等)。细节是看事物是否因复杂而影响理解,甚至无法理解(Was it hard to follow?)。肯定回答是It's simple(或者elegant, intricate, rich, detailed, precise等);否定回答是It's ornamental(或者extravagant, monolithic, simplistic等)。"价值"指用社会标准来看事物时,判断其是否重要,是否有价值(Was it worthwhile?)。肯定回答是It's challenging(或者profound, deep, innovative, original, unique等);否定回答是It's shallow(或者insignificant, conservative等)。

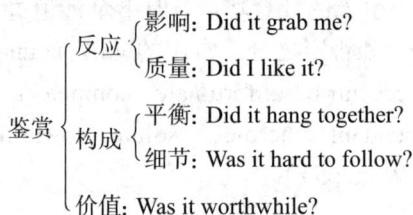

鉴赏
- 反应
  - 影响: Did it grab me?
  - 质量: Did I like it?
- 构成
  - 平衡: Did it hang together?
  - 细节: Was it hard to follow?
- 价值: Was it worthwhile?

鉴赏里面包含的三方面(反应、构成、价值)涉及不同的心理过程和元功能。马丁等人用下表来示意它们之间的关系(Martin & White: 57):

鉴赏	心理过程	元功能
反应	情感	人际功能
构成	感知	语篇功能
价值	认知	概念功能

至此我们才讨论完态度。不过,马丁等人还讨论了态度系统以外的表达情感和评价的手段。态度系统主要涉及等级词汇,所以不易分级的诅咒语、委婉语、感叹词被排除在外。但它们分明具有表达情感的功能。于是,马丁建议把有关词语跟连用的其他词语一起分析,或只笼统地称之为态度词语,不区分其他种类,也不区分它们表达的到底是态度、判断还是鉴赏。他们引用下面的文字加以说明(黑体字是诅咒语): **Fucken Hell** man, who **the hell** told you I like doing this kind of **shit**. On Saturday I saw Brian and Brendon and his girlfriend at Waterloo, I was waiting to catch the bloody bus, anyway they start talking to me so that killed a lot of time. Anyway I had to go to the Laundromat yesterday and I saw my ex-boyfriend man. He looks **fucken ugly god** knows what I went out with him, he looks like a **fucken dickhead**....(Martin & White: 69)

现在介绍"介入"系统。讲话者利用介入手段调节他对所说或所写内容所承担的责任和义务。"介入"有四种方法:否认(disclaim)、公告(proclaim)、接纳(entertain)、归属(attribute)。否认就是说明自己不同意或拒绝某种观点(You don't have to give up potatoes to lose weight. Although he ate potatoes most days he still lost weight.)。公告就是把一种观点看作完全正确的观点,并表明自己反对其他意见。这时常用的语言表达式有obviously, admittedly, the truth of the matter is..., X has demonstrated等。接纳就是表明个人的主观意见,承认自己的观点只是一种可能的看法,愿意接纳不同意见。这时常用的语言表达式包括: the evidence suggests..., I suspect..., I believe that...等。归属是把某种观点归给一个外在主体,承认可能有其他意见,常用形式有Lakoff said..., Chomsky believes..., according to Halliday...等。

介入可以由"自言"或"借言"来实现。"自言"曾被看作中立的、客观的、事实性的,马丁等人认为这种观点没有从对话角度考虑问题。如果我们把一切语言运用都看成对话,"自言"也是有立场的,只不过没有公开承认立场的存在。例如, Two years ago, the British government has betrayed the most fundamental responsibility that any government assumes – the duty to protect the rule of law. 这句话只有讲话人一个人的"声音", 这是直接"介入",对言语内容要负有责任。这种表达往往能显示出人讲话的主观性。"借言"(也可以叫"多声")是明确表示可能存在另一种意见的言语。不同声音分两类: 收缩(contraction)、扩展(expansion)。例 如, Follain shows that the mafia began in the 19th century as armed bands protecting the interests of the absentee landlords who owned most of Sicily. 像show, demonstrate等词,就会把引述的观点或命题归给一个有名有姓的人物,使其显得真实、可靠。这样就把容纳其他立场的大门关上了,所以叫收缩性的"借言"。相反,这一句His attack came as the Aboriginal women involved in the case demanded a female minister examine the religious beliefs they claim are inherent in their fight against a bridge....则疏远了讲话人/作者跟所引述的观点或命题之间的距离,使之变得可疑。换句话说,它打开了接纳其他观点和命题的可能性,所以称为"扩展"。

现在回头再详细讨论否认、公告、接纳、归属。否认的子系统分否定(deny, negation)和反驳(counter)。否定是把肯定引入对话的一种办法,不是对肯定的简单否定。讲话人否定的不是听者的意见,而往往是第三者的立场。讲话人这样做为的是把听者拉到自己这边来,结成联盟,共同反对第三者。有时,否定是针对假设的读者或可能受过某种影响的人。来看马丁的例句: The gas we use today, natural gas, contains more than 90 percent methane, and was known long before the discovery of coal gas. Natural gas burn twice the heat of coal gas, is not poisonous and has no odour. 这种否定有时被称为"隐性否定"(implicit negation)。另一种否认是反驳(counter)。这是用一个命题取代另一个可能出现的命题,常用although, however, yet, but来表达。Even though we are getting divorced, Mary and I are still great friends就是典型实例。此处,让步子句创造一种期待,但主句又把期待推翻。期待是合情合理的,主句命题有时出乎预料,但效果很好。马丁的另一例句是: Even though he had taken all his medication, his leg didn't look any better. 这里又是把一种期待投射给听者,与他建立一致关系。

公告也有三个子类: 赞同(concur)、宣告(pronounce)、背书(endorse)。

赞同是讲话人公开表明同意某位对话人的意见,常用 of course, naturally, not surprising 等来表达。讲话人常用明知故问的问题,争取让对方给出同意的回答。如: Should we go to war against these children? 对方只能回答: Of course we shouldn't. 这种同意常常用来引导出反对意见。例如 Susan 和 John 的对话: Susan: He broke rules. John: Admittedly, he was badly behaved. But look at what he achieved. From nothing, he had become a multinational businessman with an empire stretching across the world, the confidant statesmen and just as famous himself. 把同意和反对放在一起造成 "让步" 修辞效果; 于是又能区分让步性同意(conceding concur)和肯定性同意(affirming concur)。

当讲话人强调、干预或修改某种意见、观点时,就叫 "宣告"。马丁引用肯尼迪总统宣布把宇航员送上月球时说的话: Now it is time to take longer strides – time for a great new American enterprise – time for this nation to take a clearly leading role in space achievement, which in many ways may hold the key to our future on earth. I believe we possess all the resources and talents necessary. But the facts of the matter are that we have never made the national decisions or marshaled the national resources required for such leadership. 这里的 "实际情况是" 就是对篇章的公然干预,明确地表达肯尼迪的介入,为的是断定下一句的正当性和价值。这种强调暗示着可能有人对此有不同看法。宣告本身是为了消弱或警告此类不同意见。

"背书" 译自 endorse,是在票据背面签字批准、支持的意思,不是学生背诵念过的书。当讲话人把别人的意见说成正确的、有效的、不可否认的、完全正当的时候,此类公告就叫背书。常用的言语为: show, prove, demonstrate, find, point out 等。此类收缩性背书类似扩展性归属,二者都用间接引语。但是,背书不把命题与讲话人分离,所以背书人承担了为命题负责的责任。马丁和怀特的例句是: Five of the studies examine the effects of economic dependence on economic inequality. All five show that dependence is associated with greater inequality. More specifically, five studies demonstrate that investment dependence – investment by foreign firms in a society's domestic economy – increases economic inequality.

现在讲 "接纳"。接纳也是一种扩展性借言,它表明有关的立场是一种可能的立场,承认存在其他可能的观点,并表示愿意接纳它们。这种意义通常靠情态助动词(如 may, might, could, must)表达和情态副词（如perhaps，definitely，probably等）表达。如，In fact it was probably the most immature, irresponsible, disgraceful and misleading address ever given by a British Prime Minister. 像这种句子一般会被认为没有清楚表明其命题的真假；说话人完全是在表达主观的、个人的看法。而且，probably一词说明他承认自己的论断可能会有争议。"接纳"中有三个小问题要分清。1. 讲话人/作者与听者/读者的关系。因为"接纳"承认别人对自己的观点可能有不同意见，所以容易与听者/读者建立一致关系，至少会把潜在的参与者包括进来。2. 有一种"证据型情态"（evidential modality），如That match seems worse than it was ten years ago.句中的命题会被看成猜测的结果，只是一种可能性，于是为探讨其他可能性打开了空间。3. 还有一种义务型情态（deontic modality），如You must switch off the lights when you leave. 它与命令句不同：命令属于自言，不允许有其他可能性；义务型情态表明的是说话人的个人意见，也许存在其他意见，因而属于"借言"（此处译为"多声"更合适）。

接着讨论"归属"。这一类介入主要是靠直接或间接引语来实现，主要通过交际过程动词（如say）或心理动词（如believe, suspect等）来表达。请看马丁的例句：Mr. Mandela said the Group of Eight have a duty to help to battle the scourge of AIDS. 和 Dawkins believes that religion is not an adaptive evolutionary vestige, but in fact a cultural virus. 这些动词有时也用于接纳。但是，归属表达的是外在声音（如many aboriginals believe, in Darwin's view），而接纳表达的是内在声音（如I believe, in my opinion）。"归属"有三个小类。1. 承认（acknowledge）。它是中性的归属，没有公开表明说话人对有关命题的态度。例如，A bishop today describes the English Church's established status as indefensible, in a pamphlet arguing that the church should lose its political ties to the state. 2. 疏远（distance）。它清楚地表明说话人与他所引用的论断/观点之间有距离，并与之划清界限。这类使用的典型动词是claim。请看下例：Ticker said（=承认）regardless of the result, the royal commission was a waste of money and he would proceed with a separate inquiry into the issue headed by Justice Jane Matthews. His attack came as the Aboriginal women involved in the case demanded（=承认）a female minister examine the religious beliefs they claim（=疏远）are inherent in their fight against a bridge to the island near Goolwa in South Australia. 3. 对说话人/听话人之间关系的影响。中性的承认是个不偏不倚的信息提供者。但是这种情况并不多。在大多数情

况下,说话人会采取各种办法表明自己的立场,以便与听者达成一致,结成联盟。在下两个例子中,马丁认为媒体直接使用副词或引用信息源头来争取与公众拉近距离: There were no slip-ups in the powerful speech – finally silencing the critics who falsely claim Bush is no more than a Texas cattle-rancher. The Archbishop Canterbury rightly describes the mass killing of children as the most "evil kind of action we can imagine". 以上介绍的多个系统太复杂了,为了直观一些,请看下图(Martin & White: 122):

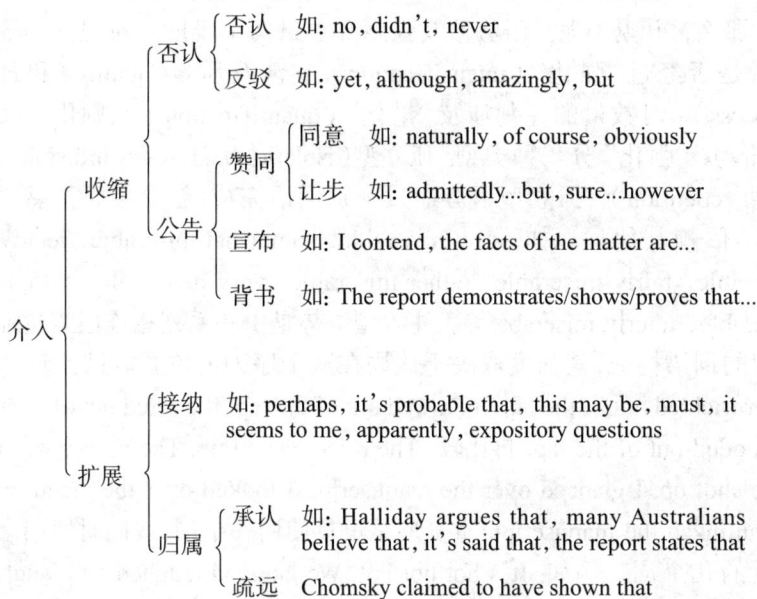

现在讨论级差系统。要知道,态度意义的最重要特征是等级性;情感、判断、鉴赏都涉及大小之分,正负之别。级差也是介入系统的普遍特性,也是评价体系的至关重要的成分,因为态度和介入都是级差的范围。级差有两个轴。一是"语势"(force);一方面测量强度,叫强化(intensification),另一方面测量数量,叫量化(quantification)。二是"聚焦"(focus),它衡量典型性或确定性。先看"聚焦"。这是以典型性为依据的级差所适用的范畴,从经验角度看很难实施,因为有的范畴本来就是黑白分明的。如,爵士乐是有特定含义的音乐,怎能还区分典型不典型。但是,在They don't play real jazz. They play jazz, sort of. 这种句子里,级差范畴已经很清楚了。此句的意思是"他们演奏的爵士乐不怎么样。"任何范畴中,都有最典型的、不太典型的和处于边缘地带的。就像前面说的"鸟"的范畴一样,鸟就是鸟,很清楚了,可是遇到具体情况时,区分起来并不容易(如,麻雀比企鹅更像鸟)。级差向上运行称为"锐化"(sharpen),向下运行则称作"柔化"(soften)。原本就有级差的范畴也可以按典型性分级。如,red就是红色。但是确实可以说a very red carpet(此句为"加强型")和a piece of genuinely red carpet(此句为"原型型")。同理,态度意义不仅可以按程度分级,而且可以按典型性分级。如:I am feeling kind of upset.(我有点不高兴。)I feel extremely upset.(我极为不高兴。)I feel upset in the true sense of the word.(我是真的不高兴了。)

那么,"语势"呢?语势涉及强度和数量两个维度。对强度的评判是看是否经过"强化"(intensification),它涉及质量(quality)和过程(process)。对数量的评判涉及"量化"(quantification),它则用于实体(entity)。"强化"分三种类型:孤立型(isolation)、注入型(infusion)、重复型(repetition)。孤立型语势通过个别词语完成,至少主要是靠这个词,不依赖其他词。如,a bit miserable, somewhat miserable, relatively miserable, fairly miserable, rather miserable, very miserable, extremely miserable, utterly miserable等。注入型语势是由一系列相连但表达强度不同的词语构成,其强度取决于该词在这个序列的位置。试比较:The water trickled out of the tap. It flowed out of the tap. It poured out of the tap. It flooded out of the tap. 再比较:The price inched up. The price rose. The price shot up. I glanced over the manuscript. I looked over the manuscript. I scrutinized the manuscript. 重复型是重复使用一个词,或同时使用意义相近的几个词。例如:It's hot hot hot. We laughed laughed and laughed. In fact it was the most immature, irresponsible, disgraceful and misleading address ever given by a British Prime Minister.

回过头来再谈"量化"。量化有三个维度:1. 数字(a few, many);2. 大小/存在(mass/presence)(如small, large; thin, thick; light, heavy; dim, bright);3. 程度(extent)。程度分远近(distance,又分时间和空间。时间:recent arrival, ancient betrayal; 空间:nearby mountain, distant mountain)和分布(distribution,又分时间和空间。时间:long-lasting hospitality, short battle; 空间:wide-spread hospitality, narrowly-based support)。"量化"涉及的是实体,具体实体和抽象实体都管到了。抽象实体的量化从语义上看很像强化,比如,可以说a huge disappointment, a slight concern。但是马丁等人认为还是有区别的。强化应该是hugely disappointing; 所以,a huge disappointment可以叫经过量化了的强化(intensification via quantification）。此外,除了孤立数词修饰实体名词外,也可以用有强化作用的实体名词来完成强化过程。试比较: A few enquiries soon became many enquiries. → The trickle of enquiries rapidly became a stream. Johnson unveils many digital imaging products.→ Johnson unveils a throng of digital imaging product. He is a huge man. → He is a mountain of a man. 其中的三个名词 stream, throng, mountain都发挥了强化作用。此外,语势还涉及讲话人对听话人的影响。语势的升级往往表明讲话人最大限度地认同讨论中的观点或论断,想方设法把听话人也争取过来。语势降级则表明讲话人怀疑或反对谈论中的立场或价值。马丁认为,下句里的 extremely unwise decision表明说话人最大程度地同意反对立法会的决定: The legislature's extremely unwise decision to remove the cap on tuition increase at Ohio's colleges was accompanied by an even more reckless act. 语势还常常间接地透露讲话人的立场: We took the traditional lands and smashed the traditional way of life. 马丁可能认为, smash 没有贬义,至少是个中性词,比用destroy或devastate要肯定得多。马丁和怀特在讨论评论的标准时,举了个有趣的例子。亚马逊网站上的粉丝写道: If you can't appreciate the music on this CD, then you aren't a fan of true, god-blessed American music. Stevic Vaughan absolutely RIPS on this CD. 而在学术界,评论成果时更多着眼于是否有创新和独立见解。所以,学术界评论时常用的褒义词有: penetrating, illuminating, challenging, significant, deep, profound, satisfying, fruitful, ground-breaking等; 常用的贬义词有: shallow, reductive, unconvincing, unsupported, fanciful, tendentious, bizarre, counterintuitive, perplexing, arcane等。

为了直观一些,请看下图(Martin & White: 154):

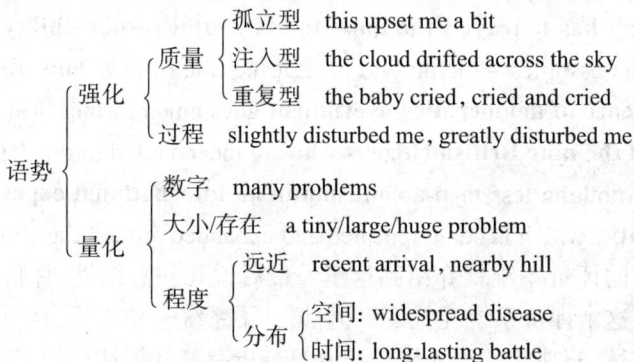

```
                        ┌ 孤立型   this upset me a bit
                 ┌ 质量 ┤ 注入型   the cloud drifted across the sky
          ┌ 强化 ┤      └ 重复型   the baby cried, cried and cried
          │      └ 过程   slightly disturbed me, greatly disturbed me
语势 ┤
          │      ┌ 数字   many problems
          └ 量化 ┤ 大小/存在   a tiny/large/huge problem
                 │      ┌ 远近   recent arrival, nearby hill
                 └ 程度 ┤        ┌ 空间: widespread disease
                        └ 分布 ┤ 时间: long-lasting battle
```

至此,评价系统的基本框架就算建立起来了。然后,马丁和怀特讨论了评价体系在解析新闻、历史教科书等文体时的具体运用。在分析文本之前,他们又引进了评估基调(key)和确定站位(taking a stance)的问题。他们从系统—功能语言学的思路出发,认为语言系统与语言示例之间是一个连续体(cline),称为示例连续体,由系统、语域、篇章类型、示例、阅读构成。就评价资源而言,这五个层次分别是评价、基调、站位、具体评估、反应。他们的表格是这样的:

1. 评价系统 —— 语言的整体潜势,创造评估意义,即激活正面/反面观点、语势/聚焦的级差、协商主体间的立场。

2. 基调(语域)—— 语境变体,或者整体评估意义潜势的次选项,特别是重新排列个别评估手段的可能,或者这些手段同时出现的可能。

3. 站位(文本类型)—— 文本之内评估手段下一个层次的选择;在给定基调内(即该基调与特殊修辞目的有关),评估手段使用的规律,和权威角色的构建。

4. 评估(示例)—— 文本中评估手段的示例。

5. 反应(阅读)—— 根据听者/读者主观决定的阅读立场,认定文本中的评估意义;通过与文本交流后听者/读者所激活的态度。

在详细分析新闻语篇时,马丁和怀特发现了三种评价基调: 记者声音(reporter voice)、通讯员声音(correspondent voice)、评论员声音(commentator voice)。记者声音是指关于硬新闻的报道,比较正式,有些程式化,像个客观传声筒,不许有自己的看法。通讯员声音基调有时有点自己的东西,仅限于社会认可的判断。就是说,通讯员可以争辩、评论,但通常不制裁。评论员就不同了,他可以自由地表达自己的任何态度。文中充斥着他的鉴赏和情感,也不乏真知灼见。请读马丁和怀特的一个例子(黑体字显示评论员的观点): Two years on, the British government **has betrayed the most fundamental responsibility** that any government assumes – the duty to protect the rule of law. **This abnegation of the essence of democratic government** goes much further than **a failure to protect the nine British citizens who** are incarcerated in this **legal black hole**. It is nothing less than **a collusion** in **an international experiment in inhumanity**, which is being repeated and expanded around the world.

马丁的评价系统就介绍到这里。最后说几句总结性、评价性的话。如何看待这个评价系统呢? 第一,它填补了系统—功能语言学里的一个空白,即对语篇功能的深入研究和语篇分析有着开拓性作用。它也被许多人用作理论框架分析了不少文本:新闻、小说、文学等,并且帮助揭示了一些文本释义、人际关系的问题。但是，从宏观角度看，它无非是对系统—功能语言学的扩展或细化，对语言的本质没有新的论述和见解。从这个角度看，它属于技术性的发展。技术性还表现在另一方面，那就是整个论述过程似乎都在进行分类，先分出几个大类，再分出几个小类，小类内部又含着细微区别——最后的系统网络十分复杂，但深度似乎并不十分令人满意。

再说，马丁和怀特的系统范畴，恐怕相当主观，操作性可能不是很强。例如，根据什么下定论说评价系统包括"介入"、"态度"、"级差"三个子系统？又根据什么说这三个子系统在同一个平面上？前面讲到，在"鉴赏"小系统中，三个构件"反应"、"构成"、"价值"对应的心理过程和元功能都不一样。他们的关系是：反应→情感→人际功能；构成→感知→语篇功能；价值→认知→概念功能。这种关系的理据至少是不够充分吧。前面还有一处说，在判断、情感、鉴赏这三项中，情感居中心地位。判断和鉴赏都是体制化了的情感，不同的是，判断是有关建议的，而鉴赏与美学的关系更密切。如果情感那么重要，不同读者/听者会对同一文本/语篇的反应有巨大差别，分析起来会不会让人莫衷一是呢？

第三，无论评价、语类还是在哪个层次上进行选择，都离不开语境，而语境又离不开社会文化的大环境。不论有多少普世价值，文化取向的价值也不会没有，有时还很多呢。在态度、情感、鉴赏等项目上，来自不同文化的研究者很可能会持不同观点，在分析中产生相悖的结论。

第四，也有读者指出，评价的不同参数在不同的话语中担当了不同的作用。有些语类突出对确定性的评价，而另一些则突出对好坏的评价。例如，在评判学术论文时，确定性参数特别重要；而在评定一家餐馆时，好与坏的参数就更为重要了。还有，命题评价的语义分类也不是没有问题的。实现某一语义选择的词汇语法手段很多，它们未必完全同义。下面五句话可归为同一语义选择：

1. John must be coming.

2. John is certainly coming.

3. I am certain that John is coming.

4. It is a certainty that John is coming.

5. I know that John is coming.

它们分别是情态助动词，情态副词，评价性性质词/客观取向，评价性性质词/主观取向，评价性名词化，情态投射—心理过程。然而，这些变体并非在语义潜势上完全相同。可是，它们又确实处在情态和评价两个范畴的连续体之上,无法严格区分,只有程度上的差别。遇到这种情况,分析者该如何拿出可靠意见,就会难以抉择或众说纷纭。

参考文献

1. Bazell C E, et al. *In Memory of J. R. Firth*. London: Longman, Green & Co., 1966
   《纪念J. R. 弗斯》

2. Butler C S. Recent Development in Systemic Linguistics. *Cambridge Language Teaching Surveys*, Survey 1, 1982: 38–59
   《系统语言学的最新发展》,见《牛津语言教学述评》第一期

3. Dinneen, Francis P. *An Introduction to General Linguistics*. New York: Holt, Rinehart and Winton, 1967
   《普通语言学导论》第十章

4. Firth J R. *Papers in Linguistics 1934—1951*. London: Oxford Univeristy Press, 1957
   《1934—1951年语言学论文集》

5. Halliday M A K. *An Introduction to Functional Grammar*. Edward Arnold. 2004/1994 (2004 third edition revised by C. M. I. M. Matthiessen)
   《功能语法导论》第三版

6. Halliday M A K. *Explorations in the Functions of Language*. London: Edward Arnold, 1973
   《语言功能的探索》

7. Halliday M A K. *Language as Social Semiotic: The Social Interpretation of Language and Meaning*. London: Edward Arnold, 1978
   《作为社会符号的语言: 对语言和意义的社会理解》

8. Halliday M A K & R Hason. *Cohesion is English*. London: Longman, 1976
   《英语的衔接》

9. Kress G R, ed. *Halliday: System and Function in Language*. London: Oxford University Press, 1976
   《韩礼德论语言系统和功能》

10. Malinowski B. *Coral Gardens and Their Magic*. Vol. 2. London: George Allen & Unwin Ltd., 1935
    《珊瑚园及其魔力》

11. Malinowski B. The Problem of Meaning in Primitive Languages. supplement to C K Ogden & I A Richards, *The Meaning of Meaning*, Routledge & Kegan Paul, 1923

《原始语言中的意义问题》,见《意义的意义》一书的附录

12. Martin J R & P R R White. *The Language of Evaluation: Appraisal in English.* London / New York: Palgrave Macmillian, 2003

《评价语言: 英语评价系统》

13. Sampson, Geoffrey. *Schools of Linguistics.* Stanford, California: Stanford University Press, 1980

《语言学流派》第九章

第九章

认知语言学

认知语言学也称认知语言学事业（Cognitive Linguistics Enterprise），是语言学研究中的一种新范式，有广义和狭义之分。任何语言学理论，只要把自然语言当作心理现象来研究，就属于广义认知语言学（在英语中称小写c 的认知语言学，即cognitive linguistics），例如乔姆斯基的生成语法、杰肯道夫（R. Jackendoff, 1945—）的概念语义学（Conceptual Semantics）以及哈得逊（R. Hudson, 1939—）的词语法（Word Grammar）等，都可以看成是广义认知语言学。狭义认知语言学（在英语中称大写C 的认知语言学，即Cognitive Linguistics）是广义认知语言学的一种，对语言与认知之间的关系的研究不同于乔姆斯基传统。它不把语言看成是心智的自治部分，相反，其基本假设是：1. 语言并不是自主的认知机制，而是认知的主要部分。这是狭义的认知语言学与生成语言学的最大区别；2. 语言是关于语义的；3. 语义是概念化的结果；4. 语法知识来源于语言使用；5. 通过了解心智去研究语言将会有洞察力，无论研究是来自实验、内省还是常识性的观察。狭义认知语言学（以下简称"认知语言学"）开始于20世纪70年代末及80年代初，其成熟的重要标志却是1989年春在德国杜伊斯堡（Duisburg）召开的第一次国际认知语言学研讨大会以及次年成立的"国际认知语言学学会"（ICLA）和创刊的《认知语言学》杂志。

认知语言学在上个世纪70年代中期开始在美国孕育，80年代中期以后开始成熟，其学派地位得以确立，90年代中期以后进入稳步发展的阶段。杰拉茨（Geeraerts, 1955— : 2007）把以上三个阶段分为三个十年，且各有其标志。第一个十年是萌芽及孕育阶段。1975年，加州大学伯克莱分校语言学系举办了语言学夏令营活动，有四个重要讲演（见下文）。这些演讲为认知语言学日后的发展打下了基础，因此被公认为是认知语言学的萌芽。更为重要的是兰艾克（Langacker, 1942—）在1976年开始了他的认知语法的研究，随后莱柯夫（Lakoff, 1941—）等人的论文"语言学格式塔"（Linguistic Gestalt）和塔尔密（Talmy）的论文"复杂句中的图形与背景"（Figure and Ground in Complex Sentences）也都在此期间问世。在这十年期间，莱柯夫和约翰逊合著的《我们赖以生存的隐喻》（*Metaphors We Live By*, 1980）对推动认知语言学的发展起到了不可低估的作用。在认知语言学领域风靡至今的隐喻研究大多都源于这部著作。因此这十年是认知语言学打基础的孕育时期。

第二个十年大致为1986至1995期间，认知语言学作为独立学派的地位得以确立。主要标志为认知语言学领域的基石性著作的出版。这些著作包括莱柯夫的《女人、火与危险事物》（*Women, Fire, and Dangerous Things: What Categories Reveal about the Mind*, 1987），兰艾克的《认知语法基础》（两卷本）（1987，1991），约翰逊的《心中之体：以身体为基础的意义、想象、和理智》（*The Body in Mind: The Bodily Basis of Meaning, Imagination, and Reason*, 1987），福柯尼耶（Fauconnier，1944—）的《心理空间》（*Mental Spaces: Aspects of Meaning Construction in Natural Language*, 1985），泰勒（Taylor）的《语言范畴化：语言学理论中的原型》（*Linguistic Categorization: Prototypes in Linguistic Theory*, 1989）。1989年多国学者在德国的杜伊斯堡举行国际认知语言学研讨会，会上成立了国际认知语言学学会（ICLA），并确定要出版刊物《认知语言学》作为学会会刊。这十年期间，认知语义学和认知语法得到长足发展。在认知语义学领域，下列重要概念得到全面阐释：原型范畴、意象图式、概念隐喻、概念整合、一词多义、象似性、心理空间等等。兰艾克的语法理论更是为认知语法打下了坚实的基础。

第三个十年从1996年到2006前后。在此期间最重要的原创性著作是塔尔密的两卷本巨著《试论认知语义学》（*Toward a Cognitive Semantics*, 2000）（I卷：认知结构系统；II卷：认知结构中的类型和过程）的问世。巨著的出版使认知语义学得以系统化。该十年最重要的发展则是认知语言学研究在世界各地的迅速扩展。世界各地都先后成立认知语言学研究会。最早的是西班牙（1998），随后有英国、日本、俄罗斯（2004）、德国（2005）、法国（2005）、中国（2006）等都相继成立了此类学术研究会。这十年间出版的著作还有另一个特点，综述性质的适合用作教材的认知语言学著作大量问世。与此同时，认知语言学迅速地向相关学科扩展。例如，认知社会语言学、认知诗学、应用认知语言学、认知意识形态研究、认知语篇研究等。

认知语言学这30年的心路历程是：开始时，从观察语言入手，发现人类思维的隐喻性。由此认为语言中的隐喻折射出的是心智或思维的隐喻性本质。然后,通过继续研究语言,发现思维中的概念化、范畴化和逻辑推理的涉身性和想象性。据这两种特征得出结论:心智的本质是涉身的和想象的。在此基础上,逐步形成体验哲学理论,挑战他们称为客观主义哲学的西方传统哲学,并建立了体验主义哲学理论体系,开始挑战西方传统哲学的心智观,包括理性观、心身观、科学实在观及真理观。他们声称西方传统认识论是客观主义的,把心智和理性都看成是脱离身体的(disembodied),能够不受身体的影响和局限,能够客观地认识实在。而体验哲学认为,人类心智的本质决定了我们不可能获得客观的知识和真理,所有的知识都来自体验性和想象性的心智。他们调查了语言结构中反映出来的主观意识,发现不同语言表达式中存在意义差别,又调查了大量所谓的边缘语言事实,发现那里大有规律可循。最后,他们进一步论证数学知识来自体验性的和想象性的心智,试图证明数学知识并非超验的理性思维的产物,而是来自体验性和想象性的心智。据此,我们分六节重点介绍概念隐喻理论、认知语言学的哲学基础、范畴化和原型理论、认知语义学、认知语法、构式语法等。

第一节　认知语言学的孕育：范畴化与原型理论

莱柯夫本来是跟着乔姆斯基作逻辑语义学研究的。他感到,逻辑语义学里,有的只是符号、实体、实体集、抽象运算等,那些实体和实体集都是客观存在的,不以人的意志为转移。研究半天,好像意义与人没有关系,与人的感觉、大脑、行为等没有关系。他正苦恼时,1975年夏天,在伯克莱的一个学术研讨会上,莱柯夫一连听了四场报告,深深地感动了他。第一个是他的同事保罗·凯(Paul Kay,1934—)关于颜色词的研究。在他之前,有种理论认为,语言中的颜色词是任意的,任何语言都可以对色谱随便进行分割。我们知道,有的语言只有两个、三个、五个、七个颜色词,英语有11个,俄语有12个。凯和布兰特·博林(Brent Berlin,1936—)做了个实验。他们在一家涂料公司那里做了144个色彩条,涂上各种样的颜色,然后挑了100个,寄给他们在世界各地作人类学研究的同事们,比如在马来西亚的,在非洲的。让他们问当地的语言里,有几个颜色词,有几个是最基本的、最有代表性的。他们发现,在所调查的语言中,颜色词从2到12;如果只有两个,一定是一个暖色词,一个冷色词。暖色词包括黄色、橙色,白色。冷色词包括蓝色、黑色、绿色等。最有代表性的颜色是红、黄、白、绿、蓝,跟英语的一模一样。这个发现很稀奇,但

莱柯夫

它说明颜色也是具有普遍性的,我们对颜色的感受也是一样的。不过问题也随之而来:为什么是这几个颜色而不是别的? 1974年左右,神经生理学研究颜色视觉后发现,世界上并没有所谓的颜色存在;颜色视觉取决于四个因素:两个在外部,两个在我们自己内部。外部客观因素之一是物体反光的波长;每个物体都可能有自己的波长。但还有一样,颜色跟周围的光照条件有关。我们大脑内部由视网膜锥体和联系这些锥体的复杂神经网分析颜色。没有这些视网膜锥体,我们什么颜色也看不到。电视上的颜色如果用不同波长组合起来,会形成许多颜色。它们是我们的眼睛对外界的颜色加工处理的,并不是颜色就明明白白地摆在那里让我们看个清清楚楚。这有啥重要的呢?

哲学上有种意义理论叫真值对应论(the Corresponding Theory of Truth),认为句子是不是真实全看它是否符合客观世界的真实情况。所以,"这件衣服是红的"真实吗? 它符合客观世界的情况吗? 世界上压根没有红色。红色是物体反射的光波波长与你的视网膜的互动才形成的。这说明真值对应论是站不住脚的。而莱柯夫那时已经依据真值对应论研究了12年语义,此发现如一声霹雳,唤醒了他。

第二个报告是著名心理学家罗丝(Eleanor Rosch,1938—)讲的"基本范畴"。大意是:"椅子"是个基本范畴,"家具"不是,它属于"上位范畴";"摇椅"也不是基本范畴,因为它属于一种特殊椅子,归为"下位范畴"。区别何在? 你可以闭上眼睛想象一把椅子,但你想象不出既不是椅子、也不是凳子、又不是桌子又不是床的"家具"来。这是因为,椅子、桌子、凳子、床是你用身体接触的东西,是你用来做事的东西;你不能用身体接触抽象的"家具"。换句话说,椅子是与你的身体互动的一件物品;被你的感知、意象、运动神经、运动行为所规定着。可以说,椅子的语义是体验而来;这种语义是靠观察、计算符号与集合论的关系所不能及的。体验包括身体接触、用大脑成像、用视觉系统观察等来形成概念。就是说,语义是要涉及身体和大脑的。而这一判断背叛了逻辑语义的全部传统理论。

莱柯夫听的第三个报告是年轻有为的塔尔密关于语言中的"空间关系"(spatial relations)的演讲。世界诸多语言表达空间关系的词语是不同的,而且很不匹配。如,英语介词有in, on, through, above, below等,荷兰语的介词就差别很大,翻译起来问题很多。

塔尔密注意到,每种空间关系都可以分解成一组基础空间关系,而这些基础空间关系在一切语言里是一样的。基础关系是指像"包围"——一个划定的范围,进口用in,出口用out;"始源—通道—目的地"则用from, to，along；同时发生，就用through。介词into有两个基础关系，一个给in用的"容器"，一个给to 用的"始源—通道—目的地"。还有个"接触"基础关系。句子The microphone is on the box 中，介词 on 有三个基础关系：一个"在……上"，一个"接触"，还有个"支撑"，支撑为力的动力。塔尔密发现，基础关系分为三种。一是与"拓扑学"(topology)有关的。比如"容器"，不分大小、方圆、表面粗糙与否等，这属于拓扑学特征。第二种是有关方向的，如"前"、"后"、"左"、"右"是与身体有关的；东、西、南、北是客观存在的。第三是与动力学有关的，如"支撑"、"举起"、"顶住"、"撞击"等，都跟你如何使用胳膊或肌肉有关。这个报告也告诉莱柯夫，空间关系的语义也不是纯粹的空间问题，更不是逻辑关系，也与人的身体体验有关。

第四个报告是费尔默(Charles Fillmore)关于"框架语义学"(frame semantics)的。费尔默一直在研究语义场(semantic field)的理论。语义场就是一组意义相关联的词，如"刀子"、"叉子"、"勺子"构成一组；"周一"、"周二"、"周三"、"周四"、"周五"、"周六"构成一组；但不能把"周一"、"苹果"、"周二"、"周三" 放在一起。费尔默观察了这些语义场，得出了认知框架(conceptual frame)的理论。如做买卖时，用到"买"、"卖"、"货物"、"价格"。一笔买卖中，要有卖者、买者、货物、款项，此为四个角色；还有三个阶段：1. 买者要买货(比如书)，他准备好了钱；卖者有书，他需要钱；2. 两人交换书和钱；3. 买者得到书，卖者得到钱。费尔默说，在所有语言中，一笔交易都是经过这三个阶段。总共有上千个框架。重要的是，这些框架都不是来自逻辑！你研究一下框架系统就会发现，这些活动根逻辑没有什么关系。买卖中有的谓词是"要"、"占有"、"渴望"等；而"渴望"和"占有"都与身体有关，跟大脑有关。说到底，一切框架都离不开身体、大脑与体验。

1975年夏天的四场报告，给莱柯夫的学术研究带来180度的大转弯。他开始怀疑乔姆斯基的研究范式，思考自己是否应该另辟蹊径。不过，这时的刺激还没结束。这个时期罗丝已经在研究原型范畴理论(prototype theory)。她发现，每一种范畴都有一个原型结构，而且原型结构也有多种。有些原型是线性的，如"高个子"，人有多高有个刻度表，也有词汇对应它，可以说"有点高"，"很高"，"不太高"；"高" 在不同文化和社会中有不同标准。另一种原型叫典型原型(typical case prototype)。例如"鸟"，什么鸟是最典型的代表，不同文化会有不同回答。有人回答"麻雀"，有人回答"燕子"，有人回答"知更鸟"。鸡是不是鸟，回答时有人犹豫；鸭子算不算鸟，更多人犹豫；企鹅是不是鸟，犹豫的人就更多了。这种现象叫原型度或原型性(proto-typicality)。许多人做了多次实验。比如,你问100名被试,一个岛上,麻雀都得了一种病,鸭子会不会也得这种病。大部分人回答是肯定的。反过来,你问他们,一座岛上,鸭子得了一种病,麻雀会不会也得,不少人会给否定回答。这说明,典型案例会对非典型案例产生影响,而非典型案例对典型案例不会产生影响。语言学家研究多种原型范畴后发现,原型有三种: 典型实例、理想实例、噩梦实例。拿"丈夫"举例,可以有个典型的丈夫,或者理想的丈夫,或者一个噩梦般的丈夫。

为什么要讲这些呢? 因为2500年前亚里士多德在《范畴篇》就已经论述了范畴问题,他的理论成了几千年的经典范畴理论。他说,范畴由一组充分必要特征来定义; 特征都是二分的,或有或无; 范畴具有清晰的边界; 范畴里的成员地位平等。罗丝和其他人的研究证明,亚里士多德的范畴理论是错误的。他们的原型范畴理论认为: 1. 范畴内部各个成员由家族相似性联系在一起,并非满足一组充分必要条件。例如,"交通工具"范畴中的成员自行车、马车、汽车、轮船、飞机、热气球等,它们两两之间由相似性所联系,找不出全体成员所共有的充分必要特征。马车和汽车的相似之处在于两者均有轮子、非人力驱动、运送货物或载人、在陆地上行驶等。汽车和轮船之间出现了新的相似之处: 以发动机驱动、由金属制造等,但在陆地上行驶这一马车和汽车共享的特征却消失了。2. 范畴边界具有模糊性,相邻范畴互相重叠、渗透。例如,"颜色"范畴就是典型的边界模糊的例子,紫色和红色之间缺乏明显的区分界限,因此存在紫红色这一处于两个颜色范畴交界处的成员。3. 范畴原型与该范畴成员共有的特性最多; 范畴边缘成员既与该范畴成员有一部分特征相似,又与相邻范畴的成员有一部分特征相似。例如,"蔬菜"范畴中,比起边缘的西红柿,处于核心的黄瓜和其他成员,如白菜、豆角等共享的特性更多。而边缘的西红柿,则和相邻的"水果"范畴也有一些共性,以至于有时让人搞不清楚它到底属于"水果"还是"蔬菜"。4. 范畴成员依据拥有该范畴特性的多寡,具有不同的典型性。例如,"鸟"范畴中的原型知更鸟,与范畴成员共享大部分的特征: 有喙、有羽毛、能下蛋、能飞、会鸣叫、两腿短、体型小,而较为边缘的孔雀却不会飞、两腿也偏长,因此处于边缘成员的地位。5. 范畴呈放射状结构,原型位于范畴结构的中心位置; 多数范畴呈现的不是单一中心结构(monocentric structure),而是多中心结构(polycentric structure),即有多个原型。如"水果"的原型就不仅仅是苹果,梨、橘子和桃等都是原型代表。原型理论被认为揭示了范畴内部的等级结构,范畴的原型比其他成员具有更高的地位,是人们认知的参照点。但是,如何定义范畴的原型,不同学者有不同的观点。罗丝和兰艾克等认为原型是范畴内的最佳实例或突出实例(best example、salient example),而泰勒则认为原型是范畴成员的"概括性图示表征"(schematic representation),是一种心智表征。他说,实例不能是原型,实例只能示例(instantiate)原型;原型是一种图示,是从具体的实例抽象而来的。总之,这就再次证明,逻辑语义学很难站住脚,我们需要把一切放到体验之中去认识语义学。

认知语言学正是研究语言与认知的关系;认知又与概念、语义、知识、文化规约有关。而这一切又与范畴有密切关系,概念对应于范畴,意义是概念化过程和结果,离开范畴我们几乎无法讲话。(如,本段才写了一句话,就已经用到多个范畴:"范畴"、"理论"、"语言"、"概念"、"知识"、"文化"等。)所以,要想解释语言事实背后的认知规律,就不得不研究范畴和范畴化。探讨范畴化就成了认知语言学的基本内容。

在认知语言学中,对范畴化的研究发生在第二阶段。主要著作有:杰肯道夫的《语义学与认知》(*Semantics and Cognition*, 1983),莱柯夫的《女人、火与危险事物》,泰勒的《语言范畴化: 语言学理论中的原型》。泰勒的著作详细论述了原型范畴理论词汇范畴化、语法范畴化、音位范畴化等问题,成为认知语言学的经典著作之一,给该方向的研究带来崭新的局面。昂格雷尔(F. Ungerer)和施密德(H. J. Schmid)出版的《认知语言学入门》(*An Introduction to Cognitive Linguistics*, 1996)用大篇幅论述范畴化和原型范畴问题。此外,克罗夫特(William Croft)和克鲁兹(D. Alan Cruse)的《认知语言学》(*Cognitive Linguistics*, 2004)第四章专门讨论了范畴、概念、意义问题,还运用他们的理论对比了英汉语中基本范畴词在构词中的应用情况。本节的介绍主要根据这几本著作。

范畴理论不是现在才有,前面提到过,古希腊哲学家们早有观察,历史上也有不少哲学家对范畴有过论述。例如,柏拉图认为世界本身拥有自然的分类,知识的表征(knowledge representation)涉及学习这些分类(partition)下潜在的结构。获得概念知识就是了解、学习外部世界的结构。作为分类的范畴化,始自于根据统摄这些结构的法则对这些事物进行分析。可见柏拉图是把范畴视作一种独立于人的认知,存在于客观世界的结构,人们通过学习获得它。亚里士多德则认为"范畴"是作用于经验的,是为经验而设定的法则和规律。范畴使"混乱"的感觉材料规范化,使之有序化。它只是一种工具,是为得到知识服务的。在人类感觉世界里,事物瞬息万变,如何在这种变化中摸索出"秩序",使我们感觉到的事物成为可知的,需要我们用"范畴"来对万物加以"规整"。在亚里士多德的范畴理论中,人们的经验参与范畴化的过程。在《范畴篇》中亚里士多德探讨了"思想对象的八种范畴"、"实体范畴"、"数量范畴"、"关系范畴"、"性质范畴"、"活动、遭受和其他范畴"、"范畴的对立关系"、"时间和空间范畴"、"运动的六种范畴"、"'有'的范畴"。德国古典哲学家康德的范畴观念来自于亚里士多德。他对范畴定义为:"知性先验地包含于自身的那种本源的纯粹综合概念,因有这些概念,知性才是纯粹的知性。因为只有通过这些概念,知性才能理解直观运动中的某物,即才能思想直观的客体。"康德把范畴分为四大类:1. 量的范畴(统一性、多样性、全体性);2. 质的范畴(实在性、否定性、限制性);3. 关系的范畴(依附性与存在性、因果性与依附性、交互性);4. 模态的范畴(可能性与不可能性、存在性与非存在性、必然性与偶然性)。此后的哲学家黑格尔、胡塞尔、海德格尔等对范畴也都有所论述,他们也是从哲学角度来对范畴加以论述,而在范畴理论上取得突破性进展的当数哲学家维特根斯坦(Ludwig Wittgenstein, 1889— 1951),它的理论("家族相似")具有划时代的意义,成为古今范畴理论的分水岭。

范畴的划分,究其本质而言,就是一个概念形成的过程。每个概念都有一个对应的范畴。范畴是指人们在互相体验的基础上对客观事物普遍本质进行的概括,是由一组属性构成的"完型"结构。"完型"是德国格式塔完型心理学的一个术语,指人们在感知事物时,首先感知整体而不是感知其部分。完型感知对信息的组织有一定的影响,即"感知组织的完型原则":1. 相邻原则:单个成分间距离较小的易于被感知为互相关联的整体;2. 相似原则:相似的单个成分易于被感知为一个整体;3. 连续原则:成分间阻断少时才可以感知为整体:4. 闭合原则:感知组织倾向于落脚到封闭的图形中。我们在进行概括时,不知不觉地遵循着这些原则,保证同一范畴中的成员相邻、相似、连续、排他。

至于概念与意义的关系,不同学者有不同看法。一般研究者认为,概念是思维的要素,而意义是个较为宽泛的术语——它可以指某个基本单位,也可以指多个单位的集合。但是,概念和语义应该加以区别,因为语义是指语言所表达的概念或意义,属于语言成分中的要素。泰勒同意从三方面区分二者:1. 它们所属研究领域不同。语义是语言学和语义学的研究对象,而它包含词素义、词义、词组义、构式义直到语篇义。而概念是思维的基本单位,用于逻辑和认知研究;2. 概念和意义具有普遍性,语义则因语言而异,如汉语的"头发"和"毛"在英语里都是hair; 3. 确实有些概念还没有词汇化,即没有合适的词语来表达,这种心智概念被称为"心智词汇"。总起来说,范畴侧重事件物体所划归的类属; 概念主要是思维单位; 范畴、概念和意义都是范畴化和概念化的结果,概念对应于范畴,概念与意义大致相通;语义是概念和意义在语言层面上的反映。

　　从亚里士多德到维特根斯坦的两千年常常被称为经典范畴理论时期。这时,范畴被看成拥有一组共同特征,可以根据充分必要条件来定义,对意义则持客观主义的态度。常用二元对立(binary)的语义特征来描写词义,即某个特征或有或无,或真或假,没有模棱两可的情况。经典理论认为,每个范畴都具有清晰的界限; 而且范畴成员间的地位平等,不能说哪个单位更具代表性,也没有核心与边缘之分。经典范畴理论较好地解释了一些范畴的特征。如: 二氧化碳的充要特征是含有一个碳元素和两个氧元素,一个化学物质如果只含有一个氧元素和一个碳元素,那它属于另外一个范畴——一氧化碳。不存在同时既有一个碳元素又有两个碳元素的状态,因此也不存在既是一氧化碳,又是二氧化碳的情况。也不会有某个二氧化碳比另一个更典型的情况。经典理论在20世纪的不少研究中起着主流作用,音位学、句法学、语义学中的形式主义就是建立在经典范畴理论之上的。我们前面第五章谈到的雅克布逊的音位学的九个音响特征和四个音调特征,都是使用二分法。例如: 元音性/非元音性,辅音性/非辅音性,聚集性/分散性等等。结构语义学用语义特征分析法,其实也是二分法: 有生命/无生命,人类/非人类,成人/非成人,男士/女士,已婚/未婚等。乔姆斯基说过,表明一个语言项是否属于某个范畴的自然方法就是运用二分法。莱柯夫曾把范畴理论比作"抽象的容器",即范畴就像一个容器,具备范畴定义特征的个体都在里面,不具备的就在外边。当然,用经典理论解释范围更广的现象时,会遇到困难,因为大部分范畴不具备二分性,更具有家族相似性,其边界是模糊的。

　　随着人们对事物的认识加深,人们发现有些东西很难归类,即难以把它归入相应的范畴。比如,看到一个似碗非碗、似杯非杯的东西。再比如,现实世界存在着"阴阳人",我们不知道该归入男性还是女性,这样的例子俯拾即是,所以经典范畴论显现出自身解释力欠缺的毛病。维特根斯坦是发现古典范畴理论缺陷的第一位哲学家。他发现"游戏"范畴不符合传统范畴模式。有的游戏只是为了娱乐,没有输赢; 有的游戏需要有运气; 有的需要更多的技巧; 而有的两者兼而有之。他发现游戏范畴成员之间没有共同的特性,而只有多种方式的相似性,他称之为"家族相似性"（family resemblance）。他说，范畴没有固定、明确的边界，随着新事物的出现范畴可以扩大。他写道："例如，考虑一下我们称为'游戏'的过程。我指的是棋类游戏，牌类游戏，球类游戏，奥林匹克运动游戏，等等。他们的共同点是什么？——不要说：它们一定有某种共同点，否则他们不会都叫做'游戏'的——而要睁眼看看它们是否有一个共同点。——因为如果你看看这些游戏，你是不会看到所有游戏的共同点的，你只会看到相似之处和它们的联系，以及一系列关系，再说一遍：不要想，而要看！"比如70年代"电子游戏"作为新成员加入游戏的范畴，使该范畴的边界扩大了，而"电子游戏"与原游戏成员只共享部分特征。而且，范畴成员也不像传统理论认为的那样具有同等的地位，而是有中心成员和非中心成员之区分。

此后许多人对此进行了研究，但对原型理论研究做出较大贡献的是罗丝，她在维氏家族相似性理论基础上，进而提出了原型范畴理论。人们对原型的研究始于颜色。20世纪50至60年代的语言学家普遍认为，对颜色的切割是完全任意的，各种语言中的关于颜色的词是不同的。1969年博林和凯（Berlin & Kay）（参见本章第一节）通过对多种语言的调查，发现不同语言中尽管有不同的颜色，但都共有一些基本颜色。他们得出的五点结论与结构语义学的结论有质的不同：1. 每个颜色词不论在什么语言中，所指的焦点区是相似的；2. 颜色的边界是模糊的，区域差异较大；3. 不同语言系统中，颜色词的地位是不平等的，有中心与边缘之分；4. 有11个基本颜色词，各语言从基本颜色词库中选用自己的颜色，但不是任意的，而是遵循蕴含层级顺序；5. 颜色焦点区的恒定性是以视觉神经和周围环境为基础的。所谓的焦点色词，构词简单，使用频率高，使用范围广，没有搭配限制。这11个基本词的地位不同，具有层级蕴含性：

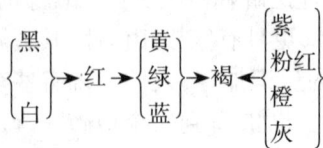

$$\begin{Bmatrix}黑\\白\end{Bmatrix} \rightarrow 红 \rightarrow \begin{Bmatrix}黄\\绿\\蓝\end{Bmatrix} \rightarrow 褐 \leftarrow \begin{Bmatrix}紫\\粉红\\橙\\灰\end{Bmatrix}$$

有趣的是，如果有的语言只有两个颜色词，那就是黑和白；如果有三个，那一定是黑、白、红；如果有四个，第四个不是黄色，就是绿色，不然就是蓝色，但三色不同时出现。如果有第五个颜色词，那就会包括黄色和绿色。第六个颜色一定是蓝色。如果有第七个颜色，那就是褐色。如果有七个以上的颜色，那它们可能是最后四种颜色，它们没有特别顺序。

　　由此人们得出结论:颜色的切割及其范畴化不是任意的。那么是否这种现象只出现在颜色领域吗?心理学家罗丝在博林和凯对颜色研究的基础上,又对颜色进行了实验,后又把对颜色的实验推广至其他范畴。她用"原型"(prototype)代替了博林与凯所使用的"焦点/中心"(focus),以便避免focus所具有的"中心"意义所带来的误解。原型,就是在一个范畴中最好的、最典型的、最能用来代表这一范畴的、最称职的个体。同时她还指出,人们不是采用一组正式标准特征来把一个客体指派给一个范畴,而是把那个客体与范畴的原型相比较,原型是最好的标本,是一把尺子。人们通常是把原型与有关的范畴联系起来。

　　原型理论最为著名的、被大量引述的是"鸟"的范畴的实验。在这个实验中,罗丝向学生提供一份关于鸟的词汇清单,要求他们与一个已知范畴的典型性对这些词项进行排列。实验结果表明,人们普遍认为知更鸟和燕子是最典型的,而鸡和鸵鸟是最不典型的。此外,社会语言学家拉波夫(1973)调查了英语中的杯子(cup),碗(bowl),花瓶(vase),马克杯(mug)等的分类,发现范畴的划分具有一定的模糊性和开放性。普尔曼(S. G. Pulman)(1983)研究了动词性范畴,如"看"(look),"杀"(kill),"说"(speak),"走"(walk),从而进一步证明原型效应不仅仅存在于名词性的范畴中,也存在于其他范畴。寇尔曼(L. Coleman)和凯(1981)研究了命题"说谎"(telling a lie)。他们让受试者定义这一范畴后,发现并不存在充分必要条件,只指出三个词义属性,按重要性依次是:1. 说话人不相信其陈述是真的; 2. 有意欺骗; 3. 说了假话。如果一个人偷了东西说没偷,符合上述所有条件,是典型的"说谎"。古人说天圆地方,不符合条件1和2,不是说谎;如果一个人在舞会上玩得不高兴但告别时对主人说他玩得很高兴,不符合条件2,不是典型的说谎;一个小孩告诉母亲他去了书店,实际上他只在书店逗留了一会儿就去了游戏厅,不符合条件3,因此也不是典型的说谎。可见原型范畴是范畴中的"最佳成员",相对于人的认知需要而有所变化。所有事物的认知范畴是以概念上凸显的原型决定的,原型对范畴的形成起重要作用。

　　莱柯夫充分肯定范畴化的重要性。他认为,范畴化对于我们的思维、感知、行为、语言等居首要地位。没有范畴化能力,不管是在物质世界还是在社会或精神生活中,我们什么作用也发挥不了。同时他还认为,大部分范畴化是自动的、无意识的。莱柯夫进一步发展了原型范畴理论,提出可用理想化认知模型(Idealized Cognitive Model,简称ICM)来解释原型范畴。莱柯夫强调范畴化过程中人主观认知和想象力的重要,并尝试

用ICM分析bachelor, lie, mother 等语义范畴,认为它们属于辐射性范畴
(radial category)。莱柯夫和泰勒等研究者不停歇地推进他们的研究。他
们后来发现,语言结构就像非语言的概念结构一样,也有原型效应。语言
也是世界的一部分,我们可以像对待自然物体一样对语言进行范畴化。
语言中的范畴都是参照原型而建立起来的。比如语义范畴就具有原型范
畴的许多性质。一个多义词所形成的语义范畴中的各个义项的地位是不
同的,就像原型范畴一样,有典型义项或中心义项和边缘义项之分。其典
型义项就相当于原型义项,它往往是人们首先学到的,也是最原始、最基
本的义项,语义范畴就是围绕原型义项不断向外扩展而逐步形成的。

　　原型范畴理论与经典范畴理论到底有哪些区别? 前面讲过,经典范
畴理论有一定的解释力,结构主义语言学和形式主义研究用它作了不少
有益工作。但是,遇到一些复杂的自然或社会现象时,它的解释就显得
的没有说服力,甚至前后矛盾。它的不足之处正好让原型理论加以弥补。
而这二者的区别可列以下十种,并稍微解释前面六种:

经典范畴理论	原型范畴理论
1 特征	1 属性
2 特征具有客观性,范畴由客观充分必要条件来联合定义	2 不可能完全制定出充分必要条件的标准,属性具有互动性
3 特征的分析性	3 属性的综合性
4 特征有二分性	4 属性有多值性
5 范畴的边界是明显的,范畴成员抱团	5 范畴的边界不清楚,成员有开放性
6 范畴内所有成员地位相等	6 成员的地位不平等,家族相似性
7 特征是基本元素,不可分解	7 属性不是基本元素,有的特征可以分解
8 特征具有普遍性	8 差异性,因人而异;不同语言有不同的句法特征和语义特征
9 特征具有抽象性	9 不是抽象的,与物质世界有直接关系,可以是实体,有形的,功能的,互动的
10 特征具有先天性	10 属性是后天习得的,构建的

　　特征与属性。经典范畴理论认为,特征是事物的客观标志,是它们
固有的本质。同一范畴的全体成员具有共享的特征(shared features or
properties)。用语义成分来表征的话是: C = R(X, Y, ...),就是说,共同
的特征X和Y等,通过组合规则R构成范畴C。原型范畴理论认为范畴建
立在一张相似性"属性"网络上。属性是事物特征在人脑的反应,是认

知与事物之间互动的结果。有些成员具有某些属性，另一些成员具有其他属性，而且这些属性不限于只属于这一个范畴。

客观性与互动性。经典理论奉行客观主义心智观，认为共享特征是客观存在的，范畴也是客观存在的，与人无关。这就意味着有个超验逻辑，一种与人类心智无关的理性。比如，用语义特征分析Bachelor时，用+human, +male, +adult, -married 就算满足了充分必要条件。但是从百科知识的角度讲，"光棍"还涉及更多知识：人要结婚、异性结婚、一夫一妻制、到一定年龄才结婚、婚姻关系、养家糊口等。再如，说到"小汽车"，不光是无生命、具体物、会移动、有轮子等等；还会有人想到身份、地位。这都是人们基于自己的经验对事物获得的印象。原型范畴理论认为，范畴主要依靠人类的想象力，一方面是感知、动感活动、文化；另一方面是隐喻和意象图式。语义主要是一种基于体验的心理现象。有学者认为，原型理论解释词义主观性较大，两种理论都有用，具有一定的互补性。

分析性与综合性。这种区别致使经典理论的范畴外延从大变小；原型理论的范畴外延从小到大。经典理论说，儿童学习掌握范畴时，从范畴的部分特征开始，所以其概念的内涵小，外延大。以后，儿童对特征的认识逐步增加，内涵增大，外延减小，直到与成人的范畴相同。这种看法太简单了。维特根斯坦早已指出，儿童先掌握范畴的原型，而后根据家族相似性原理，把范畴扩展到其他成员，外延经历着从小到大的过程。

二分性与多值性。语义成分分析法常用二分法。大家熟悉的例子是：

	HUMAN	ADULT	MALE
man	+	+	+
woman	+	+	−
boy	+	−	+
girl	+	−	−

这种方法设想世界上的事物都可以一分为二，不是男的就是女的。其实，事情很复杂。年轻和老之间还有很大空间；热和冷之间还有很大区别；高个子和矮个子之间不知道有多少人；用"好人"和"坏人"两个范畴能准确描写全部社会的人吗？传统范畴理论的缺欠在这方面就暴露了。原型论采用属性分析，则带有渐变性和多值性，容纳了连续体想象。

范畴边界的确定性与不确定性。经典范畴理论认为，范畴的"概念/意义"存在于个人大脑之外，存于社会团体的集体大脑。汉语中的"诸葛亮"的意义存在于我们的集体智慧中。这是对的。但每个人使用它时，又会有变化。"他是我们研究中心的诸葛亮"里的"诸葛亮",意义就有变化了。就跟说"那个家伙是本·拉登"一样,不是指本·拉登本人,而是泛指恐怖分子。用模糊语言学的理论反驳边界清晰论可能最有效。"降半旗致哀"中的"半旗"(英语: fly a flag at half-mast),哪个国家真降半旗的话,会让全世界笑话;大约只降下1/4。许多研究者探讨过模糊语言现象,很有收获。大部分人认为,语言是个灰色系统,有已知因素,也有未知因素,清楚是相对的,模糊是绝对的。

范畴成员地位的相等与不相等。前面提到的罗丝让200名美国大学生在1至7度的量表上标出下列物品是否属于"家具"范畴。结果,最有代表性的10件是: 1 chair, 1 sofa, 3 couch, 3 table, 5 easy chair, 6 dresser, 7 rocking chair, 8 coffee table, 9 rocker, 10 love seat; 最没有代表性的是: 41 mirror, 42 TV, 44 shelf, 45 rug, 46 pillow, 47 wastebasket, 49 sewing machine, 50 stove, 54 refrigerator, 60 telephone。拉波夫对杯子(cup),碗(bowl),花瓶(vase),马克杯(mug)等的分类做了调查,发现分类具有模糊性和开放性。其实,各种语言里都有类似"大约"、"左右"、"似乎"、"有点"、"类似"之类的词,来"预示/警告"下文的不确定性,英语里使用kind of, sort of, in a way, roughly speaking, generally speaking, loosely speaking 等说法来降低所指之物的非典型性。

此外,原型范畴理论体现了同一范畴层次上范畴内部的结构特点。罗丝(1975, 1976)还对范畴进行纵向考察,在前人研究的基础上提出了基本层次范畴理论(basic level categories)。基本层次范畴向上抽象,形成上位范畴(super-ordinate categories),向下具体细化形成下位范畴(subordinate categories)。例如:"沙发"的上位范畴词是"家具","转角沙发"则为下位范畴词。从纵向角度考察,不同的范畴化层次地位不同,基本层次范畴词比上位范畴词和下位范畴词享有更高的地位,体现为基本层次范畴在认知上和语言上都更显著。对于人类的范畴化而言,基本层次上的范畴化最为重要,因为基本范畴层次使得范畴间的区别性信息最大化了。在基本层次上,人们在视觉上和功能上认为事物具有整体性,反映了所形成的意象图式。莱柯夫指出,基本层次结构可以用格式塔感知、心智意象(运动神经)运动来描写。总的来说,上位范畴太抽象,心理上和意象上都抓不住,不易理解,不易交流。有谁见过"动物"啥样? 要说"猪"、"狗"、"猫"、"牛"、"马"、"羊"都会立刻明白。同样,要说不同品种的"狗",就又难识别了:"京叭"、"藏獒"、"贵妇犬"我们还算常听到,如果列举"土佐犬"、"麦町"、"四国犬"、"吉娃娃"、"杜宾狗"、"沙皮狗"、"拉布拉多"、"狮子狗"、"柴犬"、"蝴蝶犬"、"玛尔济斯"、"狼犬"、"拳师犬"、"罗威纳"、"黄金猎犬"、"博美狗"、"圣伯纳"、"腊肠狗"、"拉萨狗"、"西施"、"哈巴狗"等等,听的人早已"消化不良"了。换句话说,在基本层次上,人们对世界的分类最为清楚,这一层次同本范畴中的其他成员共享的属性最多,与其他范畴的成员共享的属性最少。人的大多数思维是在基本层次上发生的。罗丝、莱柯夫、克罗夫特和克鲁兹等人总结了范畴化的基本层次有以下特点:1. 经验感觉上的完整性;2. 心理认识上的易辨性;3. 地位等级上的优先性;4. 行为反应上的一致性(同一范畴的成员可以引起人们大致相同的行为,如听到"汽车",一致反应是"坐"、"开"、"较舒适"等);5. 交际中使用频率高;6. 相关线索的有效性(category cue validity);7. 知识和思维的组织性(我们的知识大部分是在基本层次上组织起来的,思维也在该层次发生)。

认知语言学的原型范畴理论,暂时介绍到这里。但是,还有几句重要的话要说。每一种理论都不会是十全十美的,往往会遇到不同看法的挑战。原型范畴理论也不例外,也不是没有批评意见。比如,李珀斯(L. J. Rips, 1989)的研究表明,相似性不可能是范畴化的唯一机制。他用 "coin" 和 "pizza" 做的实验就说明这个问题。受试A组(范畴化组)和B组(相似性组)都得到了一个圆形物体。然后,要求A组判断该物体是更像coin还是更像pizza,而要求B组判断该物体与coin或pizza的相似性程度。也就是说,两个组所得到的信息完全相同,只是实验的要求不同。结果,A组更倾向于将圆形物体归入coin的范畴,而B组更倾向于将它归入pizza的范畴。这个结果等于把相似性与范畴化分离开来,促使李珀斯得出结论:一定还有其他因素在起作用。他认为,这个因素一定是某种理论上的背景知识。也有人认为,原型理论的启发意义还难以确定。也有学者认为,原型理论说明"心理范畴具有内在的结构",而其他学者说,原型效果反映出"词具有不同的原型结构,即它们具有不同的概念中心"。这说明,很难确定原型效果是属于本体层次、还是认识论层次、还是语言层次。说"知更鸟"比"灶鸟"更接近原型意义上的鸟,是从本体论层次看问题的;而说某个词具有原型结构是从语言角度看问题的;但说概念具有原型结构则是从认识论层次看问题的。这可能是以后理论研究中应该解决的一个重大问题。还有人认为,原型效果并不是词或意义的特征,而是一些常识的特征。比如"鸟"的"会飞"、"有羽毛"等属于社会常规,并不是生物学讲的鸟的必要特征。从这个意义上来说,原型效果与社会常规效果是一回事。当我们说知更鸟比企鹅更像"鸟"时,是社会常规把"鸟"作为认识论的单位,而生物学原型是将"鸟"作为本体论单位。这是从不同角度看问题所产生的差异,似乎不值得深究。吉布斯(R.W. Gibbs,2003)指出,原型理论有些粗糙,区分还不够细腻。例如,在早期的原型理论中,确定某个成员是否与原型相似时,要看它距离原型的远近,许多种原型效果得不到很好解释。以食品为例,对于"节食"和"野营"来说,它体现的原型效果相同,但是确定它们的原型基础却大不相同。"节食"中,食品的原型效应是根据食物中含"热量"(calories)多少来确定的,是以百科知识为基础。同样,"野营"时的食品原型不是早已约定俗成了的。大量实验研究表明,概念在不同实验对象之间、同一实验对象的不同时段,都会有变化。就拿上面提到的coin和pizza的实验为例。如果,所提到的圆形物体是小一点的,人们会认为他更像"硬币";如果圆形物体像炒菜锅一样大,自然人们会认为它更像"比萨饼"。这是因为,在人们的长时记忆里,在不同场合,实验对象对某个范畴提取的特征会因认识上的变化而用不同角度看问题。

还有国外学者指出,原型范畴理论不仅可以描写词汇概念的共时特征,对语义结构的历时考察同样能证明原型特征。这意味着,要完整地说明原型范畴理论优势,应该同时重视共时研究和历时研究。在这方面,我国刘正光率先以汉字"个"为例作了下面的研究。"个"是现代汉语中使用范围最广泛、出现频率最高的量词。一般用在名词前表示计量。但它也可以用在动词和动词补语之间,构成"V个VP"的构式,如:

(1)是啊,这个新主人张骞,被它的老主人田丰收骗了个结结实实。

    (阿成《妆牛》,《小说月报》2004/4, p26)

(2)那几个一路同船的学生看小方才去了鲍小姐,早上换上苏小姐,对他打趣个不亦乐乎。(《围城》,p23)

(3)我这话说在你耳朵里,不要有了新亲,把旧亲忘个干净。(《围城》,p27)

"个"在以上句子中,是什么成分呢?赵元任和朱德熙认为它是量词。赵元任认为"个"加在结果性补语前面,把补语当成名词,如"说个明白","喝他个痛快"。朱德熙则认为,"个"放在形容词前面组成宾语,表示程度之高,如"玩个痛快";放在动词前面则表示不停,如"说个没完","笑个不停"。宋玉柱、石毓智、李讷等人认为"个"已经转化为助词了。吕叔湘把"个"看作联接词,如"商量了一个停妥严密","屯子里的散粮被乱人抢了一个精光"。

产生以上不同看法的原因是没有把"个"的历时变化考虑在内,很难对它的语义、语法与功能做出全面的解释。张谊生的研究具有启发意义：从量词"个"到助词"个"，其间经历了一个漫长的过程；将它分化为量词和助词，其实仍显粗疏。事实上，同一词类内也有区别，而不同词类之间也有相似。张谊生的看法证明：解释语法现象，经典范畴化理论是不全面的，而原型理论更有说服力，因为后者是采用连续体思路；解释同类之差异和异类之间的相似，共时和历时考察并用是必不可少的。例如：

（4）a. 商量了一个停妥严密。（《儿女英雄传》）

　　　b. 一片芳心千万绪，人间没个安排处。（李煜词）

　　　c. 我们是老古董了，总算这次学个新鲜。（《围城》，p4）

（5）a. 把人一刀砍了，并无血痕，只是个快。（《水浒传》十二回）

　　　b. 消消停停的，就有个青红皂白了。（《红楼梦》三十四回）

　　　c. 闹不好，还弄个"一粒耗子屎坏掉一锅粥。"（刘心武《班主任》）

（6）a. 黛玉说着，便撕了个粉碎，递与丫头们说，"快烧了罢。"（《红楼梦》二十二回）

　　　b. 把这半年来所受的冤屈和痛苦，都借声音发泄个一干二净。（艾芜《石青嫂子》）

　　　c. 运气坏就坏个彻底，坏个痛快。昨天给情人甩了，今天给丈人撵了，失恋继以失业，失恋以臻失业，真是摔了仰天跤还会跌破鼻子！"没兴一齐"，来就是了，索性让运气坏*得*它一个无微不至。（《围城》，p110）

显而易见，（4）a中的"个"还只是量词，（4）b中的"个"量词性质比（4）a中弱了一些，（4）c中"个"的量词意义更弱。由于这种弱化，"个"的指称功能得到加强，如（5）所示，这就如吕叔湘先生所说的"形状词、动词、词结、引述性的词语'处于名词的地位'，是个实体成分，在这些词语的前头加个'一个'，是援名词的例。""个"的作用是把谓词体词化，从计量转变到计事，从具体的空间性转向了抽象的时间性和程度性。由于这种功能的变化，"个"由（4）和（5）中的述宾结构转化到了（6）中的述补结构。（6）中的"个"转换为"得"就证明了这一点。以上分析表明，（4）和（6）分别是指量词用法和助词用法的典型用法，而（5）是介于二者之间的模糊状态，是过渡性阶段。"个"的分析案例表明，历时的探索能既增加维度又加强力度。

第二节　认知语言学的哲学基础

　　莱柯夫和约翰逊1980年出版了《我们赖以生存的隐喻》批判了西方客观主义哲学传统和乔姆斯基生成语法理论，提出了一种全新的哲学理

马克·约翰逊

论,叫"Experientialism"(可译为"现代经验主义"或"新经验主义",译为"经验主义"似欠妥),引起学界的轰动,现已成为认知语言学的经典著作,反复再版。莱柯夫1987年在《女人、火与危险事物》一书中对新经验主义作了详细论述,列出了西方客观主义传统哲学的若干问题,提出了非客观主义哲学理论。1999年莱柯夫和约翰逊再次合作,出版了力作《体验哲学:体验性心智及其对西方思想的挑战》(*Philosophy in the Flesh: The Embodied Mind and its Challenge to Western Thought*)(以下称《体验哲学》),集十几年研究之大成,全面阐述了体验哲学的基本原则和重要观点。在此书中他们开始正式用Embodied Philosophy(简称EP)这一术语代替Experientialism 和非客观主义哲学理论。这里将其译作"体验哲学"(也有人译为"涉身哲学"、"肉体哲学")。此书长达624页,四大部分,25章,堪称鸿篇巨著。第一部分讲以体验为基础的心智如何挑战西方哲学传统;第二部分讨论基本哲学思想的认知研究;第三部分探讨哲学的认知科学;第四部分是结论:体验哲学。此外还有个附录:语言神经理论范式。本节就以此书为蓝本,大致介绍认知语言学的哲学基础。

此书霸气十足。第一章"引论:我们是谁?"小标题是:"认知科学如何重启哲学关键问题"。开篇部分是:

> "心智从根本上是体验性的。
>
> 思维绝大部分是无意识的。
>
> 抽象概念大部分是隐喻性的。"

这是认知科学的三条发现。关于理智这几个方面的两千年的先验哲学猜想,现在宣告结束。由于有了这些发现,哲学将面目一新。

把这些来自心智科学的发现放在一起细微观察就会注意到,它们与当今的西方哲学很不相容。它们要求我们重新审视今天大部分流行的范式,即安格鲁——美利坚的分析哲学和后现代哲学。

本书要问:如果我们用这些从实证中发现的心智本质的理论,重新构建我们的哲学,会发生什么? 回答是:基于实证的、负责任的哲学要求我们的文化放弃其一些最根深蒂固的哲学预设。本书广泛研究了其中许多重大变化的详细情况。(P3)

如果说开头就颇有火药味,那么接下来的几段(P4)就像"宣言书"、"备忘录"。

下面我们先谈我们对理智(reason)的理解发生的变化:

1)与传统哲学历来主张相反,理智不能脱离体验,而是来自我们大脑的本质、我们的身体、我们的亲身体验。这不是由于'我们需要身体来推理'这一无害而幼稚的说法,而是一个震耳欲聋的主张:理智的结构本身来自体验的诸多细节。主管我们感知和运动的那些神经和认知机制同时也创造我们的认知系统和理智方式。总之,理智无论如何不是宇宙的一种超自然特征,也不是脱离体验的心智特征。相反,对塑造理智起着关键作用的是我们身体的具体状况、大脑神经结构的惊人细节、人活在世上的众多特点。

2)理智是不断进化的,抽象的理智利用在低级动物也有的感知和运动形式的基础上不断进化。结果是达尔文式的理智,是理性的达尔文主义:最为抽象的理智不是超越,而是利用我们的动物本质。理智是进化的这一发现,彻底改变了我们与动物的关系,也改变了原来的认识:只有人才是理性的。因此,理智不再是把我们与动物分开的本质属性,反倒是把我们置于它们的连续体。

3)理智不是超越式地普遍存在,即不是宇宙结构的一部分。但是,理智是人类全部成员都有的一种能力。使其普遍存在的原因是:每个人的心智都是以体验为基础的。

4)理智不是都有意识的,大部分无意识。

5)理智不全是字面上的,大部分是隐喻式的,想象的。

6)理智不是没感情的,是有感情的。

这就是莱柯夫和约翰逊的根本立场和观点。不过,要把这么多理念讲清楚,需要简单交代几句哲学背景。西方哲学传统有两千多年,有自己的发展模式和过程。他们的哲学关心三大问题: 本体论(ontology)、认识论(epistemology)、方法论(methodology)。最开始时,哲学家最关心的是本体论: 世界上什么是存在的,英文字是being, 翻译成合适汉语很不容易,于是有人干脆将其译为"贝因"、"毕因"、"毕因论"等。有人认为物质是存在的,有人认为意识是存在的。这都叫一元论。前者被称为唯物论;后者被称为唯心论。认为物质和意识都存在的,叫二元论者。还有人认为物质、意识、人类创造的文化知识都是存在的,这叫多元论。本体论的各种问题,争论到现在,也没有统一意见,仍是众说纷纭。后来争论焦点就转到认识论上,最大的问题是: 我们是如何认识世界的。柏拉图的问题是: 人生如此短暂,何以能知道这么多事? (英语常问的是: How do we know what we know?)有一派说,人出生时大脑像一张白纸,什么也不知道,一切知识都来自经验,来自与世界的接触。另一部分人说,人生下来,大脑先天就有一定的知识或能力,否则人类不可能学习这么快、这么多。第一部分人被说成是经验主义(empiricism),第二部分人被称为唯理主义（rationalism）。他们之中还有可知论与不可知论之分，也有是先天占主要成分还是后天占主要成分的争论。到20世纪中期，哲学家们还是有许多问题无法解释，就把困难归罪于我们的语言，说语言太模糊、不精确、模棱两可，不适合用来谈论哲学问题，并试图把语言逻辑化，这就是分析哲学派（analytic philosophy）。反对者说，哲学的困难不可归罪于语言，语言的模糊性不仅是必要的，而且是语言的魅力来源之一，哲学家还是应该研究日常语言到底是如何运用的。这一派叫日常语言哲学（everyday language philosophy），他们的论著构成今天的语用学的主要文献。当然，以上只是极端简化了的归类，在任何问题上，都有中间派，大派中又有小派。方法论呢？方法论往往与本体论和认识论是统一的。经验主义偏好归纳法；唯理主义则偏好演绎法。其实最好是多种方法相结合。知道这点背景，对理解下面的讨论会有益处。

莱柯夫和约翰逊（1999）把古希腊的本体论称为本体实在论（ontological realism），主要关心世界上存在什么（What is there?）和这是什么（What is this?）。古希腊哲学家认为，由于我们的心智（mind）能够与世界直接接触，我们就能直接了解事物，掌握事物的本质，所以心智中的思想和世界客观事物的本质具有同一性。语言描述就是关于世界的描述，两者之间存在因果关系和语义关系（这等于说：外界事物本身就解释了词语的意义，对事物本质的探索决定了语言的意义），知识就是对存在的理解（knowledge of being），客观真理只是对事实的断言，社会上的诸多科学都是追求真理的学问，应当独立于人的主观性，独立于人类价值观。因此，这种观点又叫直接实在论（direct realism）或形而上学实在论（metaphysical realism）。此时的本体论和认识论还没有分开，因为心智与客观世界有直接接触。心智与世界分开始于笛卡儿。这时核心思想之一就是二元论，认为心智与身体是分离的，人们的思想只能是外部现实的内在心智表征。莱柯夫和约翰逊有时将这种观点称为"表征–现实对应论"（representation-to-reality correspondence）。随着近代认知心理学提出"心智的信息加工和符号运算"的观点，笛卡儿的心智表征观被演绎为符号表征观，这成为近代英美分析哲学家的核心观点"符号系统实在论（symbol-system realism）"，使得二元论在心智和世界之间留下的鸿沟更宽更深，更难以填补。本体实在论和对应实在论都认为，客观世界独立于人而存在，世界的背后隐藏着本质和绝对真理，人们应着力寻找真理，如何解释获得这种绝对真理是要有方法的（这属于可知论与不可知论）。对于前者来说，人们可以直接接触事物，掌握其本质，全部知识唯一来源于感知经验;对于后者来说,只有先天具有的推理能力才能给我们提供关于真实世界的知识。莱柯夫和约翰逊将这两种实在论都归结为客观主义哲学理论,认为二者都是错误的,对它们进行严厉批判之后,提出了体验实在论(embodied realism,即体验哲学),这种实在论基于我们能够在现实环境中成功地行使身体功能,并认为进化使得身体和大脑不断适应外部环境。体验哲学在否定心智与身体存在间隔这一点上与古希腊本体实在论观点较为接近,坚决反对对应实在论的二元论,但在认识论上与上述两种实在论存在着根本分歧。莱柯夫等说,古希腊的直接存在论可归结为三大特点:1. 存在方面:设想一个物质世界是存在的,我们能够讲清人类如何成功地生活其中;2. 直接方面:身体和心智之间没有鸿沟;3. 绝对方面:认为世界有唯一的、绝对客观的结构,人类能够获得关于世界的绝对正确、绝对客观的知识。符号系统实在论接受第三点,否认第二点,声称第一点来自第三点,如果不深究对应论的话。而体验实在论接受第一点和第二点,否认第三点,认为我们能够绝对正确、客观地认识世界。所以说,体验存在论更接近古希腊的存在论。

莱柯夫和约翰逊接着说,他们的体验存在主义不是空穴来风,也不是独树一帜,历史上有多位先贤。他们特意提到的有约翰·杜威(John Dewey, 1859—1952)和梅洛–蓬蒂(Maurice Merleau-Ponty, 1908—1961)。这两位哲学家都相信,哲学必须吸收科学的最好理论,必须充分利用实验心理学、神经科学、当代生理学。这两位坚信,身体和心智不是分离的形而上学的实体,我们的经验基于体验,不是虚无缥缈的。这两位思想家还说,当我们使用"身体"和"心智"时,我们无形之中把人为的界限强加于它们,也强加给了不间断的经验过程。约翰·杜威1925年出版了《经验与自然》,从书名就可看出,所谓"经验"和"自然",实际上就是讨论人作为主体和自然作为客体之间的关系,它们在传统哲学中常认为是两个对立的概念,成了身心二元论的典型表征。杜威从消解这两个概念之间的对立入手,对"经验"进行了重新阐释,将"经验"、"自然"和"生活"视为同义词,努力使哲学重新回到研究人类的生活经验之中。他认为经验就是生活、行动、实践,具有双重性,包括事物、事件及其特性等客观的东西,也包括情感、意志、思想和理性分析等一切心理意识的、主观的东西,这样就可将主客二体有机地结合起来,并以此为出发点批判身心二元论。他的理论突出了人与环境的互动因素和经验的整体性,确立主体与客体、精神与物质、经验与自然之间的连续性。梅洛–蓬蒂既反对过于强调知觉对象的"纯粹外在性"的经验主义,又反对过分强调知觉主体的

"纯粹内在性"的理性主义。他于1945年发表了《知觉现象学》。书中认为，主体和客体不是两个独立的实体，而是来自不固定的、整合而成的经验。他倡导心智的根源在于身体的唯物论思想，并鲜明地提出了身体知觉对于概念和命题形成的存在论观点。他认为，人自己的身体是知觉主体，既能主动感知外界，又能被自己所感知，这一"己身"是人类在此世界中的一种生存方式，用他的原话来说："概念和判断是知觉主体通过己身进行概念化和图式化的结果，人是通过身体的图式向物体、他人和世界进行开放、占有、分享的一种生活方式。"所以，被感知的世界绝不是知觉对象的总和，其间必有人己身的介入，必受身体图式投射的影响。

　　虽然莱柯夫和约翰逊没有提到马列主义，但是他们的哲学与马列的唯物辩证法有相似之处。马克思曾指出，实践是人的一种存在方式，是人的本质特征，并以此为出发点实现了对西方形而上学的颠倒，将哲学确定为研究人的现实存在及其客观基础，研究以实践为基点和中介的人和自然、人和人之间的交互关系；他强调了人的现实性，使得哲学理论成为指导人们行动的指南，确立了主体与客体的辩证关系，也改变了主体自身的意义。马克思还曾指出："思想、观念、意识的生产最初是直接与人们的物质活动，与人们的物质交往，与现实生活的语言交织在一起的，观念、思维、人们的精神交往在这里还是人们物质关系的直接产物。……不是意识决定生活，而是生活决定意识。"毛泽东同志在《实践论》中也批判过唯理论的观点："哲学史上有所谓'唯理论'一派，就是只承认理性的实在性，不承认经验的实在性，以为只有理性靠得住，而感觉的经验是靠不住的，这一派的错误在于颠倒了事实。理性的东西所以靠得住，正是由于它来源于感性，否则理性的东西就成了无源之水，无本之木，而只是主观自生的靠不住的东西了。……认识开始于经验——这就是认识论的唯物论。"他又说："认识的感性阶段有待于发展到理性阶段——这就是认识论的辩证法。如果以为认识可以停顿在低级的感性阶段，以为只有感性认识可靠，而理性认识是靠不住的，这便是重复了历史上的'经验论'的错误。……理性认识依赖于感性认识，感性认识有待于发展到理性认识，这就是辩证唯物论的认识论。"他还说："就知识的总体说来，无论何种知识都是不能离开直接经验的。任何知识的来源，在于人的肉体感官对客观外界的感觉，否认了这个感觉，否认了直接经验，否认亲自参加变革现实的经验，他就不是唯物论者。"以上论述，就是为了证明《体验哲学》的第一句话"心智从根本上是体验性的"的论断是有根有据的。

　　现在讨论第二个论断，"思维大部分是无意识的"。无意识性主要指：

"隐藏在认知能够意识到的层面之下,意识无法达到,运行速度极快而无法捕捉。"如我们习以为常的言语交际,即使是最简单的一个话语,倘若细细分析起来,也能解析出十几个程序:听到声波、解读词义、句法分析、解读句义、获得句义、关注对方的表情和身体姿态、结合语境作出推理、获取含义、调用记忆库里的信息、作出回应、选用适当词句、保证语用上的得体性、指挥口腔运动、发送话语、预测谈话发展方向、准备下轮的回答等等。但我们在日常交际中很少意识到这些程序的存在,或者说,从来也无法了解或控制心智的这种工作过程,倘若能知道这一内在过程,那么此人倒可能是一个不正常的人了。认知科学家已经用实验证明,不是我们偶尔意识不到这些过程,而是它们压根就不在我们意识层面上,超出我们意识的控制范围。一旦我们知道了这些构成我们认知的无意识性,我们对意识的理解就大大扩展了。我们的意识远远超出对事物的感觉,超出对诸如疼痛或颜色的品质的感觉,超出你"有感觉的感觉"(beyond the awareness that you are aware),超出大脑多个中心提供的众多即时体验。总之,意识包括以上的全部,外加"认知无意识"提供的无法测量的巨大构成框架,才能保证我能够意识到周围事物。认知无意识像一只幕后"黑手",不知不觉地塑造着有意识的思维。所以,承认无意识的存在对哲学研究很有意义。承认有它,就等于否定了单纯的哲学反思就能直逼人类理解的深处之观点。仅靠传统哲学分析方法,甚至加上现象学的内省,都无法接近我们的心智。有意识思维只是思维的冰山一角,无意识思维占了思维的95%,这可能还低估了它。更有甚者,正是这95%的无意识思维创造着、组织着全部有意识思维。没有无意识思维,就没有有意识思维。认知的无意识性不仅巨大,而且结构复杂。它不仅包括我们全部自动认知活动,而且包括我们全部隐形知识。我们的全部知识和理念放入一个认知系统,而该系统大部分隐藏在无意识之中。无意识系统犹如一只"黑手",在背后促使我们经验的方方面面概念化。把形而上学的东西形式化,创造那些诸如"友谊"、"失败"、"谎言"等抽象概念,让我们日常使用起来非常自如。是无意识认知让我们自动地、不自觉地理解我们经历着的一切,构成我们不加思考的常识。例如,有时我们设法控制自己,能感觉到自己在跟自己作斗争,好像一个人分成了价值观不同的两部分,一部分崇高,要控制不理智、不道德的那一部分。此时我们对自己的认识基本上是隐喻式的。

第三,为什么说"抽象概念大部分是隐喻性的"。第一节曾经讲过,隐喻理论是莱柯夫和约翰逊的创新之处。简单归纳如下。隐喻的基本作用是从始源域将推理类型映射到目的域，因此大部分推理是隐喻性的。例如，男生女生要分手时，说"我们的恋爱关系正处在十字路口"就是隐喻性的。正是隐喻性的思维才使得抽象的科学论述成为可能。隐喻性概念与传统的真值对应理论是不相容的。我们真正需要的是一种体验性真值，外部世界里没有我们需要的真值，有些词是没有客观所指的（如"圣诞老人"）。哲学家弗雷格和罗素等人的形式逻辑不能为人类的概念和推理提供正确的特征描写，因为形式逻辑不是基于身体的，而是非意象的、非隐喻的。推理结构和概念结构是由我们的身体、大脑和在世界中的概念模型所形成的。推理和概念不是先验的，不能完全独立于身体。大部分日常的深奥推理来自于隐喻。认知语言学的概念隐喻理论基本颠覆了亚里士多德的传统隐喻观，隐喻不再仅仅是修辞层面的问题，而是人类的认知方式，而且是不可或缺的生存手段。用莱柯夫和约翰逊的话来说，思维、行为、语言，就其本质而言，都是隐喻性的，隐喻手段不仅不可避免，而且无处不在，俯拾皆是。是他们首先将隐喻认知理论正式作为一条普遍原则纳入哲学理论框架之中。尽管在莱柯夫和约翰逊之前也有很多哲学家论及此类现象，但都远不及他们的讨论成熟、深刻、全面。

　　莱柯夫和约翰逊认为，认知无意识、体验心智和隐喻思维是区分两种不同的认知科学观和两代不同的认知科学的分水岭。第一代认知科学与第二代认知科学的第一个根本差别是关于意义的观点。第一代认知科学认为，意义仅仅是符号之间或符号与现实世界之间的抽象关系。他们完全从符号的内在关系出发去定义意义，认为符号本身没有意义，思想（意义）是根据形式规则对符号计算的结果；符号是外在世界的内在表征，意义是通过外在世界的所指关系来确定的。这就等于说：意义理论就是符号计算的理论。而第二代认知科学认为，概念和推理在很大程度上依赖于身体，体验在理解意义的各个方面起中心作用，并深入到思维的结构和内容过程之中。意义是由人的身体和想象结构，根据人在世界中的行为方式获取的。第二个根本差别在于研究方法。第一代认知科学是先作出具体的哲学假设，然后寻找客观事实验证假设。这一研究方法虽有其长处，但也有其致命弱点：研究结果有先入为主之忧，缺乏多渠道的共同证据一起来验证假设。第二代认知科学强调在最广泛证据的基础上作出最高概括，最大限度地排除先入为主的可能结论，并努力实践自己提出的三个具体原则：认知现实性、共同证据、抽象与广度。

　　第四部分"体验哲学"是对前三部分论述内容的理论概括，即对"人"的认识的概括和总结，这是本书的理论目标。西方传统哲学与体验哲学的主要差异表现在：1. 关于思维，前者认为是无体验的、直接的，而后者认为是体验的、隐喻的；2. 关于意志，前者认为是极端自由的，没有身体的限制，思维是有意识的理性思维，而后者认为意志是有限的，不能超越身体的限制，思维是无意识的，大多在意识层次之下进行，概念系统以相对稳定的方式存在于神经系统中，大多数情况下，概念化过程没有控制；3. 关于道德，前者认为道德是客观的，在任何情况下都有对和错，这是理性的普遍原则系统，而后者认为道德同样产生于体验，不可能是客观的，大多数道德概念是以健康和家庭的经验为基础的隐喻。我们举一个例子，如何从这四个方面描写一个人：理智是体验性的还是非体验性的、理智是字面意义的和还是隐喻性的、人的自由是绝对的还是有限的、道德标准是客观的还是基于体验的。这里只对比一下第一个方面。传统西方哲学的版本是：人的理智是脱离体验的。理由如下：1. 世界具有一个独一无二的范畴结构，独立于我们的心智、身体、或大脑；2. 有一种普遍的理智来描写世界理性结构之特点；它用普遍概念来描写普遍范畴；而这些概念和理智独立于我们的心智、身体、或大脑；3. 人的理智是人类心智的能力，可以使用普遍理智的一部分。推理可以由人类大脑进行，但其结构被普遍理智所规定，因此独立于人体和大脑。所以，人的理智不以体验为基础。4. 我们可以通过普遍理智和普遍概念来获取关于世界的知识；5. 人的本质，即把人类与动物分开的东西，是运用普遍理智的能力；6. 既然人的理智不以体验为基础，人的心理脱离、且独立于一切人体能力：感知、身体运动、感觉、情感等等。体验哲学的版本是：人的理智是基于体验型的。理由如下：1. 我们的观念系统以感知运动系统为基础，不仅神经网络要运用它，而且很大程度上被它塑造着；2. 我们只能通过身体来形成概念。所以，我们对世界、我们自己、其他人的任何理解，只能通过体验化的概念加以描述；3. 这些概念使用我们的感知、意象、运动系统来界定我们日常生活中的最佳功能。正是在这个基本层次概念上，我们与环境的现实有最大程度的接触；4. 理性推理的主要形式是通过感知运动推理的示例；5. 由于我们的思想是由我们无意识的概念系统所规定的，所以真理和知识取决于体验；6. 由于概念和理智都来自并运用感知运动系统，我们的心智不能脱离我们的身体，也不能独立于我们的身体。所以，传统上的官能心理学是站不住脚的。

莱柯夫和约翰逊关于语言能力和语言普遍性的论述也没有离开他们的体验哲学，概括起来有以下七点：1. 语言能力在本质上是被视为神经能力，它沟通着大脑中分管概念和认知功能（注意、记忆、信息流）的部分和分管表达音位形式(符号化语言中的符号等)的部分; 2. 语法是对概念进行符号化的能力,对语法的限制不仅受抽象形式的限制,也要受神经和身体经验的限制; 3. 语言结构是从我们体验性结构中获得的,语言结构就是扎根于身体经验的基本语法范畴,并受语法构造所限制; 4. 句法范畴由概念范畴促使而成,而概念结构又来源于我们的体验性本质; 没有完全不受意义和认知约束的自主性句法; 5. 语法构造是复杂的概念范畴(含认知功能)与表达它们的方式之间不断的配对(matching); 6. 语言能力是表达概念和认知功能的,能被语言表达的概念范畴是人类语言能力的一部分,在任何语言中不管用什么表达方式,都是人类语言能力的一部分; 7. 语法的普遍性是指在形式与内容的配对连接上所具有的普遍现象。语言普遍现象不仅表现在形式上,而且表现在范畴化和概念普遍性上,如原始空间关系、普遍概念隐喻、语言象似性(iconicity)(见本书第四章关于语言任意性的争论)等普遍现象。

关于语言的先天性问题,莱柯夫和约翰逊认为,用传统的先天遗传与后天学得二分法来描写人类发展(包括语言发展的特征)绝非正确的方法。这种二分法认为,部分先天就有的理念就是我们生来就有并保留下来的能力。这种能力是我们基因遗传的一部分,而且先天性通常是与本质这个概念连在一起的。我们在本质上所具有的就是我们先天就有的。我们的后天学得具有偶然性,不一定是我们本质的一部分。这种说法从神经角度来讲是不通的。我们与生俱来的是大量的神经连接(neural connections),其中大部分在出生后几年就死亡了。连接死亡与否,取决于它们是否被使用,以及是否后来还会长出。神经学研究结果表明,出生时就有的大部分连接五年之后就不存在了。这与哲学上的先天论是相矛盾的。再说,出生时就有的神经连接密度太大,不能起到像成年人神经那样的作用。成长时有些连接需要消失,这就意味着学习时需要失去生来就有的东西。但传统理论认为学习就是对与生俱来的东西进行添加。从神经角度讲,这种传统说法是行不通的。神经连接好像既是先天的,又不是先天的,再次表明传统的二分法很难自圆其说。莱柯夫和约翰逊始终强调,认知语言学承认神经的现实作用,但不接受这种二分法。从神经和认知角度看,语言中大部分内容运用了非纯粹语言方面的能力。由于我们的概念系统在很大程度上是从感知动觉系统发展起来的,我们必须确定感知动觉系统有多大比例是先天的。这个系统在子宫内就得以发展成长。因此现在还不清楚这个系统与先天性存在多大的相关性。他们还认为遗传学在这里也帮不了多大的忙。因为基因是对多重功能进行编码的,而且基因对于决定人出生时的神经连通情况并不相干。从上面的论述可以作出这样的推断:既然没有自主的句法,也就不存在自主句法的先天性问题,如果不接受笛卡儿的哲学理论,不接受与身体分离的心智理论,先天性问题也就自然失去其存在的意义。认知语言学的哲学基础和语言观与乔姆斯基的语言哲学形成了鲜明的对照。(参见本书第七章关于乔姆斯基的语言哲学)

但是,对认知语言学的这种哲学基础和语言观,不是没有反对意见的。玛丽娜·莱考娃(Marina Rakova,2003)撰文对体验哲学进行了严肃的批评。她主要指出了两个问题。第一是新经验主义(experientialism,专指莱柯夫他们的哲学)对"体验"的论述;第二是他们在简约主义(reductionism)与相对主义(relativism)之间左右摇摆不定的困境。两点归到一起是:"除非接受莱柯夫和约翰逊的非常极端的经验主义,否则概念的隐喻结构性是站不住脚的;而事实是,任何极端经验主义都是不会出现的。""体验"有不同意义。它可以指彻头彻尾的简约主义,把一切心智过程都简化为神经操作,即物质过程。这也是千年来的"身—心"问题。它可以是指一切认知操作都是神经转换,而且感知和认知都使用这一机制。第三种意思是完全不同的:指大量采用行为和具体问题解决机制,让"有机体与环境紧密互动"(Clark,2001),是人类认知过程的核心。第四个意思是,我们的心智是靠身体来结构化的,而且是按照身体的方式结构化。这最后的意思就是新经验主义的特征,即,一切概念都最后简约为直接负载意义的概念,它们来自个人的身体与环境的日常互动。显然,莱柯夫的观点与今天的认知科学有相似之处,但存在两点巨大差别。第一,最近的体验认知科学避免提及概念表征和理性问题,而新经验主义恰恰是一种表征理论。第二,今天的认知科学基本上对经验论与天赋论之争避而不谈或漠不关心。那到底有没有天赋一说呢?如果非要较真,可以这么说,只要强调人类解决问题时采用的是有目的性的、整体性的方法,只要强调动物与人类的整体认知能力上的连续性,任何认知科学都隐含着一种非表征型的天赋论。但是,新经验主义可不是这种情况。有关天赋论与经验论之争,莱柯夫在1987年还在犹豫,既接受天赋论,又接受经验论,声称二者只有微弱差别。到1999年,莱柯夫和约翰逊来了个180度大转弯,完全接受了经验论,又声称概念隐喻都是后天学习的,它们之所以普遍,正是因为它们不是与生俱来的。关于概念隐喻,玛丽娜·莱考娃首先批判他们把身体当容器的说法。他们说容器是运动知觉的意象图式之一,发生在概念出现之前,来自身体。

他们说,容器图形推导于经验:由于我们要不时地对着容器来调整自己的身体,对其图形就慢慢理解了,其不太清楚的图形就投射到空中。莱考娃举出好几个例子来说明,这种论断与事实不相符。例如,儿童对物体和物质的持久性理解很晚,不可能形成什么容器概念。再如,莱柯夫说,早期习得的容器图形可以投射到轮廓模糊的"容器"上,比如公园里的蝴蝶。莱考娃说,这不可能:儿童掌握"立体"比"方块"晚多了,到9—11岁才理解"三维"概念,而莱柯夫他们说人们要投射不少的图形信息到物体上。这就等于说,投射过程是有意识的活动,儿童是不可能做到的。

莱考娃接着说,莱柯夫仍然坚持旧版的体验论,但是给起了个新名字,叫"现象体验观"(phenomenological embodiment):即"影像图式来自每个个人的身体图式化,认知系统是被身体的共性锻造而来"(image schemas arise from individual experience of body schematization and conceptual systems are shaped by the commonalities of our bodies)。但是,现代的体验论增加新内容了:"神经体验"(neural embodiment),在颜色概念上,神经系统的作用表现尤为明显——我们能区分颜色基本上取决于视觉系统的神经回路。就连空间关系概念都跟神经系统里的方向敏感细胞有关。但是,莱柯夫和约翰逊坚持认为认知无意识,他们给出的例证来自于他们的人造神经模型,缺少来自实际大脑研究的证据。受到许多批评之后,到1999年,莱柯夫和约翰逊引进了克里索托夫·约翰逊的"合并理论"(theory of conflation),用来解释稳固的隐喻联系是如何通过神经系统而建立的。似乎这样一来,我们这些"只有身体的人"就变成"有神经的人"了;概念也成了神经功能;体验概念是个神经结构,是大脑感觉运动系统的一部分。现在他们用"合并理论"解释隐喻是如何形成的。如,to see,既是"看见"也是"理解"的意思。这是来自类似以下话语:Let's see what's in the box 和 Now I see what you mean等。这种联系在儿童年龄很小时就建立起来了,慢慢地就引出诸如 a warm smile,a big problem,a close friend之类的表达方式。(如,婴儿在怀里得到温暖,所以把温暖与爱戴、情感联系起来,才能说出"温暖的微笑","亲近的朋友"。)儿童早期建立的联系后来成为永久的联系,而且在神经上直接实现了跨域联系,隐喻思维变得无意识了、自动化了。莱考娃质疑道,如果真是如此,那么每种语言里都应该有"看"当"理解"来解释。但是,芬兰语中就没有这个说法,这是意味着芬兰妈妈从来不说"我们看看盒子里有什么"吗? 第二,"看"并不总是当"理解"来解释。Do you see what's in the box不同于 Do you know what's in the box。况且,儿童看到的不是他们都能理解的。要想正确了解"看"与"理解"之间的关系,儿童需要区分这两个领域,并且知道只有"看"才能"理解",而且还要"猜测"大人的真正意思。关于这些早期形成的联系变成基本隐喻的说法,莱考娃也加以反驳。什么DIFFICULT IS HEAVY, PLEASING IS TASTING 等,是没有道理的。heavy不一定就很难、很沉,英语里也说 heavy music,但意思不是很难演奏的音乐。难道要说儿童把困难的概念化简化到对大物体的概念化上去,才有了a big problem 吗? 对于小孩子来说,不用说搬动大的东西是个大问题,就是捡起个小东西都很难呀。她的结论是: 没有任何实证告诉我们,对困难的概念化首先来自对巨大物体的概念化,才产生像 a big problem 的说法。

关于莱柯夫和约翰逊提出的隐喻化形成的两个阶段,莱考娃也提出异议。莱柯夫和约翰逊说一个是"域合成"(domain conflation)阶段,一个是"域分离"(domain differentiation)阶段。她说,该说法不符合儿童理解多义形容词的证据:儿童到3岁开始区分,拒绝把心理上的意义用到物理形容词上。再往后,儿童掌握了这两种意义,而且认为它们是独立的。而莱柯夫他们说,儿童到10岁才注意到跨域之间的相似性。再者,有人发现,并不是必须首先习得物理意义才能习得心理意义。所以,"合并理论"听起来很好,但是作为实证理论,还没有阐述得足够清楚。莱考娃还指出了许多其他问题。这里不一一介绍。她最后总结说:尽管莱柯夫和约翰逊在强调人类思维中体验成分之重要上有很大贡献,但是它们的哲学仍然存在以下问题: 1. 对意象图式的实证解释与发展科学事实不符。曼德勒(J. M. Mandler, 1929—)的意象图式理论本身并不赞成经验主义。只有激进经验主义能够使隐喻投射在理论上站得住脚。2. 神经体验理论和克里索托夫·约翰逊的合并理论被用来支持认知系统里的稳定隐喻联系; 它们与神经生理学研究成果相矛盾。即便它们是对的,也会把作为概念形成机制的隐喻变得可有可无。3. 说在对空间关系概念化时,会有认知区分性的文化差异,是与意象图式理论中的自然主义立场相矛盾的。4. 即便说概念隐喻理论在种系发生学上可以接受,今天仍然说它是抽象概念形成的机制,就成了进化道路上的倒退了。1999年莱柯夫和约翰逊也承认概念隐喻可能有误导性,就更让人觉得它们在认知中并不重要。5. 意象图式的实证理论不能按照逻辑关系解释推理渊源,因为逻辑关系是在应用这些图形本身时所预设的;为了让科学知识能被证伪,科学知识不能用隐喻推理来证明,也不能用隐喻概念来表达。

我国的周频也对体验哲学提出过批评。她认为,体验哲学虽然对日常思维的研究有重大发现,但却存在以偏概全和夸大其辞的问题。这主要表现在两个方面:1. 涉身哲学声称抽象思维,包括逻辑、数学和科学知识都是涉身的和想象的心智的产物,这其实是以偏概全的错误论断。2. 涉身哲学并未驳倒客观主义哲学,其所声称的挑战了两千多年西方传统哲学其实是夸大其辞的错误论断。她承认人类一般通过视、听、嗅、味、触五种感觉感知外部世界,获得关于世界的经验知识。但是,我们的感官是很受限的,是经常犯错误的。请看下图1:尽管竖直线和水平线等长,但却产生前者比后者长的错觉。这种错觉可颠倒过来,在图2中,高度和宽度看起来相等,实际上宽度更大。

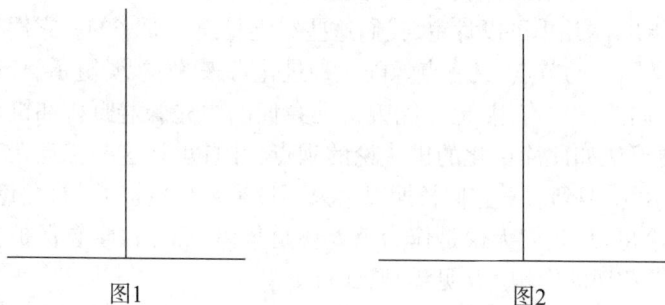

图1 图2

　　再如:把一只手浸在热水中,另一只浸在冷水中。几分钟后,把双手浸在同一盆温水里;在热水中浸过的手会感到冷,冷水中浸过的手则感到热,说明感觉并不总是可靠的。如果说所有知识都是涉身的,那么通过有限的和不可靠的感官经验获得的知识,如何保证是正确的、科学的呢?比如,我们如何知道地球并非静止不动,而是以1000英里的时速自转,64800英里的时速公转呢?我们如何知道不同颜色的光其实是不同波长的电磁波?这些知识是靠涉身的心智获得的吗?

　　体验哲学关于理性的进化论包括两层涵义:1. 人的思维与动物的思维处于一个连续体上,理性并不是人类区别于动物的本质属性。抽象的理性基于并利用"低等"动物的感知和运动推理,即使是最抽象的理性也要利用我们的动物本性而不是超越的性质;2. 人类的感知和认知能力是身体构造和神经机能经过长期进化形成和不断适应环境的结果。但是分析起来,这两方面的进化观都无法成立。原因在于:1. 人与动物的思维存在本质的区别。2. 人类存在的感知错觉和心智"隧道"的事实表明人类与生俱来的感知和认知不是完美的,是有缺陷的。首先,人类的思维与动物的思维存在截然的分界线。美国数学家和语言学家德夫林指出动物只能"实时"（real time）或"在线思考"（on-line thinking），只有人类才能"离线思考"（off-line thinking），即可以思考在远处、过去、未来的、甚至虚构的对象，而且还可以用纯粹抽象概念、符号等进行思考和推理。德夫林把抽象思维分为四个层次：前两个层次是人和动物共有的，第三和第四层才是人类独有的，即语言思维和数字思维。借助语言思维，思考的对象不一定是当下的，或现实世界的对象，而可能是虚构的，比如独角兽。数字思维的对象则根本不是现实世界的客体，而表示抽象符号之间的关系。因此，体验哲学模糊人类与动物思维的界线的观点是错误的。至于身体构造和大脑机能是经过自然选择、长期进化、适应地球生存环境的产物之论点，帕尔玛丽尼也批评了关于认知错觉的进化论的观点。他指出，"几乎可以肯定，我们这些错觉是遗传而来的。它们有点像神经交叉网上的节点，又有点像随人种进化带来的'视觉隧道'。在远古时代，它们可能很有用，也可能曾帮助我们的祖先躲避野兽和饥荒。然而，即便承认如此简单化的进化论的观点，并且承认这些错觉在产生伊始是有用的，但到后来它们长期以来只不过是一种负担了。进化论也好，非进化论也罢，我们无论是作为个人还是集体，都应该学会保护自己不受认知无意识的影响。"（见周频，2011）

第三节　概念隐喻理论

第一节我们讲到，莱柯夫转而研究认知语言学，是受到了四个方面的启发。第一，其同事凯和博林关于颜色词及其意义的研究。凯他们的研究发现，在众多的颜色中，世界上的语言对某几种颜色都有表达的词语。这说明焦点颜色的存在。同时，神经科学的研究结果给了了新的启示：颜色并不是独立存在于客观世界之中的。影响颜色感知的有四个因素，只有两个来自客观世界，另外两个来自感知者。就是说，感知颜色时，人的体验在起作用。第二，认知心理学家罗丝关于基本层次范畴的发现。人们使用基本层次范畴成员时，心理意象的形成是有身体和大脑的参与的，这表明意义具有体验的性质。第三是塔尔密关于空间关系的研究。空间关系的语义元素并不只是关于空间关系的，而同样与当事人、参与者的身体位置、观察角度等紧密相关。第四，费尔默关于框架语义学的研究。概念框架不是来源于逻辑，而是与人类体验相关。四场报告震惊了莱柯夫，从根本上动摇了他先前的语言观。这四个启发具有的共同意义是，意义与人的生活体验有着千丝万缕的联系。

就在莱柯夫思考自己的科研"出路"时,一件事情发生了。他给学生留作业,读一篇关于隐喻的文章。那天下大雨,上课正要讨论这篇文章。一个女生上课迟到了几分钟。她进门时像个落汤鸡,脸上流着泪。她说她讨论不下去,她自己有个隐喻问题。她的男朋友路上对她说: Our relationship had hit a dead-end street(我们的关系走进个死胡同了),让大家帮她解释她男朋友是什么意思。莱柯夫和同学们帮她解释一番:"很简单,你们的恋爱关系快吹了!"于是莱柯夫意识到,英语里可以把谈恋爱看成旅行。接下来,他们列举了一连串的隐喻:

dead-end street, turn back, a long bumpy road

The marriage is on the rock.

It's off the track.

We're spinning our wheels.

We're going in different directions.

We are at a crossroad in the relationship.

然后他们想概括一下:在每一句里,男女双方都是旅行者,恋爱关系是旅行工具(像轿车,船,火车,飞机),两人的生活目标是目的地,恋爱中出现的困难使他们不能到达目的地。他们发现,找隐喻关系就像数学配对一样。这时,那位女生说, I'm sorry. I don't care about your generalizations. My boyfriend is breaking up with me.(抱歉,我不在乎什么理论概括。我的男朋友要离开我了)。莱柯夫他们立刻意识到,她又在使用隐喻(break up with someone)。人为什么用隐喻思维呢? 亚里士多德从未说过用隐喻思维。然后,他们进一步深入讨论另一个隐喻,如"车轮打滑"。谈论旅行,你对车轮打滑会有意象: 就是车轮空转,却不往前走,车轮越转,陷得越深。那是什么感觉? 被挫败的感觉。换句话说,你在把旅行的推理过程用到了谈恋爱的过程,这就是隐喻推理。最后结论:LOVE IS A JOURNEY. 其实,这也是关系到语义的体验性,你知道两个语义场,你知道两个语义框架,然后把一个框架投射到另一个框架上去。一个是始源域(source domain),一个是目标域(target domain)。

至此,他们已有两类证据: 一类是词汇(dead-end street),一类是推理。之后,他们又发现了七、八种证据。现举出几类。第一类,诗歌中的例证。恰恰在那天,有人说有首歌的歌词是: We are driving in the fast lane on the freeway of love(我们在恋爱的高速路上开始进入快车道)。他们发现,所谓诗歌里的新鲜隐喻无非是把日常隐喻用在新的语境中。第二类,历史证据。如, KNOWING IS SEEING,句子I see what you mean

就是证明。他们接着问：这个隐喻在印欧语里是在何时开始的？经过查证多种语言发现，可以一直追溯到原始印欧语时代。而且，每当在某种语言里有"看见"一词，过不了多久，它就会带上"知道"这个意思。希腊语，俄语，都出现了这种变化，只不过不是同时发生的，而是相隔几千年。第三类是手势证据。有录像表明，一个人在说"我决定不了是呆在家还是外出玩玩"时，他的两只手的手心向上，上下掂量着。这种掂量的手势证明了CHOOSING IS WEIGHING 隐喻（作选择很像用秤在称东西）。此后他们又发现了上百、上千的手势隐喻。第四类来自美国手势语（American Sign Language）。美国手势语中有"将来在我们前面"和"过去在我们后面"等手势。要说"我有个想法"，就把一只手向着头部移动。第五类来自儿童母语习得。他们研究了儿童如何学会用"看见"比喻"知道"或"理解"（KNOWING IS SEEING）。他们发现，孩子们一般是先学会"看见"，然后把"看见"和"知道"混合使用，最后学会隐喻KNOWING IS SEEING。 第六，时间隐喻证据。有两个时间隐喻：一是"时间是个移动物体"，如Time is coming; Time for action is gone behind us 等。另一类是"时间是空间"，如within a certain amount of time; We are coming up on Christmas等。

长话短说，就是这样，莱柯夫和约翰逊开始废寝忘食地钻研隐喻，于1980年出版了《我们赖以生存的隐喻》，正式预示着认知语言学的诞生。莱柯夫和约翰逊从认知角度高度概括了隐喻的本质特征就是认知性。他们认为：隐喻不仅体现于我们使用的语言，而且贯穿于我们的思维和行为之中，并且无处不在；隐喻并不是凭空产生的，而是基于我们自身的体验；隐喻又是一种映射关系，是将我们的抽象概念通过隐喻来具体化，以加深对抽象概念的理解（例如，理解是抽象的，看见是具体的；爱情是抽象的，旅行是具体的；恋爱中受挫的感觉难以形容，汽车轮子打滑的感觉容易感知）。书中列举出许多隐喻：

ARGUMENT IS WAR

IDEAS ARE FOOD

IDEAS ARE PEOPLE

IDEAS ARE PLANTS

IDEAS ARE PRODUCTS

IDEAS ARE COMMODITIES

IDEAS ARE SOURCES

IDEAS ARE RESOURCES

IDEAS ARE MONEY

IDEAS ARE FASHIONS

IDEAS ARE LIGHT-SOURCES

IDEAS ARE CUTTING INSTRUMENTS

UNDERSTANDING IS SEEING;

LOVE IS A PHYSICAL FORCE(ELECTROMAGNETIC, GRAVITATIONAL, ETC);

LOVE IS A PATIENT

LOVE IS MAGIC

LOVE IS WAR

WEALTH IS A HIDDEN OBJECT

SIGNIFICANT IS BIG

SEEING IS TOUCHING

EYES ARE LIMBS

THE EYES ARE CONTAINERS FOR THE EMOTIONS

AN EMOTIONAL EFFECT IS PHYSICAL CONTACT

PHYSICAL AND EMOTIONAL STATES ARE ENTITIES WITHIN A PERSON

VITALITY IS A SUBSTANCE

LIFE IS A CONTAINER

LIFE IS A GAMBLING GAME 等等。

这些隐喻都是概念隐喻,都是在许多例句的基础上概括出来的。例如, ARGUMENT IS WAR(争辩是一场战争)这个概念隐喻是从下列句子推导出来的: Your claims are indefensible; He attacked every weak point in my argument; His criticisms were right on target; I demolished his argument; I've never won an argument with him; If you use that strategy, he'll wipe you out; You disagree? Okay, shoot! He shot down all of my arguments. 其中,观点是可以 "难防御的"(难辩解的),比较不成熟的看法是可以被 "攻击" 的(被批评),批评可以正中靶子(击中要害),观点可以被 "摧毁"(推翻)等。所以, "争辩是战争" 的说法跟汉语中的 "唇枪舌剑" 很是匹配。尽管我们知道争辩不是真正意义上的战争,但我们用战争这个人人熟悉的事物去理解较为抽象的概念, "战争" 的特点被映射过来,使我们更为形象地理解了 "争辩" 的特性,并且扩展/深化了我们对 "争辩" 的意义解读。例如,即使争辩双方都是熟人,争辩时也被视为对手。所以 "战争" 的敌我双方特性被映射到 "争辩" 概念中,使我们了解了 "争辩" 时双方类似敌我关系,也存在胜败不同的结果。总之,隐喻反映了人类大脑认识世界的方式,是从熟悉的、有形的、具体的、常见的概念域来认识生疏的、无形的、抽象的、罕见的概念域,从而建立起不同概念系统之间的联系。

再看一例: IDEAS ARE PEOPLE(思想/主义是人)的隐喻来自下列例 句: The theory of relativity gave birth to an enormous number of ideas in physics; He is the father of modern biology; Whose brainchild was that? Look at what his ideas have spawned; Those ideas died off in the Middle Ages; His ideas will live on forever; Cognitive psychology is still in its infancy; That's an idea that ought to be resurrected; Where'd you dig up that idea? He breathed new life into that idea 等等。在这些句中,思想可以"生育",思想有"老爸",思想可以是"孩子",思想可以"死亡"或"永生",思想可以有"幼年时期",可以"复活"等。

有人会问,他们是如何建立这些隐喻的,而且有的隐喻十分概括。莱柯夫曾讲过一个有趣的例子。他们开始只有THEORIES ARE BUILDINGS(理论是一幢幢建筑),因为我们可以说"理论有基础","某理论倒了","把某理论支撑起来"等,但有人感到奇怪,为什么这些话里多是用到"基石"、"支撑"、"耸立"、"倒塌"等意思,而从来用不到建筑的"墙"、"窗"、"油漆"等其他方面。它们之间的相关关系得不到充分解释。后来他们又去寻找证据。那时正是海湾战争,老布什讲话中有一句: Saddam Hussein had invaded Kuwait. This shall not stand(萨达姆·侯赛因侵占了科威特。这是不允许的)。莱柯夫立刻抓住 stand 这个词,认为"there must be a metaphor that persisting over time is standing erect(一定有这么个隐喻:维持的时间长就是挺直站立)"。植物就是这样: 生长时站立很稳; 站不直,就要死了。树木,人,建筑,都是如此。正在此时,他们又注意到另一个隐喻: AN ORGANIZATIONAL STRUCTURE IS A PHYSICAL STRUCTURE(一个[社会]组织结构是一个物理结构),这是用物理结构去理解一个极为抽象的概念。如果把以上两种隐喻叠加起来,会得到一个十分复杂的隐喻。什么东西既维持的时间长又带有物理结构呢? "理论"和"社会"。于是得出: THEORY IS A BUILDING(理论是幢建筑)和 SOCIETY IS A BUILDING(社会是幢建筑)两个隐喻。这就是把两个初级隐喻叠加成一个更高级的隐喻。后来戈莱蒂(Grady)总结为基本隐喻理论(theory of primary metaphor)。即所有复合(complex)隐喻的"分子"都是由基本隐喻"原子"组成的。每一个基本隐喻都有一个最小结构自然地、自动地、无意识地以并存方式产生于我们日常生活经验。并存的过程中形成跨领域之间的联系。再由概念合成构成复合隐喻。

莱柯夫和约翰逊试图用这些概念隐喻说明三点。第一,隐喻理论的传统观点是不全面的,隐喻不仅仅是一种修辞手段,而且是一种思维方式,即我们有个隐喻概念体系(metaphorical concept system)。这个隐喻概念系统是我们认知、思维、经历、语言表达、乃至行为的基础,是人类生存的主要、基本方式。第二,他们对西方哲学和语言学的语义理论提出了质疑,即: 意义不是独立于人的客观事实,人们的体验和认知能力在语义的形成和解释中起着重要作用。作者提出了"新经验主义语义观",认为没有独立于人的认知的"意义",也没有独立于人的认知的客观真理。第三,作者试图要说,人类隐喻认知结构是语言和文化产生、发展的基础,语言反过来影响着思想文化,语言形式与意义是相关的,词义发展是有理据。从这三点来看,该书提出不少重要新鲜观点,不愧为认知语言学的经典之作,为当今语义学和语言学的发展起了不可忽视的作用。

莱柯夫和约翰逊把诸多隐喻大致分为三类。第一类是结构隐喻(structural metaphor)。上面引用到的"争辩是战争"就是结构性的隐喻。结构隐喻是指用某一种概念的结构来构造另一种概念,将谈论某一种概念的各方面的词语用于谈论另一概念。如"时间是金钱"就是结构隐喻。我们能说"花"了多少时间,能说"给你"时间,还能说"节省"或"浪费"时间,"这点时间花得值得"等,就像我们把谈论金钱的观念用来谈论时间的概念一样。第二类是方位隐喻(orientational metaphor)。方位隐喻是指参照空间方位而组建的一系列隐喻概念。空间方位来源于人们与大自然的相互作用,是人们赖以生存的最基本的概念:"上"和"下","前"和"后","深"和"浅","中心"对"边缘"等,人们将这些具体的概念投射到情绪、身体状况、数量、社会地位等抽象的概念上,形成以下一些用方位词语表达抽象概念的语言表达。例如, HAPPY IS UP; SAD IS DOWN。所以英语可以说They are in high spirits; I have been feeling up recently; He is really low these days; The news boosted our spirits 等。而且我们在日常生活中找到根据: 高兴时人们自然挺胸抬头,悲观沮丧时人们会低头弯腰。感知也创造了两者的相似性,而且感知也是以体验为基础的,我们高兴时通常就会有说有笑,说话声音也大,笑时嘴角会微微翘起,所以笑脸代表高兴; 嘴角向下、眼角向下、说话细声细气都意味着痛苦。 MORE IS UP; LESS IS DOWN 也有生活根据。往瓶子里倒水,水多了,水位就上涨; 水少了,水位朝下降。HIGH STATUS IS UP; LOW STATUS IS DOWN 跟我们常说的"升官"、"连升三级"、"鸡犬升天"、"飞黄腾达"、"衣锦还乡"等理念非常相吻合。(当然,我们也有"高处不胜寒"的说法。)第三类是本体隐喻(ontological metaphor)。人类最初的生存方式是物质的,人类对物体的体验能帮助我们理解抽象的概念,为我们把抽象概念理解为"实体"提供了物质基础,于是产生了本体隐喻。在这类隐喻概念中,人们将抽象的和模糊的思想、感情、心理活动、事件、状态等无形的概念,看作具体的、有形的实体,特别是人体本身。本体隐喻最典型的和具有代表性的是容器隐喻(container metaphor),人是独立于周围世界的实体,每个人本身就是一个容器,有界内界外之分、有里外之别。人们常把这种概念投射于人体以外的其他物体,如房子、丛林、田野、地区,山脉、河流、海洋等,甚至将一些无形的、抽象的事件、行为、活动、状态也看作一个容器。结果,英语中有如下表达: The ship is coming into view(轮船正进入我们的视线——把视野当成容器)。Are you in the race on Sunday?(周日赛跑有你吗?——把赛跑当成容器)。There is a lot of land in Kansas(堪萨斯州的土地很多——把一个州当成容器)。How did you get into window-washing as a profession?(你如何干上擦窗户这一行的? ——把擦窗活动看成容器)。They are out of trouble now(他们现在从麻烦中解脱出来了——把麻烦看成容器)。这些语言形式已成为普普通通的话语,人们已经意识不到它们是隐喻了。这恰恰说明,人们的思维方式已经不自觉地把两种事物相提并论,并用具体的事物来思考、经历、或谈论抽象的事物,使其似乎具有具体事物的特征,以便能够系统地描述看上去千变万化、杂乱无章的世界。隐喻的思维方式和其他感知一样,已成为人们认识世界和赖以生存的基本方式。我们意识不到我们在使用隐喻,是因为我们对它太习惯了,就跟我们意识不到在呼吸空气一样。

莱柯夫和约翰逊在《我们赖以生存的隐喻》中,提出三点有关隐喻的理论是过去没有的,应该视为他们的理论上的创新。第一,隐喻普遍存在于我们的思维、行为之中,在人类语言中无所不在,俯拾皆是;隐喻使得大部分抽象思维成为可能,是人类的一种伟大智力。有人(I. A. Richards, 1893—1979)说,我们的生活中充满了隐喻,我们的口头交际中平均每三句话就会出现一个隐喻。莱柯夫和约翰逊的调查得出的比例略高:语言中大约70%的表达方式源于隐喻概念。奥特尼(A. Ortony)认为,所有语言都具有隐喻性质。德里达(J. Derrida, 1930—2004)说过,哪里有文字,哪里就有隐喻。这也说明,发现隐喻的普遍性的大有人在,莱柯夫和约翰逊不是第一人,但他们的研究之彻底和深刻,大概是空前的。第二,隐喻都含有内在关联性和系统性。比如前面讲到的"时间是金钱"的例子,我们用到金钱上的动词几乎都可以用到时间上,生动地表达出时间的价值和意义。但进一步看,那些隐喻表达式又具体蕴含着"时间是资源",或更进一步,"时间是有价值的商品"的意义。它们与"时间是金钱"构成内在蕴含关系而具有系统性。第三,隐喻是人类的一种思维方式。两千五百年来,传统隐喻观一直把隐喻当作语言的偏离用法归到修辞学去研究。莱柯夫等人通过对语言中大量的所谓"死隐喻"的意义研究发现,它们所构成的概念隐喻已成为人类理解抽象功能与经验的最重要方式。大量研究证明,隐喻是人类思维和语言的最重要方式之一,这一论断具有革命性的贡献,它纠正了几千年来人们对隐喻在认识上的偏见,使人们对于隐喻有了更接近正确的认识。

传统的隐喻理论可以具体地表述为:1. 隐喻属于词汇层次,不是思维层次的活动。隐喻是用词汇表达它通常不该表达的内容,所以叫词汇的"偏离"(deviant)用法;2. 隐喻性语言不属于日常的约定俗成性语言;它属于新颖语言,通常用于诗歌等;3. 隐喻性语言是变异语言,其中的词语并非用其本意;4. 日常语言中约定性隐喻是"死隐喻",即曾经是隐喻性的,现在已固化为直义词语("山脚下"、"河口"、"桌子腿"等中的"脚"、"口"、"腿"早已失去其隐喻性);5. 隐喻表达相似性,即在本体与喻体之间早已存在相似性。莱柯夫等人从体验实际出发,对以上五条逐一进行驳斥。他们认为,隐喻性语言是隐喻性思维的反应,隐喻性思维是首位的,语言隐喻是第二位的,是日常语言的一部分;隐喻思维是常规的,不是变异的。表达概念隐喻意义的某个词可能会失去隐喻意义,但是其概念隐喻却能保持该词的活力。传统上所谓的"死隐喻"其实并没死;前辈研究者称其"死"是因为它们没有"诗意"(poetic)了。莱柯夫举出一个真正的"死隐喻"。英语的 pedigree 意思是"家谱树形图",来自于法语的pied de gris,原意是"鹅的脚掌",鸟的脚确实像一幅树形图。但此隐喻意义确确实实消亡了,讲英语的人现在没人知道其原意是借用"鸟的脚",也不再先想到鸟的脚再联想到树形图;即是说,这里的意象投射不存在了。其他隐喻性语言仍然活跃得很。至于隐喻表达相似性,莱柯夫他们列举多条理由反驳传统观点。如,始源域和目标域之间的相似性并不是早已存在,而是隐喻创造出来的,共通之处不能保证二者相似。"时间是金钱"出现之前,没有人认为二者相似;我们可以用相同动词描述它们,并不能保证它们的相似性。再如,概念可以通过不同的概念隐喻表达出来,而且隐喻方式不一致。前面的例子有:"思想是食物","思想是植物","思想是人","思想是商品","思想是资源","思想是金钱","思想是潮流/时尚"等,如果说它们都相似,那未免有些荒唐。当我们说The theory gave birth to a lot of new ideas 时,并没有想到理论像人一样能够"生育"。

隐喻研究近来出现了空前未有的热闹局面。一是领域很多,如认知心理学、认知语言学、哲学、语义学、语用学、修辞学、认知诗学等;二是理论众多,如对比理论、显性特征不平衡理论、互动理论、结构影射理论、类内包理论、分级显性意义假说等,但是,讨论它们超出本书范围。但有一点必须提出,隐喻研究的高潮势必带来对转喻(metonymy)的研究热潮,因为很难说隐喻与转喻有什么本质上的区别,它们本是一个连续体的两端,中间存在着互相交织的现象罢了。所以下面要介绍对转喻的部分研究。

转喻和隐喻都是人类认知和语言表达的基本模式,它们之间有很多共同之处。首先,从结构上讲,二者都有喻体和本体,或者叫始源域和目标域,以及其理据,即喻底或连接体。第二,二者的理据都来源于经验。最抽象、最具概括性的那些始源域几乎都来自普遍存在的物理概念(如垂直、容器等),这些概念被约翰逊定义为意象图式,即基于经常发生的经验模式的抽象知识结构。第三,就功能而言,两者都体现语言的比喻用法,即从常规所指对象到新的所指对象的转换,并且可以实现直接的语用目的。此外,功能上的相同之处还包括修辞功能、语言学功能、诗歌功能、认知功能、社会功能、文字游戏功能等。然而,这些共同之处也给二者的区分带来了问题。下面我们分别考察二者的基本特征,为探讨其区分中存在的分歧和界定标准提供必要的理论基础。

当然,隐喻和转喻之间的差别是存在的:隐喻是一种近似关系,转喻是临近关系(contiguity):当甲事物同乙事物不相类似,但有密切关系时,可以利用这种关系,以乙事物的名称来取代甲事物。如,用"华盛顿"代替美国政府,用"五角大楼"代表美国国防部,或用"剑"代替军事力量。可见,转喻的重点不是在"相似",而是在"联想"。转喻又称换喻,或借代。再看几个例子:

(1)The kettle boils.(壶开了,用the kettle 表示the water in the kettle)。

(2)He is fond of the bottle.(他喜欢喝酒,用bottle表示wine)。

(3)Grey hairs should be respected.(老人应受到尊重,用grey hairs表示 old people);

(4)The pen is mightier than the sword.(笔要比剑更锋利,用pen表示文章)。

(5)I am reading Lu Xun.(我在读鲁迅的作品,Lu Xun表示鲁迅的作品)。

莱柯夫和约翰逊指出,概念转喻来源于两个具体事物之间的经验联系(如用部分代替整体),或来源于一具体事物与某隐喻概念化的具体事物之间的关系,如用地点代替事件(用"海地"代表海地地震),用机构代替负责人(用"联合国"代表联合国某些官员)。后来莱柯夫等人又把转喻视为一种概念映现。很多学者对转喻有着不同的理解或定义。兰艾克(1993)把转喻视为参照点现象,即一个概念实体(或参照点,即喻体,如"五角大楼")为理解另一个概念实体(美国国防部)搭起了一座心理桥梁。克罗夫特用认知域矩阵(domain matrix)来定义转喻,认为转喻涉及一个认知域矩阵中的一个主认知域和一个次认知域。莱柯夫(1987)说,转喻不是一个语言之物,而是个用语言方式表达出来的概念组织或认知组织。此认知组织对应着一个转喻模型,其具体特征如下:1. 在某种场合,为了某个目的,有一个目标概念甲需要理解;2. 有一个概念结构包含甲和另一个概念乙;3. 在此概念结构中,乙或者是甲的一部分,或者与甲密切相连;4. 与甲相比,乙更易懂,或更易记忆,或更易识别,或对特定语境和目的更直接有用;5. 转喻模型就是如何把甲和乙在一个概念结构中联系起来。在这种模型里,乙可以用作甲的转喻。

也有人把转喻定义为"描写捷径"(a descriptive shortcut)。例如,The kitchen can prepare a variety of dishes at short notice(这个厨房在短时间内即可做出多种菜肴),此处用"厨房"代替了"厨师"。说它是描写的"捷径"是因为如果不用转喻,要多用许多字: The people working with producing food in the kitchen can prepare a variety of dishes at short notice,而且语言也不美。严格来讲,转喻的字面意义是不真实的,"厨房"是不能做菜的,但听者的认知能力允许这种句子出现,而且听懂没有困难。所以,当我们说"壶开了",都知道是壶里的水烧开了,没有人认为是壶本身烧开了。换句话说,理解转喻时,需要不少认知活动、百科知识、生活经历等。下面几句中的"茶"(tea)到底代表什么,为什么听话人不会误解,确实值得我们深思:

(1)They were growing *tea* on the hillside.(指茶树)

(2)You should store your *tea* in a metal tin, not in plastic or glass.(指茶叶)

(3)The *tea* has gone cold, and is not very tasty.(指沏好了的茶)

(4)We used to have corned beef for *tea*.(指喝茶时吃的东西)

这里渗透着的"转喻简洁性"是转喻认知的根本特征之一。不过,总的来讲,转喻的修辞形式还是不如隐喻更容易被注意到,因为它只突出了某一部分体验、某一部分联系、或某一部分认知域。也就是说,转喻中,一部分意义附加到同一句法结构里的某个成分身上了,而且附加的意义不完全独立于那个成分,用兰艾克的话说,就是被附加意义的成分像个缩写词一样：如，I ate the whole plate（i.e. "all the food on the plate"）（我把一整盘子都给吃了——用盘子代替盘中的食物）。The halfback played a long ball to the centre-forward（i.e. "played the ball a long way"）（前卫长距离带球给中锋——用"长球"代替长距离带球）。We stop for red and go for green（i.e. "stop for a red light and go for a green light"）（红灯停，绿灯走——用颜色代替灯）。转喻真像局部性的缩写方式，仅限于一两个词，不可能像隐喻那样横跨很长的语段。

由于这个原因，词性转变（又称零派生）常会造成转喻：We bottled the fruit（把水果装入罐子）（名词变动词）。Glass is a material that a glass or glasses are made of（玻璃是制造玻璃杯的材料）（不可数名词变可数名词）。又由于指称被替代来替代去，有些时候回指现象（anaphoric reference）就造成荒唐指称，而听者/读者也不感到别扭。如：I would like to listen to *some Mozart*. *It* is really great music. *He* was a great composer. 斜体字一会指人，一会指作品。但读起来，没有不自然之感。再如，You should wear *this Dior*. *It* would look smashing on you. *Their* design is the best. 其中的斜体字一会指牌子，一会指衣服，一会又指生产商。同样，读着或听着并没有别扭的感觉。这都是转喻在"默默地工作着"。这表明，认知复杂机制与语言意义和形式之间存在某种接口，这个认知与语言结构之间的接口似乎基本上是整体与部分的关系，包含与排除的关系，或是体验关系。而且，这种"转喻缩写"保持着与实际经验的直接联系或说是与实际世界的直接联系，也比较容易与字面意义脱离，其原因是被附加的意义完全占了上风，把字面意义排除在外。"我吃了一大盘子"不可能被理解为把盘子吃掉了，只能指盘子里的饭。"种在山坡上的茶"只能是茶树；"凉凉了的茶"只能是沏好了的茶；"装在铁罐里的茶"只能是茶叶。是词汇搭配决定了词的转喻意义，字面意义只好"退居二线"了。如果这几句话还不能百分百地令人信服，请看下句：This is the first time he has been to *see* us since he went blind（这是他失明之后第一次来看我们）。此处的"来看我们"绝对失去了"看"的最基本的词义，而句子却仍然成立，因为"来看"成了"造访"的意思。

莱柯夫和约翰逊对隐喻和转喻的差别作了如下概括：1. 隐喻设计利用概念域的映射，涉及两个概念域，而转喻只涉及一个；2. 在隐喻中，始源域的结构和逻辑，映射到目标域的结构和逻辑之上，这意味着隐喻的基本功能是理解，而转喻是用一个名称代替另一个名称，主要是指称问题；3. 隐喻中始源域与目标域的关系为"是什么"关系，而转喻是"指

代"关系。这几点总结很有用,但有例外情况。看几句英语: I am all ears
(我在专心听)。Jimmy is the fastest gun(吉米打枪最快)。Mary is just a
pretty face(玛丽只有个漂亮脸蛋)。John is a Picasso(约翰是位天才画
家)。这几句都是转喻,但不都是指称的"替代"。汉语的译文已经显露
出来。第四句译成"约翰是毕加索"恐怕不太准确。(用汉语口语说:"他
是我们的毕加索。")第三句译成"玛丽是个俊脸蛋"可能不合本意。这
几句的特殊情况是,它们是述谓性用法,都在一个概念域里,始源域和目
标域是部分与整体的关系,其拓扑学关系难以映射,只发生了指称转移。

　　区分隐喻和转喻并不那么容易。我们暂时概括一下区分隐喻和
转喻的一般标准: 1. 就功能而言,隐喻通常用于述谓,转喻通常用于指
称; 2. 就投射的基础而言,隐喻基于相似性,转喻基于邻近性; 3. 就投射
的范围而言,隐喻的始源域和目标域分别属于不同的更高级的认知域,
转喻的始源域和目标域属于同一认知域; 4. 就投射的方向而言,隐喻投
射往往是单向的,转喻投射则是可逆的。这几条基本是对的,但是有时
情况会变得非常复杂。如, They had some disagreement and the landlady
kicked him out of the house(他们有些不同意见,房东把他撵走了/踢出房
间)。kick out 的意思大致是force to leave, expel 之意,不管实际情况如
何,用在此处十分恰当,就是房东用什么办法迫使房客离开。该表达法
具有明显的隐喻特征,即该"迫使离开"与"踢"的动作相似,房东和房客
之间关系也跟踢者与被踢者关系一致。这样看来该例子属于隐喻。但
是, kick out与make leave 也有着清晰的转喻关系,即该动词的延伸义是
其本意的效果或意图。这样看来该例是转喻。让人离开房子的行为(隐
喻的目标域)被视为将他们踢出房子(隐喻始源域)。再看: Each time he
was caught by his wife staying together with another woman, he would beat
his breast(每次让夫人发现他跟另一个女人在一起,他就捶打胸部)。"捶
打胸部"是个隐喻,与"引人注意"有关,但却来源于转喻:在宗教仪式
中当公开认错时,要捶打自己的胸膛。此类为由转喻构成的隐喻。再看:
She caught the minister's ear and persuaded him to accept her plan(她吸引
了部长的注意,说服他接受了她的计划)。此处用"耳朵"代替"注意力",
属于隐喻内包含的转喻。另一句: The government seems to be paying lip
service to the project(似乎政府对该项目口惠而实不至)。此处, pay唤起
"财务场景",构成包蕴性隐喻; lip service(口头支票)是转喻。这样, lip
不是部分代替整体的转喻,而是非转喻化了。这叫转喻内包含隐喻。下
一句是隐喻语境中的非转喻化: He got on his hind legs to defend his views

（他站起来竭力维护自己的观点）。这里的hind legs使该短语隐喻化了，因为它使读者联想起动物站起来的场景，重新理解短语的意思。动物站起来不易，说明当事人尽了最大力量。

对这句话还有一种解释。说该句是隐喻投射的始源域中的转喻。这种观点强调的是该句从总体上讲是隐喻，转喻只是为隐喻投射提供了始源域，使动物的行为投射到人的行为上。动物（比如马）因受惊吓而突然直立准备进攻，此场景隐喻性地投射到另一场景，即人也可以因兴奋而站立，并用手（臂）做出威胁性的动作，在公共场合进行申辩。该隐喻的目标域也可作为另一隐喻投射的始源域，比如某人与他人极力争辩（但并未站起）。投射过程如图1：

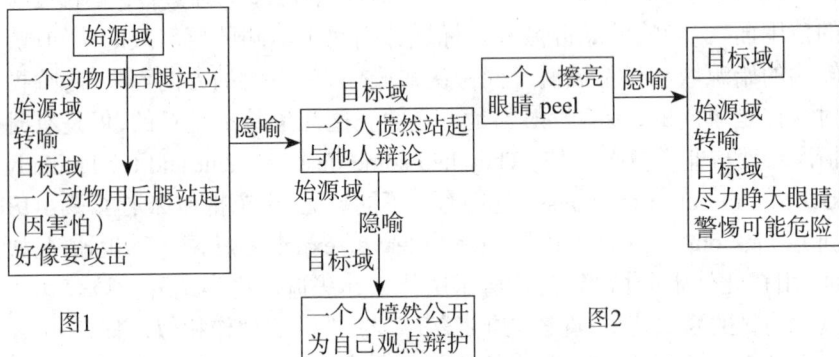

图1　图2

图2那句话：He kept his eyes peeled for pickpockets（他睁大眼睛盯着扒手）。"削眼睛"不常说，此处就是"睁大眼睛"的意思。此类的始源域来于目标域的转喻，主要功能是尽可能地扩展隐喻的始源域，以便达到充分理解；并且，隐喻影射无论是作用于始源域还是目标域，其功能不变。

这就是隐喻和转喻的互动性，它们之间的联系十分紧密，其结果是产生隐喻转喻混合体。在这些情况下，隐喻和转喻会很难分辨，甚至引起困惑。重新观察前文提到的隐喻：

MORE IS UP/LESS IS DOWN

GOOD IS UP/BAD IS DOWN

POWER IS UP/POWERLESSNESS IS DOWN

这都是典型的隐喻。但是，泰勒认为不能简单地将其视为隐喻。物品越堆越高的经验建立了数量与高度之间的自然联系。同样，人类的健康和意识与直立的身姿相联系，而控制或用身体力量制服他人的能力与较大的力气和较高的身高相联系。严格说来，这些都是转喻联系。只有当它们被抽象到超出原来转喻场景时,才可以被视为隐喻。比如当up-down图式脱离了堆积东西的意象图式,被应用到更抽象的场景时(例如 the price is getting higher),才变成隐喻。所以,我们应该说先有转喻理据,后有其隐喻延伸的用法。

所以,区分隐喻和转喻如此之难,让我们前面提出的四项标准都"瘸腿"了。比如第一条标准,隐喻通常用于述谓,转喻通常用于指称。从上面有关隐喻和转喻区分存在的分歧的论述中来看,很多例子既是隐喻又是转喻,并且二者可能存在着相当复杂的相互作用。有时候,隐喻和转喻既可用于述谓,又可用于指称。如, The pretty face just went out 是转喻; The pretty doll just went out 是隐喻。Maria is a divine voice 是转喻; Maria is a nightingale 是隐喻。我们的第二条标准是隐喻基于相似性,转喻基于邻近性。但是,前面的 the landlady kicked him out 的例子,说明乍一看它是隐喻,再一分析又像转喻。有人指出,邻近性标准也存在问题。首先,并非所有邻近关系都能构成转喻。如, Mary was tasty(意思是The chocolate cake Mary made was tasty)就不会被人普遍接受。再说,术语"邻近性"本身带有隐喻性。"邻近性"具体指"接触或有联系"或者"很接近但无实际接触"。所以, pig 和dirty之间有"邻近性",那么 John is a pig 就可以重新解释为转喻。我们的第三条标准说,隐喻是域间投射,转喻是域内投射。如, John is a lion, 我们都说是域间投射,因此是隐喻。但是,借助始源域或其他类似概念作为区分隐喻和转喻的标准是存在问题的。始源域的确定不那么简单,往往体现出个体意识、百科/世界知识、文化、层次等方面的主观性,缺乏客观标准。有个极端的例子: Mary won the cooking contest, although Jane was very tasty as well(在烹饪比赛中玛丽获得第一,虽然简的味道也很好)。此句比单单说: Mary was tasty 的语境充分多了,但对其可接受性的争议仍然很大。我们说到第四条标准是: 隐喻映射倾向于单向投射,转喻投射通常是可逆的。较明显的可逆投射是具体和抽象之间的投射。比如,"我讨厌生活在钢筋混凝土里"是具体代替抽象; 而"鲁宾逊又回到了文明"是抽象代具体,有点像我们厕所里写的"向前一小步,文明一大步"。有些投射使用如此频繁,以至于常常交换使用。英语中的rose 和 beautiful girl 可以互为始源域和目标域。这些例子说明方向性也不能成为区分隐喻和转喻的标准。我们的讨论说明,语言现象非常复杂,不可想当然,只能认认真真做大量调查,不厌其烦地观察、分析、归类,才能从中发现一些有规律性的东西。

总的来说,莱柯夫和约翰逊的《我们赖以生存的隐喻》开创了认知语言学的研究,使我们从崭新的角度去看待我们认识世界和自身的方式,不愧是认知语言学的经典著作。归纳起来,该书做了几件重要的事:1. 探讨了隐喻的认知本质。隐喻并非可有可无,而是人类认知世界与自身并构建概念的手段和过程;2. 分析了隐喻的内在结构:跨域映射,即由始源域向目标域的映射;3. 指出了隐喻的系统性及系统间和系统内部的协调一致关系;4. 对隐喻加以归类,这种归类不同于传统的分析方式,将空间隐喻等这些人们从未注意到的表达方式也纳入其分析范围;5. 指出了传统隐喻理论的不足,提出了体验哲学(embodied philosophy)(见本章第二节),阐述了建立在新经验主义基础上的概念隐喻理论。

当然,理论没有完美的。我们也听到一些批评。首先,有人说概念隐喻缺乏足够的经验主义理论基础。有的隐喻表达,他们提供了身体体验,有的就没有体验的基础,如"谈恋爱是旅行"。再如,莱柯夫没有理由说理解sharp sound 中的SHARP是在理解sharp knife 中的SHARP 之后,因为sharp sound 和sharp knife 同我们熟悉的隐喻的情况是不可相提并论的。如,在My job is a jail 中,我们能发现喻题(topic)和喻体(vehicle)之间的共性(比如"约束性")。尽管在sharp sound 和sharp knife 之间也存在being sharp 这个唯一的共性,但任何解释都不能恰如其分地说明sharp sound本身所包含的内容。即使是说我们可以假定能够检测sharp cutting objects 作用于皮肤和sharp sounds 作用于我们耳膜之间的区别,而现有的证据表明跨感官体之间的形容词词义转移不是以语义为中介的。这就可以说sharp sound 中的SHARP 和sharp knife 中的SHARP之间的关系并非字面意义与隐喻意义之间的关系。第二,有人批评他们缺乏对跨语言、文化的隐喻认知研究,是否所有文化语言都存在同样的认知模式和概念形成模式,我们不得而知。莱柯夫和约翰逊只是针对英语的隐喻进行了认知分析,因此还有待更多的跨语言研究来证实这种普遍性。目前,跨文化差异隐喻研究还较缺乏。第三,有人说他们没有深刻阐明隐喻映射关系中其内部结构的变化。因为始源域的内部结构被映射到目标域后结构不会是一成不变的,在什么方面引起多大的改变,以及是什么动因,书中鲜有论述。

研究者帕帕费拉戈(Anna Papafragou)的质疑比较严重。她说,第一,认知语言学的体验哲学的观点与当今认知科学的发现并不完全相符。人们已经有力地证明了,你越是把心理对世界的表征说得丰富、复杂,你就必须赋予先天资源更丰富、更复杂的属性。任何概念形成理论都必须承认人类天生具有形成抽象范畴的强大机制。比如,佛克尼耶论述转喻时的所谓"联系词"(connectors)和莱柯夫等的"转喻概念"(metonymic concepts),是从哪里来的呢？要承认有"代替"关系(stand-for relation),就得承认在体验之前就有认知机制来提供这些概念和模式的结构。就连最简单的"整体—部分"、"容器—被盛着"、"原因—行为"都必须以认知机制为前提。能用"部分"代替"整体"的能力必须出现在体验之前——因为外部环境中没有这一能力,也不是有人教会的。认知语言学家常常泛泛地承认人类的巨大认知能力,可是一到具体讨论时,就把这条前提统统扔到脑后,过分地强调体验的重要性。

第二,他们给转喻概念提供的例证不能总是构成一个自然类。例如,OBJECT USED FOR USER(把物体当成使用者)。例句是: The buses are on strike(公交车罢工了)。Are you the cab parked outside?(你是停在外边的出租司机吗？)I wouldn't marry a Mercedes but I could live with a Volvo(我不会跟开梅赛德斯—奔驰的人结婚,但可以跟开沃尔沃的人生活在一起)。如果按照"把物体当成使用者"来理解以上三句,三者没有区别,但是就忽视了它们的递进创造性。而且会引出另一个问题: 转喻概念到底应该抽象到何种程度？能否把"交通工具当成司机"也说成是转喻概念吗？如果可以,转喻概念就会多到失去概括意义的程度。

第三,认知语言学家的"语境"概念值得商榷。农贝格(Nunberg,1945—)说过,转喻属于区域性的词汇用法,只能根据具体语境来判断,才能区分是正常使用(独立于语境)还是非正常使用(非理性语境,但可以理解)。"语境"(context)被定义为"理念系统"(system of beliefs),大致为社区成员共享的、信以为真的一套预设。这一语境观点毫无心理可能性,因为它忽视了用于理解语言的背景知识的极端丰富性,反而把个人理念看得太死板、太重要。

第四,他们的模式缺少一个强有力的语用标准来保证各种百科知识(包括理念)帮助正确理解转喻。他们把一切问题都推给了概念结构——始源域和目标域的联系会自然而然地出现在大脑。这种想法只能解释最常规化的转喻,无法对付极富有创意的转喻。如: You should avoid marrying a sheep at all costs(无论如何,你不要跟属羊的结婚)。显然,需要许多百科知识和语用理念,才能准确识解这一转喻。

第五,把转喻看成是概念之间的投射,容易忽视它与外界的联系,尤其是其所指到底是什么。农贝格的例句是: The ham sandwich is getting restless(点火腿三明治的客人开始坐不住了)。把点菜单说成食客,只有服务员能懂。不过,更严重的是: 这里没有两个概念之间的投射,而是把一个外界实体进行了奇妙的概念化。该现象是概念投射无法合理解释的。

第六,隐喻和转喻的界限有时不清楚。莱柯夫和约翰逊(1980:40)把It's been Grand Central Station here all day(这里全天都像中心火车站)归为转喻是错误的。

第四节　认知语义学

语义学的发展既有语言学的传统,又有哲学的传统。尤其是在19世纪末和20世纪上半叶,语言哲学的研究对现代语义学的发展产生了重大而深刻的影响。当时,分析哲学家认为语言不够准确,不利于对哲学问题的讨论和澄清,试图把语言形式逻辑化。日常生活语言派哲学家则认为,不能把问题归罪于我们的语言,而是我们对日常语言的运用还没有很好地了解和掌握。分析哲学家其实就是把语言的意义归给了人脑以外的客观世界;而日常语言哲学派则认为语言的意义存在于语言的使用之中。20世纪的前30年间,语义学逐渐摆脱了传统修辞学中范畴概念的束缚,从哲学、心理学、社会学和人类文明史等邻近学科汲取营养,对语义变化过程和变化的原因进行了研究。20世纪上半叶,现代语义学受到了结构主义语言学的深刻影响。生成语法就是重要代表之一。虽然生成语法学家在科学、精确描写语言和建立普遍抽象原则方面取得了显著进步,但在研究过程中,他们把本族语者的判断当成赞成或反对某一理论的强力证据,其可靠性值得怀疑。本族语者对句子的孤立判断只能说明被问到的那个人构建最小合适语境的能力,并不能揭示意义与形式之间的关系。也就是说,这种孤立获取的数据只能反映最小语境的构建过程,并不一定会反映话语的一般构建过程,即意义的构建过程。乔姆斯基曾学过数学,他把递归算法引入表达语言结构的规则性特征和语言的生成能力。认知语言学家认为递归算法形式忽略了意义,忽略了语言的认知、交际与社会功能;同时,语法也并不像猜想的那样具有生成性。在他们看来,只有研究语义的构建过程才能真正了解语言的生成性和语言运用中的认知过程。

前面提到的用逻辑公式来描写语义的逻辑语义学认为,句子表达命题。自然语言的语义可用形式逻辑进行合理的研究。指称、同指与描写自然成为语义研究的中心问题。然而,在自然语言的研究中,形式逻辑在无数的自然语言现象面前却束手无策。请看几句英语:

（1）If I were you, I'd hate me.

（2）If I were you, I'd hate myself.

（3）If Henry Smith had been twins, they would have been sorry for each other, but wasn't and he's only sorry for himself.

（4）John's children were blond.

（5）If John has children, John's children are blond.

（6）In this painting, the girl with the brown eyes has green eyes.

（7）If a man owns a donkey, he beats it.

形式逻辑无法区别第一和第二句之间的意义差别,因为me 和myself应同指说话者,可它们分别指你和我,将"自己"一分为二。形式逻辑能解决同指问题,却无法解决同一实体一分为二的问题。例句（3）中,twins 是非指称性谓语名词,不能充当先行词。那么, Henry Smith就必须同时充当they和he的先行词。形式逻辑也不能解决这种同指分裂问题。我们知道例句（4）预设了John 有小孩,然而,在例句（5）中, if 条件句取消了这种预设。这就出现了指称与预设的统一性问题。例句（6）在逻辑语义理论中被视为自相矛盾的句子,因为in this painting既不是逻辑功能词,也不是表示命题态度的动词,因而不可能用逻辑式表达其域界差异。在例句（7）中,虽然两个不定冠词的意义相同,但在经典逻辑式中,不能由存在量词表达,因为这类量词不能同时约束he和it,应该用广义量词（如every）表达。问题的根本在于怎样使不定冠词获得一致的意义。（经典逻辑式: 存在一个x,存在一个y,如果x是man这个集合的一员且y是donkey这个集合的一员,则x beats y取值为真。）

形式语义学最初为形式语言（即与自然语言相对的逻辑和数学语言）提供一种精确的语义解释。由于自然语言意义模糊、有歧义,句法也不精确,许多逻辑学家认为形式语义学不可能应用于自然语言。到20世纪60年代后期哲学家蒙太古（Montague）提出,形式语义学的分析方法完全可以应用到英语句子意义的分析中。诸多理论,这里不去一一详细介绍了。如果忽略他们之间的细微差别,可以概括出形式语义学的几条重要假设:

1. 语言可以作为计算系统（algorithmic）来描述,如写成逻辑公式;

2. 语言系统本身是自足和自主的,描写和分析语言不需参照语言之外的事物;

3. 语法,尤其是句法,是语言的一个独立层面（参见本书第七章关于乔姆斯基的语言哲学）;

4. 语法有一套生成规则,可以生成某一语言的所有句子(参见本书第七章);

5. 意义可以通过逻辑形式来描写语言真值条件;

6. 类推、隐喻、呈放射性状态的概念等不应包括在语言研究之列(本章要讲的认知语言学与此针锋相对)。

以上可以看出,形式语义学在一些重大理论假设上与形式语言学是一致的。在过去的几十年里,形式语义学一直是语义研究的一个主流学派。

与形式语义学相对的是认知语义学。认知语义学与乔姆斯基一样,都认为语言和认知存在于人的大脑里,语义必须根据心理现象来阐述。有人提出这样的口号: Meanings are in the head(意义在大脑之中)。尽管可以说认知语言学和乔姆斯基都属于语义内在论,但二者还是有很大区别的。认知语义学认为,在世界与语言之间存在一个中介——认知,语言形式是体验、认知、语义、语用等多种因素互动的结果,意义是基于体验和认知的心理现象,它不能离开人的身体特征、生理机制、神经系统。而乔姆斯基则主张语言意义是先天的、自治的。认知学派也不同意乔姆斯基把心智看成一台计算机,把思维看成是抽象符号机械运算的过程。因为,那样一来,就等于可以用数学逻辑的方法描写语义,等于说意义独立于人脑,也就等于把思想、理性、意义说成是超验的(transcendental)。

认知语义学的主要观点是: 以意义为中心。认知语义学认为,意义的产生要经过这六个阶段:

1. 人与环境(客观世界)互动(这是体验阶段: 包括"感觉"、"知觉"、表象)→

2. 意象图式(image-schema)阶段(一方面横向上帮助形成范畴,一方面纵向上帮助形成范畴)→

3. 范畴阶段(是对意象图式加以概括化逐渐形成的,才是真正的认知阶段,可以用多种理想认识模式描写)→

4. 概念阶段(概念对应范畴,也就获得意义。概念往往是隐喻性的)→

5. 意义(从概念到意义包含着使用命题、判断、推理)→

6. 语言(用语言的形式把意义固定下来)。可以用"意象图式+隐喻"或用理想认知模式(ICM)来解释词义、语义、句型。这个过度简化了的流程图说明,意义始于人与外界的互动,中间经过意象图式的形成,才开始范畴化和概念化,最后达到意义的产生。

认知语义观有些不同的特点: 经验观、概念观、百科观、原型观、意象图式观、隐喻观、联想观、整合观(甚至有人说出9至12项)。我们重点介绍六项。

第一，**用体验观看意义**(the embodied view of meaning)。前面几节多次提到认知语言学的体验哲学。语言的形成和发展与人类的身体经验和认知密不可分，语言能力是人类整体认知能力的一部分；同时语言的出现和发展又促进了认知的发展。昂格雷尔和施密德(Ungerer & Schmid, 1996)指出："认知语言学是根据对世界的经验、感知和概念化的方法来研究语言的。"认知和语言都是基于对现实的体验之上的，认知先于语言，也决定着语言，是语言的基础；语言又可反作用于认知，可促进认知的发展和完善。人类的心智和概念的组织是我们的身体和周围的世界互动的产物。换句话说，概念组织的本质就来自于我们涉身的经历(bodily experience)，概念结构也是因和它相联系的涉身的经历而获得意义。身体体验是最直接的。比如，我们经常拿身体部位当成衡量周围世界的标准：汉语里的"山头"、"山腰"、"山脚"；英语里，钟表的指针叫hand，钟表的面叫face，窄口/隘路叫bottleneck。古希腊哲人说："人是万物之尺度"。身体对空间的体验也是直接的、每时每刻的。兰艾克说，"在尝试建立认知语言学的过程中，人们很快就会被吸引来思考空间和视觉经验在形成其他认知中所发挥的作用。毫无疑问，它的作用既具有说服力，又具有高度重要性——我们最初就是空间和视觉动物。"再比如，设想一个被锁在屋子里的人。屋子具有"有界"这样一个结构性：它的四周是封闭的，有内部，边界和外部。因为这些属性，有界的物体就具有了容器的功能：这个人不能走出这个房间。尽管这看起来是很明显的，但是这一结果既是来自有界事物的属性，也来自人类身体的属性。比如人类不能像蚂蚁一样从门下面狭小的缝隙中爬出来。像"容器"之类的体验性的概念还可以经过系统的扩展从而赋予抽象的概念以结构，这种过程叫做概念投射(conceptual projection)。(参见第三节，概念隐喻就是一种概念投射。)根据他们的观点，我们之所以能够用"in"谈论处在像"爱"或"困难"等状态(Mary is in love. John is in trouble. The government is in a deep crisis.)，是因为我们在用基本的概念"容器"来赋予抽象的概念以结构，从而来理解这些抽象概念。从这方面来讲，体验性的经历赋予我们更加复杂的概念以结构。这就产生了"状态是容器"这一概念隐喻。这一概念投射说明了来自身体经历的有意义的结构，首先产生了像"容器"意象图式这样的具体概念，然后，进一步赋予抽象的概念如"状态"以结构。从这个意义上讲，概念结构是体验性的。语言中的介词建构了人的经验世界中语言所独有的主观关系(subjective relation)。介词对物理空间(physical spaces)的建构在很大程度上决定着心理空间(mental spaces)中的概念,基本空间的概念化能够映现到"心理"中去,形成了覆盖诸如时间、状态、方式、原因等概念域的意义链。英语中大多数介词意义扩展的轨迹是基本相同的。这绝不是偶然的,而是人的认知符合空间化假设之结果。英语介词 "at" 可从物理空间的处所扩展到时间、状态、方向、方式、情况和原因等概念空间中去。请看以下表达。处所: at the station; 时间: at six o'clock; 状态: at work; 方面: good at guessing; 方式: at full speed; 情况: at these words; 原因: laugh at。

第二,**用概念化观点看意义**(the conceptualization view of meaning)。兰艾克说:"意义不是客观地给定的,而是人为地建构出来的,即便是那些描写客观事实的语言表达,其意义也是这样。因此,我们不能通过纯粹描写客观现实来解释意义,而只能通过描写认知性例行常规,正是这些常规构成了人们对现实和意义的理解。语义分析的主观方面就是人们的观念化,我们所关心的结构,就是一个人通过主动的认知加工强加在他的心智经验之上的结构。"语言研究重点应围绕人类的心智、认知和概念来进行,因为人类只有通过头脑中的概念范畴才能接触现实,反映在语言中的现实结构是人类心智运作的产物,这是认知语义学中另一个基本观点。莱柯夫和约翰逊等学者都强调"若离开人类的概念结构,我们便没法接近现实"。认知语义学家明确地将概念与意义等同起来,把语义形成的过程等同于概念化(conceptualization)形成的过程。与把语义视为"concept(概念)"相比,把概念与意义等同起来旨在突出概念化主体的主观识解以及意义的动态化,强调意义的动态观。兰艾克(2000)专门论述了动态性概念化,反复强调概念化过程的动态性质。兰艾克认为,概念化是动态的,因为它展开时需要时间,心理经历也有个过程。他举例说,下面两句话使用相同词汇来描写相同客观情景,但具有不同意义:

(1)A line of trees extends from the highway to the river.

(2)A line of trees extends from the river to the highway.

被描写的客观情景完全一样,但心理上概念化的过程不一样,两句话从不同方向去观察同一行树:一句从高速公路扫视到河岸,一句从河岸扫视到高速公路。所以兰艾克说,概念化包括了心理经历的一切方面。它包括:

1. 新鲜概念和早已建立的概念;

2. 不仅包括"知识性"概念,而且包括感知的、运动的、感情的等方面的体验;

3.包括理解物质的、语言的、社会的、文化的一切语境；

4.包括加工信息时随时发展、创造出来的概念。

这是概念化动态性的根本原因。

语言中词语的意义被看作语言使用者大脑中的概念化方式。如果称它为"概念观"，就是从概念形成的过程和特点（即认知的特点）出发来定义词的意义。譬如，要想理解"斜边"这一概念的意义，就必须了解什么是直角三角形，而且知道两者之间的关系。人们在认识物质世界和精神世界的过程中难免会碰到自己不熟悉的概念和事物，在这种情况下，人们总是习惯将不熟的概念放在已知的概念里去理解。下面我们举一个泰勒（2002）的例子来阐述意义建构的动态性：In France, Bill Clinton wouldn't have been harmed by his relationship with Monica Lewinsky（若在法国，比尔·克林顿不会因为他与莫妮卡·莱温斯基的暧昧关系而遭受打击）。这种句子叫做反事实句子，因为它所描述的场景与事实相反。这个句子促使我们去设想这样一个场景：前美国总统比尔·克林顿是法国总统，他和前白宫实习生莱温斯基的绯闻不是发生在美国而是发生在法国。在这种场景下，克林顿不会因为他和莱温斯基的婚外情而在政治上受到伤害。根据概念整合理论，该例句促使我们建立一个现实心理空间（mental space），在这个空间里克林顿是美国的总统，莱温斯基是他的实习生，他们之间有不正当两性关系，这种关系被发现并且他们之间的绯闻得到确认。我们也建立了第二个现实空间，这个空间包含着法国总统及法国文化的知识，在这种文化里法国总统发生婚外情是允许的。在第三个整合空间里（blended space），克林顿是法国的总统，他和莱温斯基有暧昧关系被发现，但是没有出现绯闻。由于概念投射，使得前两个空间和第三个整合空间发生联系，从而我们能够理解现实空间之外（即可能世界里）的事情。我们了解到美国和法国在文化和道德概念上有很大区别——美国对总统绯闻事件比法国更敏感一些。这种意义是在以现实为基础的场景（reality-based scenarios）之间进行概念投射而构建的。这种整合空间产生了新的意义，尽管它是违反事实的，也不存在于百科知识之中。

第三，用百科知识观点看意义（the encyclopaedic view of meaning）。如果说语义存在于"概念化"，好像是在说意义全部在人的大脑之中。这样认为显然有缺欠。一个人真的能知道某种表达的意义吗？马上会有人反对说，语言意义是约定俗成的，所以意义存在于社会层面，不是存在于个人大脑。另一种反对意见是：一种表达方式的意义对特定个人来讲，只能是一知半解。以"电子"为例,理论物理学家有自己的理解,电学工程师有另一种理解,一位普通百姓的理解至多是模糊的、一知半解的。我们完全可以说,意义广泛分布在社团之中,不会存在于某个人的大脑。尽管以上观察都是对的,但是我们还能区分出某个个人的知识和社团的集体知识。在研究语言交际时,个人知识更基础些,但个人知识离不开整个社团的集体知识库,这就成了百科知识。

认知语义学的百科观认为语义存在于交际者的百科知识体系中,与人们的主观认识、背景知识、社会文化等因素密切相关,对语义的理解不能只在人的语言体系中进行,而是要把它置于人类知识系统中来理解。有位学者指出"在自然语言中,意义存在于人们对世界的解释之中"。比如说到woman,人们一般不会想到通过成分分析法把它语义分析为:[+Human, -Male, +Adult];更多地会想到: 有长头发,穿裙子,美丽的,喜欢逛商场的,擅长带孩子的,喜欢烹饪的,甚至还会包括社会地位等。这些都是人们基于自己的经验而获得的对事物的印象,是有关该事物的百科性的知识,它们就形成了该事物的意义。就连最简单的交流,都会涉及百科知识。小李说:"昨天小王两个小时就从北京跑到上海了。"小赵听了会立刻反驳:"胡说八道!"能这样反驳,这就是用了百科知识: 北京距离上海太远了,两个小时跑不到。这点简单知识,计算机就没有——它不会知道那是不可能的。认知语义学十分重视人类语言的语义丰富性和百科知识对阐释意义的影响。严格地说,每个词的意义都时时刻刻地在变化中: 在十句话里,同一个词就可能有十种不同的意思。比如,"大"字,多大才算大? 有一定尺寸标准吗? 在"大象"、"大猫"、"大老鼠"、"大蜘蛛"、"大蚂蚁"、"大跳蚤"等词组中,"大"的尺寸变化多么大! 这说明,第一,词的意义是与它前后的词的意义相关的; 第二,人对世界的体验告诉他词义应该随着语境变化而变化。再如,英语里的often,可以问: How often is often in the following sentences? He often finishes his homework in time. He is often late for class. He often goes to the cinema. He often visits the United States.我的感觉是: 每次都按时交作业,才算"经常"吧。每两周迟到一次就算"经常迟到"。一个月去看次电影就算"经常看电影"。一两年去一次美国就算"经常赴美"了。我相信,我的感觉与大多数读者差不了太多,因为我们的感觉都是来自于生活经历。还有那个流传甚广的关于"意思"的例子。科长提着礼物到处长家串门。处长一看见礼物就说:"这是什么意思?" 科长说:"没什么意思,就是意思意思。" 处长说:"意思意思是什么意思?" 科长说:"没啥意思,意思意思就是意思意思呗。"处长说:"你这样可就不够意思了。"科长说:"没啥。"处长说:"那我就不好意思了。"可以不夸张地说,只有彻底社会化了的人,才能较好地理解语言的意义。这里的讨论还没有过多地涉及专业知识,仅仅涉及了日常生活里的知识。有研究者做过实际调查,在一段对话中,某个词出现了15次,几乎每次其意思都有小小的变化——或宽或窄、或宽泛或具体、或普通或专业。

百科知识语义观把词或更大语言单位看成像计算机上的许多点:点击它们就能激活一个开放式知识网络。以乔姆斯基为首的生成语言学家认为,语言知识(linguistic knowledge)和语言外知识(extra-linguistic knowledge)在人脑中是分模块贮存的,在定义语言单位时前者的地位比后者地位重要得多。百科知识语义观是对乔氏知识模块论的否定,它认为,语言单位激活人脑中的庞大知识网络的一部分,使其成为当前的客观现实。百科知识语义观与晚期海德格尔的后现代主义观点如出一辙。晚期海德格尔让存在和语言直接联系,认为语言是存在的居所,语言容纳着有关世界的一切。在语言这一居所里,世界没有本质与现象之分、内容与形式之别、深层与表层之异。在这样的理论前提下,语言与语言外的争执不再具有意义。兰艾克(2008)认为,语言意义何时停止,与百科知识意义何时开始,它们之间应该是有界限的,但目前很难划清楚。一个词有其基本意义,但在语境中又会增添其他意义。兰艾克说,许多界限其实是研究者强加给语言的,不是从分析中发现的。许多词在使用时是多义的,有基本的,有边缘的,哪个意思被选择,要视语境而定。他以英语里的名词ring为例,它基本上指圆形物体,但又有"坏人团伙"、"圆圈"、"圆形场地"、"戒指"等义。他的意思是,辞典上的词义清清楚楚,百科知识上的意义相当复杂。下面是仿着他的图画出的:

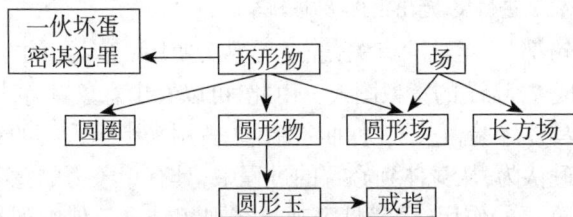

英语中ring的意义图示

第四,用原型观点看意义(the prototype view of meaning)。我们在本章第三节讲范畴化的时候,详细地介绍过原型理论。这里不再赘述。重申以下基本观点:罗丝等人通过实验发现,人类范畴化中有一特殊层次,被称之为原型范畴。这一层次上的成员有以下特点: 1. 在感知上它们有总体的形状和典型的心理影像,人们辨认它们最容易、最快; 2. 它们的名称是最常用的,在上下文中是最中性的,最先被儿童习得; 3. 范畴的大部分知识均储存于这一层次。(对"桌子",我们在大脑中立刻形成单一图像,而对"家具"则不能。)原型范畴的暗示效度(cue validity)较高。所谓暗示效度就是指它们最能令人联想起相关概念。这一层次上的范畴是人类理解概念的基础之一。在此基础上建立的原型范畴理论观点如下:

1. 范畴是凭借典型特征建立起来的"完形"概念;

2. 范畴内部的各个成员由"家族相似性"联系在一起。范畴成员的地位并不平等。

3. 范畴的边界是模糊的。

4. 范畴是有层次的,有典型和非典型之分,彼此间有隶属程度差异。

第五,**用意象图式观点看意义**(the image schema view of meaning)。意象图式是认知语义学中最重要的概念之一。一般认为意象图式的概念最初是在概念隐喻理论中被提出来的。约翰逊认为,意象图式是我们感知运动程序中一种反复出现的、动态性的模式,可为我们的经验提供连贯性和结构性。我们通过在现实世界中的身体经验形成了基本的意象图式,然后我们就用这些基本意象图式来组织较为抽象的思维,从而逐步形成了我们的语义结构,并且语言中意义的形成就可以从意象图式的角度加以描述和解析。例如:

(1) I take out a bottle of milk from the refrigerator. (我从冰箱里拿出一瓶牛奶。)

(2) I pour the milk out of the bottle. (我从奶瓶里倒出牛奶。)

(3) I pour the milk into a cup. (我把牛奶倒进茶杯。)

(4) 我把钱装进口袋,走出银行,钻进轿车。

以上例句都与"容器"有关,经过无数次使用"容器"的经验,我们头脑中就会形成"容器"的意象图式。由此,可以看出意象具有体验性,它产生于人类的具体经验,它是一种抽象结构,被用来组织人类的经历、经验、体验。约翰逊认为,从身体到心智的过程中,具有想象力的意象图式和隐喻起着极为重要的作用,也就是主观与客观相结合。他曾列举过27种最具代表性、最为常用的意象图式:"容器"、"平衡"、"强制"、"阻挡"、"反作用力"、"加持"、"吸引"、"不可数—可数"、"路径"、"联系"、"中心—边缘"、"循环"、"近—远"、"比例"、"部分—整体"、"合并"、"分开"、"满—空"、"匹配"、"叠加"、"重复"、"接触"、"过程"、"表面"、"客体"、"收集"。不论这份清单是否穷尽了人类的意象,至少列出来的近30个都是重要的、常用的、覆盖面广的。但是,物理上为什么没有"大小"? 拓扑学上为什么没有"高低"? 为什么几乎没有感情上的意象图式(如:"爱—恨"、"愤怒—高兴"等)?

莱柯夫提出了七类意象图式:"容器"、"始源→路径→目标"、"连接"、"部分—整体"、"中心—边缘"、"上下"、"前后"。他还以这七项为基础提出"形式空间化假设"。克罗夫特和克鲁兹也曾经把约翰逊和莱柯夫所论述的意象图式加以概括,把它们并为七大类:

1. 空间(上下、前后、左右、远近、中心—边缘、接触);

2. 等级(路径);

3. 容器(容纳、内外、表面、空—满、内容);

4. 力量(平衡、对抗、强迫、制止、成为可能、阻碍、转移、吸引);

5. 整体/多样(合并、集合、分裂、重复、部分—整体、可数—不可数、连接);

6. 辨认(匹配、添加);

7. 存在(移动、封闭空间、循环、目标、过程)。

这种归类能使抽象度提高一些。但是,"路径"为什么划归"等级"呢?

兰艾克(2008)认为意象的关键性概念也可以有几个"基本"层次——基本就是它们本身很重要,同时还用来构成高层的意象。如:

1. 具体经验领域的最小概念,例如:空间域里的"直线"、"角"、"弯曲";视觉域里的"亮度"、"焦点色";时间域里的"先于";"肌肉运动的感知"等。

2. 有些概念不属于任何特定经验领域,但也很基本,而且高度图式化:"对比"、"包含"、"分开"、"接近"、"多样性"、"组/群"、"点—延伸"等。这些概念比较抽象,但适用于大部分领域,因而最具意象精神。

3. 认知原型是最基本、最"接地气"的、最常用的,如:某个客观物体、在某地的特定物体、在空间运动着的物体、人体、人的面部、整体及其部分、实际容器及其内容、看见什么东西、拿着什么东西、把某件东西交给某人、与某人面对面等等。

兰艾克承认这种分类还很粗糙,它们之间的关系还没有完全解释出来,但正是这些最基本的概念让我们不断加深对周围环境的认识和理解。

第六,**用隐喻观点看意义**(the metaphor view of meaning)。关于隐喻和转喻理论,我们在本章第三节介绍了许多。这里重申几条重要观点。现代隐喻认知理论认为,隐喻在本质上是概念性的,不是语言性的。隐喻可通过人类的认知和推理将一个概念域系统地、对应地映射到另一个概念域。莱柯夫和约翰逊认为,隐喻映射是单向的,只能从具体的概念域向抽象的语域映射,不能反方向进行,而具体的语域则是同人体的直接经验相关的。人类的思维就是建构在隐喻这种现象之上。隐喻不仅仅是个语言现象,也是人类思维的重要工具。他们认为,我们的许多思维和活动在本质上是隐喻性的,我们的概念系统大多数是由隐喻构建的。他们还认为,隐喻为我们构建现实,并且成为我们未来行动的指南。他们把隐喻提高到认知的高度来认识和阐述,建立了隐喻认识理论,用概念理论来解释思维的过程、认知的发展、行为的依据。这被有些人视为"隐喻革命",在世界范围内引起极大兴趣。(参见本章第三节)

客观主义语义学限制研究人的推理,而认知语义学批判传统语义理论,强调基于身体的经验和想象,将注意力转向人类的推理。认知语义学可以解释客观主义的意义观无法解释的一些语言现象,譬如客观主义认为颜色独立于人,光的波长客观存在,但是人类的不同认知结构对颜色的范畴的认识是不同的。关于颜色词,汉语有八种、英语有八种,丹尼语只有两种,可见颜色产生于我们与世界的相互作用。此外,客观主义无法解释基本类范畴这一语言现象。客观主义意义观认为思维是逻辑的,因此概念基本元素是心理上最基本的范畴,概念基本元素组合导致复杂的范畴;只有通过与世界上事物的联系符号才能获得意义。若按客观主义意义观,"鬼"(ghost)必须是世界上客观存在的某种事物,但实际情况是"鬼"在自然界中根本不存在,而且在不同文化中"鬼"的长相也不同。所以诸如"鬼"、"圣诞老人"、"天使"、"灶王爷"之类的东西,是人脑想象和创造的产物,是一种人脑投射到世界的产物。

认知语义学借鉴了最新哲学观点,反思了以往的语义理论,与其他语义学派相比,在很多方面确实具有较大的解释力,但其本身也有很多不足之处。前面第三节最后有人(Anna Papafragou)对概念化提出的批评,同样适用于认知语义学。意义到底在哪里? 在个人大脑还是在集体心智,仍有争论; 意象图式到底如何形成不容易讲清楚; 语言意义与百科知识意义能否清楚分开? 何时只靠语言意义? 何时语言意义必须与百科知识相结合才产生意义? 二者又是如何互动产生意义的? 估计这些问题还得辩论许多年才能理出一些头绪出来。

第五节　认知语法

把认知语法(cognitive grammar)放到这里才讲,是因为他们的语法不如概念化、隐喻、语义等发展得早。当然,这么说也不十分公平。认知语法也开始于1976年。兰艾克1982年写的《空间语法》就是认知语法的雏形。他的两卷本《认知语法基础》(1987,1991)算是对认知语法比较全面的理论阐述。其他研究者也有不少著述,这里没有篇幅一一详细介绍。本节主要根据兰艾克的《认知语法导论》(2008)的前四章写成。认知语言学的哲学基础、概念隐喻等在前几节已经介绍过了,相关概念和观点不再重复。我们详细讨论兰艾克的前四章,是为了以他为代表,来揭示这些研究者的思维方式和推理过程,当然同时也就引出他们的众多概念和规则。

兰艾克开卷就说,语法一向"名声不好",一是因为它枯燥乏味,二是因为它常常被表述成一串规则,外语教学中语法是做不完的练习题。兰艾克认为语法不枯燥,是可以很有趣味的。语法不是人生来就有的一套规则,它是人们从语言中提取、总结、习得的;它不是一组形式,而是有意义的结构。语法不是死板的,而是灵活的;不是静态的,而是动态的。上千年的语法传统似乎把语法"妖魔化"了,也"神秘化"了,任何不同意见都会被说成异教邪说。他坚持认为,语法是语义的一部分。语法成分,如词汇,本身就是有意义的。同时,语法让我们组织更复杂的表达意义的方式(如词组、小句、句子)。所以语法是我们认知工具的重要部分,通过它我们才能理解世界并参与其中。但语法不是个自给自足的认知系统,而是认知系统的一个组成部分,是理解认知系统的关键。

兰艾克认为,语言的意义不仅存在于概念内容中,也表现在其内容是如何被识解的(construal),也就是说,内容也存在于语法结构之中。每一个象征结构都是语义价值的一部分,都用一定的形式阐释着语义内容。如果把内容比作风景,识解就是观看风景的角度。观看风景时,我们看见什么取决于我们的观察多么细致,也取决于我们选择看什么,对什么特别注意,还取决于观察角度。兰艾克用了四个术语来概括:详细度(specificity)、聚焦度(focusing)、凸显度(prominence)、视角(perspective)。

详细度就是准确度,也叫"粒度"(granularity)或"分辨率"(resolution)。我可以说"今天很热",也可以说"今天38度";可以说"我看见一只猫",也可以说"我看见一只大花猫"。详细度的反义词是"图式化"(schematicity),"亲戚"比"姑母"更图式化,"猫科动物"比"虎"更图式化。每个图式都有一定数量的例示。表达词语常常可以排成复杂的等级关系。如:啮齿动物→老鼠→大褐色老鼠→带口臭的大褐色老鼠。再如:热→30多度→大约35度→35.2度。句子也是一样: Something happened→A person perceived a rodent(啮齿动物)→A girl saw a porcupine(豪猪)→ An alert

罗纳德·兰艾克

little girl wearing glasses caught a brief glimpse of a ferocious porcupine with sharp quills(长刺)。句子越长,描写就越细致。但是,句子也不可过长。其实,最后一句有些不自然了。若说成 Somebody saw a ferocious porcupine with sharp quills 可能更自然些,既有图式的粗略交代,又有细致描写。很多词汇也是同样的情况。例如,"肉食动物"和"夜间活动动物"在某一方面很具体,在其他方面很粗略。动词"压碎"非常具体,但其主语和宾语往往不太具体。看来,图式化对认知非常重要,发生在我们经验的各个方面。建立图式就是从各种经验中提取其共同的东西。图式不能与具体例示分开,而是它们之中固有的特征。

图式关系对语言结构的各个方面都很重要。语义方面不用再讲了。音位方面,图式给了我们语音的自然类(如清塞音、浊塞音)和音位结构(如CCVC, CVCC)。表达语法规律的图式是象征性/符号性的(symbolic),每个结构都有两极:语义极和音位极。图式(schema)相当于约定俗成的句型表征,它提供了衡量合乎语法的程度。凡是对图式加以详解的就是合乎语法的,凡是对图式加以扩展的就不合乎语法。

聚焦度是语言表达式的内容选择和排列,让我们对认知世界的某一部分特别注意。可以把排列看成两部分:一是前景(foreground),一是背景(background)。用百科知识观去看词义,既有前景,又有背景。词义的约定俗成部分提供了认知域(cognitive domain),其详细信息提供了概念内容。核心认知域充当前景,因而更容易感知到。在特殊场合,只有一小部分特征被激活(参看第四节用过的关于ring的图示)。被激活部分的凸现程度也不尽相同。这种现象很像图形与背景(figure and ground)的关系(见下图)。

下图里,可以先看到花瓶,也可以先看到两张侧脸,也可以交替变换;它说明图形离不开背景,背景也离不开图形。语言表达会唤起背景知识来帮助理解当前的句子,当前句子唤起背景知识。说"今天很热",你不会认为气温到60℃,百科知识告诉你36℃至37℃就属于"热"的范畴。这就叫百科知识帮助你理解当前句子;同样,"天热"能唤起你

有关天气的背景知识。

前景和背景现象在叙事当中经常出现。往往把人物或情境的静态模型作为背景，好让故事事件突出出来。说话时，也可以用低声表示背景，高声表示图形。在下面几句里，斜体字母的部分表示背景：

（1）Victoria would, *I think*, make a good candidate.

（2）Victoria would make a good candidate, *I believe*.

（3）*I think* Victoria would make a good candidate.

（4）*I definitely anticipate* that Victoria would make a good candidate.

（5）*Jason stated* that Victoria would make a good candidate.

第三句里的主句可以是背景，而在第四句主句成了重点，在第五句，引用别人的话也可以是重点。在话语展开的过程中，正在出现的表达方式都依照前面的话语为背景来造句和识解。前面的话语是主要决定因素（外加语境、背景知识等）。兰艾克称之为"当前话语空间"（current discourse space）。此空间实际上是个心理空间，预设着说者与听者共享前面的一切东西。在此基础上，任何新句子都会更新当前话语空间。请看甲、乙、丙三人的对话：

甲：Will Victoria agree to be a candidate?

乙：She may not.

丙：But Stephanie will.

每一新句，都以前面的空间为基础，同时又创造出新的话语空间。许多语言成分的意义都来自当前话语空间。一个代词，必须到前面去找它指称的名词。一个否定，唤出作为背景的肯定。"当前话语空间"现象其实是信息结构：是已知信息还是待传信息。已知信息成了默认信息，新信息一旦添加，立刻成为默认信息。进一步说，刚才这几句话必须属于一个特定话语题目，题目一旦商定，不再重提，随后的话语都与此相关。

大部分语言表达式都是象征复合体。以"唇膏制造商"为例（来自英语的lipstick maker），其构成成分分层列出，最高层成为前景，最底层成为背景。新的表达式可分析性较高，旧的表达式可分析性较低。兰艾克认为LIPSTICK MAKER 是个新表达式，可分析性很强。同理，complainer 不用分析就知道是"抱怨的人"，而computer就未必都知道是计算机，propeller则知道它是"推进器"的人就更少了。

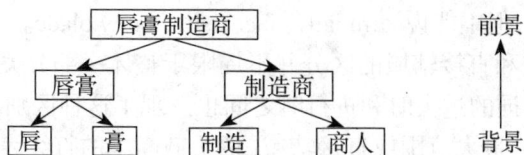

语言表达式的意义也包括它的组成路径(compositional path)。这是概念组织的一个方面,忽视它是不对的。没有任何两个表达式的意义完全相同。比方, pork 和pig meat 就是一例。即使说它们的语义结构相同,它们的意义仍然不一样,因为它们来自不同的组成路径。Pork来自低劣路径,不是由几个单个词组成;另一个是混合体,由两个词构成。意义上的不同在于PIG 和 MEAT的成分意义比PORK更突出。再如, cousin 唤起一个亲戚关系,而parent's sibling's child 则是一步一步地引导我们沿着家谱走一遍。同样, triangle 不同于three-angled polygon,尽管其语义结构一样。在triangle中,"三"和"角"的形象都不像在three-angled polygon中那样突出,可分析性也不大。

与前景和背景相关的是注意力的辖域(scope)。一个语言表达式有最大辖域(maximal scope)和直接辖域(immediate scope)。辖域跟选择什么有关系。以"肘"为例,它是人体的一部分,但通常不把它与人体联系,因为"肘"直接与"臂"联系。从中我们意识到,人体有等级关系:"人体"下面是"臂","臂"下面才是"肘"。"人体"是"肘"的最大辖域,"臂"是它的直接辖域。区分这两种辖域很有用处。请看四个等级系统,每个成分都是下一个的直接辖域: 1. 人体→头部→脸部→眼睛→眼珠; 2. 人体→手臂→手→手指→指关节; 3. 房子→门→铰链→螺丝钉; 4. 轿车→引擎→活塞→圆筒。重要的是,提到任何一个词,它就会包含在它之上的所有的词意义内容。

图中的镶嵌关系表明部分与部分之间的关系,如,"指关节"直通"手","手"直通"臂","臂"直通"人体"。层次关系有各种各样的表达形式。比如,某个部分可以用复合词表达,"手指尖"、"耳垂"、"眼珠"、"脚趾甲"、"肚脐"、"膝盖骨"、"大腿骨"、"门把手"、"窗玻璃"、"马桶座"、"活塞筒"等。有趣的是,复合名词里的构成成分词正好都是相邻层次上的成分,即:第一个成分构成第二个成分的直接辖域,也是整个词组的直接辖域。所以,"马桶"既是"座"的直接辖域,也是"马桶座"的直接辖域。如果越过层次,会造成不合规范的说法,例如可以说"门铰链"、"铰链螺丝钉",但不能说"房子铰链"或"门螺丝钉"。英语里可以说fingernail, eyelash, shoulder blade,但不能说*armnail,*facelash,*body blade。

最大辖域和直接辖域的区分并不局限于整体—部分关系上,在表达有界事件的动词的过去时和进行时之间也发现了这种区别。下图(a)是时间辖域,不分最大范围或直接辖域;两头截断了的直线表示动作本身,显示其时间进程。整个事件都在时间辖域之内。下图(b)就不同了。

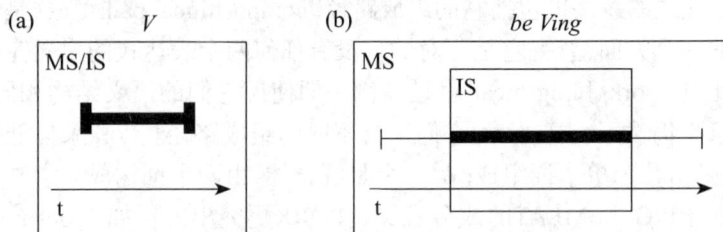

动词的进行时把一个直接辖域强加给时间辖域,而且把这个有界事件的开头和结尾都排除在外。所以才有了最大辖域和直接辖域。最大辖域包含整个有界事件,其中的一小部分落在直接辖域内,被突出出来。试比较: She examined it 表示完成动作,而且已成过去; 而She was examining it 表示该动作还在进行中。

语言结构表现出许多不对称现象,即,有些被凸显出来,有些则被背景化了。**凸显**也有很多不同形式。聚焦就是形式之一。相对于没有进入视线的,进入视线的就被凸显;前景化的比背景化的更凸显。一个范畴内,原型比其他成员更凸显。在这方面,空间和视觉比其他经验过程更有优势。有两种凸显对语法分析特别重要:第一,每个表达式在其辖域里勾画出某个次结构的简图(profile)。例如,英语名词intermission(间歇)能激活一种行为的图式作为其基体(base),在这个基体中它标示出一种按计划执行的"停顿"。一个表达式不是标示出一种东西,就是标示出一种关系,即决定其词类的特征。比如,"周一"、"周二"、"周三"等,都勾画了"一周"的某个简图,"一周"则是整个简图。因此,一个名词标示一种东西,而关系侧面则具有像动词、副词以及形容词这类词的特征。第二,关系表达式通常还具有另外一种凸显:一个参与者为"射体"(trajector),作为被勾画关系中的首要图形;另一个参与者为次要图形,称为"界标"(landmark)。例如,介词above与below的语义对比,就是要看射体与谁一致:是与纵轴上较高的那个实体还是较低的那个实体一致。下列对话中,A组是要给灯决定方位,所以"灯"是"射体",才能凸显出来,而把桌子作为"界标",因此(i)句是对的,(ii)是不合适的。而在B组中,关注点是桌子,必须把桌子当成"射体",把灯当成"界标",因此(i)是对的,(ii)是不合适的。

A. Where is the lamp?

(i) The lamp (tr) is above the table (lm).

(ii)* The table (tr) is below the lamp (lm).

B. Where is the table?

(i) The table (tr) is below the lamp (lm).

(ii)* The lamp (tr) is above the table (lm).

下面两句表示时间关系。The other guests all left before we arrived. We arrived after the other guests all left.两句的意义完全一样,"简图"也一样;区别就在哪一部分被看作"射体",哪一部分被看成"界标"。放在句首的是"射体",放在介词后面的是"界标"。不过,我们可能会问,凸显来自何处? 凸显不存在于客观世界。凸显是主观观念问题,存在于我们对世界的理解。仅仅这么说似乎不令人信服。就算在观念层面,心智中的物体也没有简图、射体、界标之分。这实际上是我们的观念化反映到表达式意义上的区分。一个物体凸显还是不凸显,取决于语言表达式强加在物体上的识解。用白话讲,就是说话人认为它应该凸显,就用语言形式把它凸显出来。"灯在桌子上"的灯是"射体",就是因为讲话人要凸显它,没有谁强迫他这么讲; 换一个语境,他也可能会说"桌子在灯下边",那时桌子又成了"射体",灯成了"界标"。再说,这种凸显关系也是动态的,随着句子加长,词汇之间的关系变复杂后,凸显关系也会变化。如, She detests the lamp above the table 中, detest又成了被凸显的部分。

现在再讲**视角**。观察角度的安排就是观察者与被观察情景的关系问题。我们的讨论中,观察者就是说话人/听话人,就是对表达式进行概念化的人。由于感知的角度不同,同一客观情形在脑海中会形成不同的主观心理映象,从而影响语言的表达形式,最终影响语法结构。如The roof slopes gently downwards和The roof slopes gently upwards两句。第一句是由上而下的鸟瞰,第二句则是由下而上的仰视。同样的客观现象,由于人的观察角度的变化而形成不同的主观感觉,从而产生"横看成岭侧成峰"的主观意象。这还算正常句子。把概念化藏在句子结构里的现象也很多。例如:

(1) It's pretty through this valley.

(2) She's been asleep for 30 miles.

(3) The trees are rushing past at 90 miles per hour.

（4）The forest is getting thicker.

第一句应该是观察者在动,不是山谷在动;翻译的话,也得说"一眼掠过山谷十分漂亮"。第二句必须是在旅行时说的话,才可能"一觉睡了30公里"。第三句,没人会真的认为"树在跑",自然会设想"观察者在移动/乘火车移动";但语法形式把观察者描写为静止,把树描写为奔跑。同理,第四句中的森林没有动,而是行走在森林里的观察者在走动,遇到的树越来越多。这四句话都把观察者描写为静止状态,把景物描写成动态,但感知的基本能力仍然让说话人/听话人感到句子不但都很正常,而且很生动。

有时,说话人和听话人不在同一地点或同一时间,造成角度问题。例如,"这里很暖和",如果说话人和听话人都在场,"这里"指他们所在的地方。如果是在打长途电话,"这里"只能指说话人在的地方。所以才可能说"这里很暖和;你那边很冷吧?"这叫空间错位。时间错位也时常发生。在录音电话里,有时会听到"我现在不在。""现在"不是指"录音时间",而是指以后有人打电话的任何时间。"不在"是"不在家/不在电话旁"。我们能懂,是因为我们对当今通讯技术的了解和我们的基本认知能力。不过,时空错位的极端例子是药瓶上的指示语:"喝前请摇晃"。发话人可能是生产商,听话人/读者就不一定了——但人人都包括了,全部时间及空间都管住了。

观察的最有利地位就是说话人/听话人。众多表达式都利用有利地位/地形来描述事件。同一事件可从不同角度描写。"在……前"和"在……后"就是典型例证。全看你决定什么是"射体",什么是"界标"。你可以说"石头在树的前面",也可能说"树在石头后面"。但是,这下面两句就得注意了:Next year will be full of surprises和Joe believed that next year would be full of surprises. 第一句,"下一年"指从说话时间开始以后的365天;第二句的"下一年"从主句说话时间开始算起。最好情况是表达式中的时间与事件发生时间是一致的,这叫时间象似性(iconicity);否则不够自然。如: I quit my job, got married, and had a baby和I had a baby, got married, and quit my job–in reverse order, of course.第一句是自然的,第二句别扭,只能是在回答这个问题时才能用: What are the most important things that happened to you last year? 对第二种回答,听话人要对事件重新概念化,回溯到原来的"事件顺序"。再如: A dead rat lay in the middle of the kitchen floor.和 In the middle of the kitchen floor lay a dead rat.两句成分完全一样,但意义却不同。其语义反差不在描写的客观情形上,而在心理上如何"触摸"它。第二句的语序不太正常是为了保证已知信息先于待传信息,还得允许引入一个语法主语。兰艾克用下图表示事件顺序、感知顺序、表达顺序：

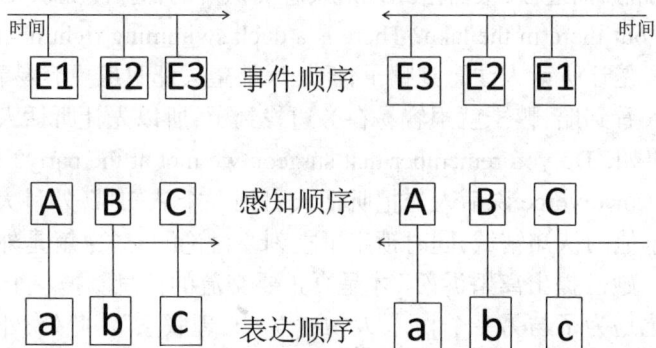

信息结构错位的情况也时常发生，也都是有道理的，符合认知的。请看下面两句：Your camera is upstairs, in the bedroom, in the closet, on the shelf和Your camera is on the shelf, in the closet, in the bedroom, upstairs. 第一句是把"镜头"越推越近；第二句是把"镜头"越拉越远。第一句更像汉语结构，我们加工起来更快；第二句才是典型的英语顺序，更符合他们的语言习惯。但是出于某种考虑，英国人也会用第一句的形式。这两句说明，语序变了，语义是有区别的：尽管它们唤起的空间方位相同，但概念化的时间路径/先后顺序不同了。

　　下面两句又显示了心理扫描（mental scanning）问题。观察者对被观察体已有感知，并且开始心理扫描，但扫描的方向可以不同，是从河岸向上扫描还是从小山向下扫描，方向不同得出不同句子表达式：The hill gently rises from the bank of the river和The hill gently falls to the bank of the river.两句反映的基本事实相同，但意义还是不同：细微差别就在于观察者的心理扫描方向有别，尽管都是连续性的扫描。不过，心理扫描也不局限在空间上。下面三句，有的从一个物种扫描到另一个物种：Gestation period varies greatly from one species to the next.（孕期因物种不同而不同。）有的是从一个（衣服的）尺码扫描到另一个尺码（此为分立式的扫描）：I'll never get into a size 8, and a size 9 is probably still too small.（我永远穿不进8号的，就连9号可能也太小了。）甚至可以从一种数学科目的难度扫到另一个数学科目的难度：Don't mention calculus—elementary algebra is already too advanced for him.（别说微积分了，基础代数对他来说都太难了。）

　　对语法结构特别重要的心理扫描是参照点关系（reference point

relationship）扫描。这种扫描的心理路径是分立式的，把每个物体都凸显化，一路扫描过去，最后落到说话人想要识辨的物体。如，Do you see that boat out there in the lake? There is a duck swimming right next to it.说话人本意是让听话人注意到鸭子，但是远处望去那只船更容易看到；一旦听话人看到船，鸭子就很容易在旁边找到了，所以先让听话人注意那条船。再如，Do you remember that surgeon we met at the party? His wife just filed for divorce.说话人先把听话人引到一个认知域（外科大夫），是为了缩小他的认知辖域，同时锁定了立刻要讨论的对象：就是外科大夫的夫人，"她已提出离婚诉讼"才是真正要交流的信息。把一个物体/人物概念化是为了与另一个物体/人物建立"心理联系"。此处，外科大夫是"参照点"，通过参照点来找到的物体/人物叫"目标"（target）。通常，一个参照点能带出好几个"目标"，构成一个"领域"（dominion）。一个参照点常常与概念内容混在一起，如空间接近。其关键的语义输入都在心理扫描上：先凸显参照点，就使目标可以接近了，这是十分完美的动态加工，因为加工时间的前进方式才是构成其价值的关键所在。如下图所示：第一步找参照点，第二步找目标；时间顺序决定了方向性和其不对称性。首先，参照点为焦点，它唤出众多可能的目标成分；一旦确定目标，参照点不再是焦点，注意力转移到目标，此时，目标成了焦点，而参照点成为背景知识。

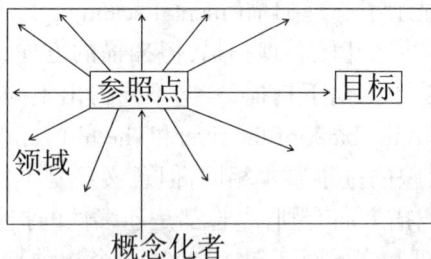

有时，有一系列的参照点，构成参照点链："哈里的堂兄的律师的私人医生"（Harry's cousin's lawyer's therapist）和前面例句中的"楼上，卧室里，壁橱里，架子上"（upstairs, in the bedroom, in the closet, on the shelf），都是一个参照点激活另一个参照点，然后它又激活第三个，依此类推，最后落实到目标。

兰艾克说，他们的语法是经过缜密分析后才得出语义结构的各种特征的。他们的证据有三方面的来源。一是有关认知的信息（独立于语言的认知）；二是为了合理的语义描写所需的知识；三是验证他们的理论构建是否能支撑认知语法。第一种证据是：认知语法里的一切描写框架都基于可以证明的认知现象。其中，许多与视觉同源，也涉及其他领域。如，关于注意力集中的问题，视觉和听觉中都有，还存在于非语言思维之中。再如，我们可以用视线扫描一个场景，也可以用心理扫描它（前面的例句中都出现过了）。参照点的运用更是普遍。凡此种种，都在语言中具有意义功能。第二种证据是实际例证。例如，"射体"和"界标"的联配，用来区分内容相同而意义不同的表达式（如，before—after，precede—follow，have a parent—have a child）。几个为数不多的框架可以解释很大范围的不同语言事实（前景—背景，射体—界标，图形—背景，直接辖域—最大辖域等，覆盖许多语言现象）。第三，兰艾克认为，他们的理论构建得到了很有力的支持。如，"简图"（profile）概念对定义语法范畴特别有用。可以用"射体"和"界标"来定义"主语"和"宾语"。前面讲的"直接辖域"对解释进行时很有用，也对解释整体—部分关系有用处（例如，eyelash—*facelash，shoulder blade—*body blade等）。他们还调查了不少被试，让他们判断ring是否既是"圆形玉"又是"（斗牛）场"，属于多义词；还问他们是否computer比propeller容易识别。兰艾克和他的同事得到许多人的帮助，认为这些被试的判断有力地支持了他们的理论。他们还研究了不少来自其他语言的现象，都证明了他们的结论。

　　现在介绍第二章的主要内容：语法范畴。开宗明义：像名词、动词、形容词、副词等范畴真的存在吗？传统上只用形式定义语法范畴遭到质疑，语法范畴用意义定义能行得通吗？兰艾克认为，传统语法对这些范畴的定义是不科学的，常常前后不统一，可以用意义来定义语法范畴，至少那些被视为具有普遍性的（存在于许多语言和许多结构中）、关键的范畴是可以用图式概念来定义的，比如名词和动词。最难处理的是存在于一种语言中的具有某种语法特性的范畴，如英语里的bring，seek，fight，buy，catch，teach 等的过去时该用何种形式，没有规律性。就连名词和动词都有人否认可以定义，说有些语言中每个词都既是名词又是动词。兰艾克说，这也没关系；认知语法认为，词汇和语法是个连续体；名词和动词在语法描写中扮演一定角色；它们可以只有概念内容，词性只有在特定结构里才能决定。不过，一个词项总出现于某种结构，最后可能就被认为它属于某个词性。认知语法仍然使用传统词性术语（名词、动词、形容词等），但定义标准不同了，所以最后定的词性也可能不与过去的词性重合。过去的语法范畴定义是根据一个词出现在什么位置，也叫语法行为（grammatical behavior）；由于不同语言有不同结构，致使这种定义很难具有普遍性。所以，认知语法建议，不以范畴为基本单位作为定义的标准，而以"构式"（construction）为基本单位作为定义的标准。用构式来定义每一种语言的范畴。要有一个梦想框架说明一个构式中能有多少成分出现；在另外一些构式中，要允许特殊类别不用明确定义（如前面提到的那些动词的过去时）（不过其成分也不可太过于任意）。以构式为基础定义出来的类别有不同程度的语义联系或音位联系；它们之间的相同之处也许少得可怜。但是，在相同构式中同现本身，可能说明它们在语义/形式上是有相同之处的，是相互可以预示的。这些有规律的语义特征并非随随便便的。有许多意念（notions）描写语法行为的能力特别突出，覆盖众多语言，都指向构式为基础的类别。有的意念认知性能明显，吸引着固定词汇搭配在特定构式中出现。最有普遍性、最基本的范畴聚集在典型范畴周围，也聚集在基本认知能力周围；基本认知能力可能与生俱来，它显现于典型范畴，又产生典型范畴。普遍性代表着范畴原型；认知性能为范畴原型提供图式描写。以名词为例，原型是个物体的概念，它的出现来自于概念具体化的基本能力。

决定表达式的语法范畴的不是其概念内容，而是它的"简图"的性质。简图应该在范畴化中起一定作用。如，"球棒"（bat）的内容包括能抢起来的、又长又细的、用来击球的木棒。这个辖域是它的意义的核心，无论它是名词还是动词。英语里可以说：He uses a heavy bat.也可以说：It's your turn to bat.所以，它是名词还是动词全看它构成什么样的"简图"或它"简单勾勒"什么东西。我们用一个最具广泛性的词来代替一切对象（物体、关系、数量、感受、变化、方位、维度等），叫它"实体"（entity）吧。所以，一个名词"简单勾勒"一件东西，即"实体"。此后，"实体"就是极其抽象的术语了。它可以代表简单的非过程关系、复杂的非过程关系、过程等关系。另一个抽象术语是"关系"（relationship）。在示意图里，"实体"常用四方形代表，"物体"（thing）用圆圈表示，"关系"常用带箭头的横线表示。"关系"中，最重要的区分是"过程"（process）和"非过程"（non-processual）。请看兰艾克的图示：

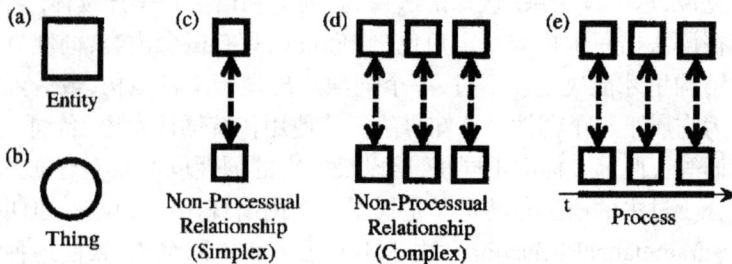

"过程"在时间里发展；时间中的进化成为焦点，成为前景，而不是背景。如果一个"过程"在每个时间点上都表达整体关系，那就叫"复杂体"（complex）。没有这种特性的，叫"非过程"或"简单体"（simplex）。有的简单体也有时间维度，但其时间变化不明显。如，下句里的介词on：She is sitting on the roof. 在此，时间维度被视为背景，所以是没有过程的，即静态的。而在：She climbed up onto the roof 中，onto 勾勒出一幅空间关系图，在时间里发展，描绘了动作的路径，像多次曝光的照片，自然是动态的。现在，可以给动词下定义了：**动词就是"勾勒'过程'简图的词"**。传统上的形容词、副词、介词、小品词都不勾勒过程简图，所以被排除在外，它们都归为"非过程"性的词。兰艾克用英语的choose，chooser 和choice 来具体说明，choose涉及一个"射体"、一个"界标"，有心理活动，有时间维度和变化，表现动态的过程，所以是动词；而chooser 和 choice没有过程，没有时间维度，没有相应变化，是静态的，不是动词。

对于名词来讲，原型作为范畴原型是对一个物体的概念化。对于动词来讲，原型是指对在动态事件中积极参与者的概念化。兰艾克把这类事件描写为像"打台球"。他说这个世界也像打台球。世界上许多物体都在运动，有的自己动，有的被别的推着动；然后互相撞击，能量从一个物体传到另一个物体。其结果就是引起别的物体运动和互动。这就是我们看待世界的基本认知方法。动词和名词也像在这个世界上的物体，有的动，有的被别的物体推着动，这一角色伴随着它们的基本语法范畴身份。区别最大的两个范畴在原型中看得最清楚。所以名词和动词是两极，其基本特征区别最大。名词的原型特征是：

1. 一个物体是实体材料构成的；
2. 我们把物体想象存在于空间，它是有界的，有自己的方位；
3. 另一方面，在时间上，它可以永远存在下去，没有固定时间维度；
4. 在概念上，物体是独立自主的，因为我们对其概念化时不考虑它参与的事件。

动词的原型特征与名词正好相反。它们的特征包括：

1. 互动本身不是物质的，动词是变化和能量交换构成的；
2. 所以一个事件主要存在于时间，其时间是有界的，有自己的时间方位；
3. 一个事件在空间的方位是分散的、衍生的，因为它的方位取决于参与者；
4. 这是因为，事件在概念上是不独立的；

因为我们对事件的概念化离不开对参与者的概念化,因为是参与者的互动才构成了事件。原型太基本了,而且无处不在,我们往往不太注意它们了,把有些认知能力看成理所当然了。有四项能力尤其如此:分组的能力,具体化的能力,理解关系的能力,顺着时间追踪各种关系的能力。这四项能力不容置疑。有了它们,对动词和名词的图示描绘才成为可能。

先看名词图式。人类分组能力很强,我们能根据相同度和联系性立刻把物体分成小组,然后还把小组看成更高一级的概念的一个成员,这叫"具体化"(reification)。我们可以把"物体"(a thing)定义为"分组和具体化的产物"。这属于一般认知现象,所以不局限于空间或感知;任何领域里的组成成分或任何概念组织层次都会出现"物体"。以"烹饪法"为例。它不占地方,不在空间存在。按照我们的定义,它的构成成员是做菜时的每一步骤。多个步骤构成一个整体,相互联系,有时间顺序,是一个概念。"委员会"也算个"物体"。"瞬间"也是"物体":它有成员(秒、微秒),以时间点构成时间连续体。它作为一个小单位,往上去构成一刻钟、一小时、一天、一周等等。十个士兵组成一个班,三个班组成一个排,三个排组成一个连,四个连组成一个营,三个营组成一个团,六个团组成一个师。理论上可以无限组织下去,单位越来越大,而人之负担并不造成困难。

把名词定义为"**勾勒一个物体的简图**"似乎可行。第一,图式概括允许名词包含许多能分开的个体。如以下名词:group, set, pair, collection, stack, team, orchestra, row, archipelago, trio, constellation, list, association, library, silverware, repertoire, herd, flock, colonnade, tribe, family, bunch, alphabet, chord, squadron, forest, six-pack, deck [of cards], choir, staff, [offensive] line, crew, colony, place, setting, litter [of kittens], fleet, triptych, convoy, lexicon, audience。这些名词都是由个体单位组成的,然后组成大一点的单位,成了更高一级名词的成员。一个物体是一则互相联系的实体,然后成为更高概念组织的一个实体。前面讲过,"实体"未必是分立式,认知上也未必凸现,也不一定个个分开。因此连续体也可以勉强为"实体"。如,一块板子。它可以被看作无数块小板子组成的,被无端地定为有界了,它们集体占领该联系空间。我们不用分立式认知,却能把连续的东西视为可以个体化,同时又还原它为整体,这是了不起的认知能力。这正好是分组化和具体化结合的魅力,也是物体特性之一。放眼望去,许多东西都是既是连续的又是有界的。"一片水"就是例子:是连续的,同时又是有界的;还可以有"多片水"——既有空间连续性,又有分立式特征。

这里还没有讨论抽象名词的问题。不过，我们讨论的是名词认知可能性，所以这种图式框架很可能适用于抽象名词（参见兰艾克的《导论》第五章）。此处至少证明了，用语义定义词类是有希望的。

再看动词图式。动词图式预设了人类两种基本认知能力：理解关系的能力和沿着时间追溯关系的能力。虽很明显，这两种能力也很微妙。理解一种关系实际上要对诸多实体进行概念化。然后要把两种概念纳入一个"加工窗口"（比如：记忆、想象、或观察），进行统一"消化"，再建立它们之间的联系。如果听见个什么声调，一小时以后又听见一声，你会认为它们没有联系。如果仅隔几秒钟就又听到一声，几秒后又一声，你会认为它们有关系，一声高一声低，一声长一声短——什么意思？这就叫"在关系中感知事物"。两个事物相连，就组成另一个实体。实体与实体再相连时，我们或者聚焦于它们的关联上，或者聚焦于它们的集体/小组上。这时我们会把它们的集体性加以概念化，将其视为更高层次里的一个"实体"（如前面说的，三个班组成一个排）。当A作用于B时，在每个时间点上都是单个简单关系；随着时间的推移，就产生多个简单关系，结合起来就成为一个复杂关系。一个球沿着坡往下滚，用照相机拍下来，是一张接一张的"静态"关系，用录像机拍下来，就成了无缝隙连接的一个整体关系，既有空间外延又有时间外延。这种扫描就是我们沿着时间追溯关系。

按经验感受说，理解一个事件就像看一场电影，而不像看一系列照片。对一个事件的感知是连续的，不是分立的；不能把事件分成一块一块的，也不能去独立观察某一块。我们对事件进行概念化时，是无缝连接的。事件里的每一个"状态"就像"实体"里的组成部分。我们看到一个又一个的"状态"时，叫"顺序式扫描"（sequential scanning）；也可以设想把一系列"状态"一字排开，同时观看他们，这叫"终结式扫描"（summary scanning）。两种扫描并不互相排斥，而是正常观察事件的两个方面。回忆一个事件时，可以一幕一幕地回忆（顺序式），也可以作为整体回忆（终结式）。顺序式扫描是个"过程"，终结式扫描是"非过程"。我们现在可以给动词下定义了：**"勾勒出过程的简图的词是动词"**。

现在讨论其他的关系词类。按照前面说的"打台球"的比喻，动词和名词毕竟是"两极"的关系，代表着最典型、最明显的"事物"和"关系"。世界很复杂，两极之间还存在许多中间地带：有的名词表达关系；有的动词表达非过程；它们就是传统上说的介词、形容词、副词、动词不定式、分词。讨论动词和名词时，已经发现有不同"自然类"的词性，它们都属于表达关系的词。区分这些词时，还要增加一个维度，那就是它们涉及参与者(participant)的数量和性质。有的通过识别、评论、描写某个参与者将其凸显出来,成了"射体",而把另一个参与者降为"界标",还有的把两个参与者都凸显,就出现两个"射体"。英语里的swallow就是一例:吞噬者和被吞物都是"射体"。本来"射体"和"界标"是按意义区分的,现在又可以用它们来区分表达关系的词了。只有一个参与者的动词也没问题。如rise,它描绘自己的"射体"在空中向上移动,勾勒的关系是"射体"周围的空间。相对于"射体",这些空间既不个体化也不分离出来,更不进入焦点。再看形容词pretty, tall, stupid 等,都把它们要形容的"射体"放在一个量表之中,从而反射出它们在量表上的位置和特质。这里也只有一个"射体",用不着"界标",因为形容词本身既显示出了特质,也代表了量表。试想,a tall boy 一定比一般男孩高些; a pretty girl 一定比一般女孩漂亮些; a stupid person 一定比一般的人笨一些。(当然,这里还没有考虑文化因素。在中国, a tall boy 大约180厘米左右;在美国, a tall boy 可能是190厘米左右。)

　　另一类关系表达式有点特殊:一个参与者的不同方面被凸显出来。试分析square。对它的概念化涉及好几种心理活动,要评估不同部分之间的关系:有四个边,都是直的,相对的两边是平行的,相邻的两边成直角,四个边一样长。这些加在一起构成square的"简图"。而且square的名词和形容词是一样的"简图"。它们的概念内容是一样的,一个是"物体"——正方形,一个是该"物体"形状——四方的;不同的是:名词勾勒的是物体的简图,形容词勾勒的是对轮廓的评估简图。还有更奇妙的关系。我们知道,关系总是要唤出参与者。所以核心参与者是关系的重要部分。但是,凸显不是客观存在的,而是人的主观意念,全看说话人如何决定表达式的结构。因此,当客观情况完全相同时,也可以用不同表达式凸显不同参与者。兰艾克举的例子:(1)新娘拥抱了新郎。(2)新郎拥抱了新娘。(3)一对新人互相拥抱。新郎和新娘参与的程度是一样的,但说话人还是可以突出不同参与者。三句话的示意图如下:(a)中,新娘是"射体",新郎是"界标";(b)中,新郎是"射体",新娘是"界标";(c)中,新郎和新娘都是"射体"了。

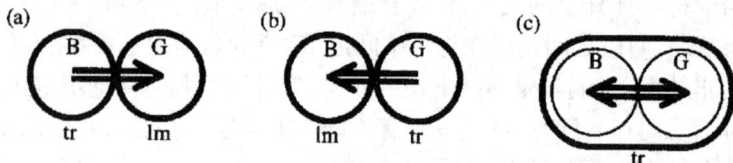

这个例子说明,被凸显的参与者不限于某个概念组织层次,也不限于人或物。表达关系的句子里的"射体"或者"界标"本身就可能成为一种关系。在 Their baby was born in July 中, in 的"射体"是个过程: their baby was born。在I intend to complain中,"界标"是个动词不定式 to complain。 在The guests all left before she got there 中,"射体"和"界标"都是过程: the guest all left 和 she got there。

形容词和副词与介词不同,它们只有一个核心参与者,而介词有两个。如何区分形容词和副词呢? 请看下图:

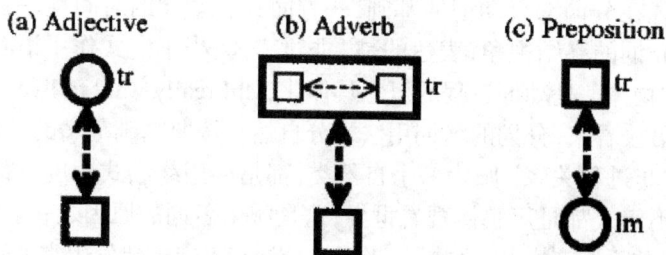

(a) Adjective **(b) Adverb** **(c) Preposition**

图(a)是形容词(黑方框),它的"射体"是个"物体"(记住: 此处"物体"是抽象的,代表任何东西,包括人)。图(b)是副词,它的"射体"是一种关系(大黑框里面的两个小黑方块之间发生什么关系了)。图(c)是介词,它有两个核心参与者,一个是"射体",另一个是"界标"。这样一看,三个词类的区别一目了然: 管一个"射体"的,管两个"射体"的,一个"射体"和一个"界标"的。

传统语法把副词定义为修饰动词、介词、形容词、或另一个副词的词。它们都是用来勾勒关系轮廓的,在认知语法中正好构成一个自然类。图(b)中的"射体"是表示一种关系的,但是是一种中性关系。副词与形容词区别比较小,最小时可以在 work fast 和 fast worker 中找到,二者都描写一种活动进行得很快。区别在于: 副词凸显的是活动本身,形容词凸显的是行为者。介词与"射体"性质没有关系。介词的明显特征是给予某"物体"一个次要地位,即"界标"。该"界标"通常是介词的宾语(如, under the bed, with a screwdriver)。同一个介词既能用作形容词(这时它的"射体"是"物体")(如: the last weekend in August; the dust under the bed; a boy with a screwdriver),又能当副词用(这时它的"射体"是一种关系)(如: They got married in August; It's hot under the bed; She opened it with a screwdriver)。这种重叠本身说明,传统语法的词性分类并不十分科学。

动词和介词都表达事物之间的关系,二者有何区别呢? 概念内容应该是相同的,比如,enter和 into 的概念内容是一样的。区别只在识解上:动词有时间维度,介词没有。动词唤起设想时间,并沿着时间轴描绘动作全程。介词的时间维度没有排除,但它也没有被凸显,始终处于背景角色或压根不出现。再说,动词凸显时间,对动作状态一一扫描,介词仅仅做终结式扫描。动词与动词不定式有什么不同吗? 如, enter, to enter, 与 into 有何不同? 单说不定式没有时间维度是不够的,因为介词也没有; 其实,区别是在刚刚提到的第二方面上:不定式动词对事件是终结式扫描。所以,我们可以说,不定式一半像动词,一半像介词。动词不定式和现在分词都有动词的基础,一方面具有动词的时间性,另一方面又具有介词的终结视角,表达的是"非过程"。当不定式作主语时,它勾勒的是"物体",是动词过程的概念具体化,如 I really want to live forever。在认知语法看来,分词的名词用法十分自然。按照基础范畴的观点,"事物"和"非过程关系"归为一个自然类,都是采用终结式角度看待事情。分词和不定式都是用整体观看世界,这是派生名词的原因之一。第二原因是把"关系"勾勒成"事物"。当现在分词和不定式要发生类似转变时,词形上也应该有点变化,否则就被划归名词了。这种"简图勾勒"上悄悄的变化在语言里比比皆是。它们的语法标记是有意义的,例如它们暂停了顺序式扫描,而且终结式扫描是分词和不定式唯一的共性。不定式保留了动词的基本特征,但对动词过程的影响很小,而分词对动词过程影响较大,往往增加一个维度: 进行中/已过去(即现在分词和过去分词)。

写到这里,我们总结一下:兰艾克所提倡的认知语法主要从人类的"认知和识解"角度研究语言结构,以及人类语言系统的心智表征,克服了传统语法过分强调客观标准、忽视主观认识的倾向,充分考虑到人的认知因素在语言结构中的反映,开创了语法研究的新思路。从他的论著看来,他认为自己的认知语法本身就是一种构式语法理论。大部分认知语言学研究者认为,构式(construction)是认知语法的核心。详情参考下一节: 构式语法。

第六节　构式语法

构式语法翻译自Construction Grammar。此处的construction与传统语法里"结构"不太相同,它有自己的特定含义。创建构式语法的代表性人物有: 费尔默、凯、莱柯夫、戈德堡、克罗夫特、兰艾克、泰勒等。尽管在这一理论框架中进行研究的学者具体观点不尽相同,但是他们具有

约翰·泰勒

共同的学术理念。

构式语法的产生不是偶然的,与当代语言学发展的大背景有直接关系。这个历史背景与产生认知语言学背景是一致的。第一,构式语法是对乔姆斯基的形式语言学理论反思的结果,因此只有了解乔姆斯基的学说(参见本书第七章),才能懂得构式语法的理论主张。构式语法也认为语法有生成性,但没有转换性;语法不是生成派所说的"副现象"(epiphenomena)。不同的语法结构具有不同的语义值或语用功能,语义和语用之间不存在变换关系。第二,构式语法是认知语言学的一个分支。不过,构式语法与典型的认知语法所讨论的语言现象和采用的分析方法差异比较大。两者的共同点主要在于它们具有共同的语言哲学观(参见本章第二节)。构式语法认为,语法本质上是一种符号,由小的符号单位构成大的符号单位,单个的词和复杂的语法结构都是一种符号,词和语法结构之间没有截然的界限。语法结构是人们长期使用语言而形成的"格式"(pattern),相对独立地储存于语言使用者的大脑之中。构式语法认为,语法结构是任何语义和形式的匹配(assemblies),而且形式和意义的某些方面不能直接从构式的组成部分或者其他已建立的构式中推出来。这个"构式"的定义就把大大小小的语言单位都囊括进去了,包括最小的形义结合体——语素和各种复杂的句式。该定义的理论基础就是兰艾克的认知语法。(本书第五节讨论的认知语法很明显地表现了这一点。)第三,创立构式语法的大本营是加利福尼亚大学伯克莱校区,费尔默和凯都长期在这里工作,戈德堡又是该校毕业的博士。费尔默是"格语法"的创始人,后来又提出了"框架语义学"(frame semantics),它与构式语法十分相近,被人称为"孪生姐妹"。构式语法继承了费尔默重视语法形式背后的语义问题的学术思想。他们详细研究了英语惯用语(如let alone)的句法和语用特性,探讨其中的规律和系统性等。惯用语和这些低频率的语法结构的特点之一,是容易确定它们的形式特征和语义值,很自然地诱导人们去思考形式和意义之间的关系。另外,莱柯夫把他的认知语法看成是生成语义学(generative semantics)和格语法的衍生品。他的语法与构式语法有几条相似之处:

1. 语言是普通认知的一部分;
2. 语言的基本功能是表义,语法应该直接表明形式和意义的关系;
3. 如果承认表义是语言的基本功能,语法就应该尽可能地在意义的基础上对形式作出解释;
4. 语用就是交际语义;语用和语义使用同一理论框架。

　　除了let alone的例子，他们还详细研究了by and large, all of a sudden等多个习语(idioms)，发现它们的构造、意义和功能都有各自的特点，都不能从一般的语法规则推导出来。即便是按照语法常规组合起来的词汇或句子，只要它们的意义独立于组合成分的意义，或者不是成分意义的简单相加，那么它们同样也是构式，如英语中的red tape(官僚作风)，blue collar(蓝领工人)，white elephant(无用的累赘)，white lie(无恶意的谎言)，它们的意义都不能通过一般组合规则推导出来。构式不仅仅局限于词汇层面，也存在于句法层面。例如英语中有像Jane slept the whole trip away; Elizabeth knitted the whole week away; She danced the night away 等句子，它们就构成一个构式。它的意义也无法从词汇成分的意义推演出来。这一构式的句法无法用传统的语法规则来解释，生成语法对它也束手无策。再如the more, the more的表达式。本来the是用于修饰名词的定冠词，这里与一个比较级连用，引导出一个子句，两个这类的子句并列放在一起，表述两种事物之间的共变关系。传统的语法规则无法解释这一表达式的构造和功能。

　　构式语法认为，构式的意义既是语义信息，也包含焦点、话题、语体风格等语用意义。所有这些与构式的关系都是约定俗成的，是构式本身所具有的表达功能。因此，即便是可用语法规则推理得出的句式，如果其语用意义比较特殊，它也同样属于构式。从形式上看，英语中的句式What is it doing there? 是一个按照语法常规组织起来的特殊疑问句。然而它的有些实例具有特殊的意义或功能。例如，What's your name doing in my book? 显然不是询问你的名字在我的书里干什么，而是在指责当事人有不道德的行为(偷偷把自己的名字塞进别人的书里)。此类特殊用法就是构式，它的不可预测性体现在用法上。可以认为，形式、意义和功能(语用)的不可预测性是判定构式的标准。

　　不难看出，语言中最有可能成为构式的，是那些不按照语法常规组合并且具有独立意义的各种习语、惯用语等。然而有学者认为，最小的语义单位——语素——乃至再高一个层次的词也属于构式，它们同样是"形式与语义及功能的结合体"，因为它们的意义同样是无法预测的。作为句型，它们具有独特的功能，如双及物句型表达物体传递的意义。广义的构式仍然符合其"形式与语义及功能的结合体"的定义。至于抽象的句型，虽然可用一般的语法规则来解释，但它们的整体意义并不是其组成分子意义简单的相加，而且这些句型都有自己独特的功能。因此，其整体的意义和功能也都是不可预测的。(参见本章第五节)

构式语法有几个基本概念,对理解这种语法至关重要。最关键的是 "构式",作为构式语法的一个技术性术语,它是一个抽象的表征实体,是规约性模式,为允准(licensing)合适的语言表达形式提供了一个普通的 "蓝本"(blueprint)。一个构式可以是像短语结构之类的非常简单的构型(configurations),也可以是非常复杂的结构模式(patterns),包含有句法、语义和语用等不同层面的信息。因此,构式语法是一个多维框架。在这个框架里,各个层面的信息都是同等重要的,构式的唯一差别在于使用这些信息的多寡、简单或复杂。在构式语法里,构式表明语言运用者在交际活动中掌握的和所使用的语言规约性知识。这些规约性的知识包括: 1. 形态句法特征信息。如: 构成成分之间的结构关系(如 hot water);构成成分的顺序信息;具体成分的词位形式(比如,词位格、具体动词形式、补足语、关系词语)。2. 语音形式或韵律信息(语音、语调、重读)。3. 意义或功能信息(主要指语义角色,如施动者、受动者等。语义角色把谓语动词论元的词汇意义及其句法形式联结起来)。4. 语境信息(一些构式必须考虑语域、社会价值观、语用推理等语境因素)。

第二个主要概念是 "构件"(construct)。"构件" 是被构式允准的话语类型,如词、短语、句子等。它不同于构式。构式是抽象的,构件是具体的,是指实际出现的句子、短语等这些具体的语言表达形式。从最小的词,到词组(如under the table),到复杂的句子(如From the pitcher's mound to home plate, the grass has all been worn away.)组成一个构式连续体(constructional continuum)。

第三个是 "语法构式"(grammatical constructions)。语法构式是 "象征符号"(symbolic signs),代表语法分析的 "砧板"(basic building blocks)。这些符号不局限于词,可以是各种形式,如词位、短语、句子或语篇。以英语pins为例, pins 是由抽象结构[[PIN]/[pin]]和象征结构 [[PL]/[-z]]汇集而成的构式。具体来讲,象征结构[[PIN]/[pin]]是语义结构[PIN]和音位结构[pin]的配对。两个结构汇集在一起成为 [[[PIN]+[PL]/[pin]+[-z]]]。

第四个是 "构式语法"。凯把构式语法定义为:"非模块的、生成的、非派生的、单层级的、以一致为基础的(unification-based)语法研究方法,旨在囊括所研究的各种语言的现实情况,还包括语言与语言之间的、语言内部的普遍性。"

一个构式的组成部分之间的对应关系有三种: 象征关系(symbolic relations,或称 symbolization)、范畴关系(categorizing relation)、组合

关系(syntagmatic relation)。象征关系是指一个象征单位的语义场结构(structure in semantic space)和音位域结构(structure in phonological space)之间的对应关系。换句话说,一个象征单位的音位域结构象征着语义场结构。在一个构式里,语义结构和音位结构之间的对应关系为整体对应关系(global correspondence relation)。这个整体关系可以分解为语义成分和音位成分的对应关系等局部对应关系(local correspondence relation)。范畴关系是一种垂直(vertical)对应关系。范畴关系比较突出的是图式—实例(schema-instance)关系,也可以说是图式范畴与实例范畴之间的关系(如“家具”和“椅子”的关系)。图式范畴是一个比较粗略的表征,表示比较抽象的、概括的音位/语义特征。实例范畴是一个比较精细的表征,表示比较具体的、详细的音位/语义特征。实例范畴为图式范畴提供许多具体信息(specification),丰富图式范畴的音位/语义特征内容。比如,[ANIMAL]和[DOG]是图式—实例范畴关系。实例范畴[DOG]是一种[ANIMAL],具有哺乳的、四条腿的、食肉的、受人宠爱的等特征。当然,还可以区分次范畴、次次范畴等。[BORZOI](俄国狼狗)可以看作次范畴[DOG]的次次范畴。组合关系是一种水平(horizontal)对应关系,即根据组成部分之间的对应关系,把语义场、音位域或抽象域的组成部分整合成一个合成结构(composite structure)。组成部分之间的对应关系是说这些部分之间存在着一些重合的地方(some point of overlap)。以语义场为例,the cat out of the bag 中,组成部分[CAT]和[BAG]分别凸显两个具体实体; 组成部分[OUT-OF]凸显一种关系,即某物从某地出来。[OUT-OF]与[BAG]对应时凸显“界标”,与[CAT]对应时凸显“射体”。

还有一派构式语法不得不讲,那就是克罗夫特的激进构式语法(Radical Construction Grammar)。作者采用非经典范畴结构和以使用为基础的模式,说语言研究堪称实证性研究,提出语义图理论、类型学句法空间、构式组织原则等,建立了一个句法最简模型。他提出三条基本观点: 1. 构式是句法表征的基本单位,语法范畴只能用构式来定义,不能用其他方法。2. 句法结构关系是指一个构式与组成该构式的句法成分之间的部分—整体关系。3. 不同的构式有不同的语法范畴; 不同的语言有不同的构式。

激进构式语法摈弃“句法范畴是句法表征的基本单位”的猜想,主张“构式是句法表征的基本单位”。因为构式可以用来界定句法范畴,句法范畴实际上扮演的是构式组成成分的角色; 它是从构式中派生出来的。比如,界定一个动词是否及物,要看它出现在什么样的构式里以及充当什么角色,也就是看它与构式的关系。出现在及物构式里的动词就是及物动词,反之就不是。那么,及物和不及物动词之间的共同点如何解释呢? 这些问题属于次范畴问题。句法次范畴都必须回到语言中去验证。动词范畴的次范畴应当到动词范畴出现的另一个构式里去验证。为此,激进构式语法设立了一个构式分类网状系统(taxonomic network of construction)。

激进构式语法发现,出现在自然话语中的都是构式; 在交际中,我们听不到贴着范畴标签的单词,而是一个个具体的构式。把听到的话语范畴化为具体的构式,是对输入信息的一种抽象。如何对一个构式范畴化? 首先要看输入的信息是否是连续性的。构式有不同的结构形式,不同的组织成分代表不同的分布特征。我们听到The novel was criticised by John,不会把它看成是个"主语+谓语+状语"的句子,而是把它界定为被动语态构式,等于把它范畴化了。另外,一个构式的语义在构式范畴化中起着十分重要的作用,因为一个构式是一个象征单位。

激进构式语法不再讨论句法关系,因为所谓的"句法关系"说到底仍然是语义关系。传统上说到"句法关系"无非有两类: 搭配依存关系(collocational dependence relation)和有编码标记的依存关系(coded dependence relation)。搭配依存关系是指一个句子里的一个词对另一个词的选择限制。在They burst into laughter 中,介词into的出现,取决于burst的要求。动词短语有许多类似的要求,如depend on something, look forward to something 等。它们之间的搭配与其说是主谓宾句法关系决定的,倒不如说是这些句法成分的语义和它们在句中的角色决定的。编码标记依存关系是指一句话的句法结构里显性部分所标出的句法关系。单数第一人称现在时要求的-s,宾格要求的him, her等,都是以语义为基础的。再如,汉语句子序列是线性的,根本不用编码标记依存关系,所以"我打他"、"他打我"中谁打了谁都用线性序列表达清楚了。

激进构式语法认为,在交际活动中,只要听者有一定的语法知识,就能理解话语传达的意义,用不着句法知识。第一步,听话人把听到的话识解为某个构式的实例,比如听到: The window was broken by the neighbour's kid, 立刻把它识解为被动语态。第二步,听话人通过语法结构整体和语义结构整体之间的象征关系,找出自己记忆中该构式的语义结构,就可以明白the window 是结构中的受事, the neighbour's kid 是结构中的施事。第三步,听话人通过构式的语法角色,辨识句法结构的组成部分。如, the window 是被动构式里的主语, the neighbour's kid 是被动构式里介词by的宾语。最后,听话人利用象征关系辨识句法成分和语义成分之间的关系,得出句子意义。

构式语法的一个重要理念是"整体大于部分之和"的完形原则,是说构式的意义大于其组成成分意义的总合。换句话说,构式本身包含着微妙的意义。传统语法和语言学研究都把动词作为核心,句型是由动词的性质决定的。比如动词可按配价来分类,如一价动词(John gave and gave, and Mary took and took)、二价动词(Mary made a big cake)、三价动词(John gave Mary a good book)。这些决定了句型的论元结构。然而,我们也有这种句子: John sliced Mary a piece of pie和John sneezed the tissue off the table. 这里的slice 和 sneeze 原本不是三价动词, slice是二价的, sneeze是一价的,但是它们在这两句中都是三价的动词,好像也没有什么不合适的。这就是构式赋予动词的新的配价,即新的意义。况且,类似的句子并不少见。再如: She smiled herself an upgrade. They laughed our conversation to an end. He smiled his way upstairs. 以上句子再次表明,构式的整体意义大于其组成成分意义之和。构式的意义不仅来自它的组成成分,而且具有自己的意义。这相当于句型的抽象构式具有自己的配价能力,或论元结构。本来只说 He sliced the bread; 后来发展成He sliced the potato into the salad; 然后继续发展为 Pat sliced and diced her way to stardom(派特一点一点地就成明星了)也都被接受了。这种分析让我们纠正一个错误倾向: 认为动词的信息量最大,是预测句子语义的首选词。第二个启示是: 一个动词经常会出现在多种论元结构的框架中。请看:

  (1)Pat kicked the wall;

  (2)Pat kicked Bob black and white;

  (3)Pat kicked the ball into the stadium;

  (4)Pat kicked at the football;

  (5)Pat kicked her foot against the chair;

  (6)Pat kicked Bob the football;

  (7)Horses kick;

  (8)Pat kicked his way out of the operating room.

这八句说明,句子的形式和意义之间明显地存在着一种内在的规律性;"构式"这个概念的解释力相当可观;是论元结构而不是动词本身表明句子的整体意义。

动词意义和构式意义在句子中有明确的分工: 构式意义可能和主要动词意义重叠,也可能相互补充,或截然相反。戈德堡认为,动词和构式之间主要有四种关系: 增添(elaboration),动态作用力(force-dynamic relation),前提条件(precondition),共现行为(co-occurring activity)。增添就是动词明确界定整个构式的详尽意义, 动词意义是构式意义的一种增添。例如,我们认定双宾语构式的意义大致为"传递",即"X使得Y接受Z",像give或pass这些词就能表达这层意义。但在 Tom tossed me a pillow中,动词toss 就是对双宾语构式的增添,因为该句不仅表示"传递"的意义,还多了一层表示"传递很快、很猛"。关于动态作用力问题,戈德堡认为,动词的意义和构式的意义必须在同一个动态作用力下,合二为一。这里的动态作用力关系包括方式、工具、结果或相互否定。在"方式"作用力中,动词本身并不能够明确界定自己的意义,而是传递了完成构式所指定行为的途径或方式,在Elena sneezed off the foam off the cappuccino中的sneeze是导致泡沫发生移动的途径。在Ken wrote his way to fame and fortune 中,wrote也是作者得到名誉和财富的途径。在"工具"的作用力下,工具格代表借助这种工具而进行的动作。在David hammered the metal flat 中, hammered就表示利用锤子作为工具来完成的动作。在"结果"的作用力下,表结果的词是导致这种结果的动作。所以在The chef cubed the meat中, cubed 本来是肉被切成小块的形状,而在这里它表示导致这种形状的动作。在"否定"作用力下,动词否定构式本来的所指意义。比如,使役移动构式大致表示"X使得Y在路径Z上移动",而在 Elizabeth locked Smith out of the bedroom中, locked 却表示Elizabeth使得Smith进不了房间,即史密斯不能向房间内移动,这与构式原来的意义是相违背的(更常说的是lock someone inside the bedroom)。

关于前提条件,如果我们认定双宾语构式大致表示"传递",即"X使得Y接受Z",我们就会发现这个构式中的动词经常隐含了"传递"的前提条件,比如首先要拥有你要传递的物品,没有的话,就得先"制造"它或"准备"它。在 Marina baked Steven a cake 中, Marina首先要有蛋糕,没有就做一个。所以,是Marina制作的蛋糕成了把蛋糕传递给Steven的先决条件。换句话说,A 要传递给B某样东西,那么A 就必须预先准备好这件东西,并且把"传递"作为唯一的目的。因此,所传递物体的准备和制作就可以被看成是"传递"框架语义中最显著的行为。文献中,不少研究者讨论了way 的用法,它使很多动词用于微妙的结构,例如 He typed his way to the assistant manager(他从打字员慢慢熬成了副经理)和 He seemed to be whistling his way along 两句中,动词和使役移动的意义之间看上去好像存在着因果关系。实际上,在这两句中,动词动作和构式指定的意义是同时发生的。换句话说,动词表示的动作和构式描写的场景之间并没有因果关系,只是二者暂时重叠罢了。译成汉语时,有时我们还得加上"传递"动词,如"慢慢熬成"和"玛利亚给史蒂文烤了个蛋糕"中的"熬成"和"给"。

有不少语法研究词汇、句法、语义,不研究语用。构式语法与语用有没有关系?费尔默和凯就很重视语用的问题。他们多年来研究词汇语义和标记性构式,发现构式是句法形式、语义解释、语用功能三位一体的。句法和语义的密切联系相对容易理解,但当涉及语用时,相当多的理论(如生成语法)认为语用含义和语法本身没有关系。费尔默和凯则持有不同的观点。他们强调,语言中存在着不计其数的语法构式,它们界定着、显示着非常细致的上下文特征。也就是说,语法构式本身就决定着一定的语用含义,这些语法特征理所应当地被运用到语言理解过程中。例如,他们对let alone 进行了深入研究,用的句子是 Fred won't order shrimps, let alone Louis, squid.(弗里德不乐意点小虾,路易斯更不会点鱿鱼。)此处的let alone 在句中连接两个要作比较的命题:一个是文本命题(text proposition),一个是对情境命题(context proposition)的回应。将此句展开的话,第一个是文本命题: Fred won't order shrimps; 第二个是对情景命题的回应: Louis won't order squid。但是,整个句子的命题意义不能表示为: Fred won't order shrimps and Louis won't order squid. 因为那就不符合原句的意义了。而是应当改写为: Fred won't order shrimps *a fortiori* Louis won't order squid. (*a fortiori* 是拉丁词,一定要斜体,意为"更何况")。这么一分析即可看出,如果用and去连接两个子句的话,就会丢失两层意义:一是第一个子句的意义包含着第二个子句的意义;二是第二个子句的意义比第一个子句的意义更强烈。这种包含关系是费尔默和凯研究词义时发现的,并据此提出"标量模型"(scalar model)。标量模型包含一组构成说话人和听话人共同背景知识的相互关联的命题。还以上句为例, let alone 在没有文本命题的前提下,是无法在交际中使用的。如果我问: Did Louis order squid? 你可以回答: Are you kidding? Fred didn't (even) order shrimps, let alone Louis, squid. 但是不能回答说: Are you kidding? Let alone Louis, squid. 换句话说,没有第一个子句的铺垫, let alone 引出的子句是不能成立的。此句里的背景知识涉及两类:第一是对路易斯和弗里德的了解,路易斯比弗里德更不喜欢海鲜; 第二是鱿鱼的被接受程度低于小虾。所以, 全句语用意义为: 既然弗里德不可以接受小虾, 那么路易斯肯定不会接受鱿鱼。

构式语法的名称下, 有好几个不同的小派别。克罗夫特和克鲁兹(A. Cruse)(2004)认为认知语言学中对句法理论的研究可包括四种构式语法理论: 1. 费尔默和凯等人的构式语法; 2. 莱柯夫和戈德堡等人的构式语法; 3. 兰艾克的认知语法; 4. 克罗夫特的激进构式语法。费尔默等人的构式语法详细论述了句法关系和句法的传承性(inheritance); 莱柯夫等人的构式语法着重论述构式之间的范畴关系; 兰艾克的认知语法重点讲解语义范畴和语义关系; 克罗夫特的激进构式语法论述了句法范畴和类型共性。此外, 后三种理论都接受基于用法的模型(the Usage-based Model), 认为语言知识来自语言运用, 应从语言运用的角度研究语言知识的形成和表征。在最高层次上概括, 以上四种构式语法都接受下面三条基本原则: 1. 构式是由两个以上的象征单位构成的结合体, 它们是单独存在的; 2. 可以用构式对语法结构作出统一的表征; 3. 语法中的所有构式在人们的心智中是按照人类方式组织起来的。

基本上可以说, 以上四个小派, 是大同小异, 即在哲学基础和研究方法上相同, 在关注点和细节上有区别。不过概括起来, 构式语法呈现出几个主要特征:

第一, 整体性, 非模块性(non-modularity)。构式语法是非模块性的, 强调形式和意义都是语法中每个具体构式或规则的组成部分, 不是语言中的不同模块。这与蒙太古语法相类似, 但和乔姆斯基的生成语法理论是不同的。在所有非模块语法理论中, 构式语法尤其强调甚至"语用"信息都有可能约定俗成地与某一具体的语言形式相联系, 语用信息和语言形式因此共同构成。其次, 构式语法旨在对一种语言中的所有构式做出解释; 不需要把语法结构分为中心(基础)与边缘部分。每个构式都有自己具体的语义和语用特征。比如Thank you! 和See you! 结构相同, 但表达的语义和语用特征不同。构式语法明确拒绝从最简单的句子到比较复杂的句子, 再到习语等这样的研究方法。构式语法主张应当从语言的边缘部分开始, 因为日常交际中使用的大部分都是这些边缘部分。

第二, 非派生性(non-derivational), 单层面性(monostratal)。构式语法是单层的, 不存在各种形式的转化。研究者认为"一个具体的句子被语法所认可当且仅当这个语言中存在这样的一套构式或规则, 它们能够产生那个句子表面形式和语义的确切表征"。一般来说, 一个具体句子往往同时是多个构式共同起作用的结果。例如, Smith faxed Kate a letter,就用到了五种构式：主—谓构式、双宾构式、限定构式（不定冠词）、过去时词法构式以及与该句中五个词相对应的五个简单的词法构式。由于构式是语义和形式的匹配，所以这里不需要形式和意义（如：表层和深层）上的转换。主动句和被动句在语言中享有平等地位，都有存在的理由，因为它们表达不同的意义。

第三，一致性。构式语法模型和人们的认知过程一致。近年来儿童语言习得研究证实，我们的认知加工对各种各样、长短不同、复杂程度不同的语言结构有操控能力。

第四，全面性（full coverage）。构式语法认为，从原则上讲，语法理论必须解释所有的语言事实，不能首先假设某些语言现象是核心的，而另外一些则是边缘性的，甚至是可以被排除在理论关注之外的。到目前为止，语言学家对普遍语法了解仍然甚少，不能合理地决定哪些语言数据无关紧要。比较特殊的构式更能帮助我们认识语法体系如何构成；我们的理论解释应该是全面的，不能只解释规律性强的现象，忽略标记性强的现象。

第五，重视语用研究。戈德堡（1995）说："构式语法学家的兴趣还在于说明在何种条件下一个特定的构式可以得到恰当的使用，因为这被当作说话人的语言能力或语言知识的一部分。这种兴趣使人相信：微妙的语义和语用因素对于理解语法构式所受到的限制是至关重要的。"她对语用因素的重视是一贯的，称构式是形式和功能的匹配，每一个匹配都包含形式特征加上某种交际功能，其中的"话语功能"、"交际功能"就包含语用功能。她列出的构式主义理论准则包括"重视我们对事件、事情状态理解方式的微妙方面"，主要是指纯句法层面不能直接显现的语用方面的因素。构式语法不严格区分语义和语用，认为焦点成分、话题、语域等与语义紧密相连。

邓云华、石毓智（2007）曾评价过构式语法。他们的意见值得参考。首先，他们认为，构式语法印证了认知语言学的基本原则：即语法形式和意义之间存在着一对一的映射关系。如，The garden is swarming with bees，暗示花园到处都是蜜蜂；而 Bees are swarming in the garden很可能意味蜜蜂只占据花园的一角。既然不同的结构具有不同的语义值，不同结构就不是纯粹的形式推演过程了。第二，构式语法重视研究使用频率并不高的结构。他们对标记性构式（marked construction）的关注就是一例。相对于能产性构式（如主谓构式、主谓宾构式等），标记性构式比较少见，比较固定，语义不可推演出来。例如：What's it doing snowing in

August? 凯和费尔默对它进行了详细阐述。第三,构式语法认为,结构不分核心和边缘,它们具有同样的理论价值,都值得认真研究。而且构式语法研究者把研究的重点放在较偏僻的结构上,弥补了形式学派研究上的空缺。第四,构式语法把语法看作一个动态变化过程。语法系统始终处于动态变化过程中。看一个现代汉语例子。我们不说"他吃胖了烤鸭",而说"他吃烤鸭吃胖了"。我们不说"他做累了功课",而说"他做功课做累了"。但是现在这条规律出现了两个例外:"他吃饱了饭"和"他喝醉了酒",因为其中的补语"饱"和"醉"分别是描写句子主语的状况,然而却带上了宾语。产生例外的原因是"吃"和"饱"与"喝"和"醉"两对词高频率共现,久而久之,人们把它们看作一个复合词一样的东西,结果就在其后加上了宾语。目前它们没有能产性,但是随着时间的推移,此类用法可能会逐渐增多。邓云华、石毓智也严肃地指出构式语法的局限性:1. "构式"概念的定义过于宽泛,不合理的扩大,会带来严重后果; 2. 多处解释过于繁琐,并不能反映语言使用者的理解过程; 3. 语法结构经常有多个意义,构式语法没有清楚解释为什么; 4. 无法解释一个构式的跨语言的差异;5. 适用的结构类型有限;6. 确立语法结构的标准不明确。不过,目前构式语法正在努力克服这些局限性。

参考文献

1. Croft W & A Cruse. *Cognitive Linguistics*. Cambridge: CUP, 2004
   《认知语言学》

2. Croft W. *Radical Construction Grammar* [M]. Cambridge: CUP, 2005
   《激进构式语法》

3. Fillmore C, P Kay, L Michaelis & I Sag. *Construction Grammar* [M]. Chicago: The University of Chicago Press, 2003
   《构式语法》

4. Fillmore C, P Kay & M O'Connor. Regularity and idiomaticity in grammatical constructions: The case of let alone [J]. *Language*, 1998, 64: 501–538
   "语法结构中的规律性和地道性: 关于let alone"

5. Goldberg A. *A Construction Grammar Approach to Argument Structure* [M]. Chicago: The University of Chicago Press, 1995
   《用构式语法研究论元结构》

6. Goldberg A. *Constructions at Work: The Nature of Generalization in Language* [M].

Oxford: OUP，2006

《构式如何工作: 语言中概括的性质》

7. Lakoff G. Cognitive linguistics: what it means and where it is going［J］.《外国语》第2期，2005

"认知语言学: 它的意义和发展"

8. Lakoff G. *Women，Fire and Dangerous Things: What Categories Reveal about the Mind.* Chicago: Chicago University Press，1987

《女人、火与危险事物》

9. Lakoff G & M Johnson. *Metaphors We Live By.* Chicago: The University of Chicago Press，1980

《我们赖以生存的隐喻》

10. Lakoff G & M Johnson. *Philosophy in the Flesh: The Embodied Mind and its Challenge to Western Thought.* New York: Basic Books，1999

《体验哲学: 体验性心智及其对西方思想的挑战》

11. Langacker R. *Cognitive Grammar: A Basic Introduction*［M］. Oxford: Oxford University Press，2008

《认知语法导论》

12. Langacker R. *Foundations of Cognitive Grammar Vol. I: Theoretical Perspectives*［M］. Stanford: Stanford University Press，1987

《认知语法的基础第一卷: 理论视角》

13. Langacker R. *Foundations of Cognitive Grammar Vol. II: Descriptive Application*［M］. Stanford: Stanford University Press，1991

《认知语法的基础第二卷: 描写应用》

14. 邓云华、石毓智. 论构式语法理论的进步与局限. 外语教学与研究，2007(5)

15. 莱柯夫. 认知语言学十讲(英文版). 北京: 外语教学与研究出版社，2007

16. 兰艾克. 认知语言学十讲(英文版). 北京: 外语教学与研究出版社，2007

17. 刘正光. 语言非范畴化: 语言范畴化理论的重要组成部分［M］. 上海: 上海外语教育出版社，2006

18. 刘正光(主编). 构式语法研究［M］. 上海: 上海外语教育出版社，2011

19. 牛保义. 构式语法理论研究［M］. 上海: 上海外语教育出版社，2010

20. 泰勒. 认知语言学十讲(英文版). 北京: 外语教学与研究出版社，2007

21. 王寅. 认知语言学［M］. 上海: 上海外语教育出版社，2006

22. 周频. 对涉身哲学的理性观的反思. 外国语，2011(6)

结 束 语

到此为止,但愿读者对西方语言学的来龙去脉已经有了一个大致的了解。但是,读者也会很容易地发现,还有些重要事实本书并没有提及。例如,法位学(Tagmemics)语法、关系语法、层次语法、格语法、蒙太古语法等,本书都没有专章介绍。各个流派中的其他语言学家和重大分歧意见,也没有给予应有的地位。即使专节论述的某些内容,也不够详尽、透彻。其原因是,像这样一本书,由于材料和篇幅所限,只能作出比较主观的取舍,有些地方甚至不得不忍痛割爱。从事专题研究的读者,只能以本书为起点,进而阅读所提供的参考文献。

介绍了那么多流派,仍然有许多关于语言的问题没有提及,而且是重要问题。下面就讨论几个我想到的、读到的、听到的一些既有趣又深刻的语言问题,作为读者茶前饭后与亲朋好友"扯闲篇"时的话题。

1. 关于宏观与微观。不论观察什么事物,都有个角度问题。最大的角度划分可能就是宏观与微观。比如我观察动物,一只与另一只有很大区别;一个种群与另一个种群又有很大区别。等到观察到无数个种群的各种行为,可能一句话就概括了:"物竞天择,适者生存"。观察语言也是一样。如果你只懂一种语言,你只能用微观视角去看它。当你接触第二种语言时,你会感到吃惊,为什么它与第一种非常不同。当你接触了50种语言时,你的感觉就不一样了:你会开始感到人类的语言竟如此相似。据说,世界上大约有6000种语言,但是能掌握几十种语言的人非常之少,更不用说掌握几百种、几千种了。正因为如此,我们概括人类语言的共享特征十分困难。换句话说,在观察语言时,我们的视野受到很大限制,往往不够宏观,反而很容易微观。这两种角度带来的差异是很大的。我们越是宏观,就越是容易看到普遍性、相似性、规则性,也就越是趋向简约主义(reductionism),即把人类语言归纳为几条或十几条原则性特征。我们越是微观,就越容易看到变异性、特殊性、不规则性,也就越趋向于相对主义。不同语言学流派之间的区别有时就是看问题的角度不同而造成的,当然也有事物多面性特征的原因。"瞎子摸象"的故事常被人们用来笑话那些看问题片面的人。可是,如果我们站在一个盲人的立场上,他对大象的描写并没有错。他们与我们的区别很像宏观角度和微观角

468

度看问题的差别。当我们只接触一两种语言或部分语言事实时,所作的观察与瞎子摸象又有多大的区别呢?

2. 关于客观主义和非客观主义。客观主义认为,我们关于世界的范畴是客观存在的,是独立于我们的意识之外的;而非客观主义认为,这些范畴不是客观存在的,而是我们主观臆造的,是依赖于我们的意识的。有不少范畴似乎不是出自外部世界,而是来自我们的意识。如, My trust in you has been shattered forever by your unfaithfulness.(你的不忠实让我永远都无法信任你。)客观主义认为,人类的思维是分离性的,即独立的,它对客观世界的反映是镜像式的,即真实地反映外界现实;而非客观主义认为,人类的思维是体验性的,不能独立于身体与外界的接触,思维与外界现实是互动的、相互影响的,也就是说,我们看到的不是百分之百的客观事物,而是带着观察者的主观因素影响的事物。例如,同一棵树,不同的人看到的方面是不同的。一位画家会说,"这棵树从这个角度去画,会更美些。"一位木匠会说,"这棵树能出30方木材。"一位植物学家会说,"这棵树应该生长在亚热带。"客观主义认为,人的心智结构是非隐喻性的,即它对外界的认识是直接的,不用借助想象或隐喻,而且它的结构是原子性的,即可以把事物不断地分为越来越小的组成成分;而非客观主义认为,人的心智结构是隐喻性的,经常借助具体的、熟悉的东西来思考/表达抽象的、生疏的东西,而且趋向于把事物看成不可分割的完整整体。客观主义认为,我们的概念是符号性的,它们与外界客观事物有对应性;而非客观主义认为,我们的概念不是符号性的,它们与外界事物没有一对一的关系,而是人的意识构建起来的。客观主义认为,我们的意义系统是固定的、稳定的,是由基础意义单位组合起来的;而非客观主义认为,我们的意义系统是模糊的、不稳定的,不是组件构成的,而是整体性的,整体大于构件之和。以上的概括区分也许比较粗糙,但是它们对我们区别学术流派和识别不同观点不无裨益。按照这些区分,乔姆斯基学派基本属于客观主义理论,认知语义学和系统—功能语言学则基本属于非客观主义理论。

3. 关于语言的起源问题。语言研究已有近3000年了,但是语言是如何出现的,我们仍然知之甚少。关于这一问题有不少说法,但没有一种被广泛接受。第一种是"神授说"。许多远古民族都有某种传说,把语言归于神的创造。一个众所周知的例子是关于通天塔的故事。第二种就是"人创说",它起源于17–18世纪。随着现代科学的发展和理性哲学的兴起,人们开始摆脱神学观念的束缚,不再相信神授说,开始崇尚人类创造语言的说法。第三种是"契约说",是由18世纪法国哲学家卢梭在其《一些语言的起源》中提出来的。人类是为了在平等的基础上建立社会,为了互相交流才约定使用语言作为工具。我国荀子也有类似说法,"明无固宜,约之以命,约定俗成谓之宜……。"但是,契约说并没回答语言的起源问题。第四种是"手势说",是由19世纪德国心理学家冯特提出的,后受到苏联学者马尔的推崇。他们认为,原始语言是手和身体的姿态,声音只是辅助性的工具。首先形成的是手势语,后来在此基础上才产生了有声语言。但是,无声语言如何转化成有声语言,令人难以想象。第五种是"劳动说",是恩格斯在《自然辩证法》中提出的:"一句话,这些正在形成中的人,已经到了彼此间有些什么非说不可的地步了。需要产生了自己的器官:猿类不发达的喉头,由于音调的抑扬顿挫的不断增多,缓慢而稳定地得到改造,而口部的器官也逐渐学会了发出一个个清晰的音节。""语言是从劳动中并和劳动一起产生出来的,这是唯一正确的解释,拿动物来比较,就可以证明。"但是这一说法并没讲清语言发生的具体过程。以上的"人创说"都是思辨的产物,似乎都缺乏有力的证据。第六种是进化论。达尔文的震惊世界的《物种起源》(1859)认为人类是进化的产物。于是研究者开始从进化的角度探讨语言的起源,在考古学、心理学等领域都付出了不少努力。拿黑猩猩做实验的人也不少。到1983年,"语言起源学会"在温哥华成立了。1990年哈佛教授史蒂文·品克(Steven Pinker, 1954—)和麻省理工学院的保尔·布鲁姆(Paul Bloom, 1963—)发表了《自然语言和自然选择》,引起业内人士的热切关注。他们强调,语言是以一种正常的进化机制来进化的,关于这一点仍有丰富的科学信息没有被充分利用。品克认为语言是人类独有的,它与动物的呼叫系统绝然不同;黑猩猩不是人类的祖先,黑猩猩与人类拥有共同的祖先。第七种是"突变说"。夏威夷大学教授比克顿(Derek Bickerton, 1926—)在其《语言与人类行为》中讨论了语言与进化问题。他认为脑容量的增长与语言的产生无关,与智商的发展无关。现代人的智商有明显提高,但脑容量没有变化。他反对达尔文的渐变论,也不同意品克的从原始语言过渡到现代语言的说法。他大胆地假设了一个"神奇的一刻"——大脑内部突然发生了质的变化。乔姆斯基也持类似观点,说是DNA偶然什么地方搭错了而产生了语言。自然和社会活动中到处存在着突变:水的沸腾,桥梁的崩塌,地震,细胞分裂,动物变异等。生物学上,遗传物质的变化叫突变。基因突变时染色体中某一位点上发生的化学改变,也叫"点突变"。语言进化的"突变论"是突变理论的新尝试,有很多人支持它。

他们争辩说,这有什么大惊小怪,宇宙的形成/出现,就是"大爆炸"的结果,语言突然出现不是太容易理解了吗?乔姆斯基承认语言的天赋性,但不承认语言是进化而来,而是认为语言是某些器官进化的副产品。比如,"合并"(merge)这个概念在语言进化中扮演重要角色,它使得一个语言符号与其他符号构成句法,才有了句法,语言便有了"递归性",从此可以产生无限的表达形式。比克顿也说,句法是语言的核心,它是动物呼叫系统和原始语言所没有的。在目前的争论中,比克顿强调,人们忽略了人类语言与非语言的区别。他说,人有两个思维系统。一个是感官受到外界刺激产生的反应,叫"线上思维"(on-line thinking),遵循"此时此地"原则;动物也有线上思维。另一个是线下思维(off-line thinking),不受外界物质刺激的限制,不受时空限制;这是人类独有的,动物不可能有。如,一边开车,一边思考其他事情,就是线下思维。"突发论"也引起不少争议。总起来说,语言起源问题还远远没有解决,任何严肃的理论都应该受到尊重,任何有价值的证据都应该共享。

4. 语言学与其他学科的关系越来越密切,已经成为一门跨学科的科学。前面提到了语言学与心理学、社会学、数学、人类学等学科的关系,其实语言学已经浸透到许多科学领域。语言学用于文学分析,使文体学出现了新的面貌。语言学越来越多地为语言教学提供着理论依据。此外,语言学与天文学、遗传工程、信息论、计算机、人工智能、符号学等方面的研究也有密切的联系。近些年来,生物学对大脑的研究进展明显,出现了"生物语言学"的说法。语言是一个信息体系。研究语言必然会受益于信息论、控制论、优选论等。同时,语言研究对信息技术的发展也有所贡献,对信息的产生、变换、贮存、传递、识别、控制、提取等也一定会有所启示。语料库语言学的飞速发展正在改变着不少重要理念。由于能在瞬间处理海量数据,我们精密观察规律性、或然性、共显概率等成为可能,能够观察到从前用人工、肉眼永远看不到的现象。有人认为,语料库语言学的发展可能会恢复经验主义哲学的名誉,也可能为归纳法恢复名誉,因为现在归纳法所用的数据正在以天文数字的倍数增加,其可靠性不容忽视。这个事实在不久的将来也许会带来哲学范式的变化。说到哲学,该说的话就更多了。语言研究一直离哲学不远。历史上不用讲,20世纪20年代至70年代,哲学上出现了所谓的"语言转向"(the linguistic turn),分析哲学家与日常哲学家辩论了几十年;从此以后,语言研究与哲学问题的联系更紧密了。而且,现在语言哲学研究的问题不再局限于语言、意义、现实的关系,而是包括了许多人们非常关心的问题。如,语言与思维的关系(前面讨论过了),语言与天赋的关系(是先有的语言还是先有的智慧/天赋;是否某些语言有利于天赋之发展;懂的语言多,是否更聪明),语言和教育、教育的语言(布鲁纳说,语言从来不是中性的,它不仅给被描写的世界强加上一种观点,而且给心智的使用强加上一种方式),语言与真理的关系(见下文),语言与文化的关系,语言与人类进化的关系,翻译的不确定性,语言的模糊性(见下文),语言的本质等等。有人说,语言哲学是语言学的营养钵。也就是说,语言学要到语言哲学那里去找题目,去寻找方法,寻找答案。这并不是说语言学只能居从属地位,而是强调语言研究与哲学研究的密切关系,强调语言学的跨学科属性。有鉴于此,语言研究者应该具有宽广视角和开放胸怀,要尽量避免门户之见和宗师崇拜。让我们牢记亚里士多德的名言:"吾爱吾师,吾更爱真理。"

5. 我们在研究语言,但还总是要问语言是什么。其实,不光我们问这样看似简单的问题,哲学家们也问。他们问: What is a word? And for that matter, what is language? 他们讲,一个字/词,我们只能听见,而且瞬间消失,看不见什么东西;每句话,也是这样。但是,说的话,很神奇,很有力量。我发出一串声音,结果就能让你的思维跟着我的声音走。说话就像个"遥控器",而且是看不见的遥控器。没人见过语言是什么样子,我们也没见过汉语长什么样(文字不算)。汉语存在于我们的"集体心智"之中,像只无形的手,控制着我们,指挥着我们,使我们的思维如此便利,帮助我们交流互动,储存信息,还让我们用语言创造出许多不朽的作品。有多位哲学家说过,越是看不见的东西越是重要。我们看不见光、热、电、能量、引力、氧气、意识,但它们都是我们离不开的东西。另一个不可见的东西是我们依赖的网格(grid)。我们知道,我们的皮屑脱落,头发、指甲生长,诸如此类。味蕾十天左右更新一次;肝脏和其他内部器官需要长一点时间更新;脊椎更新的时间要几年。不过七年之内,我们身体里的每一个细胞都和七年前不再一样了。那么问题就是,我们变成谁了? 我们还是原来的那个人吗? 一切细胞都变了,我们还是自己吗? 又是什么东西保持我们不变呢? 从哲学上说,"眼见为实"这句话是不全面的。本体论中最常说的是"物质"和"意识"二元对立。英国哲学家卡尔·波普尔认为,除了物质世界和精神世界之外,还有一个第三世界,即人类创造的文化和科学知识。在本体论上,语言似乎属于人类创造的知识,它介乎物质和意识之间,离不开它们,又不同于它们。这让我想起乔姆斯基说,语言是个mental state,它是"精神"的,但又实实在在地存在着。

6. 语言是个抽象系统;说它抽象,是因为它的许多词义不确定。像"我"、"你"、"他"等人称代词,没有定指。正在说话的人就是"我";听别人说话的人是"你";在场或不在场的第三者是"他"。还有,"这"、"那"、"今天"、"明天"等也没有定指,全看讲话人何时何地在讲话。所以,当你看到"他昨天进城了",你知道是什么意思吗?很难说。你知道字面意思,但不知道真正的意思。他是谁?昨天是几月几日?城市是哪个城市?都不知道。只有一个人讲这句话时你在场,你才可能知道:"他"是指张老师,"昨天"是4月22日,"城"是指北京(打个比方)。所有这些词的存在证明,语言首先是为面对面交流而设计的,它带有许多类似的痕迹。诸如"在你左边","在你右边","在你前面","在你后面",如果你不在场,都是没有确定意义的。词典和语法书里的句子,都是示范语言抽象系统是如何工作的,没有人去追究其真正的意思。所以,使用中的语言与作为抽象系统的语言之间有着重大区别。句子的意义不是其词汇意义的总和,很大一部分来自语境。只有确定了一句话的语境,才能确定它的具体意义。同是一句话,换一个语境,意思就会大不相同。如果"他昨天进城了"里的"他"是位刑警,听话人是个罪犯,讲话人小声地讲"他昨天进城了",就成了警告:"你小心点。"如果大家在办公室七嘴八舌地说是小李昨天把计算机搬回自己家去了,有个人站起来说"他昨天进城了",这就是为小李开脱和辩护。同一句话,在不同语境下,意思可以这样不同。从以上分析可以看出,我们开始学一门外语时,学单词,学语法,是在学它的抽象系统;到学课文,学讲话,才真正是学使用中的语言。光学语法知识,是远远不够的。学外语,最重要的是要学会使用它。只会做填空题、对错选择题、四项选择题,玩的都是脱离语境的文字,几乎等于啥都没学。

7. 上面讲到语言的意义,其实意义是非常复杂的事,哲学家们辩论了多年,也没达成一致意见。有人说,意义还不简单,"书"就是指你手里拿的那本纸质的东西,"笔"就是你用来写字的东西,"计算机"就是你正在用来打字的机器。这就是"指称论":词的意思就是它指向外界的那个实体。事情没那么简单。第一,有的词指称的对象并不存在,如"圣诞老人"。英语里常用到Santa Claus,不能说它无意义。各种语言中都有一批这种词。汉语里的"灶王爷"、"嫦娥"等。没有指称的词也不能说它就没有意思。说到底,问题在于:语言能够真实地反映客观世界吗?还可以问:"语言只是描写客观现实吗?"大多数人认为回答是否定的。有许多事物,我们表达不出来,更有许多事物我们还不知道,更不用说表达了。但也有不少东西是来自我们的头脑的,不属于客观现实。即使我们知道某事,能够表达,也未必能真实地表达它。两个人目睹了同一个事件,回来描写的版本可能有相当大的差距。这个例子很简单,但这是语言哲学的三大问题:语言、思维与现实的关系,意义与指称的关系,语言与真理的关系。大多数人相信,我们的注意力、所见、所闻等都是选择性的,所以我们的观察都或多或少带些成见,不太容易百分之百客观。同理,我们理解别人的话也不容易。比如,你听到"我非常生气",你能准确把握讲话人到底多么生气吗?很难说。如果它出自一个常常言过其实的人之口,他未必那么生气;如果出自一个不太声张的人,那就是气愤填膺了。德国哲学家迦达默尔(Hans-Georg Gadamer, 1900—2002)讨论解释学时基本上认为完全正确地认识或表达客观事物是不太可能的,我们都受到历史和文化的强大制约。有时我们意识不到此种制约。30年前,一位外国专家给我们上课时说,"我读你们出版的英语《中国文学》杂志,有篇文章说,'房间装修得非常豪华',往下一读,屋里就有一台电视、一个立柜、一个书架和一个柜橱。这在英国,这间房子可能刚过贫困线。"那句英语是the room is extravagantly furnished;在我国被认为是豪华的房子,在人家看来才刚刚过了贫困线。所以,何谓"豪华"是不是受到时代、社会、文化的影响呢?

8. 与意义相关的还有语言与真理的问题。语言能否客观地反映外部世界?西方哲学的"真理"就是"真"的意思。亚里士多德说,凡以不是为是,以是为不是,就是假;凡以是为是,以不是为不是,就是真。这是亚里士多德的符合论(correspondence theory)。该理论里面隐藏着两个假设:有个独立于意识的世界;意识能认识客观世界。洛克就不同了,他从唯心主义角度认为,命题无法直接与客观事实契合,只能与观念契合。其背后的哲学是:我们不能直接认识客观现实,只能认识客观现实在心中形成的观念。罗素和维特根斯坦的符合论是:命题的真假源于它与外在事实的符合关系。具体地说,就是指词与构成事实的项对应,句子与事实在结构上对应。例如,"我在修订《西方语言学流派》"这句话里,"我"、"修订"、《西方语言学流派》与构成这个事实的人、动作、对象一一对应,整个句子与事实在结构上也是对应的。所以是真的。康德批判了符合论,提出真理融贯论(the coherence theory of truth)。他认为,事物是人类认识永远无法达到的彼岸;世界是个整体,不从整体着眼而只看部分,把握不住现象的内部本质。融贯论把真理理解为判断之间、命题之间、信念之间的融贯性。如果一个命题与理论体系中的其他命题相融贯,它就是真命题。哲学家普安卡雷(Jules Henri Poincaré,1854—1912)则认为,科学理论体系是科学家约定的,是否与选择的理论约定系统融贯一致就是判断真假的标准。如,二语习得理论体系中,关键期是个命题,我们也有不少例证支持它;但我们还不能说该命题就是真理,因为命题的真假不能用一个或多个实验为证据,命题必须与整个学科理论系统相融贯,才能说它是真理。接着又出现了真理实用论(the pragmatic theory)。它始于哲学家皮尔斯。他认为,人们是在实践中不断把怀疑的理念加以证实,最后把它认作真理。你常去海边玩,每次都被晒伤,于是你开始使用防晒霜。经过多次使用,你再也不被晒伤了。最后,你得出结论:采取防晒措施是真理。詹姆斯(W. James,1842—1910)也推崇实用论。他直接说,说它是真的,是因为它是有用的。美国有名的哲学家、教育家杜威以实用主义在全世界著称。他很直截了当:真理的真是工具意义上的真,有用即为真,无用即为假。以上三种理论在本体论和认识论上都有根本区别,它们的理论都是相对正确,在很多方面是行不通的。它们给我们的启示是:语言的意义不那么简单,对语言的理解和对意义的认同都是复杂多变的,我们必须努力探究,谨慎从事,既不盲目接受一切,又不盲目拒绝一切,积极搜集证据,还要大胆设想。

9. 语言的模糊性。我们常常听到一种说法,就是语言的模糊性(fuzziness)。这是符合实际的,语言是有模糊现象。我们随便举个例子。描写某个女孩时我们会说:"高个儿、苗条、高鼻梁、大眼睛的青春女孩。"这个描写就足够了。当然,我们可以问:多高算"高个儿"?瘦成什么样才算"苗条"?鼻梁多么高才算"高鼻梁"?眼睛多大算"大眼睛"?这么一问,真的显得那样描写是有些模糊。然而,如果我们真的说"175.21厘米的个子、45公斤体重、鼻高3厘米、眼睛半径1.1厘米、19岁零3个月的女孩",就显得特别啰唆,听者未必就会得到更清楚、具体的印象,也未必就觉得女孩很美。语言的模糊是有原因的。第一,客观事物本身就是模糊的,才导致语义范围界限不清。"傍晚"和"黄昏"的界限就不清楚。再如,晨星和暮星,它们指的是运行在轨道上的同一颗星;早晨出现在东方的叫晨星,晚上出现在西方的叫暮星;而它们又统称为金星。第二,语言的模糊性也来自人的认识的局限性和思维的不确定性。客观世界无限,人脑处理信息能力有限。第三,模糊性是语言符号本身的基本属性。语言是社会符号系统,所指和能指的关系是任意的,表达是线性的。第四,语言的模糊性是交际所需要的:语用中有时说话人必须故意含糊其词,有的语境不允许你把话讲清楚。外交官的语言就是一例。

有笑话为证：When a diplomat says "yes", he means "perhaps"; when he says "perhaps", he means "no"; and when he says "no", he is no diplomat. When a lady says "no", she means "perhaps"; when she says "perhaps", she means "yes"; and when she says "yes", she is no lady.（如果一个外交官说"是"，那就是"可能"；说"可能"就是"不行"；如果直接说"不"，他就不配当外交官。如果一个女人说"不"，就是"可能"；说"可能"，就是"是"；如果直接说"是"，她就不配当女人。）第五，多数语言有多义词。多义词是减少词汇量的好办法；词汇太多，也不是好事。多义词通常都可以靠语境区别开来。英语里的bank既是"银行"也是"河边"，policy既是"政策"又是"保单"。还有更有趣的同形异义的现象。英语里的How old are you? 中，old 不是"老"的意思，是"岁数"的意思。汉语的"大"字，有时不是"大小"的"大"，而是"面积"或"年岁"的意思，如"你的房子多大？"和"你多大了？"而且不论孩子多小，问的时候，还是要说"你的孩子多大了？"不说"你的孩子多小？"也不问"你的房子多小？"除非有特定的上下文。也许有人会说，语言为什么不设计得更精确呢？其实，设计任何东西都是一样，不能只考虑精确，还要顾及经济。经济原则是语言设计与运用中最重要的原则之一。词太多，增加记忆负载；语法规则太多，增加生成语言和理解语言的负载。况且，很多时候，我们并不需要语言那么精确；语境会帮助我们排除歧义，理性会自动排除荒唐的理解。人们常举的例子是：She cried before she finished her Ph.D. thesis，意思是"她哭了，但还是写完博士论文了"；而She died before she finished her Ph.D. thesis，是说"她没有完成博士论文就去世了"。同一个结构的句子，为何差别如此之大呢？理性告诉我们，人哭着可以写论文；人死了就不能写字了。最后，语言的模糊性有时是其魅力之一，这样才能让讲话人/作者表达出含蓄、深沉、优雅、意犹未尽等。当然，语言的模糊性也让我们能夸大其词、口若悬河、违反科学，甚至"胡说八道"。像"黄河之水天上来"，"疑是银河落九天"等句，没人说"这是胡说"，还认为句子极为漂亮。"日出东方"，"日落西方"，明明违反科学常识，但没有人说"这是胡说。""老天爷你睁开眼吧！"哪有老天爷？他能睁开眼吗？"朝如青丝暮成雪"形容早晨还是满头青丝如墨，黄昏时已是白发苍苍如雪；诗句已经夸张得没边了，却成了李白的名句。"高处不胜寒"给听者留下无限的想象空间。简单地说，就是站在高高的地方承受不住那里的风寒；现在比喻位高权重之人，没有知心朋友，感到孤独、不安全；它还能比喻一个人在技艺或修养上达到极高境界时，相伴之人寥寥无几，"曲高和寡",也会感到孤独。英国哲学家查奈尔（J.Channell）1994年出版了《模糊语言》一书,列举了大量模糊语言现象。他想说明几点: 1）相当一部分语言使用是模糊的,因此其模糊性不可能是个例外,一定有其规则性; 2）语言意义本身就是模糊的; 3）尽管语言使用带有模糊性,但是交际双方有着共同的交际知识,不会造成误解; 4）交际者经常是有意识地选择模糊语来实现交际目的; 5）使用模糊语言是人的语言能力的一部分; 6）口语和书面语都使用模糊语,口语中更多一些; 7）模糊语的使用是出自各种各样的考虑,其共同特征是含糊; 8）模糊语证明了人类的思维语言是模糊的,或者因为语言里没有更准确的词,或者因为说话人不掌握更确切的词; 9）对模糊语的理解不能脱离语境和推理; 10）理解模糊语不仅要求使用者掌握词汇和语法,还要具有语用的能力。

10. 思维与语言的关系已谈了很多。这里再谈谈思维与语言是哪个先发展的。苏联心理学家维果斯基1934年著的《思维与语言》就对此有过详细深刻的考察和分析。维果斯基认为,从本体论（ontology）上讲,语言和思维有不同的发生根源。从种系（phylogeny）和个体（ontogeny）发展来说,二者有不同的遗传基因,发展是不平衡的。以种系发生学的研究和观点来看,二者有着不同的遗传根源。在儿童的思维发展中有一个"前语言阶段"（pre-linguistic stage）,在他们的语言发展中存在一个"前智能阶段"（pre-intellectual stage）。在一段时间里,语言与思维各自独立发展;到某个时间,它们的曲线会相遇,思维可以语言化,语言可以理性化。维果斯基认为,类人猿在一些方面（如使用工具）显示出人类的智力,但那种智力与语言无关;另一方面,类人猿的"语言"与智力无关,它不具有符号的表征客观世界的功能。至于类人猿的某些示意性手势,维果斯基认为它们的手势是从纯粹感情表达迈向客观语言表达的重要一步,但永远不能传达任何客观的东西;即类人猿无法学会使用符号,它们的手势无法与人类语言相比。这一观点又受到倭黑猩猩（bonobo）的挑战。一只倭黑猩猩能自发使用图形字,还能自发造出有趣的句子。不过,这只能说明倭黑猩猩能够掌握人类的小部分语言,就像有的人能学鸟唱歌一样,但并不具有其先天性。至于倭黑猩猩能使用符号的问题,比克顿的解释有些道理。即,真正把人类与动物分开的是,人不仅具有低级动物的刺激—反应的生物本能,而且具有高级动物的刺激—反应层面的学习能力,还能运用第二表征系统（second representation system）。即,不再需要外界因素,也不用立即作出机械反应,而是依赖抽象的语言概念系统,进行线下思维。（见上文）维果斯基提出语言与思维走向统一的四个阶段。第一阶段是原始的自然阶段,前语言和前智力的思维相一致,在行为的原始水平上演化。第二阶段是"幼稚的心理阶段",开始把经验运用到工具上体现出智力的萌芽;此时语言发展也很明显,开始有"思维的句法"(syntax of thought),如使用"因为"、"如果"、"但是"等。第三阶段的特征是有了外部符号,出现了自我中心言语(ego-centric speech),就如儿童掰着手指算数一样。自我中心言语具有外部言语的声音形式,在结构上又不同于外部言语,功能上服务于思维。第四阶段,外部运算向内转化,发生深刻变化,好比不再用手指算算术,而开始用脑子,用逻辑记忆,用内在联系和内部符号来运算。其中的重要一步是从自我中心言语过渡到个人内部言语。但是,在结构上它具有与外部言语不通的特点,语法的简约性、词汇的压缩性和不连贯性。在外部言语中,思维由词汇体现;在内部言语中,思维由语义突现,是一种动态的、转移不定的东西,在词汇和思维之间波动。即使到最后阶段,语言和思维也不是完全对应的。这时,语言和思维好比部分重叠的两个圆,重叠部分既是语言又是思维,它不包括所有形式的思维和所有形式的语言,因为有的思维没有用语言表达出来,有的语言没有经过思维就说出来了。还存在着不用语言的思维(如使用工具)和不用思维的语言(如由于感情冲动而发出的声音和背诵诗歌时的语言)。维果斯基的研究和观点遇到过不少挑战和质疑,但直到今天,还是经受住了时间的考验,成了研究语言与思维的经典作品之一。究其原因,可能是维果斯基采取了多层次、多视角、多方面的研究方法,从语言的功能区别出社会语言和内部语言,区分出语言思维与非语言思维,并从种系发生和个体发生的视角运用符号学观点和马克思辩证法来系统研究语言与思维的发展关系。

11. 西方语言学发展很快,流派层出不穷,分支也不断出现。对这些不同的理论,我们应该采取什么态度呢?我认为,首先要了解、研究,然后决定取舍。不了解,不研究,采取不闻不问的态度,是不现实的,也是有害的。在没有了解之前就加以否定,这不是严肃的科学态度。只有在了解之后,才有取舍可言。对待一种理论,不应该只看它的实用性,还应该注意它的理论价值。有些科学的抽象对所处的时代没有任何现实贡献,在百年之后人们才重新发现它的伟大意义。所以,作出正确的取舍本身就是科学研究过程。认为旧的都是好的,未免过于保守;认为新的就是好的,最后只能算是"赶时髦"。就目前来讲,我们最大的问题是对国外的语言理论研究得不够深刻,不够透彻;即使有些研究,仍然是介绍性的(有时还介绍得不全面)多于批判性的,引进性的多于创新性的,用外国理论研究本地语言材料的做法多于建立自己理论体系的尝试。这种状况很不利于我国语言学的发展。

12. 我们引进、研究西方语言学,最终目的是要较好地研究中国本土的语言,提出我们的语言哲学、语言学习理论。在我们的国土上有取之不尽、用之不竭的语言素材,具有观察语言和学习语言的得天独厚的优势。借鉴他人,为的是拓宽视野,打开思路,属于智力培训;严肃认真地挖掘中国众多语言的特征,从而概括出有普遍性的结论,是我们不可推卸的责任。切望同行学者齐心协力,加强合作,推动我国的语言研究工作向前发展。

我不奢望在几页"结束语"里穷尽所有问题。以上所言,无非是开个头,提出的问题远远多于答案;有些问题也许要等几百年才会有答案。之所以讨论它们,就是为了引起读者的兴趣,吊起他们的胃口,以便有更多的人继续往更深的层次去探索。在过去的20年里,我国语言学有了空前的发展,研究队伍空前壮大。我相信,再过20年,研究队伍里的精兵强将会层出不穷,会在理论建树上让世人刮目相看。

参考文献

1. Aitchison J. *The Seeds of Speech: Language Origin and Evolution*. Beijing: Foreign Language Teaching and Research Press, 2002

   《言语之种: 语言始源于进化》

2. Alexander H G. *Language and Thinking: A Philosophical Introduction*. London: D. Van Nostrand, 1967

   《语言与思维: 哲学导论》

3. Bickerton D. *Language and Human Behavior*. Seattle: University of Washington Press, 1995

   《语言与人类行为》

4. Bickerton D. *Language and Species*. Chicago: University of Chicago Press, 1990

   《语言与物种》

5. Brain B. *Speech Disorder: Aphasia, Apraxia and Agnosia*. 2nd ed. London: Butterworth, 1965

   《言语失调——失语症,失用症和不识症》

6. Brainerd B. *Introduction to the Mathematics of Language Study*. Amsterdam: Elsevier,

1971

《语言研究中的数学问题导论》

7. Cairns, Helen S & Charles E Cairns. *Psycholinguistics: A Cognitive View of Language*. New York: Holt, Rinehart and Winston, 1976

《心理语言学: 从认知角度看语言》

8. Dixon R M. *Linguistic Science and Logic*. The Hague: Mouton, 1963

《语言科学和逻辑学》

9. Fishman J A. *Sociolinguistics: A Brief Introduction*. Rowley, Massachusetts: Newbury House, 1971

《社会语言学概论》

10. Foss, Donald J & D T Hakes. *Psycholinguistics: An Introduction to the Psychology of Language*. Englewood Cliffs, New Jersey: Prentice-Hall, Inc., 1978

《心理语言学: 语言心理学导论》

11. Gumperz J J & D Hymes, eds. *Directions in Sociolinguistics*. New York: Holt, 1970

《社会语言学的种种趋向》

12. Hays D G. *Introduction to Computational Linguistics*. New York: Elsevier, 1967

《计算语言学导论》

13. Herdan G. *Quantitative Linguistics*. London: Butterworth, 1964

《计量语言学》

14. Hockett C F. *Language, Mathematics and Linguistics*. The Hague: Mouton, 1967

《语言,数学和语言学》

15. MacKay D M. *Information, Mechanism and Meaning*. Cambridge, Massachusetts: The MIT Press, 1966

《信息,机制和意义》

16. Pinker S. *The Language Instinct*. New York: William Morrow, 1994

《语言本能》

17. Slobin D I. *Psycholinguistics*. Glenview, Illinois: Scott, Foresman, 1971

《心理语言学》

18. Strevens, Neter. *New Orientations in the Teaching of English*. London: Oxford University Press, 1977

《英语教学中的新趋向》

19. Widdowson H G. *Explorations in Applied Linguistics*. London: Oxford University Press, 1979

《应用语言学新探》

20. Wilkins D A. *Linguistics in Language Teaching*. London: Arnold, 1972
《语言教学中的语言学》

21. Wittgenstein L. *Philosophical Investigations*. trans. G E M Anscombe. Oxford: Blackwell Publishers Inc., 1958/1999
《哲学研究》

人名索引

主题索引